Der Freibeuter der Königin

Die Autorin

Susan Carroll hat Englisch und Geschichte studiert und schreibt historische Liebesromane. Mit ihrer Feuerfrau-Trilogie, in der sie sich erstmals auf fantastische Elemente einließ, eroberte sie auch hierzulande eine große Fangemeinde. Für ihre Bücher ist sie bereits mehrfach ausgezeichnet worden. Susan Carroll lebt und arbeitet in Rock Island, Illinois. Bei Weltbild erschienen bereits *Die dunkle Königin, Die Geliebte des Königs, Die silberne Rose* und *Die Jägerin*, der erste bis vierte Band der Reihe um die berühmt-berüchtigte Katharina von Medici.

SUSAN CARROLL

Der Freibeuter der Königin

Roman

Aus dem Amerikanischen von
Angela Schumitz

Weltbild

Die amerikanische Originalausgabe erschien 2009 unter dem Titel
Twilight of a Queen bei Ballantine Books, New York.

Besuchen Sie uns im Internet:
www.weltbild.de

Übersetzung: Angela Schumitz
Projektleitung: usb bücherbüro, Friedberg/Bay
Redaktion: Sandra Lode, Mannheim
Umschlaggestaltung: zeichenpool, München
Umschlagmotiv: bridgemanart.com
Satz: Dirk Risch, Berlin
Druck und Bindung: CPI Moravia Books s.r.o., Pohorelice
Printed in EU
ISBN 978-3-86800-830-2

2015 2014 2013 2012
Die letzte Jahreszahl gibt die aktuelle Ausgabe an.

1

Paris, Herbst 1587

Dichter Nebel kroch durch die Straßen der Stadt und tauchte sie in ein dämmriges Licht. Obwohl es mitten am Nachmittag war, hätten sich zwei nebeneinander schlendernde Gefährten leicht aus den Augen verlieren können.

Die Läden schlossen früher, die Menschen zogen sich hinter die verriegelten Türen und Theken zurück. Es herrschte eine angespannte Stimmung in der Stadt, die kurz vor einer Revolution zu stehen schien. Die Abergläubischen behaupteten, der Nebel verkünde eine bevorstehende Katastrophe, er sei der Bote eines großen Sturms, der immer näher zog.

Andere, weit Kühnere, murrten, der Nebel zeige nur das eine: dass die Hexe, die sie schon viel zu lange in ihrer Mitte geduldet hatten, wieder ihren Zauber trieb – die elende italienische Zauberin, die Tochter des Teufels, die dunkle Königin.

Katharina von Medici, Königinwitwe und Königinmutter von Frankreich, stand am Fenster der hohen Sternwarte, die an ihre Privatresidenz, das *Hôtel de la Reine,* angebaut war, und spähte hinaus. Das kalte, feuchte Wetter war tief in ihre schmerzenden Muskeln und Gelenke gedrungen. Sie spürte jedes ihrer achtundsechzig Jahre. Nun betupfte sie sich mit einem Taschentuch die wässrigen Augen. Immerhin war an der schlechten Sicht diesmal nicht ihre schwindende Sehkraft schuld.

Der Nebel verhüllte alles. Man konnte nicht einmal hinunter bis in den Hof blicken, geschweige denn zu den Straßen hinter den Toren. Aber die dichten Schwaden kamen Katharina wie ein Geschenk vor, eine Atempause; denn sie schützten sie vor all den missmutigen Gesichtern und den hasserfüllten

Blicken, die ihr jedes Mal folgten, wenn sie das *Hôtel de la Reine* verließ, um durch die Stadt zum Louvre zu fahren.

Eigentlich hätte sie sich nichts daraus machen sollen, sie hätte inzwischen an den Hass und die Schmähungen gewöhnt sein sollen. In ihrem Leben war man ihr wahrhaftig oft genug mit Abscheu begegnet. Schon im zarten Alter von acht Jahren hatte eine Meute zum ersten Mal nach ihrem Blut geschrien, damals in Florenz, einer brodelnden Stadt, und sie eine verwaiste Erbin.

Katharina schloss die Augen. Ihre Gedanken schweiften zurück zu jener Zeit, und die alten Erinnerungen stellten sich ein, der alte Albtraum.

Ihre kleinen Hände klammerten sich an die rauen Steinwände des Palazzos. Das Herz schlug ihr bis zum Hals, als sie in den Hof hinunterspähte, wo die wütende Meute sich drängte, von den flackernden Fackeln in höllische Schattierungen von Feuer und Schatten getaucht.

»Gebt uns das Mädchen«, brüllten raue Stimmen. »Liefert uns die junge Hexe aus. Wir wollen nicht mehr von den Medicis beherrscht werden. Wir hängen sie an der Stadtmauer auf.«

Vergangenheit und Gegenwart vermengten sich, in Katharinas Kopf traten Pariser an die Stelle der Florentiner.

Falls Paris sich je gegen sie erhob, war ihr klar, wer der Anführer wäre: ihr Erzfeind, der Herzog von Guise, stattlich, arrogant, mit einer Kriegsnarbe, die sich quer über seine Wange zog.

Heinrich von Guise war der Liebling der Pariser, ihr großer katholischer Held. Katharina konnte sich lebhaft vorstellen, wie seine aristokratischen Gesichtszüge im Licht der Fackeln dort unten aussehen würden. Sie stellte sich ein dickes Seil in seinen eleganten Händen vor, sie sah ihn grinsen, sie konnte fast schon seine mit seidiger Stimme geäußerte Drohung hören.

»Bald, Euer Majestät, bald …«

Katharina umklammerte ihren Hals und schlug die Augen

auf. Sie führte sich wahrhaftig mehr und mehr wie ein törichtes altes Weib auf. Was sollten all das Brüten über die Vergangenheit und die Sorgen über eine Zukunft, die so vielleicht nie eintreten würde?

Guise und sein Heer lagerten weit entfernt von Paris. Selbst der ehrgeizige Herzog würde es nicht wagen, in die Stadt einzumarschieren und in aller Öffentlichkeit gegen den König anzutreten, egal, wie schwach und hilflos ihr Sohn Heinrich geworden war. Nein, Guise würde es bestimmt nicht wagen, versicherte sich Katharina ein weiteres Mal.

Zumindest noch nicht …

Sie trat vom Fenster weg. Die Falten ihres Umhangs und ihre dunklen Röcke streiften die rauen Steine. Schon lange verzichtete sie auf die schillernden Seidenstoffe und Juwelen, an denen sie sich in ihrer Jugend so erfreut hatte. Seit dem Tod ihres Gemahls vor fast dreißig Jahren trug sie nur noch Schwarz. Ihr dünnes graues Haar war unter einem breitkrempigen Hut versteckt, ihr einziger Schmuck bestand in einem weißen Rüschenkragen um den plumpen Hals und einem mit Edelsteinen besetzten Kreuz.

Heute hatte sie sogar auf die Krinoline verzichtet, denn das Turmzimmer war zu klein für bauschige Röcke. Der Raum schien mit ihr und den beiden anderen Anwesenden voll genug. Vielleicht rührte dieser Eindruck aber auch daher, dass einer von ihnen ein höchst beunruhigender Zeitgenosse war – ein riesiger, dunkelhäutiger Bursche mit seltsamen Symbolen auf der Haut und bunten Federn in den dicken Zöpfen.

Soeben entzündete er die Kerzen, die er an den Spitzen eines auf den Steinboden gezeichneten Pentagramms aufgestellt hatte. Der Wilde bewegte sich lautlos. Katharina hatte ihn nie richtig sprechen, sondern immer nur grunzen hören. Doch der Weiße, der halb nackt innerhalb des Kerzenkreises kniete, kam Katharina fast noch wilder vor.

Das Kerzenlicht tanzte auf den Sehnen von Xaviers Hals, den straffen Schultern, den dunklen Haaren seiner nackten

Brust. Sein langes schwarzes Haar hing ihm ins Gesicht und verdeckte Teile einer langen Narbe an seinem Hals – offenbar hatte ihm einmal jemand die Kehle durchschneiden wollen. Sein Gesicht war kantig und wettergegerbt, dichte schwarze Brauen rahmten tief liegende Augen, die blaugrau schimmerten wie das eisige Wintermeer.

Katharina hatte in ihrem Leben schon viele Astrologen und Seher befragt, darunter die schlauen, belesenen Ruggeri-Brüder und sogar den ehrwürdigen, greisen Nostradamus.

Doch an Xavier war nichts Ehrwürdiges. Dem lebensstrotzenden Mann haftete etwas Animalisches an. Er wirkte wie ein stürmischer Wind, herbeigeweht aus fernen Landen, die kaum je ein zivilisierter Franzose betreten hatte. Nun spannte er die Schultern. Es sah aus wie die Vorbereitung auf einen Kampf und nicht wie die darauf, in Trance zu fallen. Dann nickte er seinem dunkelhäutigen Gefährten zu. Oder war der andere sein Wächter? Sein Famulus? Katharina hatte die zwei schon mehrmals in ihrem Palast empfangen, doch in welcher Beziehung sie zueinander standen, hatte sie noch nicht herausgefunden.

Auf Xaviers Nicken hin trat der Wilde aus dem Kreis der Kerzen. Er nahm eine kleine, schlichte Trommel zur Hand und begann, einen leisen Takt zu schlagen. Xavier breitete die Arme aus und stimmte einen rhythmischen Singsang in einer kehligen fremden Sprache an.

Katharina war viel zu alt und zu klug, um auf eine exotische Darbietung und die Zurschaustellung männlicher Schönheit hereinzufallen. Dennoch verschlang sie Xavier mit Blicken. Der unablässige Trommelschlag und sein tiefer Gesang hallten in ihr wider, sie ließen ihr Herz schneller schlagen und ihr träges Blut rascher durch die Adern strömen.

Trotz des kühlen Tages wurde ihr warm. Eine Erregung überkam sie, die sie seit Jahren nicht mehr empfunden hatte, vielleicht sogar zum letzten Mal, als sie als vierzehnjährige Braut dem strammen jungen Prinzen vorgestellt worden war, der ihr zukünftiger Gemahl werden sollte.

Die Trommeln und Xaviers Stimme wurden lauter und schneller, bis Katharina das Gefühl hatte, gleich würde ihr das Herz aus der Brust springen. Der Mann warf den Kopf zurück, stieß einen wilden Schrei aus und verdrehte die Augen, bis nur noch das Weiße zu sehen war.

Auf einmal verstummte die Trommel, und auch Xavier gab keinen Laut mehr von sich. Seine Arme fielen kraftlos herunter, er starrte mit glasigen Augen ins Leere, so blicklos, als wäre er schlagartig erblindet.

Das einzige Geräusch, das nun im Turm zu hören war, war ein gepresstes Atmen, und Katharina stellte überrascht fest, dass es von ihr kam. Sie presste die Hand auf ihr wild pochendes Herz. Xavier hatte ihr gesagt, dass sie ihn befragen solle, wenn er den tiefsten Punkt seiner Trance erreicht hatte. Sie hoffte, mit diesen Fragen entscheiden zu können, ob der Mann ein Zauberer war, wie er behauptet hatte, oder einer der gewitztesten Betrüger, die ihr je begegnet waren.

Sie räusperte sich und bemühte sich, den Kopf freizubekommen.

»Sagt mir, was Ihr seht, Monsieur«, befahl sie. »Was bringt das nächste Jahr?«

»Es ist eine Zeit großer Veränderung und des Aufruhrs«, erwiderte Xavier mit tiefer, monotoner Stimme. »Eine große Schlacht wird stattfinden, viel Blut wird in einem Krieg vergossen werden.«

»Pah!«, schnaubte Katharina abfällig. »Seit Langem tobt ein Bürgerkrieg zwischen den Katholiken und den elenden Hugenotten, und es sieht nicht so aus, als würde er bald enden. Jeder Narr könnte mir mit einer solch vagen Vorhersage kommen.«

»Wenn Ihr bessere Antworten wollt, müsst Ihr bessere Fragen stellen.«

Katharina dachte kurz nach, dann sagte sie: »Könnt Ihr etwas sehen, was mit dem Herzog von Guise zu tun hat? Wird er meinem Sohn die Herrschaft entreißen?«

»König Heinrich ist vorläufig sicher und wird es auch bleiben, solange er nicht danach trachtet, dem Herzog etwas anzutun. Wenn Seine Majestät hingegen auch nur einen Tropfen Blut des Herzogs vergießt, wird ganz Paris sich gegen ihn erheben.«

»Eine kluge Antwort, Monsieur, aber ebenfalls keine große Enthüllung. Ich warne meinen Sohn schon seit gut zwei Jahren davor. Sagt mir etwas Genaueres. Sagt mir …«

Wie viel Zeit ist mir noch beschieden? Werde ich bald tot sein?

Katharina benetzte die Lippen, konnte sich jedoch nicht durchringen, diese Frage zu stellen. Wollte sie denn wirklich die Stunde ihres Todes wissen? Ihre größte Angst war es, der Leere des Grabes ins Auge zu blicken, in Vergessenheit zu geraten, Leben und Macht zu Staub zerronnen.

Stattdessen stellte sie die eine Frage, mit der sie hoffte, Xaviers Fähigkeiten wirklich auf die Probe stellen zu können.

»Es gibt etwas, wonach ich schon lange suche. Werde ich es je finden?«

Lange Momente verstrichen, ohne dass Xavier ihr eine Antwort gab. Auf seine Stirn traten Schweißperlen, während er konzentriert auf etwas starrte, was sich hinter einem Schleier zu verbergen schien.

Aha, dachte Katharina zynisch, *du schlauer Schuft! Habe ich dich doch so weit gebracht, dass du mir eine zungenfertige Antwort schuldig bleibst.*

In dem Moment, als sie der Farce ein Ende setzen wollte, erwiderte Xavier: »Nein, Ihr werdet das *Buch der Schatten* nie finden. Es ist in London zerstört worden.«

Katharina erstarrte bestürzt. Abgesehen von den Töchtern der Erde, zu denen auch sie gehörte, wusste kaum jemand von diesem Buch, einer Sammlung uralten Wissens und dunkler Geheimnisse, die der Welt vor langer Zeit verloren gegangen waren. Und noch weniger Menschen wussten, dass sich Katharinas verzweifelte Suche nach dem Buch über den Kanal bis nach England erstreckt hatte.

»Wie ist das Buch zerstört worden?«, wollte sie wissen.

»Durch Feuer. Eine Irin namens Catriona O'Hanlon, eine Gesandte der Herrin von Faire Isle, hat mit Eurem Beauftragten, Ambroise Gautier, gekämpft. O'Hanlon hat den Sieg davongetragen und das Buch in Brand gesteckt.«

Katharina stieß einen leisen Schrei aus. Woher sollte Xavier von all diesen Dingen wissen, wenn er nicht wirklich die Gabe des Sehens besaß? Nostradamus war der letzte mit einer solchen Gabe gesegnete Mann gewesen, den Katharina getroffen hatte. Doch das kleine Hochgefühl, das sie verspürte, weil sie nun einen solch mächtigen Seher an der Hand hatte, wurde durch das verdüstert, was Xavier ihr berichtet hatte.

Es war ein gutes Jahr her, dass sie ihren Spion Ambroise Gautier auf der Suche nach diesem Buch nach England geschickt hatte. Als die Wochen sich zu Monaten ausdehnten, hatte Katharina zwar vor Ungeduld gefiebert, doch sie hatte sich um Dringenderes kümmern müssen: der anhaltende Bürgerkrieg, der die Schatzkammer leerte; die wachsende Macht des ehrgeizigen Herzogs von Guise; die zunehmende Unfähigkeit ihres Sohnes Heinrich und ihre nachlassende Gesundheit.

Sie hatte sich schon besorgt gefragt, ob Gautier wohl beschlossen hatte, das *Buch der Schatten* zu behalten, falls er es gefunden hatte. Aber es würde ihm nicht viel nützen, denn es war in einer uralten Sprache verfasst, die, abgesehen von wenigen, nicht einmal weise Frauen entschlüsseln konnten.

Deshalb hatte sie die Hoffnung nicht aufgegeben, dass Gautier ihr das Buch im Gegenzug für die großzügige Belohnung aushändigen würde, die sie ihm in Aussicht gestellt hatte. Doch Xaviers Worte zerstörten diese Hoffnung.

Nun kreuzte sie die Arme vor der Brust, um den Aufruhr der Gefühle zu bändigen, die in ihr tobten: Eine bittere Enttäuschung kämpfte gegen eine glühende Wut, gerichtet gegen Ariane Cheney Deauville.

Als Herrin von Faire Isle war Ariane die Anführerin der Töchter der Erde, vor allem derer, die wie Ariane der Meinung waren, dass die Töchter der Erde einzig und allein danach trachten sollten, zu heilen und ein Lichtstrahl in einer unwissenden Welt zu sein.

So entschlossen Katharina gewesen war, sich das dunkle Wissen anzueignen, das das *Buch der Schatten* barg, so entschlossen war Ariane gewesen, dieses Buch zu zerstören. Offenbar hatte Ariane gewonnen.

Zum Teufel mit dieser Frau und ihrer törichten Naivität und Kurzsichtigkeit! Katharina tat es in der Seele weh, wenn sie daran dachte, was sie mit diesem Buch hätte anfangen können. Mit den fürchterlichen Waffen, die in diesem Zauberwerk angeblich beschrieben wurden, hätte Katharina mühelos den Herzog von Guise und jeden anderen Feind vernichten können. Angeblich barg das Buch Zaubersprüche, die so machtvoll waren, dass sie damit ihre Jugend und Kraft hätte wiedergewinnen können. Manche behaupteten, das *Buch der Schatten* liefere sogar die Antwort auf das Rätsel des Lebens: das Geheimnis der Unsterblichkeit. Nun waren all diese machtvollen Geheimnisse für immer verloren. Sie waren endgültig verschwunden und mit ihnen alle Hoffnungen Katharinas.

Sie schloss die Augen und kämpfte gegen die schwarze Woge der Verzweiflung, die sie zu verschlingen drohte. Erst als sie sich wieder gefasst hatte, wandte sie sich an Xavier, der noch vor ihr kniete.

»Das *Buch der Schatten* befand sich im Besitz eines Mädchens«, sagte sie mit hohler Stimme. »Obwohl sie noch recht jung ist, soll sie eine so begabte Zauberin sein, dass sie das Buch übersetzen konnte. Ihr Name lautete Megaera, auch wenn viele sie die Silberne Rose nannten und behaupteten, dass sie mich eines Tages zerstören würde. Was ist aus ihr geworden? Stellt sie noch immer eine Bedrohung für mich dar?«

Erneut nahm sich Xavier viel Zeit für eine Antwort. Mit gefurchter Stirn erwiderte er schließlich: »Das Mädchen ist aus England verschwunden. Aber ohne das *Buch der Schatten* geht von ihr keine Bedrohung mehr für Euer Majestät aus.«

Verschwunden? Das konnte sich Katharina gut vorstellen,

und sie hatte auch keine Zweifel, wohin. Nachdem diese O'Hanlon das *Buch der Schatten* zerstört hatte, hatte sie Megaera bestimmt nach Faire Isle entführt. Ariane würde in dem Mädchen nur ein Kind sehen, das ihres Schutzes bedurfte, egal, wie gefährlich die Silberne Rose war, das Idol eines Kults verrückter Hexen.

Wenn Megaera tatsächlich Zuflucht auf Faire Isle gefunden hatte, würde das manches erklären, vor allem aber eines: Obwohl die Herrin von Faire Isle in der Heilkunde höchst bewandert war, war sie jahrelang unfruchtbar geblieben. Doch an Weihnachten hatte sie einen Sohn geboren.

Katharina hatte sie bitter beneidet. Die Herrin hatte einen gesunden Sohn zur Welt gebracht, während die königliche Wiege leer blieb. Katharinas erbärmliche Schwiegertochter Louise hatte nichts unversucht gelassen, ein Kind zu empfangen. Sie hatte es mit Kräutern probiert, mit Bädern, mit Pilgerreisen, doch alles war vergeblich gewesen. Verächtliche Pariser munkelten, dass es die Schuld des Königs sei. Wenn der geckenhafte Heinrich mehr Zeit mit seiner Frau als mit seinen geschminkten Höflingen verbringen würde, würde Frankreich sicher bald den notwendigen Erben haben, hieß es immer wieder.

Die Geburt eines gesunden Knaben würde viel dazu beitragen, den wankenden Thron ihres Sohnes zu stützen, und Heinrich, wenn nicht die Liebe, so doch wenigstens die Achtung seines Volkes einbringen. Katharina hatte ihren Stolz hinuntergeschluckt und Ariane einen Brief geschrieben. Erst hatte sie ihr süßlich gratuliert, dann hatte sie wissen wollen, wie Ariane es geschafft hatte. Sie schäumte noch immer vor Wut, wenn sie sich an Arianes trockene Antwort erinnerte.

»Wenn man bedenkt, dass Euer Majestät zehn Kinder geboren haben, sollte man kaum annehmen, dass es nötig wäre, Euch zu erklären, wie Kinder empfangen werden.«

Zum Schluss hatte Ariane noch erwähnt, dass die Geburt ihres Sohnes ein gesegnetes Wunder gewesen sei.

Stimmte das? Oder war es nicht eher so, dass die ach so tugendhafte Ariane so verzweifelt gewesen war, eine dunklere Quelle um Rat zu fragen – die junge Zauberin, die Silberne Rose?

Gedankenverloren zuckte Katharina zusammen, als Xavier zu sprechen begann, obwohl sie ihm keine weiteren Fragen gestellt hatte.

»Wenn Euer Majestät nach Macht streben, müsst Ihr in der Neuen Welt danach suchen, nicht in der alten. Tief in den Urwäldern des Amazonas gibt es Geheimnisse und Zauber, von denen hier keiner träumen würde …«

Katharina hörte nicht weiter zu, denn die Neue Welt interessierte sie nicht.

Der Zauber, nach dem sie trachtete, lag viel näher. Wenn es stimmte, dass Megaera das *Buch der Schatten* übersetzt hatte, war sie wahrscheinlich auch klug genug, um sich an vieles daraus zu erinnern. Vielleicht stellte die Silberne Rose ja gar keine Bedrohung für sie dar, sondern vielmehr eine unglaubliche Bereicherung?

Katharinas Puls beschleunigte sich bei dieser Hoffnung. Sie merkte kaum, dass Xavier aus seiner Trance auftauchte, bis er versuchte, sich zu erheben. Er taumelte und wäre fast niedergestürzt, wenn er nicht von seinem hünenhaften Begleiter gestützt worden wäre. Nun schüttelte er den Kopf, um wieder klarer zu werden, trat aus dem Ring der Kerzen und gesellte sich zu ihr ans Fenster.

Die Kälte, die durch die Öffnung drang, veranlasste Katharina, ihren Umhang enger um sich zu ziehen, doch Xavier schien nichts davon zu spüren, obwohl seine Brust nackt war. Er stemmte eine Hand gegen die Wand und holte tief Luft, wobei sein Brustkorb sich weitete.

Katharina starrte ihn an und bemerkte dabei etwas, was ihr bislang noch gar nicht aufgefallen war: Lange, weiße Narben liefen wie ein Gitter über seinen breiten Rücken. Jemand hatte sich nach Kräften bemüht, ihm mit einer Peitsche den Willen zu brechen. Doch sein entschlossenes, kantiges Kinn und die

Spur von Arroganz um seinen Mund zeigten, dass es diesem Jemand wohl nicht gelungen war.

Er rieb sich die Augen. »Verzeiht mir, Euer Majestät. Die Trance ist immer sehr anstrengend. Ich kann nicht sehr lange in diesem Zustand verweilen.«

»Schon gut. Die Sitzung war sehr produktiv.«

»Wirklich? Ich kann mich nicht an alles erinnern, was geschieht, während ich mich in diesem Zustand befinde. Mein Verstand ist genauso trüb wie diese Stadt.«

Er deutete auf die Welt zu ihren Füßen. »Der elende Nebel hat sich noch nicht aufgelöst. Alle sagen, dass so ein dichter Nebel sehr unnatürlich ist.«

»Und zweifellos sagen sie auch, dass ich ihn heraufbeschworen habe.«

»Und – habt Ihr das?«

Katharina runzelte die Stirn. Viele munkelten, dass sie in der schwarzen Kunst bewandert sei, doch wenige wagten, sie direkt darauf anzusprechen. Xaviers Kühnheit überraschte sie und entlockte ihr ein lautes Lachen. Sie tätschelte seinen Arm.

»Ihr überschätzt meine Macht, Kapitän Xavier. Ich freue mich, dass ich Eure nicht überschätzt habe.«

»Und ich freue mich, dass ich Euer Majestät dienen konnte.«

»Ich hoffe, dass Ihr mir noch mehr dienen könnt«, murmelte sie und ließ die Hand noch kurz auf seiner festen, warmen Haut liegen.

Er lächelte, trat jedoch weg, um sein Hemd zu holen. Als er hineinschlüpfte, juckte es Katharina in den Fingern, ihm zu helfen, die Falten über seiner kraftvollen Brust zu glätten. Sie ballte die Fäuste, um diesen seltsamen Impuls zu unterdrücken, und fragte sich, was zum Teufel in sie gefahren war.

Während Xavier sein Hemd zuschnürte, meinte er entschuldigend: »Ich bin froh, dass ich Euch helfen konnte, aber vorerst kann ich keine weitere derartige Sitzung auf mich nehmen.«

»Mich interessiert nicht nur Eure Gabe, in die Zukunft zu

sehen, sondern auch Euer Geschick als Seefahrer. Ich möchte, dass Ihr eine Reise für mich unternehmt.«

Sein Gesicht leuchtete auf. »Das würde ich sehr gerne. Gebt mir eine kleine Flotte, zwei, drei Schiffe, vielleicht sogar nur ein einziges robustes Gefährt. Ich würde in die abgelegensten Gebiete dieser Welt segeln und Euch Reichtümer bringen, die …«

Sie unterbrach seinen Eifer. »Ich denke an ein viel näheres Ziel. Kennt Ihr Faire Isle?«

Seine Miene verdüsterte sich. »Ich habe davon gehört«, erwiderte er vorsichtig. »Die Insel liegt vor der bretonischen Küste, nicht wahr? Die Insel der Hexen.«

»Das behaupten nur die Unwissenden. Es stimmt allerdings, dass auf der Insel überwiegend Frauen wohnen. Beherrscht wird sie von Ariane Deauville, bekannt als Herrin von Faire Isle. Sie ist sehr bewandert in der Heilkunst.«

»Wenn Ihr Euch für die Heilkunst interessiert, könnt Ihr von den Schamanen in Brasilien weit mehr lernen. Ihr habt ja bereits eine Kostprobe erhalten. Das Elixier aus der Chacrunarinde, das ich Euch gegeben habe, scheint Euch sehr gutgetan zu haben.«

Das Gebräu hatte tatsächlich ihre Schmerzen gelindert und sie so weit gekräftigt, dass sie den anstrengenden Aufstieg bis zum obersten Turmzimmer geschafft hatte. Doch nun begannen ihre Gelenke bereits wieder zu pochen, und ihr graute vor dem Rückweg.

»Leider ist die Wirkung Eures Elixiers nur von kurzer Dauer. Ich suche nach etwas, das länger wirkt.«

»Einen Jungbrunnen? Der Stamm der Arawak behauptet, dass es so etwas in einem Land gibt, das die Spanier La Florida nennen: Dort gibt es eine Quelle, die jedem, der darin badet, zur vollen Blüte der Jugend verhilft. Ich könnte …«

»… Jahre vergeuden bei der Jagd nach solchen Dingen«, fiel ihm Katharina ins Wort. Jahre, die ihr nicht mehr beschieden waren. »Ich will Euch nicht mit der Suche nach einem Mythos beauftragen.«

»Aber was wünscht Ihr dann von mir?«

»Das Mädchen, das sich Megaera nennt. Trotz ihrer Jugend soll sie eine mächtige Zauberin sein und uraltes Wissen besitzen, vielleicht sogar Wissen über das Geheimnis des Lebens.«

»Und dieses Mädchen haltet Ihr für weniger sagenumwoben als den Jungbrunnen?«, fragte Xavier leicht abfällig.

»Ich habe Beweise ihrer Macht gesehen. Sie versteht sich darauf, tödliche Rosen zu züchten und Messer mit einer nadeldünnen Klinge herzustellen, mit denen man Gift direkt in die Adern des Opfers schicken kann.«

»Das klingt, als würde das Mädchen eher den Tod bringen als das Leben.«

»Egal, ich will sie sehen und persönlich herausfinden, wie weit ihr Wissen reicht. Ausgehend von dem, was Ihr mir in Eurer Trance gesagt habt, denke ich, dass sie mittlerweile auf Faire Isle lebt.«

»Dann ladet sie an Euren Hof ein.«

»Diese Einladung würde sie sehr wahrscheinlich ausschlagen«, meinte Katharina. »Es gab ein paar … unangenehme Vorfälle zwischen uns.«

So habe ich zum Beispiel einen Mörder auf sie angesetzt.

Katharina fegte solche Gedanken mit einem leeren Lächeln beiseite.

»Deshalb möchte ich, dass Ihr nach Faire Isle segelt und sie holt. Die Frauen auf der Insel sind Fremden gegenüber außerordentlich zurückhaltend, aber Schiffe legen dort sehr oft an, um Handel zu treiben. Die Anwesenheit eines Kapitäns würde nicht weiter auffallen.

Ihr könnt Megaera finden und sie überreden, nach Paris zu kommen. Wenn ein Mann jemanden mit seinem Charme betören kann, dann Ihr.«

»Und wenn das Mädchen sich meinem Charme gegenüber unempfänglich zeigt?«

»Dann seid Ihr bestimmt klug genug, einen anderen Weg zu finden, um sie mir zu bringen.«

»Und was ist, wenn ich keine Lust verspüre, meine Klugheit für einen solchen Auftrag einzusetzen?«

»Ihr habt mich mit Euren Besuchen und den bewegenden Geschichten von Euren Reisen großartig unterhalten. Darüber hinaus bin ich sehr beeindruckt von Euren hellseherischen Fähigkeiten.« Katharina seufzte. »Aber leider gibt es Menschen in Paris, die nicht so viel von Euch halten, vor allem einen.

Der spanische Botschafter hat mir seine Aufwartung gemacht. Er hat mir etwas von einem französischen Korsaren erzählt, der sich Jaguar nennt. Vielleicht habt Ihr schon von ihm gehört?«

Xaviers Lippen zuckten in der Andeutung eines Lächelns, doch dann erwiderte er ungerührt: »Nein, das habe ich nicht.«

»Dieser Korsar steht im finsteren Ruf, spanischen und portugiesischen Handelsschiffen aufzulauern. Er besitzt einen unerklärlichen Weitblick, dank dem er stets weiß, wo und wann er zuschlagen muss. Die Spanier sind davon überzeugt, dass es nicht mit rechten Dingen zugehen kann, er sich also der Zauberei bedient.«

Katharina musterte Xavier eingehend nach Zeichen von Anspannung oder Unruhe, doch er wirkte nur belustigt.

»Der spanische Botschafter verdächtigt mich, dieser Jaguar zu sein? Seine Exzellenz kam mir wie ein ziemlich nüchterner Mann vor. Wer hätte gedacht, dass er eine derart blühende Fantasie hat?« Xavier grinste. »Die Spanier wollen diesen Jaguar also wegen Piraterie aufknüpfen oder auf dem Scheiterhaufen verbrennen?«

»Am liebsten beides. Deshalb würde ich nur sehr ungern zulassen, dass Euch Seine Exzellenz verhört. Aber vielleicht lasst Ihr mir ja keine andere Wahl.« Katharina breitete missbilligend die Arme aus.

Xaviers Lächeln verblasste. »Mit anderen Worten: Wenn ich nicht nach Faire Isle segle und dieses Mädchen für Euch entführe, droht Ihr, mich der Inquisition auszuliefern.«

Katharina verzog das Gesicht. Wenn man Xavier etwas vorwerfen konnte, dann den Mangel an Finesse, wie sie die Höflinge besaßen. Manchmal war er peinlich direkt.

»Ich würde es nicht so grob ausdrücken, aber Ihr habt schon recht – darauf läuft mein Vorschlag hinaus.«

Über sein Gesicht huschte etwas Dunkles, Gefährliches. Unwillkürlich wich Katharina einen Schritt zurück, denn sie dachte daran, wie verletzlich sie war – allein mit Xavier und seinem dunkelhäutigen Begleiter. Ihren Wachen hatte sie befohlen, am Fuß des Turms auf sie zu warten. Sie waren nicht einmal in Rufweite.

Der Wilde schien nicht viel Französisch zu verstehen, doch Xaviers angespannte Haltung hatte ihn wohl gewarnt, dass etwas nicht stimmte. Der dunkelhäutige Mann baute sich in seiner vollen Größe auf, seine Tätowierungen ließen ihn noch bedrohlicher wirken. Ein Wort von Xavier …

Doch Katharina blieb gefasst. Selbst wenn sie Xavier mit ihrer Drohung verärgert hatte, würde er doch nicht so töricht sein, der Königinwitwe und Königinmutter von Frankreich etwas anzutun. Wie sie ihn einschätzte, wusste er stets, was gut für ihn war, und verhielt sich entsprechend.

Aber wie gut kannte sie ihn eigentlich? Konnte sie ihm wirklich vertrauen? Mit unergründlicher Miene verschränkte er die Arme vor der Brust.

Einst war Katharina eine Expertin in der uralten Kunst der weisen Frauen gewesen, in den Augen zu lesen. Ihr Gegenüber war stets wie ein aufgeschlagenes Buch für sie gewesen, sie hatte mit ihrem Blick jede Maske durchdringen und ihren Mitmenschen jeden Gedanken und jede Erinnerung entlocken können.

Diese Fähigkeit war ihr jedoch mit ihrer schwindenden Sehkraft abhandengekommen. Aber selbst wenn sie sie noch besessen hätte, hätte sie ihr bei Xavier nicht viel geholfen. Wahrscheinlich war dieser Mann ebenso geschickt, Geheimnisse zu wahren, wie sie.

Sie fühlte sich bemüßigt, einen versöhnlicheren Ton anzuschlagen. »Ich verspüre nicht den Wunsch, Euch als gemeinen Piraten an den Galgen zu bringen, Monsieur. Ich denke, Euch ist weit Größeres bestimmt. Findet Megaera, bringt sie mir, und ich werde Euch mit so vielen Schiffen ausrüsten, wie Ihr wollt.«

Einen Moment lang sagte er nichts, dann lächelte er und nahm ihre Hand.

»Ich bin wie immer Euer gehorsamer Diener.« Er küsste ihr die Hand, bei einem solch rauen, ungehobelten Mann wirkte die Geste sehr unnatürlich. In dem Moment erinnerte er sie an jemanden. Aber an wen?

Die Erinnerung neckte sie noch ein wenig, dann verschwand sie wieder, so wenig greifbar wie der Nebel.

2

Endlich hatte sich der Nebel aufgelöst, aber Xavier hielt das nicht für eine Verbesserung. Er starrte auf die mit Abfall übersäten Straßen und die schmalen, dicht aneinandergedrängten Häuser.

Nicht zum ersten Mal in letzter Zeit sehnte er sich nach der scharfen, salzigen Meeresluft in seinen Lungen und den Weiten der offenen See.

Seine Kabine auf der *Miribelle* war weit kleiner als die Kammer in dem Gasthaus, in dem er abgestiegen war, doch er hatte sich noch nie so eingeengt gefühlt wie hier, umgeben von schmuddeligen, grauen Wänden. Heute kam ihm die Kammer noch bedrückender vor, denn die Missbilligung seines Gefährten hing spürbar in der Luft.

Pietro hatte sich über den Waschtisch gebeugt und schrubbte sich die aufgemalten Tätowierungen aus dem Gesicht, in dem sich stolze afrikanische Krieger und Indios aus Panama mischten. Er zupfte die letzten Federn aus seinen Zöpfen und funkelte Xavier böse an. Seine Stimme war tief, und er beherrschte die französische Sprache ebenso makellos wie die spanische. »Ihr treibt ein gefährliches Spiel, Kapitän«, meinte er.

»Ach ja? Nun denn, es sieht nicht so aus, als gewänne ich.« Xavier starrte mürrisch auf das Ding, das er aufs Bett geworfen hatte – einen kleinen Beutel, den er von der Königin erhalten hatte.

»Außerdem kannst du mir wahrhaftig keine Vorhaltungen machen«, fügte er hinzu. »Du hast auf meiner Seite mitgespielt.«

»Nur, um sicherzugehen, dass dieses Teufelsweib Euch nicht verflucht.«

Pietro trocknete sich das Gesicht ab. Seine breite Stirn war sorgenvoll gefurcht. »Aber vielleicht habt Ihr Euch ja selbst verflucht. *Macumbu* ist ein machtvoller Zauber, mit dem man heilen oder nach Erleuchtung trachten soll, nicht nach dem Betrug, den Ihr heute damit angestellt habt. Die Götter werden sich von Euch abwenden, weil Ihr diese Macht missbraucht habt.«

Xavier ließ sich auf einen Stuhl fallen und streckte seine Beine zum Feuer aus, das munter im Kamin prasselte. »Ach, wir wissen doch beide, dass ich keine Macht habe, obwohl meine Trance ja schon fast eine Zaubervorstellung war. Besonders apart fand ich das Augenverdrehen.«

»Ich hoffe nur, dass Ihr es nicht noch einmal versucht. Ihr könnt diese Königin nicht länger hinters Licht führen. Sie ist zwar alt, aber ihr Verstand ist noch messerscharf. Das Weib ist eine Hexe.«

»Das hat mir meine Mutter auch immer gesagt«, murmelte Xavier. Er starrte in die Flammen, die zu einem rotgoldenen Schleier zusammenflossen, und vor seinem inneren Auge tauchten vage Erinnerungen aus seiner Kindheit auf. Katharina, die zu Besuch gekommen war, und Xaviers Mutter, die ihn gezwungen hatte, sich zu verstecken. Im Sakramentenschrank? In ihrem Kleiderschrank? Jedenfalls an einem engen, dunklen Ort.

»Gib keinen Laut von dir, petit, *sonst wird die dunkle Königin dich finden.«*

»Aber was ist mit dir, Maman?*« Xavier umklammerte den Knauf des Holzschwertes, das sein Vater ihm geschenkt hatte. »Lass mich bei dir bleiben. Ich kann dich beschützen, selbst wenn sie eine Hexe ist.«*

»Nein, das kannst du nicht«, hatte seine Mutter erregt erwidert. »Sie darf dich nie sehen, sie darf nie erfahren, dass es dich gibt. Es ist schon schlimm genug, wie diese böse Frau mich benutzt. Willst du, dass sie auch dich benutzt und einen Bauern aus dir macht, den sie im Schachspiel jederzeit opfern kann?«

Diese Drohung hatte ihn verstummen lassen. Im Alter von fünf hatte er sie sehr wörtlich genommen und sich schaudernd vorgestellt, dass die Zauberin ihn finden und mit einem Fluch belegen würde. Seine Arme würden mit seinem Leib verschmelzen, die Beine schrumpfen, bis er so klein war wie ein hölzerner Bauer, dazu verdammt, für immer und ewig auf ihrem Schachbrett zu stehen.

Seitdem hatte er sich oft gefragt, ob damals seine Fantasie mit ihm durchgegangen war oder die seiner Mutter mit ihr. War von der dunklen Königin tatsächlich eine Gefahr ausgegangen, oder hatte seine Mutter bloß mit allen Mitteln versucht, einen ungestümen kleinen Teufelsbraten zu bändigen?

Einerseits schien die Angst, die seine Mutter vor Katharina hatte, echt zu sein, andererseits gab es Zeiten, in denen *Maman* dazu neigte, ein bisschen … überreizt zu sein.

Überreizt?

Oder vielmehr verrückt?

Xavier betastete die Narbe an seinem Hals. Ein Klopfen an der Tür holte ihn aus seinen Gedanken.

Er sprang auf und ergriff sein Schwert. Pietro tat es ihm gleich, die Warnung Katharinas bezüglich des spanischen Botschafters hatten beide nicht vergessen.

»Kapitän?«, rief jemand ruppig.

Pietro atmete langsam aus, und Xavier spürte die Anspannung aus seinen Schultern weichen. Er steckte das Schwert wieder in die Scheide, dann entriegelte er die Tür, um seinen Steuermann einzulassen.

Der kleine Mann auf der Schwelle wirkte alles andere als ehrbar.

Sein Bart war struppig, seine Haut von Salz und Sonne gegerbt, seine Augen unter dichten grauen Brauen zu dauerhaften Schlitzen verengt.

Auch wenn er drahtig war, waren seine Bewegungen durch ein Holzbein beeinträchtigt, das ihm den Spitznamen Jambe de Bois eingebracht hatte. Seine bunt zusammengewürfelte

Kleidung wurde von einem farbenprächtigen Papagei auf seiner Schulter ergänzt.

Der Vogel krächzte laut, als Jambe in die Kammer humpelte und Xavier die Tür wieder verriegelte. Auch Pietro steckte sein Schwert zurück, dann verzog er kopfschüttelnd das Gesicht.

»Sag bloß nicht, du bist mit diesem Ding auf der Schulter durch die Stadt spaziert. Bist du von allen guten Geistern verlassen, *mon ami?* Du weißt doch, wie teuer diese Vögel hier sind. Willst du, dass dir jemand den Schädel einschlägt und diese Kreatur klaut?«

Jambe schnaubte.

»Das möchte ich sehen, dass so ein Halunke versucht, unseren Wassergeusen zu klauen.«

»Ich auch. Dann wären wir die elende Nervensäge wenigstens los.« Xavier duckte sich fluchend, als der Papagei an seinem Kopf vorbeischwirrte und sich aufs Fensterbrett setzte.

Der Vogel legte den Kopf schief, beäugte Xavier boshaft wie immer und kreischte: *»Merde! Merde!«*

Jambe strahlte. »Hört euch nur unseren schlauen Burschen an. Ich habe ihm beigebracht, auf Französisch zu fluchen. Als Nächstes kommen spanische Flüche.«

Als ob das verdammte Vieh nicht schon nervtötend genug wäre, auch ohne dass ihn Jambe mit seiner schrecklichen Aussprache unterrichtete. Jedes Mal, wenn der Alte den Mund aufmachte, verrieten die platten Vokale seine englische Herkunft.

Pietro, der an dem Papagei mehr Gefallen fand als Xavier, lockte den Vogel auf seinen Arm, während Jambe Xavier hoffnungsvoll ansah.

»Und – wie ist es heute gelaufen? Hat sich meine Information als nützlich erwiesen?«

Xavier konnte ein leises Lächeln nicht unterdrücken, auch wenn er von der Sitzung mit Ihrer Majestät ziemlich enttäuscht war. Jambe war wie eine Elster, er sammelte in jedem Hafen Kostbarkeiten in Form von Gesprächsfetzen. Bei mehreren Krügen Bier in Plymouth hatte Jambe einen Matrosen kennengelernt, der vor Kurzem aus Marshalsea, einem Gefängnis in Southwark, freigekommen war. Einer seiner Zellengenossen hatte bei einem Feuer schlimme Verbrennungen davongetragen.

Er hatte hohes Fieber gehabt und in seinem Wahn von dunklen Königinnen und Silbernen Rosen gefaselt. Aus dieser Quelle stammte die außergewöhnliche Geschichte, dass die Königinmutter Katharina auf der Suche nach einem Zauberbuch und dem Mädchen mit dem seltsamen Namen war.

Als Jambe ihm davon berichtet hatte, war Xavier geneigt gewesen, die Geschichte als Unsinn abzutun, hatte sie jedoch in seinem Gedächtnis aufbewahrt. Man konnte nie wissen, wann sich selbst die Faseleien eines Verrückten als nützlich erweisen würden.

»Was du erfahren hast, half mir, die Königinmutter von meinen prophetischen Gaben zu überzeugen«, erklärte Xavier. »Die Geschichte hat sie schwer beeindruckt, aber nicht so, wie wir gehofft hatten. Sie explodierte direkt in mein Gesicht wie eine schlecht geladene Kanone.«

»Was meint Ihr damit? Hat sie die alte Hexe nicht dazu bewogen, ihren Geldbeutel aufzuschnüren?«

Xavier deutete wortlos aufs Bett. Als Jambe den seidenen Beutel entdeckte, rieb er sich die Hände und stürzte sich freudig darauf. Doch als er den kargen Inhalt auf die Matratze leerte, verschwand sein zahnlückiges Grinsen.

»Was zum Teufel soll das? Das ist ja kaum genug, um die *Miribelle* zu flicken und genügend Vorräte zu besorgen, um über den Kanal zu segeln.«

»Leider will die alte Königin, dass wir genau das tun.« In knappen Worten schilderte Xavier, was an diesem Nachmittag im Turm passiert war.

»Also will die alte Hexe, dass Ihr nach Faire Isle segelt und dieses Mädchen sucht.« Jambe stieß einen leisen Pfiff aus und blickte zu Pietro.

Der große Dunkelhäutige streichelte gerade den Kopf des

Papageis, während der spielerisch an seinen Fingern knabberte. Die beiden Matrosen tauschten einen vielsagenden Blick, der Xavier ärgerte, auch wenn keiner der beiden auch nur ein Wort sprach.

Das kommt davon, wenn man zu lange mit denselben Leuten auf einem Schiff unterwegs ist, dachte er. Sie wussten zu viel von einem.

Sowohl Jambe als auch Pietro wussten nur allzu gut, dass Faire Isle der letzte Ort auf Erden war, den Xavier betreten wollte.

Jambe räusperte sich, dann fragte er: »Dann – dann werdet Ihr also den Auftrag der alten Königin ausführen?«

»Nein, lieber fahre ich zur Hölle!«

»Die Hexe wird sich nicht freuen, wenn Ihr ihr trotzt. Sie hat gedroht, uns den Spaniern auszuliefern«, sagte Pietro. Obwohl den Matrosen nichts so leicht erschüttern konnte, entdeckte Xavier eine Spur von Angst in den Augen seines Gefährten.

»Dazu wird es nicht kommen, mein Freund.«

»Ich weiß«, sagte Pietro leise. »Lieber sterbe ich, bevor mich die Spanier lebend zu fassen bekommen.«

Xavier nickte. Ihm ging es genauso, doch Jambe murrte: »Zu all diesem noblen Gerede vom Sterben wäre es nie gekommen, und wir hätten auch keine Königinmutter anbetteln müssen, wenn wir nicht unsere letzte Fracht vergeudet hätten – ein Frachtraum voller afrikanischer Sklaven, die ihr Gewicht in Gold wert waren, und Ihr habt darauf beharrt, sie einfach an Land gehen zu lassen!«

»Ich dachte, ich hätte mich in dieser Sache klar genug ausgedrückt«, erwiderte Xavier. »Ich will mein Glück nicht mit Menschenhandel machen.«

»Warum nicht? Die ganze Welt tut es. Die Türken, die Engländer, die Portugiesen, die Spanier, ja sogar die Afrikaner.« Jambe straffte selbstgerecht die Schultern. »Selbst die Bibel billigt die Sklaverei.«

Unter anderen Umständen hätte Xavier es lustig gefunden,

dass sich ein alter Halunke wie Jambe auf die Heilige Schrift berief, doch jetzt meinte er nur verächtlich: »Davon weiß ich nichts, ich bin kein gläubiger Mensch.«

»Wenn du je ein Sklave gewesen wärst, Jambe, dann würdest du es verstehen«, warf Pietro leise ein.

»Ob Monsieur du Bois es versteht oder nicht, tut nichts zur Sache.« Xavier bedachte seinen Steuermann mit einem eisigen Blick. »Mit mir als Kapitän der *Miribelle* gibt es keinen Sklavenhandel.«

»Na gut, na gut.« Jambe gab sich geschlagen und hob die Hände. »Aber was zum Teufel sollen wir jetzt tun, Kapitän?«

Eine gute Frage, dachte Xavier und sammelte das Geld ein, das Jambe auf dem Bett verstreut hatte. Stirnrunzelnd betrachtete er die Handvoll Münzen. Das war wahrhaftig ein karger Lohn für all seine Bemühungen, die alte Hexe zu umgarnen, und für all die Wochen, die er in dieser vollen, lauten Stadt feststeckte.

Er fragte sich, welcher Teufel ihn geritten hatte, überhaupt nach Paris zurückzukehren. War es die Neugier gewesen, die Stadt seiner Geburt nach all diesen Jahren wiederzusehen? Der Wunsch, die Gespenster aus seiner Jugend endlich begraben zu können?

Irgendeine wirre Vorstellung, dass er sich bemühen würde, achtbar zu werden und die Reise anständig zu finanzieren, von der er immer geträumt hatte – auf unerforschten Meeren zu segeln und Länder zu entdecken, die noch kein Europäer zu Gesicht bekommen hatte? So wie sein einstiger Kapitän Sir Francis Drake?

Aber Drake hatte das Glück, einer Königin zu dienen, die genügend Weitblick besaß, um all die Versprechen, die Aufregung und die guten Gelegenheiten zu schätzen, die die Neue Welt barg. Außerdem unterstützten ihn wohlhabende Londoner Bürger.

In Frankreich hingegen gab es momentan wenig zu holen. Das Land war zermürbt von einem Bürgerkrieg und von Hungersnöten und beherrscht von einem halb verrückten König und einer alternden Zauberin.

Pietro hatte recht. Xavier war ein viel zu großes Wagnis eingegangen, als er versucht hatte, seine Tricks bei Katharina von Medici anzuwenden. Und was hätte er getan, wenn sie ihn erkannt hätte? Oft genug hatte man ihm gesagt, dass er seinem verstorbenen Vater verblüffend ähnlich sah, was Xavier gar nicht gern hörte. Er verspürte nicht den geringsten Wunsch, dem edlen Chevalier zu ähneln.

War es ihm im Grunde um Rache gegangen? Seinen Vater konnte er nicht zur Rechenschaft ziehen für all das Elend, das der Chevalier über sein Leben und das seiner Mutter gebracht hatte. Hatte er sich also stattdessen an der dunklen Königin rächen wollen?

Xavier schüttelte diesen Gedanken ab. Rache erforderte Hass, und er hatte sich immer für einen kühlen, besonnenen Mann gehalten, auch wenn er zugeben musste, dass ihm der Gedanke, Katharina für dumm zu verkaufen, gefallen hatte.

Doch am Ende hatte sie ihn für dumm verkauft. Reumütig steckte er die Münzen in den Beutel und wandte sich an seine Männer, die ihn erwartungsvoll ansahen.

»Ich denke, wir sollten unsere Verluste begrenzen und uns auf den Weg zurück nach Calais und zur *Miribelle* machen.« Er hob den Beutel hoch. »Wenn wir geschickt handeln, sollte das zumindest für ausreichend Proviant sorgen, um die Segel zu setzen.«

Pietro wirkte erleichtert, und Jambe nickte zufrieden, wenn auch ein wenig grimmig.

»Höchste Zeit«, knurrte er. »Aber was dann?«

»Dann werden wir wieder unser Handwerk ausüben.« Xavier kramte ein Fläschchen Branntwein aus einem Beutel. Er hielt es hoch und meinte: »Gentlemen, auf die Seeräuberei!«

Er nahm einen tiefen Schluck, dann reichte er es Jambe. Grinsend meinte der: »Auf die *Miribelle* und auf ein paar dicke spanische Goldschiffe, die ihre Pfade kreuzen!«

Auch Jambe nahm einen Schluck, dann wischte er sich den Mund am Ärmel ab und reichte Pietro die Flasche. Der dunkelhäutige Mann trank, dann fügte er bedächtig, wie es seine Art war, hinzu: »Auf eine ruhige See und einen starken Wind!«

Jawohl, dachte Xavier und nahm noch einmal einen kräftigen Schluck. Ein starker Wind, der ihn nach Brasilien brachte, zu den Inseln der Karibik, zum Ende der Welt.

Irgendwohin, solange er ihn nur weit genug von Frankreich und Faire Isle wegführte.

3

Das Mädchen ist das Buch.«

Meg wimmerte im Schlaf, ihre weichen braunen Haare verhedderten sich auf dem Kopfkissen, während sie sich hin und her warf. Im Traum versuchte sie verzweifelt, den Jungen daran zu hindern, sie an die dunkle Königin zu verraten.

Sie umklammerte Alexander Naismiths Arm. »Sander, warum tust du mir das an? Ich dachte, du bist mein Freund. Ich habe dich geliebt.«

Sander starrte sie kaltherzig an. »Ich war bereit, Euch zu verehren, meine Silberne Rose. Mit Eurem Zauber hätten wir reich und mächtig werden können. Aber Ihr habt nichts davon wissen wollen. Meine Hingabe war mein Tod.«

Er riss sich von ihr los und wandte sich wieder an die dunkle Königin. »Megaera hat sich den Inhalt des Buchs der Schatten *eingeprägt, sie erinnert sich an jedes Wort.«*

»Nein, das stimmt nicht, ich erinnere mich an nichts!«, schrie Meg. »Egal, was Sander Euch erzählt, ich heiße nicht Megaera, ich heiße Margaret Elizabeth Wolfe.«

Katharina lächelte. »Ach, meine Liebe, ich weiß, dass dieser Junge in einem recht hat: Du bist Megaera, die Silberne Rose.«

»Alles andere stimmt ebenso«, beharrte Sander. »Dieses Buch befindet sich in ihrem Gedächtnis.«

»Nichts befindet sich in mir, absolut nichts.«

»Ich fürchte, es gibt nur einen Weg, um das mit Gewissheit sagen zu können, Kind.« Die dunkle Königin stolzierte näher, ihre bauschigen schwarzen Röcke drängten sich an Meg. Sie nahm die goldene Schere zur Hand, die an dem Gürtel um ihre Taille baumelte. »Wir müssen dich aufschneiden und nachsehen.«

»NEIN!«

Meg fuhr keuchend in die Höhe, ihr Nachthemd war schweißnass. Das Mondlicht drängte sich durch die Äste vor ihrem Fenster und warf dunkle Schatten an die Wand, die aussahen wie Klauen, als reichte Katharina von Medicis Griff bis nach Faire Isle.

Meg zitterte und kämpfte dagegen, sich die Decke über den Kopf zu ziehen. Es war doch nur ein Traum, versuchte sie, sich zu trösten; wieder einmal einer ihrer törichten Albträume. Sie hoffte, dass sie im Schlaf nicht laut geschrien und andere Bewohner von Belle Haven aufgeweckt hatte.

Sie spähte über die Bettkante auf die Gestalt, die auf einem Strohsack vor dem Kamin lag. Agatha Butterydoor rührte sich nicht. Die alte Dienerin war ziemlich schwerhörig, ihr tiefer Schlaf wurde von leisem Schnarchen begleitet.

Meg lauschte, ob sich etwas im Flur vor ihrem Zimmer regte. Nichts war zu hören, und nach einer Weile versuchte sie, sich zu entspannen.

Offenbar hatte sie keinen mit ihren Schreien gestört. Das bedeutete allerdings, dass auch keiner herbeieilen würde, um sie zu trösten. Aber eigentlich sollte sie auf so etwas nicht mehr hoffen, mahnte sie sich streng. Sie war jetzt dreizehn Jahre alt, fast erwachsen.

Sie rollte sich auf die Seite und zusammen und presste das Kissen an sich. Dann versuchte sie, den Traum mit vernünftigen Gedanken zu vertreiben. Alexander Naismith war tot. Der hinterhältige junge Schauspieler konnte keinen mehr verraten. Er war in dem Feuer zugrunde gegangen, das auch das *Buch der Schatten* zerstört hatte.

Das Buch war für alle Zeiten verloren. Zumindest gingen alle davon aus. Wie sehr sich Meg wünschte, dass sie recht hätten! Doch ihr ausgezeichnetes Gedächtnis, auf das sie einst so stolz gewesen war, war zu einem Fluch geworden. Sie rieb sich die Schläfen.

Das *Buch der Schatten* befand sich nun tatsächlich in Megs Kopf. Ihr war, als spüre sie die uralten, brüchigen Seiten, die sich von innen gegen ihre Schädeldecke drängten. Wenn die dunkle Königin das herausfand …

Aber wie sollte sie das? Die dunkle Königin war alt, sie war krank, sie hatte mittlerweile keine Macht mehr und auch keinen Einfluss, nicht einmal auf ihren Sohn, den König.

Ariane Deauville versicherte Meg immer wieder, dass die dunkle Königin ihr nichts mehr anhaben konnte. Wie gern Meg ihr das geglaubt hätte! Die Herrin von Faire Isle war zwar überaus weise, aber sie hatte nicht das erlebt, was Meg erlebt hatte; sie hatte nie die Dinge gesehen, die Meg gesehen hatte: erschreckende Visionen, die offenbarten, dass eine Auseinandersetzung zwischen Meg und der dunklen Königin unausweichlich war.

Meg erbebte. Sie tastete unter der Decke nach etwas, was sie dort verborgen hatte. Nachdem sie sich mit einem weiteren besorgten Blick zu Aggie vergewissert hatte, dass die Frau nach wie vor tief schlief, zog Meg eine kleine Glaskugel hervor.

Selbst in ihrer nachtschwarzen Schlafkammer funkelte das Kristall mit seinen dunklen Versuchungen. Unzählige Male hatte Meg beschlossen, sich ihrer Kristallkugel zu entledigen und dieser seltsamen Macht nicht mehr zu erliegen.

Doch immer, wenn sie es geschafft hatte, eine Kerze zu entzünden, ohne Aggie aufzuwecken, war sie dem Zauber der Kugel doch erlegen und in ihre Tiefen eingetaucht, auch wenn die Bilder dort nur zu weiteren Albträumen führten.

Nachdem sie sich eine Weile unentschlossen herumgewälzt hatte, stand sie auf. Sie stieß mit den Zehen gegen einen Stuhl und stolperte. Sie zuckte vor Schmerz zusammen und musste einen Schrei unterdrücken.

Es beunruhigte sie, wie tollpatschig sie im letzten Jahr geworden war. Ihr Körper veränderte sich und war ihr manchmal ganz fremd. Arme und Beine waren zu seltsamen Fremdkörpern geworden, die sprießenden Brüste ein Quell der Verwunderung und der Verlegenheit.

Sie humpelte zum Fenster und öffnete es einen Spalt, froh

über die frische Herbstluft, die ihre erhitzten Wangen kühlte. Ihr Blick schweifte über die mondbeschienene ländliche Idylle – den Garten, der Spuren von Raureif aufwies, die tröstlichen, festen Formen der Ställe und Scheunen und in der Ferne die Silhouette des Apfelhains.

Belle Haven war ein gemütliches Herrenhaus, errichtet in der Mitte der Insel. Was konnte mehr Geborgenheit bieten? Es gab wahrhaftig keinen Grund, sich hier nicht sicher zu fühlen.

Seufzend lehnte Meg den Kopf an den Fensterrahmen. Die kühle Nachtluft, anfangs so erfrischend, überzog nun ihre Arme mit einer Gänsehaut.

Meg wollte das Fenster schon schließen, doch dann bemerkte sie eine Bewegung.

Offensichtlich war sie nicht die Einzige, die schlecht geschlafen hatte. Eine Frau in einem grauen Umhang wanderte durch den Garten, das Mondlicht funkelte auf ihrer blassen Haut und ihrem hellblonden Haar.

Nein, keine Frau, nur der Geist einer Frau. Lady Jane Danvers war so still, so genügsam, und in ihren Augen lag ein tiefes Leid, das Meg richtig verfolgte.

Sie erstarrte, als sie sah, wie Jane im Garten verschwand. Auf einmal schienen die nächtlichen Schatten nicht mehr so friedlich, das Rascheln der Bäume nicht mehr so freundlich. Jane sollte dort draußen nicht allein herumstreifen. Aber andererseits wusste Jane nicht, was Meg in ihrer letzten Vision gesehen hatte, weil Meg sie nicht gewarnt hatte.

Nach einem wachsamen Blick zu Aggie schlich Meg aus der Schlafkammer, schlüpfte in ihre Stiefel und suchte nach ihrem Umhang.

* * *

Jane Danvers streifte durch den Garten, Zweige und Laub raschelten unter ihren Füßen. In ihr hallte die Stimme ihres alten Kindermädchens nach, die mit ihr schimpfte.

»Passt auf Eure Schuhe auf, Mistress Jane! Kommt nicht vom Weg ab!«

Janes Lippen verzogen sich zu einem traurigen Lächeln. Sarahs Ratschläge waren stets so vernünftig gewesen, so schlicht und doch so weise. Kommt nicht vom Weg ab … wenn sie Sarahs Warnung befolgt hätte, wäre sie vielleicht nicht in die Notlage geraten, in der sie sich momentan befand.

Fern der Heimat, ohne einen Penny, mutterseelenallein.

Die kühle Luft des Herbstmorgens drang durch ihren Umhang und ließ sie erzittern. Aber das warme Bett, aus dem sie sich erhoben hatte, lockte sie nicht, wieder ins Haus zurückzukehren. Sie konnte nicht mehr schlafen, denn in ihrem Kopf drängten sich die unerwünschten Gedanken. Er fühlte sich an wie ein übervoller Kleiderschrank. Zu schade, dass man verstörende Gedanken und Erinnerungen nicht so leicht wegwerfen konnte wie abgetragene Kleider.

Wenn sie in ihrem Haus in London eine solch unruhige Nacht erlebt hätte, hätte sie im Vorzimmer ein Feuer entfachen lassen und versucht, sich mit einem Buch Ablenkung zu verschaffen. Oder sie wäre in die große Küche gegangen und hätte der Köchin erlaubt, sie mit einem beruhigenden Becher heißen gewürzten Weins zu verwöhnen.

Aber Belle Haven war nicht Janes Zuhause, egal, wie oft Ariane Deauville sie bat, es als solches zu betrachten. Da sie Arianes Haushalt nicht noch mehr belasten wollte, als sie es ohnehin schon tat, zog Jane es vor, niemanden von ihrer Unruhe wissen zu lassen.

Sie wanderte weiter bis zu einer Bank, die hinter einer dicken Eiche versteckt stand und vom Haus aus nicht zu sehen war. Dort angekommen, fegte sie die feuchten Blätter zur Seite und setzte sich, wobei sie der kalte, harte Stein zusammenzucken ließ.

Sie schlang ihren Umhang fester um sich und tröstete sich damit, dass es wohl nur noch eine Stunde bis zum Morgengrauen war, dem Anbruch eines neuen Tages. Vielleicht würde ihr dann endlich ein sinnvoller Plan für ihre Zukunft einfallen.

Ihre Zukunft … Eigentlich hatte sie keine großen Erwartungen an ihre Zukunft. Mit zweiunddreißig Jahren hatten die meisten Frauen ihren Platz im Leben gefunden, einen Herd, einen Gemahl, eine Familie. Doch sie war kinderlos, sie hatte zwei Ehemänner verloren, und die Verwandten, die ihr noch geblieben waren, zeigten sich kaum geneigt, sie bei sich aufzunehmen.

Als Jane auf der Suche nach einer bequemeren Position ein wenig herumrutschte, hörte sie den Brief in ihrem Umhang rascheln. Sie fragte sich, warum sie die Botschaft nicht ins Feuer geworfen hatte. Selbst ohne den Stachel von Abigails mehrmaliger Ablehnung war es erniedrigend genug gewesen, ihrer in Paris lebenden Cousine zu schreiben und sie anzubetteln, ob sie sich nicht zu den Bentons gesellen dürfe.

Immerhin war Abigail diesmal so ehrlich gewesen, eine Erklärung zu liefern.

Meine liebste Jane, so sehr ich in deiner schwierigen momentanen Lage mit dir leide, so wenig kann ich tun, um dir zu helfen. Zu einer solchen Zeit kommt es sehr ungelegen, dich zu empfangen. Unser Haus in Paris ist randvoll mit englischen Katholiken, die nach Paris ins Exil gegangen sind. Und offen gestanden, meine liebe Cousine, ist dein Ruf nicht der beste.

Niemand macht dir zum Vorwurf, dass du im Tower festgehalten wurdest wegen der Anklage, dich mit anderen gegen Elisabeth verschworen zu haben. Im Gegenteil, man hätte dich hier als Heldin verehrt, wenn du es geschafft hättest, England von seiner häretischen Königin zu befreien.

Doch viele, darunter insbesondere mein lieber Gemahl, sind sehr verstört, dass du der Zauberei beschuldigt worden bist. Du hattest Glück und bist nicht auf dem Scheiterhaufen gelandet, aber George meint, du würdest nicht die angemessene Reue zeigen. Sonst würdest du wohl kaum nun schon ein Jahr auf Faire Isle weilen, einer Insel, von der alle wissen, dass dort überwiegend Hexen hausen …

Bei dem Gedanken an diesen Brief regte sich in Jane ein gewisser Zorn. Abigails letzte Bemerkung fand sie besonders ärgerlich. Sie hätte das letzte Jahr wahrhaftig nicht auf Faire Isle verbracht, wenn sie eine andere Möglichkeit gehabt hätte.

Eigentlich sollte sie Abigail zurückschreiben und ihre Unschuld beteuern. Sie hatte nichts mit einer Verschwörung gegen die Königin zu tun gehabt, und was die Anklage wegen Hexerei betraf, so hätte sich Jane als Letzte in dieser Kunst versucht – und ganz bestimmt nicht, nachdem die zwanghafte Beschäftigung mit der Alchemie ihrem jüngeren Bruder zum Verhängnis geworden war.

Und Abigails geliebter Gemahl George – früher war ihm Jane keineswegs ein unerwünschter Gast gewesen, damals, als er sich Geld bei ihr leihen musste, um seine Spielschulden zu begleichen.

Doch das war ein verbitterter Gedanke, den Jane nach Kräften zu unterdrücken suchte. In gewisser Hinsicht konnte sie sogar nachvollziehen, warum ihre Verwandten vor ihr zurückschreckten. Noch vor einem Jahr wäre auch sie jemandem, der von dieser Hexeninsel kam, mit großer Vorsicht begegnet.

Nein, es waren keine Hexen, gab sich Jane zu bedenken. Ariane und die anderen Frauen auf Faire Isle bezeichneten sich als Töchter der Erde. Und nach einer Weile hatte Jane vieles entdeckt, was ihre Bewunderung erregt hatte, vor allem an Ariane. Die Herrin von Faire Isle war gelehrt und erstaunlich geschickt in der Heilkunst.

Doch die heidnischen Vorstellungen der Herrin waren Jane unheimlich, und noch unheimlicher war ihr deren Fähigkeit, in die Gedankenwelt anderer einzudringen. Egal, wie freundlich Ariane zu ihr war, Jane fürchtete, so richtig wohl würde sie sich hier auf Dauer nicht fühlen.

Das Leben als Katholikin in England barg zwar auch Gefahren und Unsicherheiten, doch immerhin war dort Janes Rolle klar gewesen. Sie war die Witwe eines bekannten Londoner Kaufmanns gewesen, die Herrin über einen großen Haushalt und eine liebende Schwester. Dies alles war ihr nun genommen worden, und sie wusste nicht mehr, wer sie war und wo ihre Pflichten lagen.

Ich bin eine Fremde in der Fremde, dachte sie und erinnerte sich an eine Stelle, die Arianes Nichte ihr am Abend zuvor aus der Hugenottenbibel vorgelesen hatte.

Die junge Seraphine Remy hatte eine hübsche Stimme, sie klang leidenschaftlich und eindringlich, aber als Katholikin wusste Jane, dass sie im Grunde gar nicht hätte zuhören dürfen.

Schuldbewusst griff sie an das goldene Kreuz, das sie stets an einer Kette um den Hals trug.

Plötzlich knackten ein paar Zweige, und sie schrak hoch. Als sie um die Eiche spähte, sah sie in der Ferne eine Laterne aufblitzen. Jemand war aus dem Haus in den Garten getreten. Suchte man sie? War es einer der Dienstboten, oder, schlimmer noch, die Herrin selbst?

Jane errötete, während sie versuchte, sich etwas einfallen zu lassen, warum sie zu einer solch ungewöhnlichen Stunde im Garten von Belle Haven herumstrolchte wie ein Dieb.

»Eure Ladyschaft?« Jemand rief leise nach ihr, und das Licht der Laterne näherte sich. Jane atmete erleichtert auf, als sie Margaret Wolfes Stimme erkannte.

Noch eine Verbannte auf Faire Isle, auch wenn Jane nicht recht wusste, warum sie Meg so sah. Schließlich war das Mädchen in Frankreich geboren und hatte starke Verbindungen zu den Töchtern der Erde – zwei Gründe, warum sie für ein Leben auf dieser Insel geeigneter schien als Jane. Dennoch hatte Jane das Gefühl, dass sich Meg hier genauso verloren vorkam wie sie.

»Jane!«, rief Meg wieder, diesmal lauter und drängender. Sie hielt die Laterne hoch und sah sich so panisch um, dass sie an Jane, die unter dem Baum versteckt saß, beinahe vorbeigehuscht wäre.

Jane stand auf und rief: »Meg, ich bin hier drüben!«

Meg wirbelte herum, das Laternenlicht fiel auf ihr Gesicht, das eisig weiß wirkte inmitten ihrer dichten dunklen Haare. Sie stieß einen zittrigen Atemzug aus. Jane wunderte sich, dass das Mädchen derart erleichtert schien.

Sie stürmte zu Jane und schlang einen Arm um ihre Schultern. Jane blinzelte erstaunt. Meg neigte zu großer Zurückhaltung, nur selten zeigte sie ihre Gefühle.

Trotz ihrer Überraschung erwiderte Jane die Umarmung und murmelte: »Meine Güte, Kind, was ist denn los?«

Als sie Meg an sich zog, spürte sie die schmalen Schultern beben. »Was ist passiert, Margaret?«

»N-nichts. Ich habe gesehen, wie Ihr im Garten verschwunden seid, und ich dachte … ich fürchtete, dass Euch …«

Meg sank auf die Bank, die Jane verlassen hatte, und stellte ihre Laterne ab. »Es ist sehr kühl. Ich – ich machte mir Sorgen, dass Ihr Euch erkälten könntet.«

Jane musterte Meg fragend. Sie hatte den Eindruck, dass Meg ihr nicht alles gesagt hatte, doch sie sprach das Mädchen nicht darauf an, denn sie sah, wie Meg zitterte.

Sie selbst hatte ihr wärmstes Gewand angezogen, bevor sie sich auf ihren nächtlichen Spaziergang gemacht hatte. Meg hingegen hatte nur einen Umhang über ihr Nachthemd geworfen und war mit nackten Füßen in ihre Stiefel geschlüpft.

»Du erkältest dich sehr viel eher als ich«, sagte Jane. Sie beugte sich vor und wickelte den Saum von Megs Umhang um ihre Füße. »Warum bist du denn zu solch einer frühen Stunde schon wach?«

»Dasselbe könnte ich Eure Ladyschaft fragen.«

»Jane, nenn mich doch einfach nur Jane. Mit der Ladyschaft

ist es vorbei«, erinnerte Jane sie. Sie legte Meg vorsichtig eine Hand auf die Wange. Sie fühlte sich eiskalt an.

»Hat dich wieder einer deiner schlimmen Träume gequält?«

Meg schüttelte den Kopf. »Nein, so etwas Kindisches war es nicht. Ich – ich konnte einfach nicht schlafen. Ihr wisst ja, wie es ist, wenn man vor dem Einschlafen noch ein Buch zur Hand nimmt. Dann ist der Kopf vollgestopft mit Wörtern und Ideen.«

Jane setzte sich neben Meg. »Es hat nichts Kindisches an sich, wenn einen Albträume beunruhigen, Meg. Auch ich leide gelegentlich unter solchen Träumen.«

Meg legte den Kopf schief und musterte sie. »Wovon träumt Ihr denn?«

Dass ich in meiner Zelle im Tower eingesperrt bin, vor Kälte zittere, die Ratten im Stroh rascheln höre. Dass Ned die Tür aufbricht, um mich zu retten, mein Bruder trägt ein scharlachrotes Wams. Erst als er näher kommt, merke ich, dass sein Blut den Stoff gefärbt hat, es strömt aus einer klaffenden Wunde an seinem Hals.

Aber von solchen schrecklichen Bildern wollte Jane natürlich keinem Kind erzählen, das unter genügend eigenen Schrecken litt.

Jane rang sich ein brüchiges Lächeln ab. »Ach, manchmal träume ich, dass ich am Hof bin und vergessen habe, mich anzuziehen. Ich mache vor der Königin einen Knicks und trage nur mein Unterhemd.«

»Nein, das tut Ihr nicht!« Meg sah Jane starr in die Augen mit einem Blick, an dem nichts Kindliches war.

Die Laterne zu Megs Füßen warf ein gespenstisches Licht auf die hohen, eckigen Wangenknochen des Mädchens und ihre bleiche Haut. Ihre Augen waren weit geöffnet, in ihrer Eindringlichkeit wirkten sie tiefschwarz. Jane spürte, wie Meg gegen die verriegelten Windungen ihres Verstandes ankämpfte.

»Ihr träumt, dass Ihr noch immer gefangen seid. Ihr träumt von dem Mord an Eurem Bruder.«

Jane setzte zu einer Erwiderung an, doch ihr kam kein Laut

über die Lippen. In dem Moment wurde ihr klar, warum selbst hier auf dieser Insel einige Frauen vor dem Mädchen Angst hatten und sie Megaera nannten, die gefürchtete Silberne Rose.

Sie wandte den Blick ab und rutschte von ihr weg.

»Jane, es – es tut mir leid«, stammelte Meg. Der volle, hallende Ton ihrer Stimme, als sie ihr vorgeworfen hatte, nicht die Wahrheit zu sagen, war verschwunden; nun klang sie leise und zerknirscht. »Ich wollte nicht in Euren Augen lesen. Ich versuche, mich nicht in die Köpfe anderer zu drängen, aber manchmal kann ich gar nicht anders.«

Meg schien zu schrumpfen, von der furchterregenden Megaera war nichts mehr zu sehen, jetzt war sie nur noch ein gequältes junges Mädchen. Sie schlug die Hände vors Gesicht. »Oh, Ihr müsst mich schrecklich hassen.«

»Mein Liebes, wie kommst du nur auf so etwas?«

»Das wisst Ihr doch: wegen der Dinge, die Euch passiert sind. Eure Verhaftung, Eure Gefangenschaft im Tower – es war alles meine Schuld.«

»Ach, Meg, bitte sag so etwas nicht. Darüber haben wir doch schon so oft geredet. Als ich mich an Pater Ballard wandte, hatte ich keine Ahnung, dass er ein Mitglied der Verschwörerbande war, die Königin Elisabeth nach dem Leben trachtete. Aber ich wusste, dass ich gegen das Gesetz verstieß, als ich einen Priester in mein Haus schmuggelte, damit er dort eine Messe lesen konnte. An meiner Verhaftung bin einzig und allein ich schuld.«

»Aber Ihr seid nicht nur des Hochverrats bezichtigt worden, sondern auch der Hexerei, und zwar meinetwegen. Die Königin glaubte, Ihr wärt die Silberne Rose.«

»Das hat Sir Francis Walsingham veranlasst, er hat dieses Lügennetz gewoben«, erinnerte Jane sie, obwohl sie den Namen von Elisabeths Meisterspion kaum über die Lippen brachte, ohne einen abgrundtiefen Hass zu empfinden. Doch sie war ehrlich genug, um hinzuzufügen: »Es hatte zum Teil wohl auch damit zu tun, dass sich mein Bruder so sorglos mit der Alchemie befasst hatte. Als Sir Francis die geheime Werkstatt entdeckte, die Ned in unserem Keller eingerichtet hatte, hatte er genügend Beweise, um mich auf den Scheiterhaufen zu bringen.«

Jane nahm Megs Hand. »Und dort wäre ich auch gelandet, wenn du nicht gewesen wärst. Du hast Elisabeth die Wahrheit gesagt. Ich verdanke dir mein Leben.«

»Nein, Ihr verdankt es ihr. Ihre Majestät hat Euch in ihrer Weisheit und Güte begnadigt.«

Jane war anderer Meinung, was die Güte der Königin anging, doch sie behielt sie für sich. Meg verehrte die Königin von England zutiefst und sah nie auch nur einen Fehler in ihrer Heldin.

»Dennoch bin ich nur freigekommen, weil du so mutig warst. Es war heldenmütig von dir, vor Elisabeth zu treten. Wäre die Königin weniger nachsichtig gestimmt gewesen, wäre die Sache für uns beide vielleicht ganz anders ausgegangen. Du weißt gar nicht, was für ein wahrhaft außergewöhnliches, erstaunliches Mädchen du bist, Margaret.«

»Bitte sagt so etwas nicht.« Meg zog ihre Hand weg, und in ihre Augen traten Tränen. »Solche Dinge haben die Hexen im Zirkel der Silbernen Rose immer über mich gesagt. Meine Mutter hat sie gezwungen, mich wie ein Idol zu verehren. Ich fürchte, *Maman* war wahnsinnig.«

Jane waren Dinge über die verstorbene Cassandra Lascelles zu Ohren gekommen, bei denen sie erbebt war. Sie war froh, dass sich ihre Pfade nie gekreuzt hatten. Doch nun erwiderte sie nur taktvoll: »Ich habe deine Mutter nie getroffen, also kann ich mir auch kein Urteil über sie anmaßen.«

»Das würdet Ihr nie, weil Ihr immer so freundlich seid. Aber Ihr könnt mir ruhig glauben. Sie war besessen von einer Prophezeiung, dass sie eine mächtige Zauberin gebären würde, die die Welt mit ihrer schwarzen Magie erobern würde. Ich war eine Riesenenttäuschung für sie; schon allein der Gedanke, zu solch einem Geschöpf zu werden, bereitete mir Albträume.«

Welch grauenhaftes Erbe für dieses arme Kind, dachte Jane, als

Meg die Arme um sich schlang. In ihrem bleichen Gesicht zeichneten sich deutlich ihre Sommersprossen ab, sodass sie schrecklich jung aussah.

Wenn meine Tochter gelebt hätte, wäre sie jetzt nicht viel älter als Meg.

Dieser Gedanke überraschte Jane. Sie gestattete sich kaum, über das Kind nachzudenken, das sie vor vielen Jahren verloren hatte. Sie war damals selbst noch sehr jung gewesen, und noch dazu unverheiratet, sodass ihr der Verlust eher wie ein Segen und eine Erleichterung erschienen war.

Erst in letzter Zeit hatte sie angefangen, sich an das tot geborene kleine Mädchen mit Trauer und einer schier unerträglichen Sehnsucht zu erinnern, die sie nun dazu brachte, Meg in die Arme zu nehmen. Das Mädchen erstarrte erst, doch dann schmiegte sie sich an Jane.

Jane legte das Kinn auf Megs Kopf und murmelte ins Haar des Mädchens: »Hast du heute Nacht davon geträumt? Von deiner Mutter und der Prophezeiung?«

»Nein.«

Meg blieb so lange stumm, dass Jane schon fürchtete, mehr würde sie nicht zu hören bekommen. Doch schließlich gestand das Mädchen: »Ich – ich habe geträumt, dass Sander noch lebt und mich an die dunkle Königin verrät. Er sagte ihr, dass ich mich noch genau an das *Buch der Schatten* erinnern könne. Es war Unsinn, wie alle Albträume. Es wäre töricht von mir, mich beunruhigen zu lassen.«

Meg bemühte sich, abschätzig zu klingen, doch Jane hörte die Unsicherheit in ihrer Stimme.

»Es ist nicht töricht, meine Liebe.« Jane strich Megs Haare glatt. »Alexander Naismith hat dein Vertrauen und deine Freundschaft grausam missbraucht. Aber er und dieses schreckliche Buch sind vom Feuer vernichtet worden.«

»Ich weiß.«

»Und vor der dunklen Königin brauchst du dich auch nicht mehr zu fürchten«, fuhr Jane fort. »Auf Faire Isle bist du sicher.

Die Herrin ist sehr wachsam. Ihr Schwager Simon Aristide reist regelmäßig nach Paris, um sich umzuhören. Die Gesundheit der alten Königin lässt nach. Sie hat kaum noch Macht über ihren Sohn, den König.«

»Das weiß ich. In meinem Kopf weiß ich das alles. Aber hier …« Meg rückte ein wenig ab und schlug sich mit der Faust auf die Brust, dort, wo ihr Herz saß. »Ich habe immer noch schreckliche Angst. Ihr haltet mich für tapfer, Jane, aber das bin ich nicht. Ich bin so feige, dass ich mir wünsche, mein Papa wäre noch hier, auch wenn das nicht richtig von mir ist.«

»Warum denn? Es ist völlig natürlich, dass du dich nach dem Schutz deines Vaters sehnst.«

»Aber Papa wäre doch nie weggegangen, wenn er gedacht hätte, dass mir Gefahr droht. Und schließlich bin ich kein kleines Mädchen mehr.« Trotz ihrer entschlossenen Worte schlich sich ein sehnsüchtiger Ausdruck in Megs Gesicht. »Als wir auf diese Insel kamen, war mir von Anfang an klar, dass der Ort viel zu zahm ist für einen solch abenteuerlustigen und kühnen Mann wie Martin le Loup.«

»Aber deine Stiefmutter hätte wahrhaftig bleiben können.«

Meg schüttelte den Kopf. »Auch Catriona O'Hanlon ist eine Kämpferin. Abgesehen davon neigt mein Papa gelegentlich dazu, unbesonnen und impulsiv zu handeln. Es erleichtert mich zu wissen, dass Cat an seiner Seite ist und ihn vor Ärger bewahrt.«

Das mochte ja so sein, doch Jane war noch immer der Meinung, dass Martin Wolfe wie auch seine Braut an erster Stelle an Megs Wohl hätten denken sollen.

Meg rutschte noch ein Stück von Jane weg. Ob das Mädchen ihre Gedanken gelesen oder nur erraten hatte, wusste Jane nicht, doch ihr war klar, dass ihr Gesicht häufig viel zu viel preisgab.

»Weder mein Vater noch Cat wären nach Nérac gegangen, wenn es nicht von höchster Bedeutung gewesen wäre«, sagte Meg. »Der Herzog von Guise und sein Heer sind entschlossen, ganz Navarra zu zerstören und auch den letzten Hugenotten einschließlich der Remys zu töten. Gabrielle Remy ist Arianes Schwester, ihr Gemahl der älteste und beste Freund meines Vaters. Kein Wunder, dass Papa an Nicolas Remys Seite kämpfen und ihm helfen will, seine Heimat zu verteidigen. Doch von Euch als Katholikin kann ich wohl kaum Verständnis dafür erwarten.« Meg biss sich auf die Lippe und warf Jane einen flehenden Blick zu. »Aber Ihr würdet doch sicher nicht wollen, dass den Remys ein Leid widerfährt, auch wenn sie Euren Glauben nicht teilen?«

»Natürlich nicht, Kind. Weder Gabrielle noch Nicolas Remy noch sonst jemandem«, beeilte sich Jane zu erwidern. »Schon der Gedanke an Krieg ist mir ein Gräuel, all die sinnlose Zerstörung unter dem Deckmantel der Frömmigkeit, all das Blut von Unschuldigen, das vergossen wird … Es ist – es ist, als würde man eine Wunde in die Erde schlagen.«

Auf Megs Gesicht legte sich ein Lächeln, das die nüchternen Züge des Mädchens völlig verwandelte.

»Aber Jane, Ihr klingt ja von Tag zu Tag mehr wie eine Tochter der Erde.«

»Ach ja?« Diese Vorstellung war Jane nicht angenehm, doch sie lachte. »Ich glaube eher, ich klinge wie eine törichte Frau, die dich mit ihrem Gerede viel zu lange hier draußen aufgehalten hat.«

Megs Laterne war während ihres Gesprächs herabgebrannt, aber das spielte keine große Rolle, denn inzwischen hatte sich der Himmel schon in perlgraue Töne verfärbt.

Jane stand auf und zog die steifen Schultern hoch. »Der Morgen graut, und die Mägde regen bestimmt schon fleißig ihre Hände. Aber vielleicht kannst du ja noch ein bisschen schlafen.«

Sie zog Meg hoch. »Sonst bist du zu müde, um Arianes Unterweisungen zu folgen, wie man Kräuterelixiere herstellt. All dieses Wissen wird sehr wichtig für dich sein, wenn du die nächste Herrin von Faire Isle wirst.«

»Das ist noch keinesfalls sicher«, sagte Meg, während sie Seite an Seite zum Haus zurückgingen.

»Meines Wissens ist es hier Tradition, dass die Herrin ihre Nachfolgerin benennt und unterweist. Und Ariane hat keine Tochter.«

»Ja, aber sie hat eine Nichte, Seraphine. Und außerdem ist da noch Carole Moreau, die schon viel von Ariane gelernt hat.«

»Seraphine ist zu eigensinnig, und Carole ist nicht klug genug.«

»Aber sie stammt von der Insel. Sie ist hier aufgewachsen, ich hingegen …« Meg ließ den Kopf hängen. »Alle auf Faire Isle sind zwar sehr freundlich zu mir, aber ich spüre immer wieder, wie sie mich anschauen und nach einem Zeichen suchen, dass ich vielleicht doch noch zu Megaera werde, der bösen Tochter meiner Mutter.«

Jane hätte Meg gerne widersprochen, doch ihr war klar, dass Meg recht hatte.

»Manchmal wünsche ich mir, ich hätte mich weiter in England verstecken können«, fuhr Meg fort. »Das Leben war viel leichter, als ich einfach nur Margaret Wolfe sein konnte und keiner vor mir Angst hatte oder etwas von mir erwartete. Ich – ich vermisse England, wenn auch bestimmt nicht so stark wie Ihr.«

Sie blieb stehen und warf einen fast schüchternen Blick zu Jane. »Es ist zwar sehr selbstsüchtig von mir, aber ich freue mich über Eure Gesellschaft, obgleich mir klar ist, dass ich Euch verlieren werde. Ihr habt einen Brief aus Paris bekommen. Wahrscheinlich – wahrscheinlich werdet Ihr bald abreisen?«

»Nein, meine Cousine sieht sich außerstande, mich zu empfangen.«

»Oh!«

Megs freudiger Ausruf schien ihr unfreiwillig über die Lippen gekommen zu sein. Sie lief rot an und wirkte etwas verärgert. »Das ist – ich meine, oh, das ist sehr schade. Es tut mir leid, wenn Ihr enttäuscht seid.

Aber mir liegt so viel an Eurer Freundschaft. Im kommenden Frühling wird Ariane die Töchter der Erde zu einem Ratstreffen zusammenrufen. Dann will sie verkünden, wer die nächste Herrin sein wird. Ich – ich werde schrecklich aufgeregt sein. Es wäre mir ein großer Trost, wenn Ihr dann noch hier bei mir wärt.«

Jane starrte das Mädchen überrascht, aber auch gerührt an. Sie war sich im letzten Jahr so verloren vorgekommen, so unnütz, so wertlos. Herauszufinden, dass es jemanden gab, der sie brauchte, nahm der Ablehnung ihrer Cousine den Stachel.

»Ich werde hier sein, Meg«, sagte sie mit einem zaghaften Lächeln. »Ich denke, das kann ich dir versprechen.«

Meg strahlte und umarmte Jane kurz. Doch als sie zurücktrat, war ihr Gesicht wieder nüchtern wie immer.

»Könnt Ihr mir noch etwas versprechen? Dass Ihr nie mehr allein herumstreift, so wie heute Nacht?«

»Ich werde es mir nicht zur Gewohnheit machen, aber Belle Haven ist ein derart friedlicher Ort, und selbst die Wege durch die Wälder sind viel beschritten und sicher.«

»Für andere vielleicht, aber ich glaube, nicht für Euch.«

Als Jane sie überrascht ansah, trat Meg verlegen von einem Fuß auf den anderen. »Ich habe meine Kristallkugel befragt.«

Jane stockte der Atem. »Oh Meg, das sollst du doch nicht! Selbst Ariane billigt es nicht, wenn du dich mit diesem verstörenden Zauber abgibst. Ich dachte, du wolltest die Kugel wegwerfen.«

»Das wollte ich auch, und ich benutze sie wirklich nur sehr selten, weil einige meiner Visionen ...« Meg verstummte, und einen Moment lang wirkte ihr Blick wieder sehr beunruhigend; doch dann schien sie sich innerlich zur Ordnung zu rufen. »Bei meiner letzten Befragung zeigte mir die Kugel nur Bilder von Euch.«

»Von mir?« Jane wich ein wenig zurück.

»Die Vision war nicht so klar wie manch andere, aber Ihr hattet Euch in einem Urwald verlaufen und seid von einer riesigen, wilden schwarzen Katze verfolgt worden.«

Jane war von Megs Befragungen ihrer Kristallkugel ebenso beunruhigt wie von der Fähigkeit des Mädchens, in ihre Gedanken einzudringen. Aber Meg wirkte so besorgt, dass Jane sich nun ein Lächeln abrang und versuchte, die Sache herunterzuspielen.

»Auf Faire Isle gibt es keinen Urwald, und die einzige schwarze Katze, die ich bislang gesehen habe, ist das kleine Kätzchen in der Scheune. Allerdings ist es ein wildes kleines Ding; als ich versucht habe, es hochzunehmen, hat es gefaucht und gekratzt. Aber ich glaube, wir haben Frieden geschlossen, als ich ihm ein Schälchen Milch angeboten habe.«

Doch ihre Worte entlockten Meg kein Lächeln. »Meine Visionen wirken manchmal unverständlich. Sagt mir einfach nur, dass Ihr auf der Hut sein werdet. Versprecht es mir!«

»Na gut, wenn du meinst – ich verspreche es.«

Meg wirkte erleichtert, und die Spannung in ihren Schultern ließ sichtlich nach, als sie den Weg zum Haus fortsetzte. Jane folgte ihr, doch sie war alles andere als beruhigt.

Zum einen hatte sich Meg vor dem Versprechen gedrückt, ihre Kristallkugel wegzuwerfen.

Zum anderen – und das beunruhigte Jane weit mehr – schienen sich Megs Visionen, so unerklärlich sie auch waren, seltsamerweise stets zu bewahrheiten.

4

Frühjahr 1588

Das Schiff durchschnitt den morgendlichen Dunstschleier, es sah aus, als sei es plötzlich aus den Tiefen der See aufgetaucht. Die Segel blähten sich gespenstisch vor dem perlgrauen Himmel, während die *Miribelle* Kurs auf das spanische Frachtschiff hielt.

Anfangs war man auf der *San Felipe* nicht weiter beunruhigt, denn am Mast der *Miribelle* wehte das heilige Kreuz Spaniens. Erst als die Flagge verschwand und keine andere gehisst wurde, machte sich unter den Spaniern Angst breit.

Ein Matrose, scharfäugiger als der Rest, entdeckte die geschnitzte Galionsfigur, eine geduckte schwarze Raubkatze, bereit, sich auf ihr Opfer zu stürzen.

»Ay! Korsaren! Der Jaguar!«, schrie er.

Angst wuchs sich zu Panik aus, alle griffen nach Waffen und luden die Kanonen.

Auf der *Miribelle* fluchte Xavier über den sommersprossigen jungen Burschen, der in seinem Eifer die Flagge zu rasch eingeholt hatte. Die *Miribelle* war noch nicht nah genug, um mit ihren Feldschlangen etwas ausrichten zu können.

Dominique wich vor dem erzürnten Kapitän zurück, doch in Xaviers Stimme schwang eher Verbitterung als Wut. Trotz der hektischen Aktivität an Bord der *San Felipe* würde ihnen das Schiff nicht entkommen. Die *Miribelle* war zwar älter und wahrscheinlich auch nicht so seetüchtig, doch sie war leichter und schneller als das spanische Schiff, das, eine umfangreiche Fracht versprechend, tief im Wasser lag.

Die Fäuste in die Hüften gestemmt, sah Xavier mit grimmiger Zufriedenheit, wie die Entfernung zwischen den beiden Schiffen abnahm. Um ihn herum herrschte reges Treiben. Seine Crew bestand zwar überwiegend aus Herumtreibern, die er in Gefängnissen, Tavernen und auf Kais der unterschiedlichsten Häfen aufgelesen hatte, doch Xavier wusste, dass er sich auf seine Männer verlassen konnte. Wenn es darauf ankam, arbeiteten sie so hervorragend zusammen wie die ausgebildete Mannschaft eines Marineseglers.

Seebären griffen zu Enterhaken, luden Musketen, bereiteten die Kanonen vor. Mit grauen Bartstoppeln bedeckte Gesichter erröteten in Erwartung des kommenden Kampfes. Nur Xavier stand da und rührte sich nicht, er wartete auf den besten Moment, um das Feuer zu eröffnen. Zu seinem Verdruss wurde er in seiner Konzentration gestört, als jemand an seinem Ärmel zupfte.

Mit finsterer Miene sah er auf den jungen Mann neben ihm – auch er ein Herumtreiber, aber einer, auf den er gut hätte verzichten können, vor allem in einem solchen Moment. Pater Bernard war ein Missionar, der mit hochgesteckten Zielen nach Brasilien gegangen war. Er hatte die Seelen der Eingeborenen retten wollen.

Doch stattdessen hatte Xavier *ihn* retten müssen, als er Indios in die Hände gefallen war, die wenig begeistert schienen, sich katholisch taufen zu lassen. Mittlerweile hatte sich der ernste Priester als eine derartige Nervensäge erwiesen, dass sich Xavier manchmal wünschte, ihn den Tupis überlassen zu haben.

»Kapitän, ich muss protestieren«, sagte Pater Bernard. »Ich dachte, Ihr wolltet solch kriegerische Unterfangen einstellen und einen anderen Kurs einschlagen, den der Erforschung und der Erleuchtung.«

»Das hatte ich auch vor, bis die alte französische Königin mich mit der jämmerlichen Größe ihres Geldbeutels erleuchtet hat. Außerdem betrachte ich das hier nicht als kriegerisches Unterfangen, sondern als kommerzielle Transaktion.«

»Es ist ein kriegerischer Akt, mein Sohn, und zwischen Frankreich und Spanien herrscht Frieden.«

»Das mag für die zivilisierten Höfe Europas gelten, doch Ihr seid inzwischen lange genug mit mir gesegelt, um zu wissen, dass hinter dem Längengrad, der die Grenzen zur Neuen Welt markiert, nur ein Gesetz herrscht: Hinter dieser Linie gibt es keinen Frieden. Und jetzt tut mir den Gefallen und verschwindet nach unten.«

Gereizt fügte er hinzu: »Außerdem bin ich nicht Euer Sohn!«

Er wandte sich ab und gab laut brüllend den Befehl zum Angriff. Die *Miribelle* schwankte, als die Kanonen die erste Salve abfeuerten. Auch die *San Felipe* eröffnete das Feuer, es rauchte und donnerte, doch beide Schiffe blieben unversehrt. Auf offener See richteten Kanonen nicht so viel aus, wie sie es getan hätten, wenn es Xavier gelungen wäre, das spanische Schiff in eine Bucht zu drängen.

Pater Bernard hielt sich die Ohren zu und lief hinter Xavier her. »Eure Leute sind ungestüme Kämpfer, und ihr seid den spanischen Kaufleuten weit überlegen. Das wird in Mord und Totschlag enden.«

»Nicht, wenn sich die Spanier vernünftig verhalten.«

»Wird Eure Mannschaft das denn auch?«

Der Priester deutete besorgt auf Pietro. Der große dunkelhäutige Mann hatte sich bis zur Taille entblößt und die schwarzen Wangen mit Farbe beschmiert. Er war mit einer Pistole und einem Entermesser bewaffnet. Die Wildheit, die sich in Pietros normalerweise freundlichem Gesicht spiegelte, gab selbst Xavier zu denken.

Er trat neben ihn und legte eine Hand auf seinen Arm. »Denk daran, es geht nicht darum, alte Rechnungen zu begleichen. Wenn sich die Leute ergeben, soll kein Blut vergossen werden. Mäßige dich, mein Freund. Wir wollen den guten Pater hier nicht erschrecken, wenn wir uns aufführen wie …«

»Wie Piraten?«, fiel im Pietro ins Wort.

»Ich wollte sagen wie Spanier.«

Pietro bleckte grinsend die Zähne. »Ich übernehme die Verantwortung für mein Handeln, Kapitän. Tut Ihr es für Eures.«

Etwas flog zischend vorbei, eine Pistolenkugel traf den Besanmast, Splitter flogen durch die Luft. Auf der *San Felipe* gab es offenbar mindestens einen guten Schützen, wenn es nicht das reine Glück gewesen war. Beinahe hätte die Kugel Pater Bernard getroffen. Der Narr blinzelte, er begriff wohl gar nicht recht, mit welch knapper Not er gerade dem Tode entronnen war.

Xavier schubste den Priester grob zur Seite. »Verflucht, geht unter Deck, und zwar sofort!«

Sie hatten sich ihren Gegnern mittlerweile so weit genähert, dass die Enterhaken zum Einsatz kommen konnten. Die Schreie, der Rauch und das Chaos des Kampfes steigerten sich, als Xavier sein Schwert zückte, über die Reling der *San Felipe* kletterte und seine Männer zum Angriff führte.

Die spanische Mannschaft war so eingeschüchtert von Xaviers Ruf und der Wildheit seiner Männer, dass sie wenig Gegenwehr leistete.

Selbst der junge Dominique behauptete sich wacker gegen einen weit größeren Gegner. Doch plötzlich tauchte der Kapitän der Spanier hinter ihm auf, und noch bevor Xavier ihn mit einem Schrei warnen konnte, hatte der Kapitän dem Jungen schon einen Schuss in den Rücken verpasst. Dominique riss die Augen auf, scharlachrotes Blut färbte sein weißes Hemd, er brach zusammen.

Wutschnaubend fällte Xavier Dominiques Gegner, dann stellte er sich dem spanischen Kapitän. Ihre Schwerter prallten so heftig aufeinander, dass die Funken stoben. Der Spanier war ein kleiner, gewandter Mann, der recht geschickt mit seiner Waffe umgehen konnte, doch Xavier überwältigte ihn schon allein mit seiner Wut.

Das Kampfgetöse, der Geruch von Blut und die spanischen Laute riefen in Xavier bittere Erinnerungen wach: die rauchenden Ruinen einer französischen Siedlung; die verkohlten Reste von Männern, Frauen und Kindern; die Ketten, die Xaviers Handgelenke wund scheuerten; seine Arme, die schmerzten, weil sie an ein Ruder der Galeone festgebunden waren; das erstickende Gefühl, lebendig begraben zu sein; das Brennen von Peitschenhieben auf seiner Haut.

Er nahm kaum wahr, dass er dem spanischen Kapitän das Schwert aus der Hand geschlagen hatte, das nun quer übers Deck flog.

Der Mann sank in die Knie, Xavier nahm sein Gesicht nur noch verschwommen wahr. Er wollte gerade zum Todesstoß ansetzen, als ihn starke, raue Hände daran hinderten und seinen Arm festhielten.

Fauchend versuchte er, sich zu befreien. Auch Pietros Gesicht verschwamm vor ihm, doch die kühle Stimme des Schwarzen drang durch den Schleier seiner Wut.

»Kapitän! Das Schiff gehört uns, dieser Mann hat sich ergeben!«

Xavier blinzelte. Er sah den spanischen Kapitän zu seinen Füßen kauern, mit einer hoch erhobenen, zitternden Hand wollte er sich wohl schützen, aber auch um Gnade flehen. Xavier lief rot an, plötzlich schämte er sich. Doch in Pietros dunklen Augen entdeckte er Verständnis.

Tief durchatmend taumelte er an die Reling und hielt sich daran fest, bis er sich wieder gefasst hatte.

Als er sich umsah, erkannte er, dass Pietro recht gehabt hatte: Das Schiff gehörte tatsächlich ihnen. Die spanische Mannschaft hatte die Waffen weggeworfen, die Männer wirkten genauso jämmerlich und geschlagen wie ihr Kapitän.

Nachdem er sich wieder in der Gewalt hatte, machte er eine Bestandsaufnahme seiner Männer: Er hatte nur zwei verloren, einer war tot, und Dominiques Lebensgeister verließen ihn rasch.

Der törichte Priester hatte Xaviers Befehl missachtet und war ebenfalls auf das spanische Schiff geklettert. Pater Bernard beugte sich über Dominique und versuchte, dem Jungen die Beichte abzunehmen und die Letzte Ölung zu geben. Doch der Junge hatte nichts zu beichten, bis auf die Sünden, die er begangen hatte, seit er sich Xaviers Mannschaft angeschlossen hatte.

Xavier schob den Priester unwirsch zur Seite und kniete sich neben Dominique.

Der Junge umklammerte Xaviers Hand, sein Gesicht war kreidebleich und schmerzverzerrt.

»Das – das mit der Flagge tut mir leid, Kapitän«, flüsterte er.

»Nicht so schlimm, Junge. Wir haben gewonnen. Dein Anteil an unserer Beute wird dich reich machen.«

»Gold? Gibt es Gold?«

Xavier hatte keine Ahnung, was das Schiff geladen hatte, doch er nickte.

Als Dominique zu lächeln versuchte, hustete er Blut. Sein Griff um Xaviers Hand erschlaffte, doch der Junge suchte verzweifelt nach Xaviers Augen.

»M-mutter … Schwester …«

Er brachte kein Wort mehr heraus, aber Xavier verstand, worum es ihm ging. Er drückte die Hand des Jungen.

»Mach dir keine Sorgen. Ich werde persönlich nach St. Malo gehen und dafür sorgen, dass sie ihr Auskommen haben. Ich schwöre dir, solange ich lebe, soll es ihnen an nichts fehlen.«

Xavier hielt inne. Ob Dominique sein Versprechen gehört hatte, wusste er nicht, denn die Hand des Jungen war schlaff, und seine Augen waren leer. Xavier suchte vergeblich nach dem Puls – der Junge war tot.

Xavier blieb noch eine Weile neben ihm knien. Wie alt war Dominique wohl gewesen? Zwölf? Dreizehn? Nur mit Mühe erinnerte er sich daran, dass er selbst sogar noch jünger gewesen war, als er seinem Vater zur See gefolgt war.

Als Dominiques Kapitän hätte er jetzt wohl ein paar Worte über dem Jungen murmeln sollen. Wäre er gläubig gewesen, hätte er ein Gebet gesprochen. Aber seinen Glauben an Gott hatte er schon vor langer Zeit verloren. Es war so lange her, dass er sich nicht mehr genau erinnern konnte.

Er ließ Dominiques Hand los, stand auf und überließ es Pater Bernard, dem Jungen die Augen zu schließen und ein Kreuzzeichen über ihm zu machen.

Als Xavier zu dem spanischen Kapitän trat, war der geschlagene Mann aufgestanden und versuchte gerade, seine Würde wiederzuerlangen. Er zuckte zusammen, als er Xavier kommen sah, doch dann schaffte er es, mit zittriger Stimme zu verkünden: »Ich bin Kapitän Miguel Antonio Sebastian de Lopez.«

Xavier schnaubte höhnisch. »Ein großer Name für einen solch kleinen Mann.«

»Ich muss gegen Euren ruchlosen Angriff protestieren, Señor. Das ist ein Skandal!«

»Ganz Eurer Meinung.« Xavier deutete auf Dominique. »Findet Ihr es ehrenhaft, einen Jungen von hinten zu erschießen?«

»Wenn man es mit Piraten zu tun hat, spielt die Ehre keine Rolle mehr.«

»Wie praktisch. Ich wundere mich immer wieder, wie viele Anhänge der spanische Ehrenkodex hat.«

Der kleine Mann wurde zornig. »Soll ich mich von einem ehrlosen französischen Briganten kritisieren lassen? Wahrscheinlich werdet Ihr mich nicht nur ausrauben, sondern auch alle meine Leute abschlachten.«

»Ihr und Eure Leute seid meine Gefangenen. Jeder soll gut behandelt werden, ausgenommen Ihr vielleicht. Euch sollte ich wohl wegen Mordes an der Rah aufhängen.«

Kapitän Lopez erbleichte bei der Drohung. Pater Bernard hatte sie wohl ebenfalls vernommen, denn er stieß einen schwachen Protestschrei aus. Xavier achtete auf keinen der beiden. Er marschierte davon und gab seinen Leuten den knappen Befehl, die Gefangenen und die Fracht auf die *Miribelle* zu bringen.

Die Fracht erwies sich als eine kleine Truhe Silber und eine Ladung Tropenholz.

Es waren nicht die Schatztruhen voller Gold, auf die seine Männer immer hofften, doch das Holz würde auf Europas Märkten einen anständigen Preis erzielen. Xavier durchwühlte die Kapitänskajüte nach den Dingen, die ihm am wertvollsten waren.

Es gab viele unbekannte Gebiete, doch nur wenige brauchbare Karten. Xavier wollte alles wissen über die Meere, auf denen er noch nie gesegelt war, und über die Länder, die er noch nie betreten hatte. Während er die Karten einsammelte, die ihm in die Hände fielen, hörte er am Klacken eines Holzbeins, dass sein Steuermann unterwegs war, ihm Bericht zu erstatten.

»Die Ladung ist nahezu vollständig drüben, Kapitän. Dauert nicht mehr lang.«

»Gut. Sobald alles auf der *Miribelle* ist, werden wir die *San Felipe* versenken.«

»Ist das nicht eine ziemliche Verschwendung?«

»Zweifellos, aber wir haben nicht genug Leute, um sie zu bemannen.«

Vielleicht wäre das anders gewesen, wenn er die französische Hexe hätte überreden können, seine Reise angemessen zu finanzieren, anstatt ihm … Aber Xavier dachte diesen Gedanken nicht zu Ende. Es hatte wenig Zweck, sich weiter darüber zu ärgern.

Jambe kratzte sich stirnrunzelnd den struppigen Bart. »Verzeiht, Kapitän, aber statt dieses Schiffes sollten wir vielleicht lieber die *Miribelle* versenken. Das Schiff hier ist viel stabiler und seetüchtiger als unseres.«

Xavier zögerte, denn er wusste, dass der alte Seebär recht hatte. Die *Miribelle* war jahrelang strapaziert worden, sie war das letzte Schiff aus der kleinen Flotte, mit der sein Vater von Frankreich aufgebrochen war. Xavier fragte sich, wie gut sein Schiff einen weiteren heftigen Sturm überstehen würde. Aber bei dem Gedanken, die *Miribelle* zu versenken, schnürte sich ihm die Brust zusammen.

Er schüttelte den Kopf. »Die *San Felipe* ist wie viele spanische Schiffe nicht sehr schnittig. Ich stimme dir zwar zu, dass wir die *Miribelle* demnächst ersetzen sollten, aber ich werde unsere Lady nicht für einen schwerfälligen Klotz wie diesen aufgeben.«

»Und was soll aus den gefangenen Spaniern werden?«, wollte Jambe wissen. »Was soll mit ihnen geschehen, wenn wir ihr Schiff versenkt haben?«

»Mir wird schon etwas Passendes einfallen«, erwiderte Xavier mit einem verkniffenen Grinsen.

* * *

Xavier ließ die Spanier über ihr Schicksal zwei Tage lang im Ungewissen, und er musste zugeben, dass ihm das ein diebisches Vergnügen bereitete. Vielleicht wurde er doch der Urwaldkatze zu ähnlich, der er seinen Spitznamen verdankte, weil er so gern mit seiner Beute spielte. Doch er beruhigte sein schlechtes Gewissen mit dem Gedanken, dass dies eine milde Form der Grausamkeit war, gemessen an dem, was der spanische Kapitän im umgekehrten Fall mit ihm und seinen Männer angestellt hätte.

Der knappe Proviant erlaubte es ihm nicht, die Folter allzu lange auszudehnen. Am dritten Morgen ließ er die Gefangenen in einer abgelegenen Bucht der Halbinsel La Florida an Land.

Xavier begleitete die Spanier persönlich und wies Kapitän Lopez die Richtung. »Ein oder zwei Tagesmärsche werden Euch zu einer spanischen Siedlung bringen. Unterwegs findet Ihr genug Wasser und Nahrung.«

Als Lopez etwas erwidern wollte, schnitt ihm Xavier das Wort ab. »Ihr braucht Euch nicht für meine Großzügigkeit zu bedanken, Kapitän.«

»G-großzügigkeit?«

Der kleine Mann stotterte vor Empörung. Seit er gemerkt hatte, dass er verschont werden würde, war er wieder so draufgängerisch und hochmütig wie eh und je.

Er funkelte Xavier wütend an. »Ihr habt Euch im Namen Eures Landes einen großen Feind gemacht.«

»Ihr irrt Euch, Señor«, entgegnete Xavier. »Ich habe kein Land.«

»Pah! Glaubt Ihr, Ihr könnt mich täuschen? Ihr seid ein Franzose, ein ebenso gesetzloser und arroganter Korsar wie diese englischen Piraten, die den spanischen Schiffen auflauern. Nun, die Engländer werden für ihre Unverschämtheit als Erste bezahlen, sie und ihre ketzerische Königin Elisabeth. Philipp, Seine höchst ehrenwerte katholische Majestät von Spanien, wird …«

Lopez verstummte schlagartig.

In seiner Befürchtung, beinahe ein wohl gehütetes Geheimnis verraten zu haben, sah er so komisch aus, dass Xavier lachen musste.

»Keine Sorge, Señor, Ihr sagt mir nichts Neues. Selbst hier am Ende der Welt haben wir Gerüchte über das große Unternehmen der Spanier vernommen, die riesige Armada, die in Madrid zusammengestellt wird, die Hoffnung Eures Königs, in England einzumarschieren.«

»Das ist keine Hoffnung, Señor. Bald wird es so weit sein. Und wenn König Philipp mit den englischen Hunden fertig ist, wird er unverschämte Franzosen wie Euch bestrafen.«

»Ich werde zitternd auf die Ankunft Seiner Majestät warten. Aber zitternd des Alters wegen; bis dahin werde ich nämlich ein alter Mann sein.«

»So lange werdet Ihr nicht leben, Señor«, fauchte Lopez.

»Damit könntet Ihr recht haben. Aber dieses Gespräch wird öde, und Ihr habt noch einen langen Marsch vor Euch.« Xavier deutete eine spöttische Verbeugung an, dann kehrte er zu seinen wartenden Beibooten zurück.

Lopez kochte vor Wut, doch ihm blieb nichts anderes übrig,

als seine Männer um sich zu scharen und sich auf den Weg zu machen. »Seine höchst katholische Majestät wird von diesem Frevel erfahren, das schwöre ich!«, schimpfte er lauthals.

Als Xavier ins Beiboot kletterte, konnte er sich das letzte Wort nicht verkneifen. Laut rief er: »Ich werde König Philipp eine Botschaft in Eurem Namen senden. Das wird mir aller Wahrscheinlichkeit nach eher gelingen als Euch. Voraussichtlich werde ich nämlich in sechs Wochen bei St. Malo vor Anker liegen.«

5

Xaviers Vorhersage erwies sich als zu optimistisch. Die Überquerung des Atlantiks verlief zwar ereignislos, doch etwa zwanzig Seelmeilen vor der französischen Küste suchte die *Miribelle* etwas heim, was manche Seefahrer mehr fürchteten als einen Sturm: eine völlige Flaute. Kein Lüftchen regte sich, tagelang hingen die Segel der *Miribelle* schlaff an den Masten, und das Schiff bewegte sich so wenig, als läge es vor Anker.

Xavier schäumte vor Wut, dass sie so kurz vor ihrem Ziel aufgehalten wurden. Doch er wusste, dass es schlimmer hätte kommen können. Einmal war er mit seiner Mannschaft so lang mitten auf dem Meer festgesessen, dass sie gekochtes Leder hatten essen müssen. Zumindest sah es jetzt so aus, als würde ihr Proviant reichen, obwohl die Männer zu murren anfingen, als Xavier die Rumration verringerte.

Müßige Seebären kamen oft auf dumme Gedanken, aber Xavier vertraute darauf, dass sein Respekt gebietender Steuermann die Mannschaft genügend arbeiten ließ, um sie davon abzuhalten, sich gegenseitig an die Gurgel zu gehen.

Bemüht, seine Rastlosigkeit zu bändigen, kehrte Xavier in seine Kabine zurück. Der enge Raum bot kaum genug Platz, um aufrecht zu stehen, und war nur mit dem Nötigsten versehen: einer schmalen Koje, einem kleinen Schreibtisch, Xaviers Seemannskiste und einem hölzernen Käfig an der Wand für den elenden Papagei. Hinter den Stäben beäugte ihn der Vogel mit seinen Knopfaugen und fing an, laut zu kreischen.

»Hol dich der Teufel! Hol dich der Teufel!«

»Das beruht auf Gegenseitigkeit«, murrte Xavier. Als der Vogel weiterkreischte, warf Xavier seinen Umhang über den Käfig, um das Geschöpf zum Schweigen zu bringen. Er setzte sich an den Schreibtisch und brachte das Logbuch auf den neuesten Stand. Dann beugte er sich über die Karten, die er auf der *San Felipe* gefunden hatte.

Sie waren ziemlich enttäuschend. Xavier hatte auf detaillierte Angaben über die Meerenge von Panama gehofft und darüber, was dahinter lag, vielleicht sogar einen Hinweis auf eine Route zu dem sagenumwobenen Land, von dem Marco Polo einst geschrieben hatte, einem Ort, den der Forscher nur als *Strand* bezeichnet hatte.

Aber die *San Felipe* hatte keine großartigen Reisen hinter sich, sie hatte sich nur in den Gebieten aufgehalten, die Xavier bereits mit eigenen Augen gesehen hatte. Interessanter waren die Briefe, die Xavier aus Kapitän Lopez' Kabine mitgenommen hatte. Einer davon war in einem Code verfasst, den Xavier zu knacken beschloss, und sei es nur, um sich in den Tagen erzwungener Muße ein wenig abzulenken.

Zu seiner großen Zufriedenheit gelang es ihm schließlich, den Code zu entschlüsseln. Die Botschaft stammte von einem der kürzlich ernannten Gouverneure von La Florida und war an den Herzog von Medina Sidonia gerichtet.

Als Erstes gratulierte der Gouverneur seinem alten Freund Medina Sidonia zu dessen Ernennung zum Admiral der Armada. Dann erklärte er, dass der Erlös aus der Fracht der *San Felipe* in den Beutel eines mächtigen französischen Edelmanns fließen solle, nämlich in den des Herzogs von Guise.

> *… Der Herzog ist ein gläubiger Katholik und gerne bereit, Seiner Majestät bei seinem Unterfangen zu helfen, die ketzerischen Engländer und ihre Königin zu vernichten. Wenn wir nur gleichermaßen auf die Unterstützung des französischen Königs hoffen könnten! Aber Heinrich Valois ist ein höchst sprunghafter Mann. Viele behaupten sogar, er sei wahnsinnig. Früher ist er den Protestanten in seinem Land viel zu nachsichtig begegnet. Man befürchtet, dass es Heinrich sogar in den Sinn*

kommen könnte, Elisabeth zu Hilfe zu eilen. Das muss natürlich tunlichst verhindert werden.

Seine Mutter Königinwitwe Katharina behauptet, den Spaniern freundlich gesinnt zu sein, doch man kann nur eines mit Gewissheit sagen: Der italienischen Hexe ist nicht zu trauen. Ich habe erfahren, dass ihre Gesundheit schwindet und auch ihre Macht und ihr Einfluss abgenommen haben. Ich persönlich kann das kaum glauben. Ich fürchte, wir werden von den Intrigen dieser machiavellistischen Person erst verschont, wenn sie in ihrem Grab liegt.

Spaniens einzige Hoffnung auf ein Bündnis mit Frankreich liegt bei dem Herzog von Guise. Der Herzog hat versprochen, für eine Ablenkung zu sorgen, die den französischen König daran hindern soll, England militärisch zu unterstützen, falls er das wirklich vorhat.

Eine Ablenkung? Xavier runzelte die Stirn. Was zum Teufel sollte das heißen? Das Treiben des Herzogs war wahrhaftig frevlerisch. Es grenzte an Hochverrat, wenn er nach der Pfeife des Königs von Spanien tanzte und Schmiergelder von einem Land annahm, das Frankreichs ältester Feind war.

Aber Xavier wusste nicht, was er dagegen tun konnte, selbst wenn er gewollt hätte. Auf seinem Abstecher nach Paris hatte er einen Einblick in die politischen Intrigen und den Glaubenskampf erhalten, die den Hof von Katharina von Medici und ihrem halb wahnsinnigen Sohn vergifteten. Er war von Herzen froh gewesen, wegzusegeln und das alles hinter sich zu lassen.

Der Brief klang, als stünde die Entsendung der Armada unmittelbar bevor. Vielleicht würden die Spanier bereits dieses Frühjahr in See stechen? Xavier überlegte, ob er dafür sorgen sollte, dass der Brief in die Hände eines Engländers fiel, vielleicht sogar in die von Sir Francis Drake.

Er hatte ein Jahr mit Drake auf dessen Schiff verbracht. Ja, er verdankte Sir Francis sogar sein Leben und seine Freiheit, und er hasste es, in der Schuld eines anderen zu stehen. Aber im Grunde war dieser Brief so ungenau, dass er Drake oder wem auch sonst wahrscheinlich nicht viel nützen würde.

Pater Bernard störte ihn in seinen Grübeleien. Zu seinem Verdruss spähte der junge Priester in die Kabine und betrachtete ihn mit einem sehnsüchtigen Blick.

Meist war Pater Bernard damit beschäftigt, der Besatzung seelsorgerischen Beistand anzubieten, und viele nahmen dieses Angebot sogar recht freudig an. Nur deshalb hatte Xavier ihn noch nicht seines Schiffes verwiesen.

Aber mittlerweile hatte er sich die ärgerliche Angewohnheit zugelegt, Xaviers Nähe zu suchen, als hoffte er, auch sein Beichtvater zu werden. Xavier hatte keinen Bedarf an einem Beichtvater, und noch viel weniger an einem, der versuchte, die väterliche Rolle zu spielen. Zumal Pater Bernard einige Jahre jünger war als er, und er ihm ein ganzes Leben an Erfahrung voraushatte.

Als Xavier ihm keine Beachtung schenkte, räusperte sich der Priester. »Ich – ich hoffe, ich störe Euch nicht, Kapitän.«

»Doch, das tut Ihr«, sagte Xavier, ohne den Blick von den Unterlagen auf seinem Schreibtisch zu heben.

Vater Bernard ließ sich von seiner Schroffheit nicht abschrecken – das tat er nie. Er trat nur von einem Fuß auf den anderen und probierte es erneut.

»Ich dachte, vielleicht würdet Ihr gern wissen, dass noch kein Wind aufgekommen ist.«

»Ach nein? Das wundert mich aber.«

»Glaubt Ihr denn, es wird bald einer aufkommen?«

»Keine Ahnung. Die Hellseherei gehört leider nicht zu den Gaben, die ich bekommen habe, als ich dem Teufel meine Seele verkaufte. Aber ich verstehe mich ein wenig auf die schwarze Kunst – vielleicht kann ich eine bescheidene Brise für Euch heraufbeschwören.«

Pater Bernard lachte verunsichert.

»Ich verlasse mich lieber auf meine Gebete, Kapitän. Ich habe unseren gütigen Herrgott angefleht, uns Wind zu senden, und ich glaube fest daran, dass er es bald tun wird.«

»Wahrscheinlich sendet er uns einen Wirbelsturm. Meiner Erfahrung nach besitzt Euer Gott einen teuflischen Sinn für Humor.«

Falls Pater Bernard über Xaviers Gotteslästerung entsetzt war, so zeigte er es nicht. »Mir ist nur gerade aufgegangen, dass unsere Reise bald vorüber sein wird«, sagte er. »Und wir hatten nie die Gelegenheit, uns ernsthaft zu unterhalten.«

»Ach nein? Nun, ich bin kein Mann vieler Worte, Pater.«

Und die meisten waren ohnehin nur Flüche. Xavier musste sich einen Fluch verkneifen, als Pater Bernard sich uneingeladen auf die Kante seiner Koje setzte und wie jemand aussah, der zu einer langen Rede ansetzen möchte.

»Habt Ihr noch immer vor, bei St. Malo anzulegen?«

»Jawohl, das ist mein Kurs.«

»Es ist schön und ehrenhaft, dass Ihr Euer Versprechen gegenüber dem jungen Dominique einhalten wollt.«

»An meiner Entscheidung ist nichts Ehrenhaftes«, fiel ihm Xavier ins Wort. »Ich tue nie etwas, was mir nicht in den Kram passt. Zufällig ist St. Malo für meine Geschäfte so gut wie jeder andere Hafen.«

Pater Bernard lächelte milde und warf einen seiner weisen Blicke auf Xavier, mit dem er wohl kundtun wollte, dass er es besser wüsste, und bei dem ihn Xavier am liebsten aus der nächsten Luke hinausbefördert hätte.

»Ich denke, ein englischer Hafen würde Euren Zwecken genauso dienen und wäre um einiges sicherer. Vielleicht bereitet man Euch in Frankreich keinen sehr herzlichen Empfang. Monsieur du Bois hat mir erzählt, was in Paris vorgefallen ist. Königin Katharina scheint mir nicht zu den Frauen zu gehören, die es verzeihen, wenn man ihre Befehle missachtet.«

Xavier verzog das Gesicht und fluchte innerlich auf seinen geschwätzigen Steuermann. Jambe war schlimmer als ein altes Weib.

»Ich habe es geschafft, unbemerkt an zahllosen spanischen Häfen entlang der Küste von Amerika anzulegen, also kann ich mich wahrscheinlich auch nach St. Malo schleichen, ohne dass die alte Königin etwas davon erfährt. Glaubt mir, die Frau ist nicht mehr die beeindruckende Hexe, die alle fürchten.«

Pater Bernard war eine Weile stumm, dann meinte er: »Von St. Malo nach Faire Isle ist es nicht weit.«

Xavier wirbelte herum und musterte den Priester ungläubig und zugleich verdrossen. »Wollt Ihr mir etwa vorschlagen, dem Befehl der alten Königin zu folgen und das junge Mädchen zu entführen?«

»Nein! Nein, natürlich nicht.« Pater Bernard zögerte und bedachte Xavier wieder mit einem ernsten Blick, als wollte er seine Seele erforschen. »Ich wollte Euch nur daran erinnern, dass die alte Königin nicht die Einzige ist, die es gern gesehen hätte, dass Ihr nach Faire Isle segelt.«

Xavier erstarrte, seine Finger umklammerten die Schreibfeder so fest, dass sie zersplitterte.

»Auf seinem Sterbebett hat Euer Vater …«

»Mein Vater hatte Gelbfieber, er fantasierte, er wusste nicht, was er sagte.«

»Mir erschien sein Verstand klar genug, als ich ihm die Letzte Ölung gab. Er wurde sehr ruhig, und er starb mit dem Bild Eurer Mutter, das er an seine Brust gepresst hatte. Sein letztes Wort war ihr Name: *Evangeline.*«

Offenbar erwartete der Priester, dass Xavier gerührt war. Es gab nur ein Problem, dachte Xavier verbittert: Seine Mutter hatte Marguerite geheißen.

»Ich dachte, ich hätte mich Euch gegenüber klar ausgedrückt: Ich verspüre nicht den Wunsch, über solche Dinge zu reden.« Xavier kehrte dem Priester den Rücken zu und beugte sich wieder über seinen Schreibtisch. »Und wenn Ihr jetzt so freundlich wärt – ich muss noch einige Briefe schreiben.«

Pater Bernard erhob sich zögernd. »Ich dachte nur, es wäre doch ein günstiger Zeitpunkt, um den letzten Wunsch Eures

Vaters zu erfüllen: seine Tagebücher, sein Vermächtnis nach Faire Isle zu bringen.«

Xavier knirschte mit den Zähnen. »Mein Vater fieberte. Er wusste überhaupt nicht, wer ich war, sonst hätte er mir nie diesen Auftrag erteilt.«

»Nein, ich bin mir sicher, er war …«

»Im Fieberwahn«, wiederholte Xavier mit schneidender Stimme. Er blickte nach unten und ärgerte sich, dass er mit dem Federkiel Löcher in die Karte gestochen hatte. Er, der nie herumzappelte und nie auch nur einen Finger krumm machte, wenn er keinen Sinn darin sah.

Angewidert warf er die Feder weg. »Wenn Ihr wollt, dass die Tagebücher nach Faire Isle kommen, dann bringt sie selbst dorthin!«

»Euer Vater hat gehofft, Ihr würdet es tun.«

»Er ist tot. Jetzt kann er nicht mehr auf sehr viel hoffen, oder?«

»Das stimmt. Euer Vater ruht in Frieden. Ich mache mir größere Sorgen um Euch, mein Sohn. Ich glaube nicht, dass Ihr je Frieden finden werdet, solange Ihr nicht der Bitte Eures Vaters Folge leistet.«

»Ich habe all den Frieden, den ich mir wünsche. Zumindest hätte ich das, wenn Ihr mich endlich in Ruhe lassen würdet. Und ich bin nicht Euer Sohn!«

Pater Bernard seufzte tief, dann verzog er sich endlich mit gesenkten Schultern und der traurigen Miene, die Xavier insgeheim als gekränkten Welpenblick bezeichnete.

Xavier stieß einen wüsten Fluch aus. Er hatte großes Verständnis für die Indios, die den Priester im Urwald angegriffen hatten. Verdammter Narr, hier hereinzuplatzen, wo er nicht erwünscht war, und sich in Dinge einzumischen, von denen er keine Ahnung hatte.

Nach dem Angriff der Spanier auf die französische Siedlung war Xavier fünf Jahre von seinem Vater getrennt gewesen. Fünf lange Jahre hatte er nach seinem Vater gesucht, und als er ihn schließlich in einer abgelegenen Missionsstation in Brasilien gefunden hatte, hatte er im Sterben gelegen.

Es war Xaviers Pech gewesen, dass er das mit dem elenden Priester an seiner Seite getan hatte. Xavier wäre es lieber gewesen, wenn es in diesen letzten Stunden mit seinem Vater, dem qualvollen Höhepunkt einer oft bitteren und stürmischen Beziehung, keine Zeugen gegeben hätte.

Er hatte sich über das Sterbelager seines Vaters gebeugt und nach Gebeten gesucht, die ihm nicht mehr einfielen. Er hatte sich etwas erhofft, aber was, das wusste er kaum. Einen letzten Segen von dem Alten? Dass er ihn endlich als seinen Sohn anerkannte?

Stattdessen hatte sein Vater versucht, eine weitere Last auf seinen Schultern abzuladen mit seinem letzten Wunsch, den er unmöglich erfüllen konnte.

Was hatte seinen Vater dazu gebracht, von ihm zu verlangen, sein Vermächtnis nach Faire Isle zu bringen? Der Priester konnte sagen, was er wollte, der Alte musste einfach verwirrt gewesen sein. Solange Xavier zurückdenken konnte, hatte sein Vater sich nämlich nach Kräften bemüht, seine beiden Welten – sein Leben in Paris und sein Heim auf Faire Isle – strikt zu trennen.

Warum sollte sich sein Vater anders besonnen haben und wollen, dass Xavier nach Faire Isle ging? Die Antwort war nicht schwer: Er hatte es nicht getan, und ebenso wenig hatte er je zugeben wollen, dass Xavier sein Sohn war.

Xavier starrte auf seinen Schreibtisch und zog ein frisches Pergament heran. Er tauchte die Feder in die Tinte, zögerte kurz und schrieb dann seinen vollen Namen. Die Wörter hoben sich von der unbeschriebenen Fläche ab wie das Geheimnis einer Schuld, das man nicht enthüllen sollte: sein voller Name, der Name, den er nie benutzte, weil er kein Recht dazu hatte; das hatte ihm sein Vater überaus klargemacht.

Heftig fuhr er mit der Feder über die Unterschrift, bis das Pergament riss. Dann zerknüllte er es und schleuderte es durch die Kajüte.

Schließlich lehnte er sich zurück und verschränkte die Arme vor der Brust, als könnte er damit die Gefühle aussperren, die drohten die Hülle seiner Gleichgültigkeit zu durchbrechen – die dunkle Flut der Verbitterung, der Kränkung und der Reue.

Sein Blick fiel auf seine Seemannskiste. Lange starrte er darauf, bis er endlich aufstand. Fast gegen seinen Willen kniete er sich neben die zerkratzte Eichentruhe und öffnete den Deckel.

Er wühlte zwischen Karten und Kleidungsstücken herum, bis er auf die Tagebücher stieß, die ganz unten lagen, insgesamt sechs ledergebundene Bände. Sein Vater hatte Aufzeichnungen über ihre Reisen geführt, seit sie von Frankreich aufgebrochen waren. Zwischen den Berichten fanden sich Skizzen von Urwaldgewächsen, exotischen Vögeln, bemalten Eingeborenen, Tieren, die in Europa völlig unbekannt waren.

Xavier fuhr mit den Fingerspitzen über den Umschlag des letzten Bandes. Warum widerstand er dem Drang, ihn aufzuschlagen und den Inhalt zu verschlingen? Sein Vater war nicht mehr da, um es ihm zu verbieten.

Vielleicht hielt ihn das Wissen zurück, dass diese Tagebücher nicht für ihn bestimmt waren. Andererseits hatte er nie Skrupel gehabt, die Schätze eines anderen Mannes zu plündern – oder in diesem Fall die einer Frau.

Nein. Er machte sich nichts vor. Was ihn davon abhielt, diese Bücher zu durchstöbern, war Feigheit. Es war nicht die Angst, womöglich über wenig schmeichelhafte Äußerungen über sich selbst zu stolpern, sondern die Angst, in den Tagebüchern seines Vaters überhaupt nicht erwähnt zu werden.

Als ob es ihn nie gegeben hätte …

Vielleicht hatte der verdammte Priester in einem recht: Diese Tagebücher, die seine Seemannstruhe beschwerten, waren wie ein Dorn in seinem Fleisch. Solange er sie nicht losgeworden war, würde er keinen Frieden finden. Er hatte den Chevalier mit dem Porträt seiner geliebten Evangeline begraben. Warum er die Bücher nicht ebenfalls ins Grab geworfen hatte, wusste er nicht.

Er nahm das oberste Tagebuch zur Hand. Eigentlich ein recht unbedeutendes Ding, etwas Rindsleder, gespannt um eine Sammlung brüchiger alter Seiten und Tintenstriche. Warum fühlte es sich so verflucht schwer an?

Xavier wog es noch einen Moment in seiner Hand, bevor er es mit einem missmutigen Seufzer zurück auf den Stapel legte – so, wie er es immer getan hatte.

Dann suchte er nach dem anderen Ding, das er tief unten in seiner Truhe vergraben hatte. Seine Finger schlossen sich um ein Lederfläschchen, gefüllt mit einer bernsteingelben Flüssigkeit, die Xavier durch so manch endlos dunkle Nacht oder trübsinnigen, müßigen Nachmittag geleitet hatte.

Er hatte von einem Schamanen in Peru gelernt, wie man den Trank braute, eine sorgfältig ausgewählte Mischung bestimmter Lianen. Die spanischen Priester bezeichneten es als Teufelsgebräu.

Doch die Eingeborenen hatten einen anderen Namen dafür: Wein der Geister. Sie betrachteten den Trank als die Pforte zu einer anderen Welt, einem Ort, an dem der Geist sich ausdehnen und die Geheimnisse des Universums umfassen konnte. Die Visionen waren meist nicht sehr deutlich, und man erinnerte sich später nicht mehr genau an sie, aber sie waren unglaublich vielversprechend. Es war nicht die Art von Täuschung, die Xavier der dunklen Königin in Paris vorgegaukelt hatte, sondern echte Magie.

Xavier entkorkte das Fläschchen. Beim letzten Mal war er eine Spur zu kühn gewesen und hatte zu viel davon getrunken. Diesmal wollte er besser aufpassen. Er benetzte die Lippen und nahm einen Schluck.

Die Flüssigkeit überzog seine Zunge und den Gaumen, sie schmeckte bitter und gleichzeitig widerlich süß. Wie ein lebendiger Aal glitt sie seinen Rachen hinab. Es würgte ihn, er schluckte und atmete tief ein und aus, bis sich die Übelkeit gelegt hatte.

Dann stöpselte er das Fläschchen wieder zu, legte es in seine

Truhe zurück und schloss den Deckel. Kniend wartete er, dass das Gebräu zu wirken anfing. Er breitete die Arme aus und schloss die Augen, wie der Schamane es ihm gezeigt hatte. Dann verfiel er in einen rhythmischen Singsang, das Dröhnen seiner Stimme führte ihn tiefer in die Trance.

Seine Sinne wurden schärfer, der Geruch seines Schweißes brannte in seiner Nase, das Geräusch seines Herzschlags dröhnte wie eine Buschtrommel in seinen Ohren.

Er schwankte im Takt hin und her, sein Atem beschleunigte sich. Die erste Welle von Schmerz in seinem Bauch war so heftig, dass er sich krümmte. Er sang schneller und ballte die Fäuste, während ihm schwindelig wurde. Hinter seinen geschlossenen Lidern explodierten Lichter, ein Wirbel von Feuer und Farbe.

Sein Körper machte einen Satz, als wäre er durch eine unsichtbare Wand geschleudert worden, an einen Ort, an dem sein Atem sich beruhigte, sein Herzschlag sich verlangsamte und sein Geist sich von den groben Fesseln befreite, die ihn an die Erde banden.

Er flog in schwindelerregender Schnelligkeit und großer Höhe dahin, vorbei an Städten, über Flüsse und Wälder, Meere und Berge, bis er in einem üppig grünen Regenwald landete. Heftig erbebend spürte er, wie sein Körper sich veränderte, seine Glieder sich streckten, nur noch aus geschmeidigen Sehnen und mächtigen Muskeln zu bestehen schienen, und ein glatter schwarzer Pelz auf seiner Haut wuchs.

Als seine vier Pfoten festen Boden unter sich spürten, befand er sich in völligem Einklang mit der Erde, eine schwarze Urwaldkatze, die durch das dichte Laub streifte.

Eine Schlange erhob sich vor ihm, sie zischte drohend und entrollte ihre schillernden Windungen. Er gebot ihr mit einem wilden Fauchen Einhalt und setzte seinen Weg fort auf der Suche nach seiner wahren Beute.

Sie erwartete ihn an der üblichen Stelle neben dem Fluss kurz vor einer Steilwand, wo sich das tosende Wasser in die Tiefe stürz-

te. Eine Frau mit langem blonden Haar, das nass und wirr um ihre Schultern hing wie bei einer Meerjungfrau. Aber ihre Augen wirkten wie die einer Zauberin, sie schillerten in einem blassblauen Licht.

Die Sonne schien durch den hauchdünnen Stoff ihres Gewandes, ihr üppiger, aus reifen Kurven bestehender Körper versprach so fruchtbar zu sein wie die Erde selbst.

Er schlich näher, doch sie floh nicht, obwohl sie die Augen aufriss und den Atem anhielt. Sie verweilte sogar, als er um sie herumschlich und ihre Oberschenkel streifte. Sie vergrub die Finger in seinem Fell und streichelte ihn mit langen, langsamen Bewegungen.

Erst als er ein Fauchen ausstieß, in dem all sein Verlangen mitschwang, wich sie vor ihm zurück. In den Geruch ihrer Angst mischte sich der köstliche Duft ihrer Erregung, selbst als sie zur Flucht ansetzte.

Xavier wusste, dass ihm dieses Geschöpf nicht zum ersten Mal in seinen Visionen begegnete. Er wusste jedoch noch immer nicht, wer oder was sie war: eine Hexe, eine Meerjungfrau oder eine ganz normale Frau. Doch eines wusste er ganz genau – er musste sie besitzen.

Unbekümmert sprang er ihr nach, er zögerte nicht einmal, als sie sich in den Wasserfall stürzte. Er kauerte sich nieder, setzte zum Sprung an und flog hoch in die Luft …

Xavier kauerte auf allen vieren auf dem Fußboden seiner Kajüte und stellte sich darauf ein, im Wasser zu landen. Es kam als eiskalter Guss, der mit voller Wucht auf seinem Gesicht landete.

Er schüttelte sich und versuchte, sich der groben Hand zu entziehen, die ihn an den Schultern gepackt hatte.

»Kapitän, wacht auf!«

Xavier zwang seine Augen, sich zu einem Schlitz zu öffnen. Das üppige Grün des Urwalds war verschwunden, sein Blick fiel auf die Holzwände seiner Kajüte. Verschwunden war auch die mächtige schwarze Katze. Er war wieder ein ganz normaler

Sterblicher, seine Gliedmaßen kamen ihm schwer und fremd vor, sein Kopf fühlte sich an, als würde er gleich platzen.

Er schloss die Augen und versuchte, in die Welt des Urwalds und der Wasserfälle zurückzukehren, zurück zu seiner nur in einen Schleier gehüllten Verführerin. Doch grobe, beharrliche Hände ließen nicht von ihm ab.

»Kapitän! Verflucht noch mal, kommt zu Euch!«

Xavier öffnete die Augen. Jetzt gelang es ihm auch, den Blick auf den großen dunklen Schatten zu heften, der sich über ihn gebeugt hatte. Pietro schob den Arm unter Xaviers Schultern und zerrte ihn hoch, sodass er zum Sitzen kam. Die Wände tanzten vor ihm auf und ab, ihm wurde schwindelig.

»Auf die Beine, Sir!«

»Gib mir ein Weilchen, zum Teufel!«, murrte Xavier. »Mein Kopf …«

Die Worte blieben ihm im Halse stecken, als er merkte, dass nicht sein Kopf die Kabine hin und her schwanken ließ. Das Holz der *Miribelle* knirschte und stöhnte in dem Auf und Ab. Seine Lady war in großen Nöten, ein heftiger Sturm hatte sie in der Gewalt.

Er stützte sich auf Pietros Arm und kam mühsam auf die Füße. »Verflucht! Warum hast du mich nicht früher geweckt?«

»Sagt mir doch bitte, wie ich das hätte anstellen sollen, nachdem Ihr wieder mal mit diesem Teufelsgebräu herumgemacht habt.« Pietro funkelte ihn wütend an. In seinen Augen brannte ein Vorwurf, aber das war nichts im Vergleich zu der Asche, die sich Xavier aufs Haupt streuen würde – später, falls ihm dafür noch die Zeit blieb.

Er riss sich zusammen und taumelte aus der Kabine. Als er in die düsteren Tiefen des Frachtraums spähte, hörte er das dunkle Schmatzen von Wasser, das Grunzen und die Rufe seiner Männer, die die Pumpe betätigten.

»Wie schlimm ist es?«, fragte er Pietro besorgt.

»Schlimm genug. Jambe ist oben und kämpft darum, uns von den Felsen fernzuhalten.«

»Klippen? Sind wir in Landnähe? Bei St. Malo?«

»Das glaube ich nicht, wir sind vom Kurs abgekommen.«

Was vielleicht ein Glück war, dachte Xavier. Der Hafen von St. Malo war durch ein Riff geschützt, durch das man selbst bei bestem Wetter mit größter Sorgfalt navigieren musste.

Er schüttelte den Kopf, um die Reste des Zaubertranks zu vertreiben, denn es kam ihm immer noch vor, als schwämme er durch einen Nebel.

Die Leiter nach oben schwankte ebenso stark wie das Schiff. Xavier fluchte über seine Tollpatschigkeit, als er sich mühsam nach oben kämpfte und nur von Pietros starken Armen daran gehindert wurde, zu fallen.

Er trat in eine Welt, die völlig anders war als die am Morgen mit seiner erdrückenden Flaute. Das Deck hob und senkte sich unter einem kohlschwarzen Himmel, wütende Gischt schlug über die Reling, Blitze erleuchteten die sich bedrohlich abzeichnende, schroffe, abweisende Küste. Granitfelsen und hohe Steinblöcke, die …

Xaviers Herz setzte einen Schlag aus, in seiner Erinnerung regte sich eine der seltenen Geschichten, die ihm sein Vater erzählt hatte.

»Ein hoher Fels, bewacht von einem Kreis gigantischer Steinblöcke, Louis. Es heißt, dass es Riesen sind, die unsere Mutter Erde in Stein verwandelt und mit der Aufgabe betraut hat, die Insel für alle Zeit zu schützen.«

»Werde ich diese Riesen je sehen, Sir?«

Der hohe, eifrige Klang seiner kindlichen Stimme hallte in Xaviers Ohren nach. Bei seiner unseligen Frage war das Gesicht seines Vaters erstarrt, als sei ihm plötzlich eingefallen, mit wem er redete.

Xavier blinzelte, als ein weiterer Blitz die Felsen erhellte: Faire Isle. Ob Xavier wollte oder nicht, die beiden Welten seines Vaters standen kurz davor aufeinanderzuprallen.

Er musste den hysterischen Drang unterdrücken, in lautes Gelächter auszubrechen. War das ein absurder Witz des Schicksals oder die Hand seines Vaters, die ihn aus dem Grab heraus lenkte? Xavier gefiel weder das eine noch das andere.

Er riss sich zusammen und eilte über das sturmgepeitschte Deck zum Steuer. Der Regen schlug ihm ins Gesicht und nahm ihm die Sicht. Donner dröhnte in seinen Ohren, als ob die *Miribelle* von der spanischen Armada bedrängt würde.

Seine strapazierte Lady bebte, neigte sich schwer zur Seite und warf ihn zu Boden. Er schlitterte über das regennasse Deck und versuchte verzweifelt, sich an der Reling festzuklammern. Weil der Zaubertrank noch immer seine Sinne trübte, waren seine Finger ungeschickt und schlossen sich nur um Luft.

Die *Miribelle* warf sich zur anderen Seite. Xavier brüllte, als das Undenkbare passierte: Seine Lady warf ihn über Bord. Einen Moment lang schien die Zeit stillzustehen, als er ins Nichts geschleudert wurde.

Dann empfingen ihn die kalten Arme der See.

6

Die Sonne tauchte das Meer in ein goldenes Licht, die funkelnden Wogen liebkosten die Küste wie ein Geliebter, der sich nach einem Streit um Wiedergutmachung bemüht. Die Wut des nächtlichen Sturms war wie weggeblasen. Jane wanderte vorsichtig über die unebene Felszunge.

Hier auf der anderen Seite von Faire Isle war die Landschaft rau. Gezackte Felsfinger streckten sich ins Meer, nur die robustesten Pflanzenarten, Sträuche und Büsche, fanden Halt auf dem Granit.

Jane waren ein weiter, gepflegter Rasen oder mit sanftem Grün bewachsene Hügel immer lieber gewesen. Nie hätte sie gedacht, dass sich hier ihr Atem beschleunigen und ihr Herz schneller schlagen würde bei jeder Welle, die gegen die Felsen brandete.

Sie warf einen leicht nervösen Blick zurück, um sich zu vergewissern, dass die Hütten noch zu sehen waren, die auf dem wilderen Teil der Insel als Dorf durchgingen – eine Ansammlung grober Steinhäuschen, die aussahen, als wären sie direkt aus den Felsen gehauen worden.

Auch andere Frauen waren unterwegs, um den sanften Morgen zu genießen: Die junge Carole Moreau tanzte mit ihrem kleinen Sohn fröhlich im Kreis, in der Nähe teilten Madame Alain und Madame Greves bei einem kleinen Schwatz einen Korb mit Brot. Madame Partierre sammelte fleißig Treibholz, das getrocknet ausgezeichnetes Brennholz ergab.

Die zähe, runzlige Alte gehörte zu den wenigen Frauen, die tatsächlich in diesem rauen Teil der Insel lebten. Die meisten waren nur von der sanfteren Seite der Insel zu Besuch gekommen, aus Port Corsair, dem Hafenort. Aber es gab auch einige, die einen weiteren Weg hinter sich hatten und aus der Bretagne angereist waren, aus dem Loiretal oder sogar aus Poitou. Sie alle warteten gespannt auf das Ratstreffen, das in einer Woche auf den Felsen stattfinden sollte.

Es war schon ein sehr eigenes Grüppchen, diese unabhängigen Frauen, die sich Töchter der Erde nannten. Jane konnte nur über ihre Kühnheit staunen. Sie selbst war nie ohne Begleitung eines Verwandten oder einer Zofe und mindestens zweier kräftiger männlicher Bediensteter gereist.

Die Frauen von Faire Isle besaßen weit mehr Freiheit, als Jane je gekannt hatte; eine Freiheit, die sie verlockend, aber auch beunruhigend fand.

Sie hob das Gesicht dem Wind entgegen, der so stark war, dass er an ihrem sorgfältig gebundenen Haarknoten zerrte. Zum ersten Mal war sie so unbedacht gewesen, keinen Umhang anzulegen und auch keinen Hut aufzusetzen.

Als sie eine verrutschte Haarnadel zurückstecken wollte, überkam sie plötzlich ein verrückter Impuls, wie sie ihn ausschließlich als junges Mädchen verspürt hatte: Sie zog die Nadeln aus dem Knoten und schüttelte ihre Haare, bis sie ihr in einem wilden Durcheinander über die Schultern fielen.

Sie strich sich die Strähnen aus dem Gesicht und atmete tief die salzige Luft ein. Die Augen mit einer Hand abschirmend, blickte sie aufs Meer, das im Sonnenlicht herrlich blau schillerte und sich in endlosen Wogen auszubreiten schien.

Doch sie wusste, dass das nicht stimmte: Kaum zwanzig Meilen entfernt lag England. Bei diesem Gedanken regte sich wieder ein vertrauter Schmerz in Jane. Wie viele Jahre würde es wohl dauern, bis ihr Bedauern abebben und ihre Erinnerungen verblassen würden? Bis sich nicht mehr der Gedanke regen würde: An einem solchen Tag und zu einer solchen Stunde würde ich zu Hause jetzt …

Als sie aufs Meer blickte, wurden ihre Augen feucht bei der Erinnerung an ihr Herrenhaus in London mit seinen festen steinernen Mauern und dem sorgfältig gepflegten Garten, der bis zum Bootssteg am Ufer der Themse reichte, auf der sich die Barken und Fähren drängten.

Wie all ihr Besitz war auch dieses Haus der Krone übereignet worden. Jane fragte sich, welchem ihrer Günstlinge Elisabeth das Anwesen gegeben hatte, und ob der neue Besitzer freundlich zu ihren Bediensteten war, oder ob sie alle hatten gehen und sich anderswo hatten verdingen müssen.

Pflegte der neue Besitzer ihren Garten oder vernachlässigte er ihn? Hatte man, um die Anlegestelle zu vergrößern, vielleicht sogar den Rosenhag zerstört, den sie so zärtlich gepflegt hatte?

Doch am meisten quälte sie die Frage, wer, wenn überhaupt, zu dem abgelegenen Fleck auf dem Londoner Friedhof gehen würde, um ein Gebet an dem schlichten Stein zu sprechen, der das Grab ihres Bruders markierte.

Edward Lambert, der letzte Baron von Oxbridge. Es beunruhigte Jane, dass sie kaum noch ein Bild des tollkühnen jungen Mannes heraufbeschwören konnte, der ihr so viele schlaflose Nächte bereitet hatte. Aber sie erinnerte sich noch gut an den kleinen Bruder, der sich in jenem Sommer, als sie zu Vollwaisen geworden waren, fest an ihre Hand geklammert hatte.

»Was sollen wir jetzt tun, Jane?«, hatte Ned verzagt gefragt. »Unser Papa ist vom Pferd gestürzt, jetzt ist er ganz kaputt. Wir haben keinen Papa mehr. Wer wird für mich sorgen?«

»Ich werde das tun, Neddie«, hatte sie gesagt und ihm zärtlich die seidenen blonden Haarsträhnen aus der Stirn gestrichen. »Ich werde dich stets beschützen und mich um dich kümmern.«

Doch dieses Versprechen hatte sie nicht halten können.

»Verzeih mir, Neddie«, flehte sie. Tränen brannten in ihren Augen. Sie rieb sich die Lider mit den Fingerspitzen, um sie zurückzudrängen. Als sie wieder klarer sah, überraschte sie der Anblick von zwei in Umhänge gehüllte Gestalten am Strand.

Die Größere der beiden – obwohl sie die Jüngere war, wirkte wesentlich reifer als ihre Begleiterin – war unverkennbar Seraphine Remy, die älteste Nichte der Herrin von Faire Isle, ein junges Mädchen von klassischer Schönheit. Ihre offenen Haare fielen ihr wie ein goldener Regen auf die Schultern. Der Unterschied zu ihrer Freundin hätte nicht augenfälliger sein können. Megs unscheinbares, schmales Gesicht war von dunkelbraunem Haar gerahmt.

Jane runzelte die Stirn. Ariane Deauville hatte alle strikt angewiesen, sich nicht zu weit vom Lager zu entfernen. Jane blickte zurück auf die Hütten. Dort war niemand mehr zu sehen, zweifellos kümmerten sich nun alle um ihre täglichen Aufgaben.

Nur sie war noch da, sie war die Einzige, die merkte, dass die zwei Mädchen sich offenbar zu einem längeren Spaziergang aufgemacht hatten. Jane schürzte die Lippen, denn ihr war klar, dass sich keine der zwei über ihre Einmischung freuen würde, vor allem nicht Seraphine.

Die Nichte der Herrin war äußerst widerspenstig. Auch Meg konnte manchmal sehr starrköpfig sein, doch sie schien völlig unter dem Einfluss von Seraphine Remy zu stehen. Dieser gelang es recht häufig, Megs Vorsicht zu zerstreuen und sie zu einer unbesonnenen Tat zu überreden, die Meg alleine nie unternommen hätte.

Umso mehr Grund, sie aufzuhalten, dachte Jane. Sie zögerte nur noch kurz, dann raffte sie die Röcke und eilte den beiden nach.

Jane war nie besonders schnell gewesen, und der unebene Boden machte es ihr noch schwerer. Zum Glück schlenderten die zwei Mädchen nur langsam dahin. Und als Jane näher kam, wurde ihr auch klar, warum.

Aus Seraphines heftigen Gesten und Megs wiederholtem Kopfschütteln ging hervor, dass Seraphine wieder einmal versuchte, Meg zu etwas zu überreden, was sie nicht tun wollte.

Als Jane sie eingeholt hatte, hielt Seraphine Meg gerade etwas vor die Nase. Die zwei Mädchen rangelten um den Besitz dieses Gegenstands, hielten jedoch inne, als sie Jane bemerkten. Meg schaffte es, Seraphine das Ding zu entreißen und unter ihrem

Umhang zu verstecken. Die Mädchen drängten sich aneinander wie Soldaten, die die Reihen schlossen. Meg wirkte schuldbewusst, Seraphine trotzig.

Jane lächelte und begrüßte sie, als ob alles in bester Ordnung sei. »Guten Morgen, meine Damen.«

Meg machte einen steifen, verlegenen Knicks, Seraphine knickste geschmeidig und hochnäsig wie eine Herzogin.

»Lady Danvers. Welch angenehme Überraschung.« Das strahlende Lächeln des Mädchens zeigte perlweiße Zähne. Mit ihren knapp dreizehn Jahren war Seraphine bereits eine Meisterin der Kunst, etwas in einem Ton zu sagen, der etwas ganz anderes vermuten ließ.

»Ich muss gestehen, ich bin ein wenig überrascht, euch schon so früh unterwegs zu sehen. Wohin wollt ihr denn?«, fragte Jane.

»Dorthin.« Seraphine zeigte mit dem Kopf zu den Felsen in der Ferne. Auf dem höchsten Fels konnte man mit Mühe einen Kreis hoch aufragender Steinblöcke erkennen. »Weder Meg noch ich haben diese Riesen je gesehen, und wir brennen darauf, es zu tun.«

»Ihr werdet sie sicher bald zu Gesicht bekommen. In einer Woche findet das Ratstreffen statt. Doch bis dahin, denke ich, ist es nicht ratsam, wenn ihr Mädchen ohne Begleitung umherstreift.«

»Ach, was soll's. Wir sind hier auf Faire Isle, nicht in London oder Paris. Die Vorstellung eines unbegleiteten Mädchens ist für eine Dame in Eurem – äh – ehrwürdigen Alter wahrscheinlich undenkbar, aber hier besitzen Frauen mehr Freiheit.«

»Mir ging es weniger um den Anstand als um die Sicherheit.« Jane richtete den Blick streng auf Meg. »Du weißt, dass Ariane darum gebeten hat, dass niemand von uns sich zu weit entfernt. Offenbar leben auf dieser Seite der Insel einige ziemlich wilde Fischer. Vor allem die Frauen sollen ungebärdig und abergläubisch sein.«

Meg wollte etwas sagen, doch Seraphine fiel ihr ins Wort.

»Meine Mutter hat mir erzählt, dass diese idiotischen Weiber vor vielen Jahren von der Insel vertrieben wurden, als die Hexenjäger und die Soldaten des Königs Faire Isle überfielen. Abgesehen davon kann ich uns beide recht gut verteidigen.«

Seraphine öffnete ihren Umhang und deutete auf ein Kurzschwert.

»Grundgütiger, Kind!«, ächzte Jane.

»Macht Euch keine Sorgen, ich weiß, wie man damit umgeht.« Seraphine tätschelte liebevoll den Schwertknauf. »Mein Vater hat es mir beigebracht. Hauptmann Nicolas Remy ist ein tapferer hugenottischer Held. Die Leute haben so viel Angst vor ihm, dass sie ihm den Beinamen ›die Geißel‹ verliehen haben. Ich weiß nicht, ob ich Euch je davon erzählt habe.«

»Ein gutes Dutzend Mal bestimmt«, murrte Meg.

»Mein Vater ist der Meinung, dass jeder Hugenotte in der Lage sein sollte, sich zu verteidigen. Man kann ja nie wissen, wann papistische Fanatiker über uns herfallen.«

»Seraphine!«, tadelte Meg und warf einen vielsagenden Blick zu Jane.

Das Mädchen zuckte nur die Schultern. »Ich wollte Lady Danvers nicht beleidigen.«

»Schon gut«, meinte Jane. »Auf dieser Insel gibt es keinen Bürgerkrieg. Deshalb haben deine Eltern dich und deine Schwestern hergeschickt, damit euch nichts passiert. Auf Faire Isle herrscht ein Geist der Toleranz.«

»Das hoffe ich. Hat Eure Ladyschaft die Abhandlung Martin Luthers gelesen, die ich Euch zukommen ließ?«

»Nein. Ich finde, jeder sollte seinen Glauben frei wählen können. Ich habe meinen Glauben, aber ich habe auch genügend Respekt, ihn nicht anderen aufzudrängen.«

»Ganz meine Meinung. Aber es fällt mir schwer, mich zurückzuhalten, wenn ich weiß, dass ich recht habe.« Seraphine seufzte dramatisch. »Nun, offenkundig wollt Ihr uns einfangen. Da Meg ein gehorsames kleines Mädchen ist, hat es wohl nicht viel Zweck, wenn wir zu dem Steinkreis hochmarschieren.«

Sie warf Meg einen vielsagenden Blick zu, als ob ihr Stachel noch eine zusätzliche Schärfe enthielte, die Jane nicht verstand. Meg errötete.

»Dann muss ich mich eben anderswo amüsieren.« Seraphines blaue Augen funkelten schelmisch, als sie die Nase krauszog.

Bevor Jane etwas sagen konnte, wandte sich Seraphine trotzig ab und kletterte gelenkig die Felsen hinab zum Strand. Die Flut kam auf, eine Welle floss über ihre Stiefel und benetzte den Saum ihres Gewandes.

Doch Seraphine warf nur ihr goldenes Haar zurück und lachte. Sie bückte sich und fuhr mit der Hand durchs Wasser, wobei ihr Kleid noch nasser wurde.

Jane seufzte. Ihr war klar, dass es zwecklos war, weiter mit dem Mädchen zu schimpfen und zu versuchen, sie in die Sicherheit der Hütten zurückzuscheuchen. Seraphine würde nicht von der Stelle weichen, nur um ihr zu trotzen. Jane blieb nichts anderes übrig, als sich zur Verstärkung an die Tante des Mädchens zu wenden.

Meg beobachtete Seraphines Abenteuer am Strand mit einer Mischung aus Sehnsucht und Bewunderung.

»Ist sie nicht großartig?«, murmelte Meg.

»Diesen Begriff würde ich nicht wählen, auch wenn ich zugeben muss, dass sie ein ungewöhnliches junges Mädchen ist.«

Reumütig meinte Meg: »Es tut mir leid, was Seraphine über katholische Fanatiker gesagt hat. Sie wollte Euch bestimmt nicht kränken, aber sie vertritt ihre Ansichten eben sehr leidenschaftlich.«

Jane lächelte. »Schon gut, Meg. Als junges Mädchen habe ich auch immer gedacht, ich wüsste alles.«

»Und was war dann?«

Ich wurde vom Stallmeister meines Vormunds verführt und habe ein totes Kind zur Welt gebracht.

Jane senkte den Blick, um ihre Gedanken zu verbergen.

»Ich wurde älter und ehrwürdiger«, sagte sie trocken, was Meg ein seltenes Lachen entlockte.

Auf dem Rückweg ins Dorf hörte Meg nicht auf, ihre Freundin zu verteidigen. »Seraphine hat auch eine sehr freundliche, sanfte Seite, obgleich sie sie selten jemandem zeigt. Nur bei ihren kleinen Schwestern und mir macht sie oft eine Ausnahme.«

»Ihr zwei habt euch recht schnell angefreundet.« *Schneller als gut für dich ist,* dachte Jane. »Es hat mich gewundert, als ich sah, dass ihr euch gestritten habt.«

»Ach, das haben wir gar nicht«, sagte Meg hastig. »Es war nur eine – eine kleine Meinungsverschiedenheit. So etwas kommt selbst bei den besten Freundinnen vor.«

»Wirklich? Ich hatte den Eindruck, Seraphine hat dir etwas weggenommen und wollte es dir nicht zurückgeben – das Ding, das du unter deinem Umhang versteckt hast.«

Meg erstarrte. Sie hätte Jane natürlich sagen können, dass sie das nichts anginge, denn eigentlich hatte Jane ihr nichts zu sagen. Aber nach kurzem Zögern zog Meg die Hand heraus, in der eine kleine Kristallkugel in der Sonne glitzerte.

Jane hatte schon vermutet, dass es darum gegangen war. Deshalb war sie jetzt nicht überrascht, jedoch betrübt. Allerdings stellte sie keine weiteren Fragen und übte auch keine Kritik. Ihr Schweigen verleitete Meg schließlich dazu, sich zu erklären.

»Wir haben seit Längerem nichts mehr aus Navarra gehört. Seraphine und ich machen uns große Sorgen um unsere Väter, und sie dachte, ich könnte vielleicht in einer Vision erfahren, ob die beiden in Sicherheit sind. Ich habe versucht, ihr zu erklären, dass es so nicht geht und dass ich keine Macht habe über das, was ich sehe. Die Visionen stellen sich ein, wann und wie sie wollen.

Seraphine meinte, dann müsse ich mich eben mehr anstrengen. Und vielleicht würde es helfen, wenn ich es im Steinkreis versuche. Den Menhiren wird eine geheimnisvolle Macht zugeschrieben.«

Meg erschauderte. »Schon der Gedanke machte mir Angst. Das Letzte, was ich brauche, sind noch stärkere und mächtigere Visionen. Ich habe mich gesträubt, doch Seraphine hat mir die Kugel weggenommen und sich auf den Weg zu den Steinen gemacht. Ich bin ihr nur gefolgt, um ihr die Kugel abzunehmen. Aber als Ihr uns überholt habt, stand ich doch kurz davor, klein beizugeben. Seraphine ist manchmal sehr – sehr überzeugend. Ich weiß, Euch und Ariane wäre es lieber, ich würde die Kristallkugel nicht mehr anrühren.« Meg sah Jane kläglich an. »Seid Ihr jetzt sehr enttäuscht von mir?«

»Nein, Kind. Nur sehr besorgt um dich.«

Meg nickte düster. »Mir ist klar, dass den Leuten meine Visionen nicht geheuer sind, selbst hier auf Faire Isle. Carole Moreau hat große Angst um mich. Sie sagt, wenn ich die Finger nicht von meiner Kristallkugel lasse, werden die anderen Frauen glauben, dass ich böse bin wie meine Mutter.«

»So etwas glaubt bestimmt keiner.« Jane streichelte Megs Wange. Meg war nie sehr robust gewesen, doch jetzt fiel ihr auf, dass das Mädchen noch bleicher und dünner wirkte als letzten Herbst.

»Ich mache mir größere Sorgen, was diese Visionen dir antun. Es ist, als würden sie einen Schatten auf dein Gemüt werfen.«

»Die Schatten sind ohnehin da.« Meg bohrte die Fingernägel in die Haut an ihren Schläfen. »Egal, was ich tue, ich werde sie nicht los.«

Jane nahm Megs Hand, um sie daran zu hindern, sich wehzutun. Ariane wäre um so vieles geeigneter, Meg zu leiten und zu beraten, doch Meg zog es vor, sich ihr anzuvertrauen. Warum das so war, wusste Jane nicht, aber das Vertrauen des Mädchens rührte sie.

»Hattest du wieder die Vision mit der schwarzen Katze?«, fragte sie.

»Schwarze Katzen, schwarze Stürme, schwarze Königinnen – alles ist schwarz. Und nichts davon ist klar. Ich weiß nur, dass Ärger bevorsteht, etwas Düsteres, das sogar den Frieden von Faire Isle beflecken wird …«

Ein schriller Schrei hinderte Meg daran weiterzureden. Jane zog den Kopf ein, sie dachte, womöglich würde eine der kreischenden Möwen über sie herfallen, die auf dieser Seite der Insel hausten. Doch dann wurde ihr klar, dass der Schrei aus der Richtung hinter ihnen gekommen war.

Seraphine rannte auf sie zu, sie stolperte fast über den tropfnassen Saum ihres Kleids. Ihr übliches Selbstbewusstsein schien erschüttert, ihre Wangen waren hektisch gerötet. Keuchend kam sie bei ihnen zum Stehen und presste sich die Hand in die Seite.

»Seraphine, was ist los?«, fragte Meg.

»Hast du dir wehgetan?«, fragte Jane und legte ihr eine Hand auf die Schulter, die Seraphine jedoch unwirsch abschüttelte.

»Nein, ich nicht, der dort!«, ächzte sie. »Ich – ich habe dort drüben in der Bucht einen Toten gefunden.«

Jane und Meg wechselten einen entsetzten Blick. Jane erholte sich als Erste.

»Zeig mir die Stelle«, sagte sie.

Seraphine nickte ruckartig, drehte sich um und rannte, obwohl sie so atemlos war, mit langen Schritten zurück zum Strand. Jane hatte Schwierigkeiten, ihr zu folgen, und Meg war noch langsamer.

Das Mädchen sprang so tollkühn über die Steine, dass Jane einen warnenden Schrei ausstieß. Doch Seraphine achtete nicht auf sie und war bald nicht mehr zu sehen. Jane kletterte vorsichtiger über die rauen Felsen. Ein verstauchter Knöchel würde keinem nützen.

Am Strand angekommen, sah sie, dass Seraphine über eine Gestalt gebeugt war, deren dunkle Kleidung sich deutlich von den sonnenbeschienenen Steinen abhob.

Jane eilte zu Seraphine und sah, dass es sich tatsächlich um einen Mann handelte. Woher er gekommen war und wie er an diese abgelegene Bucht angespült worden war, war ihr ein Rätsel. Einer seiner Arme war ausgesteckt, als habe er versucht, auf den Felsen Halt gegen die tosenden Wellen zu finden. Und diese Wellen krochen nun immer höher, die hungrige Flut drohte zurückzukehren und den Mann wieder in den Schlund der See zurückzuziehen.

»Atmet er noch?«

»Ich weiß nicht. Ich habe es nicht überprüft. Ich – ich …«

Jane kniete sich neben den Mann. Er lag auf dem Bauch, sein Kopf war zur Seite gedreht. Sie streifte ihm eine feuchte Haarsträhne aus dem Gesicht und suchte an seinem Hals nach einem Puls.

Seine Haut fühlte sich schrecklich kalt an. Doch als sie die Fingerspitzen tiefer presste, fühlte sie ein schwaches Pochen.

»Er lebt noch.« Jane sah hoch und stellte erleichtert fest, dass Meg sie eingeholt hatte und nun hinter Seraphine stand.

»Helft mir, ihn umzudrehen«, forderte sie die Mädchen auf. Seraphine beugte sich rasch zu ihr herab, doch Meg blieb einfach nur stehen und starrte den Mann an.

Er war nicht sehr groß, aber weil er so schlaff war, war es nicht leicht, ihn zu bewegen. Doch mit Seraphines Hilfe schaffte es Jane, ihn auf den Rücken zu drehen. Sein rechter Arm hing in einem unmöglichen Winkel von seinem Körper ab, ein scharfer Knochensplitter hatte sich durch den Stoff seines Ärmels gebohrt.

Seraphine ächzte und zog sich zurück. Sie legte die Hand auf den Mund und sah aus, als ob sie sich gleich übergeben müsste.

»Was – was sollen wir bloß tun?«

Es kam selten vor, dass Seraphine Remy nicht wusste, was zu tun war, doch bevor Jane etwas erwidern konnte, merkte sie, dass das Mädchen nicht sie gefragt hatte.

Seraphine wandte sich an Meg. »Was ist jetzt zu tun, Meg? Du hast von Ariane doch gelernt, wie man Knochen einrichtet.«

Meg blieb stumm. Das Mädchen war wie versteinert, und das sah ihr gar nicht ähnlich. Wenn jemand krank oder verletzt war, war Meg die Erste, die herbeisprang und ihre Hilfe anbot, und für ein Mädchen ihres Alters tat sie das stets sehr kundig.

Jedenfalls war Hilfe bitter nötig. Die Flut kam immer näher, das Wasser kroch nun schon bis zu den Absätzen der abgetragenen Lederstiefel des Fremden.

»Der gebrochene Arm ist noch das kleinste Problem dieses armen Kerls«, meinte Jane zu Seraphine. »Wenn wir ihn nicht aus dieser Bucht herausbekommen, wird er ertrinken. Jemand muss Hilfe holen, am besten du, du bist bei Weitem die Schnellste von uns.«

Seraphine nickte. Sie wirkte erleichtert, dass sie etwas tun konnte. Mit gerafften Röcken stürmte sie davon.

Jane beugte sich wieder über den Mann und wischte ihm den Sand aus dem Gesicht und die Haare aus der Stirn. Über seiner Schläfe bemerkte sie eine Beule – offenbar hatte er eine Verletzung am Kopf. Als sie behutsam die Schwellung abtastete, stöhnte der Fremde leise auf.

»Sir? Könnt Ihr mich hören?« Sie musterte ihn hoffnungsvoll, aber es kam keine Antwort.

»Wir müssen ihn seinem Schicksal überlassen, Jane.« Endlich hatte Meg die Sprache wiedergefunden. »Soll das Meer ihn zurückholen.«

Jane warf dem Mädchen einen verblüfften Blick zu. Meg umklammerte ihre Kristallkugel mit beiden Händen, ihr Gesicht war kreidebleich, die Augen glasig, die dunklen Haare umwehten ihren Kopf wie ein schwarzer Schleier.

»Er ist gefährlich. Er wird nur Ärger bringen.«

»Meg, woher willst du das wissen?«

»Er ist ein Fremder. Fremde tun so etwas immer.« Megs Stimme klang so seltsam, dass Jane unwillkürlich vor dem Mann zurückschreckte, über den sie sich gebeugt hatte.

War dies eine von Megs verstörenden Vorhersagen, oder war es nur die Angst eines jungen Mädchens, die in ihrem kurzen Leben zu viele Schrecken durchlitten hatte: Sie war von Hexenjägern, von Mördern und einer boshaften, mächtigen alten Königin verfolgt worden. Kein Wunder, dass sie sich vor Fremden in Acht nahm, und der Fremde zu ihren Füßen hatte tatsächlich etwas Beunruhigendes an sich.

Jane hatte keine Ahnung, wer der Mann war, doch sie hätte die kümmerliche Barschaft, die sie besaß, darauf verwettet, dass er kein einheimischer Fischer war, den der gestrige Sturm über Bord geworfen hatte.

Er hatte das harte Gesicht eines Mannes, der ein hartes Leben führte; Wind, Regen und sengende Sonne hatten sich bis in seine Knochen eingegraben. Sein Hemd stand am Nacken offen, sodass eine weiße Narbe sichtbar wurde, die aussah, als wäre ihm in einem heftigen Kampf der Hals aufgeschlitzt worden – kein Hinweis auf einen friedliebenden Menschen.

Doch selbst wenn er sich als eine Ausgeburt des Teufels erweisen würde, konnte Jane ihn nicht einfach seinem Schicksal überlassen. Sie musste versuchen, ihm zu helfen. Das war das Gebot der Stunde. Und trotz seines rauen Äußeren lag ein freundlicher, sanfterer Zug um seinen Mund.

Sein Mund.

Jane stockte der Atem, als sie sich an einen heilenden Zauber erinnerte, den die Herrin von Faire Isle bei einem Mädchen angewandt hatte, das beinahe ertrunken wäre. Ariane hatte die Lippen auf die des Mädchens gelegt, ihren Atem in sie geblasen und sie damit ins Reich der Lebenden zurückgeholt. Den Kuss des Lebens hatte sie es genannt.

Wenn der Mann zur Besinnung gebracht werden könnte, würde es seine Rettung erheblich erleichtern. Kannte Meg diesen Zauber?

Doch ein Blick in Megs Richtung sagte Jane, dass von ihr keine Hilfe zu erwarten war, selbst wenn es ihr gelänge, die Ängste des Mädchens zu beschwichtigen oder Meg aus ihrer seltsamen Trance zu holen. Nachdem sie ihre Warnung geäußert hatte, war Meg noch weiter zurückgewichen.

Und wieder brach eine Welle ganz in der Nähe, Wasser

spritzte über die Knöchel des Mannes. Wo blieb bloß Seraphine? Hatte sie es überhaupt schon ins Dorf geschafft?

Jane blieb nichts anderes übrig, als es selbst mit dem Kuss des Lebens zu probieren. Sie starrte den Mann einen Moment lang zweifelnd an, dann versuchte sie zu tun, was sie Ariane hatte tun sehen. Sie steckte die Finger in seinen Mund, zwang seine Lippen, sich zu öffnen, und versuchte, eventuelle Hindernisse zu entfernen. Doch sie spürte nur die raue Wärme seiner Zunge, die Berührung wirkte zudringlich und verstörend intim.

Ihre Wangen brannten. Bevor sie sich noch einmal überlegen konnte, ob ihr Tun wirklich klug war, holte sie tief Luft, beugte sich vor und versiegelte seinen Mund mit dem ihren. Sie hatte ihm kaum ihren ersten Atemzug eingehaucht, als der Mann die Augen weit aufriss. Überrascht starrte sie in Tiefen, die die Farbe einer wütenden, sturmgepeitschten See hatten.

Sie wich mit pochendem Herzen zurück. Aber sie war wahrscheinlich nicht halb so erschüttert wie dieser arme Kerl. Er stöhnte und starrte sie benommen an. Als sie sich ein wenig gefasst hatte, beeilte sie sich, ihn zu trösten.

»Alles wird gut, Sir. Ich bin hier, um Euch zu helfen, und weitere Hilfe ist unterwegs.« Zumindest hoffte sie das.

Es fiel ihr gar nicht auf, dass sie ihn auf Englisch angesprochen hatte, bis er blinzelte und etwas auf Französisch stammelte. Selbst dann ergaben seine Worte keinen Sinn.

»Hexe … oder Meerjungfrau?«

»Wie bitte, Monsieur?« Jane sprach nun in seiner Sprache. Sie wusste nicht recht, ob sie sich verhört hatte oder ob der Arme vor Schmerzen im Delirium war.

Er benetzte die Lippen und wiederholte: »Hexe oder Meerjungfrau … Seid Ihr eine Hexe … oder eine Meerjungfrau?«

»Weder noch«, stammelte Jane. »Ich bin Engländerin.«

Er brachte ein krächzendes Lachen zustande, bevor er wieder das Bewusstsein verlor.

7

Xavier versank tiefer ins Meer. Ein Teil seines Verstands drängte ihn zu kämpfen, den Kopf über die Wellen zu strecken, um nicht zu ertrinken. Aber der Schmerz nagte an ihm wie ein hungriger Haifisch, er wartete darauf, ihn zu verschlingen, falls er an die Oberfläche kam. Es war besser zu bleiben, wo er war, und durch die beruhigende Dunkelheit des Ozeans zu schweben.

Wenn sie ihn nur lassen würde! Aber seine Meerjungfrau wusch ihm das Gesicht und rieb seine Handgelenke, und ihre Sirenenstimme rief: »Monsieur? Monsieur, kommt bitte zu mir zurück. Ihr müsst es versuchen.«

Mühsam öffnete Xavier die Augen zu einem schmalen Schlitz und versuchte, den Blick auf die Person zu richten, die sich über ihn gebeugt hatte, eine Frau mit von der Sonne geküsstem blonden Haar, das um ihr Gesicht wehte, mit freundlichen Augen und einem zärtlichen Mund. Die Meerjungfrau, die ihn ins Leben zurückgelockt hatte. Als er den ersten heftigen Schmerz verspürte, wusste er nicht, ob er sie küssen oder lieber töten wollte.

Stöhnend versuchte er, sich abzuwenden und wieder in die Dunkelheit zurückzukehren, doch sie schob eine Hand unter seinen Kopf, hob ihn hoch und presste ihm einen Becher an die Lippen.

»Bitte, Monsieur – Ihr müsst etwas trinken. Trinkt das!«

Seine Zunge fühlte sich staubtrocken an. Er gehorchte und nahm gierig einen Schluck, an dem er fast erstickt wäre. Das Gift, das sie ihm da verabreicht hatte, schmeckte übler als das Schamanengebräu. Aber anders als der Zaubertrank, der ihm einen verführerischen Trancezustand beschert hatte, belebte dieser böse Trank seine Sinne und machte ihm die Schmerzen, die seinen ganzen Körper plagten, schneidend bewusst.

Xavier stöhnte und fluchte. Zum Teufel, was war mit ihm geschehen? Er fühlte sich, als ob er versucht hätte, es gegen eine ganze Bande stämmiger, mit Keulen bewaffneter Raufbolde aufzunehmen, und verloren hatte. Schmerz … der Schmerz nahm seinen Ausgang in seinem rechten Arm, es war ein heißer, brennender Schmerz, der sich bis in seine Schulter und in die Brust ausdehnte, ja bis in alle Poren seines Körpers.

Aber das war noch nicht alles. Als seine Sicht klarer wurde, erkannte er zu seinem Entsetzen, dass sein Schiff von … von Frauen eingenommen worden war. Er war verloren in einem Meer aus Röcken. Manche, darunter auch seine Meerjungfrau, standen an seinem Bett, andere drückten sich auf der Schwelle seiner Kajüte herum, wieder andere starrten ihn durchs Fenster an.

Frauen jeglicher Größe und jeglichen Alters, von dem kleinen Flachskopf, der ihn anstarrte, während er am Daumen lutschte, bis zu einer runzligen Alten, die die Augen zusammenkniff und zahnlose Schmatzgeräusche von sich gab. Sie plapperten unablässig, ihre schrillen Stimmen klangen wie ein Schwarm von Möwen, die seinen pochenden Schädel umkreisten.

»Seht nur, endlich kommt er zu sich.«

»Gebt ihm noch einen Schluck von dem Belebungstee, meine Liebe.«

»Wer ist das? Woher kam er?«

»Keine Ahnung. Das Meer hat ihn an Land gespült.«

»An meiner Schwelle hat das Meer nie so was Nettes abgelegt, nur tote Fische und Algen.«

»Genug jetzt!« Ein großes, hochmütig wirkendes junges Mädchen drängte sich durch die Menge und musterte ihre Begleiterinnen verächtlich. »Man könnte fast meinen, ihr habt noch nie einen Mann gesehen. Macht Platz und gebt dem Elenden ein wenig Raum zum Atmen.«

»Wer hat dich denn zur Königin ernannt, Seraphine Remy?«, schimpfte die zahnlose Alte.

Andere stimmten in die Empörung ein, das Stimmengewirr wurde so laut, dass sich Xavier am liebsten die Ohren zugehalten hätte. Aber irgendwie schaffte er es nicht, den rechten Arm zu bewegen.

Seine Meerjungfrau mischte sich ein, sie hob die Hände, um die anderen zum Schweigen zu bringen. »Meine Damen, Seraphine hat recht. Man muss sich jetzt erst einmal um die Verletzungen dieses armen Mannes kümmern, und er braucht Ruhe und Erholung. Bitte, zieht euch zurück. Es finden sich bestimmt noch Antworten auf eure Fragen.«

Ihre leise, vernünftige Stimme schaffte, was die Befehle des hochnäsigen Mädchens nicht geschafft hatten. Die Frauen zogen sich zurück, selbst die große Blonde ging hinaus, das noch immer am Daumen lutschende Kind an der Hand. Xavier war allein mit seiner Meerjungfrau, herrliche Stille breitete sich aus.

Er hätte gern erleichtert aufgeatmet, doch er fürchtete die Schmerzen, die das bereiten würde. Und als sein Blick durch den Raum schweifte, wich seine Erleichterung schlagartig.

Er befand sich nicht, wie er vermutet hatte, in seiner Kajüte an Bord der *Miribelle*. Nein, er lag auf einem Strohsack, umgeben von unbekannten gekalkten Steinwänden und unvertrauten Möbeln, die mit Sicherheit einer Frau gehörten: ein Spinnrad, ein Arbeitskorb, eine Truhe, aus der der Zipfel eines Unterrocks herausspitzte.

Erinnerungen explodierten hinter seinen Augen wie grelle Blitze: der Sturm und die *Miribelle,* die ihn abwarf; das kalte Meer und sein Kampf, den Kopf über den wütenden Wellen zu halten und sich im Dunkeln zu orientieren; wie er mit letzter Kraft und mit schmerzenden Muskeln Richtung Küste geschwommen war; wie die Flut ihn herumgeworfen und zu den Felsen getrieben hatte; wie er verzweifelt nach Halt gesucht hatte, schon den Boden unter den Füßen gespürt hatte, von einer weiteren Welle niedergerissen worden war; Schmerzen …

schreckliche Schmerzen; wie er wieder aufstand, strauchelte, fiel; mehr Schmerzen, und dann … nichts.

Seine Meerjungfrau kehrte zu ihm zurück und versuchte, ihm noch einen Schluck des üblen Gebräus einzuflößen. Mit der Linken schaffte er es, ihr den Becher aus der Hand zu schlagen.

»Genug von diesem elenden Gesöff. Wo bin ich?«, brüllte er sie an. Zumindest wollte er brüllen, doch er brachte nur ein kümmerliches Krächzen zustande.

»Auf Faire Isle.«

»Nein, das kann nicht sein!«

»Ich versichere Euch, dass es so ist.« Sie legte den Kopf zur Seite und wirkte so ernst, dass er den verrückten Drang unterdrücken musste zu lachen. Sie war eine überaus ernste Meerjungfrau, ganz anders als die Verführerin, die ihm sein Zaubertrank vorgegaukelt hatte.

Sie drückte seine linke Hand. »Macht Euch keine Sorgen. Hier seid Ihr sicher.«

Sicher? Auf der Hexeninsel, dem letzten Ort diesseits der Hölle, den er je hatte aufsuchen wollen? Zähneknirschend verdaute er diese Nachricht.

Als sich seine Retterin entfernen wollte, umklammerte er ihre Hand. »Wohin geht Ihr?«

»Ich wollte nur sehen, ob ich die Herrin finden kann. Jemand hätte sie längst holen sollen. Ich kann mir gar nicht vorstellen, warum sie nicht schon da ist.«

»Nein«, sagte er schroff. »Ich will nicht …« Beschämt stellte er fest, dass er sich wie ein Kind an sie klammerte, aber in diesem Albtraum schien sie das einzig Reale, abgesehen von seinen mörderischen Schmerzen.

»Bleibt!«

»Na gut.« Sie schenkte ihm ein süßes, ernstes Lächeln. Mit ihrer freien Hand streichelte sie seine Wange, es kam ihm wie die einzige Stelle an seinem Körper vor, die nicht schmerzte. »Alles wird gut.«

Beinahe hätte er ihr geglaubt, bis sie hinzufügte: »Die Herrin wird bestimmt bald hier sein.«

Welche Herrin?, hätte er beinahe gefragt. Aber dann ging ihm auf, dass seine Meerjungfrau nur von *einer* Frau sprechen konnte – der Herrin von Faire Isle. Der Gedanke an sie schnürte ihm die Brust zusammen. Er musste verdammt noch mal weg von hier.

Abermals biss er die Zähne zusammen und versuchte, sich aufzurichten, scheiterte jedoch kläglich. Die Meerjungfrau drückte ihm die Hand auf die linke Schulter und schaffte es mühelos, ihn zurückzuhalten.

»Nein, bitte, Monsieur! Ihr müsst still liegen, sonst …« Ihre Warnung wurde von einer Person unterbrochen, die mit flatternden, verblassten grauen Röcken und wehender Schürze in den Raum stürmte. Eine ältere Frau mit einer Wolke grauen Haars und kurzsichtigen blauen Augen. Als sie ihn erblickte, fuhr sie sich mit der Hand an den Mund.

Xavier musterte sie benommen. Die Alte brach in Tränen aus und rief: »Oh, mein lieber Herr, seid Ihr es wirklich?«

Mein Herr? Was zum Teufel sollte das denn nun? Himmel noch mal, diese Hexeninsel wurde ihm wirklich zu viel. Er war auf einer Insel gestrandet, die von verrückten Weibern bewohnt war.

»Seid Ihr es wirklich, nach all den Jahren?« Die Alte strahlte, obwohl sie noch immer weinte. »Das Meer hat Euch entführt, und jetzt hat es Euch wieder zu uns zurückgebracht.«

Mit einem weiteren heftigen Schluchzer warf sie sich auf ihn und geriet dabei an seinen rechten Arm. Xavier war, als hätte sie ihn mit einem Dolch durchbohrt. Er schrie erstickt auf, als eine frische Welle von Schmerz durch seinen Körper raste.

»Bitte!« Seine Meerjungfrau zog die schluchzende Frau von ihm weg. »Ich fürchte, Ihr bringt unseren Gast in Bedrängnis.«

»In Bedrängnis?« Xavier stieß einen Schwall von Flüchen aus, bei denen sich die Frauen die Ohren zugehalten hätten, wenn sie auf ihn geachtet hätten.

Die Alte klammerte sich an seine Meerjungfrau, halb lachend, halb weinend stieß sie hervor: »Ihr versteht nicht. Ihr wisst nicht, wer das ist. Das ist ein wunderbarer Tag für Faire Isle, Jane.«

Jane? Was für ein lächerlich farbloser Name für eine Meerjungfrau, ja selbst für eine Hexe, dachte Xavier, während er mit ein paar raschen Atemzügen versuchte, seiner Schmerzen Herr zu werden.

Jane bemühte sich, die verrückte Alte zu beruhigen und sie davon abzuhalten, sich erneut auf Xavier zu stürzen. Während sie sie zur Tür schob, merkte Xavier, dass noch jemand eingetreten war. Zwei weitere Hände kamen Jane zu Hilfe und packten die Arme der Alten.

»Agnes, meine Liebe, was geht hier vor?«

Xavier konnte nicht sehen, wer da sprach, aber die kühle, ruhige, Ehrfurcht gebietende Stimme durchdrang den Nebel seiner Schmerzen.

Die Alte wandte sich von Jane ab, um den Neuankömmling zu umarmen. »Oh Herrin! Der frohe Tag, um den wir alle gebetet haben, ist gekommen. Der Chevalier ist zu uns zurückgekehrt!«

Xavier erstarrte. Er vergaß sogar seine Schmerzen, als ihm aufging, mit wem er verwechselt worden war. Es hätte ihn nicht wundern sollen. Als er die Augen schloss, hörte er die Stimme seiner Mutter in seiner Erinnerung hallen.

»Du bist deinem Vater wie aus dem Gesicht geschnitten, Louis.«

Selbst jetzt wusste Xavier nicht, ob seine Mutter auf diese Ähnlichkeit stolz gewesen war oder ihn dafür gehasst hatte.

Die Alte verstummte, Stille kehrte ein. Xavier merkte, dass jemand zu ihm getreten war. Jemand, der nicht Jane war.

Er hielt die Augen geschlossen, als ob er damit die Begegnung vermeiden könnte, vor der er sich sein Leben lang am meisten gefürchtet hatte. Und gleichzeitig hatte er nie aufhören können, daran zu denken. Aber so hatte er sie sich nie vorgestellt – er flach auf dem Rücken, verletzt und hilflos, sie hoch vor ihm aufragend.

Egal, wie sehr er diesen Augenblick gescheut hatte, insgeheim hatte er gewusst, dass es unvermeidlich war. Er atmete tief aus. Seltsam schicksalsergeben schlug er die Augen auf und betrachtete die Herrin von Faire Isle.

Sie war eine große, schlanke, anmutige Frau, von der trotz ihres schlichten braunen Gewands etwas Gebieterisches ausging. Ihr kastanienbraunes Haar krönte ihren Kopf in einem Kranz fest geflochtener Zöpfe, die von kleinen silbernen Strähnen durchzogen waren. Ihr Gesicht war nicht unbedingt schön, jedoch eindringlich. Er stellte sich vor, dass es meist heiter und gelassen wirkte, doch bei seinem Anblick erblasste die Frau und riss die großen braunen Augen auf.

Das also war Evangeline, die sein Vater so geliebt hatte. Sie sah ihrem Porträt sehr ähnlich. Doch sofort ging ihm auf, dass er sich irrte. Evangeline war längst tot und begraben wie seine eigene Mutter. Diese Frau war viel zu jung, um Evangeline zu sein. Es konnte sich nur um Ariane handeln, die älteste Tochter.

Zumindest waren das die Worte, die Xavier äußern wollte. Aber das geflüsterte Wort, das ihm stattdessen über die Lippen kam, überraschte selbst ihn.

»Schwester!«

»M-mein Gott, wer seid Ihr?«

»Keiner, den Ihr kennenlernen wollt.«

»Eure Bekanntschaft zu vermeiden könnte schwierig werden, Monsieur, da das Schicksal beschlossen hat, Euch auf meine Insel zu werfen.«

»Das Schicksal hat nichts damit zu tun. Es war die *Miribelle,* die letzte Nacht im Sturm Schlagseite bekommen hat.«

»Die – die *Miribelle?*«, stammelte sie. »Ihr meint doch nicht etwa das Schiff meines Vaters.«

»Nein, das Schiff *meines* Vaters.« Xavier hoffte nur, dass die *Miribelle* es geschafft hatte, den Sturm zu überstehen, und nicht an den Felsen zerschellt war.

Die Herrin biss sich auf die Unterlippe. Offenbar wollte sie auf das Thema Väter nicht weiter eingehen. Stattdessen fragte sie: »Was ist mit dem Chevalier? Wisst Ihr …?«

»Tot.« Er schleuderte ihr dieses Wort an den Kopf und tötete damit den Hoffnungsschimmer in ihrem Blick. Kurz bedauerte er seine Grausamkeit, aber für mehr Feingefühl waren seine Schmerzen einfach zu groß.

Sie senkte die Wimpern. Trauer und Resignation ließen ihre Züge weicher erscheinen, doch als sie den Blick wieder auf ihn richtete, war er stählern wie zuvor.

»Und Ihr behauptet, wer zu sein?«

»Ich behaupte gar nichts. Wenn Ihr so gut im Gedankenlesen seid, wie man mir gesagt hat, dann findet Ihr bestimmt selbst heraus, wer ich bin.« Trotz der hämmernden Schmerzen hinter seinen Augen sah Xavier sie trotzig an.

Sie verzog das Gesicht, kniff die Augen zusammen und musterte ihn eindringlich. Xavier hielt ihrem Blick stand, ohne zu blinzeln, auch wenn es sich anfühlte, als würde die Hexe seinen Schädel so entschlossen aufbrechen, wie er den Deckel seiner Seemannskiste zu öffnen pflegte. Seine Gedanken drohten ihr wie Schätze in den Schoß zu fallen.

Er biss die Zähne zusammen und verschloss seinen Verstand vor ihr, auch wenn es wehtat, ihr Widerstand zu leisten, und ihm der Schweiß auf die Stirn trat. Dennoch gab er nicht auf, und ihre Augen fochten ein gnadenloses Duell, bis Jane eingriff.

»Ariane, bitte!«

Seine Meerjungfrau war so still gewesen, dass Xavier ihre Anwesenheit ganz vergessen hatte. Ihr verwirrter Blick schweifte zwischen Ariane und ihm hin und her. Sie legte die Hand auf Arianes Arm.

»Ich weiß nicht, was los ist oder wer dieser Mann ist. Aber das Wichtigste ist jetzt doch, dass er Eure Hilfe braucht. Sein Arm muss gerichtet werden.«

Die Herrin rieb sich die Nasenwurzel und straffte die Schultern. »Natürlich, Ihr habt recht, Jane.« Sie rang sich ein schmallippiges Lächeln ab. »Na gut, Monsieur, sehen wir uns den verletzten Arm an.«

»Mein verfluchter Arm ist völlig in Ordnung«, wehrte sich Xavier trotz der Schmerzen, die in seiner rechten Seite wüteten. Er hob den Kopf ein wenig an. »Ich brauche nur …«

Als er mit eigenen Augen sah, wie schwer seine Verletzung war, stieß er einen unterdrückten Schreckensschrei aus. Getrocknetes Blut verkrustete den Riss in seinem Ärmel, aus dem ein Knochen hervorragte. Ariane beugte sich vor, um die Wunde zu untersuchen, doch selbst ihre sanfte Berührung schickte Feuerdornen in sein Fleisch.

»Lasst mich in Ruhe«, fauchte Xavier. Er stützte sich mit der linken Hand ab, um sich hinzusetzen. Gegen den Protest der zwei Frauen zog er den verletzten Arm schützend an seine Brust, auch wenn ihm dabei schwarz vor Augen wurde.

»Oh, Monsieur, lasst das doch bleiben, Ihr macht es nur noch schlimmer«, meinte Jane.

Schlimmer? Wie soll es noch schlimmer werden?, dachte Xavier, als sich sein Blick klärte und er auf seinen lädierten, einst so kräftigen rechten Arm starrte. Er wusste, wie leicht es auf einem Schiff zu solchen Brüchen kommen konnte, wenn sich Seebären bei einem Handgemenge oder einem Sturz aus der Takelage verletzten. Er wusste, wie zerbrechlich ein Mensch sein konnte – in einem Moment kerngesund, im nächsten unheilbar zerschmettert.

Er hatte bei der Behandlung solcher Brüche geholfen und wusste, was meist dabei herauskam, obwohl er sich innerlich heftig dagegen wehrte.

»Oh Gott«, ächzte er und sank in die Kissen zurück.

»Keine Sorge«, versuchte Jane, ihn zu beruhigen. »Ariane wird sich um Euch kümmern.«

»Zum Teufel wird sie das. Holt mir einen Arzt. Gibt es auf dieser elenden Insel keine Männer?«

Ariane verschränkte die Arme vor der Brust. »Keine, die

Euch nützen könnten. Die meisten stecken noch in den Windeln wie mein Sohn.«

»Bitte, Monsieur.« Jane versuchte, seine Finger von dem verletzten Arm zu lösen. »Die Herrin ist sehr geschickt. Sie wird den Knochen im Nu einrichten.«

Xavier wich vor ihr zurück und knurrte: »Einrichten? Für wie blöde haltet Ihr mich? Ich kenne mich aus mit solchen Brüchen. Ich weiß, dass mein Arm … amputiert werden muss.« Da, er hatte es geschafft, dieses gefürchtete Wort zu äußern, es laut auszusprechen.

Ariane zog die Brauen hoch. »Ihr scheint in rechter Eile zu sein, Euch von Eurem Arm zu trennen, Monsieur.«

»Weil mir nichts anderes übrig bleibt.«

»Ich gebe zu, dass es vielleicht so weit kommen kann. Aber ich hatte schon große Erfolge beim Einrichten von Brüchen, die noch schlimmer waren als Eurer. Wenn Ihr mir gestatten würdet, es zu versuchen …«

»Nein! Ich will von Eurer verfluchten Hexerei nichts wissen.«

»Genug!«, rief Jane aufgebracht und bedachte Xavier mit einem strengen Blick. »Die Herrin möchte Euch helfen, also hört auf, Euch wie ein – wie ein störrisches Kind aufzuführen!«

Janes Wangen röteten sich. Also besaß seine ruhige Meerjungfrau doch ein wenig Temperament. Unter anderen Umständen hätte Xavier das lustig, vielleicht sogar liebenswert gefunden, doch im Moment konzentrierte er sich überwiegend auf Arianes steinerne Miene.

»Ich habe gewisse Zweifel, dass die Herrin begierig darauf ist, mir ihre Hilfe anzubieten.«

Ariane schob stolz das Kinn vor. »Ich bin die Tochter von Evangeline Cheney. Meine Mutter war eine begnadete Heilerin, und sie hat mir all ihr Wissen und all ihre Weisheit beigebracht, damit ich Menschen in Nöten helfe, egal, um wen es sich handelt.«

»Nun gut, ich bin der Sohn von Marguerite de Maitland,

einer sehr kundigen Kurtisane, und sie hat mir beigebracht, mich vor Hexen in Acht zu nehmen.«

Xavier versuchte, spöttisch zu grinsen, doch sein Gesicht verzog sich nur zu einer schmerzerfüllten Grimasse. »Wer mein Vater war, braucht Ihr mich ja wohl nicht zu fragen, das habt Ihr mittlerweile bestimmt herausgefunden. Meine Mutter hat mich sogar nach ihm getauft: Louis Xavier Cheney.«

Er spuckte diesen Namen aus, als werfe er ihr einen Fehdehandschuh vor die Füße. Die erwünschte Wirkung blieb nicht aus.

Arianes Wangen röteten sich vor Zorn. »Diese – diese Frau hat es gewagt, Euch den Namen meines Vaters zu geben? Ihr seid ein Bastard, Ihr habt kein Recht darauf!«

»Das weiß ich. Und wahrscheinlich habt Ihr jetzt noch weniger Lust, mir Eure heilenden Hände aufzulegen, Schwester!«

Ariane presste die Lippen zusammen. Einen Moment lang dachte er, sie würde aus dem Raum stürmen. Dann stieß sie einen tiefen Seufzer aus.

»Eure Mutter Marguerite hat viel Leid über meine Familie gebracht, sie hat den letzten Tagen meiner Mutter jegliche Heiterkeit und Zufriedenheit geraubt. Aber für mich spielt es keine Rolle, wie Euer Name lautet oder ob Ihr eine Ausgeburt des Teufels seid. Ich bin eine Heilerin, und ich glaube, dass ich Euch helfen kann.«

Jane umfasste seine linke Hand und fügte bittend hinzu: »Monsieur, wie ich Euch einschätze, seid Ihr ein Mann, der daran gewöhnt ist, sein eigener Herr zu sein und anderen zu befehlen. Mir ist klar, wie schwer es Euch fallen muss, Euch der Fürsorge einer Frau zu überlassen. Aber ich habe mit eigenen Augen gesehen, wie Ariane zahllose Wunder gewirkt hat. Ihr könnt ihr vertrauen, das verspreche ich Euch.«

Xaviers störrischer Blick wanderte von Arianes strengen Zügen zu Janes sanfterer Miene. Er wusste nicht, wie weit er der Herrin von Faire Isle vertraute, doch zu seiner Überraschung stellte er fest, dass er Janes ruhiger Überzeugungskraft erlag. Vielleicht deshalb, weil er noch kein Frauengesicht gesehen hatte, das so völlig ohne Arg war wie das ihre; vielleicht, weil sich in ihren Augen aufrichtige Sorge zeigte; vielleicht aber auch, weil ihm einfach nichts anderes übrig blieb.

»Ach, verflixt, holt Eure Säge oder Euer Messer oder was auch immer, womit Ihr mich entzweihacken wollt«, sagte er finster zu Ariane. »Dann könnt Ihr Euch wenigstens ein bisschen an mir rächen.«

»Na gut. Jane, schneidet bitte seinen Ärmel ab, während ich die Waffe meiner Wahl hole.« Ariane grinste grimmig, dann ging sie hinaus.

Jane holte eine Schere aus dem Nähkorb und kehrte zu Xavier zurück. »Es tut mir leid.«

»Kein Problem, meine Liebe. Ich habe mir schon immer gern vorgestellt, wie eine schöne Frau mir die Kleider vom Leib reißt.«

Sein Scherz zauberte eine leichte Röte auf Janes Wangen, die ihr sehr gut stand. Er hätte vielleicht seinen Spaß daran gehabt, wenn er nicht halb bewusstlos gewesen wäre vor Schmerz und Angst vor dem, was ihn erwartete. Also biss er nur die Zähne zusammen und entspannte seinen verletzten Arm, damit sie zu schneiden anfangen konnte.

Eine Weile waren nur das Geräusch der Schere und seine scharfen, raschen Atemzüge zu hören.

»Ich versuche, Euch nicht wehzutun«, sagte Jane schließlich. »Aber ich fürchte, Euer Hemd klebt an Eurer Wunde fest, wo … wo …«

»Wo der Knochen versucht, meinen Körper zu verlassen?«, ächzte er. »Keine Sorge. Wenn Ariane mit mir fertig ist, werde ich in diesem Bereich nicht mehr viele Schmerzen spüren. Und ich wage zu behaupten, dass meine liebe Schwester es genießen wird.«

Jane legte eine Pause ein. »Ich verstehe nicht ganz, was Ihr mit der Herrin von Faire Isle zu tun habt«, meinte sie stirnrunzelnd. »Aber Ariane gehört nicht zu den Frauen, die es nach

Rache gelüstet oder die andere für die Sünden ihrer Mütter bezahlen lassen. Sie ist eine ganz erstaunliche Heilerin. Sie wird Euren Arm retten, Monsieur Cheney.«

»Nennt mich nicht so. Kapitän Xavier oder einfach nur Xavier, so kennt man mich. Ich benutze den Namen meines Vaters nie. Ich …« Er fluchte und wäre beinahe aus dem Bett gefallen, als Jane das letzte Stückchen Stoff von seiner Wunde riss.

Keuchend sank er zurück. »Ich habe das nur erwähnt, um – um …«

»Um Ariane zu ärgern? Es ist womöglich nicht vernünftig, die Frau zu erzürnen, die Euch den gebrochenen Arm einrichten will.«

»Das mag schon sein, aber wie Ihr vielleicht bemerkt habt, gehört die Vernunft zu meinen weniger ausgeprägten Tugenden.«

Sie lächelte nur, und er hätte versucht sein können, zurückzulächeln, wenn er nicht so erschöpft gewesen wäre und gefangen in einer Welt aus Schmerz und Düsternis.

Jane trat zum Waschtisch und goss ein wenig Wasser aus einem Krug auf ein Tuch. Dann kehrte sie zu Xavier zurück und wischte ihm sanft das Gesicht ab.

»Alles wird gut«, murmelte sie. »Auch wenn Ihr mir das jetzt nicht glauben wollt.«

»Stimmt, aber danke, dass Ihr mich anlügt. Die Lüge klingt sehr süß aus Eurem Munde.«

Er war froh, dass sie nichts erwiderte. Eine andere Frau hätte versucht sein können, weiter auf ihn einzureden, ihn auszuschimpfen oder munter zu plappern, um ihn abzulenken.

Jane hingegen wischte ihm nur stumm die Stirn ab, das kühle Tuch wirkte ebenso beruhigend wie ihre Berührung. Überrascht stellte er fest, dass er schweißgebadet war. Vielleicht hatte es ja doch etwas Gutes, wenn Ariane Deauville ihn bei dem Versuch, seinen Arm zu retten, zerfleischte. Die Wunde würde sich bestimmt entzünden, und daran würde er wahrscheinlich zugrunde gehen. Das konnte nur ein Segen sein. Er war unendlich müde. Er hatte das Gefühl, sehr lange gekämpft zu haben, eigentlich fast sein ganzes Leben lang.

Als er die Augen schloss, stieg eine merkwürdige Erinnerung in ihm hoch. Er dachte an seinen Vater, der neben ihm auf dem Deck der *Miribelle* stand in einem der seltenen ruhigen Momente, die es je zwischen ihnen gegeben hatte.

Der Chevalier hatte ihn gedankenverloren betrachtet.

»Weißt du, du bist nicht wie ich, mein kleiner Louis. Du bist viel zäher, du bist ein richtiger Kämpfer. Du wirst nie vor etwas zurückscheuen oder wegrennen.«

Das war das einzige Lob, das Xavier je aus dem Mund seines Vaters vernommen hatte, das einzige Mal, dass der Chevalier einen gewissen Stolz auf ihn gezeigt hatte.

Doch als Ariane mit einer kleinen, jedoch Unheil verkündenden Truhe zurückkehrte, kam sich Xavier alles andere als zäh vor. Ariane folgte ein kräftiges Mädchen mit sandfarbenen Haaren und zahllosen Sommersprossen auf der Nase.

»Das ist Carole Moreau«, sagte Ariane. »Sie wird mir helfen.«

»Dieses junge Ding? Das wird sie nicht!«, sagte Xavier und drückte seinen verletzten Arm wieder an die nackte Brust.

»Ich bin älter, als ich aussehe, Monsieur.« Carole lächelte ihn schüchtern an. »Ich war eine der Frauen, die Euch am Strand auf eine Trage verfrachtet und hierhergebracht haben.«

»Und was hättet Ihr gern dafür? Soll ich mein Silber einschmelzen und Euch einen Orden gießen?«

Das Lächeln in dem Gesicht des Mädchens verblasste, und sie zog sich rasch zu Ariane zurück, die gerade ihre Truhe öffnete. Jane seufzte und schüttelte tadelnd den Kopf. Xaviers Ärger verrauchte, er war zu erschöpft, um weiter zu protestieren.

Er wusste, dass er wie ein verletzter Hund nach jedem schnappte, der ihm zu nahe kam. Aber er schaffte es einfach nicht, sich zurückzuhalten.

Ariane trat neben ihn, in der Hand ein kleines Fläschchen. »Dieser Trank wird Eure Schmerzen lindern und Euch helfen zu schlafen.«

»Nein! Gebt mir nur einen kräftigen Schluck Branntwein.«

»Ich habe keinen Branntwein.«

»Was für eine verdammte Heilerin seid Ihr überhaupt?«

»Dieser Trank ist viel besser, er wird …«

»Ich habe Nein gesagt, zum Teufel noch mal!«

»Dann brauche ich noch einige Frauen, die Euch festhalten.«

»Niemand muss mich festhalten. Hört einfach auf zu plappern und macht Euch ans Werk.«

Ariane murrte halblaut etwas, während Xavier sie finster betrachtete. Hatte er sich verhört, oder hatte die würdevolle Herrin von Faire Isle soeben einen Fluch ausgestoßen, bei dem selbst einige seiner Männer errötet wären?

Zu spät fiel ihm Janes Bemerkung über seinen Mangel an Vernunft ein. Zähneknirschend sagte er: »Ich wollte nur sagen, dass ich Euren Trank nicht brauche. Aber trotzdem danke.«

Ariane warf ihm einen düsteren Blick zu, dann lachte sie zögernd. »Ach, warum Männer bloß immer die Helden spielen müssen. Aber gut, Monsieur, wie Ihr meint. Fangen wir an.«

»Kapitän Xavier«, warf Jane leise ein. »Er wird gern Xavier genannt.«

»Xavier«, wiederholte Ariane, als ob sie den Klang ausprobieren wollte. Sie starrte ihn erwartungsvoll an. Er merkte, dass er seinen verletzten Arm noch immer mit der Linken schützte.

Egal, was Ariane behauptete, sie konnte seinen Arm bestimmt nicht retten. Doch wenn er Fieber bekam, würde sie ihn wahrscheinlich nicht einfach sterben lassen. Irgendwie spürte er, dass diese Frau, in deren Adern zur Hälfte das gleiche Blut floss wie in den seinen, ebenso stur sein konnte wie er. Aber den Arm würde er mit Sicherheit verlieren.

Sein starker rechter Arm, seine Schwerthand. Warum hatte es nicht sein linker sein können? Auf den hätte er verzichten können. Bilder stürmten auf ihn ein: Er kletterte auf die Takelage, er warf einen Enterhaken, er hielt das Ruder fest im Sturm. Bei all dem brauchte man die Kraft zweier Arme.

Aber spielte es eine Rolle? Wahrscheinlich hatte er gar kein

Schiff mehr. Wahrscheinlich gab es die *Miribelle* nicht mehr, wahrscheinlich war seine Lady auf den Grund des Kanals gesunken und seine Mannschaft mit ihr, Jambe du Bois, Pietro, Pater Bernard. Alles, was er besaß, alles, was ihm wichtig war, war verloren. Und jetzt regte er sich wegen eines Armes auf?

Entsetzt stellte er fest, dass ihm Tränen in den Augen brannten. Er blinzelte heftig, öffnete langsam seine Hand und überließ Ariane seinen Arm.

Als sie ihn behutsam streckte, schrie er laut auf, und als sie ihm ein Stück Leder anbot, auf das er beißen konnte, lehnte er es nicht ab. Er hatte dasselbe für seinen Steuermann getan an dem Tag, als eine Kanone, die über Deck geschlittert war, Jambes Bein zerschmettert hatte.

»Sei guten Mutes, Mann. Du wirst es überleben, du zäher alter Schurke. Du wirst auch mit einem Bein noch ein wilderer Kämpfer sein als so mancher mit zwei Beinen.«

Jambe hatte auf das Leder gebissen und Xavier angeschaut, als würde er ihn am liebsten erwürgen. Diesen Blick konnte Xavier jetzt gut verstehen. Es ließ sich leicht trösten und dummes Zeug daherplappern, wenn einem der fragliche Körperteil nicht gehörte.

Carole Moreau reichte Ariane ein mit einer Flüssigkeit getränktes Tuch. Es brannte, als sie die offene Wunde damit säuberte. Egal, wie behutsam sie es versuchte, jede noch so kleine Bewegung verursachte stechende Schmerzen und neue Wellen der Pein. Als Ariane anfing, den Knochen vorsichtig wieder an seinen angestammten Platz zu schieben, biss Xavier so heftig auf das Leder, dass er das Gefühl hatte, gleich würde ihm der Kiefer brechen. Unmännliche Tränen strömten ihm über die Wangen, und er konnte nichts tun, um ihnen Einhalt zu gebieten.

Er quetschte Janes Hand und versuchte, sich in ihren ruhigen Augen zu verlieren und nicht zu schreien.

8

Jane bewegte die Finger und zuckte zusammen, als das Blut wieder in ihre Hand strömte, die unter Xaviers verkrampftem Griff ganz taub geworden war.

Sie hatte es kaum gemerkt, weil sie nur auf sein schmerzverzerrtes Gesicht geblickt hatte, als Ariane den Bruch gerichtet hatte.

Zum Glück war nun alles vorbei, und Jane hatte es geschafft, Xavier zu dem Schlaftrunk zu überreden. Vielleicht war er zu erschöpft, um weiter Widerstand zu leisten, vielleicht auch nur froh, dass sie ihm nicht den Arm abgehackt hatten. Seine Wimpern ruhten auf seinen Wangen, das bleiche Gesicht beschattet von Bartstoppeln.

Jane rieb sich die schmerzende Hand, während sie Xavier betrachtete und sich vor Augen führte, was er alles durchgemacht hatte: Er war inmitten eines heftigen Sturms vom Deck seines Schiffs geworfen worden; er hatte gegen die Wellen gekämpft und war an einer unwirtlichen Küste an Land gespült worden, halb ertrunken, mit einem gebrochenen Arm und einem geprellten Körper.

Seit sie England verlassen hatte, hatte sie das Gefühl gehabt, keinen festen Halt in dieser Welt mehr zu haben. Sie hatte sich nutzlos gefühlt und entwurzelt, an manchen Tagen hatte sie sich kaum dazu durchringen können aufzustehen. In manchen Momenten hatte sie den bösen Gedanken gehegt, dass es viel besser wäre, eine Krankheit würde sie dahinraffen.

Nun war sie unwillkürlich fasziniert von diesem Mann, der so entschlossen und stur um sein Leben gekämpft hatte. Selbst im Schlaf hatte Xavier den heilen Arm über den Kopf gestreckt und die Faust geballt, als ob er noch immer kämpfte.

Ariane arbeitete unterdessen geschickt weiter, gerade legte sie den gebrochenen Arm zwischen zwei Latten und erklärte Carole, wie die Latten mit Lederstreifen zu sichern waren. Jane dachte daran, dass jede Hausfrau wissen sollte, wie sie Krankheiten und kleinere Verletzungen in ihrem Haushalt behandeln konnte. Aber Arianes Wissen reichte weit über das hinaus, was man Jane beigebracht hatte und bei einer Frau für angemessen hielt.

Trotzdem hörte sie begierig zu, als Ariane Carole weiter anwies, wie die Wunde zu verbinden war.

»Bei einer solchen Wunde sollte man lieber mit Umschlägen arbeiten und sie nicht nähen. So ist die Gefahr einer Entzündung kleiner. Du musst den Verband fest anlegen, aber nicht so fest, dass er den Blutfluss behindert.«

Carole nickte und bemühte sich, Arianes Anweisungen zu befolgen. Aber sie warf immer wieder einen nervösen Blick auf Xavier, als ob sie befürchtete, dass er gleich aufwachen und sie wieder anbrüllen würde. Das Mädchen war so ungeschickt, dass es Jane in den Fingern juckte, ihr die Arbeit abzunehmen. Sie war erleichtert, als Ariane es schließlich tat.

»Es – es tut mir leid«, stammelte Carole, die fast so bleich war wie Xavier. »Es – es macht mir schwer zu schaffen, dass wir ihm so wehtun mussten.«

»Das ist aber häufig unvermeidbar.«

»Ich weiß, aber es fällt mir trotzdem schwer, jemanden so leiden zu sehen. Ich werde das nie so gut können wie Ihr.«

»Oh doch, das wirst du.« Ariane blickte von dem Verband hoch und lächelte sie aufmunternd an. »Abstand zu gewinnen ist etwas, was man lernen kann wie alles andere auch. Aber jetzt musst du dir keine Sorgen mehr um Kapitän Xavier machen, er wird eine Weile lang nichts mehr spüren.«

Ariane betrachtete den Schlafenden. Carole und Jane taten es ebenso. Xaviers Faust hatte sich gelockert, seine Finger entfalteten sich langsam, sein Atem ging tief und gleichmäßig. Er wirkte sehr friedlich, während die drei Frauen an seinem Bett erschöpft aussahen und sich auf ihren Gewändern Schweißflecken zeigten.

Ariane wandte sich seufzend an Carole. »Du solltest jetzt wohl lieber zu deinem kleinen Treibauf zurück. Jane und ich können den Rest auch ohne dich erledigen.«

»Wenn Ihr meint …« Carole wischte sich die Stirn ab und druckste noch ein Weilchen herum; doch als sie schließlich eilig aus der Hütte lief, wirkte sie ziemlich erleichtert.

Während Ariane Fläschchen und Leinenstreifen in ihrer Truhe verstaute, blieb Jane neben dem Bett stehen. Sie verspürte den unerklärlichen Drang, Xavier die wirren feuchten Strähnen aus dem Gesicht zu streichen. Sie musste die Hand in den Falten ihres Rocks vergraben, um diesem Drang nicht zu erliegen.

»Glaubt Ihr, er wird wieder gesund?«, fragte sie.

»Solange er kein Fieber bekommt, schon. Der Umschlag, den ich auf die Wunde gelegt habe, sollte das verhindern, aber man kann nie wissen. Doch wenn in den nächsten zwei Tagen kein Fieber eintritt, glaube ich, dass er es gut überstehen wird. Er ist jung und stark. Hauptsache ist, dass er sich lange genug ruhig hält, damit der Knochen heilen kann.«

»Nach allem, was er hinter sich hat, wird er doch kaum so unvernünftig sein, aufzuspringen und wegzurennen?«

»Ihr habt mehr Zeit mit ihm verbracht als ich. Was glaubt Ihr?«

Jane betrachtete den entschlossenen Zug um Xaviers Mund, selbst im Schlaf wirkte er trotzig. »Ich glaube, wir sollten ihn lieber ans Bett fesseln.«

Ariane lachte trocken. »Der Trank wird ihn eine Weile ruhigstellen, aber jemand sollte bei ihm bleiben und überprüfen, ob er Fieber bekommt.«

»Das kann ich machen. Es würde mir guttun, mich nützlich zu fühlen.«

Jane wurde verlegen, als sie spürte, dass Ariane sie eindringlich musterte. In die Stimme der Herrin schlich sich ein weicher Ton, als sie sagte: »Ihr seid von großem Nutzen, Jane. Ohne Euch hätte ich es heute nicht geschafft. Ob Kapitän Xavier das weiß oder nicht – er steht tief in Eurer Schuld.«

»In meiner Schuld? Was habe ich denn schon getan?«

»Ihr habt ihn beruhigt und getröstet. Ich glaube nicht, dass er mir erlaubt hätte, seinen Arm zu berühren, wenn Ihr ihn nicht dazu gebracht hättet. Ihr habt sein Vertrauen gewonnen. Aber ich habe schon früher bemerkt, dass Ihr die Gabe dazu habt.«

»Wahrscheinlich nur, weil ich so langweilig und unbedeutend wirke.«

»Nein, weil von Euch eine stille Ruhe ausgeht. Ihr seid wie das Auge im Sturm.«

Obwohl Jane bei dem Kompliment errötete, schüttelte sie abwehrend den Kopf. »Das trifft eher auf Euch zu, vor allem wenn Ihr Euren Heilzauber ausübt.«

»Im Allgemeinen vielleicht, aber in diesem Fall ist mein ruhiger Abstand auf eine schwere Probe gestellt worden. So ungern ich es zugebe und so sehr es mich beschämt, am liebsten wäre ich hinausmarschiert und hätte diesen Mann den teuflischen Mächten überlassen, die ihn auf meine Insel geworfen haben.«

Ariane starrte den Mann im Bett an wie einen Geist aus ihrer Vergangenheit – einen Geist, den sie zu gern ausgetrieben hätte.

Jane hatte dem Wortwechsel zwischen Ariane und Xavier und all den Anspielungen, die sie nur halb verstanden hatte, stumm gelauscht. Sie hasste es, ihre Nase in die Angelegenheiten anderer zu stecken. Doch Ariane wirkte so aufgewühlt, dass Jane sich nicht zurückhalten konnte und fragte: »Glaubt Ihr wirklich, dass Xavier Euer Bruder ist?«

»Halbbruder«, verbesserte Ariane sie scharf. »Ich weiß es nicht. Ich will es nicht glauben, aber er ist meinem Vater wie aus dem Gesicht geschnitten. Die Ähnlichkeit ist ziemlich entnervend. Ich sehe kaum etwas von dieser Maitland-Hexe an ihm.«

Arianes Lippen wurden schmal. »Ihr habt genug mitbekommen, dass Ihr Euch jetzt bestimmt fragt …«

»Oh nein, bitte verzeiht mir, ich hätte die Sache auf sich beruhen lassen sollen. Ich möchte wahrhaftig nicht in Euren Familiengeheimnissen herumschnüffeln. Ihr habt nur so erschüttert gewirkt …«

»Leider ist es kein großes Geheimnis. Auf Faire Isle wissen alle, dass mein Vater meine Mutter betrogen hat. Die Ankunft dieses Mannes wird den alten Klatschgeschichten neue Nahrung geben. Es ist besser, wenn Ihr die Wahrheit von mir erfahrt.«

Doch dann verstummte sie wieder, offenbar wusste sie nicht, wo sie anfangen sollte. Sie trat ans Fenster, dessen Läden weit geöffnet waren.

Jane hatte immer geglaubt, dass man einen Kranken oder Verletzten am besten gen die Außenwelt abschirmen sollte, damit keine schädlichen Einflüsse eindringen konnten. So hielten es jedenfalls die Ärzte in London.

Aber die Herrin von Faire Isle glaubte fest an den Nutzen frischer Luft. In Anbetracht all der wundersamen Heilungen, die Jane miterlebt hatte, war sie zu der Überzeugung gelangt, dass Ariane recht hatte und all die gelehrten englischen Ärzte sich irrten.

Die Herrin hob das Gesicht in den Wind, als ob sie damit ihr aufgewühltes Gemüt beruhigen wollte.

»Ich nehme an, dass Untreue für die meisten Menschen keine große Sache ist«, sagte sie. »Viele Edelmänner nehmen sich Mätressen und zeugen uneheliche Kinder. So etwas ist keine Seltenheit, und recht oft ist es sogar das Vorrecht eines Mannes. Schließlich wird die Ehe meist auch nur als Mittel betrachtet, um Besitztümer zu vergrößern oder den Stammbaum weiterzuführen.

Aber bei uns Töchtern der Erde wird die Ehe anders gesehen, sie gilt als geheiligter Ritus und tiefe Verbindung. Wir heiraten nicht aus Gründen des Status oder der Sicherheit. Ein

Mann und eine Frau sollten nur heiraten, wenn sie sich wirklich lieben.«

Arianes Blick fiel auf den Ring an ihrem Finger, einen schlichten alten Metallreif, in den seltsame Symbole eingraviert waren. Ihre Züge wurden weich, offenkundig dachte sie an ihren Gemahl.

Wer Ariane und Justice Deauville gemeinsam erlebte, der hegte keine Zweifel an der Tiefe ihrer Liebe, der Leidenschaft und dem festen Band der Freundschaft, das die beiden zusammenschweißte.

Jane rieb sich den linken Finger an der Stelle, an der sich einst ihr Ehering befunden hatte, ein teurer goldener Reif, besetzt mit Rubinen und Diamanten. Sie hatte ihn selten getragen und weggelegt, nachdem ihr zweiter Gemahl gestorben war. Sir William Danvers, ein wohlhabender Weinhändler, war zwar sehr gütig gewesen, doch fünfunddreißig Jahre älter als sie. Sie hatte gelernt, ihn zu schätzen, aber es ließ sich nicht leugnen, dass der Hauptgrund ihrer Ehe darin bestanden hatte, das schwindende Vermögen ihrer Familie zu retten.

Ihr erster Gemahl, Richard Arkwright, war nicht so angenehm gewesen wie Sir William. Dickon war ein kränklicher, mürrischer Junge gewesen, doch ihr Vormund hatte ihr verdrossen erklärt, dass eine ihrer Unschuld beraubte junge Frau es sich nicht leisten konnte, wählerisch zu sein. Ein Junge, der so unerfahren war wie Dickon, konnte leicht hinters Licht geführt werden und würde wahrscheinlich in seiner Hochzeitsnacht gar nicht merken, dass seine junge Braut nicht unberührt war.

Zwei Ehen – die erste, um ihre Sünden zu vertuschen, die zweite des Wohlstands und der Sicherheit wegen. Die meisten Menschen würden ihr diese Gründe nicht verübeln. Doch bei Arianes leuchtendem Gesicht verspürte Jane plötzlich Beschämung und Neid.

Das Licht in Arianes Augen trübte sich jedoch, als sie die Hände faltete und ihre Geschichte weitererzählte.

»Meine Mutter liebte meinen Vater genauso innig wie er sie. Zumindest glaubten wir das. Aus ihrer Liebesgeschichte wurden Legenden gewebt – die schöne, gelehrte Herrin von Faire Isle und der Chevalier Louis Xavier Cheney, einer der kühnsten und tapfersten Ritter in ganz Frankreich. Ihre Hochzeit war ein großartiges Ereignis, ihre Ehe viel besungen – ein wahr gewordenes Märchen.

Doch wie in jedem Märchen gab es auch hier einen Bösewicht, ein Ungeheuer, eine böse Fee oder Hexe. Meine Mutter hatte so ein Wesen in ihrer unmittelbaren Nähe. In ihrer Jugend war sie eng mit Katharina von Medici befreundet gewesen.«

Jane starrte Ariane mit offenem Mund an. »Die Königinwitwe und Königinmutter von Frankreich? Die Frau, die Meg immer als dunkle Königin bezeichnet?«

»Diese Bezeichnung gehört noch zu den freundlicheren, aber ja, sie war es«, erwiderte Ariane mit einem angespannten Lächeln. »Wahrscheinlich wundert Ihr Euch jetzt über das mangelnde Urteilsvermögen meiner Mutter.«

Jane versuchte, einen Einwand zu erheben, doch sie fürchtete, dass sich ihre Überraschung allzu deutlich zeigte.

»Euer Erstaunen ist nicht verwunderlich«, fuhr Ariane fort. »Aber ob Ihr es glaubt oder nicht, Katharina und meine Mutter hatten einige Gemeinsamkeiten. Keine der beiden fühlte sich wohl am französischen Königshof – *Maman,* weil sie die Falschheit hasste, von der das Leben am Hof durchdrungen war; Katharina, weil das französische Volk sie verachtete, verhöhnte und ihr wegen ihrer italienischen Herkunft misstraute. Und außerdem waren meine Mutter und Katharina sehr interessiert an dem alten Wissen.

Deshalb fühlten sie sich gleich zueinander hingezogen. Aber meine Mutter war eine wahre Tochter der Erde, sie beschäftigte sich mit den alten Weisheiten, um den Frieden zu fördern und die Menschen zu heilen. Katharina hingegen hatte etwas Dunkles an sich, eine unstillbare Machtgier und eine beispiellose

Skrupellosigkeit. Dass diese Freundschaft in die Brüche ging, war ebenso unvermeidlich, wie es die Freundschaft ursprünglich gewesen war.

Die Zuneigung oder Bewunderung, die Katharina meiner Mutter entgegengebracht hatte, verwandelte sich in Hass und Neid, bis sie *Maman* schließlich sogar als Feindin betrachtete. Als sie beschloss, meine Mutter zu bekämpfen, zielte sie auf ihre verwundbarste Stelle – ihre große Liebe zu meinem Vater.«

Ariane drehte den Kopf und musterte Jane. »Wart Ihr je am französischen Hof?«

Nein, aber Ned hat sich immer gern dort aufgehalten, hätte Jane beinahe erwidert. Ihr ehrgeiziger, vergnügungssüchtiger Bruder war häufig nach Paris gereist, wann immer er einen Vorwand für eine solche Reise hatte.

Doch bei dem Gedanken an Ned drohte ein Sturm unglücklicher Erinnerungen in Jane loszubrechen. Deshalb schüttelte sie nur den Kopf und meinte: »Ich bin wie Eure Mutter, das schillernde Leben am Hof hat mich nie besonders gereizt.«

»Ihr habt bestimmt nicht viel versäumt. Wahrscheinlich wisst Ihr dann auch nichts von Königin Katharinas *escadron volant.*«

Jane runzelte die Stirn und übersetzte den französischen Begriff: »Ihre fliegende Schwadron?«

»Richtig. Wunderschöne Raubvögel, ein Trupp verführerischer junger Frauen, die Katharina benutzte, um ihre Feinde auszuspähen, zu verführen und zu schwächen. Das geschickteste dieser Geschöpfe, Marguerite de Maitland, setzte sie auf meinen Vater an.«

Jane warf einen unsicheren Blick auf den Mann im Bett. »Ihr meint Xaviers Mutter?«

»Das jedenfalls behauptet er. Marguerite war eine umwerfende Schönheit, allen Berichten zufolge konnte ihr kein Mann widerstehen. Dennoch hätte mein Vater ihren Reizen nicht erliegen sollen, wenn er meine Mutter wirklich geliebt hätte.

Er hat sie schrecklich verletzt. Vielleicht hätte es sie nicht so erschüttert, wenn es ein einmaliger Ausrutscher gewesen wäre. Aber die Liebschaft dauerte an, Papa hielt sich immer häufiger in Paris auf. Er hat das Vermögen unserer Familie verprasst, als er diesem Weib ein stattliches Haus kaufte und sie mit Geld und Schmuck überhäufte.

Das Geld war meiner Mutter gleichgültig, es war seine häufige Abwesenheit und der Verrat an ihrer Liebe, die sie beinahe umbrachten. Katharinas Rachepläne haben vielleicht nicht den Geist meiner Mutter gebrochen, aber mit Sicherheit ihr Herz. Der Frieden und das Glück unserer Familie waren zerstört.«

Arianes Stimme bebte vor Zorn. Sie holte tief Luft, bevor sie etwas nüchterner fortfuhr: »Ich habe es nie verstanden, Jane. Wenn Ihr meine Mutter nur kennengelernt hättet! Sie war wirklich eine bemerkenswerte Frau. Alle, die sie kannten, beteten sie an.

Wahrscheinlich wurde Marguerites Zauber von allen möglichen verführerischen Parfüms und Salben gesteigert, die Katharina für ihre Sirenen herstellte, doch ich konnte mir nie vorstellen, mit welchem Zauber diese Maitland-Hexe meinen Vater so fest an sich gebunden und von uns weggelockt hat.

Offenbar gibt es endlich eine Erklärung für dieses große Rätsel.« Ariane schluckte und warf einen verbitterten Blick auf Xavier. »Dort liegt Marguerites Zauber – der Sohn, den meine Mutter ihm nie schenken konnte. Es wundert mich nur, dass es Papa gelungen ist, ihn all die Jahre zu verheimlichen. Ich bin mir sicher, dass Katharina nichts von Xavier wusste, denn sonst hätte sie meiner Mutter einen weiteren Dolch ins Herz gestoßen.«

Ariane starrte Xavier an, ihre sonst so ruhigen Züge waren wutverzerrt. Dieses für die Herrin von Faire Isle so untypische Verhalten beunruhigte Jane zutiefst. Sie musste den seltsamen Drang unterdrücken, vor den Schlafenden zu treten, um ihn zu beschützen.

Stattdessen legte sie die Hand auf Arianes Arm. »Ich kann

Eure Abneigung verstehen, aber im Grunde kann man Eurem Bruder doch keinen Vorwurf machen aus dem, was Euer Vater und diese Maitland getan haben.«

»Halbbruder«, beharrte Ariane. »Ich wage zu behaupten, dass er genügend eigene Sünden auf dem Kerbholz hat. Ich bin ziemlich stolz auf meine Kunst im Augenlesen, doch selbst in einem Zustand, in dem er halb verrückt war vor Schmerzen, verstand sich der Bursche teuflisch gut darauf, seine Gedanken abzuschotten. So benimmt sich kein Unschuldiger. Er kommt mir ziemlich abgebrüht und gefährlich vor.«

»Meg hat auch so etwas in der Richtung erwähnt.«

»Wie bitte?«, rief Ariane so aufgebracht, dass Xavier sich selbst in seinem von einem Trank verursachten Schlaf rührte. Ariane senkte die Stimme und fragte: »Was meint Ihr damit? Was hat Meg gesagt?«

Jane bedauerte bereits, die Sache erwähnt zu haben, doch bei Arianes eindringlichem Blick blieb ihr nichts anderes übrig, als zu erklären: »Meg hat sehr seltsam auf Kapitän Xaviers Anblick reagiert. Sie wollte ihm nicht einmal helfen. Es wäre ihr lieber gewesen, wenn das Meer ihn wieder verschlungen hätte.«

»Das ist in der Tat sehr merkwürdig. Meg ist normalerweise sehr mitfühlend, es sei denn …« Arianes Miene verfinsterte sich. »Hat sie etwa wieder mit dieser Kristallkugel herumgespielt?«

Jane wollte Meg nur ungern anschwärzen. Ariane war noch immer unentschlossen, wer ihr als nächste Herrin von Faire Isle nachfolgen sollte, und Jane wollte Megs Chancen nicht schmälern; aber sie konnte sich auch nicht zu einer Lüge durchringen.

»Ich glaube, Meg hat die Kristallkugel noch nicht weggeworfen.«

Die Herrin ließ sich von Janes Ausflüchten nicht beirren. Sie stieß einen aufgebrachten Seufzer aus. »Ich wünschte, das Mädchen würde die Finger von der verfluchten Kugel lassen, auch wenn ich die Versuchung nur allzu gut verstehen kann.

Ich habe selbst erlebt, welche Verlockungen von der Schattenwelt ausgehen. Aber aus solch einem Tun kann nichts Gutes erwachsen.«

»Könnt Ihr Meg nicht befehlen, Euch die Kugel zu geben oder sie zu zerstören?«

»Das könnte ich natürlich, aber letztlich würde es Meg nicht viel helfen. Die Entscheidung zwischen Licht und Finstnis kann man niemandem aufzwingen. Ich kann Meg beraten und leiten, aber an einem gewissen Punkt muss eine junge Frau lernen, ihrem Gewissen zu folgen und selbst Entscheidungen zu fällen.«

»Oh.« Mehr fiel Jane dazu nicht ein. Den größten Teil ihres Lebens war sie daran gewöhnt gewesen, dass man ihr sagte, was sie zu denken, zu glauben und zu tun hatte. Jetzt wusste sie nicht recht, ob Ariane Deauvilles revolutionäre Ansichten sie beunruhigten oder faszinierten.

»Hat Meg denn einen Grund genannt, warum sie diesem Mann nicht helfen wollte?«, fragte Ariane.

»Keinen vernünftigen. Sie meinte, Xavier sei gefährlich und würde nur Ärger verursachen.«

Ariane schürzte die Lippen. »Meg könnte recht haben. Wo hat sich dieser Mann all die Jahre aufgehalten, und warum hat er jetzt plötzlich beschlossen, auf meiner Insel aufzutauchen?«

Jane glaubte nicht, dass Xavier irgendetwas beschlossen hatte; und sehr wahrscheinlich freute er sich ebenso wenig wie Ariane darüber, dass es ihn nach Faire Isle verschlagen hatte. Doch diese Gedanken behielt Jane lieber für sich, denn die Herrin wirkte, als ob ihr im Moment mit solchen Argumenten nicht beizukommen sei.

Ariane holte die Truhe mit ihren medizinischen Gerätschaften und sagte: »Behaltet ihn im Auge, Jane. Und lasst sofort nach mir rufen, wenn Ihr feststellt, dass mit ihm etwas nicht stimmt.«

Jane nickte beklommen, denn ihr war klar, dass Ariane nicht nur Anzeichen von Fieber meinte.

Nachdem die Herrin gegangen war, stand Jane noch lange am Fußende des Bettes und betrachtete ihren Schützling. Sie war bei Fremden stets auf der Hut gewesen und hatte kaum je neue Bekanntschaften geschlossen. Oft hatte ihr Bruder sie deshalb aufgezogen.

»Jane verlangt selbst von den Kaninchen ein Leumundszeugnis, bevor sie sie in ihren Garten lässt«, hatte er oft lachend gesagt.

Die Erinnerung entlockte ihr ein trauriges Lächeln. Vielleicht hatte Ned recht gehabt und sie war übervorsichtig gewesen. Aber sie hatte in jungen Jahren erfahren, wie leicht das Vertrauen einer Frau missbraucht werden konnte, vor allem von einem Mann.

Es wäre nur zu verständlich gewesen, wenn sie sich unbehaglich gefühlt hätte bei der Wache über diesen Fremden, der sowohl Meg als auch die weise Herrin von Faire Isle so argwöhnisch machte. Sie konnte sich nicht erklären, warum es sie nicht aufregte, dass man sie mit Xavier allein gelassen hatte, und warum sie ein seltsames, fast besitzergreifendes Interesse an dem Mann entwickelt hatte.

Vielleicht lag es daran, dass sie ihn am Strand bewacht und vor der auflaufenden Flut beschützt hatte? Dass ihre Hand von seinem stahlharten Griff schmerzte und dass sie wahrscheinlich die Einzige war, die unter seinem Sarkasmus und seinen wüsten Reden die Angst bemerkt hatte?

Als Xavier sich im Schlaf regte und zitterte, beeilte sich Jane, die Decke höher über seine nackte Brust zu ziehen. Wahrscheinlich war sie eine Närrin, aber dieser Mann, der so blass und hilflos auf seinem Lager ruhte, wirkte nicht gefährlich auf sie.

Louis Xavier Cheney wirkte einfach nur verloren.

* * *

Ariane saß auf einem Stein, der noch von der Nachmittagssonne gewärmt wurde. Sie hatte die Knie ans Kinn gezogen und beobachtete ihren Sohn, der auf einer Düne in der Nähe spielte. Mit seinen pummeligen Beinchen, den Lockenschopf nach vorne gereckt, tapste er gerade von seinen Cousinen, Gabrielles jüngeren Töchtern weg.

Lucia und Ninon überholten Leon und nahmen ihn bei den Händen. Er zog die Beine an und schaukelte vor Vergnügen quietschend zwischen ihnen. Seraphine, die die Kinder wachsam im Auge behielt, grinste.

Gabrielles Älteste konnte zuweilen hochnäsig und störrisch sein, aber sie hatte auch eine zärtliche Seite und wachte über die, die sie liebte, wie eine Löwin über ihre Jungen.

Sie gaben ein bezauberndes Bild ab, Gabbys gertenschlanke, hellhaarige Töchter und Arianes stämmiger kleiner Sohn. Doch obwohl sie lächelte, wurden Arianes Augen feucht bei dem Gedanken, was es Gabrielle gekostet haben musste, ihre Töchter aus dem vom Krieg geplagten Navarra fortzuschicken.

»Du wirst dafür sorgen, dass ihnen nichts passiert, Ari«, hatte Gabrielle geschrieben. Es war keine Frage und auch kein Befehl gewesen, sondern das innige Einvernehmen und Vertrauen zwischen Schwestern.

»Das werde ich«, hatte Ariane geantwortet, obwohl sie wusste, dass dieses Versprechen einerseits unnötig war, andererseits vielleicht aber auch ein wenig unüberlegt.

Sie hatte oft genug erlebt, welche Unsicherheiten das Leben barg, und wusste, dass einen im Nu das Verhängnis ereilen konnte, auch wenn man noch so wachsam war. Aber zumindest an diesem Tag waren ihre Nichten und ihr Sohn gesund, glücklich und geborgen.

Normalerweise hätte Ariane einen solch goldenen Moment in vollen Zügen genossen, aber Xaviers Ankunft hatte einen Schatten auf sie geworfen. Sie zog die Beine fester an und wünschte, sie könnte die starken, tröstlichen Arme ihres Gemahls um sich fühlen.

Justice Deauville, der einstige Comte de Renard, hatte bei seiner Eheschließung Titel und Ländereien verloren. Katharinas rachsüchtiger Sohn Heinrich hatte Faire Isle angegriffen, und Justice hatte mit seinem Hab und Gut dafür bezahlen müssen, dass er es wagte, eine Frau zu lieben, die der Hexerei verdächtigt wurde.

Ariane hatte sich über diesen Verlust stärker aufgeregt als Justice. Er liebte das Landleben, sein Geschmack und seine Bedürfnisse waren schlicht – ein Feld zu bestellen, ein paar Bücher zu lesen, ein gutes, starkes Pferd zu reiten und Ariane jeden Abend beim Einschlafen an sein Herz zu drücken – mehr brauchte er nicht.

Erst mit der Geburt ihres Sohnes war Justices Ehrgeiz geweckt worden, und er hatte den väterlichen Drang verspürt, Leon ein sicheres Erbe zu hinterlassen. Er hatte angefangen, Reisen aufs Festland zu unternehmen, nach günstigen Gelegenheiten zu suchen, um sein Vermögen zu mehren, und in Seereisen und Handelskarawanen zu investieren. Im Moment war er auf einem großen Markt in Tours, und Ariane vermisste ihn schrecklich.

Sie drehte den Metallreif an ihrem Finger, den uralten Ring, dessen geheime Kraft sie nie ganz verstanden hatte. Aber sie wusste, dass sie diesen Ring nur an ihr Herz pressen musste, um mit Justice in Verbindung zu treten, egal, wie viele Meilen sie trennten.

Nur ein Atemzug, ein einziger Gedanke würde reichen. *»Justice, ich brauche dich.«* Und egal, wo er sich gerade aufhielt und was er gerade tat, ihr Gemahl würde zu ihr nach Hause eilen.

Aber warum ihn beunruhigen? Nur, weil es einen Fremden auf die Insel verschlagen hatte, der Wunden aufgerissen hatte, von denen Ariane gedacht hatte, sie wären längst verheilt?

Worte, die ihre Mutter vor langer Zeit geäußert hatte, hallten durch Arianes Erinnerung.

»Ich wollte immer nur zusammen mit meinen Töchtern auf meiner friedlichen Insel leben, auch wenn ich wusste, dass euer Papa das nicht besonders aufregend fand. Ich hätte mehr Zeit mit

ihm in Paris verbringen und auf ihn aufpassen sollen. Louis war nicht so stark wie ich, das wusste ich von Anfang an und habe es auch hingenommen. Jedenfalls schmälerte es meine Liebe zu ihm nicht, und deshalb konnte ich ihm auch verzeihen. Auch du musst deinem Vater verzeihen, mein Kind.«

Ariane hatte geglaubt, dass sie das getan hatte, bis der Schock, herauszufinden, dass sie einen Halbbruder hatte, all den alten Schmerz wieder aufgewühlt hatte.

Seufzend legte sie das Kinn auf die Knie. Als ob sie die Entscheidung über ihre Nachfolge nicht schon genug Kraft kostete.

»Ach, du bist doch noch viel zu jung, um dir darüber Gedanken zu machen«, hatte Justice gemeint, bevor er zu seiner Reise aufgebrochen war. Aber ihr tapferer, stattlicher Gemahl schreckte stets davor zurück, sich mit Gedanken an ihren Tod zu befassen.

Auch Ariane war nicht erpicht darauf, aber sie musste praktisch denken. Sie wusste nur zu gut, wie rasch eine Krankheit oder ein tragischer Unfall selbst den gesündesten Menschen mitten aus dem Leben reißen konnten. Jetzt, auf dem Höhepunkt ihrer körperlichen und geistigen Kräfte, war der richtige Zeitpunkt, eine Nachfolgerin auszuwählen. Sie musste eine Unmenge Wissen weitergeben, und die anderen Töchter der Erde würden Zeit brauchen, um ihre Entscheidung zu akzeptieren und sich daran zu gewöhnen. Sie hatte die Auswahl auf drei Personen begrenzt, deren Namen sie immer wieder in ihren Gedanken wiederholte: Meg, Seraphine oder Carole. Meg, Seraphine oder Carole.

In weniger als einer Woche würden sich die Töchter der Erde versammeln, und Ariane wusste immer noch nicht, auf wen ihre Wahl fallen sollte.

Dabei erschien es wohl vielen gar nicht so wichtig. Hinter dem Titel »Herrin von Faire Isle« stand kein Königreich und auch kein Gesetz, es war kein offizieller Titel. Aber es stand ein Brauch dahinter, der viel älter war als jede Regierung. Es war der letzte Ritus eines uralten Bundes, der seit geraumer Zeit zunehmend in Vergessenheit geriet.

Ariane hatte zuweilen daran gezweifelt, ob sie die Richtige für die Rolle der Herrin von Faire Isle war. Es war ihr zwar gelungen, wieder regelmäßig Ratstreffen auf den Felsen abzuhalten, doch dann war die Insel von Hexenjägern heimgesucht worden, und Ariane hatte ins Exil gehen müssen.

Sie hatte versucht, sich einzureden, dass sich die Insel davon erholt hätte. Aber als sie auf die Frauen blickte, die im Sonnenuntergang herumspazierten und miteinander plauderten, musste sie sich eingestehen, dass diese Zusammenkunft sehr klein war. Im Vergleich zu dem Tag, als sie zur Nachfolgerin ihrer Mutter ausgerufen worden war, waren es nur sehr wenige. Viele der weisen Frauen von damals waren nicht mehr da, darunter ihre Mutter und sogar ihre großartige Freundin Marie Claire.

Jemand zupfte sie am Ärmel und holte sie aus ihren trüben Gedanken.

»Herrin, Eure Schwester ist da.«

Ariane erhob sich eifrig. Natürlich hatte Gabrielle in einer solchen Zeit die lange Reise von Navarra nicht auf sich nehmen können, aber Ariane hatte schon ungeduldig auf die Ankunft von Miribelle gewartet, die von ihrem Gut vor den Toren von Paris kam. Die Freude, ihre jüngste Schwester wiederzusehen, wurde allerdings geschmälert von der ernüchternden Aussicht, was sie Miri zu berichten hatte.

Die weltoffene Gabrielle hatte den Fehltritt ihres Vaters stets nüchtern gesehen, aber Miri war Papa am nächsten gestanden und hatte ihn nahezu vergöttert. Ariane graute vor dem Moment, wenn sie ihr von Xavier erzählen musste.

Sie schirmte mit der Hand ihre Augen gegen die Sonne ab und beobachtete Miri, die gerade aus dem Sattel stieg. Die anwesenden Frauen begrüßten sie zwar respektvoll, doch mit einer gewissen Zurückhaltung, die Ariane wehtat.

Miri hatte die größte aller Sünden begangen, die eine Tochter der Erde begehen konnte: Sie hatte einen Hexenjäger geheiratet. Simon Aristide hatte seinen Beruf zwar aufgegeben und sich nach Kräften bemüht, den Schaden wiedergutzumachen, den er als Hexenjäger angerichtet hatte, aber hier würde man sich an ihn immer nur als den Mann erinnern, der die Überfälle auf Faire Isle angeführt hatte. Und Miri galt hier nicht mehr als die geliebte jüngste Tochter von Evangeline, sie war jetzt Madame Aristide.

Falls Miri die mangelnde Herzlichkeit betrübte, so zeigte sie es nicht. Ariane wusste nicht einmal, ob es ihrer Schwester überhaupt aufgefallen war. Miri hatte etwas Feenhaftes an sich, sie lebte in einer eigenen Welt und fühlte sich in der Gesellschaft von Vierbeinern weit wohler als in der von Zweibeinern.

Vielleicht ging die Kühle der Frauen auch in der stürmischen Begrüßung unter, die Miri von zwei irischen Wolfshunden erhielt. Die Besitzerin der beiden hatte große Mühe, sie zu sich zurückzurufen.

Als Miri Ariane entdeckte, fing sie an zu strahlen und lief zu ihr. Ariane eilte ihr entgegen, sie trafen sich auf halbem Weg und umarmten sich stürmisch.

»Miri, wie lange haben wir uns nicht mehr gesehen! Willkommen zu Hause, Liebes!«

»Es kommt mir wirklich wie eine Ewigkeit vor, dass ich nicht mehr auf Faire Isle war, und noch länger, dass ich auf der abgelegenen Seite der Insel war.« Miri ließ ihre Blicke sehnsüchtig über die Felsen in der Ferne schweifen. »Weißt du noch, wie sehr ich mich immer auf den Tag gefreut habe, an dem wir uns alle zu den Felsen von Argot aufmachten, um den Riesinnen unsere Aufwartung zu machen?«

»Wir könnten diesen alten Brauch wiederauferstehen lassen, ihn wie in alten Zeiten begehen.«

Miri lächelte, doch sie schüttelte den Kopf. »Nein, das geht nicht. Ob wir wollen oder nicht, die Dinge ändern sich. So geht es im Leben. Faire Isle ist nicht mehr mein Zuhause.«

»Miri …«

»Schon gut, Ariane. Ich verspüre kein Bedauern über den

Pfad, den ich gewählt habe. Ich bin auf meinem kleinen Gut auf dem Festland sehr zufrieden. Ich liebe meinen Gemahl, und er betet mich an. Ich bin mit einer wundervollen Tochter gesegnet, und jetzt ist ein weiteres Kind unterwegs.«

»Miri! Oh, Liebes, du hättest nicht so weit reisen dürfen!«

»Es geht mir gut. Die Schwangerschaft steht noch ganz am Anfang. Kein Arzt und auch keine Hebamme würden das Kind entdecken, ja, nicht einmal eine so kundige Heilerin wie du. Aber ich weiß, dass es da ist.« Miri strich sich zärtlich über den Bauch. »Ich kann ihn spüren, ich spüre, wie er unter meinem Herzen heranwächst.«

»Er?«

»Hast du nicht gespürt, dass du mit einem Jungen schwanger gehst, lange bevor Leon zur Welt kam? Wenn wir von meinem Neffen sprechen – ist er das?« Miri deutete auf Leon.

Ariane nickte stolz.

»Und die zwei Mädchen sind bestimmt Gabbys jüngere Töchter. Du meine Güte, wie groß sie alle geworden sind.«

Ariane schlang den Arm um Miris Taille, während sie zu den Kindern schlenderten.

»Ich freue mich so darauf, alle wieder neu kennenzulernen«, sagte Miri. »Aber zuerst musst du mir von ihm erzählen.«

»Leon. Nun, er …«

»Nein, ich meine den Fremden, von dem zu erzählen dir so schwerfällt.«

Ariane blieb stehen und starrte ihre Schwester verblüfft an. »Ich dachte immer, du kannst in den Augen von Tieren besser lesen als in denen von Menschen.«

»Das stimmt. Aber ich kenne dich viel zu gut, große Schwester. Immer willst du mich beschützen. Außerdem ist der Klatsch auf mich eingestürmt, sobald ich auf der Insel gelandet bin. Die Gerüchte haben sich schon bis nach Port Corsair ausgebreitet.«

Ariane verzog das Gesicht. Natürlich, das hätte sie sich denken können.

»Ist er Papa wirklich so ähnlich?«, fragte Miri.

»Äußerlich schon.«

»Und wie heißt er?«

»Offenbar war diese Maitland-Hexe so dreist, ihm den Namen Louis Xavier Cheney zu geben, aber er nennt sich Kapitän Xavier. Sehr viel mehr kann ich dir nicht über ihn erzählen. Er schottet seine Gedanken ab, aber seine Herkunft hat er mir direkt ins Gesicht geschleudert. Er ist der Bastard von Marguerite de Maitland.«

»Und der Sohn unseres Vaters.« Auf Miris Gesicht legte sich ein fast ehrfürchtiger Ausdruck. »Wir haben einen Bruder, Ariane.«

Ariane runzelte die Stirn. Diese Reaktion hätte sie von ihrer Schwester wahrhaftig nicht erwartet.

»Dir ist doch wohl klar, was das bedeutet, Miri: Vaters Tändelei ging viel länger, als wir und vielleicht auch *Maman* geahnt haben. Wenn ich Xaviers Alter schätzen sollte, würde ich behaupten, dass er nicht viel jünger ist als du.«

Miri zuckte die Schultern.

»Ist die Dauer dieser Beziehung denn so wichtig? Das ist alles vorbei, Ariane. *Maman* hat Papa vor ihrem Tod vergeben, und ich dachte, du hättest das auch.«

»Vergeben ist das eine, vergessen etwas anderes. Und mit Xavier als lebender Erinnerung wird es noch viel schwieriger.«

»Vielleicht erweist er sich sogar als Segen? Es ist ja fast so, als ob ein Teil unseres Vaters zu uns heimgekehrt ist.«

»Er mag wie Papa aussehen, aber damit endet die Ähnlichkeit auch schon. Unser Vater war charmant, er hatte geschliffene Manieren, er war jeder Zoll ein Herr. Xavier ist ungehobelt und flucht wie ein – wie ein Seemann.«

»Vielleicht, weil er genau das ist«, erwiderte Miri lächelnd. »Wenn er mit Papa nach Brasilien gesegelt ist, kann er uns bestimmt fantastische Geschichten erzählen und auch Fragen über Papas letzte Tage beantworten. Er ist unser Bruder, Ariane. Können wir ihm denn nicht eine Chance geben?«

»Halbbruder«, beharrte Ariane, auch wenn sie nicht mehr so überzeugt klang. Miris Großmut beschämte sie ein wenig. »Ich weiß nicht, ob Xavier überhaupt eine Chance will. Er schien ebenso wenig erfreut, meine Bekanntschaft zu machen, wie umgekehrt.«

»Nun, wenn du an meinem gebrochenen Arm herumgezerrt und mir ein übles Gebräu eingeflößt hättest, wäre ich auch nicht besonders erfreut über dich gewesen.« Ihre Schwester klang so vernünftig, dass Ariane lachen musste, ob sie wollte oder nicht.

Sie umarmte Miri noch einmal. »Ach, Liebes, es ist so schön, dass du da bist.«

Miri strahlte sie an, doch dann wurde sie gleich wieder ernst. »Ich hoffe, dass du deine Meinung nicht änderst, wenn ich dir Nachrichten überbringe, die dir sicher Unbehagen bereiten werden. Wie du weißt, hat Simon noch Verbindungen in Paris. Er hat versucht, Katharina im Auge zu behalten, wie du ihn gebeten hattest.«

»Und was führt dieses böse Weib jetzt wieder im Schilde?«

»Nichts richtig Übles – zumindest hoffe ich das. Letzten Herbst machten Gerüchte die Runde, dass Katharina einen Hellseher befragt hätte.«

»Pah!« Ariane zuckte verächtlich die Schultern. »Sie hat sich schon immer für die Astrologie interessiert, während *Maman* nie viel von solchen Dingen gehalten hat.«

»Dieser Mann war womöglich mehr als nur ein Astrologe. Man erzählt sich, dass er eine Art Geisterbeschwörer war und Katharina völlig in seinen Bann geraten ist.«

Arianes Brauen zuckten überrascht hoch bei der Vorstellung, dass die skrupellose dunkle Königin den Reizen eines anderen erlegen war, und noch dazu eines Mannes. »Offenbar wird sie allmählich altersschwachsinnig.«

»Vielleicht, aber dieser geheimnisvolle Zauberer ist seit vielen Monaten nicht mehr gesehen worden. Er ist wie vom Erdboden verschluckt.«

»Das passiert vielen Leuten, die der dunklen Königin zu nahe kommen.«

»Simon macht sich Sorgen, dass Katharina diesem Mann womöglich einen Auftrag erteilt hat.«

Ariane erstarrte, als ihr aufging, worauf ihre Schwester hinauswollte. »Du glaubst, Katharina ist immer noch auf der Suche nach dem *Buch der Schatten* und nach Meg?«

»Ich weiß es nicht.« Miri verzog das Gesicht und sah so beunruhigt aus, wie Ariane sich fühlte. »Der Zirkel der Silbernen Rose hat ja tatsächlich Katharinas Thron bedroht. Im Gegensatz zu unserer *Maman* kann die dunkle Königin nicht vergeben und auch nicht vergessen. Hältst du es für wahrscheinlich, dass sie je aufgehört hat, an Meg zu denken?«

»Nein, aber ich habe gehofft, ihre Probleme mit dem Herzog von Guise würden sie ausreichend beschäftigen. Ich habe Meg immer wieder versichert, dass ihr auf Faire Isle nichts passieren kann. Ich möchte dem Kind wahrhaftig keine Angst machen.«

»Das brauchst du auch nicht, solange Simon über diesen verschwundenen Zauberer nichts mehr herausgefunden hat.«

Ariane nickte. Die Sonne sank tiefer und breitete ihr goldenes Licht über das Wasser. Der Sommertag, der voller schöner Versprechen angefangen hatte, schien in der gleichen Weise zu enden. Aber Ariane fühlte, dass sich ein neuer Sturm zusammenbraute.

9

Der berittene Zug durchquerte die Stadt, ein Trupp von Wachen führte eine von Pferden getragene Sänfte an. Dichte Vorhänge schützten die Königinmutter vor den mürrischen Blicken auf ihrem Weg vom *Hôtel de la Reine* in den Louvre. Die Pariser traten grollend zur Seite.

Im Inneren der stickigen Sänfte klangen die zornigen Stimmen wie das Summen von Bienen. Obwohl Katharina sich bemühte, wach zu bleiben, wackelte ihr Kopf, ihr Kinn sank auf die Brust und die Augen fielen ihr zu. Und auf einmal war sie nicht mehr eine dicke alte Frau, deren schmerzende Knochen in der Sänfte durchgeschüttelt wurden, sie war jung und schön.

In wilder Jagd galoppierte Katharina über ein Feld, unter den Hufen ihres feurigen Wallachs flogen Grasnarben und Erde auf. Sie beugte sich im Sattel nach vorne, packte die Zügel fester und spürte den herrlichen Wind in ihrem Haar. Ihr Herz schwoll an vor Stolz, weil sie wusste, dass sie die beste Reiterin ganz Frankreichs war. Bestimmt ruhten die Blicke des gesamten Hofes auf ihr.

Doch das taten sie nicht. Alle Blicke hafteten an ihrem königlichen Gemahl und seiner Begleiterin, Diane de Poitiers, der Herzogin von Valentinois. Heinrich beugte sich zu der dunkelhaarigen Schönheit und erzählte seiner geliebten Mätresse einen Scherz, bei dem Diane den Kopf zurückwarf und lachte.

Katharina zügelte ihren Wallach und rief: »Nein, Heinrich, wende dich von ihr ab. Sieh mich an!«

Ihre Bitte verhallte ungehört. Katharina hätte genauso gut unsichtbar sein können. Der ganze Hof umschwirrte Diane, als sei sie die Königin von Frankreich.

Doch auf einmal verging der arroganten Frau das Lachen. Sie umklammerte ihren Hals, stürzte vom Pferd und fiel in den Dreck, wohin sie gehörte. Katharina sah zufrieden zu, wie sich die Herzogin in Krämpfen wand. Katharinas Gift raste durch ihre Adern.

Es würde nicht mehr lange dauern. Nichts und niemand konnte die hochnäsige Herzogin retten. Katharina trieb ihr Pferd an, begierig, das Ende mitzuerleben. Aber als sie näher kam, sah sie, dass jemand über Dianes ausgestrecktem Körper stand.

Evangeline. Katharinas beste Freundin, die mit ihrem Heilzauber Katharinas verhasste Rivalin ins Leben zurückrief.

»Nein!«

Aber ihre Stimme hatte nicht mehr Kraft als zuvor. Dichter Nebel kam auf, ihr Gemahl, Diane und die anderen Höflinge verschwanden vor ihren Augen.

Katharina stand allein auf dem Feld und zitterte vor Wut und Kummer.

»Ich habe es auch für dich getan, das weißt du doch, Katharina«, erklang Evangelines stille Stimme in ihrem Rücken.

Sie wirbelte herum und starrte ihre frühere Freundin wütend an. »Du hast mich hintergangen!«

»Nein, ich habe dich gerettet. Du bist dabei, deinen Ruf als italienische Hexe, die sich mit Giften auskennt, zu festigen. Wenn Diane gestorben wäre, hätte man dich als Erste verdächtigt, und ich fürchte, nicht einmal deine Stellung als Königin hätte dich vor dem Zorn des Königs retten können. Ganz zu schweigen von dem Schaden, den deine Seele genommen hätte. Töchter der Erde sollen …«

»Heilen, nicht schaden. Oh ja, das habe ich oft genug von dir gehört«, fiel ihr Katharina verächtlich ins Wort. »Du hast dich vor allem mit deinen hehren Aufgaben als Herrin von Faire Isle beschäftigt. Das Leid einer Frau, die von der Untreue ihres Mannes vernichtet wird, war dir völlig fremd. Aber ich habe dir gezeigt, wie das ist, nicht wahr, meine liebe Evangeline?«

»Ja, das hast du«, pflichtete ihr Evangeline traurig bei. »Aber ich habe dir verziehen.«

»Zum Teufel damit, ich habe dich nicht darum gebeten!« Grollend wandte sich Katharina von ihr ab. »Und welche Rolle spielt das heute überhaupt noch? Heinrich und seine Hure sind längst tot, und du ebenfalls.«

»Und du wirst es auch bald sein.«

Katharina erbebte und schüttelte heftig den Kopf.

»Du brauchst keine Angst vor dem Tod zu haben, Katharina. Er ist ganz natürlich …«

»Verschon mich mit deinem mystischen Quatsch über den Lebenszyklus und dass meine Knochen unserer Mutter Erde zurückgegeben werden und mein Geist Frieden findet. Ich will deinen verfluchten Frieden nicht.«

»Oh doch, das willst du, Katharina.« Sanft legte Evangeline die Hand auf ihre Schulter. »Und dir bleibt noch Zeit, ihn zu finden. Wende dich von der Finsternis ab und werde die Königin, die du immer werden wolltest.«

»Und wie soll ich das anstellen? Ich bin zu alt und abgekämpft. Es ist zu spät.« Trotz ihres gequälten Einspruchs wollte sie Evangelines Hand nehmen, doch ihre Finger schlossen sich um Luft.

Die Sänfte kam abrupt zum Stehen und rüttelte Katharina wach. Blinzelnd wurde sie ihrer Umgebung gewahr und merkte, dass ihr Mund offen stand. Sie wischte sich die Spucke vom Kinn und ärgerte sich, am helllichten Tag eingenickt zu sein wie ein jämmerliches altes Weib.

Aber in letzter Zeit hatte sie ausgesprochen schlecht geschlafen, in ihren Träumen spukten die Geister ihrer Vergangenheit: manchmal ihr verstorbener Gemahl und seine Mätresse, manchmal ihre toten Kinder, manchmal all die blutüberströmten elenden Hugenotten, die sie in jener längst vergangenen Bartholomäusnacht hatte ermorden lassen.

Aber hauptsächlich war es Evangeline, die wie ein nörgelnder Engel immer wieder in ihren Träumen auftauchte und sie drängte, Frieden zu finden und die ewige Ruhe, vor der es ihr so graute. Wahrscheinlich war es vor allem die Angst, die Katharinas Schlummer störte – die Angst, dass sie nicht mehr aufwachen würde, wenn sie die Augen schloss.

Sie richtete ihren Hermelinkragen und riss sich zusammen, als ihre Gefolgsleute kamen, um ihr aus der Sänfte zu helfen. Schmerz zuckte durch ihren Körper, als sie herauskletterte, das Fischbein in ihrem Korsett knarzte protestierend – aber vielleicht waren es auch ihre Knie.

Ihre Gelenkschmerzen waren in letzter Zeit kaum noch zu ertragen, und sie hatte auch nichts mehr von Xaviers Zaubertrank, um sie zu lindern. Nachdem sie im Januar den letzten Schluck getrunken hatte, hatte sie sich plötzlich schrecklich niedergeschlagen gefühlt. Der letzte Winter war eine einzige Folge grauer, trübsinniger Tage gewesen ohne den gut aussehenden Schurken, der sie mit den kühnen Farben seiner Geschichten verzaubert hatte und mit dem Anblick seines muskulösen Körpers, der sich im Takt der Trommeln wiegte, während Xavier in Trance fiel.

Er hatte sich nun schon etliche Monate nicht mehr am Hof gezeigt; die Zeit hätte wahrhaftig reichen sollen, um seinen Auftrag auszuführen. Sie fürchtete, dass sie es war, die in Trance versetzt worden war, um in diesem Zustand zu glauben, endlich einen echten Geisterbeschwörer gefunden zu haben. Wahrscheinlich hatte der Kerl sie betrogen wie so viele andere, denen sie vertraut hatte.

Aber vielleicht hatte er ja auch versucht, Megaera zu entführen, und die Herrin von Faire Isle hatte sich selbst für diesen kühnen Korsaren als zu starke Gegnerin erwiesen? Ariane war nicht so heilig wie ihre Mutter. Wenn sie Megaera unter ihre Fittiche genommen hatte, würde sie wahrscheinlich alles tun, um das Mädchen zu verteidigen. Schließlich war sie sogar so vermessen gewesen, Katharina in ihren eigenen Gemächern im Louvre zu drohen.

Der Louvre … Die weißen Mauern des Palastes erhoben sich vor Katharina, die Fensterscheiben funkelten im Sonnenlicht. Wieder stiegen Erinnerungen in Katharina auf.

Als junge Frau hatte sie das Tanzen ebenso geliebt wie das Reiten. Oh, die herrlichen Feste, Umzüge und Maskenbälle, die sie mitgeplant hatte!

Doch als sie nun den Hof überquerte, wichen diese Erinnerungen weniger angenehmen Bildern.

Ihr Blick fiel auf die Pflastersteine. Fast sechzehn Jahre waren verstrichen, zahllose Male war der Hof geschrubbt worden, doch Katharina war, als sehe sie noch immer Blutspuren aus jener heißen Nacht im August.

Die Bartholomäusnacht, die Nacht, in der Katharina mithilfe ihres dunklen Zaubers ihren verrückten Sohn Karl dazu angestachelt hatte, ein Massaker unter den Hugenotten in Paris anzuordnen, egal ob Männer, Frauen oder Kinder.

Katharina hatte sich immer wieder versichern müssen, dass sie nicht grausam gehandelt hatte, sondern nur pragmatisch. Die Hugenotten waren zu einer Bedrohung ihrer Macht, ja, der Stabilität ganz Frankreichs herangewachsen; man hatte sie ein für alle Mal in ihre Schranken verweisen müssen. Doch die Raserei war weit über das hinausgegangen, was Katharina im Sinn gehabt hatte. Der Mob wütete fast drei Tage lang in Paris, das Blut floss in Strömen, die Leichen häuften sich selbst im Hof des Louvre.

Und wozu?, fragte sich Katharina nun düster. Bis auf ein paar Märtyrer hatte das Massaker nichts erbracht. Die neue Religion breitete sich weiter aus wie eine Seuche, der andauernde Bürgerkrieg schröpfte die königliche Schatzkammer und steigerte die Macht und Beliebtheit des opportunistischen Herzogs von Guise, des Anführers der Katholiken.

Katharina schwankte ein wenig, auf einmal hatte sie alles abgrundtief satt. Sehnsüchtig schweifte ihr Blick über die kühlen grünen Gärten und die leise plätschernden Brunnen. Wie gern hätte sie einen kleinen Spaziergang auf den gewundenen Pfaden unternommen.

Die Gärten und auch den neuen Flügel des Palasts hatte sie in Anlehnung an die herrliche Architektur ihrer Heimat Italien selbst entworfen. Dasselbe hatte sie auch in Chenonceau und vielen anderen ihrer königlichen Residenzen getan.

Wie viel Schönheit sie nach Frankreich gebracht hatte! Doch sie fürchtete, dass man sich nicht deswegen an sie erinnern würde, sondern nur wegen der Blutflecken in diesem Hof.

»Wende dich von der Finsternis ab, Katharina«, hörte sie Evangeline flüstern. *»Werde die Königin, die du immer werden wolltest.«*

Unmöglich. Nicht, solange sie so schwach und erschöpft war. Aber wenn sie auch nur einen Bruchteil ihrer jugendlichen Kraft und Macht zurückerlangen könnte … Ihre einzige Hoffnung ruhte auf Megaera, sie musste diesem elenden Mädchen die Geheimnisse des *Buchs der Schatten* entreißen.

»Xavier, lass mich nicht im Stich!« Als sie ihrer Eskorte in den Louvre folgte, murmelte sie leise die Bitte, die sie all die Monate aufrechterhalten hatte.

Im großen Saal drängten sich wie häufig in letzter Zeit verstimmte Bittsteller und enttäuschte Höflinge. Der Platz des Königs war wie üblich leer. Die Menge hätte Katharina mit ihren Bitten und Beschwerden bestürmt, wenn ihre Wache sie nicht in Schach gehalten hätte.

Sie wappnete sich gegen jeden schmerzgeplagten Schritt und schleppte sich keuchend die breite Treppe in den ersten Stock hinauf. Ihre Enttäuschung bedrückte sie ebenso wie ihre ausladenden schwarzen Seidenröcke.

Ihr Sohn vernachlässigte also immer noch sein Königreich, er machte sich immer noch mehr Feinde, als er sich leisten konnte. Katharina hatte Heinrich bedrängt, bis sie heiser war, und ihn angefleht, für seine Untertanen zugänglicher zu sein.

Heinrich hatte sogar auf den königlichen Brauch verzichtet, in der Öffentlichkeit zu speisen, und zog sich immer häufiger in seine Privatgemächer zurück, während sein Königreich dem Herzog von Guise in die Hände fiel.

Er war immer starrsinniger gewesen als ihre anderen Söhne,

doch manchmal war es Katharina trotzdem gelungen, ihn zur Vernunft zu bringen. Jetzt verhallte ihre Stimme ebenso ungehört, wie die Schreie in ihren Träumen verhallten. Selbst wenn sie gemeinsam Briefe schrieben – was nur noch höchst selten vorkam –, saßen sie an getrennten Schreibtischen im Kabinett und wechselten den ganzen Tag kaum ein Wort.

Auf dem Weg zu den Privatgemächern ihres Sohnes fragte sich Katharina mit Grauen, welche Version von Heinrich sie wohl heute erwartete. War es der Heinrich, der sich gern wie eine Frau das Gesicht anmalte und violette Seidenröcke trug, verziert mit roten Schleifen? Oder hatte er heute eine Mönchskutte angezogen, sang das Miserere und geißelte sich bis zum Umfallen?

Als Katharina ins königliche Vestibül vorgelassen wurde, stellte sie fest, dass es keiner der beiden war. Der König war heute in schwarzen Samt gekleidet, sein Wams war mit silbernen Totenköpfen bestickt, winzige Totenköpfe aus Seide schmückten seine Schuhe. Er durchmaß den Raum wie ein gereizter Wolf.

Als sie die hektischen roten Flecken in seinem Gesicht bemerkte und sah, wie er aufgeregt herumfuchtelte, verließ Katharina der Mut. Beinahe wäre ihr der mit Rouge bemalte und parfümierte Heinrich in seinem violetten Kleid lieber gewesen.

»Die Königinmutter, Euer Majestät.«

Bei dieser Meldung zuckte Katharina zusammen und zwang ihre Knie dazu, sich zu einem steifen Knicks zu beugen. Der König blieb abrupt stehen, die Sonnenstrahlen, die durch die hohen Sprossenfenster fielen, zeigten jede tiefe Falte in seinem Gesicht.

Wie alt und dürr er aussah für einen Mann mit siebenunddreißig Jahren, dachte Katharina erschrocken. Dieser letzte Sohn war alles, was zwischen ihr und dem Vergessen stand.

Eine Frau, die vier Söhnen das Leben geschenkt hatte, sollte keine solche Angst plagen. Aber ihr Ältester, Franz, war ein kränklicher Junge gewesen, der nächste, Karl, krank und verrückt. Keiner der beiden hatte die Krone lange getragen. Hercule hatte lang genug gelebt, um sich als Quälgeist zu entpuppen, er hatte seine älteren Brüder beneidet und ständig irgendwelche Ränke gegen sie geschmiedet.

Heinrich, so hatte Katharina gehofft, würde ihre Dynastie und Macht in Frankreich sichern. Heinrich war ihr Lieblingssohn gewesen, er war ihr am ähnlichsten mit seinen blassen, italienisch anmutenden Zügen und seiner Rücksichtslosigkeit. Aber jahrelange Ausschweifungen hatten ihren Tribut gefordert.

Katharina verbarg ihre Bestürzung hinter einem Lächeln und streckte die Arme aus. »Mein Sohn!«

»Madame«, erwiderte Heinrich kühl und ignorierte ihre ausgestreckten Arme.

Katharina ließ die Hände sinken. »Ich hoffe, Euer Majestät befinden sich bei bester Gesundheit.«

»Gut genug für jemanden, der bis ins Mark getroffen worden ist von der Klinge eines Mörders.«

»Heinrich!« Katharina schnappte beunruhigt nach Luft. »Bist du angegriffen worden? Bist du verletzt?« Besorgt betastete sie sein Wams.

Heinrich hielt ihre Hände ungeduldig fest. »Nein, ich nicht, mein geliebter Freund Epernon.«

»Ist er tot?

»Nein, er konnte sich verteidigen. Die Klinge hat nur seinen Arm durchbohrt.«

»Oh, dem Allmächtigen sei gedankt«, murmelte Katharina, doch sie musste den Blick senken, um ihre Enttäuschung zu verbergen. Der Herzog von Epernon war einer von Heinrichs Stutzerfreunden, diesen geschminkten Höflingen, deren Anwesenheit den Ruf ihres Sohnes nur weiter beschmutzte und deren Gier die königliche Schatzkammer teuer zu stehen kam. Epernons Tod wäre in Katharinas Augen kein großer Verlust gewesen. Ja, sie hätte ihn sogar als Segen betrachtet.

Doch es gelang ihr, Mitgefühl zu heucheln. »Der arme Epernon. Das ist ja wirklich schrecklich. Paris ist so gefährlich geworden, überall treiben sich Gauner und Beutelschneider herum.«

»Das war nicht das Werk eines gemeinen Diebes, sondern der Angriff eines geschickten Mörders.«

So geschickt wohl auch wieder nicht, hätte Katharina beinahe trocken festgestellt. Aber Heinrichs erhitztes Gesicht sagte ihr, dass seine Stimmung gefährlich war.

Der König begann wieder, in seinem Vestibül herumzulaufen, die Hände zu Fäusten geballt. »Ich hege nicht den geringsten Zweifel, wer ihm diesen Mörder auf den Hals gehetzt hat: Hinter dem Angriff auf meinen teuren Freund steckt der boshafte Herzog von Guise.«

»Kannst du das beweisen?«, fragte Katharina.

Heinrich blieb stehen und starrte sie finster an. »Nein, der Schuft, der meinen *cher ami* angegriffen hat, konnte entkommen. Aber ich werde dafür sorgen, dass er gefasst und gefoltert wird, bis er gesteht, wer ihn beauftragt hat.

Doch im Grunde brauche ich gar kein Geständnis. Wer sonst als Guise könnte hinter so etwas stecken? Der Hundsfott ist entschlossen, alle zu vernichten, die ich liebe; mich körperlich und geistig zu brechen; mir mein Königreich, meine Ehre und meinen Ruf zu rauben.«

Heinrichs Stimme wurde mit jedem Wort lauter. Er packte ein Pergament, das auf seinem Schreibtisch gelegen hatte, und hielt es Katharina unwirsch unter die Nase.

»Seht Euch nur dieses niederträchtige Pamphlet an!«

Katharina trat einen Schritt zurück. Die Buchstaben verschwammen vor ihren Augen; ohne die speziellen Linsen ihres italienischen Glasschleifers konnte sie kein Wort entziffern.

Heinrich riss ihr das Pergament aus der Hand und las mit lauter, vor Wut bebender Stimme: »Eine wahre Bilanz der militärischen Erfolge unseres gefürchteten Herrschers König Heinrich III. von Frankreich.«

Er entfaltete das Pamphlet und spuckte zornig das einzige Wort aus, das auf der nächsten Seite stand.

»Rien.«

»Nichts!«, brüllte er. »Man wirft mir vor, nichts erreicht zu haben. Meine Siege bei Moncontour und Poitiers sind längst in Vergessenheit geraten, aller Ruhm und alles Lob gilt nun Guise.«

»Heinrich, wie oft habe ich dir schon gesagt: Achte nicht auf solche lächerlichen Pamphlete. Ich könnte eine ganze Bibliothek mit dem Unsinn tapezieren, der über mich geschrieben worden ist. Das ist doch nur das Werk eines törichten …«

»Es ist das Werk dieses verfluchten Guise.« Der König zerriss das Pamphlet, warf die Fetzen auf den Boden und trampelte darauf herum. »Er wiegelt das Volk von Paris auf, mich an jeder Ecke zu verhöhnen. Habt Ihr gehört, wie sie mich nennen? Den König der Insel der Hermaphroditen.«

Dann wäre es vielleicht ratsam, deine Kleider und Unterröcke zu verbrennen, dachte Katharina. Früher hätte sie diesen Gedanken laut geäußert, aber die wachsende Brutalität in ihrem Sohn ließ sie vorsichtiger sein. In seinen Augen stand ein Glitzern, das sie auf unselige Weise an ihren zweiten Sohn erinnerte.

Katharina hatte oft einen Zaubertrank brauen müssen, um Karl zu beruhigen und seine Wahnanfälle zu dämpfen. Aber sie hatte ihre geheime Werkstatt schon länger nicht mehr aufgesucht. Ihre schwindende Sehkraft, die zitternden Hände und das schlechte Gedächtnis machten die Zauberei gefährlich.

Aber im Grunde spielte es keine Rolle – Heinrich hätte nie etwas zu sich genommen, was aus ihrer Werkstatt stammte. Ihr Sohn war immer misstrauischer und argwöhnischer geworden, vor allem ihr gegenüber.

Katharina konnte nur versuchen, ihn mit Worten zur Vernunft zu bringen, aber als sie die Hand auf seinen Arm legte, schüttelte er sie ab und schrie: »Ich weiß nicht, wie viel von dieser Folter ich noch ertragen kann. Schmerz wird zu Wut, wenn man zu oft verwundet worden ist. Dieser Guise soll mich nicht weiter strapazieren. Ich würde all das Vermögen und die

Titel meines Königreichs dem vermachen, der mir diesen Schuft vom Hals schafft.«

»So beruhige dich doch, mein Sohn!« Katharina warf einen nervösen Blick auf die Wachen und Diener in Hörweite. Am liebsten hätte sie Heinrich den Mund zugehalten, aber sie wusste, diese Kränkung hätte er nicht ausgehalten.

Stattdessen nahm sie seine Hand. »Sag nicht so etwas Unüberlegtes, sonst nimmt man dich beim Wort. Hast du vergessen, dass Heinrich II. von England mit einer sorglosen Bemerkung den Mord an dem Erzbischof Thomas Becket veranlasst hat? Und am Ende ist aus seinem Feind nur ein Märtyrer geworden.«

»Immerhin hat sich dieser Heinrich eines allzu mächtigen Untertans entledigt.«

»Und wäre dafür beinahe exkommuniziert worden.«

»Na und?«, erwiderte Heinrich verdrossen. »Ich würde meine Seele verwirken, um Guise loszuwerden.«

»Nein, du würdest dein Königreich verwirken. Krümme Guise auch nur ein Haar, und ganz Paris wird sich gegen dich erheben.«

»Sollen sie doch.« Heinrich riss sich von ihr los. »Ich hätte all diesen Ärger mit Guise nie gehabt, wenn Ihr so mit ihm umgesprungen wärt, wie Ihr es hättet tun sollen.«

Katharina presste die Lippen zusammen, um eine bittere Erwiderung zu unterdrücken. Sie dachte an ihre geschwollenen Gelenke, die wahnsinnigen Kopfschmerzen und die Erschöpfung, die sie stets befallen hatten, wenn sie sich wieder einmal zu einer der zahllosen Verhandlungen mit dem Herzog und seiner Katholischen Liga geschleppt hatte, während sich ihr Sohn übellaunig in seinem Bett fläzte.

»Ich habe mein Bestes getan, um mich mit Guise zu verständigen«, sagte sie steif.

»Verständigen! Die Mutter, an die ich mich erinnere, wäre tatkräftiger gewesen.« Immerhin war Heinrich noch vernünftig genug, die Stimme zu senken und sich zu Katharina herabzubeugen. »Sie hätte in ihrer geheimen Werkstatt etwas gebraut, um mit Monsieur de Guise fertig zu werden. Das Alter hat einen Feigling aus Euch gemacht, *Maman.*«

»Nein, es hat mir Weisheit geschenkt. Wenn du den Herzog vernichtest, bringst du auch dich zu Fall, Heinrich. Du musst geduldig sein.«

»Herr im Himmel, ich bin es leid, dass Ihr mir immer damit in den Ohren liegt. Während ich tatenlos herumsitze und auf den richtigen Moment warte, wird Guise demnächst in Paris einmarschieren und mich in meinem Bett ermorden lassen. Ich hätte ihn zu einem Verbrecher erklären und die Schweizergarde in Paris einmarschieren lassen sollen, um …«

»Heinrich!« stöhnte Katharina. »Willst du eine Revolution anzetteln? Die Schweizergarde würde die Pariser doch nur erzürnen und Guise dazu verleiten, etwas Unüberlegtes zu tun.«

»Soll er doch.«

»Der Mann ist mittlerweile sehr mächtig. Er hat weit gefährlichere Verbündete als das Volk von Paris.«

»Das ist mir klar, Madame. Der Schuft arbeitet mit dem König von Spanien zusammen und schmiedet hinter meinem Rücken Bündnisse, als ob er Frankreich repräsentiere und nicht ich. Er hat sich zum Verteidiger des wahren Glaubens ausgerufen. Das sollte ich sein!«

Heinrich klopfte sich auf die Brust, und in seine Augen traten Tränen der Wut. »Ich bin ein guter, frommer Katholik, und dennoch muss ich einen Verteidigungspakt mit dieser häretischen Königin von England unterzeichnen.«

»Doch nur aus taktischen Gründen, mein Sohn. Elisabeth ist eine gute Verbündete, sie ist notwendig für das Gleichgewicht der Mächte.«

Heinrich schüttelte den Kopf und ließ die Schultern hängen. »Ich bin all diese Dinge so leid, *Maman.* Manchmal fürchte ich, wir sind verloren, egal, was ich tue.«

»Sag das nicht, *mon ange.*« Katharina legte die Hände an

sein Gesicht. »Solange du König von Frankreich bist, gibt es noch Hoffnung. Aber wir müssen zuversichtlich bleiben und einander die Treue halten!«

Heinrich wich zurück. »Warum sollte ich das? Ihr tut doch nichts anderes, als mir noch mehr Ärger einzuhandeln.«

»Ich? Ich habe nichts getan.«

»Vielleicht nicht direkt. Aber dieser Pirat, mit dem Ihr Euch abgegeben habt, hat Unheil angerichtet.«

Als Katharina ihn mit offenem Mund anstarrte, schlich sich in Heinrichs Blick etwas Verschlagenes. »Auch ich habe meine Spione, *Maman.* Glaubt Ihr etwa, ich wusste nichts von der zahmen Raubkatze, die Ihr im *Hôtel de la Reine* zu empfangen pflegtet? Euren Euch so wichtigen Alexander?

»Xavier«, verbesserte ihn Katharina mit unsicherer Stimme. »Was – was hat er denn getan?«

»Dem spanischen Botschafter zufolge hat er sich wieder mit spanischen Schiffen angelegt. Er hat vor der Küste Floridas ein Handelsschiff verwüstet.«

»Wann?«

»Irgendwann im letzten Winter oder auch zu Beginn des Frühlings.«

Katharina musste sich abwenden, um ihre Bestürzung zu verbergen. Also war Xavier nicht wie versprochen nach Faire Isle gesegelt. Er hatte sich ihren Beutel geschnappt und war wieder nach Neuspanien aufgebrochen. Zweifellos hatte er sich zusammen mit seinen Matrosen über das törichte alte Weib lustig gemacht, das er um seine Barschaft gebracht hatte.

Sie hätte damit rechnen sollen, doch die Nachricht traf sie trotzdem wie ein Faustschlag. Sie presste die Hand auf die Brust und atmete langsam und tief durch, bis die Bestürzung abebbte und eiskalter Wut Platz machte.

Denn sie war kein törichtes altes Weib. Solange sie lebte und atmete, war sie Katharina von Medici, die dunkle Königin, deren bloßer Name reichte, um erwachsene Männer erbeben zu lassen.

Als sie sich wieder ihrem Sohn zuwandte, stellte sie fest, dass sich Heinrich an ihrer Niederlage weidete. »Seid Ihr nicht ein wenig zu alt, um Euch mit einem gut aussehenden Taugenichts zu vergnügen, *Maman?* Es tut mir leid, dass ich Euch Euren Günstling wegnehmen muss, aber ich fürchte, ich werde gezwungen sein, einen Preis auf Xaviers Kopf auszusetzen.«

»Nur zu«, meinte Katharina grimmig. »Lass den Schuft verhaften und nach Paris schaffen. Ich werde mich persönlich um ihn kümmern.«

10

Die sanften Strahlen der Morgensonne fielen durch das Fenster des Häuschens und schienen warm auf Janes Gesicht, während sie auf Zehenspitzen umherhuschte. Sie rührte in der Brühe, die auf dem Herd kochte, darauf bedacht, sich nicht zu bekleckern. An diesem Morgen hatte sie mehr Sorgfalt auf ihre Kleidung gelegt als sonst. Ihr bestes schwarzes Gewand war zwar etwas abgetragen, doch mit einem frischen Kragen und neuen Ärmelaufschlägen noch recht ansehnlich.

Nun trat sie an den Waschtisch und schlang ihr Haar zu einem ordentlichen Knoten. Beinahe hätte sie ein Liedchen gesummt.

Im Spiegel wirkte ihr Gesicht ein wenig bleich vom Schlafmangel. Sie hatte in der letzten Nacht nur wenige Stunden geschlummert. Doch ihre Augen leuchteten so stark wie schon lange nicht mehr, und auf ihren Wangen zeigte sich ein Hauch von Farbe. Vielleicht kam es von der Seeluft, vielleicht aber auch daher, dass sie an diesem Morgen mit dem Gefühl aufgewacht war, nützlich zu sein. Sie hatte eine wichtige Aufgabe, die ihren Tag ausfüllen würde – die Fürsorge für den Mann, der im Bett lag und noch tief und fest schlief.

Xavier hatte sich kaum gerührt, seit sein Arm gerichtet worden war, doch Ariane hatte Jane versichert, das sei kein Anlass zur Sorge, sondern nur der Erschöpfung und dem Trank geschuldet. Der Heilschlaf würde ihm guttun.

Jane schlich zum Bett und legte zum hundertsten Mal sachte die Hand auf Xaviers Stirn. Erleichtert stellte sie fest, dass sich seine Haut kühl anfühlte. Nachdem sie die Decke über seiner nackten Brust ein wenig höher gezogen hatte, trat sie ans Fenster.

Sie kniete sich hin, zog ihren Rosenkranz heraus und verrichtete ihre Morgenandacht. Oft schlugen ihre Gebete eine traurige Richtung ein, sie gedachte all jener, die sie verloren hatte – ihre liebe alte Kinderfrau Sarah, ihre Eltern, ihren Bruder Ned. Doch heute dankte sie Gott, dass er das Leben eines Mannes verschont hatte, den sie kaum kannte.

Ihr kam in den Sinn, wie seltsam es war, dass sie sich diesem Fremden in gewisser Weise verwandt fühlte. Vielleicht, weil sie wusste, wie es war, als Ausgestoßener auf dieser geheimnisvollen und oft ein wenig beunruhigenden Insel gestrandet zu sein.

»Ohhhh!« Ein Stöhnen erklang aus dem Bett in ihrem Rücken.

Jane drehte sich um. Ihr Patient war endlich aufgewacht. In Xaviers Miene spiegelte sich Schrecken, und er umklammerte die Decke.

Jane sprang hoch, sie ahnte, warum er so beunruhigt war. Sie eilte zu ihm und legte ihm die Hand auf die Schulter.

»Bitte, Monsieur, sorgt Euch nicht, es ist alles in Ordnung. Euer Arm ist noch da, seht ruhig nach!«

Jane zog die Decke ein wenig herunter, sodass Xavier seinen zwischen zwei Holzlatten festgebundenen rechten Arm und den weißen Verband um die verletzte Stelle sehen konnte.

Er beruhigte sich und atmete tief aus.

»Ich habe Euren Verband bereits gewechselt, es zeigt sich keine Rötung. Ariane meint, Euer Arm würde gut verheilen, solange Ihr Euch ruhig verhaltet und ihm Zeit gebt …« Jane verstummte, sie wusste nicht, ob Xavier ihr überhaupt zuhörte.

Seine Blicke irrten durch den Raum, als versuche er, sich zu orientieren. Er sank in das Kissen zurück und warf seinen linken Arm über die Augen. Dann rührte er sich nicht mehr. Jane dachte schon, er wäre wieder eingeschlafen.

Doch als sie die Decke wieder züchtig über seine Brust ziehen wollte, nahm er den Arm weg und sah sie an. Sie fand rasch heraus, dass es eine Sache war, sich um einen Fremden zu kümmern, wenn er nichts davon merkte, aber etwas ganz anderes, wenn er wach war und sie eingehend musterte. Ihre Hände begannen zu zittern, sie faltete sie hinter dem Rücken.

»G-guten Morgen«, stammelte sie.

»Ist er das?«, fragte er heiser krächzend.

Sie beeilte sich, ihm etwas zu trinken zu reichen. Als er den Becher in ihrer Hand argwöhnisch musterte, sagte sie: »Es ist nur Wein, versprochen.«

Er hob den Kopf, und sie ermunterte ihn zu ein paar Schlucken. Anfangs war er vorsichtig, dann nahm er einen langen, gierigen Schluck. Seine Stimme klang klarer, als er fragte: »Wie lange habe ich geschlafen?«

»Seit gestern Nachmittag.«

»Verflucht.«

»Wie fühlt Ihr Euch?«

Xavier veränderte die Lage seiner Schultern und zuckte zusammen. »Als wäre ich vom Deck eines Schiffes geworfen und an die Felsen geschleudert worden.«

»Gut.« Hastig fügte sie hinzu: »Natürlich nicht, dass Ihr Schiffbruch erlitten habt, sondern dass Ihr Euch erinnert. Ariane hatte Sorge, dass der Schlag gegen Euren Kopf Euch vielleicht ein wenig verwirrt hätte. Wisst Ihr noch, wer ich bin?«

»Jane … die Engländerin.«

»Stimmt«, sagte Jane. Komischerweise freute sie sich, dass er sich an ihren Namen erinnerte. »Und wisst Ihr auch, wo Ihr seid?«

»Na ja, Jane – ich würde sagen, ich bin in Eurem Bett verstaut worden.«

»Nicht in meinem. Das Häuschen gehört Madame Partierre, und es ist ihr Bett.«

»Zu schade.« Der Wein hatte den Mann genug belebt, dass der Anflug eines verschmitzten Lächelns um seine Lippen spielte.

Jane stellte den leeren Becher auf den Tisch und versuchte, sich wieder zu fassen. Doch bevor ihr das gelang, beunruhigte er sie weiter, als er sich auf seinen linken Ellbogen stützte und Anstalten machte, sich aufzusetzen.

»Oh bitte, hört auf. Was macht Ihr da?«

Xavier knirschte mit den Zähnen, offenbar hatte ihm die Bewegung gehörige Schmerzen verursacht. »So dankbar ich Madame Partierre für ihre Gastfreundschaft bin, ich fürchte, ich muss …«

Er erstarrte und warf einen Blick unter die Bettdecke. Dann hob er den Kopf und sah Jane vorwurfsvoll an.

»Verflixt und zugenäht, Frau, wo ist meine Hose?«

»Ich habe Euch nicht entkleidet.« Jane ärgerte sich über die Röte, die ihr ins Gesicht stieg. »Ariane …«

»Meine Schwester hat mich ausgezogen?«

»Nein, aber sie hat Madame Partierre und Madame Bevans darum gebeten. Ich habe Euch nur die Schuhe ausgezogen, während …«

»Während die halbe Insel mir gewaltsam den Rest meiner Kleider vom Leib gerissen hat«, fiel ihr Xavier zunehmend zornig ins Wort.

»Es ist sehr schwer, einen reglosen Mann auszuziehen, Monsieur. Ariane wollte nur, dass Ihr es bequem habt.«

»Zum Teufel wollte sie das. Sehr wahrscheinlich hat sie gedacht, dass sie einen Nackten besser als Gefangenen halten kann. Offenkundig kennt meine Halbschwester mich nicht sehr gut.«

»In etwa so gut, wie Ihr sie kennt. Die Herrin möchte nur, dass Ihr Euch eine Weile ruhig verhaltet und dem Arm, um den sie sich wahrhaftig sehr bemüht hat, eine Chance gebt zu heilen.«

»Seid so gut und sprecht ihr meinen Dank aus, wenn Ihr sie das nächste Mal seht.« Xavier bemühte sich abermals, sich aufzusetzen. »Doch in der Zwischenzeit holt mir bitte meine Stiefel und meine Hose, und vielleicht auch ein Hemd oder eine Weste, wenn Euch so etwas in die Finger fällt.«

»Nein.«

»Nein?« Xavier hielt in seinen Bemühungen inne und zog fragend eine Braue hoch.

»Ihr bleibt, wo Ihr seid.«

»So ungern ich mit Euch streite, Mylady, so wage ich doch, Euch zu widersprechen. Wenn Ihr mir meine Kleider nicht holt, suche ich sie eben selbst, oder ich marschiere splitterfasernackt aus dieser Hütte. In dem Fall solltet Ihr Euch darauf vorbereiten, Euren mädchenhaften Blick abzuwenden.«

»Ich war zweimal verheiratet und bin zweimal Witwe geworden. Mein Blick ist also nicht mehr mädchenhaft. Unter Eurer Decke steckt nichts, was ich nicht schon gesehen hätte.«

»Na gut, aber wenn ich bis zehn gezählt habe, stehe ich auf, Jane.«

Jane verschränkte die Arme vor der Brust und stellte sich an die Tür.

»Eins ... zwei ...«

Jane blinzelte und keuchte leise auf, als Xavier sie damit verblüffte, dass er die Decke zur Seite warf und die Beine auf den Boden stellte. Zweifellos hatte er schon als kleiner Junge geschummelt.

Sie hatte zwar damit geprahlt, dass er ihr nichts Neues zeigen würde, doch da ihre Ehemänner sehr züchtig gewesen waren, hatten sie sie nie mit einer derart dreisten Zurschaustellung ihrer Männlichkeit überrascht.

Sie widerstand dem Drang, den Blick zu senken, und starrte Xavier schonungslos an in der Hoffnung, dass er vor Scham den Rückzug antreten würde. Doch offenbar war Scham diesem Mann fremd – vielleicht deshalb, weil nichts an ihm war, dessen er sich hätte schämen müssen.

Seine Waden und Oberschenkel waren fest und wohlgeformt, sein flacher Bauch und seine breite Brust ebenso. Das Ding zwischen seinen Beinen befand sich in Ruhestellung, doch Jane konnte sich gut vorstellen, dass es in der Lage war, zu beeindruckender Größe anzuschwellen.

Er stand mühsam auf, schwankte jedoch gefährlich. Wenn

Jane nicht zu ihm gestürmt wäre und ihn aufgefangen hätte, wäre er der Länge nach gestürzt. Sie wankte zwar unter seinem Gewicht, schaffte es jedoch, ihn nach hinten zu schubsen.

Als er aufs Bett fiel, riss er Jane mit sich. Sie landete so unsanft auf ihm, dass er vor Schmerz aufschrie und fluchte.

»Nun seht Ihr, wozu Ihr mich gebracht habt«, meinte Jane und versuchte, sich aus ihrer misslichen Lage zu befreien. »Wahrscheinlich habe ich Euren Arm lädiert.«

»Meinem Arm droht keine Gefahr«, knurrte Xavier.

Entsetzt und peinlich berührt stellte Jane fest, dass sie in ihrem verzweifelten Bemühen, sich von ihm zu lösen, ihr Knie zwischen seine Oberschenkel gedrängt hatte. Wo immer sie versuchte, sich abzustützen, spürte sie warmes männliches Fleisch.

Als sie es endlich geschafft hatte und vor ihm stand, keuchte sie, und ihre Wangen waren hochrot. Xavier hingegen war kreidebleich, und seine Brust hob und senkte sich angestrengt mit raschen Atemzügen. Sie hätten sich genauso gut nach einem hitzigen Liebesspiel trennen können – eine Erkenntnis, die Janes Verlegenheit nur noch steigerte.

Sie strich sich eine lose Haarsträhne aus dem Gesicht und beugte sich vor, um Xaviers Arm zu untersuchen. Zu ihrer Erleichterung waren die Holzschienen nicht verrutscht.

»Ihr habt Glück, dass Ihr Euch den Arm nicht noch einmal gebrochen habt«, schimpfte sie. »Doch ich hoffe, jetzt seid Ihr vernünftiger und bleibt ihm Bett. Wenn Ihr es mir nicht schwört, werde ich einen Strick besorgen und Euch anbinden.«

Mit missbilligend geschürzten Lippen zog sie die Decke wieder über ihn. Xavier machte keine Anstalten, sich zu wehren. Doch bevor er den Kopf aufs Kissen legte, betrachtete er sie mit einem kläglichen Blick.

»Ist es Eure Gewohnheit, nackte Männer gefangen zu halten?«

»Nein, gewöhnlich versuche ich nur zu helfen.«

»Auch wenn jemand töricht und undankbar ist?«

»Vor allem dann. Das sind oft die Menschen, die am dringendsten Hilfe brauchen.«

Eine Weile sahen sie einander stumm an, dann verzog sich Xaviers Mund zu einem zögerlichen Lächeln.

»Es tut mir leid, Jane, aber ich kann es nicht erwarten, von hier wegzukommen.« Sein Lächeln verflog beim Weiterreden. »Ich muss herausfinden, was aus meinem Schiff und meiner Mannschaft geworden ist. Wenn die *Miribelle* an den Felsen zerschellt ist …« Er verstummte und schluckte. »Mit einigen Männern war ich jahrelang unterwegs. Wenn ihnen etwas passiert ist, bin ich daran schuld.«

»Ihr könnt ja wohl kaum die Schuld an einem Sturm auf Euch nehmen.«

»Das nicht, aber … aber hätte ich meine fünf Sinne beisammengehabt, dann hätte ich vielleicht …« Düster schloss er: »Ich bin ihr Kapitän, und ich habe sie im Stich gelassen.«

»Noch sehe ich keinen Grund zu verzweifeln. Niemand hat etwas von einem Schiffbruch gehört. Wenn Euer Schiff untergegangen wäre, hätte man am Strand doch etwas gefunden.«

In seinen Augen tauchte ein Hoffnungsschimmer auf. »Das stimmt.«

»Falls die *Miribelle* den Sturm überstanden hat, was würden Eure Männer tun?«

»Zweifellos würden sie denken, dass ich nicht mehr zu retten sei, und würden wahrscheinlich nach St. Malo weitersegeln, um dort vor Anker zu gehen.«

»In Port Corsair auf der anderen Inselseite herrscht reger Schiffsverkehr. Bestimmt kann Ariane jemanden zum Festland schicken, damit er dort Nachforschungen anstellt.«

»Nein, ich stehe schon zur Genüge in der Schuld dieser Frau. Ich werde selbst gehen.«

Er versuchte abermals, sich zu erheben, sank jedoch gleich wieder matt in die Kissen zurück.

»Glaubt mir, Ariane hat gewiss nichts dagegen. Ich werde sie für Euch fragen, wenn Ihr wollt.«

»Wieder einmal sieht es so aus, als ob ich keine andere Wahl hätte.« Sich in seine Niederlage schickend, seufzte er tief, dann fügte er widerwillig hinzu: »Danke. Ich wäre Euch wirklich sehr dankbar dafür.«

»In der Zwischenzeit ist es wohl am besten, Ihr ruht Euch aus und kommt wieder zu Kräften. Ich habe eine nahrhafte Brühe zubereitet.«

Sie rechnete mit Widerspruch und der Forderung nach etwas Gehaltvollerem. Ihr Bruder hätte sich auf jeden Fall nicht damit begnügt und gereizt eine Lammkeule und einen Krug Ale verlangt.

Doch Xavier nickte nur düster. Er sträubte sich nicht weiter, bis sie sich auf die Bettkante setzte und Anstalten machte, ihn zu füttern.

»Nein, gebt mir die Schüssel. Noch bin ich kein sabberndes Kleinkind.«

Jane musterte ihn zweifelnd, sagte jedoch nichts und überließ es ihm herauszufinden, wie schwer es sein konnte, eine Schüssel heiße Suppe mit nur einer Hand zu meistern.

Er rutschte ein wenig höher und versuchte, die Schüssel auf seinem Bauch zu balancieren und mit der Linken ungeschickt den Löffel zu führen. Erst als ihm die Brühe übers Kinn lief und auf die Brust spritzte, reichte er Jane die Schüssel mit einem finsteren Blick.

Während Jane ihn fütterte, wurde es unangenehm still im Raum. Xavier kniff die Augen zusammen und musterte eingehend ihr Gesicht und ihre Figur.

Es war lange her, seit ein Mann sie einer solch dreisten Musterung unterzogen hatte. Jane versuchte, sich ausschließlich auf ihre Aufgabe zu konzentrieren.

»Mit offenen Haaren habt Ihr mir besser gefallen«, verkündete er schließlich.

»Welch ein Glück, dass ich mein Haar nicht trage, um Euch zu gefallen. Ich bin zu alt, um mit offenen Haaren herumzulaufen.«

»So alt könnt Ihr doch noch gar nicht sein.«

»Ich bin fast zweiunddreißig.«

»Und beunruhigend wahrheitsliebend. Ich kenne kaum eine Frau, die so ehrlich zu ihrem Alter steht.«

»Wenn man ein gewisses Alter erreicht hat, zählen die Jahre nicht mehr«, erwiderte Jane und schob ihm den letzten Löffel Brühe in den Mund.

»Stimmt. Auch ich gebe freimütig zu, dass ich siebenundzwanzig bin. Aber macht Euch nichts daraus – ich habe eine ausgesprochene Neigung zu reifen Frauen, vor allem zu Witwen.«

Als er sie anlächelte, runzelte Jane die Stirn. Versuchte der Mann etwa, mit ihr zu schäkern? Beim Flirten war sie nie besonders geistreich gewesen, und es lag ihr auch nichts daran. Am besten ging sie wohl einfach nicht darauf ein.

Seine schwarzen Haare hingen ihm wirr um sein schmales, wettergegerbtes Gesicht, das seit mehreren Tagen nicht mehr rasiert worden war. Dichte Brauen wölbten sich über blaugrauen Augen, die wahrscheinlich keine Gnade kannten, ob es nun darum ging, einen Gegner zu bekämpfen oder eine Frau aus der Fassung zu bringen. Das einzig Weiche in seinem Gesicht war sein Mund, eine volle Unterlippe ließ auf Verletzlichkeit schließen, barg aber auch das Versprechen sinnlicher Wonnen.

Sie tupfte ihm mit einem Tuch den Mund ab. Ihre Bewegungen waren wachsam, als fürchte sie, gebissen zu werden. Er konnte sich nicht verkneifen zu bemerken: »Ihr findet mich bestimmt ziemlich wild und gefährlich, Mylady.«

»Nein«, widersprach Jane. »Aber eine Rasur würde Euch guttun, und Kämmen kann auch nicht schaden. Wenn Ihr wollt, kann ich das später machen.«

»Nein danke. Ich traue niemandem mit einem Rasiermesser.«

Janes Blick schweifte unsicher zu der weißen Narbe an seiner Kehle. »Aber ich bin erfahren im Umgang damit.«

»Durch Eure Ehemänner? Zwei, habt Ihr gesagt. Was ist aus ihnen geworden? Habt Ihr ihnen versehentlich den Hals aufgeschlitzt oder sie einfach nur verschlissen?«

»Weder noch«, erwiderte Jane und stand auf, um die leere Schüssel auf dem Herd abzustellen. Sie schuldete Xavier wahrhaftig keine Erklärung, doch trotzdem sagte sie: »Dickons Gesundheit war nie die beste. Er starb an der Schwindsucht. Wir waren nur ein Jahr verheiratet. Mein zweiter Gemahl, Sir William, ist an einer Rippenfellentzündung zugrunde gegangen.«

»Das tut mir leid.« Xaviers Stimme wurde eine Spur sanfter. »Habt Ihr die zwei so fürsorglich gepflegt wie mich?«

»Dickon nicht. Ich mochte …«

»Ihr habt ihn nicht gemocht?«

Jane biss sich auf die Zunge. Gewöhnlich war sie weit zurückhaltender. »Ich kannte Dickon nicht besonders gut. Wir waren nur ein Jahr verheiratet, und ich war noch recht jung, erst fünfzehn.«

»Und Sir William?«

»Ihn habe ich mit achtzehn geheiratet, also in einem etwas reiferen Alter. Wir waren zehn Jahre verheiratet.«

»Habt Ihr ihn geliebt?«

»Er war sehr viel älter als ich. Im Großen und Ganzen habe ich ihn geschätzt, und … und Ihr stellt viel zu viele unverschämte Fragen.«

»Verzeiht, Mylady. Ich hoffe, ich habe Euch nicht so schwer beleidigt, dass Ihr Euch weigert, mir noch einen Becher Wein zu kredenzen. Eure nahrhafte Brühe war ein wenig salzig.«

Jane schenkte ihm einen Becher Wein ein. Nachdem sie Xavier wegen seiner Neugier getadelt hatte, stellte sie nun etwas beschämt fest, dass auch sie die Neugier plagte.

»Und was ist mit Euch? Seid Ihr verheiratet?«

»Nein, ich habe nie geheiratet.« Xavier deutete ein Schaudern an. »Aber ich habe eine wundervolle, sehr anspruchsvolle und fordernde Geliebte. Ihr könnt Euch gar nicht vorstellen, wie wollüstig sie ist.

»Das will ich mir auch gar nicht vorstellen …«, fing Jane prüde an, als Xavier ihr ins Wort fiel.

»Die See, Jane. Ich meine die See.« Seine Augen funkelten schelmisch, und sein Grinsen war so unwiderstehlich, dass sich Janes Mund zu einem zögerlichen Lächeln verzog.

Sie setzte sich wieder auf die Bettkante. Er machte keine Anstalten, nach dem Becher zu greifen, sondern schien zufrieden damit, dass sie ihm den Becher an die Lippen hielt.

Er leerte ihn zur Hälfte, bevor er weitersprach. »Also wart Ihr zweimal verheiratet, einmal mit einem jungen und einmal mit einem alten Mann.«

Als Jane über seine Beharrlichkeit seufzte, meinte er: »Verzeiht, Mylady, aber meine Neugier ist verständlich, vor allem, nachdem Ihr meinen Körper mit dem Eurer Ehemänner verglichen und mich für mangelhaft befunden habt.«

»Das habe ich nie behauptet.«

»Ihr habt gesagt, dass ich unter dieser Decke nichts verberge, was Euch beeindrucken würde.«

»Nichts, was ich nicht schon gesehen hätte, habe ich gesagt.«

Er musterte sie mit zusammengekniffenen Augen. »Wenn Ihr mich so wenig bemerkenswert findet, würde ich zu gern wissen, warum Ihr mich geküsst habt.«

Jane zuckte so heftig zusammen, dass sie beinahe den Rest des Weins verschüttet hätte. »So etwas habe ich nie getan!«

»Oh doch. Ich gebe zu, meine Erinnerung ist unscharf. Erst dachte ich, es sei nur ein angenehmer Traum gewesen. Aber jetzt erinnere ich mich wieder recht deutlich. Als Ihr mich am Strand gefunden habt, habt Ihr Eure Lippen auf die meinen gepresst.«

Jane lief rot an. Sie hatte gehofft, dass er zu benommen gewesen wäre, um sich daran zu erinnern.

»Ich – ich habe nur versucht, Euch den Kuss des Lebens zu geben.«

»Das sagte ich doch – Ihr habt mich geküsst.«

»Aber doch nicht aus Leidenschaft. Ich habe versucht, Euch

wiederzubeleben, als ich meinen Atem mit Euch teilte. Es ist ein Heilzauber, den ich Ariane hier auf Faire Isle ausüben sah.«

»Was Ariane macht, weiß ich nicht, aber Ihr habt mich geküsst.«

»Das habe ich nicht! Ich …«

Xavier erstickte ihren Protest, als er sie am Kragen packte und zu sich zog. Der Weinbecher fiel ihr aus der Hand. Sein Mund traf ihren in einem raschen, harten, hitzigen Kuss.

»Da«, meinte er, als er sie wieder losließ. »Das habt Ihr gemacht. Wo ich herkomme, bezeichnet man das als Kuss.«

Mit hochrotem Gesicht sprang Jane auf. »Wo ich herkomme, nennt man das einen Affront, und wenn Ihr je wieder so etwas tut, werde ich – werde ich …«

»Mir den anderen Arm brechen?«, bot Xavier ihr hilfsbereit an.

»Jawohl!« Jane bückte sich, um die Bruchstücke des Bechers aufzusammeln und den Wein aufzuwischen.

Am liebsten wäre sie aus der Hütte gestürmt und hätte so viel Abstand wie nur möglich zwischen sich und diesen beunruhigenden Mann gebracht. Aber sie blieb und kümmerte sich grimmig schweigend weiter um ihn. Dass Xavier kein bisschen Reue zeigte, verstärkte nur ihren Zorn.

»Es war doch nur ein Kuss, Jane«, meinte er. »Ich dachte, ihr Engländer seid freizügiger mit euren Umarmungen. Als ich einmal bei einem Kaufmann aus Portsmouth zu Abend speiste, hat seine Frau alle Gäste geküsst.«

Jane kniff die Lippen zusammen, sie wollte ihm nicht recht geben. Aber als Gastgeberin hatte sie oft dasselbe getan und Neds Freunde mit Küsschen bedacht. Dieser höfliche Brauch hatte allerdings nichts mit dem dreisten Kuss zu tun, den Xavier ihr geraubt hatte. Keine der zahmen Umarmungen hatte Gefühle in ihr geweckt, die sie längst vergessen geglaubt hatte – die eigenwillige Seite ihres Wesens, die sie als Mädchen beinahe ins Verderben gestürzt hätte. Sie hatte lange gebetet, oft stundenlang Buße getan und schließlich geglaubt, diese jugendliche Leidenschaft überwunden zu haben.

Nun musste sie bestürzt feststellen, dass ein einziger Kuss von diesem Mann gereicht hatte, um ihr zu zeigen, dass sie sich geirrt hatte. Sie riet Xavier, ein wenig zu schlafen, und zog sich in die gegenüberliegende Ecke des Raums zurück. Dort setzte sie sich auf einen Hocker und nahm eine Näharbeit zur Hand in der Hoffnung, dass er ihrem Rat folgen würde.

Doch er blieb aufrecht, auf die Kissen gestützt, sitzen und ließ sie nicht aus den Augen. Sein gesunder Arm ruhte hinter seinem Kopf.

»Heißt das, dass ich Euch keine weiteren Fragen stellen darf?«

Jane stach die Nadel so ungestüm durch den Stoff, dass ihr beinahe der Faden gerissen wäre. »Ich wage zu behaupten, dass Ihr das tun werdet, ob ich es Euch nun gestatte oder nicht.«

»Wie ist eine züchtige englische Lady wie Ihr auf dieser Hexeninsel gelandet?«

Obwohl sich Jane oft dieselbe Frage gestellt hatte, sträubte sie sich gegen Xaviers Worte. »Es sind keine Hexen. Sie nennen sich Töchter der Erde, und es sind sehr gütige, großherzige Frauen, vor allem Eure Schwester. Ihre Insel hat schon vielen Menschen in Not Zuflucht geboten.«

»Euch auch, Jane? Braucht Ihr eine Zuflucht? Ich möchte wetten, Ihr braucht eine. England ist in diesen Zeiten für Katholiken kein gutes Pflaster.«

Jane sah überrascht von ihrer Näharbeit auf. »Woher wisst Ihr, dass ich Katholikin bin?«

»Menschen, die dem reformierten Glauben anhängen, pflegen solche Sachen nicht zu benutzen.« Xavier deutete auf etwas, was am Boden vor dem Fenster lag.

Erschrocken bemerkte Jane, dass sie ihren Rosenkranz an der Stelle hatte fallen lassen, an der sie gebetet hatte. Sie sprang auf und eilte durch den Raum, um ihn zu holen. Hastig steckte sie ihn ein. Hier auf Faire Isle war es zwar nicht mehr nötig, dieses Überbleibsel ihres Glaubens zu verbergen, aber eine lebenslange Gewohnheit ließ sich nur schwer ablegen.

»Also habt Ihr wegen Eures Glaubens alles verloren und musstet aus England fliehen?«, fragte Xavier.

Jane nestelte an dem Rosenkranz in ihrer Tasche. Sie hörte das Echo des königlichen Staatssekretärs Sir Francis Walsingham, der ihre Strafe verkündete.

»Jane Danvers, all Euer Vermögen, Euer Anwesen und Euer sonstiger Besitz gehen an die Krone. Ihr habt eine Woche, um Eure Angelegenheiten zu regeln und diese Gestade zu verlassen. Auf Eure Rückkehr steht die Todesstrafe.«

In jenem Moment war Jane nur erleichtert gewesen, aus dem Tower entlassen zu werden und mit dem Leben davongekommen zu sein. Es hatte ein ganzes Jahr gedauert, eine endlose Folge von Tagen im Exil, bis sie begriffen hatte, wie hart ihre Strafe war und wie viel sie verloren hatte.

Sie schluckte, dann beantwortete sie Xaviers Frage. »Ja, Ihr habt recht, ich kann nie mehr nach Hause zurück.«

»Ich würde nicht nie sagen, Mylady. Nicht, wenn die Gerüchte zutreffen.«

»Welche Gerüchte?«

»Von der spanischen Invasion.«

Jane runzelte unbehaglich die Stirn. »König Philipp droht schon geraume Zeit damit.«

»Wie ich auf meinen Reisen erfahren habe, geht die Sache weit über ein reines Drohen hinaus.«

Trotz ihrer Entschlossenheit, sich von Xavier fernzuhalten, trat Jane näher ans Bett. »Was habt Ihr erfahren?«

»Eine Armada ist zusammengestellt worden, die größte Kriegsflotte, die die Welt je gesehen hat, womöglich bis zu dreihundert Galeonen und Plattbodenschiffe, um Pferde, Waffen und Heerscharen bestens ausgebildeter Soldaten nach England zu bringen.«

»W-wann soll das passieren?«

»Es könnte jeden Tag so weit sein.« Xavier zuckte gleichgültig die Schultern. »Es heißt, die spanischen Granden verlosen bereits die englischen Anwesen unter sich. Und natürlich werden auf manchen dieser Schiffe auch Inquisitoren samt ihrer Werkzeuge reisen, die Eure irregeleiteten Landsleute wieder zum wahren Glauben zurückführen wollen.

Die Königin, die Euch ins Exil geschickt hat, wird fliehen müssen, um einem Prozess und dem Scheiterhaufen zu entgehen. Nächstes Jahr um diese Zeit könntet Ihr also wieder daheim sein und ein Freudenfeuer entzünden.«

»Oh.« Jane wich einen Schritt zurück, entsetzt von den Bildern, die Xavier mit seinen sorglosen Worten heraufbeschworen hatte. »Ich würde wirklich gern nach Hause, aber wie kommt Ihr nur darauf, dass ich mich freuen würde … dass ich je wollen würde …«

Sie presste die Hand auf den Mund. Übelkeit stieg in ihr auf, eine Art Panik befiel sie, die ihr die Luft zum Atmen nahm.

Sie drehte sich um und stürzte hinaus. Nur schwach war ihr bewusst, dass Xavier nach ihr rief. Ohne sich von den verwunderten Frauen aufhalten zu lassen, die sich vor der Hütte herumdrückten in der Hoffnung auf einen flüchtigen Blick auf den seltsamen Schiffbrüchigen, rannte sie weiter.

Das Herz schlug ihr bis zum Hals, als sie am Strand ankam. Mit großer Mühe erklomm sie den höchsten Stein, als ob sie von dort oben den Kanal überbrücken und nach England blicken könnte, um sich zu vergewissern, dass ihre Heimat noch sicher war.

»Eine Armada … die größte Kriegsflotte, die es je gegeben hat … um Pferde, Waffen … Soldaten nach England zu bringen.«

Xaviers Worte hämmerten in ihrem Kopf wie die unerbittlichen Schritte schwerer spanischer Stiefel, als würden die Soldaten bereits in den Dörfern und Weilern einfallen und die Schreie entsetzter Frauen und Kinder übertönen. Sie konnte nicht aufhören, sich die friedlichen Gassen vorzustellen, die von Blut überspült wurden, den Rauch von Kanonen und reetgedeckten Hütten, die in Brand gesteckt worden waren.

Aber vielleicht hatte der Rauch ja eine noch schlimmere Quelle: das knisternde Reisig, aufgeschichtet zu Füßen einer trotzigen Frau mit feuerrotem Haar. Elisabeth …

Jane erbebte und schloss die Augen bei dem Versuch, das verstörende Bild loszuwerden. Zuweilen war sie auf Elisabeth Tudor sehr böse gewesen. Die Königin war keine religiöse Eiferin. Bei ihrer Thronbesteigung hatte sie Mäßigung gelobt, doch schließlich hatte sie sich dem Druck ihres Rats gebeugt und härtere Gesetze gegen ihre römisch-katholischen Untertanen erlassen.

Aber Janes Abneigung gegen die Frau, die den Befehl zu ihrem Exil unterzeichnet hatte, wurde von anderen Erinnerungen abgeschwächt, von Erinnerungen an eine jüngere Elisabeth, die zu zwei Waisenkindern sehr gütig gewesen war, obgleich man deren Vater des Hochverrats verdächtigt hatte.

Jane wusste noch gut, wie fest sie ihren Bruder an der Hand gehalten hatte – zwei verängstigte Kinder, die sich aneinanderklammerten, als sie vor die Königin geführt wurden.

Allerdings war Jane mit zwölf bereits klar gewesen, dass sie kein Kind mehr sein durfte. Auch wenn sie zitterte, hob sie den Kopf und stellte sich tapfer der Frau, die ihre katholischen Verwandten als Ketzerin verunglimpften, als Teufelin und als Hexe.

Es hatte immer geheißen, Elisabeth Tudor sei eitel und trage gern prunkvolle, teure Gewänder, um den Abstand zu ihren Untertanen zu betonen. Aber an jenem Morgen war sie für eine Königin sehr schlicht gekleidet. Jane sah nicht die grell geschminkte Schlange, als die ihr Vater sie immer beschrieben hatte, sondern eine große, schlanke Frau mit lockigem rotem Haar und durchdringenden Augen unter schmalen, gewölbten Brauen.

Man hatte Jane den angemessenen Knicks gezeigt, doch sie blieb einfach stehen und schob Ned zum Schutz hinter sich. Entschlossen, sich ihres Schicksals zu vergewissern, so schlimm es auch sein mochte, fragte sie als Erstes: »Werdet Ihr uns in den Tower werfen und köpfen lassen?«

Die Höflinge in der Nähe keuchten erschrocken auf ob dieser Unverblümtheit. Obwohl die Lippen der Königin ein wenig zuckten, erwiderte sie ernst: »Nein, Mistress Jane. Ich habe bereits zu viel Blut meiner Untertanen vergießen müssen.«

Die Stimme der Königin klang weit sanfter, als es sich Jane vorgestellt hatte. Ned wagte sogar, den Kopf hinter Janes Röcken vorzustrecken, um einen Blick auf Ihre Majestät zu erhaschen.

»Was werdet Ihr dann mit uns tun?«, fragte Jane.

»Ich habe vor, dich und deinen Bruder der Obhut des Grafen von Shrewsbury zu übergeben. Er und seine Gemahlin werden euer Vormund sein, bis dein Bruder alt genug ist, seine Erbschaft anzutreten.«

»Seine – seine Erbschaft? Ihr nehmt uns also nicht unsere Ländereien?«

»Nein, Jane. Ich finde, unschuldige Kinder sollen nicht für die Sünden ihres Vaters büßen. Von deinem Bruder und dir verlange ich nur, dass ihr redliche und treue Untertanen werdet. Kannst du das tun?«

Jane betrachtete die Königin. Ihr Leben lang hatte man ihr erzählt, dass diese Frau die Verkörperung des Teufels sei und den wahren Glauben zerstören wolle. Doch nun sah sie nur eine Frau vor sich, bei deren Güte sie das Bedürfnis verspürte, sich an ihre Röcke zu klammern und in Tränen auszubrechen.

»Ich – ich werde es versuchen«, stammelte sie.

»Gut, denn du bist ja die Ältere. Du wirst deinen Bruder führen müssen. Aber ich glaube, du bist dieser Aufgabe gewachsen.«

Die Königin legte die Finger unter Janes Kinn und hob ihren Kopf sanft an. »Ich spüre sehr viel Kraft in dir, Kind.«

Jane errötete, erfreut und zugleich verwirrt über das Kompliment der Königin. »Mein Vater hat mir immer gesagt, dass Kraft ein Wesenszug ist, der einer Frau nicht gut zu Gesicht steht. Frauen sollen weich und nachgiebig sein.«

»Nur nach außen. Stahl, verborgen in einem Seidenfutter, so

muss eine Frau sein, wenn sie überleben will.« Das Lächeln der Königin wirkte ein wenig grimmig und ihre Miene erschöpft, als sie hinzufügte: »Und bei Gott, vom Überleben verstehe ich einiges.«

Die Erinnerung verblasste hinter den funkelnden Wogen der See. Als Jane wieder in die Gegenwart zurückkehrte, fasste sie sich mit der Hand ans Kinn, als ob sie dort noch immer Elisabeths sanfte Berührung spürte.

Jane hoffte, dass die Königin sich noch an all das erinnerte, was sie über das Überleben gelernt hatte, denn für die Zeit, die vor ihr lag, würde sie all ihre Kraft und all ihren Mut brauchen. Sie faltete die Hände, doch dann zögerte sie und fragte sich, ob es falsch sei, Gott zu bitten, das Leben einer ketzerischen Königin zu verschonen.

Stattdessen fiel sie auf die Knie und bat bei einer gütigeren, weiblichen Quelle um Fürbitte. Sie flehte die Heilige Jungfrau an, ihrer Königin und ihrer kleinen Inselheimat gnädig zu sein. Jane betete so inbrünstig wie nie zuvor.

11

Xavier drehte den Kopf und sah zu, wie die Nachmittagsschatten auf dem Boden länger wurden. Er hatte immer geglaubt, dass er in der Zeit, die er im Bauch einer spanischen Galeone angekettet verbracht hatte, erfahren hätte, wie es in der Hölle war. Doch mittlerweile wäre ihm die Schufterei an den Rudern beinahe lieber gewesen als die Erniedrigung, die seine momentane Gefangenschaft mit sich brachte. Sein guter Arm war nutzlos und sein Körper so geschwächt, dass er selbst bei den einfachsten Bedürfnissen von einer Schar schnatternder Weiber abhängig war. Nicht einmal pinkeln konnte er ohne Hilfe.

Aber als Madame Partierre mit einem Krug Wasser in die Hütte trat, platzte ihm der Kragen. Die Alte schmatzte schon fast, als sie verkündete, dass sie ihn waschen wollte.

»Das könnt Ihr vergessen«, fauchte Xavier. »Wo ist Jane? Ich will Jane.«

»Dann hättet Ihr sie nicht so bekümmern dürfen.«

»Wo steckt sie? Geht es ihr gut?«

Die lästige Alte blieb ihm eine Antwort schuldig. Aber immerhin sah sie auch davon ab, ihn zu waschen. Sie zog nur seine Decken weg, dann ließ sie ihn allein. Xavier fluchte lauthals über seine Hilflosigkeit.

Madame Bevans, die zuvor nach ihm gesehen hatte, hatte ihm ein Nachthemd ihres verstorbenen Gemahls überlassen. Da es ihm viel zu groß war, hätte es ihm genügend Deckung geboten, wenn er aufgestanden wäre, um sich auf die Suche nach Jane zu machen. Aber noch immer konnte er kaum zwei Schritte tun, bevor ihm schwindelig wurde.

Er trommelte mit den Fingern auf die Matratze und dachte

daran, wie verstört Jane ausgesehen hatte, als sie aus der Hütte gestürmt war. Hatte er sie zum Weinen gebracht?

Die hysterischen Anfälle seiner Mutter hatten dazu geführt, dass Xavier die Tränen einer Frau völlig kalt ließen. Aber Jane würde wohl eher im Stillen weinen und nicht gesehen werden wollen. Dieser Gedanke plagte ihn mehr, als er zugeben wollte.

Er seufzte laut auf. Sein Vater hatte immer Xaviers mangelndes Feingefühl gegenüber Frauen beklagt. An eine Begebenheit erinnerte er sich besonders gut: An der Küste Floridas waren sie bei einer Niederlassung französischer Hugenotten vor Anker gegangen, und er hatte mit einem der Matrosen gewettet, dass er innerhalb der ersten zehn Minuten an Land mindestens zwanzig Mädchen küssen könnte.

Gleich nach der Landung hatte er sich begeistert auf jedes weibliche Wesen gestürzt, das ihm über den Weg lief. Ein Mädchen kreischte laut nach seiner Mama, ein anderes, kräftigeres versetzte ihm eine schallende Ohrfeige. Aber ihr Zorn war nichts im Vergleich zu dem seines Vaters, der Xavier am Hemdkragen aufs Schiff zurückgeschleift hatte.

»Mon Dieu, Louis! Was ist nur in dich gefahren, dass du dich so aufführst? Es gehört sich nicht für einen Edelmann, junge Damen anzupöbeln und sie zum Gegenstand gemeiner Wetten zu machen. Frauen sollte man stets mit Höflichkeit und Umsicht behandeln, sie mögen es nicht, wenn man sie neckt und plagt.«

»Ach nein?« Xavier hatte die zwei Mädchen beobachtet, die er »angepöbelt« hatte und die nun kichernd am Pier standen und ihm zuwinkten. »Warum kommen sie dann zurück und wollen mehr?«

Sein Vater hatte ihm diese Frage nicht beantworten können, er hatte nur finster das Gesicht verzogen und Xavier dazu verdonnert, das Deck zu schrubben.

Als der Nachmittag zu Ende ging, wurde Xavier klar, dass Jane wohl nicht zurückkommen würde, und er bedauerte es, sie so grob behandelt zu haben. Den Kuss freilich bedauerte er nicht – es hatte ihm gefallen, als ihre Wangen sich gerötet hatten und er gespürt hatte, dass diese züchtigen, doch köstlich weichen Lippen sich beinahe angeschickt hätten, den Kuss zu erwidern. Aber es tat ihm leid, dass er sie mit seinem Bericht über die spanische Armada so beunruhigt hatte.

Religiöse Dinge ließen ihn völlig kalt, und er fühlte sich keinem Land verbunden. Deshalb wäre ihm nie in den Sinn gekommen, dass Jane die Vorstellung, England würde überfallen, beunruhigen könnte. Die meisten Menschen wären über den Sturz einer Königin, die sie verbannt hatte, froh gewesen.

Doch in Jane nahm Xavier eine Großzügigkeit wahr, die er nie für möglich gehalten hatte. Er verstand sie nicht, aber er wünschte sich, Jane würde zurückkehren, damit er sich bei ihr entschuldigen und wenigstens versuchen könnte, seinen Fehler wiedergutzumachen.

Die Zeit verging schleppend, und seine Lider wurden schwerer und schwerer. Kurz bevor er wieder einschlief, vernahm er sachte Schritte.

»Jane?«, rief er eifrig, doch als er den Kopf drehte, stellte er enttäuscht und zugleich verdrossen fest, dass zwei kleine Gestalten auf der Schwelle standen.

Zwei kleine Mädchen mit engelsgleichem blondem Haar und großen blauen Augen musterten ihn ernst. Das kleinere, offenbar jüngere Mädchen lutschte am Daumen und drückte eine zerlumpte Puppe an sich.

Xavier stützte sich auf den Ellbogen. »Das ist kein Zoo, und ich bin kein Bär, den man angaffen kann. Verschwindet!«

Bei seinem Fauchen hätte sich jeder aus seiner Mannschaft schleunigst verdrückt, doch die beiden Elfen wirkten unbeeindruckt.

»Wenn du kein Bär bist, warum knurrst du dann so?«, fragte die Ältere und trat vorsichtig näher.

»Ich habe nicht gesagt, dass ich kein Bär bin, ich habe nur gesagt, dass ich einer bin, der nicht gern angegafft wird. Ich bin ein Ungeheuer und verspeise regelmäßig kleine Mädchen zum Frühstück.«

Die Kleinere drückte sich enger an ihre Schwester. Die Ältere zog die vorwitzige Nase kraus und meinte schnippisch: »Du würdest uns nie fressen, weil du unser Onkel bist.«

»Wie zum Teufel sollte ich das sein? Wer hat euch solche Flausen in den Kopf gesetzt?«

»Meine große Schwester Seraphine. Ich bin Lucia Remy.« Das Mädchen tippte sich mit dem Zeigefinger auf die Brust, dann deutete sie auf die Kleinere. »Und das da ist Ninon.«

Xavier runzelte die Stirn. Wer immer diese Elfen waren, es waren nicht Arianes Töchter. Wahrscheinlich hätte ihm klar sein müssen, dass seine Halbschwestern inzwischen verheiratet waren und Kinder hatten. Die Vorstellung, jemandes Bruder zu sein, war ihm schon unangenehm genug; die Aussicht, nun auch noch Onkel zu sein, verstörte ihn zutiefst.

»Ich weiß nicht, was diese Seraphine euch gesagt hat«, erwiderte er. »Aber sie irrt sich.«

»Seraphine irrt sich nie«, erklärte Lucia im Brustton der Überzeugung. »Eigentlich bist du unser Halbonkel, hat sie gesagt.« Lucia legte den Kopf schief und betrachtete ihn mit sorgenvoll gerunzelter Stirn. »Welche Hälfte fehlt dir?«

»Mein Verstand, der ist mir abhandengekommen.«

Seine Erwiderung entlockte Lucia ein Kichern, das so ansteckend war, dass Xavier unwillkürlich lächeln musste. Er wandte sich der Jüngeren zu, deren blaue Augen über der Schranke ihrer Faust weit aufgerissen waren.

»Und wie ist es mit Euch, Mademoiselle Ninon? Was meint Ihr? Redet Ihr überhaupt jemals?«

»Ninon redet, aber nur, wenn sie etwas zu sagen hat.«

»Kluges Kind. Kleine Ninon, dir ist hoffentlich klar, dass dein Daumen dir irgendwann abfallen wird, wenn du weiter so fest daran lutschst.«

Ninon zog den Daumen lange genug aus dem Mund, um Xavier hochnäsig zu mustern und zu sagen: »Schwachkopf.«

Lucia strahlte vor schwesterlichem Stolz. »Das ist Ninons neuestes Wort. Sie hat es von Madame Partierre gelernt.«

»Ein sehr nützliches Wort, und Ihr sprecht es wundervoll aus, Mademoiselle.«

Ninons kirschförmiger Mund verzog sich zu einem breiten Grinsen, das Xavier verzauberte, ob er wollte oder nicht. Er hatte sich schon fast mit dem Gedanken angefreundet, ein Onkel zu sein, als sie durch einen Ruf gestört wurden.

»Lucia! Ninon!«

Ein älteres Mädchen tauchte auf der Schwelle auf. War es die besagte Schwester Seraphine? Aber das Äußere des Mädchens wirkte sehr dunkel im Vergleich zu diesen zwei goldhaarigen Feenkindern, und ihre nächsten Worte vertrieben jeden Gedanken, dass sie mit ihnen verwandt sein könnte.

»Ihr sollt euch nicht hier herumtreiben«, mahnte sie die Mädchen. »Eure Schwester macht sich große Sorgen und sucht überall nach euch. Seraphine ist ziemlich böse auf euch, dass ihr davongerannt seid.«

»Wir sind nicht davongerannt«, erwiderte Lucia. »Wir haben nur unseren Halbonkel kennenlernen wollen.«

Das ältere Mädchen ignorierte Xavier, kein einziges Mal schweifte ihr Blick zu ihm. Sie stemmte die Hände in die Hüften und sah die Kleinen zornig an.

»Das hättet ihr nicht ohne Erlaubnis tun sollen. Und jetzt raus mit euch.«

»Aber Meg-air-ah …«, jammerte Ninon.

»Pst!« Lucia stupste ihre kleine Schwester in die Rippen. »Sie mag es nicht, wenn man sie so nennt.«

Xavier runzelte die Stirn, während das dunkelhaarige Mädchen seine zwei zeternden Nichten aus der Hütte schubste.

Megaera? Die berüchtigte junge Zauberin, die er im Auftrag der Königinmutter Katharina finden und entführen sollte? Die legendäre Silberne Rose? Dieses mickrige, unscheinbare junge Ding?

Nein, das konnte nicht sein.

Obwohl ihm sämtliche Knochen wehtaten, richtete sich Xavier mühsam auf, um einen besseren Blick auf sie zu erhaschen, als sie die Kleinen hinaustrieb. Er rechnete damit, dass sie zusammen mit ihnen verschwinden würde.

Doch zu seiner Überraschung kehrte sie allein zurück und näherte sich seinem Bett. Ihre sprießenden Brüste ließen erahnen, dass sie auf der Schwelle zum Erwachsenenalter stand, doch sie wirkte recht klein für ihr Alter, und ihr schlanker Hals wirkte zu schwach, um eine solch dichte Mähne dunkelbrauner Haare zu tragen. Die Strahlen der Spätnachmittagssonne malten Schatten auf ein bleiches Gesicht, dessen Züge nicht weiter auffielen – bis auf die Augen. Xavier hatte bei einem so jungen Menschen noch nie Augen gesehen, die so alt und traurig wirkten.

»Megaera?«, murmelte er unsicher.

»Mein Name ist Meg. Aber für Euch bin ich Mistress Wolfe.«

Ihr Ton war ebenso feindselig wie ihr Blick. Xavier hätte das belustigt, wenn das Mädchen nicht etwas an sich gehabt hätte, bei dem ihm sehr unwohl zumute war.

»Nun, Mistress Wolfe, was habe ich getan, um Euch so zu missfallen?«

»Nichts. Ich kenne Euch ja gar nicht.«

»Warum seht Ihr mich dann an, als ob Ihr mir am liebsten einen Pfahl ins Herz rammen würdet?«

Sie rang sich ein starres Lächeln ab. »Ihr irrt Euch, Monsieur. Ich will Euch nichts Böses. Ganz im Gegenteil, ich habe Euch sogar ein Geschenk mitgebracht.«

Sie zog ein kleines Fläschchen mit einer klaren Flüssigkeit hervor. Xavier beäugte es misstrauisch.

»Was zum Teufel ist das?«

»Ein Heiltrank, den ich zubereitet habe. Ich gehe bei der Herrin von Faire Isle in die Lehre und habe schon viel von ihr gelernt.«

Warum nur hatte er das beunruhigende Gefühl, dass der Inhalt dieses Fläschchens nichts mit dem zu tun hatte, was Ariane diesem Mädchen beigebracht hatte? Er verzog das Gesicht und dachte an das, was Katharina von Medici über Megaera gesagt hatte.

»Ich habe Beweise ihrer Macht gesehen. Sie versteht sich darauf, tödliche Rosen zu züchten und Messer mit einer nadeldünnen Klinge herzustellen, mit denen man Gift direkt in die Adern des Opfers schicken kann.«

Als Meg ihm das Fläschchen anbot, machte Xavier keine Anstalten, es zu nehmen.

»Nein danke, meine Liebe. Ich glaube, ich habe in den letzten Tagen schon genügend Tränke zu mir genommen.«

»Ihr wollt also lieber weiter hilflos hier herumliegen?«

»Offenbar bleibt mir nichts anderes übrig, es sei denn, Euer Fläschchen enthält einen Zaubertrank.«

»Es hat nichts mit Zauberei zu tun, und es wird Euren Knochenbruch nicht schneller heilen lassen, aber es wird Euch stärken. Ihr werdet rasch wieder zu Eurer gewohnten Kraft zurückfinden.«

Sie entkorkte das Fläschchen, hielt es ihm unter die Nase und befahl: »Hier, trinkt!«

»Ich glaube, das werde ich nicht tun.«

»Es ist kein Gift, falls Ihr das befürchtet«, sagte sie, als habe sie seine Gedanken gelesen. »Ich werde es Euch beweisen.«

Sie führte das Fläschchen an die Lippen und nahm ein Schlückchen. Dann wischte sie sich mit dem Handrücken den Mund ab und bot ihm mit herausforderndem Blick erneut das Fläschchen an.

Xavier nahm es und roch daran. Die Flüssigkeit war geruchlos. Während er das Fläschchen anstarrte, musste er daran denken, was Pietro jetzt sagen würde, nämlich das, was er auch an dem Tag gesagt hatte, als Xavier zum ersten Mal gewagt hatte, den Trank der Schamanen auszuprobieren.

»Eines Tages wird Eure waghalsige Neugier Euer Tod sein, mein Freund.«

Xavier zögerte kurz, doch dann nippte er vorsichtig an Megs Heiltrank. Es schmeckte wie Wasser. Er schnitt eine Grimasse und fragte sich, ob dieses seltsame Mädchen ihn verspotten wollte.

Doch im nächsten Moment schoss ihm eine Wärme durch die Adern, wie er sie noch nie verspürt hatte, selbst beim stärksten Branntwein nicht.

Einen Moment lang war er ganz benommen, aber dann klärte sich sein Kopf, und er fühlte sich fast wie früher, bevor er auf dieser elenden Insel gestrandet war.

Eifrig wollte er noch einen Schluck nehmen, doch Meg nahm ihm das Fläschchen weg und verkorkte es wieder. »Ihr dürft nur alle paar Stunden ein Schlückchen zu Euch nehmen. Der Trank ist stark, er könnte Euch das Herz stillstehen lassen.«

»Danke für die Warnung. Das hättet Ihr ja auch ein bisschen früher erwähnen können.«

»Ich habe Euch zugesehen, wie Ihr getrunken habt. Ich hätte Euch nicht sterben lassen.«

»Ich bin gerührt, Mademoiselle.« Xavier lehnte sich an die Kissen. »Aber wie Ihr schon gesagt habt, kennt Ihr mich nicht. Warum sorgt Ihr Euch so um mein Wohl?«

»Weil mir daran gelegen ist, dass Ihr bald wieder gesund genug seid, um Faire Isle verlassen zu können. Je eher, desto besser. Ich weiß nämlich, warum Ihr hier seid, Monsieur, und worum es Euch geht.«

Xavier zuckte überrascht zusammen, fasste sich jedoch rasch wieder und versteckte seine Beunruhigung hinter einem leeren Lächeln.

»Woher wollt Ihr das wissen, Mademoiselle? Ich bin mir ja selbst nicht einmal sicher, was zum Teufel ich hier mache.«

Sie starrte ihn an. Er hatte den Blick der Herrin von Faire Isle für sehr mächtig gehalten, doch ihr Blick war nichts im Vergleich zu dem dieses Mädchens. Megs Augen durchbohrten ihn wie ein Schwert, sie drängten sich durch sämtliche Windungen seines Verstands und versuchten, all seine flüchtenden Gedanken aus ihren Verstecken zu locken.

Obwohl er dem Angriff standhielt, fuhr er mit der Hand

über die Stirn und rechnete fast damit, dass ihm aus einer klaffenden Stirnwunde das Blut tropfte.

Meg senkte die Wimpern und murmelte: »Vielleicht kann ich nicht ganz genau sagen, was in Euch vorgeht, aber ich habe Euer Kommen vorhergesehen.«

»Wie bitte? In Euren Träumen etwa?«, fragte Xavier spöttisch.

»Nein, in meiner Kristallkugel. Ich hatte die Vision einer großen, wilden schwarzen Katze, die durch den Urwald streicht.«

Eine schwarze Katze wie der Jaguar, in den sich Xavier verwandelte, wenn er in Trance versank? Abermals versuchte er zu verbergen, wie sehr ihn die Wahrnehmungsgabe dieses Mädchens beunruhigte.

Er schaffte es, abfällig mit den Schultern zu zucken. »Was hat eine schwarze Katze mit mir zu tun?«

»Ich weiß es nicht.« Sie starrte ihn böse an. »Aber ich bin mir sicher, dass es eine Verbindung gibt, und – und Ihr solltet die Finger von Lady Danvers lassen. Wenn Ihr ihr wehtut …«

»Moment mal, Mademoiselle«, fiel ihr Xavier unwirsch ins Wort und hob die Hand. »Was hat Jane damit zu tun, und warum fürchtet Ihr, dass ich ihr wehtun könnte?«

»Weil Ihr ein Raubtier seid wie diese Urwaldkatze. Ich denke, Ihr könnt sehr sorglos und grausam sein, und Jane ist eine ganz besondere Freundin von mir. Wenn Ihr ihr etwas zuleide tut, dann schwöre ich Euch, dass ich – dass ich Euch mit einem Fluch belegen und Eure Männlichkeit verschrumpeln lassen werde.«

Heftig fügte sie hinzu: »Das könnte ich wirklich.«

»Bei Gott, ich glaube Euch«, murmelte Xavier und widerstand dem Drang, die Hand schützend vor sein Geschlecht zu legen.

»Gut. Dann haben wir uns also verstanden.« Meg legte das Fläschchen neben ihn aufs Bett und stolzierte hinaus.

Xavier atmete langsam aus. Jeder noch so kleine Zweifel, ob Meg Wolfe tatsächlich Megaera war, war verschwunden.

Vielleicht war Katharina von Medici doch nicht so verrückt in ihrem zwanghaften Bestreben, dieses Mädchen zu finden. Megaera war, gelinde gesagt, ein sehr ungewöhnliches junges Mädchen – und auch ziemlich verstörend. Kein Wunder, dass Katharina einen königlichen Preis in Aussicht gestellt hatte, um dieser jungen Zauberin habhaft zu werden.

Und wenn es kein königlicher Preis war, so doch zumindest eine stattliche Summe – genug, um einen mittellosen Seefahrer reich zu machen, der nicht einmal wusste, ob er noch ein Schiff sein Eigen nennen konnte.

Entrüstet über sich selbst verzog Xavier das Gesicht. Er schämte sich für seine Gedanken. Nachdem er das Fläschchen unter dem Kissen versteckt hatte, bemühte er sich, die verführerische Möglichkeit aus seinem Kopf zu vertreiben.

Er schloss die Augen. Sein letzter Gedanke vor dem Einschlafen war, dass es wirklich gut wäre, diese seltsame Insel möglichst bald zu verlassen. Je eher, desto besser – und zwar für alle Beteiligten.

Ein riesiges Feuer erleuchtete den mitternächtlichen Himmel, die Flammen fraßen sich einen Weg durch die winzige französische Siedlung. Hitze versengte Xaviers Haut, Schweiß tropfte ihm in die Augen. Er taumelte zum Pier, wo die Siedler zusammenströmten, um sich auf die Miribelle *zu retten – der einzige Fluchtweg vor den anstürmenden spanischen Angreifern.*

Rauch und Verwirrung hingen in der Nachtluft. Xaviers Herz raste, in ihm hallten die entsetzten Schreie der Menschen, die sich an ihm vorbeidrängten. Nur sein Vater wirkte gelassen, als er die verstörten Siedler zu den Beibooten trieb – der Chevalier, ein heldenhaftes Leuchtfeuer inmitten all des Wahnsinns.

Xavier umklammerte sein Bein, das einen Streifschuss abbekommen hatte, und humpelte weiter. Als er sah, wie sein Vater das letzte Boot belud, rief er: »Monsieur! Wartet!«

Doch er brachte nur ein heiseres Krächzen zustande, weil der Rauch ihm auf die Stimmbänder geschlagen war. Bestürzt sah er, wie das letzte Boot ablegte und die Ruderer Kurs auf die sichere Miribelle *nahmen. Der Chevalier warf keinen einzigen Blick zurück.*

Xaviers Atem entwich in einem heftigen Schluchzen, als spanische Soldaten ihn umzingelten. Er wurde grob in die Knie gezwungen, seine Hände wurden ihm auf den Rücken gefesselt.

»Papa!«

Xavier fuhr hoch, beinahe wäre er aus dem Bett gefallen in seinem heftigen Bemühen, sich den Weg aus seinem Traum zu kämpfen. Er riss die Augen weit auf und stellte fest, dass die Nacht sein Gefängnis verdunkelt hatte. Ein bleicher Mond hing vor dem Fenster, wo vorhin noch die Sonne gestanden hatte.

Er sank zurück und fuhr sich mit der Hand über das feuchte Gesicht, um die letzten Spuren des Albtraums wegzuwischen. Seit etlichen Jahren war er nicht mehr von diesem Traum geplagt worden, und so lebhaft war er früher auch nie gewesen. Ob das eine Nebenwirkung des Hexentranks war, den ihm die junge Megaera gereicht hatte?

Noch besorgter fragte er sich, ob er womöglich laut geschrien hatte. Ihn beschlich das entmutigende Gefühl, dass es vielleicht seine eigene Stimme gewesen war, die ihn aus dem Traum geweckt hatte. Sein Verdacht bestätigte sich, als er aus dem Nebenraum Geräusche hörte.

»Merde!«, murrte er. Er drehte den Kopf zur Tür. Welche seiner Wärterinnen würde jetzt antanzen? Ob er ihre peinliche und neugierige Fürsorge umgehen könnte, wenn er so tat, als schliefe er?

Eine Gestalt tauchte auf der Schwelle auf, das Licht der Kerze, die sie in der Hand trug, umgab sie mit einem hellen Schein. Sie sah aus wie ein Wesen aus einem Traum, die Meerjungfrau aus seinen Visionen. Ihr weiches goldenes Haar umspielte ihre Schultern. Aber es war eine sehr vernünftige und züchtige Meerjungfrau, über ihr weißes Nachthemd hatte sie einen dunklen Wollschal geknotet.

»Jane!« Er setzte sich auf, verlegen darüber, wie eifrig er klang.

Sie eilte zu ihm und hielt die Kerze hoch, um ihn zu betrachten.

»Was ist los? Ich habe Euch rufen hören. Habt Ihr Schmerzen?«

Er schirmte die Augen gegen das Kerzenlicht ab. »Nein, es geht mir gut.« *Zumindest jetzt,* dachte er grimmig.

Sie verzog das Gesicht, als glaubte sie ihm nicht, und stellte die Kerze auf den Tisch. Dann legte sie die Hand auf seine Stirn. Ihre Finger fühlten sich so kühl und beruhigend an, dass er unwillkürlich zufrieden aufseufzte.

Jane runzelte erstaunt die Stirn. »Ihr fühlt Euch nicht an, als würdet Ihr fiebern, aber Eure Stirn ist schweißnass.«

»Wahrscheinlich, weil es hier drinnen so warm ist«, schwindelte er. »Madame Bevans hat darauf bestanden, das Fenster zu schließen.«

Jane trat ans Fenster und öffnete es, dann holte sie ihre Kerze und meinte: »Also gut – braucht Ihr sonst noch etwas?«

»Nein, nur …«

»Falls doch, ich schlafe auf dem Strohsack in der Küche. Ihr müsst mich nur rufen.«

Sie wäre ebenso rasch verschwunden, wie sie aufgetaucht war, wenn er es nicht geschafft hätte, sie am Arm festzuhalten. Sie erstarrte zwar bei seiner Berührung, schien jedoch nicht böse, sondern nur entschlossen, Distanz zu wahren. Der Kerzenschein zeigte ein bleiches, angespanntes Gesicht mit dunklen Augenringen. Er befürchtete, dass seine unbedachten Worte die Ursache waren.

»Jane, ich – es tut mir leid, das von heute Morgen«, stammelte er. Er hatte sich bei dieser Frau schon so oft entschuldigen müssen, dass es ihm inzwischen eigentlich leichter fallen sollte.

»Schon gut, Monsieur. Wie ich Euch bereits erklärt habe, bin ich kein törichtes junges Mädchen mehr, das sich über einen geraubten Kuss tagelang aufregt.«

»Ach so – nein, dafür wollte ich mich nicht entschuldigen. Ich küsse gern hübsche Frauen, das tue ich mit großem Vergnügen, seit ich lange Hosen trage.«

Er hoffte, ihr ein Lächeln zu entlocken. Als ihm das nicht gelang, fuhr er fort: »Aber ich bedauere es aufrichtig, Euch mit meinem Gerede über die spanische Armada beunruhigt zu haben. Ich dachte nicht, dass ich Euch damit derartige Sorgen bereiten würde.«

»Weil ich Katholikin bin?« Sie reckte stolz das Kinn. »Ich bin auch Engländerin, und Ihr könnt Euch nicht vorstellen, wie schwer es mein Leben machte, ständig zwischen der Treue zu meinem Land und der Treue zu meinem Glauben hin- und hergerissen zu sein.«

»Nein, ich fürchte, das kann ich wirklich nicht.«

»Als ich mein Land verlassen musste, dachte ich, dass ich dann immerhin die Messe besuchen könnte ohne Angst, verhaftet zu werden; dass ich einen gewissen Frieden finden würde. Aber jetzt erzählt Ihr mir, dass England Gefahr droht von Spanien und der Inquisition …« Sie stockte, und ihre Wimpern senkten sich, um zu verbergen, dass ihre Augen feucht wurden. »Ich kann nicht einmal darum beten, dass dieser Krieg abgewendet wird und meinem Land nichts passiert, ohne das Gefühl zu haben, ich begehe eine Sünde und müsste Buße tun.«

Xavier wand sich. Er war der Letzte, der jemanden in religiösen Dingen beraten konnte, aber Jane so gepeinigt zu sehen, war kaum zu ertragen.

»Was immer die Meinung eines Menschen wert ist, der mehr oder weniger ein Heide ist – ich kann mir nicht vorstellen, dass Gott etwas gegen ein Gebet für Frieden und Sicherheit einzuwenden hat. Und ich bin mir sicher, dass Ihr in Eurem Leben nie etwas getan habt, wofür Ihr Buße tun müsstet.«

Jane blinzelte die Tränen zurück. »Das kommt nur daher, weil Ihr mich nicht sehr gut kennt, Monsieur.«

»Immerhin weiß ich genug von dieser spanischen Invasion,

um Euch zu sagen, dass England meiner Meinung nach keine besonders große Gefahr droht.«

»Keine besonders große Gefahr? Von einer Kriegsflotte in der Größe, wie Ihr sie beschrieben habt, und mit Spanien als dem mächtigsten Reich der Welt?« Jane schüttelte den Kopf. »So sehr mich beunruhigt, was Ihr mir erzählt habt, ich schätze Eure Aufrichtigkeit weit mehr als Eure Versuche, mich mit tröstlichen Lügen zu beschwichtigen.«

»Glaubt Ihr denn, ich würde lügen, Mylady?« Xavier schnitt eine Grimasse. »Na gut, gelegentlich schon, eigentlich sogar recht häufig, aber nicht in diesem Fall. Wenn Ihr nicht so hastig davongerannt wärt, hätte ich Euch noch ein paar andere Dinge erklärt.

Setzt Euch zu mir, dann tue ich es jetzt.« Er rutschte ein wenig zur Seite und klopfte auf den freien Platz neben sich.

Als sie zögerte, fügte er hinzu: »Ich verspreche, mich wie ein Gentleman zu benehmen.«

Zumindest soweit ich es kann, war er versucht hinzuzufügen, als Jane die Kerze abstellte und sich misstrauisch auf der Bettkante niederließ. Aber er behielt diesen kleinen Scherz für sich, denn er spürte, dass es nicht viel bedurfte, um Jane wieder in die Flucht zu schlagen.

Er wagte nicht einmal, ihre Hand zu nehmen, als er sagte: »Mein Vater hat sich bemüht, mir vieles beizubringen. Leider ist kaum etwas hängen geblieben, doch eines habe ich immer beachtet: Der Chevalier sagte oft, nicht allein die mächtigen Waffen oder die Überzahl der Feinde entscheiden eine Schlacht, sondern vielmehr der Mut und das Geschick der Kommandeure.

König Philipp hat seine Flotte dem Herzog von Medina Sidonia übergeben. Berichten zufolge hat sich der Herzog vor den König gekniet und gefleht, nicht zum Admiral der Armada ernannt zu werden.«

»Dieser spanische Herzog ist also nicht besonders tapfer?«

»Oh doch, das schon, und er ist auch ein ausgesprochen fähiger Befehlshaber, aber nur zu Lande. Er weiß fast nichts von maritimer Kriegsführung. Ich habe sogar gehört, dass er nicht einmal ein Schiff betreten kann, ohne elend seekrank zu werden.«

»Ach ja?« Jane neigte den Kopf, offenbar wollte sie ihm nur zu gern glauben, doch sie war sich noch unsicher.

»Bei meiner Ehre, das habe ich gehört. Und dieser Mann soll sich solch überragenden Kapitänen wie John Hawkins und Francis Drake stellen? Pah – der Herzog hat keine Chance. Ich bin fast ein Jahr mit Drake gesegelt, und ich kenne keinen kundigeren Seefahrer oder härteren Kämpfer als ihn.«

»Ihr seid mit Sir Francis Drake gesegelt?«, fragte Jane erstaunt.

»Jawohl, und auf Euer Gesicht hat sich die Ehrfurcht gelegt, die sich bei Damen immer regt, wenn Sir Francis erwähnt wird. Das ärgert mich.«

»Wie ist er denn?«

»Kleiner als ich und nicht halb so attraktiv.«

Immerhin entlockte ihr diese Bemerkung endlich ein Lächeln. »Wie kommt es, dass Ihr mit Sir Francis gesegelt seid? Ich dachte, Ihr wärt Kapitän Eures eigenen Schiffs gewesen?«

»Nicht vor fünf Jahren, als ich Drake begegnet bin. Ich ...« Xavier zögerte. Über diesen Teil seiner Vergangenheit sprach er nicht gern, und er dachte auch nicht gern daran, aber da Jane ihn so erwartungsvoll ansah, blieb ihm nichts anderes übrig, als fortzufahren.

»Ich war ein unfreiwilliger Gast auf einem spanischen Kriegsschiff. Ich war dort an ein Ruder gekettet. Drake griff die Galeone an. Als die Spanier sich ergaben, ließ Drake die Gefangenen frei und bot einigen von uns sogar eine Beschäftigung an. Ich verdanke ihm meine Freiheit und mein Leben.«

»Und Ihr steht nicht gern in der Schuld eines anderen.«

Er lachte trocken. »Ihr kennt mich schon recht gut, Madame. Jawohl, ich hasse es.«

Sie schwieg ein Weilchen, dann fragte sie: »Stammen die

Narben auf Eurem Rücken aus der Zeit Eurer spanischen Gefangenschaft?«

»Aha, Ihr habt meinen Körper also recht genau betrachtet.«

Jane errötete. »Es war unmöglich, das nicht zu bemerken und daraus zu schließen, dass Ihr irgendwann einmal …«

»Wie ein Hund ausgepeitscht worden seid.« Xavier zuckte die Schultern und bemühte sich, es herunterzuspielen. »Ich habe mich immer als unterhaltsamen Reisebegleiter betrachtet, aber die Spanier haben meinen Witz offenbar nicht geschätzt.«

»Wie lange wart Ihr denn gefangen?«

Drei Jahre, acht Monate, zweiundzwanzig Tage. Diese Prüfung hatte er nur überlebt dank einer täglichen Ration Wut – Hass auf die spanischen Häscher, Verbitterung gegenüber seinem Vater.

Jane musterte ihn schon mit weit mehr Mitgefühl, als ihm recht war. Allerdings schlug er sogleich Gewinn daraus und nahm ihre Hand.

»Ich erinnere mich kaum an diese Zeit«, log er. »Meine Gefangenschaft ist mir nur ganz verschwommen im Gedächtnis geblieben.«

»Ich weiß noch, wie Sir Francis gefeiert wurde, als er von seiner Reise rund um die Welt zurückkam, auch wenn ich keine der Abendeinladungen besucht und auch nie den Versuch angestellt habe, ihn kennenzulernen.« Jane klang etwas wehmütig. »Ich wurde gewarnt, dass er ein glühender Verfechter der neuen Religion sei und sich über die Glückwünsche einer Papistin kaum freuen würde.«

»Unsinn. Drake wäre von Euch bezaubert gewesen. Er war zu den Damen stets ritterlich, wenngleich er vielleicht versucht hätte, Eure Seele zu retten. Mich hat er mit seinen Ansichten jedenfalls nicht verschont. Der Mann ließ seine Mannschaft morgens und abends beten. Freilich unterbrach er den Psalmengesang immer recht rasch, sobald ein hübsches spanisches Schiff in Sicht kam. Sir Francis ist durch und durch ein Freibeuter.«

»Seid Ihr das denn nicht auch?«

»Nein, diesen Anspruch habe ich nicht. Ich diene keinem Land und niemandem außer mir selbst. Ich bin schlicht und ergreifend ein Pirat, Jane.«

Und außerdem ein Lügner. Trotz aller Versicherungen hätte Xavier keinen Sou darauf verwettet, dass sich England gegen die spanische Großmacht behaupten würde. Freilich würden die Chancen steigen, wenn Frankreich England zu Hilfe käme. Xavier verzog das Gesicht, als er sich an den spanischen Brief erinnerte, den er entschlüsselt hatte.

»Spaniens einzige Hoffnung auf ein Bündnis mit Frankreich liegt bei dem Herzog von Guise. Der Herzog hat versprochen, für eine Ablenkung zu sorgen, die den französischen König daran hindern soll, England militärisch zu unterstützen, falls er das wirklich vorhat.«

Eine Ablenkung … Xavier hatte nach wie vor keine Ahnung, was das bedeuten sollte. Doch was immer der Herzog und die Spanier im Schilde führten, es würde wahrscheinlich nicht viel Mühe machen, den sprunghaften französischen König abzulenken. Die Engländer, Gott helfe ihnen, würden sich gegen die Macht des spanischen Reiches allein behaupten müssen.

Doch diese beunruhigenden Überlegungen behielt Xavier für sich. Die Sorge war aus Janes Gesicht gewichen und hatte ihrer natürlichen Gelassenheit Platz gemacht. Ihre angespannten Schultern wirkten gelöst, ihr Schal war nach unten gerutscht.

Sie wusste nicht, dass der eng anliegende Stoff ihres Nachthemds die Kurven ihrer Brüste enthüllte. Volle, üppige Brüste, genau so, wie Xavier sie mochte. Megaeras kleiner Trank half offenbar tatsächlich, seine Kräfte wiederherzustellen, denn er spürte, wie seine Lenden hart wurden.

Er beschrieb mit den Fingern langsame, träge Kreise auf Janes Handgelenk und stellte überrascht fest, dass sich ihr Puls beschleunigte und sie ein wenig erzitterte.

Ihre Blicke trafen sich, und er sah, dass sich Janes Wangen röteten und ihre Lippen unfreiwillig öffneten.

Er besaß zwar nicht das Geschick seiner Halbschwester, Gedanken zu lesen, hatte jedoch die verblüffende Gabe zu erkennen, wann eine Frau dazu bereit war, sich verführen zu lassen. Unter der prüden Schale dieser einsamen Witwe steckte eine Frau, die sich nach der Umarmung eines Mannes sehnte. Es würde nicht viel erfordern – ein paar Zärtlichkeiten, ein paar hitzige Küsse –, um das Feuer zu entfachen, das Jane nach Kräften zu unterdrücken versuchte. Er musste nur den Griff um ihr Handgelenk verstärken, sie näher an sich ziehen, sie in seine Arme locken.

Doch stattdessen küsste er sehr zu seiner Überraschung nur ganz sanft ihre Fingerspitzen und wünschte ihr eine gute Nacht.

***

Die Kerze war fast abgebrannt und warf nur einen schwachen Schein auf Meg, die auf einem Hocker nahe dem Herd kauerte. Der Rest des Häuschens war in Dunkelheit gehüllt.

Umso besser, dachte Meg. Die Hütte, die sie jetzt mit den anderen Mädchen teilte, war von ihren ursprünglichen Bewohnern längst verlassen worden. Einzig Carole, die eine weit bessere Hausfrau war als Seraphine oder Meg, hatte sich bemüht, aufzuräumen und den Ort gemütlicher zu machen.

Es gab einen großen Raum mit einem Dachboden, zu dem eine Leiter führte. Dort schliefen die Mädchen. Carole hatte sich schon vor geraumer Zeit zurückgezogen und schlief mittlerweile zweifellos tief und fest, ihren kleinen Jean Baptiste an sich gedrückt.

Lucia und Ninon hatten aufgehört zu flüstern und schliefen nun wohl auch. Verängstigt von Seraphines Gutenachtgeschichte hatten sich die armen Kleinen beim Einschlummern wahrscheinlich fest aneinandergeklammert.

»Die Fontaine-Schwestern waren richtige Hexen«, hatte Seraphine mit schauriger Stimme zum Besten gegeben, ihr hübsches Gesicht zu einer grausamen Grimasse verzogen, die eleganten langen Finger zu Klauen gekrümmt. Lucia und Ninon waren atemlos und mit großen Augen an den Lippen der großen Schwester gehangen.

»Als die Hexenjäger auf Faire Isle einfielen, mussten die Fontaine-Mädchen um ihr Leben rennen. Sie wussten, wenn sie gefasst würden, würde man sie bei lebendigem Leib verbrennen. Um diesem Schicksal zu entgehen, fassten sie sich bei den Händen und stürzten sich von den Felsen in die Tiefe. Ihre Körper zerschellten auf dem steinigen Ufer, ihr Blut und ihr Gehirn spritze überallhin.«

»Seraphine!«, hatte Meg protestiert, als Lucia und Ninon aufkreischten und vor ihrer Schwester zurückwichen. Aber Seraphine ließ sich nicht beirren, sie legte einen noch unheimlicheren Ton in ihre Stimme.

»Bis zum heutigen Tage spuken die Fontaine-Schwestern an dieser Küste und stürzen sich auf streunende kleine Mädchen, die ihrer großen Schwester nicht gehorchen und nicht ins Bett gehen, wenn sie es ihnen sagt. Zum Glück ist man dort oben auf dem Dachboden sicher, weil die Fontaine-Gespenster seit ihrem schaurigen Tod Höhenangst haben.«

Lucia und Ninon hatten es kaum erwarten können, die Leiter zu erklimmen. Endlich hatten Seraphine und Meg ihre Ruhe.

Sie hatten es sich angewöhnt, weit länger aufzubleiben, als sie sollten. Meg kauerte auf dem Hocker, während Seraphine ihr die Haare kämmte. Seraphine schien es großen Spaß zu machen, auch wenn Meg nicht recht wusste, warum.

Sie fand nichts Schönes an ihrem dunklen, schweren Haar im Vergleich zu Seraphines seidigen blonden Locken. Doch sie überließ sich geduldig den Händen ihrer Freundin und jammerte selbst dann nicht, als Seraphine sich mit einem besonders hartnäckigen Nest abmühte.

»Oben rührt sich nichts mehr«, meinte Seraphine. »Es klingt, als wären die Gören endlich eingeschlafen.«

»Zweifellos werden sie heute Albträume haben. Du hättest ihnen diese Gruselgeschichte nicht erzählen sollen, Seraphine. Du hast sie zutiefst verängstigt.«

»Meine kleinen Schwestern doch nicht.« Seraphine kicherte. »Die lassen sich doch nicht von einer läppischen Gespenstergeschichte einschüchtern. Ich wage sogar zu behaupten, dass die zwei Monsterchen dir Geschichten erzählen könnten, bei denen sich dir die Haare sträuben würden.«

Das bezweifelte Meg. Sie hatte so viele Gräuel erlebt, die ihre Mutter veranlasst hatte, dass sie sich von Märchen wahrhaftig nicht ins Bockshorn jagen ließ.

»Abgesehen davon – wenn ich Lucia und Ninon wirklich erschreckt haben sollte, geschieht es ihnen ganz recht. Sie haben mich auch erschreckt, als sie plötzlich verschwunden waren.« Seraphine zupfte ein letztes Mal an dem Nest, dann glitt der Kamm zu Megs Erleichterung glatt durch ihr Haar.

»Auch wenn ich es ihnen nicht verübeln kann, dass sie einen Blick auf Kapitän Xavier werfen wollten. Er ist ein recht ansehnlicher Bursche.«

»Seraphine!« Meg drehte sich um und sah ihre Freundin entrüstet an. »Schäm dich! Der Mann ist dein Onkel.«

»Halbonkel.« Seraphine zuckte die Schultern. »Nur weil er mit mir verwandt ist, bin ich seinen männlichen Attributen gegenüber doch nicht blind.«

Sie drehte Megs Kopf wieder zurück, um weiterzukämmen. Als sie auf ein weiteres Nest stieß, zuckte Meg zusammen, dann murrte sie: »Ich werde jedenfalls froh sein, wenn er seine männlichen Attribute von hier wegschafft. Es tut mir leid, Seraphine – auch wenn er dein Onkel ist, mag ich ihn nicht.«

»Wirklich nicht.«

»Pah! Du ärgerst dich nur über ihn, weil du nicht in seinen Kopf eindringen und dort so frei herumschnüffeln kannst wie bei allen anderen.« Seraphine beugte sich zu ihr hinunter und flüsterte ihr spöttisch ins Ohr: »Aber vielleicht bist du ja auch nur eifersüchtig.«

»Eifersüchtig? Wie das denn?«

»Weil Kapitän Xavier deine züchtige Lady Danvers völlig in Beschlag nimmt.«

»Quatsch«, fauchte Meg, doch sie krümmte sich ein wenig, denn sie fürchtete, in Seraphines neckischem Vorwurf könnte ein Körnchen Wahrheit stecken. Sie ärgerte sich tatsächlich ein wenig, weil Jane so viel Zeit an Xaviers Bett verbrachte, zumal der Tag der Wahl immer näher kam. Gerade jetzt hätte Meg Janes beruhigende Art dringend gebraucht.

Doch zu Seraphine sagte sie nur: »Ich mache mir Sorgen um Jane. Etwas an Kapitän Xavier bringt mich dazu, ihm zu misstrauen.«

»Ich glaube, du vertraust keinem Mann außer deinem Vater.«

»Mit meinen Erfahrungen würdest du genauso denken.«

Seraphine lachte. »Deine Erfahrungen! Pah – hör sich mal einer dieses Kind an. Mit ihren dreizehn Jahren ist sie bereits eine Expertin für männliche Niedertracht.«

»Ich behaupte nicht, eine Expertin zu sein«, entgegnete Meg leise. »Aber ich weiß, wie es sich anfühlt, wenn man betrogen und einem das Herz gebrochen wird.«

Sie fürchtete, dass ihre Bemerkung weiteren Spott auslösen würde. Aber ihre Freundin legte den Kamm weg und kauerte sich vor Meg. Der Spott verschwand aus Seraphines Blick, er wich einem bei ihr sehr seltenen Ausdruck des Mitgefühls.

»Trauerst du etwa noch immer um deinen Sander Naismith, den Jungen, von dem du mir erzählt hast? Ich bin froh, dass er bei diesem Feuer in London umgekommen ist. Sonst hätte ich ihn nämlich für dich umbringen müssen.« Seraphine legte die Hände an Megs Wangen. »Schätzchen, dieser Bursche ist es nicht wert, dass du auch nur einen einzigen weiteren Gedanken an ihn verschwendest!«

»Das weiß ich.« Meg rang sich ein Lächeln ab. »Und ich

habe versucht, ihn zu vergessen, Phine.« Ihre Lippen zitterten, und sie musste schlucken. »Aber ich dachte, er wäre mein Freund. Ich habe ihn so geliebt und ihm durch und durch vertraut. Bei ihm fühlte ich mich immer als etwas Besonderes, so, als ob ich eines Tages zu einer wirklich schönen Frau heranwachsen würde.«

»Und genauso wird es sein.«

Als Meg den Kopf schüttelte, sprang Seraphine auf und holte ihren einzigen Beitrag, um die Hütte wohnlicher zu machen – einen kleinen Spiegel mit vergoldetem Rahmen.

Sie drückte ihn Meg in die Hand. »Da! Sieh dir das Mädchen an, und behaupte ja nicht, dass sie nicht wunderhübsch ist.«

Meg dachte, dass es ein Leichtes wäre, Seraphine zu widersprechen. Aber um ihrer Freundin den Gefallen zu tun, musterte sie aufmerksam ihr Spiegelbild. Ihre Haare umspielten ihre Schultern, sie glänzten im Kerzenlicht, doch das hatten sie Seraphines entschlossenem Kämmen zu verdanken.

Megs Papa hatte ihr einmal gesagt, dass ihre Haare die Farbe von Zimt hätten, doch jetzt fiel ihr auf, dass sie im letzten Jahr dunkler geworden waren. Ihr Gesicht war schmaler geworden, ihr Teint bleicher – sie ähnelte zunehmend ... ihrer Mutter.

Schaudernd gab Meg den Spiegel zurück. »Es spielt keine Rolle, ob ich schön bin oder nicht. Ich fürchte, die Männer werden von mir immer nur das eine wollen.«

Seraphine grinste. »Das, was sie von uns allen wollen. Einen geraubten Kuss, oder ...« Sie zog die Brauen hoch. »Oder andere schlimme Sachen.«

Meg streckte ihr die Zunge heraus. »Du brauchst gar nicht so zu tun, Seraphine Remy. Ich bin mir sicher, dass ich ziemlich genau weiß, was die Männer wollen.« Sie hielt kurz inne, dann fügte sie traurig hinzu: »Zumindest was sie von dir wollen. Von mir werden sie immer nur die Geheimnisse wissen wollen, die in meinem Kopf weggesperrt sind.«

»Nein, du irrst dich, Meggie.« Seraphine beugte sich vor

und umarmte sie fest. »Eines Tages wirst du jemanden kennenlernen, dem es schnurzegal ist, dass du vor langer Zeit einmal als die Silberne Rose bekannt warst und das *Buch der Schatten* besessen hast. Er wird all den Zauber, den er haben will, in deinem bezaubernden Gesicht finden und sich mit allen Fasern seines Seins in dich verlieben.«

»Auf alle Fälle sieht deine Zukunft so aus«, sagte Meg und erwiderte Seraphines Umarmung. »Denn du bist wirklich wunderschön.«

»Ja, ich weiß.« Seraphines Selbstgefälligkeit brachte Meg unwillkürlich zum Lachen.

»Auch wenn es nicht klug von dir ist, mir das immer wieder zu sagen.« Seraphine rückte ein wenig ab. »Ich bin ohnehin schon zu eitel.«

Sie ließ sich auf dem Hocker Meg gegenüber nieder und musterte ihr Spiegelbild, dann seufzte sie zufrieden auf. »Ich glaube, es ist gut, dass ich so schön bin, weil ich nämlich nicht halb so klug bin wie du, Meg. Mein Zauber liegt vor allem in meinem Gesicht. Aber wenn du eine wahrhaft umwerfende Schönheit sehen willst, dann solltest du meine Mutter kennenlernen.

Wusstest du, dass sie den König von Navarra einst so betört hatte, dass er …«

Sie brach ab, und ihr Gesicht verdüsterte sich, wie immer, wenn sie an ihre Heimat dachte. Sie legte den Spiegel auf ihren Schoß.

»Merde«, murrte sie. »Ich wünschte, ich wäre als Junge zur Welt gekommen.«

»Warum wünschst du dir denn so etwas?«

Seraphine sprang auf und durchmaß den Raum mit erregten Schritten. »Weil ich dann zu Hause wäre, wohin ich gehöre, und neben meinem Vater kämpfen würde, anstatt auf dieser Insel herumzuhocken und nichts zu tun, außer mir Sorgen zu machen und auf Nachrichten zu warten, die nie eintreffen.«

Seraphine kniete sich wieder vor Meg. Sie packte sie an den Händen und flehte: »Meinst du nicht, du könntest …«

Als Meg zurückwich, verstummte sie sofort. »Es tut mir leid, Meggie. Ich habe geschworen, dich nicht mehr mit meiner Bitte zu quälen, einen Blick in deine Kristallkugel zu werfen. Wenn ich versuche, deine Zauberkräfte auszunutzen, bin ich genauso schlimm wie dieser elende Naismith.«

»Nein, niemals.« Meg strich zärtlich über Seraphines gesenkten Kopf. »Oh Phine, wenn ich meine Visionen dahin lenken könnte, ein Bild von unseren Vätern heraufzubeschwören, dann würde ich es tun.«

»Ich weiß.« Seraphine lächelte sie schief an. »Wenn es nur nicht so schwer wäre, herumzusitzen und nichts zu wissen. Wenn meiner Mutter und meinem Vater etwas zustößt … wenn sie ermordet würden …«

Ihre Lippen wurden schmal, und der Griff um Megs Hände wurde so fest, dass es wehtat. »Ich fürchte, dann würde ein schrecklicher Hass in mir aufsteigen. Ich würde den Herzog von Guise und seine ganze elende Katholische Liga vernichten wollen.«

Meg konnte ihre Freundin gut verstehen. Wenn ihrem Vater oder ihrer Stiefmutter etwas zustoßen würde, würde es ihr genauso gehen. Aber Seraphine würde nur fluchen und wünschen, den Herzog und sein Heer zu vernichten, Meg hingegen besaß das dunkle Wissen, es wirklich zu tun. Das machte ihr die größte Angst.

12

Ein lautes Kreischen, das durchs Fenster bis zu Xavier drang, störte den Frieden des Morgens. Xavier war zum ersten Mal aufgestanden und hatte sich vollständig angekleidet, doch nun fühlte er sich so unsicher wie ein Matrose, der nach Monaten auf hoher See wieder einen Fuß auf festen Boden setzt.

Beunruhigt von den Geräuschen offenkundiger Not taumelte er zur Tür und wollte helfen, auch wenn er wahrhaftig nicht wusste, wie er das ohne Waffen und mit seinem Schwertarm in einer Schlinge tun sollte.

Er trat in den hellen Tag hinaus und sah sich, geblendet von der Sonne, blinzelnd um. Als er die Quelle des Aufruhrs ausmachte, fiel ihm vor Erstaunen die Kinnlade herunter.

Auf dem Strand vor den Hütten war ein Streit ausgebrochen, zwei ältere Frauen – Madame Partierre und eine Engländerin, wie ihren Flüchen unschwer zu entnehmen war – hatten sich in der Wolle.

Xaviers Sorge verwandelte sich in Belustigung, als er die beiden alten Damen aufeinander losgehen sah wie zwei fauchende Katzen – kratzend, an den Haaren ziehend, zeternd. Andere Frauen versammelten sich um die beiden, manche schrien bestürzt auf, andere feuerten ihre jeweilige Favoritin an.

Es wunderte Xavier nicht, als er Jane unter den Friedensstifterinnen erblickte. Sie und Meg bekamen die grauhaarige Engländerin zu fassen und zogen sie weg. Ariane und die junge Carole Moreau hielten Madame Partierre zurück. Beide Kämpferinnen bebten noch immer vor Zorn und schleuderten einander Beleidigungen an den Kopf.

»Wage es bloß nicht noch einmal, so von meiner Mistress Meg zu reden, du alte Vettel!«, schrie die Engländerin.

»Pah!«, schnaubte Madame Partierre, »ich sage nur die Wahrheit, Agatha Butterydoor. Deine Meg ist die Tochter einer Hexe. Es schickt sich nicht, dass sie die nächste Herrin von Faire Isle wird.«

»Und du glaubt, deine Freundin Mistress Moreau ist besser? Ein Mädchen mit einem Bastard? Diese – diese Schlampe!«

Agatha Butterydoors Französisch reichte zwar nicht weit, doch sie kannte die richtigen Worte, um Madame Partierre erneut in Wut zu versetzen.

Die Französin wollte sich wieder auf Agatha Butterydoor stürzen, doch sie wurde von Ariane zurückgehalten.

»Verflixt und zugenäht, jetzt reicht's!«

Xavier hätte nie gedacht, dass die ruhige Herrin von Faire Isle so laut werden oder so zornig aussehen könnte. Auch die anderen Frauen schienen sich zu wundern, und den streitsüchtigen Alten verschlug es vor Verblüffung die Sprache.

Ariane funkelte eine nach der anderen grimmig an. »Madame Partierre, Mistress Butterydoor, ich muss mich über Euch sehr wundern. Wollt Ihr den jüngeren Damen damit ein Vorbild liefern?«

Arianes strenger Blick schweifte über die Versammlung. »Und ihr anderen habt die zwei auch noch angefeuert. Schämt euch! So regeln wir unsere Meinungsverschiedenheiten nicht auf Faire Isle. Ihr benehmt euch ja so grob und unvernünftig wie – wie Männer.«

Xavier wusste nicht, ob er lachen oder beleidigt sein sollte, aber der letzte Vorwurf hatte zur Folge, dass viele der Frauen den Kopf senkten.

»Für solch alberne Streitereien haben wir wahrhaftig keine Zeit. Kümmert euch um eure Aufgaben, alle miteinander!«

Die Frauen zerstreuten sich, die zwei Kampfhennen humpelten in entgegengesetzte Richtungen; sie murrten zwar immer noch zornig vor sich hin, wurden jedoch von ihren Freundinnen beschwichtigt. Als Jane Xavier entdeckte, kam sie zu ihm.

Es war so früh am Morgen, dass sie ihre Haare noch nicht zurückgebunden hatte. Sie umspielten ihre Schultern, und auf ihren Wangen und in ihren Augen lag ein Glanz, so sanft wie der Tagesanbruch auf hoher See. Bei seinem Anblick verzog sich ihr Mund zu einer missbilligenden Schnute, was ihn in Versuchung führte, sie zu küssen, egal, wer ihnen dabei zusah. Nur mit Mühe schaffte er es, sich im Zaum zu halten.

»Kapitän Xavier, warum liegt Ihr nicht im Bett?«

»Eines Tages musste ich mich erheben«, erwiderte er schelmisch. »Zumal Ihr so entschlossen wart, mich in Eurem Bett zu behalten.«

Jane errötete bei dieser Neckerei und warf einen besorgten Blick um sich, als fürchte sie, jemand hätte sie belauscht.

»Ich dachte, nach Eurer Tortur würdet Ihr mehr Ruhe brauchen.« Ihr Blick schweifte über ihn, von seinen Stiefeln hin zu dem frischen Hemd, das er trug. »Wie habt Ihr es überhaupt geschafft, Euch anzukleiden?«

»Da Ihr heute Morgen nirgends zu sehen wart, habe ich Madame Bevans beschwatzt, mir zu helfen. Aber ich ging davon aus, dass ich Eure Billigung hätte, denn meine Kleider lagen heute früh neben meinem Bett.«

»Ich habe ihm die Kleider gebracht«, verkündete Margaret Wolfe und drängte sich zwischen die beiden.

»Meg!«, meinte Jane vorwurfsvoll.

»Er ist doch ganz offenkundig wieder so weit hergestellt, dass er seiner Wege gehen kann, Jane. Der Mann kann hier nicht ewig rumfaulenzen.«

»Wie immer rührt mich Eure Fürsorge zutiefst, Mademoiselle«, meinte Xavier trocken.

Meg funkelte ihn wütend an, doch bevor sie etwas erwidern konnte, eilte Ariane auf sie zu.

»Meg, deine Mistress Butterydoor ist noch immer in höchster Aufregung. Du musst sie beruhigen und ein bisschen Salbe auf ihre Kratzer auftragen. Und halt sie um Himmels willen von Madame Partierre fern.«

Meg zögerte, Jane in Xaviers Gesellschaft zurückzulassen, aber ihr blieb nichts anderes übrig, als zu gehorchen. Als sie davontrottete, atmete Ariane tief durch, wirkte jedoch noch immer ziemlich gequält.

»Ärger im Paradies, Schwester?«, fragte Xavier.

»Nichts, mit dem ich nicht fertig werden könnte.« Ariane musterte ihn stirnrunzelnd. »Es wundert mich, Euch so bald wieder auf den Beinen zu sehen, Monsieur.«

»Das ist einzig und allein der hervorragenden Pflege von Mylady Danvers zu verdanken.« Xavier hatte beschlossen, das geheime Fläschchen, das Meg ihm zugesteckt hatte, lieber unerwähnt zu lassen.

»Und natürlich stehe ich dafür in Eurer Schuld.« Er wackelte mit den Fingern seines in der Schlinge steckenden Arms. »Leider muss ich Euch um einen weiteren Gefallen bitten – ich brauche ein Pferd.«

»Ein Pferd?«

»Ja, Ihr wisst schon – eines dieser großen Geschöpfe mit vier Beinen, einer Mähne und einem Schwanz.«

Während Ariane ihn finster anschaute, ergriff Jane besorgt das Wort. »Wofür braucht Ihr denn ein Pferd?«

»Mir wurde gesagt, dass es bis nach Port Corsair mindestens zwanzig Meilen sind, und zu Fuß schaffe ich diesen Weg wohl kaum.«

»Da habt Ihr vollkommen recht«, meinte Ariane. »Jane hat mir schon gesagt, worum es Euch geht. Ich habe gestern einen meiner Diener losgeschickt. Bettes Bruder ist ein Fischer und kennt viele der Kapitäne, die zwischen Faire Isle und der Bretagne Handel treiben. Er wird einen zuverlässigen Mann auftreiben, der sich in St. Malo nach Eurem Schiff erkundigen kann. Von einem Schiffbruch vor der Küste unserer Insel ist nichts bekannt, also wird Euer Schiff den Sturm wahrscheinlich überstanden haben.«

»Das sind gute Nachrichten. Aber ich ziehe es vor, selbst Nachforschungen anzustellen.«

»Leider haben wir auf Faire Isle nicht sehr viele Pferde. Es gibt nur ein paar stämmige Inselponys, die so dickköpfig und widerspenstig sein können wie Ihr.«

»Dann sollten wir gut miteinander auskommen.«

»Womöglich werdet Ihr abgeworfen und brecht Euch den Arm noch einmal. Außerdem kann ich Euch niemanden mitgeben, der Euch den Weg weist.«

Xavier rang sich ein Lächeln ab, um seine wachsende Verärgerung zu verbergen. »So groß ist diese Insel auch wieder nicht. Bestimmt würde ich irgendwann einmal nach Port Corsair gelangen.«

»Nein, am vernünftigsten ist es, wenn Ihr noch ein Weilchen hierbleibt. In einigen Tagen werden wir alle zur anderen Seite der Insel zurückkehren.«

»Warum bleibt ihr überhaupt hier? Was zum Teufel bringt euch Frauen dazu, an diesem gottverlassenen Fleck zu verweilen?«

»Nichts, was Ihr verstehen würdet«, erwiderte Ariane knapp und machte eine wegwerfende Handbewegung, mit der sie das Gespräch beendete. »Wenn Ihr mich jetzt entschuldigen würdet – ich muss mich um wichtigere Dinge kümmern.«

Sie wandte sich ab und ging, bevor Xavier noch ein Wort sagen konnte. Wutschnaubend wollte er ihr folgen, doch Jane hinderte ihn daran, indem sie die Hand auf seinen Arm legte.

»Bitte behelligt Ariane jetzt nicht mehr, Kapitän. Ich weiß, dass sie ziemlich barsch war, aber im Moment weiß sie gar nicht mehr, wo ihr der Kopf steht. Und es wäre wirklich klüger, wenn Ihr noch ein bisschen zu Kräften kommt, bevor Ihr uns verlasst. Lasst Euch doch von mir ein schönes Frühstück vorsetzen – etwas Schmackhafteres als Brühe.«

Sie lächelte ihn in ihrer stillen Art an. Selbst durch den Stoff seines Hemdes spürte er die Wärme ihrer Berührung, und er fragte sich, ob Jane eine Vorstellung davon hatte, welche Versuchung sie für ihn darstellte.

Wenn er sich nicht um sein Schiff und seine Mannschaft

gesorgt hätte, wäre er tatsächlich versucht gewesen, noch zu verweilen. Er hatte seit geraumer Zeit keine Frau mehr gehabt, und Jane war wirklich verlockend mit ihrer weiblichen Figur und der Andeutung von Leidenschaft, die er unter ihrem prüden Äußeren erahnte. Aber wenn Jane ihm tatsächlich erlag, würde sie den Rest ihres Lebens auf Knien Buße tun.

Und nicht zu vergessen Megaera. Das junge Ding stellte eine ganz andere Versuchung dar. Er war fasziniert von ihr und fragte sich, wie viel dunkles Wissen sie tatsächlich besaß. Wenn er sie der dunklen Königin auslieferte, könnte er ein Vermögen damit machen.

Xavier hatte in seinem Leben wahrlich einiges an Schuld auf sich geladen, aber bislang hatte er vermieden, etwas so Verwerfliches zu tun, dass er sich nicht mehr im Spiegel anblicken konnte. Die Herrin von Faire Isle war ganz offenkundig nicht so gut im Gedankenlesen, wie es immer hieß, sonst hätte sie gemerkt, dass er ihnen allen einen großen Gefallen tat, wenn er anbot zu gehen.

Aber da sich Ariane so standhaft weigerte, kam er wohl an kein Pferd; zumindest nicht am helllichten Tag und mit all den Frauen, die sich hier herumtrieben. Es blieb ihm also nichts anderes übrig, als Janes Lächeln zu erwidern und ihr zu gestatten, ihn wegzuführen.

* * *

Der Tisch war unter der Pinie vor dem Haus gedeckt, in dem Ariane mit ihrer Familie wohnte. Wegen des anhaltend schönen Wetters nahmen die Frauen die meisten Mahlzeiten im Freien ein und nicht in den engen Küchen der Hütten.

Die anderen hatten bereits gefrühstückt, Jane saß Xavier gegenüber auf einer Bank. Sie sah ihm zu, wie er sich Brot und Käse schmecken ließ, und versuchte, den Wirrwarr ihrer Gefühle zu ordnen.

Gestern Abend, als sie, eingehüllt ins Dunkel, bis tief in die

Nacht miteinander geredet hatten, hatte alles viel einfacher gewirkt. Sie hatte neben ihm auf der Bettkante gesessen, und der Mann war unter der Zudecke fast nackt gewesen.

Jetzt war er vollständig bekleidet. Dennoch fühlte sie sich nun schüchterner und verlegener in seiner Gegenwart. Sie ärgerte sich ein wenig, dass Madame Bevans ihm beim Rasieren und Ankleiden geholfen hatte, denn schließlich war er ihrer Obhut anvertraut worden. Sie hatte das Häuschen nur kurz verlassen, um sich zurechtzumachen, er hätte doch warten können …

Jane zügelte ihre Gedanken und schalt sich, dass sie so töricht war. Welche Rolle spielte es schon, wer ihm half? Sie führte sich ja auf, als wäre sie eifersüchtig, und das war wirklich lächerlich.

Xavier nahm eine weitere Scheibe Brot. Als ein Karren vorbeirumpelte, dessen Inhalt unter einer Plane versteckt war, kniff er die Augen zusammen. Das Rotschimmelpony, das den Karren zog, zottelte Richtung Felsen.

»Worum handelt es sich denn bei dieser geheimnisvollen Sache, die Ariane so beschäftigt? Wenn diese Insel nicht eindeutig außerhalb der Grenzen der königlichen Gesetze läge, würde ich fast denken, dass ihr Damen damit beschäftigt seid, etwas zu schmuggeln.«

Jane schüttelte lächelnd den Kopf. »So aufregend ist es auch wieder nicht. Auf dem Karren liegt nur Holz für das große Lagerfeuer auf den Felsen.«

Xavier nahm einen Schluck Wein, dann meinte er gedehnt: »Was führt ihr Frauen im Schilde? Wollt ihr mich bei lebendigem Leib rösten? Ich könnte mir vorstellen, dass die junge Megaera nur zu gern das Feuer entfachen würde.«

»Bitte nennt sie nicht so, sie mag das nicht. Keine von uns mag es.« Jane hielt inne. Ihr war aufgefallen, wie angespannt Meg Xavier begegnete, und sie konnte sich auch denken, warum; aber sie wusste nicht, wie sie es Xavier erklären sollte.

»Meg ist wirklich ein wundervolles Mädchen, sie ist herzlich und großzügig, aber manchmal schwirren ihr seltsame Gedanken im Kopf herum.« Jane zog mit dem Daumennagel ein Muster auf dem Tischtuch nach und versuchte, abschätzig zu lachen. »Aus welchem Grund auch immer befürchtet sie, dass Ihr wie eine große Raubkatze seid und ich in Gefahr schwebe, verschlungen zu werden.«

»Sie kommt mir ausgesprochen weise für ihr Alter vor. Vielleicht solltet Ihr auf sie hören.«

Obwohl Xavier sie über dem Rand des Weinkelchs anlächelte, glühte in seinen Augen eine gefährliche Hitze, die Jane erschauern ließ. Es war wohl besser, wieder über das Thema Feuerholz zu sprechen.

»Das Lagerfeuer wird in der Nacht des Treffens auf den Felsen entzündet werden«, sagte sie.

»Aha – ein Hexensabbat.«

»Nein! Mit Hexerei hat das Ganze nichts zu tun«, beharrte Jane, auch wenn ihr selbst bei dem Gedanken an diese Versammlung nicht ganz wohl war. »Soviel ich weiß, treffen sich die Töchter der Erde einmal im Jahr auf den Felsen von Argot, um Rat zu halten. Das kommende Treffen ist besonders wichtig, weil Ariane dann ihre Nachfolgerin bekannt geben möchte.

Ich fürchte, darum ging es auch bei diesem Streit von vorhin. Die Frauen sind sich uneins, wer ernannt werden soll. Ich weiß nicht einmal, ob Ariane sich schon entschieden hat.«

»Das wird also ein recht lebhaftes Treffen werden. Wie spannend«, murmelte Xavier mit dem schelmischen Glitzern in den Augen, das Jane allmählich recht gut kannte.

»Männer sind von der Teilnahme ausgeschlossen.« Sie runzelte die Stirn, dann verbesserte sie sich. »Das heißt, ganz sicher bin ich mir nicht, ob es verboten ist, aber ich glaube, es verstieße gegen ihre Traditionen …«

»Keine Sorge, meine Liebe«, fiel er ihr lachend ins Wort. »Ich habe nicht vor, die Abläufe zu stören. Ich habe vielmehr vor …«

Er bremste sich und senkte die Lider. »… dann tief und fest zu schlafen.«

Jane ahnte, dass das nicht sein ursprünglicher Gedanke gewesen war, doch sie folgte ihrer Vermutung nicht weiter, als er fortfuhr: »Habt Ihr denn vor, an diesem Rat teilzunehmen und Eure Stimme abzugeben?«

»Niemand gibt eine Stimme ab, auch wenn Ariane sicher nichts gegen einen Ratschlag hätte. Aber letztlich liegt die Entscheidung bei ihr. Und nein«, fügte sie leise hinzu, »ich werde nicht daran teilnehmen.«

»Warum nicht?«

»Weil ich keine von ihnen bin, ich gehöre nicht hierher.«

»Ich denke, das könntet Ihr durchaus, wenn Ihr es wolltet. Vielleicht solltet Ihr es Euch noch einmal überlegen. Hier lässt sich doch recht gut leben, solange man eine Frau ist. Ihr hättet weit mehr Freiheit als anderswo, in diesem kleinen Reich herrschen die Frauen, und – und wer zum Teufel ist das?«

Jane wunderte sich über die plötzliche Veränderung von Xaviers Ton. Er hatte lässig auf seinem Platz auf der Bank gesessen und seinen Wein genossen, doch nun richtete er sich auf und kniff die Augen zusammen. Offenbar hatte er etwas gesehen, was sich hinter Janes Rücken abspielte.

Als sie sich umdrehte, sah sie Ariane näher kommen, und neben ihr eine zierliche, elfengleiche Frau mit mondgoldenem Haar, das zu einem Zopf geflochten war.

»Ich glaube, Ariane möchte Euch Madame Aristide vorstellen. Sie ist …«

»Die jüngste Tochter meines Vaters und sein Lieblingskind, Miribelle. Mein Schiff trägt ihren Namen. Ich hätte den verdammten Kahn umtaufen sollen.« Xaviers bissiger Ton verkündete nichts Gutes. Er wirkte, als erwarte er, in einen Hinterhalt gelockt zu werden.

Jane hätte nicht sagen können, warum sie es tat, doch sie sprang auf und setzte sich schützend auf die Bank neben ihn. Ariane wirkte um keinen Deut entspannter als Xavier, sie baute sich stocksteif und mit verkniffener Miene vor ihnen auf. Nur Miribelle lächelte.

»Kapitän Xavier, darf ich Euch …«, fing Ariane an.

»Eure Schwester Miri vorstellen.« Miri eilte um den Tisch und umarmte Xavier. Er erstarrte. Einen Moment lang befürchtete Jane, er würde Miri wegstoßen.

Doch dann tätschelte er verlegen ihren Rücken und murmelte: »Passt bitte auf meinen Arm auf.«

Sie trat einen Schritt zurück und fuhr behutsam über die Schlinge. »Es – es tut mir leid. Hoffentlich habe ich Euch nicht wehgetan.« Ihre Augen glänzten. »Es ist nur so, dass Ihr Papa wirklich auffallend ähnelt. Ich hoffe, Ihr habt nichts dagegen, wenn ich das so sage.«

»Was würde es mir nützen?«, erwiderte er trocken. »Denn ich fürchte, es stimmt – es sei denn, Ihr kennt einen Zauber, um mein Gesicht zu verändern.«

»Ihr braucht keinen Zauber, Xavier.« Miri wandte sich an Ariane. »Unser Bruder ist ein sehr gut aussehender Mann, findest du nicht auch, Ari?«

Ariane gab einen verhaltenen Laut von sich, der die Begeisterung ihrer Schwester jedoch nicht dämpfte. Strahlend setzte sich Miri neben Ariane auf die Bank gegenüber.

Ein schweres Schweigen senkte sich auf den Tisch. Xavier wirkte argwöhnisch, Ariane grimmig und Miri erwartungsvoll.

Jane erhob sich. »Vielleicht sollte ich …«

»Nein, bleibt, Jane.« Xavier nahm ihre Hand und zog sie wieder neben sich. »Es gibt keinen Grund, aus diesem innigen Familientreffen eine Privatangelegenheit zu machen. Mit dem Verhör habe ich gerechnet, seit ich hier an Land gespült wurde. Also sagt mir, liebe Schwestern: Habt ihr das Streckbett und die Daumenschrauben mitgebracht?«

»Miri und ich haben nicht vor, Euch zu verhören«, erwiderte Ariane gereizt. »Aber es versteht sich wohl von selbst, dass wir ein paar Fragen haben.«

»Wir wollen Euch ja nur besser kennenlernen«, sagte Miri.

»Und bestimmt gibt es einiges, was Ihr auch gern über uns erfahren würdet.«

»Ich habe von Madame Bevans schon genug erfahren. Ariane ist die Herrin von Faire Isle, eine berüchtigte Zauberin. Und Miri ist Madame Aristide, die Gemahlin des Hexenjägers.«

Falls Xavier vorgehabt hatte, seine jüngste Schwester an ihrer verwundbarsten Stelle zu treffen, so war es ihm gelungen. Miri zuckte zusammen, und Ariane ergriff fürsorglich ihre Hand.

»Madame Bevans ist eine törichte Klatschbase, die nicht weiß, wovon sie redet. Ich bin genauso wenig eine Zauberin wie sie selbst, und Simon Aristide hat seinen Beruf längst an den Nagel gehängt. Er ist ein guter Gemahl für Miri und ein ehrbarer, verdienstvoller Mann.«

Miri schenkte Ariane ein dankbares Lächeln, ein Lob über Simon Aristide aus dem Mund ihrer Schwester bedeutete ihr offenbar sehr viel.

»Und was ist mit Euch, Monsieur?« Ariane richtete den Blick auf Xavier. »Ihr seid im Vorteil, denn Ihr habt von uns gewusst, wir hingegen haben bis vor drei Tagen nicht einmal geahnt, dass es Euch gibt.«

»Was wollt Ihr denn wissen?«

»Als Erstes, wo Ihr Euch all die Jahre herumgetrieben habt.«

»Auf hoher See.«

»Mit unserem Vater?«, fragte Miri.

»Nein, er ist tot.«

Beide Frauen zuckten ob der Härte seiner Worte zusammen.

»Das wissen wir bereits. Ihr braucht uns das nicht bei jeder Gelegenheit an den Kopf zu schleudern«, fing Ariane an, doch Miri fiel ihr ins Wort.

»Wir hoffen, dass Ihr uns etwas über Papas letzte Tage berichten könnt. Wann ist er denn gestorben, und wie?«

Xavier kniff die Lippen zusammen. Jane glaubte, den Grund für seine Anspannung zu kennen. Er hatte ihr viele Geschichten über seine Abenteuer auf See erzählt und über seine Streifzüge durch den Urwald von Brasilien, und er hatte auch über Drake, seine Mannschaft und sogar über einige der Eingeborenen geredet, die er getroffen hatte.

Doch eine Gestalt war auffallend abwesend gewesen in all seinen Geschichten: sein Vater. Xavier erwähnte den Chevalier Louis Cheney so gut wie nie, aus welchem Grund auch immer schien er nicht gern über den Mann zu reden. Doch natürlich hätten Ariane und Miri nur zu gern etwas über den Vater erfahren, der für sie so lange verschollen gewesen war.

Xavier nahm sich Zeit, er griff nach dem Krug, um sich Wein nachzuschenken, und stellte sich mit seiner Linken so ungeschickt an, dass Jane ihm eilig zu Hilfe kam, dankbar, dass sie etwas zu tun hatte. Sie fühlte sich unbehaglich an diesem Tisch, ihr war, als stecke sie zwischen zwei feindlichen Heeren und wisse nicht recht, für wen sie Partei ergreifen sollte.

Xavier nahm einen großen Schluck Wein, dann beantwortete er endlich Miris Frage. »Der Chevalier starb vor etwa zwei Jahren in einer portugiesischen Mission in Brasilien, und zwar an Gelbfieber.«

»Hat er sehr gelitten?«, fragte Ariane.

»Keine Ahnung.« Xavier zuckte die Schultern. »Ich hatte ihn eine Weile aus den Augen verloren – fast fünf Jahre lang.«

Ariane atmete scharf ein und wirkte empört. Xavier klang so ungerührt, als habe er nur ein paar Stiefel verlegt. Aber Jane war sicher, dass die Trennung von seinem Vater in den Jahren erfolgt war, die Xavier als Gefangener der Spanier verbracht hatte und später auf Drakes Schiff. Warum konnte der Mann nicht ein wenig von seinem sturen Stolz lassen und sich seinen Schwestern öffnen, wie er es bei ihr getan hatte?

»Vielleicht solltet Ihr Euren Schwestern sagen, warum Ihr Euch von Eurem Vater getrennt habt«, schlug Jane vor.

»Das würde ich gerne, wenn ich dächte, es ginge sie etwas an.« Xavier verstummte und vertiefte sich wieder in seinen Weinbecher.

Ariane machte den Mund auf, um etwas zu sagen, doch

dann presste sie die Lippen zusammen. Es blieb Miri überlassen, das Gespräch fortzusetzen.

»Hat – hat Papa denn je von uns gesprochen?«, fragte sie verzagt.

»Unablässig.«

»Hat er uns eine Nachricht hinterlassen, als er im Sterben lag? Hat er überhaupt noch etwas gesagt?«

»Nichts, was irgendeinen Sinn ergeben hätte. Als ich zu ihm kam, war er im Fieberwahn.«

Xaviers barsche Antwort erstickte die Hoffnung in Miris Augen. Wieder trat ein unbehagliches Schweigen ein, bis Ariane eine neue Frage stellte.

»Und so seid Ihr auf der *Miribelle* hierhergesegelt?«

»Ich bin nicht hierher gesegelt.« Xavier nahm einen Schluck Wein. »Aber ich war an Bord der *Miribelle,* als ein Unwetter über uns hereinbrach.«

»Unser Vater ist mit drei Karacken in See gestochen. Was ist aus den anderen beiden geworden?«

»Die *Gute Hoffnung* haben wir bei einem Angriff türkischer Piraten verloren, kurz nachdem wir von St. Malo aufgebrochen waren. Ich glaube, die *Evangeline* ging bei einem Unwetter vor der Küste Brasiliens unter, aber das weiß ich nicht genau. Ich war damals nicht bei dem Chevalier.«

»Also gibt es von den Schiffen meines Vaters nur noch die *Miribelle?*«, fragte Ariane.

Xavier knallte seinen Weinbecher unwirsch auf den Tisch. »Nein, wenn die *Miribelle* es bis nach St. Malo geschafft hat, gibt es nur noch *mein* Schiff. Ich habe Leib und Leben riskiert, als ich mir das Schiff von den Spaniern zurückholte. Die *Miribelle* gehört jetzt mir.«

Rasch beschwichtigte ihn Miri. »Ich denke nicht, dass Ariane Euch den Anspruch streitig machen wollte.«

»Gut, denn wenn sie jetzt nicht am Meeresgrund liegt, ist dieses elende, lecke Schiff alles, was ich noch habe.« Xavier starrte seine Schwestern vorwurfsvoll an. »Soviel ich weiß, hat meine Mutter, als sie ins Kloster ging, euch Damen das Haus in Paris überlassen.«

»Eigentum, zu dem unser Vater dieser Frau verholfen hat, mit Geld aus unserem ohnehin reichlich knappen Familienvermögen«, erwiderte Ariane gereizt, aber Miri legte die Hand auf ihren Arm.

»Das ist nicht mehr von Belang, denn schließlich wurde das Haus von der Krone konfisziert, also gehört es nun keinem von uns mehr«, erinnerte sie ihre Schwester. »Dir war an dem Besitz in Paris ohnehin nie viel gelegen, Ari.«

Sie wandte sich an Xavier und erklärte: »Das Haus wurde eine Weile von unserer Schwester Gabrielle genutzt. Aber als Gabby Remy heiratete, legte sie keinen Wert mehr auf einen Wohnsitz in Paris.«

Auf Miris Gesicht legte sich Wehmut. »Wir alle wünschten uns am meisten, dass unser Vater gesund und wohlbehalten zurückkehren würde. Vor seiner Abreise hat er mir versprochen, bald heimzukehren und mir einen Affen oder einen exotischen Vogel aus der Neuen Welt mitzubringen. Und außerdem wollte er mir all seine Abenteuer aufschreiben, um sie mit mir zu teilen.«

Xavier wirbelte den Bodensatz seines Weins auf. Grollend gab er zu: »Er hat Euch einen Papagei und Tagebücher hinterlassen.«

»Oh!«

»Leider musste ich den Vogel essen, und die Tagebücher brauchte ich, um Feuer zu machen.«

Miri erblasste, doch sie fasste sich rasch wieder und meinte: »Nun, wenn Ihr Hunger hattet und gefroren habt, dann ist das doch verständlich. Ich hoffe nur, dass Ihr daran gedacht habt, dem Vogel zu danken, dass er Euch sein Leben geopfert hat.«

Xavier starrte sie an wie eine Verrückte. Dann lachte er zögernd. »Dem Papagei danken? Der verdammte Vogel hätte mich nur verflucht, und das kann er fließend in mehreren Sprachen.«

»Er *kann* es?« Miri legte fragend den Kopf zur Seite.

Xavier sah sie lange an, dann zuckten seine Lippen und verzogen sich zu einem Lächeln. »Ja, ich habe nur gescherzt. Wenn es die *Miribelle* noch gibt, dann auch Eure Tagebücher und den elenden Papagei.«

Miri kicherte, und auch Jane hätte sich vielleicht entspannt und gelächelt, wenn sie nicht Arianes versteinerte Miene bemerkt hätte.

»Verzeiht mir, wenn ich Euren Sinn für Humor nicht teile, Kapitän«, meinte Ariane bissig. »Aber Ihr habt gesagt, dass unser Vater vor mehr als zwei Jahren gestorben ist.«

Xaviers Lächeln verflog, er war wieder auf der Hut. »Richtig, aber warum fragt Ihr mich das noch einmal?«

»Mir scheint, Ihr hättet reichlich Zeit gehabt, nach Faire Isle zu segeln und uns über sein Ableben in Kenntnis zu setzen.«

»Vielleicht musste ich mich um wichtigere Dinge kümmern«, erwiderte er scharf und schleuderte ihr ihre eigenen Worte an den Kopf.

Ariane überhörte die Provokation und feuerte sofort zurück: »Aber vielleicht hattet Ihr ja auch nie vor, Miri die Tagebücher zu bringen.«

»Nein, das hatte ich tatsächlich nicht. Wenn es dem Chevalier so wichtig gewesen wäre, hätte er auf seinem Sterbebett einen anderen damit beauftragen müssen.«

»Ihr habt Papas letzten Wunsch missachtet?«, schnaubte Ariane und sprang auf. »Zur Hölle mit Euch!«

»Ariane, bitte, ich bin mir sicher, dass unser Bruder einen guten Grund dafür hatte.«

Doch diesmal ließ sich Ariane von Miris sanften Versuchen nicht mehr beschwichtigen. Sie stemmte die Hände auf den Tisch und beugte sich zu Xavier vor, das Gesicht flammend rot, die Stimme bebend vor Wut.

»Wisst Ihr, wie schwer es für mich und meine Schwestern war, dass unser Vater einfach so verschwunden ist und dass wir nie erfahren haben, was aus ihm geworden ist? Diese Tagebücher hätten uns unendlich viel bedeutet, und Ihr konntet Euch nicht einmal dazu aufraffen, einen noch so schwachen Versuch anzustellen, sie uns zukommen zu lassen. Papa hat Euch mitgenommen. Ihr habt unseren Vater all die Jahre für Euch gehabt …«

»Ich habe ihn für mich gehabt?«, knurrte Xavier und sprang ebenfalls auf. Jane wollte ihn zurückhalten, um wieder Frieden herzustellen, doch Xavier riss sich von ihr los.

»Wollt Ihr wissen, warum mich der Chevalier auf seine großartige Reise nach Brasilien mitgenommen hat?«, fragte er höhnisch.

»Das liegt doch auf der Hand: weil Ihr sein kostbarer Sohn wart, während wir nur …«

»Der kostbare Sohn, den er nie anerkennen wollte. Als meiner Mutter klar wurde, dass er davonsegeln würde und wir ihn wahrscheinlich nie mehr wiedersehen würden, zerriss etwas in ihr endgültig.

Sie drückte ein Messer an meine Kehle und sagte dem Chevalier, wenn er mich nicht endlich anerkenne, würde sie sich und mich umbringen.

Vielleicht hat der Chevalier ihr nicht geglaubt, denn er hat gezögert.« Xavier lachte bitter auf. »Zumindest habe ich immer glauben wollen, dass das der Grund war, warum er sich mit seiner Antwort ein bisschen zu viel Zeit ließ.«

Seine Hand fuhr an die Narbe an seinem Hals, die Wunde, von der Jane gedacht hatte, sie stamme von einem boshaften Gegner oder einem Meuchelmörder. Aber Grundgütiger – die eigene Mutter … Jane presste die Hand auf den Mund, während Xavier den Rest seiner Geschichte in einem hitzigen Wortschwall von sich gab.

»Zum Glück war die Hand meiner Mutter nicht so stetig, um tief genug zu schneiden. Als mein Vater die Blutung gestillt hatte, wurde ihm wohl klar, dass er mich lieber mitnehmen sollte, wenn er sein Gewissen nicht mit meinem Tod belasten wollte.

Dennoch habe ich mich nie so frei gefühlt, ihn anders zu nennen als so, wie ich es bis dahin immer getan hatte: Monsieur. Und das, Madame, ist alles, was ich von unserem Vater hatte.«

Ariane sank wieder auf die Bank. In ihrem Gesicht und auch in dem von Miri spiegelte sich Janes Entsetzen.

»Xavier, ich – ich …«, stammelte Ariane, um die richtigen Worte ringend. Aber die Mühe hätte sie sich sparen können, denn Xavier war bereits davongestürmt.

13

Xavier balancierte am Ufer auf den Steinen, so nah wie möglich am Wasser, ohne in die Wellen zu stürzen, die sich einige Fuß unter ihm brachen. Aber vielleicht wäre es ja gar nicht so schlecht, sich einfach vom Meer verschlingen zu lassen?

Er konnte kaum glauben, wie sehr er sich gerade zum Narren gemacht hatte. Welcher Teufel hatte ihn bloß geritten, eine Erinnerung zu offenbaren, die ihn so schmerzte, dass er beinahe zu flennen begonnen hätte wie ein kleiner, kaum den Windeln entwachsener Junge? Und noch dazu vor diesen Frauen, seinen Schwestern. Er schämte sich in Grund und Boden.

Als er hörte, dass jemand nach ihm rief, knirschte er mit den Zähnen. Er hatte keine Lust, sich Ariane oder Miri zu stellen. Aber es freute ihn auch nicht besonders, als er mit einem Blick nach hinten feststellte, dass es Jane war, die sich vorsichtig einen Weg zu ihm suchte.

Am liebsten hätte er sie angebrüllt, sich wegzuscheren, oder sie einfach ignoriert. Aber er tat keines von beidem. Beharrlich kam sie näher. Sie hatte ihr Kleid gerafft, um nicht zu stolpern, doch die Unterröcke tanzten in der steifen Brise um ihre Beine und machten es ihr schwer, das Gleichgewicht zu halten.

Wenn er nicht eingriff, würde die törichte Frau wahrscheinlich bald ins kalte, schäumende Wasser fallen. Xavier ging ihr mit langen Schritten entgegen.

Jane begann zu rutschen. Gerade noch rechtzeitig kam er bei ihr an und packte sie mit seinem linken Arm um die Taille. Es kostete ihn ziemlich viel Kraft; ihr Gewicht machte sich bis in die Muskeln an seiner rechten Seite bemerkbar, und sein gebrochener Arm pochte schmerzhaft.

Als er sie endlich an einen sicheren Fleck geleitet hatte, rollte er seine Schultern und begann zu schimpfen: »Verflucht, Frau, was habt Ihr Euch dabei gedacht …«

Er hielt inne, als er Tränen in ihren Augen glitzern sah.

»Oh nein!« Wenn er sich nicht noch immer um ihre Sicherheit gesorgt hätte, hätte er sofort den Rückzug angetreten.

»Wagt es ja nicht!«, knurrte er. »Nur weil ich so dumm war, irgendeine uralte Geschichte aufzuwärmen, was ich nie getan hätte, wenn mich Ariane nicht gereizt hätte … Verflixt, Jane, Ihr weint doch nicht etwa wegen etwas, was mir vor vielen Jahren widerfahren ist?«

»N-nein«, schniefte sie, doch sie konnte die Tränen nicht mehr zurückhalten.

»Zur Hölle!« Aber nachdem ihr die Tränen über die Wangen liefen, blieb ihm wohl nichts anderes übrig, als sie tröstend an sich zu ziehen.

Sie vergrub ihr Gesicht an seiner Brust und schlang die Arme um seine Hüfte. Er wusste nicht, was er tun sollte. Wenn ihn früher der Teufel geritten und er in seiner Vergangenheit herumgestochert hatte, hatte er in einem Streit Erleichterung gesucht, oder der Wein oder ein vom Schamanentrank herbeigeführter Trancezustand hatten ihm Trost gespendet.

Nie wäre ihm in den Sinn gekommen, sich von einer Frau trösten zu lassen. Aber Jane fühlte sich gut an in seinen Armen, sie war so weich und warm. Die Hitze ihrer Tränen drang durch den Stoff seines Hemds und fühlte sich merkwürdig lindernd an. Unwillkürlich wurde er ruhiger.

Sachte legte er das Kinn auf ihren Kopf und murmelte in ihre seidenen Haare: »Seltsam, nicht wahr? Mein Vater und meine Mutter sind tot. Was verleiht Eltern selbst aus dem Grab heraus die Macht, ihre erwachsenen Kinder wieder zu Kleinkindern zu machen?«

»Ich weiß es nicht.«

Jane zog sich ein wenig zurück und wischte sich die Augen. Er wollte sie nicht gehen lassen und hielt sie noch sanft an den Hüften fest.

»Wie sehr habe ich mich vorhin zum Narren gemacht?«, fragte er.

»Überhaupt nicht. Es tut mir leid, dass so viel Schmerz und Wut Euch dazu brachten, Euch zu öffnen, aber es war gut, Euren Schwestern gegenüber aufrichtig zu sein. Sie waren beide sehr bewegt, vor allem Ariane.«

»Jetzt tue ich der Herrin von Faire Isle also leid. Na großartig«, murrte Xavier. »Es geht doch nichts über ein bisschen Salz in offenen Wunden.«

»Nein, es ist kein Mitleid, sondern Mitgefühl. Ich glaube, euer Vater hat euch alle verletzt, wenn auch auf unterschiedliche Weise.« Jane sah ihn ernst an. »Es könnte eine Brücke sein zu einem besseren Verständnis zwischen euch.«

»Und wie kommt Ihr darauf, dass ich mich darüber freuen würde?«

»Das solltet Ihr. Euer Vater mag Euch verleugnet haben, aber Miri und Ariane würden Euch bestimmt als Bruder willkommen heißen, wenn Ihr sie nur ein wenig ermutigt.«

»Ich habe es all die Jahre ganz gut alleine geschafft.« Nachdem er sich vergewissert hatte, dass Jane auf sicherem Boden stand, nahm er seine Hand weg.

Er lenkte den Blick wieder aufs Meer und sah zu, wie die Wellen anschwollen und sich brachen in ihrem unablässigen Rhythmus, der ihm so vertraut war wie sein eigener Herzschlag. Er hatte wahrhaftig genug von diesem Gespräch und davon, seine Gefühle zu enthüllen. Er hoffte, dass Jane den Hinweis verstand und ihn allein ließ. Aber das tat sie nicht. In ihrer sanften, jedoch beharrlichen Art fuhr sie fort.

»Vielleicht wisst Ihr ja gar nicht, was Ihr ohne Familie versäumt habt.« Sie machte eine Pause, dann fügte sie so leise, dass er sie bei der Brandung kaum verstehen konnte, hinzu: »Ich habe nur noch eine Cousine in Paris. Und für sie ist die Verwandtschaft zu mir nur eine Unannehmlichkeit.«

Er verzog das Gesicht und schämte sich ein wenig, als ihm aufging, dass sie in den letzten paar Tagen fast ausschließlich von ihm gesprochen hatten. Er hatte sie ein wenig aufgezogen wegen ihrer verstorbenen Ehemänner, aber abgesehen davon war ihm nie in den Sinn gekommen, sich nach dem Rest ihrer Familie zu erkundigen. Er war einfach davon ausgegangen, dass sie eine Familie hatte, was natürlich einigermaßen töricht gewesen war; denn wenn es so gewesen wäre, würde sie wohl kaum allein auf Faire Isle leben.

Nun drehte er sich zu ihr um und fragte: »Was ist denn aus Euren Eltern geworden?«

»Sie sind längst tot. An meine Mutter kann ich mich kaum erinnern, und mein Vater starb, als ich zwölf war.« Jane schlang die Arme um sich, ob sie das tat, um sich zu trösten oder zu wärmen, wusste er nicht. Er stellte sich schützend in den Wind, der vom Kanal über die Insel blies.

»Und Ihr hattet keine Geschwister?«, fragte er.

»Doch, ich hatte einen Bruder, Edward. Er war um einiges jünger als ich. Er – er kam ums Leben, kurz bevor ich England verlassen musste.«

»Was ist passiert?«

Jane lächelte traurig. »Das ist eine ziemlich lange Geschichte.«

»Da Ariane sich weigert, mir ein Pferd zu borgen, habe ich viel Zeit.« Er strich ihr ein paar Haarsträhnen aus dem Gesicht. »Also, erzählt es mir«, redete er ihr zu.

Jane seufzte. »Nun ja, wahrscheinlich fing alles an, als mein Bruder und ich Margaret Wolfe und ihren Vater in London kennenlernten. Sie haben sich dort vor der dunklen Königin versteckt.«

Jane verzog das Gesicht. »Ich weiß nicht, wie viel Ihr von Megs tragischer und ziemlich unglaublicher Geschichte wisst. Vielleicht habt Ihr von Madame Bevans oder einigen anderen ein paar Gerüchte gehört, aber ich fürchte, die meisten davon sind übertrieben und verzerrt. Soviel ich weiß, lautet die Wahrheit folgendermaßen …«

Sie erklärte, dass Meg von Geburt an als die Silberne Rose

gefeiert worden war, das Mädchen, das zu einer mächtigen Zauberin heranwachsen und alle Männer ihrer Herrschaft unterwerfen würde. Das jedenfalls hatte Megs Mutter, eine Hexe namens Cassandra Lascelles, ständig verkündet. Man hätte es als Träume einer Verrückten abtun können, wenn dem Hexenzirkel um Megs Mutter nicht das *Buch der Schatten* in die Hände gefallen wäre – ein Werk, von dem es hieß, es enthalte den mächtigsten dunklen Zauber. Dieses Buch war sehr begehrt, selbst Katharina von Medici hatte es unbedingt besitzen wollen.

Die meisten Details kannte Xavier bereits. Vieles hatte er von Katharina erfahren und aus den Geschichten, die Jambe du Bois in Portsmouth zu Ohren gekommen waren.

Er bemühte sich, interessiert zu wirken, um sich nicht zu verraten. Das hätte ihm nicht schwerfallen sollen, denn er war ein meisterhafter Betrüger. Doch nun stellte er verblüfft fest, dass es ihn zunehmend Mühe kostete, Jane gegenüber nicht völlig offen zu sein – vielleicht, weil diese Frau selbst so grundehrlich war.

Doch als sie ihm berichtete, wie sie in Megs Leben verwickelt worden war, musste er die Überraschung nicht heucheln.

»Ich glaube, das Schicksal meines Bruders war besiegelt, als man mich beschuldigte, eine Hexe zu sein, und deshalb verhaftete und in den Tower warf.«

Weder in den berüchtigten Londoner Tower geworfen noch der Hexerei beschuldigt zu werden war lustig, aber Xavier schaffte es nicht, ein ungläubiges Lachen zu unterdrücken.

»Eine Hexe? Ihr, Jane?«

Sie rang sich ein schwaches Lächeln ab. »Es kam auch mir ziemlich abwegig vor, aber der Meisterspion der Königin, Sir Francis Walsingham, dachte sich, ich könnte die berüchtigte Silberne Rose sein.

Meinem Bruder fiel nur eine Möglichkeit ein, mich zu retten – er wollte Meg finden und sie zwingen, der Königin zu gestehen, dass sie es war, die Sir Francis suchte. Aber Ned kam

Ambroise Gautier in die Quere, einem Mörder, den die dunkle Königin beauftragt hatte, das *Buch der Schatten* zu finden. Ned wurde …«

Janes Augen wurden feucht, und Xavier fürchtete schon, dass sie gleich wieder weinen würde. Doch sie blinzelte die Tränen weg. »Ned wurde von Gautier ermordet. Der Schuft näherte sich ihm von hinten mit einem Dolch, und – und mein Bruder hatte keine Chance. Meg hat das Ganze mit ansehen müssen. Sie meinte, Ned wirkte vor allem verblüfft. Er – er ist sehr schnell gestorben. Aber ich fürchte, die arme Meg plagen noch heute Albträume deswegen.«

»Die arme Meg?«, wiederholte Xavier ungläubig. »Ich habe den Eindruck, das Mädchen bringt nichts als Ärger. Eure Freundschaft mit ihr ist Euch jedenfalls teuer zu stehen gekommen.«

»Meg war nicht schuld am Tod meines Bruders. Sie wollte nie diese Silberne Rose sein oder irgendetwas mit dem *Buch der Schatten* zu tun haben. Und Ned war selbst nicht ganz unschuldig. Auch er versuchte, dieses Buch in die Finger zu bekommen. Sein Interesse am Okkulten grenzte fast schon an einen Wahn.«

Jane erschauerte. »Es hat mir Angst gemacht. Ich habe mich so bemüht, ihm diese Sache auszureden, aber es hat nichts genützt. Ich hätte mich mehr bemühen müssen. Ich war seine große Schwester, und ich habe unserem Vater auf dem Sterbebett geschworen, Ned stets zu beschützen.«

»Man kann niemanden vor seinen Dämonen beschützen, Jane.« Xavier fuhr mit den Fingern über ihre Wangen, als wolle er die Schatten vertreiben, die ihren Blick verdüsterten. »Diese Lektion habe ich in sehr jungen Jahren von meiner Mutter gelernt. Ich konnte nichts tun, wenn sie wieder einmal unter einem hysterischen Anfall oder unter düsterer Schwermut litt.«

»Natürlich nicht. Ihr wart ja noch sehr jung.«

»Trotzdem plagen mich noch heute die schlimmsten Schuldgefühle, weil ich mit meinem Vater davongesegelt bin und sie im Stich gelassen habe. Noch schlimmer wurde es, als ich erfuhr, was sie getan hat, nachdem wir weg waren. Sie hat ihr Haus aufgegeben, ihre Gewänder, ihren Schmuck, all die hübschen Sachen, die sie so geliebt hat, und sich in ein Kloster zurückgezogen.

Ich hoffe nur, es war keine ihrer Verrücktheit geschuldete Tat. Ich hoffe, dass sie ein wenig Frieden gefunden hat. Vielleicht ist es das Einzige, worauf wir alle hoffen können.«

Jane biss sich auf die Unterlippe. »Auch ich selbst habe oft daran gedacht, den Schleier zu nehmen …«

»Nein!« Xavier packte sie am Arm. »So etwas werdet Ihr nicht tun!« Ebenso verblüfft über seine Heftigkeit wie sie, ließ er sie los und murrte: »Nicht, dass mich das etwas anginge.«

»Nein, das tut es wahrhaftig nicht«, pflichtete sie ihm bei und rieb sich den Arm. »Aber keine Sorge – ich werde es nicht tun. Mein Bruder Ned hat mir zwar oft vorgeworfen, dass ich eine Heilige bin, aber das stimmt nicht. Weit gefehlt. Ich fürchte, ich bin nicht gut oder heilig genug für solch ein stilles Leben.

Vielleicht, weil ich gelegentlich denke, dass das Leben mehr zu bieten haben müsste als nur ein wenig Frieden; dass noch Hoffnung besteht, Freude und Glück zu entdecken. Aber darauf stößt man sicher nicht, wenn man in einem Kloster oder auch auf einem Schiff die Einsamkeit sucht.«

Sie lächelte ihn schief an. »Bevor Ihr Euch also entschließt, den Rest Eures Lebens allein zu verbringen, Kapitän Xavier, solltet Ihr vielleicht einen Blick auf das Geschenk werfen, das Euch Eure Schwestern anbieten. Es ist nämlich ein sehr kostbares Geschenk.«

* * *

Erst am frühen Abend fand Xavier eine günstige Gelegenheit, in den Schuppen zu schleichen, in dem Ariane ihre Ponys untergebracht hatte. Die meisten Frauen waren beschäftigt, das

Abendessen aufzutischen oder die Kinder ins Bett zu bringen. Selbst Jane war von Meg beiseitegenommen worden. Das Mädchen hatte darauf beharrt, auf der Stelle Janes Hilfe zu brauchen, um einen Riss in ihrem Unterrock zu flicken.

Es war einer von Megs offenkundigen Winkelzügen, um Jane von Xavier loszueisen. Aber ihm war es recht gewesen, denn so konnte er seine Fluchtmöglichkeiten ausloten.

Nachdem seine Augen sich an das Dämmerlicht im Schuppen gewöhnt hatten, begutachtete er die zwei Ponys, die in ihren Verschlägen angebunden waren. Der Rotschimmel hatte das Schürholz auf die Felsen gezogen, davon hatte er sich bestimmt noch nicht erholt. Und so, wie er bei Xaviers Anblick die Ohren anlegte, schien er auch ziemlich verschlagen zu sein.

Der Apfelschimmel jedoch legte den Kopf schief und wieherte leise, als wolle er Xavier einladen, näher zu treten. Der Schuppen war so klein, dass Xavier sofort sah, wo das Sattelzeug verstaut war. Das Pony zu satteln würde schwieriger sein, und auch, es unbemerkt von den Hütten wegzuführen.

Aber das würde er schon schaffen. Nicht diese Herausforderung ließ ihn zögern, sondern die Erinnerung an Janes Worte.

»Ihr solltet einen Blick auf das Geschenk werfen, das Euch Eure Schwestern anbieten. Es ist nämlich ein sehr kostbares Geschenk.«

Und vielleicht war es das auch – für einen anderen Mann. Xavier war im Lauf der Jahre mit den unterschiedlichsten Menschen gesegelt, vom Schiffsjungen, der noch feucht hinter den Ohren war, bis zum alten Seebär, der so lange auf Schiffen gelebt hatte, dass in seinen Adern Salzwasser floss statt Blut.

Doch egal, wie sehr sie das Meer liebten, nie hatten sie es erwarten können, wenn sie sich ihren Heimathäfen näherten. Jeder stürzte davon zu einem freudigen Wiedersehen mit Frauen, Kindern, Geschwistern oder Cousinen, während Xavier entweder an Bord blieb oder sich in einer einsamen Kammer eines Gasthauses betrank.

Er hatte sich immer eingeredet, es sei ihm ganz recht, wenn ihn keine Stricke hielten und keine Anker beschwerten. Aber vielleicht waren eher all die Jahre daran schuld, die er damit vergeudet hatte, um die Anerkennung und Billigung seines Vaters zu kämpfen. Da war es doch weit besser, sich nicht nach der Liebe eines anderen zu sehnen, als enttäuscht zu werden.

Xavier machte einen Schritt auf den Apfelschimmel zu, doch dann ließ ihn eine Stimme erstarren.

»Den würde ich nicht nehmen.«

Er wirbelte herum. Sein Blick fiel auf Ariane, die an der Schwelle stand und sich die Hände an der Schürze trocknete.

»Äpfelchen mag recht freundlich wirken, aber ich fürchte, ihm ist nicht zu trauen. Sobald Ihr ihm den Rücken zukehrt, beißt er Euch in den Hintern.«

»Sprecht Ihr von dem Pony oder von mir?«, fragte Xavier sarkastisch.

»Vom Pony, hoffe ich.«

Nach allem, was zwischen ihnen vorgefallen war, hatte Xavier befürchtet, dass die nächste Begegnung mit Ariane ziemlich peinlich sein würde – auch ohne ertappt zu werden, wie er sich mit einem ihrer Ponys aus dem Staub machen wollte.

Er erwartete, dass sie ebenso befangen sein würde wie er. Doch als sie in den Schuppen trat, spielte der Anflug eines Lächelns um ihre Lippen.

»Wenn Ihr schon ein Pony entwenden wollt, hättet Ihr es lieber ein wenig verstohlener machen sollen, findet Ihr nicht auch? Ihr hättet warten können, bis wir alle im Bett liegen und schlafen. Ich glaube, die Nacht wird heute recht klar, es gibt sogar einen Vollmond.«

Sollte er die Beschuldigung abstreiten? Aber was hätte er sagen können? Dass er den plötzlichen, unerklärlichen Drang verspürt hatte, ihre Tiere zu begutachten?

Stattdessen lachte er. »Ich werde über Euren Rat nachdenken. Ich fürchte, auf dem Festland bin ich nicht so geschickt beim Stehlen wie auf hoher See.«

»Ach, Ihr seid Pirat? Warum überrascht mich das nicht? Na ja, wahrscheinlich überrascht es mich doch. Ich hätte nicht gedacht, dass unser ehrbarer Vater Euch so ein Handwerk beibringen würde.«

Ihre Miene verdüsterte sich, und sie fügte verbittert hinzu: »Natürlich habe ich im Lauf der Jahre lernen müssen, einiges an Papa zu akzeptieren, was mich überrascht und geschmerzt hat.«

Xavier fragte sich, welche strahlenden Vorstellungen Ariane und ihre Schwestern vom Chevalier gehabt hatten. Vielleicht ganz ähnliche wie er selbst, als er als kleiner Junge das Gesicht ans Fenster gepresst und Tag für Tag auf einen Besuch von dem Wesen gewartet hatte, das ihm gottgleich erschien – sein großer, starker Vater, der tapferste, edelste Ritter in ganz Frankreich.

Wann waren diese Vorstellungen verschwunden? Vielleicht erst in dem Moment, als ihm seine Mutter die Klinge an den Hals gepresst und sein Vater nicht rechtzeitig eingegriffen hatte?

Oder erst viel später, an dem Tag, als die spanischen Häscher die Handschellen um seine Gelenke zuschnappen ließen und ihm klar geworden war, dass sein edler Vater sich so heldenhaft darum bemüht hatte, andere zu retten, dass er nicht einmal das Fehlen seines Sohnes bemerkte?

Er hatte sich immer ausgemalt, welch grimmige Befriedigung es ihm verschaffen würde, wenn er mit den ach so geschätzten Töchtern seines Vaters einiges von seinem Schmerz und seiner Enttäuschung teilen könnte. Doch Arianes bedrückte Miene veranlasste ihn nun, ihr rasch zu versichern: »Unser Vater war nie Pirat. Der Chevalier hätte solch gesetzloses Tun als eines Ehrenmanns unwürdig erachtet. Ich habe den Weg zu diesem Handwerk auf eigene Faust gefunden.«

Xavier gedankenverloren, wollte die Nase des Apfelschimmels streicheln. Gerade noch rechtzeitig zog er die Hand zurück, bevor er gebissen wurde.

»Hier«, meinte Ariane und holte einen Apfel aus einem Korb in der Ecke. »Gebt ihm das. Wie bei den meisten männlichen Wesen hebt sich auch bei Äpfelchen die Laune, wenn er gefüttert worden ist.«

Während das Pony gierig den Apfel aus Xaviers ausgestreckter Hand fraß, trat Ariane näher. Viel behutsamer als zuvor, als sie ihn mit barschen Fragen bombardiert hatte, fragte sie nun: »Hat – hat Papa Euch das Reiten beigebracht?«

»Jawohl, aber wahrscheinlich vor allem deshalb, um mich nicht als völligen Schandfleck betrachten zu müssen.«

»Und das Schwimmen? Hat er Euch das auch beigebracht?«

Xavier nickte.

»Ich habe es auch von ihm gelernt. Gabby hat er sogar im Schwertkampf unterwiesen, obwohl einige Frauen auf Faire Isle ziemlich empört waren. Sie fanden es befremdlich, dass ein Edelmann seiner Tochter so etwas beibringt. Alle vermuteten, dass er es nur tat, weil er keinen Sohn hatte, wie sie glaubten.«

»In seinen Augen hatte er auch keinen.«

»Ach, Xavier.« Ariane kam noch näher, und einen schrecklichen Moment lang befürchtete er, sie wolle ihn umarmen und weinen. So etwas bei Jane auszuhalten, war schlimm genug; aber einen derartigen Ausbruch von seiner steifen großen Schwester zu ertragen, ginge wahrscheinlich über seine Kräfte.

Sie holte tief Luft. »Es tut mir leid, dass ich mich so aufgeführt habe. Seit Eurer Ankunft …«

»Nein, bitte nicht«, fiel er ihr ins Wort. »Ich habe ein gerüttelt Maß an Gefühlsduselei für einen Tag gehabt. Mehr kann ich nicht verkraften.«

Aber sie fuhr unbeirrt fort: »Bitte, lasst mich ausreden. Es war für mich sehr schwer, Papa auf diese Weise zu verlieren. Ich hatte wohl das Gefühl, dass Ihr ihn uns gestohlen habt.«

»Das hätte ich nicht gekonnt, selbst wenn ich es gewollt hätte. Er dachte nie an etwas anderes als an Euch, Eure Schwestern und Eure Mutter. Ihr Name war das letzte Wort auf seinen Lippen, bevor er starb.«

»Als er in See stach, nahm er *Mamans* Porträt mit. Es war das einzige Bild, das wir von ihr hatten.« Ariane musterte ihn sehnsüchtig. »Ich nehme an, Ihr wisst nicht, was aus der Miniatur geworden ist?«

»Ich habe ihn damit begraben.«

»Oh.« Ariane senkte den Blick, um ihre Enttäuschung zu verbergen.

»Tut mir leid«, murrte Xavier. Seine Stimme wurde rau, als er versuchte, das zu erklären, was er bis zu diesem Tag als eine sentimentale Narretei betrachtet hatte. »Ich denke, Ihr habt mittlerweile erkannt, dass die Beziehung zwischen dem Chevalier und mir ziemlich unterkühlt war. Aber sein Tod hat mich härter getroffen, als ich erwartet hatte. Es fiel mir sehr schwer, ihn in irgendeinem gottverlassenen Winkel in Brasilien zu begraben.

Als er starb, hatte er das Porträt Eurer Mutter fest umklammert. Ich brachte es nicht über mich, es ihm wegzunehmen. Ich dachte, immerhin würde ich ihn dann nicht ganz allein lassen in der Fremde.« Xaviers Wangen wurden heiß. »Ich weiß schon, das war albern.«

»Nein, das war es nicht. Ich bin froh, dass Ihr das Porträt bei ihm zurückgelassen habt. Meine Mutter hätte es bestimmt so gewollt.« Ein zittriges Lächeln spielte um Arianes Lippen, verschwand jedoch gleich wieder. »Aber wenn er mich und meine Schwestern so geliebt hat, warum ist er dann nicht nach Hause gekommen? Warum hat er nie mehr versucht, nach Faire Isle zurückzukehren?«

»Ich weiß es nicht.«

Als er sah, dass seine barsche Antwort ihr wehtat, fügte er hinzu: »Ariane, ich weiß es wirklich nicht. Das Abenteuer, Brasilien zu erforschen, verlor rasch seinen Reiz, und er war zu verdammt ehrbar, um sein Glück auf die skrupellose Art zu machen, die man dort braucht.

Er hat versucht, einer Gruppe Hugenotten zu helfen, an der Küste von Florida eine Siedlung zu errichten. Aber nachdem die Spanier die Kolonie angegriffen und zerstört hatten, dachte ich, er würde heimsegeln.«

Xavier seufzte. »Wenn er das getan hätte, wäre er heute womöglich noch am Leben. Die neue Welt war zu rau, zu grob, zu wild für einen solch zivilisierten Mann. Er gehörte nicht dorthin.«

»Und Ihr schon?«

»Die See ist das einzige Zuhause, das ich je gekannt habe.«

»Aber bestimmt braucht doch selbst ein Korsar einen sicheren Hafen, um gelegentlich seine müden Knochen auszuruhen. Ich – ich wünschte, Ihr könntet Faire Isle als Euren Hafen betrachten.«

Ariane reichte ihm die Hand. Er konnte nur auf die langen, schlanken Finger starren. Hätte sie ihm ein solch großzügiges Angebot gemacht, wenn sie alles über ihn gewusst hätte? Wenn sie gewusst hätte, dass er letzten Herbst zu Katharina von Medicis Füßen gesessen hatte, der dunklen Königin, der größten Feindin der Herrinnen von Faire Isle? Ganz sicher nicht.

Trotzdem schienen diese Tage nun weit hinter ihm zu liegen. Im Grunde hatte er nicht vor, nach Paris zurückzukehren.

Auf einmal tauchte wieder eine unschöne Erinnerung in ihm auf: Einmal hatte seine Mutter heftig geweint, als sie zum Hof gerufen wurde.

»Geh doch einfach nicht hin, Maman«, hatte er gebettelt und sein Gesicht in Marguerites Seidenröcken vergraben. »Widersetz dich dem Befehl der bösen Königin.«

»Ach, Louis«, hatte seine Mutter geschluchzt. »Niemand widersetzt sich Katharinas Wünschen. Wer ihre Münzen genommen hat, gehört ihr für immer.«

Das mochte für seine unglückselige Mutter gegolten haben, aber nicht für ihn. Er war frei von der dunklen Königin … solange er das nur wollte.

Und Jane hatte recht, Ariane bot ihm wirklich etwas Kostbares an. Er hatte bislang nur nicht gemerkt, wie gern er es haben wollte.

Er ergriff Arianes Hand und nahm die Freundschaft an, die ihm seine Schwester schenken wollte. Er hoffte nur, ihr nie einen Grund zu geben, es zu bereuen.

14

Die berittenen Truppen klapperten durch die schmale Straße zum Tor, das in die Pariser Außenbezirke führte. Katharina blickte aus dem Fenster ihres Schlafzimmers im *Hôtel de la Reine* den Reitern nach, bis sie nicht mehr zu sehen waren.

»Heinrich, du verdammter Narr«, murrte sie. Offenbar hatte keine ihrer Warnungen auch nur den geringsten Eindruck auf den König gemacht.

Heinrich schäumte noch immer vor Wut über den Angriff auf seinen geliebten Freund Epernon und war mittlerweile fast wahnhaft misstrauisch und angsterfüllt. Entgegen allen Ratschlägen seiner Mutter riegelte er Paris mit Bewaffneten ab und drohte, den Herzog von Guise verhaften und als Verräter anklagen zu lassen, falls der es wagte, auch nur einen Fuß in die Stadt zu setzen.

Die Ankündigung des Königs und die Absperrung der Stadt durch bewaffnete Truppen versetzten die Pariser in ebenso große Unruhe wie ihren Sohn. Katharina waren Gerüchte zu Ohren gekommen, dass einige Bürger sogar Bittgesuche an Guise geschickt hatten, in denen sie ihn anflehten, zu kommen und sie vor ihrem verrückten Tyrannenkönig zu retten.

Katharina konnte nur beten, dass der Herzog diese Einladung missachtete. Sie wusste nicht, was Heinrich ihm antun würde, falls er ihm tatsächlich in die Hände fiel. Und noch mehr Angst hatte sie davor, was die Pariser ihr und ihrem Sohn antun würden, falls Guise etwas zustieß.

Katharina stieß einen tiefen Seufzer aus, in dem all ihre Enttäuschung über ihren Sohn zum Ausdruck kam. Sie hatte immer geglaubt, dass in seinen Adern mehr Blut der Medicis floss als in denen ihrer anderen Kinder; oder zumindest genug, um zu wissen, dass man mit Feinden wie Guise am ehesten fertig wurde, wenn man sie lächelnd bei der Hand nahm und auf die passende Gelegenheit wartete zuzuschlagen. Auf alle Fälle war es nicht ratsam, einen Streit heraufzubeschwören, den keiner gewinnen konnte.

In ihrer Kindheit war sie mit knapper Not einem Volksaufstand entkommen. Jetzt fühlte sie sich viel zu alt, um mit noch einem fertig zu werden. Nur unter Aufbietung all ihrer Kräfte hatte sie an diesem Morgen aufstehen können, ihre Gelenke hatten so geschmerzt, dass jede geringere Frau geweint hätte, ihre Finger waren so geschwollen und verkrüppelt vom Rheuma, dass sie sie kaum ausstrecken konnte.

Wenn sie wenigstens noch einen Tropfen von Xaviers Elixier gehabt hätte … Doch allein bei dem Gedanken an diesen Mann ging es ihr schlechter, ihr Kopf fing an, wütend zu pochen. Wenn ihr dieser Schuft je wieder in die Hände fiel, würde sie ihn zerreißen und vierteilen lassen.

Um den spanischen Botschafter zu besänftigen, hatte Heinrich einen Haftbefehl für Xavier ausgestellt, falls dieser je wieder vor Frankreich ankerte. Einem Bericht zufolge war Xaviers Schiff, die *Miribelle,* vor der bretonischen Küste gesichtet worden.

Die *Miribelle.* Katharina verzog das Gesicht. In all ihren Gesprächen hatte Xavier nicht einmal den Namen seiner Karacke erwähnt. Seltsam, dass sie ausgerechnet so hieß wie Evangelines jüngste Tochter.

Etwas regte sich in Katharina, eine Erinnerung, wie die Scherben eines zerbrochenen Gefäßes, die zusammengefügt werden wollten. Sie beschwor Xaviers Gesicht herauf. Die Erinnerung war flüssig wie Wasser, dann verfestigte sie sich, bis sie beinahe greifbar war …

»Eure Majestät?«

Bei der leisen Stimme hinter ihr zuckte sie erschrocken zusammen. Die Erinnerung löste sich auf, als sei ein heftiger Windstoß durch ihren Kopf geweht und habe sie zerstreut.

Enttäuscht drehte sie sich zu der jungen Hofdame um. »Was ist los, Mädchen? Wie kannst du es wagen, so leise hereinzuschleichen?«

»E-es tut mir leid, Euer Majestät.« Mademoiselle de Bec wich zurück. »Ich dachte nur, Ihr würdet es gern wissen: Die alte Frau, nach der Ihr geschickt habt, ist hier.«

»Frau? Welche alte Frau?«

»M-madame Pechard.«

»Ach so. Ja.« Katharina presste die Knöchel auf die pochende Stelle an ihrer Stirn. Gott steh ihr bei, erreichte sie allmählich den Punkt, an dem sie sich an gar nichts mehr erinnern konnte? Sie versuchte, wenigstens einen Bruchteil ihrer üblichen Haltung zurückzuerlangen.

»Madame Pechard soll im Vorzimmer warten, bis ich mich fertig gemacht habe.« Als Katharina den Befehl geäußert hatte, kräuselten sich ihre Lippen abfällig. Früher hätte sie sich kaum den Kopf zerbrochen, ob sie eine ansehnliche Figur machte, wenn sie ein derart geringes Geschöpf wie Madame Pechard empfangen hatte.

Früher hätten Katharinas Augen gereicht, um die Frau erzittern zu lassen.

Jetzt befahl sie Madame Touchet, ihr den Hut zu reichen, mit dem sie besonders streng aussah. Die Spitze der Witwenkappe ruhte auf ihrer breiten Stirn.

Während Madame Touchet den Hut auf Katharinas Kopf zurechtrückte, betrachtete sie sich im Spiegel. Ihr Sehvermögen war noch nicht so schlecht, um ihr den Anblick zu ersparen, den die Spuren der Zeit in ihr Gesicht gegraben hatten – die schlaffen Wangen, die tiefen Falten um die Augen und um den Mund. Eine Wolke schien sich dauerhaft über ihre einst so dunklen und durchdringenden Medici-Augen herabgesenkt zu haben.

Wie seltsam, dachte sie. Manchmal fühlte sie sich, als habe sie schon hundert Jahre auf dem Buckel, an anderen Tagen, als ob diese gealterten Züge gar nicht ihre eigenen sein konnten;

so, als ob in dieser verfallenden Körpermasse eine vitale junge Frau darum kämpfte, ihre Kraft zurückzuerlangen.

Als Mademoiselle de Bec versuchte, ihr einen Gehstock mit Silberknauf aufzudrängen, winkte Katharina sie weg. Sie weigerte sich, eine derartige Schwäche zu zeigen, auch wenn nur sie allein wusste, wie viel Mühe es sie kostete, ihre schmerzerfüllten Schultern zu straffen und sich aufrecht zu halten.

Bei Gott und beim Teufel, sie war noch immer die Frau, die man die dunkle Königin nannte. Wenn sie einer erbärmlichen Tochter der Erde wie Hermione Pechard nicht genügend Respekt einflößen konnte, dann konnte sie sich ebenso gut auf der Stelle begraben lassen.

Sie beschloss, Madame Pechard in ihrem Salon zu empfangen.

Keiner der Räume im *Hôtel de la Reine* konnte sich mit der Pracht des Louvre, des Schlosses von Blois oder Chenonceau messen, aber Katharina bevorzugte zunehmend das *Hôtel de la Reine,* ihre ganz private Zuflucht, die ihr die Möglichkeit bot, nicht ständig Königin spielen zu müssen, sondern eine ganz normale Frau zu sein.

Neben Regalen mit ihren kostbarsten Büchern hingen Porträts ihrer Medici-Vorfahren – ein Erbe, das sie den französischen Höflingen lieber vorenthielt, denn diese waren ihrer italienischen Herkunft stets mit Verachtung und Misstrauen begegnet.

Das *Hôtel* war in der Nähe eines Klosters errichtet worden. In *Filles Repenties* sollten Not leidende Mädchen vor dem Leben auf der Straße gerettet werden. Die Ironie entging Katharina keinesfalls: Während des Volksaufstands in Florenz war sie als junges Mädchen gezwungen gewesen, in ein Kloster zu flüchten. Manchmal hatte sie das Gefühl, dass sich der Kreis ihres Lebens bald schließen würde.

Nun befahl sie, Hermione Pechard zu rufen. Doch als die Frau in den Salon geführt wurde, verdüsterte sich ihr Gesicht, denn sie befürchtete, dass ein Irrtum vorlag. Madame Pechard war schon immer ein dürres, unscheinbares Geschöpf gewesen, doch sie war mindestens zehn Jahre jünger als Katharina.

Diese Frau mit den schütteren grauen Haaren, die sich um ihre hageren Züge legten, sah viel zu alt aus, um Hermione Pechard zu sein. Doch als sie zu reden begann, erkannte Katharina sie an ihrer quietschenden, nörgelnden Stimme.

»E-euer Majestät.« Hermione sank vor ihr auf die Knie und zollte Katharinas ausgestreckter Hand ihre Ehrerbietung. Katharina zuckte bei der Berührung zusammen. Hermiones Hände waren rot, trocken und rau, die Nägel gesplittert, die Nagelhaut eingerissen.

Katharina zog sich angewidert zurück, doch sie bemühte sich um einen angenehmen Ton. »Erhebt Euch, meine liebe Madame Pechard. Wie schön, Euch nach so …«

Die Frau unterbrach sie mit einem verzweifelten Wortschwall. »Bitte, Euer Majestät, warum auch immer Ihr nach mir gerufen habt, es war zwecklos. Ich habe keine Kenntnisse, die Euch auch nur von geringstem Nutzen sein könnten. Egal, wie sehr Ihr mir droht oder welche Folter Ihr mir in Aussicht stellt …«

»Hermione! Meine Liebe! Eure Fantasie geht mit Euch durch. Von welchen Kenntnissen sprecht Ihr? Und ich will Euch ganz sicher nichts Böses.«

»Ach nein?«, fragte die Frau mit zittriger Stimme. »Worum geht es Euch dann?«

»Darf eine Frau, selbst eine einstige Königin, nicht neugierig sein, was das Schicksal einer alten Freundin angeht?«

»Freundin?«, schniefte Hermione. »Ihr habt mir einst gedroht, mich in einen Sack einnähen und in die Seine werfen zu lassen.«

Katharina zog erstaunt die Brauen hoch. War es möglich, dass in diesem elenden Geschöpf ein Funken Mut steckte? Sie war immer der Meinung gewesen, dass es ein Akt der Freundlichkeit gewesen wäre, dieses Weib zu ertränken, und Hermiones elende Erscheinung gab ihr wenig Anlass, ihre Meinung zu ändern. Selbst als Hermione ihre Anschuldigung vortrug, zitterte sie so erbärmlich, dass ihre morschen Knochen zu zerbrechen drohten.

Katharina zwang sich zu einem Lächeln. »Ihr denkt doch hoffentlich nicht, dass ich Euch rufen ließ, um mich mit Euch über die Vergangenheit zu unterhalten – auch wenn Ihr mich einst im Auftrag der Herrin von Faire Isle beschattet habt.«

Als Hermione protestieren wollte, schnitt Katharina ihr das Wort ab.

»Es war ganz bestimmt nur ein leidiges Missverständnis. Und wenn Ihr es doch getan habt, so habe ich Euch längst vergeben, Ihr braucht also nicht so zu zittern. Kommt, setzt Euch und lasst mich Euch eine kleine Erfrischung anbieten.«

Hermione sah aus wie eine Gefangene auf dem Weg zum Schafott, doch ihre Augen begannen zu glänzen, als ihr Blick auf den kleinen Tisch fiel, auf dem Katharina ein paar Süßigkeiten, Käse und Wein hatte herrichten lassen.

Wie die meisten Töchter der Erde wäre auch Hermione Pechard früher misstrauisch geworden, wenn ihr die dunkle Königin etwas zu essen angeboten hätte. Doch ihrer zerschlissenen, geflickten Kleidung nach hatte Madame Pechard vermutlich schon länger keine solchen Köstlichkeiten mehr gesehen.

Hermione zögerte nur kurz, bevor sie sich zu Katharina an den Tisch setzte und über die Leckerbissen hermachte. Mit den wenigen ihr noch verbliebenen Zähnen nagte sie an allem wie eine gierige Ratte.

Katharina verhehlte ihr Missfallen und schenkte großzügig Wein nach. Es brauchte nicht viel, um Hermiones Zunge zu lösen. Sie konnte es kaum erwarten, all ihre Krankheiten und Beschwerden vorzutragen. Katharinas größte Herausforderung bestand darin zuzuhören, bis sie das Gespräch in die gewünschte Richtung lenken konnte.

»... und Euer Majestät kann es sich bestimmt kaum vorstellen, wie schwer mein Leben ist«, jammerte Hermione, steckte sich eine Praline in den Mund und spülte sie mit einem Schluck Wein hinunter. »Eine Zeit lang habe ich sogar betteln müssen. Mit größtem Glück gelang es mir schließlich, eine Stellung im Haus eines wohlhabenden Kaufmanns zu ergattern.«

Sie stellte den Becher ab und bekam Schluckauf. »Das Glück, als Küchenmagd zu arbeiten! Ich, die ich einst einem eigenen Haushalt vorstand, als geachtete Gemahlin eines Universitätsprofessors ...«

»Ja, ja«, tröstete Katharina und zügelte ihre Ungeduld. Sie verspürte wahrhaftig nicht den Wunsch, sich Hermiones alte Klagen anzuhören – dass es sie um ihr ganzes Glück gebracht hatte, als Katharina sie festnehmen ließ und als Tochter der Erde bloßgestellt hatte. Der daraus erfolgende Skandal hatte Hermiones Gemahl veranlasst, sich von ihr zu trennen, sodass sie plötzlich mittellos dastand.

»Eine Küchenmagd«, jammerte Hermione wieder. »Wie schön und weiß meine Hände einst waren! Und seht Sie Euch jetzt an!«

Katharina zuckte zusammen.

Sie bemühte sich nach Kräften, Hermiones Aufforderung nicht Folge zu leisten. »Das ist natürlich sehr bedauerlich. Ich kann Euch eine Salbe anbieten, die ich oft für meine Hofdamen zubereitet habe.«

Hermione wich schaudernd zurück. »Nein! Mit solchen Sachen will ich nichts mehr zu tun haben. Ich habe zwar nur eine miserable Stellung, doch sie bewahrt mich vor dem Hungertod. Wenn meine Herrin je herausfände, dass ich früher – dass ich früher ...«

»Eine Hexe war?«, schlug Katharina vor.

»Nein! Das niemals!« Hermione senkte die Stimme zu einem Flüstern, das in dem unendlich stillen Raum trotzdem noch absurd laut klang. »Ich war eine Tochter der Erde. Aber damit ist es vorbei, damit habe ich ein für alle Mal abgeschlossen.«

»Ist so etwas denn möglich für unsereins, meine liebe Hermione? Einmal eine Tochter der Erde, immer eine Tochter der Erde.«

»Nein, das gilt nicht für mich.« Hermione nahm noch einen kräftigen Schluck, dann schüttelte sie heftig den Kopf. »Ich habe damit abgeschlossen, das sage ich Euch. Und das habe ich auch dieser törichten Lavalle gesagt, als sie die Frechheit besaß, mich aufzusuchen und zu fragen, ob ich an dem Ratstreffen teilnehmen wollte …«

Hermione erschrak und schlug die Hand vor den Mund. *Ein wenig zu spät, du Närrin,* dachte Katharina, während sie die erste interessante Information verdaute, die Hermione seit ihrer Ankunft von sich gegeben hatte.

Also war Louise Lavalle wieder in Paris. Zu schade, dass Katharina das nicht gewusst hatte, als sie versucht hatte, eine Tochter der Erde ausfindig zu machen, um ein paar Neuigkeiten über Faire Isle zu erfahren.

Louise war schlau, und wahrscheinlich gehörte sie auch zu den Vertrauten von Ariane. Einst hatte Hermione Katharina bespitzelt, doch Katharina hatte sie dann so weit eingeschüchtert, dass sie auch Ariane bespitzelt hatte. Die gute Hermione hatte alle betrogen, niemand vertraute ihr mehr.

Aber Louise war klüger, ihr hätte Katharina bestimmt nicht so leicht etwas entlocken können, selbst wenn sie die verschlagene einstige Kurtisane aufgetrieben hätte. Hermione mochte keine so wertvolle Quelle sein, doch sie war mit Sicherheit die Gefügigere.

Katharina schenkte Hermiones Becher ein weiteres Mal voll und bemerkte ganz beiläufig: »Also hat Ariane wieder damit angefangen, ihre Treffen auf den Felsen von Argot abzuhalten.«

»Das hat Louise jedenfalls gesagt.« Hermione starrte düster in ihren Becher.

»Und Ihr habt nicht vor, mit Mademoiselle Lavalle zu diesem Treffen zu reisen?«

»Als ob ich mit diesem Flittchen irgendwohin reisen würde! Ich würde meine Stellung verlieren, wenn ich einfach zwei Wochen verschwände. Nicht einmal, wenn ich wollte, könnte ich dorthin. Und ich will es gar nicht.«

Katharina musterte Hermione. Ihr Augenlicht war nicht mehr so gut wie früher, doch ihr Gehör leistete ihr nach wie vor gute Dienste. Hatte sie in Hermiones Stimme nicht eine gewisse Wehmut entdeckt? Vermutlich lag hinter all ihren Beteuerungen, dass sie keine Tochter der Erde mehr war, doch eine gewisse Sehnsucht nach einer Verbindung zu dieser Welt.

Hermiones nächste Worte bestätigten Katharinas Eindruck. Die Frau ließ die Schultern sinken und fügte mit trauriger Stimme hinzu: »Und ich wäre auf Faire Isle wohl auch kaum willkommen, zumal bei diesem ganz besonderen Treffen, einem Ereignis, dem man bestimmt nur einmal in seinem Leben beiwohnt.«

Sie funkelte Katharina böse an. »Nicht nachdem Ihr mich gezwungen habt, Euch von Ereignissen dort zu berichten.«

»Ich entsinne mich nicht, Euch je zu etwas gezwungen zu haben, meine Liebe.«

»Ihr habt versprochen, mir zu helfen, mein Heim zurückzuerlangen. Ihr wolltet meinen Gemahl zwingen, zu mir zurückzukehren, wenn ich Ariane für Euch bespitzle.«

»Selbst ich kann keine Wunder wirken, Hermione. Das sind doch alles uralte Geschichten.« Katharina fegte den Trümmerhaufen von Hermiones kläglichem Leben mit einer abwertenden Handbewegung beiseite. »So sagt mir: Was ist an diesem Ratstreffen so besonders?«

»B-besonders? Habe ich das gesagt?« Hermione schob den Weinbecher weg und wirkte so argwöhnisch, als habe sie gerade einen Zaubertrank zu sich genommen, der sie zwang, die Wahrheit zu sagen.

»Jawohl, Hermione, das habt Ihr gesagt.« Katharina musste ihre wachsende Verärgerung im Zaum halten. Früher hätte sie dieses wehleidige Weib mit einem Blick durchbohrt und ihr sämtliche Gedanken entrissen, jetzt konnte sie sich nur noch auf ihren scharfen Verstand verlassen.

»Ihr habt gesagt, es handele sich um ein Treffen, dem man bestimmt nur einmal in seinem Leben beiwohnt. Was habt Ihr damit gemeint …« Katharina verstummte, denn in diesem Moment wurde es ihr klar.

Die Wahl … Die Herrin von Faire Isle bereitete sich vor, ihre Nachfolgerin auszurufen. Einen Moment lang stieg bitterster Neid in Katharina auf. Wie einfach Ariane es doch hatte, wie befriedigend es sein musste, seinen Erben aussuchen zu können und sich nicht auf die archaischen Traditionen und die Lex Salica verlassen zu müssen, die die französische Thronfolge regelten. Hätte Katharina den nächsten König oder noch besser die nächste Königin ernennen können, hätte es ihr bestimmt geholfen, den Ehrgeiz von Männern wie de Lorraine, Herzog von Guise zu zügeln. Ihre Dynastie und ihre Macht würden nicht von der Unfruchtbarkeit ihrer Schwiegertochter abhängen.

Sie stieß einen schweren Seufzer aus. »Und wen wird Ariane wählen?«

Hermione setzte zu einer Antwort an, doch dann stammelte sie bloß: »Ich – ich weiß nicht, was Ihr meint.«

»Oh doch, das wisst Ihr sehr wohl.« Katharina legte die Hand auf Hermiones Arm, um sie daran zu hindern, sich vor Aufregung eine weitere Praline in den Mund zu stopfen. »Die Herrin von Faire Isle schickt sich an, ihre Nachfolgerin zu benennen. Wer wird es sein?«

»Ich – ich weiß es nicht, und Louise wusste es auch nicht. Wie üblich kamen von diesem schrecklichen Weib nur boshafte Klatschgeschichten und üble Gerüchte. Die Herrin von Faire Isle ist so weise, sie würde nie eine derart gefährliche Wahl treffen …« Wieder presste Hermione erschrocken die Lippen zusammen.

Katharina konnte nicht mehr in den Augen lesen, doch es war offenkundig, dass Hermione das nicht wusste. Die Frau wand sich und versuchte verzweifelt, Katharinas Blick auszuweichen.

Eine gefährliche Wahl? Wollte Hermione damit etwa sagen, dass …

Mit pochendem Herzen packte Katharina Hermione am Kinn.

Sie zwang das Weib, sie anzuschauen, und bemühte sich um einen möglichst einschüchternden Blick.

»Die Herrin hat vor, Megaera zu wählen«, vermutete sie. »Ariane hat die Silberne Rose auf ihrer Insel versteckt, und jetzt hat sie vor, das Mädchen zur nächsten Herrin von Faire Isle zu machen.«

»N-nein!«

Aber Katharina hörte die Lüge in Hermiones angstvoller Widerrede. Sie ließ die Frau los und sank wie betäubt in ihren Sessel zurück. Es überraschte sie nicht, dass Megaera auf Faire Isle war. Das hatte sie schon vor etlichen Monaten vermutet, und dass sich dieser Verdacht nun erhärtete, war ihr nur recht. Aber dass Ariane daran dachte, dieses Mädchen zu ihrer Nachfolgerin zu ernennen … das hätte sich Katharina nie vorgestellt.

Hermione fing an, zusammenhangloses Zeug zu plappern. Die Herrin von Faire Isle konnte doch unmöglich … nie im Leben würde sie … nicht dieses Mädchen. Es gab noch andere Möglichkeiten, hatte Louise gesagt, eine Nichte oder eine junge Frau von der Insel.

Katharina hörte kaum noch zu. Sie hatte wenig Zweifel, wen Ariane wählen würde. Wen *sie* wählen würde, wusste sie jedenfalls ganz genau.

Also würde Ariane nun all das außergewöhnliche Wissen dieses Mädchens nutzen können, all ihre Macht, während Katharina zusehen musste, wie *ihr* Königreich in den Händen ihres unfähigen Sohnes in nichts zerrann, und sie bald von allen vergessen ins Grab sinken würde.

Die Wut schwoll in ihr an, fast erstickte sie daran. Wenn Xavier sein Versprechen gehalten und ihren Befehl ausgeführt hätte, dann hätte all dies verhindert werden können. Die Silberne Rose würde sich jetzt womöglich schon in ihren Händen befinden.

Aber es hatte nicht viel Zweck, sich weiter über Xaviers Betrug aufzuregen. Der Schurke hatte sie im Stich gelassen. Wenn sie sich nicht auf Xavier verlassen konnte, musste sie eben einen anderen Weg finden, und zwar rasch, bevor es zu spät war.

15

Am Tag der Entscheidung ging die Sonne erstaunlich langsam unter. Zumindest kam es Meg so vor, deren Nerven gespannt waren wie eine Bogensehne.

Als die goldene Scheibe langsam am Horizont versank, waren die Felsen von Argot bereits in Dämmerlicht gehüllt, die hoch aufragenden Steinblöcke wirkten wie ein Kreis dunkler Riesen, die darauf warteten, ihr Urteil zu fällen.

In ihrem schönsten Gewand, die dichte braune Haarmähne zu einem engen Zopf geflochten, reihte sich Meg in die mit Fackeln ausgerüstete Prozession ein, die auf dem zerklüfteten Pfad nach oben stieg.

Die aufgeregten Frauen hatten sich zu kleinen Grüppchen zusammengeschlossen und lachten und plauderten. Carole war von vielen älteren Bewohnerinnen der Insel umgeben, Seraphine hielt Hof inmitten einer Schar sie bewundernder junger Mädchen.

Nur Meg lief stumm dahin und war ihren eigenen Gedanken überlassen. Sie hätte natürlich die Gesellschaft ihrer treuen alten Dienerin, Agatha Butterydoor, suchen können, aber Aggie war zurückgefallen, der steile Anstieg machte ihr zu schaffen. Sie stützte sich auf ihren Stock und Lady Danvers.

Meg war froh, dass Jane ihren Bitten nachgegeben und eingewilligt hatte, an der Versammlung teilzunehmen. Doch sie freute sich eher für Jane als für sich selbst; denn so war Jane zumindest nicht in Xaviers Nähe. Die kleine Siedlung war nahezu leer, nur die Kinder waren unter Miribelle Aristides Obhut zurückgeblieben; Xavier hätte Jane also ganz für sich gehabt.

Meg war aufgefallen, dass sich die Wangen ihrer Freundin

jedes Mal röteten, wenn sich der Mann näherte, ganz zu schweigen von dem sanften Glanz in ihren Augen. Meg fragte sich oft, warum sie die Einzige war, die den Raubtierblick in Xaviers Augen bemerkte.

Der Schurke hatte es sogar geschafft, Ariane zu blenden. Meg kam es vor, als habe er alle mit einem Zauber belegt, für den nur sie unempfänglich war. Aber an diesem Abend hatte sie den Kopf nicht frei, um sich über Xavier Gedanken zu machen; der Kapitän musste dringenderen Sorgen weichen.

Die Wahl …

Schnaufend hob sie den Blick und merkte, dass sie ungefähr die Hälfte des Wegs hinter sich hatte. Plötzlich kam es ihr wie ein Symbol für ihr weiteres Leben vor: entweder hoch zum Gipfel oder abwärts in die Tiefe, vor der ihr graute. Manchmal dachte sie, ihr ganzes Schicksal hinge von der Entscheidung ab, die die Herrin von Faire Isle heute Nacht fällen würde. Oft allerdings verzweifelte sie und fürchtete, dass Arianes Wahl nichts bewirken würde – dass ihr Schicksal im Moment ihrer Zeugung festgestanden hatte: Megaera, die Silberne Rose, das hatte ihre Mutter für sie bestimmt.

Ihre Visionen wurden immer schlimmer. Ihr Schlaf war gestört von wirren Träumen, ihre wachen Stunden gequält von unscharfen Bildern aus ihrer Kristallkugel.

Soldaten standen drohend da und warteten auf den Befehl, auf Faire Isle einzumarschieren. Meg stolperte vorwärts, das Herz schlug ihr bis zum Hals, während sie eine düstere Gestalt antrieb.

»Ihr müsst nicht auf Faire Isle einfallen. Das hier ist das Mädchen, nach dem die dunkle Königin sucht. Das ist Megaera.«

Meg rieb sich die Schläfen bei dem Versuch, das Bild zu vertreiben. Die Szene in ihrer Kristallkugel war so verschwommen gewesen, sie hatte das Gesicht der Person hinter ihr, die sie den Soldaten der dunklen Königin ausliefern wollte, nicht erkennen können. Selbst die Stimme war nicht klar gewesen. Meg hatte nur den Eindruck gehabt, dass sie ziemlich hoch war, fast wie die einer Frau, fast wie die von Alexander Naismith. Aber das konnte doch gar nicht sein, es sei denn, Sander hatte das Feuer überlebt …

Dieser Gedanke ließ sie erbeben. Sie zuckte erschrocken zusammen, als sie spürte, dass jemand den Arm um ihre Taille legte. Wenn Seraphine sie nicht gestützt hätte, wäre sie gestolpert und gefallen.

»Immer mit der Ruhe! Dieser Weg eignet sich nicht fürs Tagträumen. Es wäre ein sehr schlechter Anfang, wenn die nächste Herrin von Faire Isle ihre Herrschaft damit antritt, erst einmal von einem Knöchelbruch zu genesen.«

Meg lächelte gequält über die Spöttelei ihrer Freundin. »Oh bitte, zieh mich nicht auf, Phine. Nicht heute Abend. Ich bin ohnehin schon viel zu aufgeregt.«

Seraphines schelmisches Grinsen wich einer freundlicheren Miene. »Armes Kind, du nimmst die ganze Sache viel zu ernst.«

»Man sollte sie ernst nehmen«, machte sich eine empörte Stimme bemerkbar. Meg hob den Blick und sah, dass Carole sich von ihren Freundinnen getrennt und auf sie gewartet hatte.

»Die Wahl der nächsten Herrin von Faire Isle ist ein folgenschweres Ereignis.«

Seraphine beugte sich zu Meg und flüsterte theatralisch: »Hüte dich, meine Liebe, hier kommt unsere Rivalin. Zweifellos plant sie, uns beide von den Felsen zu stürzen, um sich ihrer Konkurrentinnen zu entledigen.«

Selbst im Zwielicht sah Meg, dass Carole rot anlief und Seraphine böse anfunkelte. Doch dann achtete sie nicht weiter auf sie und wandte sich direkt an Meg.

»Was mich angeht, gibt es keine Konkurrenz. Ich hege wahrhaftig nicht den Wunsch, gewählt zu werden. Die Wahl sollte auf dich fallen.«

»Mir geht es genauso«, murmelte Meg. »Es wäre weit besser, wenn die nächste Herrin eine von euch werden würde.«

»Oh, bitte!«, stöhnte Seraphine und verdrehte die Augen. »Sind wir nicht wundervolle kleine Mädchen, zu bescheiden und demütig, um uns das einzige Kotelett auf dem Teller zu schnappen? Wenn wir Männer wären, würden wir gegeneinander kämpfen bis zu einem ehrenvollen Tod.«

»Gottlob sind wir keine Männer.« Carole fasste an Megs anderer Seite Tritt und bedachte Seraphine mit einem verächtlichen Schnauben. »Obwohl ich behaupten möchte, dass ein Schwertkampf gut zu dir passen würde.«

»Ganz recht. Dich würde ich noch mit einer Hand auf dem Rücken gebunden und mit einem Tuch vor den Augen besiegen.«

»Das ist wohl kaum der Punkt«, fauchte Carole. »Schließlich soll die Herrin von Faire Isle Frieden und Eintracht fördern.«

»Doch, es gäbe einen Punkt, einen ziemlich spitzen sogar.«

Bevor Carole etwas entgegnen konnte, fiel Meg ihr ins Wort. »Bitte hört auf, ich bin schon angespannt genug, ich kann wahrhaftig darauf verzichten, dass ihr zwei euch wieder streitet.«

»Wir streiten nicht, wir keifen nur«, stellte Seraphine fest. »Ein Streit erfordert zwei gleichermaßen geistreiche Gegner.«

Carole atmete hörbar ein, doch sie verkniff sich eine scharfe Erwiderung. »Es tut mir leid, Meg. Ich wollte dich nicht aufregen. Ich wollte dir nur sagen, dass ich mit jeder Entscheidung, die Ariane fällt, zufrieden sein werde.«

Als Seraphine abfällig schnaubte, beharrte Carole: »Glaubt mir, das stimmt. Es gab eine Zeit, als ich auf dieser Insel fast wie eine Aussätzige behandelt worden bin. Ich war ein unwissendes, ungebildetes Mädchen, das ledig schwanger geworden war. Ich habe von Ariane sehr viel gelernt, und jetzt habe ich viele Freundinnen und einen wunderbaren kleinen Sohn. Mehr will ich nicht.«

»Unsinn. Wenn du wirklich nicht die nächste Herrin von Faire Isle werden willst, warum gehst du dann nicht zu Ariane und sagst ihr das?«, fragte Seraphine herausfordernd.

»Weil ich fürchte, dann könnte die wenn auch noch so geringe Chance bestehen, dass sie nicht mehr weiß, was sie tut, und dich wählt.«

Der Pfad wurde so schmal, dass sie nicht mehr zu dritt

nebeneinander gehen konnten. Seraphine nahm Meg am Arm und lenkte sie so geschickt, dass Carole nichts anderes übrig blieb, als zurückzufallen.

Meg tat es nicht leid, dass die Zankerei der beiden ein Ende hatte, aber sie fürchtete, dass Carole gekränkt war. Seraphine zu tadeln war sinnlos, denn die fand Carole genauso pedantisch und nervig wie Jane. Und wenn Seraphine eine Abneigung gegen jemanden gefasst hatte, ließ sie sich nicht mehr umstimmen. Doch nun konnte Meg nur den Kopf drehen und Carole ein entschuldigendes Lächeln zuwerfen, während Seraphine sie vorwärtsschob und Carole immer weiter zurückblieb.

Meg bekam ein schlechtes Gewissen: Sie kannte Carole weit länger als Seraphine. Ihre Freundschaft stammte noch aus der Zeit, als Carole dazu verführt worden war, sich dem Hexenzirkel der Silbernen Rose anzuschließen. Sie und Carole hatten sich sofort gut verstanden, obwohl Carole ein paar Jahre älter war als sie; und beide hatten mit den Plänen und dem Treiben des Hexenzirkels nichts zu tun haben wollen.

Warum hatte Meg es zugelassen, dass diese Verbindung immer schwächer wurde? Vielleicht, weil Carole sie unabsichtlich, doch qualvoll an diese düsteren Tage erinnerte? Vielleicht aber auch aus Gründen, die noch beschämender waren: Seraphine war tatsächlich weit witziger und aufregender als Carole, ein funkelnder Diamant verglichen mit dem dumpfen Schimmer einer Perle.

Inzwischen war es so dunkel geworden, dass sie sich beeilen mussten, um zu einer der Frauen aufzuschließen, die den Pfad mit Fackeln erleuchteten.

Meg musste fast rennen, um mit Seraphines langen Schritten mithalten zu können. Sobald sie ein bisschen verschnauft hatte, warf sie einen Blick auf ihre Freundin und fragte: »Und was ist mit dir? Möchtest du gern die nächste Herrin von Faire Isle werden?«

»Ich weiß es nicht.«

»Du hast Carole vorgeworfen, nicht ehrlich zu sein, doch deine Antwort ist genauso ausweichend.«

»Nicht ausweichend, nur unentschlossen. Ich weiß nicht, ob ich den Großteil meines Lebens auf dieser Insel gefangen sein möchte.«

»Es ist das Los einer jeden Frau, am Ende irgendwo gefangen zu sein.«

»Diese Bemerkung hätte auch aus dem Munde deiner Lady Danvers stammen können. Wie du sehr wohl weißt, sind wir nicht irgendwelche Frauen, Margaret Elizabeth Wolfe, wir sind Töchter der Erde, und deshalb sind wir auch frei, uns aufzuhalten, wo wir wollen. Zumindest sollten wir das sein.«

Um Seraphines Mund legte sich ein sehnsüchtiger Zug. »Oh, Gott, wie sehr ich meine Heimat vermisse, Meg. Faire Isle ist zwar recht hübsch, aber ich bin es gewöhnt, im großen Schatten der Pyrenäen zu leben. Und wenn ich den Titel der Herrin von Faire Isle tatsächlich begehren würde, dann, fürchte ich, aus einem gar nicht ehrenwerten Grund.«

»Und der wäre?«

»Ich liebe es, Befehle zu erteilen und den Leuten zu sagen, was sie tun sollen. Ich glaube, ich fände es ganz schön, irgendwo Königin zu sein, selbst auf einer winzigen Insel.«

Obwohl Meg über die schonungslose Offenheit ihrer Freundin lachen musste, schüttelte sie den Kopf. »Mir geht es nicht so. Ich fürchte, die Verantwortung wäre riesig, sie würde mir Angst machen.«

Seraphine warf ihr einen wissenden Blick zu. »Und dennoch wärst du gern die Herrin von Faire Isle.«

Meg kaute auf ihrer Unterlippe, bevor sie gestand, was sie bislang niemandem, nicht einmal sich selbst, hatte gestehen können: »Ich möchte es wirklich gern, Phine. Ich möchte es so sehr, dass es mir Angst macht, obwohl ich fürchte, dass mein Motiv nicht edler ist als deines.«

Als Seraphine sie fragend musterte, fügte Meg mit leiser, trauriger Stimme hinzu: »Wenn ich die Herrin von Faire Isle wäre, würden die Menschen vielleicht endlich vergessen, dass ich einst die Silberne Rose war.«

* * *

Das hell lodernde Feuer hielt die Dunkelheit auf den Felsen in Schach. Die langen Steine des Kreises ragten auf wie uralte Wächter, die die kleine Gruppe von Frauen vor unerwünschten Eindringlingen schützen wollten.

Manche Frauen saßen auf umgestürzten Baumstämmen, die jüngeren einfach auf dem Boden, die Beine unter den Röcken angezogen. Sie hatten sich um die Herrin von Faire Isle geschart, die auf einem flachen Stein saß wie auf einem Thron. *Ein unbequemer Thron,* dachte Ariane und rutschte ein wenig darauf herum. Sie fragte sich, was diese Frauen, die sie nun so ehrfürchtig betrachteten, wohl denken würden, wenn sie wüssten, dass ihre verehrte Herrin das Ende des Treffens kaum erwarten konnte, damit sie endlich wieder in ihr gemütliches Heim, Belle Haven, zurückkehren konnte.

Vielleicht war die Aufgabe, ihre Nachfolgerin zu benennen, daran schuld, dass sie sich an diesem Abend so alt fühlte. Sie konnte sich kaum noch an die tapfere junge Frau erinnern, die sie mit zwanzig gewesen war, so kühn, dass sie einmal sogar gewagt hatte, der dunklen Königin die Stirn zu bieten.

»Ich warne Euch, Katharina. Ich werde den Rat der Töchter der Erde wieder mit Leben erfüllen. Er bewahrt uns davor, dass die alten Weisheiten missbraucht werden, wie Ihr es ständig tut. Selbst Ihr könnt nicht alle von uns bekämpfen – ein stummes Heer weiser Frauen.«

Sie glaubte, dass es ihr damals gelungen war, Katharina zu beunruhigen. Doch heute war das Ganze nur eine leere Drohung: Arianes Heer war bedauerlich geschrumpft. Seit Langem war ihre Art der Verständigung, nämlich sich mithilfe ausgebildeter Vögel verschlüsselte Botschaften zukommen zu lassen, zusammengebrochen. Viele der älteren weisen Frauen lebten nicht mehr, darunter ihre Mutter, Marie Claire und die alte Madame Jehan. Sie alle hatten ihre Weisheit mit ins Grab genommen. Wie viel Ariane darum gegeben hätte, wenn sie eine von ihnen bei der schwierigsten und wichtigsten Entscheidung ihres Lebens um Rat hätte fragen können. Als ihr Blick über die Versammelten schweifte, auf Carole und Meg fiel und schließlich auf Seraphine zu ruhen kam, hoffte Ariane inständig, dass sie die richtige Wahl getroffen hatte.

Die Gespräche auf der Lichtung waren zu einem leisen Murmeln geworden. Man hatte versucht, dieses Treffen wie üblich ablaufen zu lassen: Jede Frau, die etwas zu sagen oder zu berichten hatte, die eine Klage vorbringen oder auch ein neues Heilmittel vorstellen wollte, sollte vortreten und sich mit dem Amtsstab Gehör verschaffen.

Aber keine hatte etwas zu sagen gehabt, der Amtsstab lag ungenutzt neben Arianes Stein. Heute Abend dachten alle nur an eines – an die Wahl. Jetzt war es wohl an der Zeit, die Sache voranzutreiben.

Ariane erhob sich und nahm den Amtsstab. Eine erwartungsvolle Stille senkte sich auf die Frauen. Einen Moment lang hatte Ariane das Gefühl, als würde sie kein Wort über die Lippen bringen, und wusste kaum, wo sie anfangen sollte.

Eine schlichte Weisheit ihrer Mutter kam ihr in den Sinn: *»Fang doch einfach beim Anfang an, meine Liebe.«*

»Vor langer Zeit«, sagte sie, »gab es eine Gruppe von Frauen, die bekannt waren als die Töchter der Erde.«

Ariane sah, dass sich auf viele Gesichter ein Lächeln legte wie bei Kindern, die sich freuen, wieder einmal eine alte, vertraute Geschichte zu hören.

Sie lief mit dem Stab in der Hand vor der kleinen Gruppe auf und ab. »Diese Frauen wurden wegen ihrer Weisheit verehrt; sie waren geschickt in der Kunst des Heilens und der weißen Magie. Unseren Legenden zufolge lebten sie in einer friedlichen Zeit, in der Männer und Frauen gleichgestellt waren und sich die Herrschaft in den verschiedenen Königreichen teilten.

Doch im Lauf der Zeit verlagerte sich die Macht; Männer traten mit ihrem kriegerischen Wesen in den Vordergrund, Frauen wurde nach und nach das Recht verwehrt, zu herrschen und zu lernen.«

Seraphine zischte abfällig und zog ein Kichern von den jüngeren und vorwurfsvolle Blicke von einigen der älteren Frauen auf sich.

Ariane lächelte nur und fuhr fort: »Viele Töchter der Erde fügten sich in diese Veränderung. Manche ärgerten sich und rächten sich, indem sie anfingen, sich mit den dunkleren Künsten zu beschäftigen.«

Bestürzt bemerkte sie, dass einige scharfe Blicke in Megs Richtung fielen. Jane legte einen Arm um die Schultern des Mädchens, doch Meg lief trotzdem rot an und zog den Kopf ein.

»Aber manche Frauen ließen sich nicht beirren und bemühten sich, unsere alten Weisen lebendig zu halten, selbst wenn sie Gefahr liefen, als Hexen beschuldigt zu werden. Über viele Generationen hinweg gaben sie ihre Geheimnisse der weißen Magie an ihre Töchter weiter, und viele von ihnen ließen sich hier auf Faire Isle nieder.«

Ariane seufzte. »Leider habe ich erleben müssen, dass diese wenigen Tapferen immer weniger wurden. Misstrauen und Argwohn der Menschen, die mit unserem Wissen nichts anfangen konnten, und Überfälle von Hexenjägern haben unsere Reihen weiter gelichtet.

Aber ich fürchte, der Hauptgrund ist vielleicht noch tückischer und schwieriger zu bekämpfen: Viele Töchter der Erde sind mit ihren Alltagspflichten und dem gegenwärtigen Aufruhr in der Welt so beschäftigt, dass sie es leichter und sicherer finden, sich in die Rolle zu fügen, die von Frauen erwartet wird.

Ich beneide die nächste Herrin von Faire Isle nicht. Ich fürchte, um unsere alte Lebensweise und unser altes Wissen zu bewahren, wird sie vor weit größeren Herausforderungen stehen, als ich es je tat.«

»Aber sie wird doch bestimmt von Euch gut vorbereitet werden«, meldete sich Josephine Alain zu Wort.

»Ganz bestimmt. Ihr habt der jungen Carole ja schon sehr viel beigebracht«, sagte Madame Bevans und tätschelte liebevoll Caroles Hand. Der Wink mit dem Zaunpfahl entging den anderen Frauen nicht.

Agatha Butterydoor beugte sich vor und funkelte Madame Bevans wütend an. »Die Herrin hat auch anderen Mädchen viel beigebracht, nur falls Euch das nicht aufgefallen ist. Meine junge Herrin Meg weiß ohnehin schon ziemlich viel von der Magie.«

»Das schon, aber von welcher Magie, ist die Frage«, murrte jemand, während Madame Bevans entgegnete: »Traditionell stammt unsere Herrin aus dem Kreis der Frauen, die auf der Insel leben.«

»Das stimmt nicht. Arianes Mutter Evangeline hatte englische Vorfahren, nicht wahr?«, fragte Jane, auch wenn sie sich ihrer Kühnheit sogleich schämte.

Ariane lächelte und schenkte ihr ein ermutigendes Nicken. Eines der Mädchen, die sich um Seraphine versammelt hatten, ergriff das Wort. »Aber die Herrin Evangeline hatte Verbindungen zu dieser Insel. Sie war die Nichte ihrer Vorgängerin.«

Die anderen jungen Frauen klatschten Beifall, lachten und stupsten Seraphine an, als ob sie einen wichtigen Punkt gewonnen hätte. Aber Louise Lavalle beeilte sich, sie zu ernüchtern. Die alternde Kurtisane war die Neutralste in der Versammlung.

Ariane, die Louise recht gut kannte, vermutete, dass sie es vor allen Dingen genoss, der Schar der jüngeren Schönheiten eins auszuwischen.

»Das ist nicht wahr«, erklärte sie gedehnt. »Auch wenn es Lady Eugenie gefiel, Evangeline und deren Töchter als Verwandte zu bezeichnen und sich von ihnen Tante nennen zu lassen, waren sie doch nicht blutsverwandt.«

»Nun, wer auch immer gewählt wird«, rief Madame Bevans

laut, »Hauptsache, sie hat nichts mit den dunklen Künsten zu tun.«

»Meint Ihr Carole Moreau?«, entgegnete Aggie. »Ich glaube, sie gehörte einst dem Hexenzirkel der Silbernen Rose an.«

»Sie wurde verschleppt, du dumme alte Kuh«, rief Madame Bevans erbost und erhob sich. »Und lasst uns nicht vergessen, wer die Silberne Rose ist.«

»War! Sie ist es nicht mehr!« Aggie sprang auf und fuchtelte stürmisch mit ihrem Stock. »Und wenn du glaubst, mein armes Püppchen hätte dabei mehr zu sagen gehabt als deine geliebte …«

»Frieden!«, rief Ariane laut und klopfte mit dem Stab auf den Boden. »Madame Bevans, Mistress Butterydoor, setzt Euch sofort wieder hin und benehmt Euch wie kultivierte Frauen, oder aber Ihr verlasst den Rat!«

Madame Bevans ließ sich unverzüglich nieder, Aggie war etwas langsamer und grollte noch immer vor sich hin.

»Ich dachte, ich hätte mich neulich klar genug ausgedrückt: Die Töchter der Erde können nicht fortbestehen, wenn wir uns streiten. Die Herrin von Faire Isle muss eine begabte Heilerin sein, sie muss sich im alten Wissen auskennen und unserer Mutter Erde die größte Achtung zollen. Aber wichtiger noch: Sie muss sich für den Frieden einsetzen und jede Gewalt scheuen!«

Als sie merkte, dass ihre Stimme laut geworden war und sie den Stab viel zu fest umklammerte, mahnte sich Ariane innerlich zur Ruhe.

»So sehr ich euer aller Meinung schätze, so liegt die Wahl meiner Nachfolgerin doch ausschließlich bei mir. Ich hatte so viele würdige Kandidatinnen zur Auswahl, dass mir meine Entscheidung sehr schwergefallen ist. Aber die junge Frau, die ich für die Geeignetste halte, mir als Herrin von Faire Isle zu folgen, ist …« Ariane wappnete sich mit einem tiefen Atemzug.

»Margaret Wolfe.«

Auf die Menge senkte sich ein verblüfftes Schweigen. Meg blinzelte Ariane ungläubig an und saß da wie versteinert, selbst als Ariane sie lächelnd zu sich winkte. Jane beugte sich zu ihr und flüsterte ihr ein paar ermutigende Worte zu, dann stupste sie sie an und drängte sie, Arianes Aufforderung zu folgen.

Meg stolperte zu Ariane und rang die Hände in den Falten ihrer Röcke.

»Margaret Wolfe, nehmt Ihr die Verantwortung an, die ich Euch anvertrauen möchte?«, fragte Ariane feierlich.

Das Schweigen wurde zu einem zornigen Geflüster. Meg warf einen verstohlenen Blick auf das Meer feindseliger Gesichter.

»Nun, ich – ich …«, stammelte sie.

»Jawohl, das tut sie!«, rief Seraphine laut, sprang auf und stellte sich vor die Versammlung, die Hände kämpferisch in die Hüften gestemmt.

»Was ist eigentlich los mit euch? Sind nicht die meisten von euch hier auf Faire Isle aufgewachsen? Selbst ich kenne all die Geschichten, die meine Mutter Gabrielle mir erzählt hat. Von ihr weiß ich, dass diese Insel eine Zuflucht sein soll für Frauen, ein sicherer Hafen vor all den Bedrohungen ihres früheren Lebens. Hier sollen alle Fehler in Vergessenheit geraten, an diesem Ort sollen sie neu anfangen können. Wollt ihr Margaret Wolfe die Chance verwehren, die viele von euch erhalten haben?«

Sie entriss Ariane den Amtsstab und schwang ihn wie eine Keule. »Ich denke, Meg wird eine hervorragende Herrin von Faire Isle werden. Jeder, der es wagt, das Gegenteil zu behaupten, bekommt es mit mir zu tun!«

»Und mit mir!« Carole sprang auf und stellte sich neben Seraphine.

Seraphine wirkte verblüfft, doch dann grinste sie. Sie trat ein wenig zur Seite, um Carole Platz zu machen, und dann standen die beiden Mädchen Schulter an Schulter da und musterten die Menge mit einer solchen Eindringlichkeit, dass Ariane nicht wusste, ob sie lachen oder weinen sollte.

Das Herz schwoll ihr an vor Stolz auf ihre Nichte und auf Carole. Meg wirkte so überwältigt, dass Ariane befürchtete, sie würde gleich in Tränen ausbrechen. Sie nahm sie sanft bei der Hand und zog sie nach vorne.

»Die Herrin von Faire Isle zu werden ist ziemlich einschüchternd, aber wie du siehst, meine Liebe, hast du mutige und treue Freundinnen, die dich unterstützen. Doch die Entscheidung liegt bei dir.«

»Welche Entscheidung?«, rief Seraphine. »Natürlich möchte Meg …«

»Seraphine! Meg muss ihre Meinung sagen. Und bitte sei so gut und gib mir meinen Stab zurück.«

Seraphine wirkte ein wenig verlegen, als sie ihr den Stab reichte. Die Versammelten hielten den Atem an und warteten auf Megs Antwort.

Mittlerweile konnte Meg die Tränen nicht mehr zurückhalten, doch sie lächelte Ariane zittrig an. »Oh ja, Herrin. Ich nehme die Verantwortung an, die Ihr mir übertragen wollt, und ich – ich verspreche, dass ich mein Bestes geben werde, um Euch bis zu meiner letzten Stunde zu dienen.«

Ariane zog das Mädchen an sich und umarmte sie. Ihr fiel ein, dass für diese Gelegenheit keine große Feier vorgesehen war, keine Krone, kein Hermelinmantel, kein feierlicher Schwur. Aber vielleicht war es ganz richtig so. Die Stellung der Herrin von Faire Isle hatte immer schon auf schlichtem Vertrauen beruht.

Außerdem hätte Seraphines lauter Jubel die Würde einer pompösen Zeremonie zerstört. Ariane drückte Meg den Amtsstab in die Hand, drehte das Mädchen um, sodass sie die Menge anblickte, und legte die Hände auf Megs Schultern.

»Liebe Freundinnen, ich stelle euch Margaret Wolfe vor, die zukünftige Herrin von Faire Isle.«

16

Die Lichtung hatte sich geleert, nur Jane war noch da. Sie hatte sich bereiterklärt zu bleiben, bis das Feuer erloschen war. Nun starrte sie in die ersterbenden Flammen, während die Stimmen und das Gelächter der anderen sich immer weiter entfernten.

So sehr sie gezögert hatte, an diesem Treffen teilzunehmen, so froh war sie, dass sie es schließlich doch getan hatte. Die Wahl war für Meg besser ausgegangen, als Jane gehofft hatte. Die Feindseligkeit gegenüber dem Mädchen hatte sich in diesem feierlichen Kreis der Steinblöcke wie durch einen Zauber aufgelöst.

Auch wenn viele Frauen Meg ihre Glückwünsche noch ein wenig zögerlich dargebracht hatten, zweifelte Jane kaum, dass Meg sie im Lauf der Zeit für sich einnehmen würde, vor allem mit der Hilfe von Caroles sanfter Überredungskunst und Seraphines kraftvoller Persönlichkeit.

Als das impulsive junge Mädchen so eifrig zu Megs Verteidigung aufgesprungen war, hätte Jane sie am liebsten umarmt – auch wenn sich Seraphine darüber wahrscheinlich nicht gefreut hätte. Jane war sich zwar nach wie vor nicht sicher, ob Seraphine der beste Einfluss für Meg war, doch es war nicht zu übersehen, dass sie eine treue Seele war.

Meg hatte die Lichtung so froh verlassen, wie Jane sie schon seit Langem nicht mehr gesehen hatte. Sie hatte sich für das Mädchen gefreut, doch ihre Hochstimmung wich, als sich Stille auf die Lichtung legte, nur von einem gelegentlichen Knistern und Zischen des Feuers unterbrochen.

Jane stocherte mit einem Ast in der Glut herum. Schwermut senkte sich auf sie, gegen die sie den ganzen Abend lang angekämpft hatte. Sie hatte das Versprechen gehalten, das sie Meg gegeben hatte, und war bis zum Tag der Entscheidung bei dem jungen Mädchen geblieben. Nun würde Meg sie nicht mehr so sehr brauchen, und Kapitän Louis Xavier … Der Mann war nahezu genesen und brannte darauf herauszufinden, was aus seinem Schiff und seiner Mannschaft geworden war. Trotz der neu gefundenen Eintracht mit seinen Schwestern würde es wohl nicht lange dauern, bevor Xavier wieder die Segel setzte, wenn sie morgen nach Port Corsair zurückgekehrt waren.

Sie stocherte heftig in der Glut und weigerte sich, die gemischten Gefühle genauer zu betrachten, die sich beim Gedanken an seinen Aufbruch bei ihr einstellten. Sie musste sich auf ihre eigene Zukunft konzentrieren, so trübe sie auch sein mochte. Nach all den Monaten stand sie vor demselben Abgrund wie zuvor, der völligen Leere.

Hinter ihr knackte ein Zweig. Sie zuckte ein wenig zusammen. Allerdings hatte sie halb darauf gehofft, halb damit gerechnet. Als sie sich umdrehte, sah sie, wie Xavier aus den Schatten eines der mächtigen Steinblöcke trat, hinter dem er sich versteckt hatte.

Er setzte ein etwas verlegenes Grinsen auf. »Tut mir leid, meine Liebe, ich wollte Euch nicht erschrecken.«

»Das habt Ihr gar nicht.«

»Wie bitte? Ihr seid nicht im Mindesten überrascht, mich hier zu sehen?«

»Da ich Euch mittlerweile gut genug kenne, bin ich davon ausgegangen, dass Ihr der Versuchung, den Vorgängen heimlich beizuwohnen, kaum widerstehen konntet.«

»Und dabei habe ich mich für so schlau gehalten und dachte, ich könnte es völlig unbemerkt tun. Auch wenn Ihr es leugnet, Jane, so fürchte ich doch, Ihr seid eine Hexe. Ihr scheint einen sechsten Sinn zu haben, was mich angeht.«

Jane schüttelte den Kopf und biss sich auf die Lippen, um ein Lachen zu unterdrücken. Sie fragte sich, was Xavier sagen würde, wenn er wüsste, dass sie nicht die Einzige war, die gesehen hatte, wie er sich im Dunkeln herumgedrückt hatte. Sie hatte nämlich beobachtet, dass viele andere Frauen sich anstupsten und ein Kichern unterdrückten. Vermutlich hatte sogar Ariane gewusst, dass er da war, doch sie hatte nichts dagegen unternommen.

Aber diese Gedanken behielt Jane für sich. Warum ihren wilden Korsaren seiner Illusionen berauben, dass er so listig war? Nur, dass er nicht *ihr* Korsar war …

»Ich habe keinen sechsten Sinn, auch wenn ich wusste, wo Ihr gesteckt habt«, erwiderte sie. »Aber ich dachte, nachdem das Ratstreffen vorbei war, würdet Ihr Euch leise davonschleichen, bevor man Euch entdeckt.«

»Freut Ihr Euch, dass ich es nicht getan habe?«

Jane blieb ihm eine Antwort schuldig. Sie fürchtete, dass sie sich viel zu sehr darüber freute. Und es half auch nichts zu bemerken, wie gut er in diese raue Umgebung passte.

Jane fühlte sich zwergenhaft und unbedeutend in den Schatten der riesigen Steinblöcke; Xavier hingegen sah aus, als gehöre er hierher, ein kühner Abenteurer aus einer fernen Welt, heraufbeschworen von den Geistern dieser geheimnisvollen Steine. Selbst sein Arm in der Schlinge tat diesem Bild keinen Abbruch, nein, er verstärkte es sogar noch, das Bild eines kampferprobten, verletzten Kriegers.

Der schwache Schein des ersterbenden Feuers tanzte über seine hohe Gestalt, die abgetragenen Stiefel, die Lederhose, den schwarzen Umhang. Der Mann hatte in den letzten Tagen wieder eine viel bessere Farbe bekommen, sein Gesicht war nicht mehr bleich, doch beschattet von Bartstoppeln und den schwarzen Haaren.

Als er näher kam, musste Jane an Megs seltsame Warnung vor einer geschmeidigen, gefährlichen Urwaldkatze denken. Eine Warnung, die Janes Wangen rötete und ihr Herz schneller schlagen ließ – allerdings nicht aus Angst.

Sie hatte sich wieder dem Feuer zugewandt, doch die rotgoldene Glut verschwamm vor ihren Augen. Das Einzige, was sie klar sah, war die große Silhouette am Rand ihres Blickfelds, während er vortrat und sich neben sie stellte.

Sie versuchte, möglichst gelassen zu klingen. »Ich vermute, die heimliche Teilnahme an diesem Ratstreffen erschien Euch das Risiko wert, im Dunkeln hierher zu schleichen. Ihr hättet stürzen und Euch diesmal das Genick brechen können.«

»Das Risiko macht die Sache doch erst spannend, Jane. Irgendwann muss ich Euch das näher erklären. Aber ich gestehe, ich war ein wenig enttäuscht. Ich wusste, dass keine Opfer verbrannt werden, aber ich hoffte, dass es doch wenigstens eine Zeremonie geben würde, bei der ein Ziegenbock und ein paar nackte Frauen ums Feuer springen.«

Jane warf ihm einen tadelnden Blick zu. Das war ein Fehler. Trotz seines neckenden Tons stand ein gefährliches Glitzern in seinen Augen. Oder war es nur eine Täuschung, hervorgerufen vom Schein des Feuers? Rasch wandte sie den Blick ab.

»Am Schluss war ich allerdings doch ein wenig aufgeregt«, gab er kichernd zu. »Einen Moment lang dachte ich, meine Nichte würde sich auf einige Töchter der Erde stürzen und sie die Felsen hinunterschubsen.«

»Seraphine ist eben aufregend«, bemerkte Jane trocken.

»Aber auch großherzig, fand ich. Sie wirkte, als mache es ihr nichts aus, den Titel an Eure junge Meg zu verlieren. Nun müssen wohl alle rufen: ›Hoch lebe Mademoiselle Wolfe, die zukünftige Herrin von Faire Isle.‹«

Jane runzelte die Stirn. Wenigstens zog Xavier sie nicht auf, indem er Meg wie sonst häufig Megaera nannte. Doch Jane hörte in seiner Stimme eine Schärfe, die sie nicht unerwidert lassen wollte.

»Warum hegt Ihr eine solche Abneigung gegen das arme Kind? Ich dachte, Ihr würdet vielleicht ein wenig Mitgefühl aufbringen, nachdem … nachdem …«

»Nachdem wir beide halb verrückte Mütter gehabt haben?«

»Es tut mir leid. Ich wollte nicht …«

»Nein, es stimmt schon.« Er zuckte die Schultern. »Meg und

ich habe einiges gemeinsam, aber genau das ist wohl das Problem. Ich kann nur zu gut verstehen, dass sie mit den dunkleren Seiten ihres Wesens zu kämpfen hat und oft den Kürzeren zieht.«

Xavier fuhr mit den Knöcheln ihre Wangen entlang. »Und das, meine Liebe, werdet Ihr wohl nie verstehen können. Dafür habt Ihr zu viel von einem Engel.«

»Ja, natürlich: die heilige Jane«, fauchte sie und wich zurück. Die Heftigkeit ihres Zorns wunderte sie ebenso wie Xavier. Er zog erstaunt die Brauen hoch, aber das war ihr gleichgültig. Sie hatte sich so lange anhören müssen, wie gut und tugendhaft sie war, dass sie es einfach satthatte.

»Jane, ich meinte doch nur, in Megs Alter habt Ihr Euch bestimmt weniger mit dem Studium der Hexerei beschäftigt und stattdessen pflichtbewusst gelernt, Spinett zu spielen, und Eure Stickkünste verbessert.«

»Jawohl, genau das habe ich getan. Die Gemahlin meines Vormunds, die Gräfin von Shrewsbury, war eine sehr geschickte Stickerin, ich bin also stundenlang mit meinen Stickereien herumgesessen, während mein Bruder im Reiten, in der Jagd und im Schwertkampf unterwiesen wurde. Damals ging mir auf, dass Ned, obwohl er viel jünger war als ich, eine Freiheit genießen würde, die ich als Frau nie kennenlernen würde. Die Freiheit zu reisen, die Welt zu erforschen, zu – zu tun, was immer er wollte. Für mein Leben konnte ich hingegen nur auf eine einzige Veränderung hoffen: die Ehe. Ein anderes Zuhause, ein anderer Salon, in dem ich herumsitzen und sticken würde.«

Jane presste verbittert die Lippen zusammen. Sie hatte immer gedacht, all diese Enttäuschungen aus ihrer Jugend wären längst vergessen oder doch zumindest tief in ihr vergraben. Aber es war, als ob ein alter, versiegelter Brunnen aufgebrochen würde – der Fluss war nicht mehr aufzuhalten.

»Ich *hasste* es. Ich hasste es so sehr, dass ich manchmal meine Stickerei hinwarf und aus dem Haus stürmte, um …«

»Einen Spaziergang im Garten zu unternehmen?«, fragte Xavier. Ein seltsames Lächeln spielte um seine Lippen.

»Nein!« Jane funkelte ihn wütend an. »Ich bin weggerannt, weit weg, auf hohe Hügel.«

Ihr Blick fiel auf den Stein mit der flachen Oberfläche, auf dem Ariane vorhin gesessen hatte. Sie ließ ihren Worten Taten folgen, raffte die Röcke und sprang auf den Stein.

»Und wenn ich den höchsten Punkt erreicht hatte, riss ich mir die Kappe vom Kopf und löste meine Haare.« Jane zerrte das Haarnetz weg und schüttelte den Kopf, bis ihre Haare ihr über die Schultern fielen. »Und dann brüllte ich meinen Trotz in die Welt hinaus.«

Xavier war ihr gefolgt und blickte nun zu ihr hoch. »Was habt Ihr gebrüllt?«

»Lächerliches Zeug wie: Es ist ungerecht! Verdammt sei ich, wenn ich mich einer derart öden Existenz unterwerfe!«

»Ihr habt geflucht? Ihr, Jane? Wie kühn von Euch.« Aber in seiner Stimme lag nicht sein üblicher Spott, und auch sein Lächeln war ungewöhnlich zärtlich.

»So kühn auch wieder nicht«, erwiderte sie bedrückt. »Ich habe es nur getan, wo mich niemand hören konnte.«

»Wahrscheinlich gibt es nicht sehr viele junge Damen, die es wagen würden, solch unbotmäßige Gedanken zu hegen. Was ist aus dem wilden, trotzigen jungen Mädchen geworden, das da auf ihrem Hügel stand und schrie?«

Was war aus ihr geworden? Traurig dachte Jane an das kleine, namenlose Grab, das sie in Sussex zurückgelassen hatte.

»Ich nehme an, das Mädchen hat herausgefunden, wie leicht man aus kühnen Höhen abstürzen kann.«

Plötzlich kam sie sich albern vor, wie sie da vor Xavier auf dem Stein stand. Sie raffte die Röcke und wollte herunterspringen. Doch er kam ihr zuvor. Er fasste sie um die Taille und hob Jane mit seinem gesunden Arm so mühelos herunter, als wöge sie nicht mehr als einer der Zweige, die sie ins Feuer geworfen hatte.

Er stellte sie ab, machte jedoch keine Anstalten, sie loszulassen. »Was wäre, wenn jemand da wäre, um Euch aufzufangen, wenn Ihr fallt?«

Sie sah zu ihm hoch und merkte, dass seine Augen auch außerhalb des Feuerscheins gefährlich glitzerten, vielleicht sogar noch gefährlicher, weil sich in ihnen nur der nächtliche Himmel spiegelte.

Als er sich zu ihr herabbeugte, wurde ihr klar, dass er sie küssen wollte. Immerhin war sie noch so vernünftig, den Kopf wegzudrehen.

»Ich – ich glaube nicht, dass es gut wäre, sich darauf verlassen zu müssen, aufgefangen zu werden«, sagte sie. »Diesmal würde ich vielleicht so schlimm fallen, dass ich mich nicht mehr davon erholen würde.«

Er hielt inne, sein Mund war nur einen Atemzug von ihrem entfernt.

»Vernünftige Frau«, murmelte er. Er ließ sie los und schickte sich an zu gehen. Jane blieb zurück. Sie schlang die Arme um den Oberkörper und fühlte sich seltsam beraubt.

Zum zweiten Mal in dieser Nacht spürte sie etwas in sich brechen. Vorhin war sie es unendlich leid gewesen, tugendreich zu sein, jetzt, als vernünftig bezeichnet zu werden.

Xavier hatte sich nur wenige Schritte von ihr entfernt, als sie ihm nachrannte und an seinem Umhang zerrte, sodass er sich zu ihr umdrehte. Er hatte noch die Zeit, einen erstaunten Fluch zu äußern, bevor sie ihm die Arme um den Hals schlang.

Sie zog seinen Kopf herab und küsste ihn heftig und ungeschickt. Er erstarrte nur ganz kurz, dann hatte er sich von seiner Überraschung erholt und drückte sie fester an sich.

Seine Lippen beschäftigten sich mit größerer Selbstverständlichkeit mit ihrem Mund, sie umschmeichelten ihn kunstfertig, so lange, bis sich ihre Lippen öffneten. Nach dem ersten Schock, seine Zunge in ihrer Mundhöhle zu spüren, erwiderte Jane den Kuss.

Sie vergrub die Finger in Xaviers Haaren und trank in gierigen Zügen die Hitze und die Leidenschaft, die von ihm ausgingen, wie einen berauschenden Trank, der ihr zu lange verwehrt worden war.

Xavier beendete den Kuss und rang nach Luft.

»Zur Hölle, Frau, ich – ich …«

»Ja?«, fragte Jane mit bebender Stimme und wappnete sich gegen die Erniedrigung, von ihm weggestoßen zu werden.

Aber sein Mund verzog sich nur zu einem piratenmäßigen Grinsen. »Ich wollte dich von dem Moment an küssen, als du an jenem Tag am Strand deinen ersten Versuch unternommen hast.«

»Ich habe keinen Versuch unternommen. Ich habe dir doch gesagt …«, begann Jane empört, wurde jedoch von seinem Mund am Weiterreden gehindert.

Sie war nicht die Einzige, die küsste, als könnte sie nicht genug davon bekommen. Die Heftigkeit von Xaviers Verlangen erregte sie und ließ ihr eigenes Verlangen um ein Vielfaches anschwellen. Egal, wie sehr sie sich wand, sie schien ihm nicht nah genug kommen zu können. Als sein Umhang ihr im Weg war, zerrte sie am Verschluss. Keiner der beiden merkte, wie der Umhang ihm von den Schultern glitt.

Jane erbebte, als Xavier ihre Brust liebkoste, die Berührung war ebenso frustrierend wie erregend. Der Schal, den sie heute Nacht getragen hatte, lag verlassen an der Stelle, wo sie neben Meg gesessen hatte. Sie hatte in dieser Nacht auf Bequemlichkeit geachtet und kein Korsett angelegt. Doch selbst ihr Unterhemd und die leichte Wolle ihres Mieders waren zu viel Stoff zwischen ihr und Xaviers forschenden Fingern.

Als er versuchte, mit der Linken die Bänder ihres Mieders aufzunesteln, grollte er über seine Ungeschicklichkeit, dann wollte er seinen verletzten Arm aus der Schlinge befreien. Jane hielt ihn auf und löste schamlos selbst ihr Mieder weit genug, damit Xavier seine Hand darunterschieben konnte.

Ihre Seufzer gingen ineinander auf, als seine warmen, rauen Finger ihre Brust umfassten und die Warze neckten, bis sie sich steil aufrichtete. Seine Berührungen schickten ein Feuer durch ihren ganzen Körper.

Ihre Beine begannen zu zittern. Das Nächste, was sie wusste, war, dass sie auf Xaviers Umhang auf dem Boden lag. Benommen starrte sie zu dem nächtlichen Himmel hinauf.

Noch nie hatten die Sterne so hell gefunkelt, noch nie war ihr der Mond so rund erschienen, so voller Geheimnisse und dunkler Versprechen. Warum, konnte sie nicht sagen. Ihr war, als hätte sie die Vernunft ausgeschaltet, als hätte sie jedes Flüstern des Gewissens zum Verstummen gebracht und sich ausschließlich ihren Gefühlen ausgeliefert.

Eine kühle Brise strich sanft über ihre nackten Brüste; Xaviers Mund war heiß und feucht, als er über ihr kniete und ihre Haut mit Küssen bedeckte; zwischen ihren Oberschenkeln sammelte sich süße Schwere.

Zwischen den Küssen fluchte er über seinen bandagierten Arm und drohte, die Holzleisten zu entfernen. Die Augen genießerisch zu Schlitzen verengt, schüttelte Jane mahnend den Kopf.

»Du machst das ganz ausgezeichnet, auch mit nur einer Hand.«

»Das sagst du nur, weil du nicht weißt, was ich mit zweien tun könnte«, erwiderte er schelmisch.

Er zerrte am Saum ihres Gewands und ließ die Hand unter ihre Röcke gleiten. Langsam wanderte er ihr Bein hinauf, hielt inne, um ihre Kniekehle zu liebkosen und glitt nicht höher, bis Jane sich enttäuscht hin und her wand.

Sie rächte sich, indem sie sich an den Knöpfen seiner Hose zu schaffen machte. Berauscht von ihrer Kühnheit schob sie die Hand in den Schlitz und schloss sie um seinen heißen, harten Schaft.

Xavier umklammerte ihr Bein und riss erstaunt die Augen auf. »Jesus, Frau, bist du denn vollständig von Sinnen?«

Er machte einen halbherzigen Versuch, sie aufzuhalten, doch dann stöhnte er gierig auf, als sie ihn zärtlich streichelte.

»Und ich – ich bin es genauso«, knurrte er.

Sie half ihm, die Hose abzustreifen. Aber als er ihre Röcke aus dem Weg schieben wollte, stellte sich heraus, dass sein gebrochener Arm ihnen im Weg war.

»Vielleicht wäre es besser, wenn du oben liegst«, murmelte er zerknirscht.

»Aber das habe ich noch nie getan!«, protestierte sie, doch dann merkte sie, wie albern das war. Sie lachte zittrig. Es gab viele Dinge, die sie noch nie getan hatte: sich der Leidenschaft zu einem Mann hinzugeben, ihn zu lieben, und zwar nicht innerhalb der zivilisierten Begrenzungen eines Bettes, sondern unter freiem Himmel, während der Wind durch die Steinriesen pfiff und das Meer gegen die Felsen brandete.

Xavier küsste sie wieder. Mannhaft zügelte er seine Gier und versuchte, ihre Vereinigung etwas langsamer und damit auch ein wenig zärtlicher zu vollziehen.

Doch Jane wollte nichts davon wissen. Sie befürchtete, wenn sie innehalten und auch nur einen Moment lang nachdenken würde, würde sie die Flucht antreten und sich wieder in die Ecke zurückziehen, in der sie all die Jahre gelebt hatte. Sie setzte sich auf Xavier und ließ sich vorsichtig auf seiner harten Männlichkeit nieder, die sie dehnte und erfüllte.

Er legte die Hand auf ihre Hüfte, bäumte sich ihr entgegen und führte sie, bis sie den Rhythmus gefunden hatte. Den Kopf zurückgeworfen, ritt sie ihn schneller und immer schneller. Jedes Verlangen, jeder Zorn, jedes Leid, das sie ihr Leben lang unterdrückt hatte, schwoll in ihr an und brach in einem lauten Schrei aus ihr heraus, als sie den Höhepunkt erreichte.

Keuchend und benommen, sackte sie neben Xavier zusammen und fing zu ihrem Schrecken prompt an zu weinen. Xavier lag mit geschlossenen Augen neben ihr, seine Brust hob und senkte sich, während er sich bemühte, wieder zu Atem zu kommen.

Jane drehte sich zur Seite und versuchte, ihr Schluchzen zu unterdrücken, aber sie konnte es unmöglich vor Xavier verbergen. Er richtete sich auf, spähte über ihre Schulter und versuchte, ihr Gesicht zu sehen.

»Jane?«

Sie konnte ihm keine Antwort geben, weil Tränen ihre Stimme erstickten.

»Ach, zur Hölle!« Er seufzte. »Ich habe schon befürchtet, dass das passieren würde. Ich hatte nur nicht damit gerechnet, dass du es so bald bereuen würdest.«

»N-nein! Ich bereue nichts! Es ist nur so, dass ich so lange nichts gefühlt habe. Vielleicht sogar nie. Ich – ich dachte nicht, dass – dass ich …«

Wahrscheinlich würde er sie nicht verstehen. So etwas konnte kein Mann verstehen. Aber zu ihrer Überraschung zupfte er an ihr, bis sie sich zu ihm umdrehte, und rückte näher an sie heran. Er drückte sie an seine Brust, ihre Tränen durchweichten sein Hemd, aber das schien ihn nicht zu stören.

Er wiegte sie sanft und murmelte: »Ich weiß, ich weiß, Liebste.« So seltsam es für diesen rauen Korsaren sein mochte, sie glaubte wirklich, dass er sie verstand.

So zärtlich gehalten und getröstet zu werden war ein Gefühl, das für Jane ebenso neu war wie die Leidenschaft. Sie genoss jeden seiner mit rauer Stimme geflüsterten Kosenamen und die Küsse, die er ihr sachte auf den Kopf drückte.

Nachdem sie sich ein wenig gefasst hatte, stellte sie entsetzt fest, dass sie gar nicht gemerkt hatte, ob Xavier Erfüllung gefunden hatte. Im Ehebett mit ihrem verstorbenen Gemahl war Williams Befriedigung immer von höchster und ihre von gar keiner Bedeutung gewesen. Einer Ehefrau war es einzig und allein bestimmt, die Sache zu ertragen.

Sie zog sich ein wenig zurück, um Xavier besorgt anzublicken. Wie sollte sie eine solch peinliche Frage überhaupt formulieren?

»Äh – hast du … konntest du …?«

»Oh ja.«

»G-gut. Das freut mich«, meinte sie, was ihn auflachen ließ.

»Mich auch.« Er grinste sie breit an, und sie errötete.

Wie albern er sie finden musste. Sie hatte keine Ahnung, mit welchen Frauen er gewöhnlich ins Bett stieg, aber sie glaubte nicht, dass ihm jemals eine begegnet war, die sich so peinlich benommen hatte wie sie. Erst hatte sie sich ihm wie eine rollige Katze an den Hals geworfen, und dann war sie auch noch in Tränen zerflossen.

»Du hältst mich bestimmt für verrückt.« Sie schniefte.

»Das sind wir beide.« Er beseitigte mit dem Daumen die Spuren der Tränen auf ihren Wangen. »Ich schiebe es auf den Mond.«

»Oder diese Steinblöcke«, meinte Jane und erwiderte sein Lächeln zaghaft. »Miri hat mir erklärt, dass es auf der Insel heißt, die Blöcke seien Töchter der Erde, die vor langer Zeit zu Stein geworden sind, um sich vor Hexenjägern zu retten und von da an über die Insel zu wachen. Angeblich wohnt ihnen ein ganz besonderer Zauber inne.«

»Das glaube ich gern. Ich habe andere Legenden über solche Menhire gehört. Wahrscheinlich sind wir nicht das erste Paar, das in ihren Schatten der Leidenschaft erlegen ist. Es heißt, dass solche Steine die Macht haben, den Menschen Fruchtbarkeit zu verleihen.«

Fruchtbarkeit?

Dieses Wort traf Jane wie ein Kübel eiskaltes Wasser. Sie richtete sich auf und presste die Hände auf den Bauch.

»Oh Gott, oh Gott, was habe ich nur getan? Wie konnte ich so sorglos sein? Nicht noch einmal.«

Sie sprang auf, als könnte sie stehend Xaviers Samen dazu bringen, aus ihr herauszufließen. Sorgenvoll blickte sie auf die Steine, als befürchtete sie, dass sie in eben diesem Moment ihren schrecklichen Zauber über sie warfen. Was würde wohl die Folge ihrer Tollkühnheit sein? Unwirsch zerrte sie an ihrem Mieder und schob ihre Brüste zurück.

»Wir – wir müssen zurück. Die anderen vermissen uns bestimmt schon«, stotterte sie.

Xavier erhob sich langsamer. Er schaffte es, die Hose hochzuziehen, doch Jane musste ihm beim Zuknöpfen helfen, was diesen Moment noch peinlicher machte.

Er runzelte die Stirn und betrachtete sie mit zusammengekniffenen Augen. Wenn der Mann nicht schon längst dachte, dass sie den Verstand verloren hatte, dann bestimmt jetzt.

»Was ist los, Jane? Was heißt nicht noch einmal?«

So ungern sie ihm darauf antwortete, so vermutete sie doch, dass sie ihm eine Erklärung schuldig war. Beschämt zog sie den Kopf ein.

»Als ich – als ich fünfzehn war, verliebte ich mich in den Stallmeister meines Vormunds. Ich habe meinen leidenschaftlichen Gefühlen nachgegeben und bin schließlich unverheiratet schwanger geworden.

Mein kleines Mädchen kam tot auf die Welt, was damals natürlich als Segen galt. Doch danach bin ich nie mehr schwanger geworden. Das war die Strafe Gottes für meine Sünde.«

Xavier schnaubte und begann zu fluchen. »Herrgott noch mal, Frau, selbst wenn ich sicher wäre, dass ich an den Allmächtigen glaube, würde ich doch denken, dass Er Wichtigeres zu tun hätte, als ein armes Mädchen zu verfluchen, das einmal vom Pfad der Tugend abgewichen ist, was sie nicht einmal selbst zu verantworten hatte. Sein Zorn hätte den Stallmeister treffen müssen, der dich verführt hat. Du warst doch erst fünfzehn.«

»Alt genug, um den Unterschied zwischen Richtig und Falsch zu erkennen«, sagte Jane.

Xavier umfasste ihr Kinn und zwang sie, ihn anzusehen. »Ist dir das, was wir heute Nacht hier getan haben, falsch vorgekommen?«

»Nein«, wisperte sie. Genau deshalb war sie ja so verwirrt. »Aber …«

»Nichts aber«, schnitt er ihr das Wort ab und zog sie wieder an sich. »Vielleicht waren wir etwas sorglos. Ich gestehe, gewöhnlich verkehre ich eher mit Frauen, die erfahrener sind und wissen, wie sie sich vor ungewollten Folgen schützen können.«

»Huren, meinst du.«

»Ich bezeichne sie lieber als Geschäftsfrauen, die es verstehen, einem Mann für sein Geld einen guten Gegenwert zu bieten.«

Als Jane ihn stirnrunzelnd betrachtete, ließ er ihr Kinn los und lächelte reumütig. »Ich habe nie behauptet, ich sei ein Heiliger, Jane; ja nicht einmal ein guter Mann. Ich mag zwar ein gewissenloser Schuft sein, aber in einer Hinsicht hast du nichts zu befürchten: Es gibt eines, was ich nie tun würde.«

»Und das wäre?«

»Ich würde mein Kind oder dessen Mutter nie im Stich lassen.«

Das war sein voller Ernst, wie Jane verblüfft merkte. Seine Stimme war belegt, seine Miene angespannt vor Aufrichtigkeit. Sie konnte seine Beweggründe gut verstehen. Unter der rauen Schale dieses Mannes befand sich der Schatten des Jungen, der von seinem Vater nicht anerkannt worden war.

Dennoch hätten sehr viele Männer, die sich für Ehrenmänner hielten, nichts Verwerfliches an Chevalier Louis Cheneys Verhalten gefunden. Jede Frau, die so unüberlegt war, sich einem Mann hinzugeben, mit dem sie nicht verheiratet war, musste die Folgen tragen. Der Mann hingegen war frei, einfach zu gehen. So war es eben in dieser Welt.

Aber offenbar sah Xavier das anders. Er küsste sie noch einmal sachte, erst auf die Stirn und auf die Augenlider, schließlich auf den Mund. Jane seufzte, sie hätte ihm so gern gesagt, wie viel ihr seine Versicherung bedeutete, wie sehr sie ihn dafür achtete, wie sehr …

… wie sehr sie ihn liebte.

Aber das wagte sie sich kaum selbst einzugestehen, geschweige denn ihm. Deshalb vergrub sie nur stumm das Gesicht an seiner Brust und dachte, dass sie wahrhaftig schon töricht genug gewesen war für eine Nacht.

17

Port Corsair schlummerte in der Sonne des späten Vormittags, am Kai regte sich ebenso wenig wie auf dem Kanal. Zu dieser Stunde waren die Fischerboote unterwegs. Nur eine kleine Karacke lag vor Anker, sie wurde beladen und sollte bei der nächsten Flut zum Festland aufbrechen.

Xavier bahnte sich den Weg durch Fässer, Kisten und aufgerollte Taue, wie er es seit der Rückkehr auf diese Seite der Insel jeden Tag getan hatte. Er atmete tief ein und füllte seine Lungen mit der würzig-salzigen Meeresluft, dann bewegte er die Finger, die aus der Schlinge seines immer noch geschienten Arms herausschauten.

Seine Hand fühlte sich steif an, zu gerne wäre er die lästigen Schienen losgeworden. Das verankerte Schiff weckte allerdings eine noch viel stärkere, vertraute Sehnsucht in ihm: endlich wieder auf dem Meer zu sein und den Wellengang unter sich zu spüren.

Doch dieses Bedürfnis zu erfüllen war nicht mehr so einfach wie früher. Er hatte etwas getan, was er sich geschworen hatte, nie zu tun: Er war eine Verbindung eingegangen, die ihn ans Festland fesseln würde.

Jane.

In den letzten zwei Wochen hätte er genügend Zeit gehabt, die wilde Nacht zwischen den aufragenden langen Steinblöcken zu bedauern – Zeit wohl, aber keine Neigung. Er musste nur an Janes sanften Blick und ihre großzügigen Lippen denken, und schon regte sich in seinem Körper der Drang, diese Torheit gleich wieder zu begehen.

Aber eigentlich sollte er es besser wissen: Jane war keine der Dirnen, mit denen er gewöhnlich ins Bett ging, wenn er in einem Hafen vor Anker lag – erfahrene Frauen, die genau wussten, wie eventuelle Folgen ihrer Liebschaften zu vermeiden waren.

Diesmal konnte es sehr wohl Folgen haben. Jane war zwar schrecklich verlegen gewesen, als er versucht hatte, mit ihr darüber zu sprechen, aber nach langem Drängen hatte sie zugegeben, dass sie seit einer Woche auf ihre Regel wartete.

Bei einer anderen Frau wäre das vielleicht nicht so bedenklich gewesen, doch Jane zufolge war ihr Körper stets so regelmäßig wie die Gezeiten. Das passte ins Bild, dachte Xavier ironisch – eine Frau, die so pflichtbewusst und tugendhaft war wie Jane, war natürlich in allem pünktlich. Nur ein einziges Mal war sie es nicht gewesen – vor langer Zeit, als sie schwanger geworden war.

Nun, das Versprechen, sie nicht im Stich zu lassen, hatte er nicht leichtfertig gegeben. So etwas würde er tatsächlich nie tun, nicht, nachdem sein eigener Vater ihn verleugnet und verlassen hatte. Diesen Schmerz wollte er keinem seiner Nachfahren zufügen.

Wenn er Jane tatsächlich geschwängert hatte, dann war es eben so – dann würde er sie heiraten, selbst wenn er überzeugt war, einen schrecklichen Gemahl abzugeben.

Gemahl … Vater … Schon bei diesen Worten brach ihm der kalte Schweiß aus. Nicht einmal die heiligen Mönche der spanischen Inquisition hätten ihm so viel Angst eingejagt. Aber noch war genügend Zeit, mit all den Bedenken über etwas fertig zu werden, was vielleicht gar nicht eintreten würde.

Er schirmte die Augen gegen die Sonne ab, die sich auf dem Wasser spiegelte, und betrachtete den Hafen. Sein Blick schweifte über den Landungssteg und den Kai. Er hoffte auf die Rückkehr des Boten, den Ariane aufs Festland geschickt hatte, um dort nach der *Miribelle* zu forschen.

Plötzlich entdeckte er jemanden, der ihm noch weit willkommener war als jeder Bote – einen großen, würdevollen Mann, dessen elfenbeinschwarze Haut und kraftvolle Gestalt die Blicke der Leute auf sich zogen, selbst die der Hafenarbeiter, die es gewohnt waren, Seefahrern aus aller Herren Länder zu begegnen.

Der Mann lief zum Gasthaus am Kai, begleitet von einem schäbigen alten Seebären, der behindert durch ein Holzbein daherhumpelte.

Xavier erfüllte tiefe Erleichterung zusammen mit einem stärkeren Gefühl, das seine Stimme rau werden ließ, als er rief: »Pietro! Jambe!«

Die beiden blieben vor dem im Wind schaukelnden Schild des Gasthauses stehen und drehten sich um. Pietros Gesicht hellte sich auf, seine Zähne blitzten weiß, zu seiner kontrastierten Haut.

Jambe lief rot an, vor Freude begann er zu wanken und wäre gestürzt, wenn Pietro ihn nicht gestützt hätte.

Xavier lief ihnen entgegen, und sie trafen sich in der Mitte. Pietro umarmte ihn so fest, dass seine Rippen knackten. Jambe begnügte sich mit ein paar kräftigen Schlägen auf den Rücken, bei denen Xaviers verletzter Arm sich schmerzhaft meldete. Aber er war zu froh, um etwas zu sagen.

Er versetzte seinen Freunden im Gegenzug ein paar spielerische Knüffe, bis er merkte, dass sie ziemlich viel Aufmerksamkeit erregten. Schließlich lösten sie sich voneinander und wurden etwas ruppiger. Jambe versuchte, Xavier böse anzuschauen, konnte aber ein Grinsen nicht unterdrücken.

»Zur Hölle mit Euch, Bursche, Ihr habt uns einen ganz schönen Schrecken eingejagt!«, knurrte der Alte, musste sich jedoch eine verdächtige Feuchtigkeit aus den Augen wischen. »Wir hatten Euch schon aufgegeben, bis dieser Junge von Faire Isle auftauchte und sich nach der *Miribelle* erkundigte.«

»Ich hatte euch auch schon fast aufgegeben«, entgegnete Xavier lächelnd. »Aber ich hätte wissen müssen, dass ihr zu störrisch seid, um zu ertrinken. Vor allem du, Alter. Aber was ist mit dem Rest meiner Mannschaft? Und was ist mit meiner Lady?«

Pietro und Jambe tauschten einen Blick, der nichts Gutes verkündete.

»Gehen wir lieber rein, Kapitän«, meinte Jambe und deutete mit dem Kopf auf das Gasthaus. »Ich denke, Ihr könntet jetzt ein Glas vertragen.«

* * *

Das *Bon Voyage* war die einzige Männerbastion auf der Insel, die überwiegend von Frauen bewohnt war. Im Sommer drängten sich abends die Fischer, Matrosen und reisenden Händler vom Festland in der Schenke, die erfüllt war vom Brummen männlicher Stimmen und rauem Gelächter.

Xavier hatte inzwischen zwar gelernt, die Freundschaft der Damen auf Faire Isle zu schätzen, doch am Abend kehrte er oft im *Bon Voyage* ein, nicht nur, weil er auf Nachrichten von seinem Schiff hoffte, sondern auch, weil er es als Wohltat empfand, unter seinesgleichen zu sein, Leuten, die von ihm kaum mehr erwarteten als hier und da ein kleines Grunzen und die nicht ständig wissen wollten, was gerade in ihm vorging.

Seine stille Jane stellte an ihn zwar keine derartigen Ansprüche, doch ihre sehnsüchtigen Augen schienen ihn ständig etwas zu fragen.

Zu dieser Stunde war die Schenke allerdings leer bis auf den Tisch, an dem Xavier mit Jambe und Pietro saß. Philippe, der momentane Wirt, hatte für Pietro mit seinem verwöhnten Gaumen eine Flasche Madeira auf den Tisch gestellt und für Jambe einen Krug Ale, das er vor Kurzem bei einem Kapitän aus Portsmouth erstanden hatte.

Das Beste, was England zu bieten hat, hatte Philippe geprahlt.

Pisse, hatte Jambe düster erwidert, doch er trank es trotzdem. Xavier lümmelte auf seinem Stuhl, vor sich ein großes Glas Branntwein.

Er hatte seinen Gefährten eine knappe und bereinigte Fassung seiner Abenteuer seit der Nacht des Sturms geliefert. Jambe und Pietro hatten genickt und wenig dazu gesagt.

Nun trommelte er ungeduldig mit den Fingern auf den Tisch. »Na gut, jetzt wisst ihr, was mir passiert ist, hört also auf, mich hinzuhalten, und sagt mir, was mit meinem Schiff los ist.«

Jambe seufzte und nahm einen großen Schluck Bier. »Es war ein verdammtes Wunder, dass wir den Sturm überstanden haben. Aber der Wind drehte und trieb uns von Faire Isle weg ans Festland. Wir sind vor der bretonischen Küste auf Grund gelaufen.«

»Ihr wisst ja, wie gefährlich diese Riffe sein können, vor allem in der Nähe von St. Malo«, warf Pietro ein.

»Wir fürchteten, das Schiff würde entzweibrechen oder kentern, aber – Gott segne sie – die *Miribelle* schwamm weiter. Wir dachten, wir hätten verdammtes Glück gehabt, bis am nächsten Morgen unsere Glückssträhne endete.«

Jambe nahm noch einen Schluck und verzog missmutig das Gesicht. »Wir sind von Plünderern überfallen worden, Kapitän. Eine Horde bretonischer Fischer, für die unsere Fracht leichte Beute war.«

»Wir versuchten, uns zu wehren«, sagte Pietro. »Aber wir waren erschöpft, und die anderen waren weit in der Überzahl. Die Geier haben die Schiffsräume geplündert.«

Jambe knallte den Becher auf den Tisch und zitterte vor Wut. »Einer der Schurken hat sogar versucht, sich mit dem Papagei aus dem Staub zu machen. Aber der ist entkommen und zu mir zurückgeflogen, der schlaue Bursche.«

»Es ist uns gelungen, Eure Kleider, Karten und Bücher zu retten«, fuhr Pietro fort. »Pater Bernard hütet Euren Besitz und den Vogel in einem Kloster nahe St. Malo.«

Obwohl Xavier das Ganze nicht gerade lustig fand, brachte er ein grimmiges Lächeln zustande. »Das ist bestimmt interessant, wenn man bedenkt, über welchen Wortschatz unser guter Wassergeus verfügt.«

Jambe schniefte. »Der elende Priester wird wahrscheinlich versuchen, meinem armen Vogel das Vaterunser beizubringen.«

»Viele von der Mannschaft meinen, dass uns Pater Bernards Vaterunser gerettet haben«, meinte Pietro.

»Das und die Tatsache, dass ihr Teufel von einem Kapitän über Bord gegangen ist.«

»Jambe!«

Pietro warf ihm einen vorwurfsvollen Blick zu.

»Aber es stimmt.« Jambe grinste Xavier entschuldigend an. »Ihr wart zum Teil selbst daran schuld, Kapitän. Es hat Euch immer amüsiert, dass sie Euch für eine Art Zauberer gehalten haben. Ihr wisst ja, wie abergläubisch Seefahrer sein können.«

Der Alte leerte seinen Krug und winkte dem Wirt nachzuschenken. »Wie auch immer – die treulose Bande hat sich in alle Winde zerstreut und auf anderen Schiffen angeheuert. Ich und Pietro sind die Einzigen, die von der Mannschaft der *Miribelle* übrig sind.«

»Und die *Miribelle* selbst?«

»Ich gehe davon aus, dass sie mittlerweile zerschellt ist.«

Xaviers Finger krampften sich um das Glas. Gemessen an dem Leben der Männer, die ihm teuer waren, war die *Miribelle* nichts. Es war nicht richtig, um ein Schiff zu trauern. Dennoch schmerzte es ihn, dass seine Lady zu einem dieser Wracks geworden war, das die Vorübersegelnden begafften; dass sie Wind und Brandung zerrieben, bis nur noch Treibholz übrig blieb und vielleicht noch ein aus dem Sand ragendes Rundholz.

Die Miribelle hatte ihm im Lauf der Jahre treu gedient. Seine Lady hätte ein weit edleres Ende verdient. Es wäre ihm lieber gewesen, wenn sie auf den Meeresgrund gesunken wäre oder er sie eigenhändig in Brand gesteckt hätte.

Er leerte sein Glas in einem Zug, doch die feurige Flüssigkeit linderte kaum den dumpfen Schmerz in ihm. Eine schwere Stille senkte sich auf den Tisch. Pietro nippte an seinem Madeira, Jambe wühlte in einem kleinen Lederbeutel an seinem Gürtel.

»Das habe ich für Euch aufbewahrt, Kapitän. Ich dachte, jetzt könntet Ihr es vielleicht gut brauchen.«

Pietro schnaubte abfällig. Xavier merkte rasch, warum: Jambe schob ihm das Lederfläschchen mit dem Schamanentrank zu.

Als Xavier seinen Steuermann fragend ansah, kratzte sich der Alte den grauen Bart. »Ich dachte, vielleicht würdet Ihr gern eine Eurer Visionen heraufbeschwören. Sie könnte uns helfen zu beschließen, was wir nun tun sollen.«

»Der Kapitän braucht nichts von diesem Teufelsgebräu, um uns seinen Kurs vorzugeben«, knurrte Pietro, und seine Hand zuckte, als wolle er das Fläschchen an sich nehmen. Doch Xaviers Finger schlossen sich zuerst darum.

Er starrte das Fläschchen stirnrunzelnd an. Eigentlich hatte er beschlossen, nichts mehr mit dem Wein der Geister zu tun haben zu wollen. Er hatte dem Trank die Schuld daran gegeben, dass sein Verstand in der Nacht des Sturms getrübt gewesen war. Wäre er klar gewesen, wäre die Sache vielleicht ganz anders ausgegangen – vielleicht aber auch nicht.

Er spürte dieselbe Versuchung wie immer, wenn ihn etwas quälte oder zu überwältigen drohte: sich in dem Glanz seiner Traumwelt zu verlieren. Selten hatte er mehr Grund gehabt, fliehen zu wollen. Abgesehen von seiner Gefangenschaft bei den Spaniern war sein Glück noch nie auf einem derartigen Tiefpunkt gewesen.

Als er den Blick hob, sah er in Pietros sorgenvolle Augen.

»Ihr braucht dieses Zeug nicht, Kapitän«, wiederholte sein Freund.

Xavier steckte das Fläschchen ein.

»Ohne Schiff und ohne Mannschaft kann ich mich kaum Kapitän nennen lassen.«

»Wie sehen wir denn aus?«, rief Jambe empört. »Wie Eure jungfräulichen Tanten?«

»Wir folgen Euch, Kapitän, wie wir es immer getan haben«, sagte Pietro.

»Wohin wollt ihr mir folgen?«, entgegnete Xavier verbittert. »Im Moment sind meine Aussichten ziemlich trübe.«

»Weit besser als in der Zeit, als wir Euch für tot hielten«, konterte Jambe.

»Ich bin froh, dass der Bote meiner Schwester euch gefunden hat, und es freut mich, dass ihr nach mir gesucht habt, aber ...«

»Eure Schwester?«, fragte Jambe. Er und Pietro sahen sich an.

»Jawohl, meine Schwester, Ariane, die Herrin von Faire Isle.« Xavier untersagte seinen Männern mit einem grimmigen Blick, diese Feststellung zu hinterfragen.

Pietros missbilligender Gesichtsausdruck verflog. Das Fläschchen geriet in Vergessenheit, der Mann lächelte ihn breit an. »Also habt Ihr endlich Eure Verwandtschaft eingestanden. Ich finde es großartig, dass Ihr mit Eurer Schwester Euren Frieden gemacht habt.«

»Es kann nicht schaden, sich mit einer Hexe gutzustellen«, murrte Jambe.

»Nenn sie nicht so!«, fauchte Xavier.

»Verzeiht, aber Ihr habt Euch doch bestimmt einen Plan ausgedacht, Kapitän. Schwester hin oder her, warum solltet Ihr sonst so lange auf dieser elenden Insel herumlungern?« Jambe beugte sich vor und flüsterte: »Hat sie etwas zu tun mit dieser anderen Hexe?«

Xavier erstarrte. »Auch Jane ist keine Hexe, verflucht noch mal!«

»Jane? Wer hat etwas von einer Jane gesagt?«, fragte Jambe verwirrt.

»Keiner.«

Xavier schnitt eine Grimasse und hoffte, dass er nicht zu verlegen aussah. Er versteckte seine Unsicherheit hinter seinem Branntweinglas.

»Ich habe von dieser anderen Göre geredet, diejenige, die Ihr für die Königin auftreiben sollt. Diese – diese Maria.«

»Megaera«, verbesserte ihn Pietro.

»Jawohl, genau die. Habt Ihr sie gefunden?«

»Und was wäre, wenn?«, fragte Xavier.

»Dann haben wir eine Lösung für unsere Sorgen: Bringt Katharina das Mädchen, und …«

»Mit der Entführung eines unschuldigen jungen Mädchens will ich nichts zu tun haben«, fiel ihm Pietro ins Wort.

Jambe sah ihn stirnrunzelnd an. »Der alten Königin nach ist dieses Mädchen nicht ganz so unschuldig.«

Nein, das war Meg tatsächlich nicht. Dass Ariane Meg zu ihrer Nachfolgerin ausgerufen hatte, hatte Xavier beunruhigt, weil er sich sicher war, dass seine Schwester sich und ihrem kleinen Inselreich damit eine Menge Ärger eingebrockt hatte – vor allem, wenn Katharina von dieser Ernennung Wind bekam.

Ariane hatte alle Ratsteilnehmerinnen um Verschwiegenheit gebeten, solange Katharina noch lebte. In Anbetracht des Alters und der schwindenden Gesundheit der Königinmutter würde das wohl nicht allzu lange sein. Aber Xavier hatte wenig Hoffnung, dass Frauen den Mund halten konnten.

Je näher Katharina ihrem Lebensende rückte, desto verzweifelter wurde sie wahrscheinlich. Vielleicht würde sie sogar auf ihre übliche Heimlichkeit verzichten und einen Trupp Berittener losschicken, um die Insel auf der Suche nach Meg auseinanderzunehmen.

Er und Megaera stellten eine Gefahr für Faire Isle dar. Wäre es nicht für alle besser, wenn sie fort wären, wenn Xavier Meg zu Katharina bringen würde? Er würde es behutsamer tun als die Soldaten der Königinmutter, und vielleicht konnte er Katharina sogar davon überzeugen, dass das Mädchen ihr nichts nutzte. Sie würde Meg freilassen, und dann wäre das Mädchen auch vor weiteren Nachstellungen seitens der dunklen Königin sicher.

Xavier stieß einen abfälligen Seufzer aus. War dieser Gedanke nicht nur ein edler Vorwand, um den wahren Grund dieser Versuchung zu verhüllen – die Belohnung?

Ihm fiel das Versprechen ein, das er dem jungen Dominique gegeben hatte, als der Junge nach dem Angriff auf das spanische Schiff im Sterben lag. Xavier hatte ihm geschworen, aus dem Erlös ihrer Fracht für die Mutter und die Schwester des Jungen zu sorgen. Dieses Versprechen konnte er momentan nicht einlösen.

Und was war mit Jane und dem Kind, das möglicherweise in ihr heranwuchs? Im Moment konnte er ihr nur einen schandbefleckten Namen bieten.

Selbst wenn er das Recht hätte, sich Louis Xavier Cheney zu nennen – was würde das ändern? Ein achtbarer Name reichte nicht, um einer Frau ein Dach über dem Kopf und Essen auf dem Tisch zu verschaffen.

Meg der dunklen Königin auszuliefern war mit Sicherheit der schnellste Weg, um sein Vermögen aufzubessern. Nur würde Jane ihm das nie verzeihen, wahrscheinlich würde sie ihn dafür verfluchen. Doch das müsste sie gar nicht, denn er würde es selbst tun, und zwar jedes Mal, wenn er in den Spiegel blickte.

Xavier schüttelte den Kopf und verbannte die hässliche Versuchung. »Nein, selbst wenn das Mädchen sich als die gefährlichste Zauberin herausstellt, die auf dieser Seite der Hölle ihr Unwesen treibt, würde ich sie nicht benutzen, um meine Truhen zu füllen.«

»Aber Kapitän …«

»Nein!«, wiederholte Xavier nachdrücklicher.

Jambe ließ die Schultern hängen. »Na gut«, meinte er enttäuscht. »Was also tun wir als Nächstes, Kapitän?«

»Ich weiß es nicht. Ich brauche Zeit zum Nachdenken.« Xavier presste die Fingerspitzen auf die Augenlider. »Meine Habseligkeiten müssen aus St. Malo hergeholt werden, vor allem die Tagebücher meines Vaters und der Papagei. Sie sind das

Erbe meiner Schwestern, und es ist höchste Zeit, dass ich es ihnen übergebe.«

»Wie bitte? Meinen Wassergeusen? Meinen schlauen Burschen ausliefern an – an irgendein Weib?« Jambe erbleichte. »Kapitän, das kann nicht Euer Ernst sein.«

»Jambe, du hast doch immer gewusst …«

»Nein!« Die Lippen des Alten zitterten. »Das werde ich nicht tun. Lieber – lieber würde ich noch mein anderes Bein verlieren.«

Xavier versuchte seufzend, den alten Seebären zur Vernunft zu bringen, doch Pietro fiel ihm ins Wort, die Stirn fragend gerunzelt.

»Aber Kapitän, warum kommt Ihr nicht einfach mit uns? Es würde sicher keinem von uns schwerfallen, auf einem Schiff anzuheuern oder eine andere Beschäftigung zu suchen, bis wir beschlossen haben, was wir als Nächstes tun werden. Ihr habt mit Euren Schwestern Frieden geschlossen. Was hält Euch hier noch?«

Ja, was? Xavier rutschte auf seinem Stuhl hin und her. Seit der leidenschaftlichen Nacht auf den Felsen hatte er kaum Gelegenheit gehabt, mit Jane allein zu sein. Sie schien schüchtern in seiner Anwesenheit und wich seinem Blick oft aus. Doch wenn sie ihn ansah, schimmerte eine Weichheit in ihren Augen, die ihn wärmte und gleichzeitig in Panik versetzte. Das Herz einer Frau war viel zu zerbrechlich, um es seinen groben Händen anzuvertrauen.

Bestimmt wäre es besser für sie, wenn er hier und jetzt aus ihrem Leben segelte.

Aber er konnte sie in einer solchen Notlage nicht zurücklassen, nicht, bevor er nicht sicher war, dass er seinen Samen nicht in sie gesät hatte.

Er erhob sich unvermittelt und vermied es, Pietro und Jambe in die Augen zu schauen.

»Kehrt nach St. Malo zurück und holt meine Sachen bei Pater Bernard. Danach sucht ihr die Familie des jungen Dominique und seht nach, wie es ihnen geht. Sagt ihnen, dass ich vorhabe, das Versprechen einzulösen, das ich dem Jungen gegeben habe, auch wenn ich es nicht gleich tun kann, weil uns die Fracht der *Miribelle* verloren gegangen ist. Und dann geht ihr ins *Cheval Noir,* ein Gasthaus am Ortsrand, und wartet dort, bis ihr etwas von mir hört. Ich muss hier noch ein paar Dinge erledigen, doch sobald ich das getan habe, sehen wir uns wieder.«

Xavier ging, bevor sie ihm weitere Fragen stellen konnten.

18

Faire Isle war keine richtige Insel, ein schmaler Damm verband sie mit dem Festland. Aber die Zeit und die Flut setzten dem Weg schwer zu, und nur die unerschrockensten Reiter wagten sich darüber. Doch bei einem Sturm wagte es niemand, denn dann drohten Pferd und Reiter vom Meer verschlungen zu werden.

Xavier stand im Schutz einer Baumgruppe und blickte, so schien es Jane, sehnsüchtig in diese Richtung. Aber als sie näher kam, merkte sie, dass es nicht der Damm war, der seine Aufmerksamkeit erregte, sondern die Segel einer kleinen Karacke, die sich immer weiter entfernte, während der Wind sie über den Kanal gen Bretagne trieb.

In Xaviers Miene spiegelte sich die Sehnsucht derart stark, dass Janes Schritte sich verlangsamten. Auf Faire Isle verbreiteten sich Neuigkeiten rasch, und sie hatte schon einiges gehört über die beiden Männer, mit denen Xavier im *Bon Voyage* gesessen und getrunken hatte.

Es waren bestimmt Leute seiner Mannschaft gewesen, die ihm berichtet hatten, dass die *Miribelle* den Sturm überstanden hatte. Sein Schiff wartete auf ihn. Seine Männer waren auf der Karacke zurückgekehrt, und offenkundig wünschte sich Xavier, er wäre bei ihnen.

Und Jane war sich sicher, dass Xavier nur eines zurückgehalten hatte: sein Pflichtgefühl ihr gegenüber. So sehr sie ihn dafür achtete und ihm dankbar war, so wenig gefiel ihr der Gedanke.

Sich schwängern zu lassen, um einen Mann an sich zu binden, war erbärmlich. Sie wünschte, sie könnte ihn lächelnd überzeugen, dass alles zum Besten stünde und dass ihre Blutung endlich eingesetzt hätte. Aber sie war eine derart schlechte Lügnerin, dass er sie bestimmt sogleich durchschaut hätte.

Je weiter sich die Karacke entfernte, desto bedrückter wirkte Xavier. Jane beschloss, dass es wohl besser wäre, ihn in einem solchen Moment allein zu lassen. Aber bevor sie sich zurückziehen konnte, drehte er sich um und entdeckte sie. Seine Miene hellte sich auf.

»Jane.« Er lächelte und streckte seine Hand aus. Vermutlich hätte ihm keine Frau widerstehen können.

Verlegen trat sie näher. Sobald sie in seiner Nähe war, griff er nach ihr. Da die Hütten und der Dorfanger noch gut zu sehen waren, zog Xavier sie tiefer in die Schatten der Bäume, bevor er sich vorbeugte und ihr einen Kuss auf den Mund drückte. Es war ein züchtiger Kuss im Vergleich zu den Küssen, die sie in jener Nacht auf den Felsen ausgetauscht hatten, doch Jane spürte, wie die Wärme in ihre Wangen stieg.

»Es – es tut mir leid«, sagte sie ein wenig atemlos. »Ich wollte dir nicht hinterherspionieren, aber ich habe gehört, dass du dich heute mit ein paar Herren vom Festland getroffen hast.«

Xavier lächelt schief. »Als Herren würde ich Jambe und Pietro nicht unbedingt bezeichnen, aber es stimmt schon, ich habe endlich wieder Leute aus meiner Mannschaft getroffen.«

»Dann ist dein Schiff also in Sicherheit.«

»Nein.« Xavier ließ ihre Hand los und entfernte sich ein wenig. Er starrte mit leerem Blick auf den Kanal.

»Die *Miribelle* hat Schiffbruch erlitten, an den Riffen vor St. Malo.«

»Ach, Xavier!«

Er zuckte die Schultern. »Immerhin hat es meine Mannschaft überlebt. Die *Miribelle* war ein ziemlich ramponierter alter Kahn. Ihre Planken waren morsch, und sie hat geleckt wie ein Sieb. Man konnte sie kaum noch als seetüchtig bezeichnen, also hält sich der Verlust in Grenzen.«

Jane ließ sich von seiner gespielten Gleichgültigkeit nicht hinters Licht führen. Sie wusste ganz genau, wie viel ihm das

Schiff bedeutete. Sie hatte es in seiner Stimme gehört und im Glanz seiner Augen gesehen, wann immer er von seinen Reisen erzählt hatte. Der Name seines Schiffes war ihm wie ein Kosewort über die Lippen gegangen, manchmal war Jane richtig eifersüchtig geworden.

Sie kannte Xavier allerdings gut genug, um zu wissen, dass ihm eine langatmige Anteilnahme nicht recht wäre. So gab sie sich damit zufrieden, seine Hand zu drücken und zu murmeln: »Es – es tut mir schrecklich leid.«

»Danke, meine Liebe«, brummte er schroff. Doch als er ihre Hand an die Lippen führte, war ihr, als wäre er ihr auch für ihre Zurückhaltung dankbar.

Nach einem Moment der Stille fragte sie vorsichtig: »Was hast du jetzt vor?«

»Das hängt von dir ab.« Er sah sie fragend an. Sie wusste, was er gern gehört hätte.

Sie versuchte, zu lächeln und zu lügen, doch am Ende schüttelte sie nur verzagt den Kopf.

Seine Züge umwölkten sich, doch er bemühte sich, seine Enttäuschung zu verbergen. »Nun ja, es ist ja noch sehr früh.«

»Ja«, stimmte sie ihm zu. Sie war hin- und hergerissen. Die Stimme der Vernunft sagte ihr, dass sie sich eine ganze Menge Ärger sparen würde, wenn ihre Blutung einsetzte. Der andere Teil in ihr, der ein tot geborenes Kind begraben und kein weiteres mehr empfangen hatte, sehnte sich danach, Xaviers Kind auszutragen, komme, was da wolle. Da sie dieses Gefühlsknäuel nicht entwirren konnte, wechselte sie lieber das Thema.

»Du bist nicht der Einzige, dem diese Karacke heute schlechte Nachrichten gebracht hat.«

»Ach ja?«

»Ich habe einen Brief von meiner Cousine aus Paris bekommen.«

»Die Cousine, die dich abgewiesen hat, als du in die Verbannung gehen musstest? Was zum Teufel will sie jetzt von dir?«

Jane krümmte sich. Xaviers Gefühle waren zwar etwas direkter als ihre, doch ansonsten ein unbehagliches Echo dessen, was in ihr vorgegangen war, als sie den Brief gelesen hatte. Sich ihrer Lieblosigkeit schämend, versuchte sie, Entschuldigungen für ihre Cousine zu finden.

»Abby mochte mich in unserer Jugend sehr gern. Sicher ist ihr Gemahl an ihrer jetzigen Einstellung schuld.«

»Würdest du deine Cousine im Stich lassen, nur weil dein Gemahl es dir befiehlt?«

»Das hoffe ich nicht, aber Frauen schulden ihren Ehemännern Gehorsam.«

»Vielleicht habe ich einen Grund, dich eines Tages daran zu erinnern, meine Liebe.«

Bei dieser Neckerei machte sie nur ein schiefes Gesicht. »Wie auch immer – Abby geht es gar nicht gut. Ihr Gemahl, George, ist ein Taugenichts, ein unverbesserlicher Spieler. Er hat in Paris so hohe Schulden gemacht, dass er fliehen musste. Er hat seine arme Frau verlassen. Abby schreibt, dass sie ganz krank geworden ist von all dem Ärger, und jetzt möchte sie, dass ich zu ihr komme.«

»Seefahrer, die monatelang an ihr Schiff gefesselt sind, möchten zu gern ein Fass Rum leeren. Aber das heißt noch lange nicht, dass sie es auch bekommen.«

Als Jane stumm blieb, musterte Xavier sie eingehend. »Sag mir bloß nicht, dass du daran denkst, nach Paris zu gehen.«

Jane wich seinem Blick aus und trat verlegen von einem Fuß auf den anderen. Er nahm sie am Kinn und zwang sie, ihn anzusehen.

»Du tust es tatsächlich. Verflixt noch mal, Jane!«

»Sie ist meine letzte Verwandte. Es ist meine Pflicht …«

»Zum Teufel mit deiner Pflicht. Du hast gegenüber Abigail Benton keinerlei Verpflichtungen. Diese Frau hat dich elend im Stich gelassen.«

Jane musterte ihn ernst und versuchte, sich ihm zu erklären. »Ich habe mich nie danach gerichtet, was andere tun. Ich muss tun, was mir mein Gewissen sagt. Wenn ich nicht schwanger bin, dann sollte ich zu Abby gehen. Es – es wäre das Richtige.«

Als er sie düster und ganz offenkundig erbost anstarrte, lächelte sie müde.

»Ich muss etwas tun. Ich kann nicht für immer auf Faire Isle bleiben.«

»Warum nicht?«

»Ich – ich weiß es nicht. Vielleicht, weil es hier zu wild ist für mich, zu seltsam, so anders als alles, was ich je gekannt habe.«

Seufzend fuhr er mit den Fingern über ihre Wangen. »Ach, Jane, du erinnerst mich an einen kleinen Zaunkönig, der in einem Käfig eingesperrt ist. Deine Tür steht offen, aber du willst nicht hinaus, weil du Angst hast, in die Freiheit zu fliegen.«

»Die Freiheit kostet oft einen hohen Preis.«

»Du meinst unsere momentane Notlage. Ich weiß, dass du häufig in der Kirche gewesen bist. Zweifellos hast du dort gebeichtet und Buße getan für die Nacht, die du in meinen Armen verbracht hast.«

Er versuchte, scherzhaft zu klingen, aber sie hatte den Eindruck, dass er ein wenig verletzt war.

Die Kirche von St. Anne war eigentlich nur eine Kapelle, sie war alles, was von dem früheren Kloster übrig geblieben war. Jane kniete jeden Morgen dort und betete, doch nicht einmal sie wusste genau, worum. Um wieder geachtet und in Sicherheit zu sein? Oder um mit einem Kind gesegnet zu sein, unabhängig von den Folgen? Konnte Gott einen Weg finden, solch widersprüchliche Gebete zu erhören?

»Ich gehe in St. Anne zur Messe«, sagte sie. »Nachdem mir die Ausübung meines Glaubens so lange verwehrt war, ist die Messe ein kostbares Geschenk, der einzige Segen meines erzwungenen Exils.

Aber ich habe keine Beichte abgelegt. Man kann nicht um Vergebung bitten und Buße tun, wenn …« Sie spürte, wie ihre

Wangen zu brennen begannen. »Wenn man nichts lieber täte, als die Sünde zu wiederholen.«

Es war gefährlich, Xavier so etwas zu gestehen. Vielleicht hätte sie wenigstens dieses eine Mal versuchen sollen, nicht so aufrichtig zu sein. Seine Augen verdunkelten sich, sie begannen zu glühen. Er zog sie an sich, und diesmal war sein Kuss nicht mehr so keusch.

Der Mund des Mannes war die reine Sünde, seine heiße, fordernde Zunge brachte sie dazu, mit dem gleichen Wahn zu reagieren, der in jener Nacht auf den Felsen über sie gekommen war. Doch diesmal kämpfte sie dagegen, auch wenn sie sich nur unter Aufbietung all ihrer Willenskraft aus seinen Armen lösen konnte.

»Und was ist mit dir?«, fragte sie möglichst ruhig, als ob dieser Mann sie nicht gerade mit seinen Küssen um den Verstand gebracht hätte. »Wenn es kein Kind gibt, wirst du doch sicher wieder in See stechen.«

Xavier blinzelte und verzog das Gesicht wie jemand, der gerade gewaltsam in die Wirklichkeit zurückgeholt worden ist. »Selbst wenn du ein Kind erwartest, muss ich mir bald wieder eine Arbeit auf einem Schiff suchen. Ich muss mich um unseren Lebensunterhalt kümmern, und ich weiß nur, wie man als Korsar zu Geld kommt; allerdings scheine ich auch darin nicht besonders gut zu sein.«

»Du – du warst kein erfolgreicher Pirat?«

Xavier lachte. »Na ja, es ging so, aber das Geld, das ich bekam, zerrann mir immer wieder zwischen den Fingern. An großem Reichtum war mir nie gelegen.«

»Woran dann? Wolltest du dich an den Spaniern rächen?«

»Zum Teil vielleicht.« Xavier wirkte ein wenig verlegen, leichte Röte überzog sein Gesicht. Fasziniert bat ihn Jane, sich näher zu erklären.

Peinlich berührt, gestand er: »Es mag töricht klingen, aber mir ging es immer um das Abenteuer. Als mein Vater mich in die Neue Welt mitnahm, gab er sich damit zufrieden, Orte zu besuchen, an denen vor ihm schon andere Europäer gewesen waren.

Aber mich drängte es immer danach herauszufinden, was hinter der nächsten Küstenbiegung lag, und mich auf das nächste unbekannte Meeresgebiet vorzuwagen. Ich wollte die Meere erforschen wie euer Sir Francis Drake und stets Kurs nehmen auf den fernen Horizont und fremde Länder.«

Manchmal war Xavier sehr zynisch, aber jetzt glühten seine Wangen vor Eifer, und sein Gesicht wirkte fast jungenhaft weich bei diesen Träumen.

Er steckte Jane mit seiner Sehnsucht an. Es war lange her, seit sie sich eine Sehnsucht erlaubt hatte. Viel zu lange, wenn sie recht darüber nachdachte.

Wenn sie der gefangene Zaunkönig war, dann war Xavier ein Adler, festgebunden an der Küste. Und Jane fürchtete, dass sie seine Kette war.

»Xavier, selbst wenn ich schwanger bin, hält dich hier nichts«, sagte sie. »Du selbst hast mir gesagt, dass die Frauen auf Faire Isle weit weniger an Konventionen gebunden sind. Carole Moreau hat ein uneheliches Kind geboren, ohne dass es ihr Ansehen geschmälert hat. Es scheint ihr recht gut zu gehen.«

Xaviers verträumter Gesichtsausdruck verschwand, seine Züge wurden streng. »Das mag für Carole gelten, aber was ist mit ihrem Sohn? Er ist noch ziemlich klein, doch bald wird er nach seinem Vater fragen. Glaub mir, wenn er merkt, dass es niemanden gibt, der sich bekennt, sein Vater zu sein, wird es ihm wehtun und er wird die Schande spüren.«

Starke Gefühle schnürten Xavier die Kehle zusammen. »Ich weiß, dass ich als Gemahl und Vater nicht viel zu bieten habe, aber wenigstens kann ich unserem Sohn den Schmerz ersparen, ein namenloser Bastard zu sein.«

»G-gemahl?«, stotterte Jane. »Du willst mich heiraten?«

»Natürlich. Ich dachte, das wüsstest du.« Er verzog das Gesicht. »Hätte ich dich fragen sollen? Mich vor dich knien und um die Ehre deiner Hand bitten sollen? Ich dachte nicht, dass dir solche formalen oder romantischen Gesten wichtig sind; schließlich warst du schon zweimal verheiratet.«

Ja, aber nie mit einem Mann, den sie geliebt hatte, einen, den sie sich selbst ausgesucht hatte. Ihr Herz machte einen Luftsprung vor Freude, doch damit war es vorbei, als ihr einfiel, dass Xavier sich nichts ausgesucht hatte.

Sie schüttelte den Kopf, doch Xavier nahm sie am Kinn.

»Nein, Jane, keine Widerrede. Du brauchst dir keine Sorgen zu machen, ich werde nicht sehr oft hier sein, um dich zu plagen, obwohl ...« Er schürzte die Lippen und runzelte die Stirn. »Vielleicht könnte ich ja auch Fischer werden oder auf einem der Handelsschiffe anheuern, die zwischen England und Holland verkehren. Dann wäre ich immerhin nicht jahrelang unterwegs.

Ich könnte nach Faire Isle zurückkehren, um meine Schwester zu besuchen und die Bedürfnisse meiner Ehefrau zu befriedigen.« Sein schelmischer Blick ließ Jane erröten. »Und ich könnte unserem Jungen ein paar Dinge beibringen – Segeln, Schwimmen, Schwertkampf zum Beispiel.«

»Unserem Jungen?«, fragte Jane. »Was ist, wenn es ein Mädchen wird?«

Xavier wirkte kurz ein wenig ratlos, doch dann grinste er. »Wenn sie auch nur ansatzweise meinen hitzköpfigen Nichten gleicht, werde ich auch ihr das Kämpfen beibringen müssen.«

Jane musste lachen.

Die Zukunft, die Xavier ausmalte, klang allzu verlockend. Wenn sie nur davon hätte ausgehen können, dass er all das auch wirklich wollte! Aber sie fürchtete, den Verlust seines fernen Horizonts würde er stets bedauern und es mit der Zeit sowohl sie als auch das Kind spüren lassen.

Doch als sie versuchte, ihm das verständlich zu machen, hinderte er sie mit einem Kuss am Weiterreden. »Erspar mir all deine vernünftigen Argumente. Inzwischen solltest du doch wissen, dass ich völlig skrupel- und gewissenlos bin, wenn es mir darum geht, meinen Willen durchzusetzen. Notfalls werde ich dich mit dem Schwert zwingen, in die Kirche zu marschieren. So leicht wirst du mich nicht wieder los.«

Das war ja das Schlimme: Sie wollte ihn gar nicht loswerden. Als er sie an sich zog, gab sie nach und lehnte mit einem tiefen Seufzer den Kopf an seine Schulter. Warum sich über etwas streiten, zu dem es nie kommen würde, über ein Kind, das es vielleicht gar nicht gab? Statt sich über die Zukunft zu sorgen, wie sie es so oft tat, sollte sie lieber die Gegenwart genießen, die Zeit, in der Xavier bei ihr war. Wahrscheinlich würde sie nicht von langer Dauer sein.

Er liebkoste ihre Stirn mit den Lippen. Ein Mann konnte es viel schlimmer treffen, als den Rest seiner Tage mit einer guten Frau wie Jane Danvers zu verbringen. Selbst die Aussicht auf ein Kind beunruhigte ihn nicht mehr so.

Er sehnte sich zwar danach, wieder über das Deck eines Schiffes zu laufen, doch es würde nicht mehr so leicht sein wie früher, dem Ruf der See zu folgen. Er würde Jane schmerzlicher vermissen als seine rechte Hand.

Fühlte es sich so an, eine Frau zu lieben?

Schon allein bei dieser Frage hätte er eigentlich vor Jane zurückscheuen müssen. Doch er ließ sie erst los, als er eine Gestalt bemerkte, die sich ihnen näherte. Er hatte sich bemüht, Jane die peinlichen Vermutungen der Frauen von Faire Isle zu ersparen. Diejenige, die nun auf sie zukam, war die Letzte, von der er dabei ertappt werden wollte, wie er Jane küsste.

Meg. Er rechnete damit, dass sie auf ihn zustürzen und ihm Jane in einem Sturm der Entrüstung entreißen würde. Aber Meg schien sie gar nicht zu bemerken. Es sah so aus, als habe sie etwas im Sinn, was sie voll und ganz beschäftigte.

Nervös über die Schulter blickend, bog sie auf einen anderen Weg ab und verschwand zwischen den Bäumen. Offenkundig wollte sie etwas tun, was sie nicht tun sollte. Xavier hatte oft genug Streiche begangen, um die Zeichen zu erkennen.

* * *

Kiefern schirmten die kleine Bucht von Port Corsair ab. Dieser Ort bot Meg die Einsamkeit, nach der sie sich sehnte. Sie hatte das Gefühl, dass sie seit ihrer Ernennung zur nächsten Herrin von Faire Isle keinen einzigen ruhigen Moment mehr gehabt hatte.

Nun zog sie Schuhe und Strümpfe aus, setzte sich auf einen flachen Stein am Uferrand und ließ die Füße in die Wellen baumeln.

Das Wasser war selbst um diese Jahreszeit kalt. Meg erschauerte, freute sich jedoch mit einem müden Seufzer über die Erfrischung. Sie hatte herausgefunden, dass ein Hochgefühl genauso ermüdend sein konnte wie Verzweiflung. Vielleicht deshalb, weil ihr Glück von der ständigen Angst gebremst wurde, dass ihr alles im Handumdrehen wieder weggenommen werden konnte.

Die Frauen auf Faire Isle zeigten sich ihr gegenüber aufgeschlossener, auch wenn Meg wusste, dass das wohl hauptsächlich auf Caroles Einfluss und Seraphines Überredungskünste zurückzuführen war, und nicht so sehr auf ihre eigenen Verdienste.

Ariane hatte ihr versichert, dass sie mit der Zeit alle für sich gewinnen würde.

Meg konnte nur hoffen, dass sie recht hatte. Aber sie wusste nicht, ob sie diese Zeit hatte.

Sie zog ihre Kristallkugel aus dem Beutel, sie funkelte in der Sonne. Meg hatte sie schon seit mehreren Wochen nicht mehr befragt. Ariane hatte ihr Schicksal in jener Nacht auf den Felsen in neue Bahnen gelenkt; zumindest hoffte Meg das mit allen Fasern ihres Seins. Aber sie wollte sich vergewissern, und deshalb hatte sie beschlossen, ein letztes Mal ihre Kristallkugel zu befragen.

Sie holte tief Luft, dann spähte sie angestrengt in die Kugel. Sie starrte so lange hinein, bis vor ihren Augen Lichtpunkte tanzten und sich zu einem Bild fügten. Sie befürchtete schon, dass sie wieder einmal sehen würde, wie sie an die Soldaten der dunklen Königin ausgeliefert wurde, mit dem schattenhaften Verräter in ihrem Rücken.

Aber was sich nun vor ihren Augen entfaltete, war weit schlimmer. Sie sah eine kranke alte Frau auf einem Bett dahingestreckt, das von kostbaren Vorhängen umgeben war. Meg strengte sich an, bis das Gesicht der Frau klarer wurde. Es war die dunkle Königin, und sie lag im Sterben …

Meg wollte vor dem boshaften Gesicht zurückweichen, das sie aus den Kissen heraus erzürnt anfunkelte. Aber Katharinas welke Finger schlossen sich um Megs Handgelenke. Mit einer Stimme, die nur noch ein schwaches Krächzen war, beschuldigte sie Meg: »Du! Du hast mir das angetan!«

»Nein!«, rief Meg aufgebracht. »Ihr habt es selbst über Euch gebracht. Ich wollte Euch nie etwas Böses. Warum könnt Ihr mich nicht einfach in Ruhe lassen?«

Das harte Licht in den Augen der dunklen Königin verblasste zu einem Ausdruck schierer Verzweiflung. »Hilf mir! Ich habe schreckliche Angst vor der Dunkelheit, davor, allein ins Grab zu sinken, von allen vergessen. Ich weiß, du hast die Macht, Kind. Tu etwas dagegen, bitte!«

»Ich kann es nicht«, wisperte Meg tränenüberströmt. »Es ist zu spät … für uns beide.«

»Siehst du dort drinnen etwas Interessantes?«, fragte gedehnt eine Stimme direkt an ihrem Ohr. Megs Konzentration war zerstört, das Herz schlug ihr bis zum Hals.

Als sie sich hastig umdrehte, sah sie, dass Xavier sich über sie beugte. Sie sprang auf und wäre beinahe auf dem glitschigen Sand ausgerutscht, wenn Xavier sie nicht aufgefangen hätte.

Meg versuchte, sich zu fassen, und entzog sich seinem Griff. Heftig atmend starrte sie ihn an.

»Wie – wie könnt Ihr es wagen? Was tut Ihr hier? Wie kommt Ihr dazu, mir nachzuspionieren?«

Er wirkte unbeeindruckt von ihrem Zorn und ihrer gerechten Empörung. »Die Frage sollte wohl eher lauten: Was tust du hier?«

Meg wollte die Kristallkugel verstecken, doch sie merkte, dass es dafür zu spät war. »Was – was ich tue, geht Euch nichts an.«

Ihre hochmütige Behauptung war allerdings entkräftet, als sie mit zitternder Stimme hinzufügte: »Werdet Ihr es Ariane sagen?«

»Du hast ja schon gesagt, es geht mich nichts an. Gottlob bin ich nicht dein Aufpasser.«

Er stützte sich mit seiner gesunden Hand ab und setzte sich vorsichtig auf einen Stein des felsigen Strands. Seine Bewegungen wirkten etwas ungelenk, da sein rechter Arm noch immer in der Schlinge steckte.

Meg wäre am liebsten weggerannt. Aber sie hatte das Gefühl, als hätte er einen Sieg über sie errungen, als er sie mit der Kristallkugel ertappt hatte. Nun blieb sie aus schierem Trotz, um zu beweisen, dass sie sich ihres Tuns nicht schämte und sich von ihm nicht einschüchtern ließ.

Sie setzte sich wieder auf den flachen Stein, spielte mit ihrer Kristallkugel und beobachtete ihn verdrossen aus den Augenwinkeln. Er hatte eine zerbrochene Muschel gefunden und untersuchte sie, als wären er und Meg zwei Freunde, die sich an einem müßigen Nachmittag die Zeit mit einem kleinen Spaziergang vertrieben.

»Warum seid Ihr noch hier?«, fragte Meg.

»Nun ja, es ist doch recht hübsch hier, ruhig, friedlich …«

»Ich meine nicht die Bucht, ich meine Faire Isle. Ich habe Euch doch einen Trank gegeben, der Euch stärken sollte.«

»Stimmt, und dafür bin ich dir auch sehr dankbar.«

»Ich will keinen Dank von Euch, ich will, dass Ihr geht.«

»Nun, offenbar bin ich in deinem Ansehen nicht gestiegen.« Er seufzte gespielt. »Hast du in deiner kleinen Kristallkugel noch ein paar düstere Warnungen vor mir gesehen? Die große Urwaldkatze, die die arme Lady Danvers verfolgt?«

»Nein, die Kugel warnt mich nicht vor Dingen, die bereits geschehen sind.«

In Xaviers Augen konnte Meg zwar nicht lesen, aber in Janes Augen schon. Sie hatte eine deutliche Veränderung an ihrer älteren Freundin bemerkt und in ihren Augen einen hoffnungsvollen Schimmer gesehen und all die Sehnsüchte, die die stille Lady nie äußern würde.

»Ihr habt Eure Krallen bereits tief in Janes Herz gegraben«, warf ihm Meg zornig vor.

Er verzog das Gesicht und warf die Muschel mit einer weit ausholenden Bewegung zurück ins Meer. »Ob du es glaubst oder nicht – ich mag Jane. Ich würde ihr nie wehtun.«

»Vielleicht nicht absichtlich.« So viel wollte sie ihm zugestehen. »Aber Ihr seid einer dieser gefährlichen Menschen, die Ärger anziehen wie ein Leitstern, genau wie …«

Meg bremste sich und schürzte die Lippen.

»Wie du?«, fragte er.

Meg hasste es, zugeben zu müssen, dass sie vielleicht etwas gemeinsam hatten. Aber sie dachte an all die Menschen in ihrem Leben, die ein schreckliches Ende gefunden hatten: ihre geliebte alte Kinderfrau Mistress Waters; viele der jungen Frauen, die sich dem Zirkel der Silbernen Rose angeschlossen hatten; Lady Danvers unglücklicher Bruder. Und beinahe wäre sie auch noch an Janes Tod schuld gewesen, ganz zu schweigen davon, dass sie ihren Vater und ihre Stiefmutter in große Gefahr gebracht hatte.

Nein, verbesserte sich Meg. Megaera, die Silberne Rose – sie war es, die eine Gefahr für ihre Freunde war. Aber sie war nicht die Silberne Rose.

Xavier versuchte, ihr die Kristallkugel abzunehmen, doch sie hielt daran fest, rutschte aus seiner Reichweite und starrte ihn böse an.

»Ich wollte mir das Ding doch nur mal ansehen«, meinte er. »Offenbar verursacht dir diese Kugel nichts als Kopfschmerzen. Was fasziniert dich so an ihr?«

»Das könnt Ihr nicht verstehen.«

»Du würdest dich wundern, was ich alles verstehe«, erwiderte er seltsam lächelnd. Er zog ein Fläschchen aus seinem Wams. »Weißt du, was das ist?«

Meg beäugte es verächtlich. »Es sieht aus wie ein ganz gewöhnliches Lederfläschchen, meine Stiefmutter hat in so etwas immer ihren irischen Whiskey aufbewahrt. Sie hat mich einmal probieren lassen. Es hat wie Feuer gebrannt und widerlich geschmeckt. Es hat mich gewürgt.«

»Das Zeug in meinem Fläschchen würde dich dazu bringen, noch viel mehr zu tun. Die Eingeborenen in Brasilien nennen es den Wein der Geister. Ein indianischer Schamane hat mir gezeigt, wie man es aus einer Liane im Urwald braut.«

»Eine Art Zaubertrank?« Unwillkürlich war ihr Interesse geweckt, auch wenn sie versuchte, möglichst gleichgültig zu wirken. »Was passiert, wenn man ihn zu sich nimmt?«

»Er führt zu einer machtvollen Trance, in der dein Geist an Orte gelangt, die du dir nie vorstellen könntest. Man fühlt sich, als würde man alles sehen und wissen.«

»So, wie wenn ich in meine Kugel sehe und in die Zukunft blicke?«

»Nicht ganz so, aber der Trank beschwört eine Art von Vision herauf. Er befreit dich von den Fesseln der Wirklichkeit und lässt deinen Geist fliegen. Aber wenn ich dann zurück auf die Erde stürze, bin ich meist tagelang krank.«

»Warum spielt Ihr dann mit so etwas Gefährlichem?«

Xavier hielt das Fläschchen hoch und musterte es reumütig lächelnd. »Weil die Macht, die darin steckt, sehr verführerisch ist, meine Liebe, genau wie die deiner Kristallkugel.«

Meg wollte den Vergleich zwischen ihrer reinen Kristallkugel und diesem schmutzigen Urwaldgebräu von sich weisen, aber seine Worte brachten in ihr eine unangenehme Saite zum Klingen. Die Visionen, die sie in ihrer Kristallkugel heraufbeschwor, waren häufig sehr beunruhigend. Doch zu wissen, dass sie die Macht besaß, solche Visionen heraufzubeschwören, war sehr verlockend.

Dennoch sagte sie: »Euer Trank klingt gefährlicher als das,

was ich mit meiner Kristallkugel mache. Immerhin versinke ich nicht in Trance.«

»Vielleicht nicht. Aber während du so beschäftigt bist herauszufinden, was morgen vielleicht passiert, vergisst du, heute zu leben. Deinen Blick in die Zukunft zu richten ist womöglich auch deswegen so gefährlich, weil es dir deinen freien Willen nimmt, deinen Glauben, dass du deinen eigenen Weg gehen kannst. Wenn ich du wäre, würde ich das Ding nicht mehr anrühren.«

»Ihr habt nicht das Recht, mir Vorhaltungen zu machen.« Sie deutete verächtlich auf sein Fläschchen.

»Richtig, das habe ich nicht.« Er entkorkte das Fläschchen. Meg beobachtete ihn mit einer Mischung aus Furcht und Faszination. Würde er seinen Zauber jetzt und hier vor ihren Augen vollziehen? Doch zu ihrer Verwunderung drehte er das Fläschchen um und schüttete die Flüssigkeit aus.

»Womöglich habe ich mein Schiff verloren, weil ich mich diesem dunklen Zauber hingegeben habe. Deine Kristallkugel könnte dich am Ende auch einen hohen Preis kosten.«

Meg überraschte sich selbst, als sie ihm etwas gestand, was sie noch niemandem anvertraut hatte: »Ich kann mir nicht helfen, Xavier, ich habe Angst. Ständig sehe ich *sie.*«

Seine Lippen wurden schmal. »Ich nehme an, du sprichst von der dunklen Königin.«

»Jemand wird mich an sie verraten. Ich werde in ihrem Palast gefangen sein, und …« Meg biss sich auf die Lippen. Sie hatte ihm schon viel zu viel erzählt. Also verkniff sie sich hinzuzufügen: *Und ich habe Angst, dass ich etwas Schreckliches tun werde.*

Xavier wandte den Blick ab, seine Miene umwölkte sich. Meg hätte alles gegeben, in den Augen dieses Mannes lesen zu können. Als er sich wieder zu ihr wandte, wirkte er so freundlich, wie sie es nie von ihm vermutet hätte.

Er berührte ihre Hand. »Nein, Meg. Niemand wird dich verraten, egal, was du in deiner Kristallkugel gesehen hast. Du wirst vor der dunklen Königin sicher sein. Das verspreche ich dir.«

Das war ein unbedachtes Versprechen, doch er hatte es so schlicht und dennoch so eindringlich gegeben, dass Meg ihm glaubte.

Sie betrachtete ihre Kristallkugel noch einmal sehr lange und wog sie in ihrer Hand. Dann holte sie tief Luft, um sich Mut zu machen, und warf sie auf den felsigen Strand, wo sie in tausend Stücke zersprang.

19

Simon Aristide war nach Faire Isle zurückgekehrt. Obwohl es gut zehn Jahre her war, dass der Hexenjäger die Insel überfallen hatte, scheuchten die Frauen ihre Kinder in die Häuser.

Nur wenige wagten es, an den Gartentüren zu verweilen und in eisigem Schweigen dem Mann nachzustarren, der an ihnen vorbeiritt.

Die Jahre hatten sein dunkles Haar mit silbernen Strähnen durchzogen. Er trug nicht mehr seine dunkle Kriegertracht, sondern die schlichte Hose und Tunika eines einfachen Bauern.

Doch die schwarze Augenklappe und die Narben, die seine rechte Gesichtshälfte verunstalteten, waren nicht zu verkennen.

Simon nickte und tippte bei manchen Damen, an denen er vorbeikam, an die weiche Krempe seines Hutes. Doch seine Bemühungen zu lächeln, wurden nur mit finsteren Blicken erwidert, und eine ältere Frau spuckte sogar vor ihm aus.

Nach all den Verwüstungen, die er in den Jahren seiner jugendlichen Arroganz und Verbitterung auf dieser Insel angerichtet hatte, konnte Simon es ihr nicht verübeln. Er hatte seinen Beruf als Hexenjäger zwar längst aufgegeben, doch die Frauen von Faire Isle würden wohl nie vergessen, was er einst getan hatte, und ihm nie verzeihen.

Er presste die Knie in Elles Flanken und lenkte seine treue Stute Richtung Belle Haven. Dort konnte er zumindest mit dem freundlichen Empfang *einer* Frau rechnen – der Tochter der Erde, die es wagte, ihn ihren Gemahl zu nennen.

Seit ihrer Ankunft auf Faire Isle hatten sich Elles Schritte verlangsamt. Simons geliebte Stute wurde älter, sie hatte nicht mehr das frühere Durchhaltevermögen, und vor der Überquerung des langen schmalen Dammes zwischen dem Festland und der Insel hatte sie sogar Angst gezeigt.

Doch sobald sie sich Belle Haven näherten, einem efeubewachsenen steinernen Herrenhaus mit einem viereckigen Turm, spitzte das Pferd die Ohren. Obwohl auch er erschöpft war, richtete sich Simon im Sattel auf. Seine Stimmung hob sich, vor allem, als er Elle zum Stall lenkte und im Hof eine feenhafte Frau mit langen, mondgoldenen Haaren erblickte.

Miri kauerte am Boden, eine junge Dogge in den Armen, und versuchte, den sich windenden Welpen festzuhalten und ihrem kleinen Neffen beizubringen, wie man einen Hund sanft streichelt. Da Leon um sie herumhüpfte und ebenso aufgeregt war wie der Welpe, war diese Lektion wohl eine ziemliche Herausforderung.

Als sie aufsah und Simon erblickte, fing sie an zu strahlen. Sie überließ den Welpen und Leon Seraphines Obhut und stürmte zu Simon, bevor dieser überhaupt Zeit hatte, aus dem Sattel zu steigen.

Da er Miri und ihre große Liebe zu allen vierbeinigen Geschöpfen kannte, hätte es ihn nicht weiter verwundert, wenn sie sein Pferd zuerst begrüßt hätte. Sie streichelte Elles Stirnlocke, doch sie konnte es kaum erwarten, dass Simons Stiefel den Boden berührten und sie sich endlich in seine Arme werfen konnte.

Oh Gott, wie sehr er sie vermisst hatte. Simon hob sie hoch und drückte sie fest an sich, dann drehte er sich lachend mit ihr im Kreis, bis ihm die kostbare Last einfiel, die sie in ihrem Leib trug.

Ehrfürchtig setzte er Miri wieder ab und gab sich mit einem langen, zärtlichen Kuss zufrieden, obgleich seine freche Nichte Seraphine ihn neckend anfeuerte und Beifall klatschte, was der kleine Leon ihr prompt nachmachte.

Miri schnitt eine Grimasse und verscheuchte ihre Nichte und ihren Neffen, bevor sie sich wieder mit einem frohen Seufzer Simon zuwandte.

»Welch schöne Überraschung, mein Liebster. Bist du die lange Strecke nach Faire Isle geritten, um deine streunende Gemahlin heimzuholen?«

Er zog spielerisch an ihren Haaren und sagte ruppig, um ihr nicht zu zeigen, wie froh ihn allein schon ihr Anblick machte: »Ihr seid schon fast einen Monat weg, Mylady.«

»Ach ja? Wirklich? So lange schon?«

»Offensichtlich habe ich dich weit mehr vermisst als du mich.«

Miri zog die Nase kraus, sie sah herrlich schuldbewusst aus. »Ich habe dich schrecklich vermisst, Simon. Aber es ist so schön …« Als sie verstummte, beendete er den Satz für sie: »Wieder zu Hause zu sein?«

Er wusste, wie viel Miri aufgegeben hatte, als sie ihn geheiratet hatte. Von den drei Cheney-Schwestern hatte sie Faire Isle am meisten geliebt.

Sie legte eine Hand an sein Gesicht. »Nein, Simon. Ich bin dort zu Hause, wo du bist, das weißt du doch. Aber es ist wundervoll, wieder mit Ariane zusammenzusein und Zeit mit Gabbys Mädchen und dem kleinen Leon zu verbringen.«

Sie strahlte ihn an. »Und stell dir vor, ich habe einen Bruder, Kapitän Louis Xavier Cheney. Du fragst dich bestimmt, wie es dazu gekommen ist. Komm ins Haus und lerne ihn kennen. Seraphine wird sich um Elle kümmern, ich denke, das wird sie sehr gerne tun. Während du dich ein bisschen frisch machst und dir den Staub der Landstraße abwäschst, erkläre ich dir alles.«

Sie nahm ihn bei der Hand und zog ihn eifrig zum Haus. Doch Simons Hochgefühl bei Miris Anblick hatte ihn ganz vergessen lassen, warum er eigentlich nach Belle Haven gekommen war – er brachte schlechte Nachrichten. Miris offenkundige Freude an ihrem neu entdeckten Bruder würde ihm das, was er zu sagen hatte, nur noch schwerer machen.

Als er zurückblieb, spürte Miri sein Zögern. Sie drehte sich zu ihm um und fragte: »Simon, was ist los?«

»Du weißt ja, dass ich Nachforschungen angestellt habe, um mir ein Bild davon zu machen, was in Paris abläuft. Vor Kurzem habe ich etwas erfahren, etwas Schlimmes.«

»Über die dunkle Königin?«, fragte Miri ernüchtert.

»Nicht nur über sie.« Simon seufzte. »Sondern auch über deinen neuen Bruder.«

* * *

Xavier saß am Küchentisch und bemühte sich, die Kohle ungelenk mit seiner Rechten umfassend, zu zeichnen. Wie viele Kapitäne beherrschte er diese Kunst recht gut, denn damit konnte er viele der exotischen Tiere und Pflanzen festhalten, die ihm auf seinen Reisen begegneten.

Aber mit der Linken war es hoffnungslos, und seine Rechte behinderten noch immer die Schienen. Es machte die Sache nicht besser, dass er von kritischen Zuschauern umgeben war – seinen zwei kleinen Nichten Lucia und Ninon, die sich links und rechts an ihn drückten.

Er warf einen verstohlenen Blick auf Jane, die gerade einer der jüngeren Mägde zeigte, wie man Flecken aus kostbarem Leinen entfernte. Xavier legte die Kohle weg und begann, den Verband um die Schienen zu lösen.

Doch Lucia verriet ihn sofort: »Milady Jane, seht nur, was Onkel Xavier macht.«

»Petze!«, knurrte Xavier.

Jane trat mit finsterem Blick zu ihm. Sehr zur Erheiterung seiner Nichten klopfte sie ihm mit einem Holzlöffel auf den Kopf und schimpfte: »Wie oft muss man es Euch noch sagen? Lasst den Verband in Ruhe!«

»Aber das verdammte Ding juckt. Mein Arm ist doch inzwischen bestimmt verheilt. Ich trage diese Schienen schon fast einen Monat.«

»Ariane sagt, dass Ihr mindestens noch eine Woche warten müsst, besser zwei.«

»Bis dahin werden die Muskeln völlig verkümmert sein«, grollte Xavier. Allerdings schämte er sich gleich darauf; denn ohne Ariane hätte er jetzt gar keinen rechten Arm mehr.

»Na gut«, meinte er, »ich werde versuchen, mich zu benehmen.«

»Ich fürchte, das überschreitet Eure Fähigkeiten, Sir. Vielleicht kann Euch Meg einen Trank brauen, der Euch zu mehr Geduld verhilft.«

Meg sah von dem Buch über Heilkräuter auf, in dem sie gerade gelesen hatte, und lächelte. »Das, fürchte ich, würde *meine* Fähigkeiten überschreiten.«

Xavier verzog seufzend das Gesicht, dann strengte er sich wieder an, die Kohle mit den Fingern zu führen, die aus dem Verband herausragten.

Jane blieb in der Nähe des Tischs stehen und sah zu, während sich seine Nichten an Xavier drängten. Über die beiden goldblonden Köpfchen hinweg trafen sich ihre Blicke.

Sie schenkte ihm das besondere sanfte Lächeln, mit dem sie nur ihn bedachte. Ihm wurde warm ums Herz. Ob sie wohl dasselbe dachte wie er? Nämlich, dass auch sie so ein Leben führen könnten, wenn sie verheiratet wären, nur dass dann ihre eigenen Kinder sich an sie drängen würden …

Diese Vorstellung erschreckte ihn mittlerweile nicht mehr so sehr. Er gewöhnte sich mit jedem Tag ein wenig mehr daran. Vielleicht verstand er zum ersten Mal in seinem Leben, warum es einige seiner Männer nach einer langen Reise kaum erwarten konnten, in ihrem Heimathafen das Schiff zu verlassen. Zurückzukehren zur Wärme und Annehmlichkeit eines eigenen Herds und zu einer Familie, das Gefühl, in der großen weiten Welt jemanden zu haben, zu dem man gehörte – so etwas hatte er nie gekannt. Bis jetzt.

Lucia zupfte ungeduldig an seinem Ärmel und erinnerte ihn an seine Aufgabe. Er fuhr mit der Kohle über das Papier, und allmählich nahmen die Flügel des Geschöpfs Gestalt an. Er musterte seine Bemühungen mit einem kritischen Blick. Der

Drache war nicht so gut, wie er hätte sein können, wenn seine Rechte voll einsatzfähig gewesen wäre, aber er war durchaus lobenswert.

Ninon nahm den Daumen aus dem Mund und riss die Augen auf. Sie deutete mit ihrem feuchten Finger auf das Bild. »Und so ein Tier habt Ihr im Urwald gesehen?«

»Jawohl. Es hat mich mit seinem Feuer beinahe geröstet und zum Frühstück verspeist.«

»Das klingt wie ein weiteres Eurer Märchen, Onkel. Ich glaube nicht, dass Ihr je einen Drachen gesehen habt«, sagte Lucia und schüttelte ihr langes blondes Haar.

»Ich glaube es schon.« Ninon sah ihre große Schwester mürrisch an. »Du glaubst ja nie etwas.«

»Das kommt daher, weil Lucia eine Skeptikerin ist«, sagte Xavier.

»Was ist eine Szepterin?«, wollte Lucia wissen.

»Eine, die nicht einmal glaubt, dass sie eine Nase im Gesicht hat, bis sie in den Spiegel schaut.« Xavier tupfte mit der Kohle auf die Stupsnase seiner Nichte.

Lucia rieb sich das Gesicht und musterte ihn finster, dann wandte sie sich an Jane. »Was denkt Ihr, Mylady? War der Drache echt?«

»Ich weiß nicht, vielleicht sollten wir Meg fragen. Ich glaube, sie besaß einmal ein Buch über Drachen.«

»Das ich zurücklassen musste, als wir London verließen.« Meg schloss ihr Buch und schlenderte zum Tisch, um Xaviers Zeichnung zu begutachten.

»Er sieht aus wie der äthiopische Drache in meinem Buch«, sagte sie.

»Aber gibt es denn echte Drachen?«, beharrte Lucia.

»Ich glaube schon. Ich bin sogar überzeugt, dass es einen bestimmten weiblichen Drachen gibt.«

Xavier sah hoch. »Ich bin mir sicher, dass du dir über dieses Drachenweib keine Sorgen machen musst. Sie ist alt, und ihr sind die Zähne gezogen worden.«

Meg lächelte. Nur sie und Xavier wussten, von wem sie gesprochen hatte. Allerdings war es vielleicht nicht richtig gewesen, Meg zu versichern, dass sie von Katharina von Medici nichts mehr zu befürchten hätte. Eigentlich konnte Xavier Meg nur versprechen, dass sie von ihm nichts zu befürchten hatte. Ja, wenn nötig, würde er Meg sogar beschützen, und zwar nicht nur wegen Jane.

Man konnte zwar nicht behaupten, dass sie inzwischen dicke Freunde waren, aber seit dem Nachmittag in der Bucht hatten sie sich behutsam einander angenähert und sogar eine Art Bündnis geschlossen. Vielleicht deshalb, weil sie beide ihren Dämonen abgeschworen hatten – er, indem er seinen Schamanentrank weggeschüttete hatte, sie, indem sie ihre Kristallkugel zerstört hatte. Vielleicht ging es aber auch tiefer: Sie wussten beide, wie mühsam es war, die Ketten und Narben der Vergangenheit loszuwerden.

Meg beugte sich tiefer über die Zeichnung. »Ich glaube, Euer Drache braucht einen längeren Schwanz.«

Xavier überließ ihr die Kohle. Ninon kletterte auf seinen Schoß, während Meg mit ein paar kräftigen Strichen dem Bild den letzten Schliff gab.

Sie waren so vertief, dass anfangs nur Xavier den Mann bemerkte, der leise in die Küche getreten war. Dann quietschte Lucia: »Onkel Simon!«

Obwohl das Mädchen sonst recht forsch war, stürmte sie nicht zu dem Mann, wie sie es bei Xavier getan hätte. Und Xavier konnte gut verstehen, warum.

Von dem vernarbten Gesicht des Mannes mit der Klappe über dem rechten Auge ging etwas Einschüchterndes aus. Das flüchtige Lächeln, das er der Kleinen schenkte, war eher eine Grimasse.

Das also war Simon Aristide, der einstige Hexenjäger, der Xaviers jüngste Schwester geheiratet hatte. Die letzten Zweifel, die Xavier noch gehegt hatte, legten sich, als Miri hereinkam und die Hand unter den Arm ihres Mannes schob. Ariane folgte ihr.

Etwas stimmte nicht. Miris Augen waren rot, und Ariane wirkte bleich. Als Seraphine hinter ihnen in die Küche trat, starrte sie Xavier an, als habe er den Doggenwelpen getreten. Und Aristides gesundes Auge wirkte wie aus Stein.

Xavier schob Ninon behutsam von seinem Schoß und stand auf. Er hatte den starken Verdacht, dass diese Begegnung zu keiner Fortsetzung der zärtlichen Familienvereinigung werden würde. Als keine der Frauen sich anschickte, sie vorzustellen, trat er vor Aristide und reichte ihm die linke Hand.

»Ich nehme an, Ihr seid mein Schwager. Ich bin …«

»Ich weiß, wer Ihr seid.« Aristide ignorierte Xaviers ausgestreckte Hand.

In diesen wenigen, barschen Worten schwang etwas Bedrohliches. Xavier erstarrte und zog die Hand zurück.

»Seraphine, bring deine Schwestern bitte nach draußen«, sagte Ariane. »Bring sie – bring sie zu Leon und dem Welpen, dann können alle zusammen im Stall spielen.«

Die beiden Kleinen erhoben laut Einspruch, doch Seraphine schleppte sie weg, als würde sie ihre Schwestern vor dem Teufel persönlich retten müssen. Eine beklommene Stille trat ein.

Meg runzelte verwirrt die Stirn, musterte jedoch einen nach dem anderen mit ernster Ruhe. Nachdem sie in ihrem kurzen Leben schon so viel Ungemach erfahren hatte, war sie im Grunde immer auf Ungemach eingestellt.

Jane wirkte weitaus beunruhigter. Sie trat neben Xavier und fragte: »Ariane, was ist passiert?«

Aristide machte als Erster den Mund auf. Allerdings ignorierte er Janes Frage und wandte sich sogleich an Xavier. »Ihr seid Louis Xavier, der Korsar, der auch als Jaguar bekannt ist.«

»Ein alberner Spitzname, aber es stimmt, so pflegt man mich zu nennen.« Xavier spürte, wie sich Janes Finger um seinen Arm schlossen, ihre Berührung fühlte sich warm und tröstlich an. »Und es stimmt auch, dass ich ein Pirat bin. Daraus habe ich nie ein Hehl gemacht.«

»Aber aus anderen Dingen schon.«

»Aus welchen denn?«

»Zum Beispiel aus Euren Geschäften mit der dunklen Königin.«

Meg stöhnte leise, bei der Erwähnung der Königin wurde sie sichtlich unruhig. Jane sah Aristide verstört an.

»Wovon redet Ihr, Monsieur?«, fragte sie. »Nachdem diese Hexe seine Mutter so grausam behandelt hat, würde Xavier doch bestimmt nichts mit Katharina von Medici zu tun haben wollen.«

Aristides Aufmerksamkeit richtete sich auf Jane, sein strenger Blick wurde weicher. »Es tut mir leid, Euch Ungelegenheiten zu bereiten, Madame. Aber seit dem vergangenen Herbst bin ich den Gerüchten nachgegangen, dass Katharina einen Geisterbeschwörer gedungen hat. Erst vor Kurzem gelang es mir herauszufinden, wer dieser Mann ist.«

Sein Blick kehrte wieder zu Xavier zurück. »Streitet Ihr ab, dieser Mann zu sein, Monsieur?«

Xavier zog arrogant die Brauen hoch. »Komme ich Euch wie ein Zauberer vor?«

»Das beantwortet nicht meine Frage. Seid Ihr der Mann, der behauptet hat, ein Zauberer zu sein, und für die dunkle Königin gearbeitet hat?«

»Natürlich ist er das nicht!«, rief Jane aufgebracht.

Xavier war gerührt, dass sie so rasch für ihn in die Bresche sprang, aber innerlich krümmte er sich. Er spürte, wie ihm die Röte über den Nacken kroch, und seine Gewissensbisse bereiteten ihm Bauchgrimmen. Er hätte Jane schon längst gestehen müssen, dass er sich auf die dunkle Königin eingelassen hatte, aber verflixt und zugenäht – jetzt wollte er es nicht tun, nicht vor dem tadelsüchtigen Blick eines ehemaligen Hexenjägers, selbst wenn der Mann Miris Gemahl war.

»Ich warte auf Eure Antwort, Monsieur.« Schon bei Aristides Ton, seiner kühlen, fordernden Stimme sträubten sich Xavier die Haare.

»Da könnt Ihr meinetwegen warten, bis die Hölle einfriert. Wer hat Euch zu meinem Richter ernannt? Man sagte mir, dass Ihr Euren Beruf aufgegeben habt, aber einmal ein Hexenjäger, immer ein Hexenjäger, nicht wahr?«

Xavier bereute seine Worte, als er sah, wie Miri zusammenzuckte. Errötend trat Aristide auf ihn zu, doch Ariane griff hastig ein und stellte sich zwischen die beiden.

»Xavier, bitte«, sagte sie. »Niemand will dich richten.«

»So kommt es mir aber nicht vor«, meinte er.

Ariane warf ihm einen bedauernden Blick zu. »Es tut mir leid. Ich habe Simon gesagt, dass es bestimmt eine einfache Erklärung für diese Sache gibt. Wenn du – wenn du je für die dunkle Königin gearbeitet hast …«

»Das hat er nicht!«, rief Jane. »Ariane, wie könnt Ihr so etwas auch nur denken?« Sie sah Xavier flehentlich an. »Xavier, ich weiß, wie Ihr reagiert, wenn Ihr mit Fragen und falschen Anschuldigungen bestürmt werdet. Aber bitte schluckt Euren Stolz hinunter und sagt Simon, dass er sich irrt.«

Xavier starrte in ihr ernsthaftes Gesicht, in ihre unbeirrbaren, aufrichtigen Augen. Noch nie hatte jemand so an ihn geglaubt. Es brachte ihn schier um, sie zu enttäuschen.

»Es tut mir leid, Jane«, sagte er, »aber es stimmt.«

Jane blinzelte und sah aus wie vom Donner gerührt. Sie versuchte, sich zu fassen, und stammelte: »N-nein. Ihr – Ihr habt das nicht getan. Es kann doch gar nicht sein, dass Ihr – dass Ihr im Dienst der dunklen Königin steht.«

»Ich würde nicht sagen, dass ich in ihrem Dienst stehe.« Xavier achtete nicht auf Simon Aristides abfälliges Schnauben. »Aber im letzten Herbst habe ich tatsächlich einige Male Katharinas Hof besucht«, fuhr er fort. »Ich brauchte Geld für meine nächste Reise. Ich habe ihr etwas vorgespielt, Trancezustände vorgetäuscht, so getan, als könne ich hellsehen. Als ich ihr erzählte, wie das *Buch der Schatten* in London zerstört wurde, brachte ich sie endlich dazu, an meine Fähigkeiten zu glauben. Sie belohnte mich mit einem kleinen Beutel Münzen.«

Xavier musterte Jane und versuchte, ihre Miene zu lesen. Sie wirkte höchst beunruhigt, und ihre Finger krallten sich in seinen Arm.

»Jane, ich wollte nie …«, fing er an, wurde jedoch von Aristide unterbrochen.

»Ich habe gehört, dass die königliche Schatzkammer ziemlich leer ist. Ich kann mir nicht vorstellen, dass Katharina sich auch nur von einem einzigen Sou trennt, nur um eine Schiffsreise zu finanzieren.«

Xavier funkelte Simon böse an. »Und was soll das heißen?«

»Seit Langem dreht sich das Denken der Königinmutter hauptsächlich um zwei Dinge – das *Buch der Schatten* zu finden und Meg zu vernichten. Wenn sie Euch Geld gegeben hat, wofür war es wirklich gedacht?«

Eine Weile lang hielt Xavier Aristides Blick trotzig stand, dann stieß er einen bitteren Seufzer aus. Nachdem er schon so viel gestanden hatte, konnte er ebenso gut auch noch mit dem Schlimmsten herausrücken.

»Sie hat mich bezahlt, um die Silberne Rose zu fassen und zu ihr zu bringen.«

»M-mich fassen?«, fragte Meg erstickt.

Janes Finger glitten von seinem Arm, ihr Gesicht wurde aschfahl.

»Aber – aber Ihr habt doch ganz bestimmt nicht eingewilligt, oder?«

In dem Moment hätte Xavier seine Seele gegeben, wenn er hätte behaupten können, dass er es nicht getan hatte. »Doch, ich habe eingewilligt«, musste er stattdessen sagen. »Katharina glaubt, dass Meg genug aus dem *Buch der Schatten* weiß, um ihr nützlich zu sein. Sie will Meg nicht mehr vernichten.«

»Was Euren Plan, Meg zu entführen, natürlich weit verzeihlicher macht«, höhnte Aristide.

Xavier knirschte mit den Zähnen. »Ich habe keinen solchen Plan. Ich habe das Geld der alten Königin genommen, aber ich hatte nie vor, ihre Befehle auszuführen.«

»Und jetzt sollen wir Euch glauben, dass Euer Auftauchen auf Faire Isle der reine Zufall war?«, fragte Aristide.

»Glaubt doch, was Ihr wollt, zum Teufel noch mal«, fauchte Xavier. Für ihn war nur eine einzige Meinung von Belang. Doch Jane war von ihm abgerückt. Er zog sie wieder zu sich.

»Ich würde Meg nie wehtun. Jane, Ihr glaubt mir das doch, oder?«

»Ich würde gerne, aber ich – ich …« Sie wollte ihm nicht die Hand reichen und vergrub die Finger in den Falten ihres Rocks.

Wenn sie allein gewesen wären, wenn er sie in die Arme hätte nehmen können, dann hätte er sie bestimmt überzeugen können. Doch Meg drängte sich zwischen sie.

»Ihr – Ihr habt mich damals in der Bucht angelogen. Ihr habt mir gesagt, ich wäre vor Katharina in Sicherheit, und dabei habt Ihr die ganze Zeit an einem Plan gearbeitet, um …«

»Meg, ich schwöre dir, ich habe nichts dergleichen getan.«

»Woher wusstet Ihr überhaupt von mir und davon, dass das *Buch der Schatten* zerstört worden ist?«

Xavier fuhr sich mit der Hand übers Gesicht, dann erzählte er die seltsame Geschichte, die sein Steuermann zufällig erfahren hatte und die ein Gefangener mit schlimmen Verbrennungen in Marshalsea einem Zellengenossen berichtet hatte.

»Das war bestimmt Sander«, sagte Meg leise. Ihre Unterlippe zitterte. »Er hat das Feuer überlebt, genau, wie ich befürchtet habe.«

»Nein, Meg.« Xavier versuchte, sie zu beruhigen. »Wer dieser Gefangene auch war, er ist in Marshalsea gestorben. Sander Naismith kann dich nicht mehr verraten.«

»Er hat es aber getan, und Ihr auch.« Tränen strömten über Megs Wangen. »Ich habe all die Vorzeichen in meiner Kristallkugel gesehen – die bedrohliche Urwaldkatze, der Schatten, der sich auf Faire Isle legt. Ich habe vom ersten Tag an gespürt, dass Ihr gefährlich seid, aber ich war so töricht. Ich habe mich sogar noch von Euch überreden lassen, meine Kristallkugel zu zerstören, damit ich nicht mehr sehen kann, was Ihr im Schilde führt.«

»So war es nicht, Meg. Hör mir doch bitte zu!«

»Nein! Ich wusste, was Ihr wart, und dennoch – dennoch habe ich Euch vertraut.«

Schluchzend stürmte Meg hinaus. Xavier sah ihr hilflos und enttäuscht nach. Schließlich wandte er sich wieder an Jane.

»Jane, ich weiß, dass das alles nicht gut aussieht, aber ich hatte nie vor, ihr wehzutun.«

»Das mag schon sein, aber Ihr habt es trotzdem getan«, erwiderte Jane bedrückt. Xavier merkte, dass sie nicht nur von Meg sprach. Der Glanz, der in den letzten Tagen auf Janes Antlitz gelegen hatte, war verblasst. Xavier war, als würde sich ihm etwas sehr Wertvolles entziehen.

»Ich – ich gehe wohl lieber und sehe nach Meg«, verkündete sie.

»Jane!«

Als sie aus der Küche eilte, versuchte Xavier, ihr zu folgen, doch Aristide baute sich vor ihm auf.

»Lasst sie in Ruhe, Monsieur. Ihr habt hier wahrhaftig schon genug Schaden angerichtet.«

»Geht mir aus dem Weg!«

Aristide schüttelte den Kopf. »Ihr seid es, der gehen muss. Die Königinmutter hat ein Kopfgeld auf Euch ausgesetzt. Es ist nur eine Frage der Zeit, bis Soldaten oder Kopfgeldjäger auf dieser Insel einfallen, um sich das Geld zu sichern.«

Xavier fluchte. Konnte es tatsächlich noch schlimmer kommen?

Aristide musterte ihn kühl. »Ich muss darauf beharren, dass Ihr die Insel auf der Stelle verlasst.«

»Die Einzige, die das Recht hat, mich zum Gehen aufzufordern, ist Ariane. Soviel die Welt außerhalb von Faire Isle weiß, bin ich tot.«

»Das wird nicht mehr lange so sein, Xavier«, meinte Ariane. »Nicht, nachdem mein Bote Erkundigungen auf dem Festland eingeholt hat und Leute aus deiner Mannschaft gekommen sind, um dich zu suchen. Selbst von Faire Isle aus verbreiten sich Gerüchte. Ich fürchte, ich muss dich bitten …«

»Ariane, nein!«, rief Miri aufgebracht. »Egal, was er getan hat, Xavier ist trotzdem unser Bruder. Und ich bin mir sicher, dass es ihm leidtut.«

»Miri, Liebste …«, fing Aristide sanft an, doch seine Frau unterbrach ihn, indem sie mit dem Fuß aufstampfte und unter Tränen sagte: »Nein! Wenn Xavier die Insel verlässt, läuft er Gefahr, gefangen genommen zu werden. Wir – wir können ihn verstecken. Ariane, bitte! Du kannst ihn nicht auffordern zu gehen.«

Xavier sah die Qual der Unentschlossenheit in Arianes Augen. Es gab nichts, was er hätte tun können, um das zerstörte Vertrauen wiederherzustellen oder das Leid zu lindern, das er verursacht hatte; aber immerhin konnte er Ariane diesen Kampf ersparen.

»Ariane muss mich nicht auffordern«, sagte er zu Miri. »Dein Mann hat recht. Wenn ich hierbleibe, stelle ich eine Gefahr für alle dar.«

Er warf einen traurigen Blick in die Richtung, in die Jane verschwunden war. »Ich muss gehen. Es ist klar, dass ich euch nicht länger zur Last fallen darf.«

* * *

Jane sank auf die Bank im Garten, ihre Augen waren trocken, ihr Herz so schwer, als berge es all die Tränen, die sie nicht weinen konnte. Seltsam, dass sie nicht weinte – alle anderen taten es: Meg, Lucia, Ninon, sogar Seraphine in der ihr eigenen ungestümen Art.

Vielleicht weinte sie nicht, weil sie schon mehr erlebt hatte als die Mädchen. Sie wusste, wie leicht die Welt, in der man lebte, und das Glück, das man empfand, in tausend Stücke zerspringen konnten. Deshalb war sie so zufrieden gewesen, viele

Jahre lang still und zurückgezogen zu leben und nie ihr Herz aufs Spiel zu setzen.

Als Jane Meg nach oben gefolgt war, hatte das Mädchen sich in ihrem Schlafzimmer eingesperrt. Jane hörte sie schluchzen, aber Meg weigerte sich, Janes Bitten zu folgen und sie einzulassen. Als ihr die Hand schwer wurde vom Klopfen, hatte Jane den Versuch schließlich aufgegeben.

Meg war am Boden zerstört gewesen, als Xavier seinen Handel mit der dunklen Königin zugegeben hatte. Jane konnte es noch immer kaum fassen. Sie wusste zwar, dass der Mann einiges auf dem Kerbholz hatte und dass er skrupellos sein konnte, aber er hätte doch bestimmt kein unschuldiges Mädchen wie Meg einer so bösen Person wie Katharina ausgeliefert.

Doch dann musste sie unwillkürlich daran denken, dass Xavier Meg nie als unschuldig betrachtet hatte. Er hatte sie häufig Megaera genannt und darauf beharrt, dass sie eine dunkle Seite hätte. Und auch Arianes Entscheidung, Meg zur nächsten Herrin von Faire Isle zu bestimmen, hatte er nicht gebilligt.

Wenn er Meg tatsächlich für eine Hexe hielt, sah er vielleicht auch nichts Falsches daran, die Belohnung zu nehmen, die Katharina ihm angeboten hatte. Schließlich gab es nichts, was Xavier mehr ersehnte, als sich ein neues Schiff zu besorgen, um fremde Länder erforschen zu können.

Dennoch war er bereit gewesen, all seine Träume aufzugeben, um Jane zur Seite zu stehen, falls sie schwanger war. War es möglich, dass all die Zärtlichkeit, mit der er sie überschüttet hatte, und die Freundlichkeit, die er Meg in letzter Zeit entgegengebracht hatte, nur geheuchelt gewesen waren?

Aber wenn er nichts zu verbergen hatte, warum hatte er dann nichts über seine Verbindung zu Katharina verlauten lassen? Jane presste die Hände an die pochenden Schläfen. Die Stimme der Vernunft sagte ihr, dass Xavier schuldig war, doch ihr Herz sagte ihr etwas anderes.

»Jane?«

Beim Klang von Xaviers Stimme schnürte sich ihr die Brust

zusammen. Sie sprang auf und unterdrückte den Drang, sich in seine Arme zu werfen. Er blieb stehen und sah sie düster an.

»Jane, wo zum Teufel hast du gesteckt? Ich habe überall nach dir gesucht.«

»Das hättest du nicht tun sollen.« Sie kämpfte um Festigkeit in ihrer Stimme. »Ariane hat mir von dem Preis erzählt, der auf deinen Kopf ausgesetzt ist. Du darfst jetzt nicht zögern, du musst so schnell wie möglich von hier fort.«

»Hast du gedacht, ich würde mich aus dem Staub machen, ohne mich von dir zu verabschieden?«

»Ich – ich weiß nicht. Ich weiß überhaupt nicht, was ich denken soll.« Sie erstarrte, als Xavier näher trat.

Er legte die Hand auf ihre Schulter. »Es tut mir leid, Jane. Ich hätte dir schon viel früher von Katharina erzählen müssen.«

»Warum hast du es nicht getan?«

»Vielleicht, weil ich Angst hatte, dass ihr mich alle so anschauen würdet, wie ihr es jetzt tut. Als ob ich mich in ein Ungeheuer verwandelt hätte, dem plötzlich Reißzähne und Hörner gewachsen sind.«

»Das ist nicht gerecht, Xavier. Hast du etwa erwartet, dass es uns nicht beunruhigen würde – vor allem Meg? Du weißt, wie sehr jede Frau auf Faire Isle die dunkle Königin fürchtet. Sie ist die größte Feindin deiner Schwestern. Trotzdem ist dir nie in den Sinn gekommen, eine noch so leise Warnung zu äußern, dass Katharina noch immer ihre Ränke schmiedet.«

»Sie kann schmieden, was sie will, sie hat kaum noch Macht. Sie ist eine kranke, verrückte alte Frau. Und wenn sie beschließen würde, noch einmal zu versuchen, Meg zu beseitigen, dann würde ich das Mädchen beschützen, solange ich in ihrer Nähe wäre.«

»Das würdest du tun?« Jane benetzte die Lippen. Sie stellte die Frage nur sehr ungern, doch sie musste es einfach wissen. »Dann hast du also nicht vorgehabt, diesen Plan in die Tat umzusetzen? Du wolltest Meg nicht entführen?«

»Wenn du mich das noch immer fragen musst, dann ist meine Antwort wohl kaum von Belang.« In seinem Unterkiefer zuckte ein Muskel. »Nein. Ich gebe zu, als mich das Schicksal auf diese Insel verschlug, war ich eine Zeit lang versucht, es zu tun. Aber das war, bevor ich Meg und meine Schwestern richtig kennenlernte. Vor dir.«

Jane legte den Kopf zurück und musterte ihn eingehend.

»Ich glaube dir«, sagte sie schließlich bedrückt. »Aber das ändert nichts an der Sache. Du musst fort.«

Er ließ sie los und raufte sich aufgebracht die Haare. »Es ist mir wie immer gelungen, den Karren in den Dreck zu fahren. Ich wage es nicht, auf Faire Isle zu bleiben, aber ich kann dich auch nicht mitnehmen.«

»Um mich brauchst du dir keine Sorgen zu machen. Du bist nicht verpflichtet …«

»Ach zum Teufel, Frau, fang nicht wieder mit diesem Unsinn an.«

»Es stimmt aber, Xavier. Wenn ich tatsächlich schwanger bin, dann – dann werde ich schon einen Weg finden.«

»Mit anderen Worten, du willst nichts mehr von mir wissen. Ein Mann auf der Flucht, ein Schwindler und Betrüger, das sind keine attraktiven Eigenschaften für einen Gemahl. Dein Kind wäre als Bastard besser dran.«

»Das habe ich nicht gesagt.« Janes Hände flatterten hilflos, während sie versuchte, es ihm zu erklären. »Einen Großteil meines Lebens habe ich unter dem Tun rücksichtsloser Männer gelitten. Zuerst war es mein Vater, der alles aufs Spiel setzte, indem er sich einem Aufstand gegen Elisabeth anschloss, dann mein Bruder Ned mit seiner wahnwitzigen Beschäftigung mit der Alchemie, die dazu führte, dass ich der Hexerei beschuldigt wurde.

Du hast mich einmal gefragt, warum ich einen Mann geheiratet habe, der so alt war, dass er mein Großvater hätte sein können. Aber immerhin fühlte ich mich bei William Danvers eine Zeit lang sicher. Mehr wollte ich nie.«

»Und jetzt ist dir klar geworden, dass Sicherheit etwas ist, was ich dir nie bieten könnte.« Sein Mund verzog sich verbittert. »Nun, dann freust du dich wohl, dass du mit knapper Not entkommen bist.«

»Ich glaube, wir können uns beide freuen, denn mit der Zeit wärst du bestimmt rastlos geworden und hättest dich an meiner Seite gelangweilt. Du hättest mich und auch das Kind – wenn es denn dazu kommt – abgelehnt, weil wir dich um deine Träume gebracht hätten. Wir – wir haben von Anfang an nicht richtig zueinandergepasst.«

»Ich fürchte, du hast recht.«

Eine beklommene Stille senkte sich auf sie.

»Und was wirst du jetzt tun?«, fragte Jane schließlich. »Wohin wirst du gehen?«

»Auf dem direkten Weg in die Hölle, nehme ich an. Mein üblicher Weg.«

Als Jane ihn bestürzt musterte, musste er lachen. »Mach dir keine Sorgen um mich, meine Liebe. Ich konnte schon immer recht gut auf mich aufpassen. Aber was ist mit dir?«

»Ich – ich denke, ich muss nach Paris, um mich um meine Cousine zu kümmern.«

Xavier verzog das Gesicht. »Zum Teufel, Jane. Ich weiß, dass dich die Erfahrung mit mir aufgewühlt hat und dass du verletzt bist. Aber willst du wirklich die Freiheit aufgeben, die du auf Faire Isle gefunden hast, und dich für das undankbare Weib ins Zeug legen, das dich all die Monate links liegen gelassen hat?«

Jane straffte die Schultern. »Abigail ist meine einzige Verwandte, und sie braucht mich.«

Sie ist die Einzige, die mich jetzt braucht, dachte Jane, doch ihr Stolz verbot ihr, diesen traurigen Gedanken laut zu äußern.

»Ich muss mich um sie kümmern. Das ist das Gebot der Stunde.«

»Es muss wunderbar sein, sich seines Wegs immer so sicher zu sein. Uns übrigen armen Sterblichen zeigt er sich leider nicht immer so deutlich.«

Jane zuckte bei seinen sarkastischen Worten zusammen. Plötzlich war sie unendlich erschöpft.

»Es gibt nichts, was dich hier hält«, flüsterte sie. »Bitte geh jetzt. Ich könnte es nicht ertragen, mit anzusehen, wie dir ein Leid geschieht.«

»Dafür bin ich dir dankbar.« Mit sanfterer Stimme fügte er hinzu: »Pass auch du gut auf dich auf, Jane. Mein erster Wunsch wird immer deiner Gesundheit und deinem Glück gelten.«

Einen Moment lang dachte sie, er wollte sie in die Arme nehmen und ihr einen Abschiedskuss geben. Doch er verbeugte sich nur so förmlich, wie er es noch nie getan hatte, dann schritt er davon.

Als sie ihm nachsah, verschwamm ihre Sicht. Er wünschte ihr Glück? Wie stellte er sich das vor, wenn die Aussicht auf Glück zusammen mit ihm aus ihrem Leben verschwand?

Sie sank auf die Bank, und endlich flossen ihre Tränen.

20

In dem Gasthaus stank es nach Schimmel, Schweiß und abgestandenem Schnaps. Das düstere Kerzenlicht verdeckte gnädig die vielen Schichten Schmutz, die sich im Lauf der Jahre angesammelt hatten. Das *Cheval Noir,* versteckt in einem kleinen Dorf an der bretonischen Küste, war keine Lokalität, die achtbare Gäste anzog. Aber für Leute, die sich billig betrinken wollten, und zwar in einer feuchten Höhle, in der sie sich eine Weile verkriechen konnten, war es genau das Richtige.

Xavier saß zusammengesunken an einem Ecktisch und wartete auf Jambe und Pietro, die sich hier mit ihm treffen wollten. Die beiden waren auf der Suche nach einem Schiff, das sie von Frankreich fortbringen würde, während Xavier damit beschäftigt war, sich zu betrinken.

Er beäugte verdrossen die halb leere Flasche, ihm fehlte der Wille, sein Glas nachzuschenken. Der Branntwein war schlecht, vor allem aber wurde der Geschmack noch mehr verdorben durch Anfälle von Selbstmitleid im Wechsel mit Selbsthass.

Erst gestern war er ein Bruder und ein Onkel gewesen und kurz davor gestanden, Gemahl und Vater zu werden. Jetzt war er nichts, er war wieder allein und obendrein auf der Flucht. Doch daran war er selbst schuld.

Pietro hatte ihn gewarnt. Er konnte eine rachsüchtige Frau wie Katharina von Medici nicht hintergehen und erwarten, ungeschoren davonzukommen.

Früher hätte er gelacht, wenn er erfahren hätte, dass jemand einen Preis auf seinen Kopf ausgesetzt hatte. Schließlich war er ein Korsar und hatte nie ein gesetzestreues Leben geführt. Er hätte der Königin eine lange Nase gedreht und die Segel gehisst, und dann wäre er quer über den Ozean, weit hinter die

Grenzen der Zivilisation gesegelt, ohne einen Blick zurückzuwerfen.

Aber zum ersten Mal hatte er an einem Ort angelegt, der sich fast wie Heimat angefühlt hatte, und war umgeben gewesen von der Wärme und Liebe einer Familie. Zu seiner größten Verwunderung hatte er festgestellt, dass ihm das tatsächlich gefiel.

Er hätte ihnen von seiner Verbindung mit Katharina von Medici erzählen sollen. Aber je länger er auf der Insel weilte und je mehr er sich den anderen verbunden fühlte, desto schwerer war es ihm gefallen, mit einem solchen Geständnis aufzuwarten. Dass er es nicht getan hatte, ließ ihn schuldig erscheinen. Aber zum Teufel noch mal, warum hatten alle sofort das Schlimmste vermutet? Allerdings wusste er nicht, was er anderes erwartet hatte; auch sein Vater war damit immer sehr rasch bei der Hand gewesen.

Aber nichts hatte ihn so geschmerzt wie der Moment, als er gesehen hatte, wie Jane vor ihm zurückwich. Doch er konnte es ihr nicht verübeln, schließlich hatte er ihr nichts als Ärger eingebrockt. Er hoffte nur, dass sie nicht schwanger war. Doch selbst wenn, würde sie ohne ihn besser dran sein. Zumindest schien sie das zu glauben.

Wahrscheinlich würde sie ihn bald vergessen, wenn sie sich um ihre Cousine in Paris kümmerte, ihre Pflicht tat und sich wieder in dem achtbaren Leben vergrub, nach dem sie sich so zu sehnen schien.

Und er? Xavier versuchte, gleichgültig die Schultern zu zucken, doch stattdessen nahm er noch einen Schluck Branntwein bei dem Versuch, die Erinnerung an die letzten Momente mit Jane im Garten auszumerzen.

»Es gibt nichts, was dich hier hält«, hatte sie geflüstert.

Warum nur fühlte er sich dann so verdammt leer, als habe man ihm das Herz aus dem Leib geschnitten? Bevor er Jane begegnet war, hatte er nicht einmal gedacht, dass er ein Herz hatte, abgesehen von dem Körperteil, der regelmäßig schlug, um ihn am Leben zu halten.

Nun spürte er in seiner Brust nur noch das schwere Gewicht von Verlust und Schuld. Jane hatte versucht, ruhig und gelassen zu wirken, als sie sich von ihm verabschiedet hatte, doch ihre Augen hatten ihm etwas ganz anderes erzählt – und Janes Augen logen nie.

Er wusste, dass er sie tief verletzt hatte, genau, wie Meg es vorhergesagt hatte.

Und Meg – was hatte sein falsches Spiel bei ihr angerichtet? Das Mädchen fasste nur schwer Vertrauen. Das konnte er gut verstehen, weil es ihm genauso ging. Er hatte ihr versprochen, dass sie vor der dunklen Königin sicher sein würde. Aber hatte er sich nicht seit eh und je bestens darauf verstanden, zu lügen und voreilige Versprechen zu geben?

Er trank einen weiteren Schluck Branntwein. Wie immer, wenn er an einem Tiefpunkt angekommen war, hallte die tadelnde Stimme seines Vaters in seinem Kopf.

»Ich habe alles versucht, um dir beizubringen, wie sich ein Ehrenmann benimmt. Aber deine unbedachte Zunge wird dir eines Tages noch zum Verhängnis werden. Du hast eine unselige Gabe, die Menschen zu täuschen, vor allem Frauen. Ich weiß gar nicht, woher du sie hast.«

»Ach nein?«, hatte Xavier gedehnt erwidert. »Ich würde sagen, dass ich auf ganz natürlichem Weg dazu gekommen bin, mon père.*«*

Der Chevalier hatte ihn so heftig geohrfeigt, dass er vom Stuhl gefallen war. Xavier rieb sich gedankenverloren die Wange. Das war seines Wissens das einzige Mal gewesen, dass sein Vater ihn geschlagen hatte. Seine Wange war heftig angeschwollen, aber Xavier hatte die zweifelhafte Befriedigung gehabt, durch die selbstgerechte Fassade seines Vaters gedrungen zu sein.

Louis Cheney hatte sich zweigeteilt, er hatte zwei Frauen seine Liebe versprochen.

Doch als er das Leid, das er verursacht hatte, nicht mehr ertrug, hatte er das Weite gesucht und war davongesegelt.

Xavier mochte andere Gründe haben, aber er stand kurz davor, dasselbe zu tun – einfach wegzurennen. Verächtlich verzog er den Mund und hob sein Glas zu einem spöttischen Trinkspruch.

»Auf dich, Papa«, murrte er. »Was immer du behauptet hast, offenkundig bin ich doch dein Sohn.«

Xavier wollte einen Schluck nehmen, doch dann knallte er das Glas auf den Tisch. Er bereute es zutiefst, seinen Schamanentrank weggekippt zu haben. Wenn es je Anlass gegeben hatte, sich in seine Traumwelt zu flüchten, dann jetzt. Es war die einzige Hoffnung, Jane wiederzusehen, die Meerjungfrau aus seinen Visionen.

Doch er hatte nur noch den Heiltrank, den Meg ihm gegeben hatte. Er kramte das Fläschchen hervor und starrte es düster an.

Jane war bitter enttäuscht von ihm, sie würde zu ihrer Cousine nach Paris gehen. Sein kleiner Zaunkönig zog die Käfigtür entschlossen hinter sich zu. Meg würde wieder in Angst vor der alten Königin leben, misstrauischer denn je, und versucht sein, sich wieder den dunklen Seiten der Magie zuzuwenden, um Antworten auf ihre quälenden Fragen zu finden.

Verflixt und zugenäht, er konnte nicht einfach davonsegeln und sie ihm Stich lassen. Schluss mit dem Selbstmitleid. Er musste einen Weg finden, den Schaden wiedergutzumachen, den er angerichtet hatte. Aber was zum Teufel konnte er tun?

Er hielt Megs Fläschchen an die Kerzenflamme. Vielleicht war es die Spiegelung des Lichts im Glas, die etwas in ihm auslöste. Eine Idee begann, sich zu formen, eine Idee, die so tollkühn und verrückt war, dass sie selbst ihm Angst machte.

Wie gebannt starrte er in das Fläschchen und sah kaum hoch, als Jambe und Pietro zurückkehrten.

Jambe ließ sich auf den Stuhl ihm gegenüber fallen und sagte: »Es ist alles geregelt. Wir haben ein kleines Handelsschiff gefunden, das morgen früh nach Portsmouth aufbricht. Der Kapitän meinte, wir könnten unsere Passage abarbeiten.«

»Das klingt gut. Macht euch auf den Weg«, murmelte Xavier. »Ich habe andere Pläne.«

»Andere Pläne?«, wiederholte Jambe. »Bursche, wahrscheinlich suchen die Leute der alten Königin bald die ganze Küste nach Euch ab. Gibt es einen besseren Plan für Euch, als aus Frankreich zu verschwinden?«

»Wenn die alte Königin einen Preis auf meinen Kopf ausgesetzt hat und nach mir suchen lässt, gibt es nur einen Ort, zu dem ich gehen kann.«

»Und der wäre?«

»Zurück nach Paris, ins *Hôtel de la Reine.*«

Jambe und Pietro starrten ihn mit offenem Mund an.

»Ihr wirkt nicht betrunken, aber offenkundig habt Ihr doch zu viel erwischt.« Jambe rückte die Branntweinflasche aus seiner Reichweite.

»Habt Ihr den Verstand verloren, Kapitän?«, rief Pietro. »Warum wollt Ihr so etwas Törichtes tun?«

Xavier warf den Kopf zurück und lachte. Wenn sich seine Männer um seinen Verstand sorgten, dann bestätigte er jetzt bestimmt ihre schlimmsten Befürchtungen.

»Weil es das Richtige ist«, erklärte er breit grinsend.

* * *

Jane faltete ein Unterhemd und legte es sorgfältig auf den Boden ihrer Truhe.

Als sie noch Lady Danvers war, die Gemahlin eines wohlhabenden Londoner Kaufmanns, waren die Reisevorbereitungen stets ziemlich anstrengend gewesen. Ein Berg von Kleidern und Haushaltsgegenständen musste gepackt und eine Schar Bediensteter organisiert werden.

Reisen war weit leichter, wenn man mehr Erinnerungen als Besitztümer hatte, die es in einer Truhe zu verstauen galt. Nach dem Hemd kamen ein Unterrock, ein Schal und ihre Taschentücher.

Eines der viereckigen Leinentüchlein rutschte vom Stapel und fiel auf den Boden. Es regnete getrocknete Blütenblätter. Jane erstarrte und blickte auf die Reste einer weißen Rose. Erinnerungen bestürmten sie.

Letzte Woche … war es wirklich erst eine Woche her? Es fühlte sich an, als läge ein ganzes Leben dazwischen. Sie war im Garten gesessen und hatte sich um ein paar Näharbeiten bemüht. Xavier hatte sein Bestes versucht, sie abzulenken, er hatte ihr das Haarnetz vom Kopf gezogen und ihr die Blume hinters Ohr gesteckt.

Die Näharbeit war im Rosenbeet gelandet, und sie selbst auf Xaviers Knien. Sie hatte die Arme um seinen Hals geschlungen und …

Jane bückte sich, um die Blütenblätter zusammenzufegen, und strengte sich dabei an, auch die Erinnerung beiseitezufegen. Schließlich lagen die welken Reste in ihrer Hand. Die Rose verströmte noch immer ihren betörenden Duft. Einen Moment lang wurde sie schwach. Sie war versucht, die Blätter wieder in das Taschentuch zu wickeln.

Doch dann marschierte sie zum Fenster, warf sie weg und klopfte sich die Hände ab. Während die Blütenblätter von der leichten Sommerbrise davongetragen wurden, überkam sie eine schier unerträgliche Traurigkeit.

In Paris würde es leichter werden, versuchte sie, sich einzureden. Sie würde nicht mehr ständig über die Erinnerungen an Xavier stolpern; sie würde das raue Timbre seiner Stimme nicht mehr hören, die sie immer mit Geschichten von seinen Reisen gefesselt hatte, all den Abenteuern, die sie nie erleben würde. Sie würde nicht von ihrem Buch aufblicken, wenn jemand hereinkam, und sich auf sein schelmisches Lächeln freuen; ihr Herz würde nicht mehr schneller schlagen bei der Aussicht auf seine warme Berührung und das Gefühl seiner Lippen auf den ihren.

Einen Moment lang schloss sie die Augen. Wenn es doch nur einen Zauber gäbe, der sie auf der Stelle nach Paris versetzen würde, und der schmerzhafte Abschied von Faire Isle schon hinter ihr läge! Sie hatte sich am Vorabend bei allen möglichen Freundinnen verabschiedet, die sie auf der Insel kennengelernt hatte.

Besonders schwergefallen war es ihr bei Madame Bevans, der alten Agatha Butterydoor, Carole Moreau und den kleinen Töchtern von Gabrielle Remy. Selbst Seraphines Augen waren verdächtig feucht geworden, als sie Jane stürmisch umarmt hatte.

Arianes Gesicht hatte sich kummervoll verzogen, als Jane ihr mitgeteilt hatte, dass sie nach Paris wolle, aber sie hatte nicht versucht, Jane umzustimmen. So sehr sie es bedauerte, sie schien zu verstehen, warum Jane sich verpflichtet fühlte, nach Paris zu gehen. Bei Meg war sich Jane allerdings nicht sicher. Das Mädchen hatte kaum zwei Worte mit ihr gewechselt, seit Jane verkündet hatte, dass sie demnächst aufbrechen würde.

Als Jane sich wieder dem Packen zuwenden wollte, wurde sie von Meg daran gehindert, die plötzlich in der offenen Tür zu ihrem Schlafgemach stand.

»Meg, du – du hast mich erschreckt.«

»Ich habe geklopft. Ihr habt mich nicht gehört.«

»Es tut mir leid. Ich fürchte, ich war zu beschäftigt.«

»Simon möchte wissen, ob Eure Truhe schon nach unten getragen und auf den Karren verladen werden kann.«

»Fast.« Jane nahm eins ihrer Gewänder und begann, es hastig zu falten. Meg lehnte sich an den Türstock und beobachtete sie.

»Monsieur Aristide war so freundlich, er hat sich um alles gekümmert. Er und Miri kehren auf ihr Gut in der Nähe von Paris zurück. Ich werde mit ihnen reisen und dort eine Nacht ausruhen, bevor mich Monsieur Aristide am nächsten Tag den Rest des Wegs zu meiner Cousine begleiten wird.« Jane versuchte, das eisige Schweigen, das von dem Mädchen ausging, mit möglichst munterem und fröhlichem Geplapper zu überbrücken.

Verstohlen musterte sie Meg aus den Augenwinkeln. Wenn sie nur wüsste, was in ihrem Kopf vorging! In den Augen des Mädchens hatte sich etwas verhärtet seit dem Tag, als Simon ihnen von Xavier und der dunklen Königin berichtet hatte. Es war, als habe das Mädchen eine unsichtbare Wand um sich herum aufgerichtet, die von keinem überwunden werden konnte.

Jane hielt inne und drückte das gefaltete Kleid an ihre Brust. Sanft meinte sie: »Ich werde nicht für immer wegbleiben, Meg. Sobald ich kann, kehre ich nach Faire Isle zurück.«

»Das glaube ich Euch nicht. Ihr habt Euch hier nie richtig wohlgefühlt. Zumindest nicht, bis *er* auftauchte.«

Zum ersten Mal hatte Meg auf Xavier angespielt. Jane legte das Kleid in die Truhe. Wie gern hätte sie das Mädchen in die Arme geschlossen, aber der Ausdruck in Megs Gesicht warnte sie, es besser bleiben zu lassen.

»Meg, ich – ich weiß, dass Xaviers Geständnis dich erschreckt und verletzt hat. Aber ich habe ihm geglaubt, als er sagte, dass er dir nie etwas zuleide tun wollte.«

Meg zog nur ungläubig die Brauen hoch.

»Denk doch mal nach: Wenn Xavier dich wirklich hätte entführen wollen, so hätte er doch genügend Gelegenheiten gehabt.«

»Vielleicht hat er nur den richtigen Moment abgewartet und die Insel erforscht; vielleicht ist er ja wie ein Schoßhund zu seiner Herrin zurückgeeilt, um ihr Bericht zu erstatten und mit einem Trupp Soldaten zurückzukehren.«

»Das würde Xavier nie tun.«

»Woher wollt Ihr das wissen?«, fragte das Mädchen verächtlich. »Ihr könnt nicht in den Augen lesen.«

»Nein, das nicht.« Aber Jane hatte das Gefühl, dass sie Xavier besser verstand als alle anderen. Er mochte seine Fehler haben und skrupellos sein, aber er befolgte seinen eigenen Ehrenkodex. Doch davon konnte sie Meg bestimmt nicht überzeugen.

Stattdessen sagte sie: »Denk einmal vernünftig nach. Xavier kann doch gar nicht zu Katharina zurückkehren, sie jagt ihn ja genauso. Er hat Faire Isle verlassen, um zu verhindern, dass ihre Soldaten herkommen und uns alle in Gefahr bringen.«

»Herr im Himmel, wie könnt Ihr nur …«

Meg verstummte und biss sich auf die Unterlippe. Immerhin hatte es Jane geschafft, ihr eine Reaktion zu entlocken. Meg marschierte an Jane vorbei und fing an, erregt auf und ab zu laufen.

»Xavier hat nie an etwas anderes gedacht als an sich. Seine Lügen wurden aufgedeckt, also hat er sich aus dem Staub gemacht, um seine Haut zu retten.« Sie baute sich vor Jane auf und warf empört die Arme in die Luft. »Wie könnt Ihr ihn immer noch verteidigen? Nachdem er Euch erst verführt und dann verlassen hat?«

Jane lief hochrot an. »Er hat – er hat nicht …«

»Sagt mir nichts. Ich kann es in Euren Augen lesen, Jane. Er hat Euch das Herz gebrochen.«

»Wenn Xavier mich verletzt hat, so bin ich selbst daran schuld. Er hat mir nie ein falsches Versprechen gegeben. Er hat nicht ein einziges Mal gesagt, dass er mich liebt.«

»Zumindest hat er einmal nicht gelogen. Wie edel von ihm!«, schnaubte Meg verächtlich. »Ich weiß, Ihr wollt das nicht hören, Jane, aber jemand wird mich den Soldaten der dunklen Königin ausliefern. Ich habe es in meiner Kristallkugel gesehen. Wenn es nicht Xavier ist, wer sonst?«

»Du verlässt dich zu sehr auf deine Visionen, Meg.«

»Ach ja? Vielleicht deshalb, weil meine Kristallkugel das Einzige war, dem ich je vertrauen konnte.«

Meg trat ans Fenster, verschränkte die Arme vor der Brust und verfiel wieder in mürrisches Schweigen. Jane tat das Mädchen unendlich leid. Meg hatte für ihr Alter schon immer sehr reif gewirkt, doch die letzten Tage war sie erschreckend gealtert.

Jane war, als würde sie Meg im Stich lassen, wenn sie jetzt

nach Paris ging. Aber sie hatte nie gewusst, wie sie mit Megs Visionen umgehen sollte. Selbst wenn sie bliebe, würde Meg sie weiterhin ausschließen. Es gab nur eine Person, die Meg jetzt helfen konnte.

Sie trat zu dem Mädchen und berührte sie zaghaft an der Schulter. »Du kannst dich immer auf Ariane verlassen, Meg. Sie wird sich um dich kümmern und dafür sorgen, dass dir nichts passiert.«

»Ich brauche niemanden, der sich um mich kümmert.« Meg rang sich ein schmales Lächeln ab. »Macht Euch um mich keine Sorgen, Jane, ich komme schon zurecht.«

In dem Moment klang sie so wie Xavier, dass Jane nicht wusste, ob sie lachen oder weinen sollte. Sie umarmte das Mädchen, doch Meg blieb stocksteif stehen, sodass Jane den Versuch aufgab.

Bekümmert machte sie sich wieder ans Packen, und Meg starrte wieder stumm aus dem Fenster, entschlossen, keine Trauer über Janes Weggang zu zeigen. Doch es ärgerte sie auch, dass Jane so blind war und Xavier liebte, ja, ihn sogar verteidigte.

Noch mehr ärgerte sie sich allerdings über sich selbst, dass sie Xavier vertraut und ihm die Macht gegeben hatte, sie zu verletzen und zu enttäuschen.

Doch wahrscheinlich sollte sie ihm sogar dankbar sein: Er hatte sie aus der Traumwelt gerissen, in der sie gelebt hatte, weil sie sich eingebildet hatte, sie könne ihre Vergangenheit begraben und ihr düsteres Vermächtnis als Silberne Rose abschütteln.

Er hatte deutlich gemacht, dass die dunkle Königin sie nicht vergessen und ihr Geheimnis erraten hatte – dass das *Buch der Schatten* in ihrem Gedächtnis verankert war.

Da Katharina das Buch nicht bekommen konnte, würde sie keine Ruhe geben, bis sie Meg erwischt hatte. Selbst wenn Xavier versagt hatte, würde Katharina einfach einen anderen, noch skrupelloseren Kerl losschicken. Die dunkle Königin war unerbittlich, und es würde sie nicht kümmern, wen sie dabei noch verletzen oder zerstören würde. Meg und jeder, den sie liebte, würde weiter in Gefahr schweben.

Es gab nur eine Möglichkeit, das alles zu beenden, das hatte die Kristallkugel Meg immer wieder gezeigt. Sie hatte sich nur nicht fügen wollen. Es gab nur eine Lösung, nur einen Weg, dass Meg vor der Bedrohung, die von der dunklen Königin ausging, je Frieden finden würde.

Eine von ihnen musste sterben.

21

Die Sonne warf ihr gleißendes Licht auf die Straßen von Paris. Obwohl es noch nicht einmal Mittag war, schwitzte Xavier in seiner Verkleidung: einem Bart, den er sich hatte stehen lassen, um seine Züge zu verbergen, einem großen Hut mit einer weichen Krempe und einem Umhang, der ihm bis zu den Füßen reichte.

Als er sich dem *Hôtel de la Reine* näherte, hätte er zu gern seinen Hut abgenommen und sich die Stirn getrocknet. Doch er wagte es nicht – noch nicht.

Es war ein Wunder, dass er so weit gekommen war. Die Reise nach Paris hatte viel länger gedauert, als er erwartet hatte. Ständig hatte er neue Wege einschlagen müssen, um Patrouillen, gierigen Beamten oder hinterhältigen Schurken zu entgehen, die zu gerne die Belohnung für seine Festnahme eingeheimst hätten.

Auch die Zahl der Soldaten, die durch Paris streiften und sorgfältig die Stadttore bewachten, hatte ihn erschreckt. Doch ein Gespräch zwischen zwei Wachposten, das er belauscht hatte, hatte ihn beruhigt, auch wenn es ihm eine wenig schmeichelhafte Entdeckung beschert hatte: All die Truppen waren nicht seinetwegen abgestellt worden, sondern um den Herzog von Guise abzuschrecken, sollten er und sein Heer beschließen, dem König zu trotzen, und versuchen, in Paris einzudringen.

Xaviers Mund verzog sich zu einem schiefen Grinsen. Dass der Jaguar im Vergleich zu einer möglichen Invasion kaum von Belang war, war ein Schlag gegen sein Selbstwertgefühl. Er hätte über seine Eitelkeit herzhaft lachen können, doch je mehr er vom momentanen Zustand von Paris mitbekam, desto weniger lustig fand er die Lage.

Letzten Herbst schon hatte er gedacht, dass Paris eine Stadt am Abgrund sei, doch nun war die Spannung ebenso unerträglich wie die Hitze. Wohin er auch blickte, er sah nur böse, grimmige Gesichter. Alle neigten dazu aufzubrausen, die Stimmen waren rau, die Blicke argwöhnisch. Über jede Kleinigkeit wurde gestritten, schon, wenn jemand falsch atmete, reagierte sein Gegenüber mit Gewalt.

Xavier hoffte nur, dass Jane ihren Plan, nach Paris zu gehen, fallen lassen hatte. Er wollte zusehen, ob er den Wohnsitz ihrer Cousine ausfindig machen konnte. Ihm wäre ein Stein vom Herzen gefallen, wenn er erfahren hätte, dass Jane auf Faire Isle geblieben war; doch da er das elende Pflichtgefühl dieser Frau kannte, bezweifelte er das. Wenn Jane in der Stadt war, würde sie sich wahrscheinlich nicht freuen, ihn zu sehen, aber immerhin würde er sich vergewissern können, dass es ihr gut ging.

Vorausgesetzt, er landete vorher nicht am Galgen.

Xaviers Schritte verlangsamten sich, je näher er dem Palast der dunklen Königin kam. Wenn er auch nur noch einen Funken Verstand hätte, würde er sich besinnen und den Rückzug antreten. Bei seinem verrückten Plan konnte so vieles schiefgehen.

Auf der Reise nach Paris hatten Jambe und Pietro ihm fast ein Ohr abgeschwatzt in ihren unablässigen Bemühungen, ihm sein Vorhaben auszureden. Doch dabei hatten sie ebenso wenig Glück gehabt wie er bei dem Versuch, sie zur Umkehr zu bewegen.

Sie waren ebenso stur geblieben wie er. Bei ihrer Ankunft in der Stadt waren sie so erhitzt, müde und übellaunig gewesen wie der Rest von Paris.

Xavier hatte sie auf dem letzten Abschnitt ihrer Reise so angetrieben, dass Jambe und Pietro im Zimmer ihres Gasthauses sofort auf ihrem Lager eingeschlafen waren.

Ihr erschöpfter Schlaf hatte Xavier die Gelegenheit geboten, sich heimlich fortzuschleichen. Wenn sie wollten, konnten sie ihn ja später beschimpfen. Hoffentlich war er dann noch da. Jedenfalls hatte er es fest vor.

Das wahnwitzige Wagnis, das er gleich eingehen würde, musste er allein auf sich nehmen. Als er auf das *Hôtel de la Reine* blickte, stockte ihm der Atem. In einem der Fenster sah er eine vertraute Silhouette – die Königinmutter, wie immer in Schwarz gekleidet. Sie schien ihn direkt anzustarren, ihr Geist schien Fühler auszustrecken wie ein riesiges Insekt und seine Verkleidung abzutasten.

Xavier duckte sich aus ihrem Blickfeld weg, doch dann schalt er sich ob seiner Torheit. Er hatte nie viel auf die Legenden von der dunklen Königin und ihren außergewöhnlichen Wahrnehmungsfähigkeiten gegeben. Doch jetzt wollte er kein Risiko eingehen, da er einzig auf den Überraschungseffekt bauen konnte. Wenn ihre Wächter ihn abfingen, bevor er sich Zutritt zu ihr verschafft hatte, war er verloren.

Er wartete, bis Katharina nicht mehr am Fenster zu sehen war, bevor er sich aus seiner Deckung wagte.

Zu seiner großen Erleichterung war er die verdammten Armschienen endlich losgeworden. Der Bruch war verheilt, aber sein Arm war bei Weitem noch nicht so stark wie früher. Allerdings spielte das wohl kaum eine Rolle, wenn Katharina ihre Wachen auf ihn hetzte. Seinen Weg in die Freiheit würde er sich wohl auch nicht mit einem heilen Arm erkämpfen können. Alles hing von seiner Schläue ab, seiner – wie hatte es sein Vater genannt? – unseligen Gabe, die Menschen zu täuschen.

Seit er Jane kannte, schien Xavier die Freude an Täuschungsmanövern abhandengekommen zu sein, und sein Geschick darin war ziemlich eingerostet. Er hatte sich wohl von dem Ehrgefühl seiner Meerjungfrau anstecken lassen.

Er würde tief in den finstersten Winkeln seiner Seele graben müssen, um seine einstige Fähigkeit, zu lügen, zu betören und zu täuschen, wiederzubeleben. Und er würde es so gut machen müssen wie nie zuvor.

Sein Erfolg, nein, sein Leben hing davon ab – und Megs Leben vielleicht auch.

* * *

Auf dem Weg zu ihrem Salon stützte sich die alte Königin schwer auf ihren Gehstock. Als sie taumelte, schnappten einige ihrer Damen erschrocken nach Luft, aber sie waren klug genug, sich von ihr fernzuhalten. Katharinas finsterer Blick tat deutlich kund, dass bloß niemand wagen sollte, ihr zu Hilfe zu eilen. Sie fing sich wieder und zeigte keinem, wie sehr sie ihre Schwäche beunruhigte.

Kurz nach ihrem Gespräch mit dieser Pechard hatte sie eine Lungenentzündung bekommen, und es hatte Wochen gedauert, bis sie es geschafft hatte, ihr Bett wieder zu verlassen.

Gerüchte hatten sich verbreitet, Katharina läge im Sterben. Ihr war zu Ohren gekommen, dass einige Pariser Holz aufgeschichtet hatten, um ein Freudenfeuer zu entfachen, sobald ihr Tod bestätigt war. Es verschaffte ihr tiefe Genugtuung, ihnen das Fest vorzuenthalten.

Sie sehnte sich danach, trotzig am Fenster zu stehen und allen zu zeigen, dass die dunkle Königin noch nicht mit dem Leben abgeschlossen hatte. Doch bei der derart explosiven Stimmung in der Stadt war die Gefahr, von einer Pistolenkugel niedergestreckt zu werden, für Katharina genauso groß wie die, der Schwäche ihres gebrechlichen Körpers zu erliegen.

Als sie vorhin aus dem Fenster geblickt hatte, hatte sie den Eindruck gehabt, dass sich unten auf der Straße eine ziemlich finstere Gestalt herumdrückte, die direkt auf sie zu starren schien – ein Mann in einem langen Umhang, das Gesicht unter einer breiten Hutkrempe versteckt.

Sie beruhigte sich damit, dass es wohl nur ein Trugbild ihrer wässrigen Augen gewesen war.

Als ein Karren vorbeiratterte, schien der Bursche sich in Luft aufgelöst zu haben.

Das also beschert einem das Alter, dachte sie verbittert – in der Furcht vor Schatten zu leben.

Katharina hatte es bis zu ihrem Stuhl am Kamin geschafft und brach nun darauf zusammen. Ihre Damen drängten sich flüsternd um sie. Die Jüngeren hatten die ärgerliche Angewohnheit, sich bei Alten, Gebrechlichen und Sterbenden stets so zu verhalten, als ob das Alter einen Menschen unweigerlich taub, blind und hirnrissig machte. Katharina hatte beschlossen, dieses Verhalten niemals zu dulden.

Sie klopfte mit ihrem Stock auf den Boden. »Entgegen euer aller Hoffnung stehe ich noch nicht an der Schwelle des Todes. Wenn ihr etwas zu sagen habt, sagt es laut, ansonsten haltet den Mund.«

Die Damen verstummten und tauschten beklommene Blicke. Mademoiselle de Bec trat vor und machte einen zittrigen Knicks.

»Wir haben nur überlegt, ob wir Euch stören sollen. Ein Mann begehrt Zulass, wenn es Euer Majestät genehm ist.«

»Es ist Ihro Majestät nicht genehm. Sehe ich aus, als ob ich jemanden empfangen könnte? Es sei denn, es ist mein lieber Sohn, der sich nach der Gesundheit seiner Mutter erkundigen möchte.«

Als Mademoiselle de Bec ihrem Blick auswich, schnaubte Katharina: »Nein? Das habe ich mir schon fast gedacht.«

»Es ist nicht der König.« Die junge Frau wich unruhig zurück. »Es ist Kapitän Xavier.«

»Wie bitte?« Einen Moment lang war Katharina wie vom Donner gerührt, dann fauchte sie: »Entweder Ihr lügt, oder Ihr seid eine Närrin. Erst gestern wurde mir berichtet, dass Xavier tot ist. Er ging in einem Sturm über Bord, bevor sein Schiff zerschellte.«

»Nein, es ist tatsächlich der Kapitän, Euer Majestät, und wenn nicht, dann ist es sein Geist.«

»Und zwar ein ziemlich gesunder und gut aussehender Geist«, wagte eine der anderen Damen kichernd hinzuzufügen.

Doch ihr Lächeln erlosch, als ihr Katharina einen finsteren Blick zuwarf.

Xavier lebte und war nach Paris zurückgekehrt? Nun, wenn es jemanden gab, der kühn genug war, dem Tod ein Schnippchen zu schlagen, dann dieser arrogante Schurke. Aber etwas ganz anderes war es, ihr ein Schnippchen zu schlagen und dann noch zu wagen, in ihren Palast zu stolzieren.

Katharina packte die kalte Wut, ihr Puls pochte gefährlich in ihren Schläfen. Sie atmete mehrmals flach durch, um sich zu beruhigen.

Ihr erster Impuls war, die Wachen zu rufen und sie zu fragen, wie es Xavier hatte gelingen können, an ihnen vorbeizuschlüpfen. Und dann würde sie Xavier am nächsten Baum in ihrem Garten aufknüpfen lassen und die Befriedigung haben, ihm beim Sterben zuzusehen.

Aber ihre Neugier siegte.

Sie wollte doch zu gern hören, welche Entschuldigungen dieser Kerl vorbrachte, bevor sie ihm seine verlogene Zunge herausschneiden ließ.

»Lasst ihn ein!«, befahl sie und erhob sich mühsam. Wie konnte er es wagen zurückzukehren, ohne den Auftrag ausgeführt zu haben, für den er bereits den Lohn eingestrichen hatte? Es sei denn, er hatte ihn doch ausgeführt.

Einen Moment lang hegte Katharina die kühne Hoffnung, dass Xavier mit Meg eintreten würde.

Doch diese Hoffnung erlosch, als Xavier allein in den Salon trat, nicht einmal in Begleitung des großen, gefährlich wirkenden Wilden. Katharinas Zorn wuchs, als sie bemerkte, dass er ebenso wenig Sorgfalt auf sein Äußeres verwendet hatte wie bei seinen früheren Aufwartungen: Seine Stiefel waren verdreckt, sein Umhang voller Flecken, der Bart und die Haare struppig und verfilzt.

Und dennoch schlenderte er mit einer Sicherheit zu ihr, um die ihn viele juwelengeschmückte und in Satin gewandete Herzöge beneidet hätten. Er bedachte sie mit einer galanten Verbeugung und sah aus, als ob er sich eines wohlwollenden Empfangs vollkommen sicher wäre.

Katharina war hin- und hergerissen zwischen Wut und Bewunderung. Diese zwiespältigen Gefühle bekamen ihrem Herzen bestimmt nicht gut. Sie presste eine Hand auf ihre Brust, um dem heftigen Klopfen Einhalt zu gebieten.

Xavier kniete sich vor sie. »Eure Majestät, endlich bin ich zu Euch zurückgekehrt.«

»Dann seid Ihr entweder der kühnste Mann, der mir je begegnet ist, oder ein völliger Narr. Es sei denn, Ihr wisst nicht, dass ein Preis auf Euren Kopf ausgesetzt ist.«

»Das weiß ich, und deshalb bin ich persönlich gekommen, um den Preis einzufordern.«

Katharina musste sich ein Lachen verkneifen, was sie nur noch wütender machte. Sie hätte ihm gern mit dem Stock auf den Schädel geschlagen, doch dabei wäre sie leider gestürzt. Fast hätte sie es getan, doch dann beugte sie sich vor und versetzte ihm eine Ohrfeige.

»Schuft!« Es klang eher wie ein Schmerzensschrei. Ihre gichtigen Finger protestierten. Sie fürchtete, dass der Schlag ihr weit größere Qualen bereitet hatte als ihm.

Xavier zuckte nicht mit der Wimper. Er sah sie an mit einem Blick der reinen Unschuld und der vorwurfsvollen Überraschung an.

»Majestät, was habe ich getan, um solch eine Misshandlung zu verdienen?«

»Was Ihr getan habt?«, wiederholte sie ungläubig. Sie beugte ihre pochende Hand. Schmerzen und Wut übermannten sie, sie konnte nur noch unzusammenhängend stammeln. »Geld genommen … betrogen … verraten …«

»Niemals! Ich habe alles getan, was Euer Majestät von mir verlangt haben.«

»Lügner!« Zähneknirschend kämpfte sie darum, sich zu beruhigen.

Oft hatte sie Geschichten von Elisabeth Tudors Jähzorn gehört – dass die englische Königin spuckte und Untertanen schlug, die ihr Missfallen erregt hatten. Diesen Mangel an königlicher Haltung hatte Katharina stets verabscheut. Sie war immer sehr stolz gewesen auf ihre eisige Würde. Ihre Wut hatte die Menschen eher erfrieren als verbrennen lassen. Und das würde sie nun auch mit Xavier tun, sie würde ihn mit eisiger Wut in die Hölle schicken.

Als sie sich endlich wieder gefasst hatte, erklärte sie barsch: »Ihr wart fast ein Jahr unterwegs, und ich weiß, was Ihr mit Eurer Zeit gemacht habt. Der spanische Hof hat sich bei meinem Sohn über Eure Piraterie beschwert.«

»Wollt Ihr den Spaniern Glauben schenken, Euer Majestät? Die können doch einen Franzosen nicht vom anderen unterscheiden.«

»Ich bezweifle, dass jemand, der Euch einmal begegnet ist, geneigt wäre, Euch zu vergessen, Monsieur.«

Als der Kerl grinste, fügte sie eisig hinzu: »Das war kein Kompliment, Kapitän.«

Sein Lächeln wurde breiter, auch wenn es etwas verlegen wirkte. »Ich gebe zu, ich bin ein wenig vom Kurs abgekommen.«

»Bis zur Küste vor La Florida? Als wenig kann man das wohl kaum bezeichnen.«

»Ich bin für Euch dorthin gesegelt, Euer Majestät. Ich hoffte, den Jungbrunnen zu entdecken, von dem ich Euch berichtet hatte.«

»Verschont mich mit Euren Märchen!«

»Es war keine so große Schimäre wie die, die ich in Eurem Auftrag finden sollte. Auf dem Rückweg begab ich mich nach Faire Isle, wie Ihr es von mir gefordert habt, und fand Megaera.«

»Und wo ist sie?«, fragte Katharina ungeduldig.

»Ich hielt es für reine Zeitverschwendung, mit einem derart wertlosen Geschöpf zu Euer Majestät zurückzukehren.«

»Was bildet Ihr Euch ein, das zu beurteilen? Ich habe Euch einzig und allein aufgefordert …«

»Aber als Euer Gesandter hatte ich Gelegenheit, das Mädchen genau zu beobachten«, sagte Xavier, kühn genug, ihre Schimpftirade zu unterbrechen. »Sie ist ein dürres, völlig unbedeutendes Geschöpf. Ihr richtiger Name lautet Margaret Wolfe, und alle Berichte, die Ihr von ihr habt, sind irreführend. Megs Mutter mag ja eine große Zauberin gewesen sein, aber der Ruf des Mädchens gründet ausschließlich auf Cassandra Lascelles verrückten Hoffnungen für ihre Tochter. Margaret Wolfe hat kaum genug Verstand, den einfachsten Gewürztrank zuzubereiten.«

»Dennoch habe ich gehört, dass die Herrin von Faire Isle vorhat, Megaera zu ihrer Nachfolgerin zu ernennen.«

»Ein weiterer falscher Bericht. Sie hat nicht Mademoiselle Wolfe gewählt.«

Als Katharina ihn ungläubig anstarrte, beharrte er: »Ich war dort. Es gelang mir, das Ratstreffen auf den Felsen heimlich zu verfolgen. Die Herrin hat ihre Nichte gewählt, Seraphine Remy.«

»Remy?«

»Sie ist die älteste Tochter von Gabrielle und Nicolas Remy.«

Katharina kniff die Lippen zusammen, sie war nicht bereit, ihm auch nur ein einziges Wort zu glauben. Und dennoch …

»Ich erinnere mich noch gut an Gabrielle«, murmelte sie. »Meiner Meinung nach war sie die Vielversprechendste der Cheney-Schwestern, bis sie so töricht war, sich zu verlieben. Sie war eine große Schönheit und obendrein recht klug. Schlau, kühn und welterfahren.«

»Ihre Tochter schlägt ganz ihr nach. Neben Seraphine Remy wirkt Margaret Wolfe sogar noch unbedeutender – eine Bäuerin im Schatten einer Prinzessin.«

»Hm.« Katharina klopfte mit dem Stock auf den Boden. Warum hörte sie sich diese Märchen überhaupt an? Aber ihre Erinnerung an die eine flüchtige Begegnung, die sie mit Megaera gehabt hatte, verunsicherte sie. Die berüchtigte Silberne Rose war tatsächlich ein kümmerliches, verängstigtes Kind gewesen. Die Mutter, Cassandra, mit ihrer wallenden dunklen Haarmähne und den gespenstisch leeren Augen hatte weitaus gefährlicher gewirkt.

Während sie darüber nachdachte, stand Xavier auf. Er krümmte sich ein wenig, weil er so lange zu ihren Füßen gekniet hatte.

»Ich habe Euch nicht gestattet, Euch zu erheben.«

»Aber ich muss Euch das Geschenk überreichen, das ich Euch aus weiter Ferne mitgebracht habe.«

»Und das wäre?«

»Euer Majestät hat mich noch nicht nach dem Erfolg meines anderen Unternehmens gefragt.«

Katharina schnaubte. »Ihr meint, Eure Suche nach dem sagenumwobenen Brunnen.«

»Er ist keine Sage. Ich habe ihn gefunden.« Xavier zog ein kleines Fläschchen mit einer klaren Flüssigkeit unter seinem Umhang hervor.

Katharina starrte ihn böse an. »Glaubt Ihr etwa, Ihr könnt mich ein zweites Mal zum Narren halten, Monsieur?«

»Nicht mehr, als ich es letzten Herbst getan habe. Wie könnte ich es wagen? Das hier ist in der Tat eine Probe aus dem Jungbrunnen.«

»Wenn Ihr wirklich davon überzeugt seid, dass Ihr mich nicht täuscht, dann, fürchte ich, täuscht Ihr Euch selbst.«

»Keineswegs, Euer Majestät. Ich zog mir bei der Auseinandersetzung mit dem spanischen Schiff eine böse Verletzung zu, mein rechter Arm war nahezu zerschmettert. Ohne diesen Zaubertrank wäre ich gestorben oder hätte zumindest meinen rechten Arm verloren.«

Katharina zog skeptisch die Brauen hoch, doch sie nahm das Fläschchen, entkorkte es und roch an seinem Inhalt. »Es kommt mir vor wie Wasser.«

»Jawohl, es ist Wasser, aber es ist auch die Essenz des Lebens. Nehmt ein Schlückchen, dann werdet Ihr schon sehen.«

»Pah!«

Sie hätte das Fläschchen auf den Boden geworfen, wenn er sie nicht an der Hand gepackt hätte, um sie daran zu hindern.

»Euer Majestät, ich flehe Euch an! Ihr habt mir schon einmal Eure Gesundheit und Euer Leben anvertraut, und Ihr müsst zugeben, dass Euch mein anderer Trank gutgetan hat. Dieser hier ist zehnmal so stark.«

Sie starrte zornig auf seine Finger, die ihr Handgelenk umfassten. Der Mann war tatsächlich so vermessen, sie unaufgefordert zu berühren, sie, Katharina, Tochter der mächtigen Medici, Königinwitwe und -mutter von Frankreich. Dennoch fühlte sich seine Hand auf der dünnen Haut ihres Handgelenks warm und stark an. Ihr Puls begann, töricht zu flattern.

»Lasst mich los!«

Zögernd befolgte er ihre Aufforderung, und Katharina starrte auf das Fläschchen in ihrer Hand. Xavier hätte sie gar nicht an den Stärkungstrank erinnern müssen, den er ihr einst gegeben hatte. Sie hatte sehr oft sehnsüchtig daran gedacht, wenn ihre Gelenke in diesem langen, trüben Winter wieder einmal gepocht und ihre Knochen geschmerzt hatten.

Mitgenommen von ihrer zurückliegenden Krankheit, fühlte sie sich auf einmal völlig erschöpft und mutlos. Wenn es stimmte, was ihr der Mann von Megaera erzählt hatte, dann hatte sie tatsächlich keine Wahl mehr.

Was hatte sie zu verlieren? Sie führte das Fläschchen an die Lippen und nahm einen vorsichtigen Schluck.

Sie ließ die Flüssigkeit über die Zunge rinnen, bevor sie sie schluckte, dann schimpfte sie: »Elender Schurke, es ist tatsächlich nur Wasser. Ich schwöre, dieser Trick kostet Euch den Kopf …«

Sie verstummte und keuchte. Schon ein kleiner Schluck dieser Flüssigkeit schickte ein wahres Feuer durch ihre Adern. Einen Moment lang befürchtete sie, der Mann könnte so tollkühn gewesen sein, sie vor den versammelten Hofdamen zu vergiften.

Aber die Wärme fühlte sich eher wie eine reinigende Flamme an, sie verbrannte all ihre Schwäche und ihre Schmerzen. Sie fühlte sich so kräftig wie seit Wochen, ja vielleicht Monaten nicht mehr.

Verblüfft musterte sie das Fläschchen in ihrer zitternden Hand. Sie hätte den gesamten Inhalt in einem Zug geleert, wenn Xavier sie nicht aufgehalten hätte.

»Nein, seid vorsichtig, Euer Majestät. Man darf von diesem Heilwasser nicht zu viel auf einmal zu sich nehmen, das hält niemand aus. Ihr müsst sparsam damit umgehen.«

Katharina betrachtete das Fläschchen sehnsüchtig, aber sie ließ sich überreden, es wieder zu verschließen.

»Dieses Fläschchen ist das letzte aus dem Vorrat, den ich dem Brunnen entnehmen konnte, bevor mich die Spanier vertrieben. Wenn ich eine kleine Flotte und genügend Männer hätte, könnte ich Euch Fässer davon bringen.«

Katharina hielt das Fläschchen noch immer in der Hand und musterte ihn nachdenklich. Zweifellos besaß dieses Wasser große Macht. Aber sollte sie Xavier die Geschichte, wie er daran gekommen war, wirklich glauben?

Der Trank hatte ihren Kopf und ihre Sicht klarer werden lassen. Vielleicht würde ein wenig mehr davon sogar ihre größte Gabe als Tochter der Erde wiederherstellen – die Macht, allein durch die Kraft ihres Blicks einem Menschen sämtliche seiner Geheimnisse zu entlocken.

Sie setzte sich auf ihren Stuhl und winkte Xavier lächelnd zu sich.

»Kommt und erzählt mir mehr«, schnurrte sie.

22

Sonnenstrahlen ergossen sich über Janes Bett und weckten sie auf, ob sie wollte oder nicht. Ihre Lider flatterten, im ersten Moment wusste sie nicht, wo sie war. Ihr hatte geträumt, sie wäre wieder auf Faire Isle, und der Traum war so lebhaft gewesen, dass sie beinahe geweint hätte, als sie beim Aufwachen feststellte, dass sie in Paris war. Nach der friedlichen Schlichtheit des Raums, den sie in Belle Haven bewohnt hatte, kamen ihr selbst nach einer Woche im Haus ihrer Cousine die mit goldenem Stuck verzierten Wände ihres Schlafzimmers fremd vor.

Sie richtete sich auf. Das Nachthemd klebte an ihrem schweißnassen Körper. Es versprach, ein weiterer heißer Tag zu werden. Sie rieb sich den Schlaf aus den Augen und ärgerte sich über die gnadenlose Sonne, die durch ihr Fenster drang.

Wenigstens war sie aus einem schönen Traum erwacht, nicht einem der Albträume, die sie geplagt hatten, seit sie die Insel verlassen hatte. Sie hatte geträumt, dass sie die Decke zurückgezogen und stolz das Gesicht ihres neugeborenen Sohnes präsentiert hatte. Alle, die sich um ihr Bett drängten – Ariane, Seraphine und Meg –, hatten das Kind bewundert, und Xavier hatte schützend über Jane und seinen Sohn gewacht und zärtlich gelächelt.

»Wenn du nicht willst, dass der Junge zu einem Piraten heranwächst, sollten wir ihm den Namen …«

Doch an diesem Punkt war sie aufgewacht. Jetzt würde sie nie erfahren, was Xavier hatte vorschlagen wollen. Jane blinzelte die Tränen zurück, die ihr bei dem unerträglichen Verlustgefühl in die Augen stiegen.

Vielleicht wäre ein Albtraum doch besser gewesen als ein

solch hinreißender Traum, der sie nur grausam daran erinnerte, dass es keinen Xavier mehr gab – und kein Kind.

Auf der Reise nach Paris hatte ihre Blutung eingesetzt. Sie wusste, dass sie darüber froh sein sollte. Doch trotz der Härten, die sie als unverheiratete Mutter hätte erdulden müssen, war ihr klar geworden, wie verzweifelt sie sich dieses Kind gewünscht hatte. Jetzt war es, als sei die letzte Verbindung zu Xavier abgerissen.

Ihre gemeinsame Zeit kam ihr inzwischen vor wie ein Traum. Ein Klopfen an der Schlafzimmertür holte sie in ihre momentane trostlose Wirklichkeit zurück.

Das junge Dienstmädchen Violette streckte den Kopf ins Zimmer und rief: »Madame Danvers? Seid Ihr wach? Eure Cousine fragt nach Euch.«

So früh schon? Jane unterdrückte ein Stöhnen.

Violettes Miene drückte Bedauern aus. »Es tut mir leid, Euch zu stören, Mylady, aber Madame Benton sagt, sie habe derart grässliche Kopfschmerzen, dass sie es kaum noch aushält, ja, sie fürchtet, sie müsse bald sterben …«

»Ich verstehe«, unterbrach Jane sie schicksalsergeben. »Sag ihr, dass ich gleich bei ihr bin.«

Violette machte einen kleinen Knicks und verschwand. Jane stolperte aus dem Bett und wusch sich hastig. Dann zog sie sich an und eilte in die Küche hinunter, um zu frühstücken und einen kühlenden Umschlag vorzubereiten.

Schon nach einer Woche mit ihrer Cousine unter einem Dach fühlte sich Jane völlig ausgelaugt. Sie wusste nicht, was anstrengender war – sich um die unablässigen Forderungen ihrer Cousine zu kümmern oder um die der Gläubiger, die das Haus belagerten.

Die Aasgeier hatten bereits Abigails Schmuck, das Silber, die Wandteppiche und die meisten Möbel fortgetragen. Sie und Abigail konnten sich glücklich schätzen, noch Betten zu haben, auch wenn die Bettvorhänge längst fort waren.

Die meisten Bediensteten hatten sich ebenfalls aus dem Staub gemacht, nur einer der Lakaien, Gerard, war zusammen mit Violette geblieben, die mittlerweile Mädchen für alles war.

Janes Schritte hallten hohl auf dem Marmorfußboden, als sie zum Schlafzimmer ihrer Cousine ging. Sobald Jane in den Raum schlüpfte, fing Abigail an zu jammern.

»Oh Jane, wo hast du nur gesteckt? Warum hast du so lange gebraucht? Mein Kopf fühlt sich an, als würde er gleich platzen.«

Sie richtete sich auf. Ihr Gesicht war verkniffen und verdrossen wie das eines nörgelnden Kindes, ihr dunkelbraunes Haar hob sich deutlich von dem weißen Batist ihres Nachthemds ab.

Jane nahm all ihre Geduld zusammen und trat leise zu ihrer Cousine. »Gleich geht es dir besser, Abby. Aber du musst still liegen.«

Sie drückte Abigail sanft in die Kissen zurück und legte ihr das feuchte, in Lavendelwasser getauchte Tuch auf die Augen.

Ihre Cousine stöhnte. »Oh, ich werde nie mehr gesund. Hol Dr. Marchand. Er muss mich wieder zur Ader lassen.«

Jane erschauerte. Nachdem sie bei den in der Heilkunst erfahrenen Frauen von Faire Isle gelebt hatte, fand sie die Praxis des Aderlasses ebenso barbarisch wie Ariane.

»Das ist das Letzte, was du jetzt brauchst, und außerdem weigert sich Dr. Marchand, dich zu behandeln, solange seine letzte Rechnung nicht beglichen ist. Ich glaube, es würde dir gleich besser gehen, wenn du mir erlauben würdest, die Fenster einen Spalt zu öffnen und ein bisschen frische Luft hereinzulassen.«

»Frische Luft?« Abigail schob das Tuch auf ihre Stirn, um Jane vorwurfsvoll anzustarren. »Willst du mich umbringen? Wie kannst du nur auf solch seltsame Gedanken verfallen?«

»Das hat mich die Herrin von Faire Isle gelehrt. Sie versteht weit mehr von der Heilkunst als dein Dr. Marchand.«

»Bist du denn auch eine Hexe geworden, Jane?«

»Nein. Sonst wäre ich nämlich versucht, dich in eine gefälligere Begleiterin zu verwandeln, ein Kätzchen zum Beispiel.«

Als Abigail empört schnaufte und vor ihr zurückwich, tätschelte Jane ihr die Hand. »Das war doch nur ein Scherz, Abigail.«

»Früher hast du nie solch empörende Witze gemacht.« Abigail zog ihre Hand weg. »Jemand auf dieser Insel hat einen sehr schlechten Einfluss auf dich gehabt.«

Das ist wahr, dachte Jane. Ein Bild stieg in ihr auf von Xaviers spitzbübischem Grinsen und seinen Augen, die in einem Moment so schelmisch blitzen konnten und im nächsten so warmherzig.

Der Eindruck war so stark, dass ihr Herz bittersüß schmerzte. Sie schob die Erinnerung beiseite, während sie die Decke ihrer Cousine glättete.

Abigail sah sie schmollend an. »Und was soll das heißen, ich sei nicht gefällig? Wie soll ich nicht verstimmt sein? Ich bin schrecklich krank, Jane.«

»Ja, meine Liebe, aber vielleicht ginge es dir besser, wenn du so vernünftig wärst, eine Kleinigkeit zu essen und aufzustehen. Wenn du dich nur ein bisschen anstrengen würdest …«

»Mich anstrengen? So etwas würdest du nie von mir verlangen, wenn du wüsstest, was ich in der Ehe mit einem Schurken wie George Benton gelitten habe. Aber das kannst du natürlich nicht verstehen. Du hattest das Glück, mit zwei achtbaren, ehrenwerten Männern verheiratet zu sein.«

»Und trotzdem stehe ich nun ebenso mittellos da wie du.«

»Aber daran bist du selbst schuld, schließlich warst du in einen Hochverrat verwickelt und in Hexerei«, konterte Abigail, doch gleich darauf zuckte sie zusammen und tastete nach Janes Hand.

»Entschuldige, Jane, so habe ich das nicht gemeint. Das war wirklich nicht nett von mir. Aber es war eben alles ein bisschen viel für mich – erst hat George mich verlassen, dann haben diese grässlichen Männer mir all meine hübschen Sachen weggenommen, meine Wandbehänge, meinen Schmuck, sogar meine schönsten Kleider. Ich fühle mich so elend, am liebsten würde ich einfach sterben.« Tränen strömten ihr über die Wangen.

»Ach, bitte, meine Liebe, reg dich doch nicht so auf.« Jane suchte nach ihrem Taschentuch und trocknete ihrer Cousine die Augen.

Abigail schniefte. »Ich bin ja so dankbar, dass du bei mir bist. Du weißt gar nicht, wie sehr ich dich vermisst habe.«

Nein, nachdem Abby ihr kaum ein Wort geschrieben hatte in all der Zeit, die sie jetzt schon im Exil lebte, wusste sie das tatsächlich nicht. Aber Jane tätschelte ihr die Hand und bedankte sich für die netten Worte.

»Erinnerst du dich noch an die Nacht vor deiner ersten Hochzeit?«, fragte Abigail. »Wie ich mich heimlich in dein Zimmer geschlichen habe? Wie viel Spaß wir hatten, als wir bis zum Morgengrauen geplaudert und gekichert haben?«

Janes Erinnerungen wichen ein wenig davon ab: Sie hatte über das Kind getrauert, das sie kurz zuvor verloren hatte, und sie hatte beklommen in ihre Zukunft als Ehefrau eines derart mürrischen Jungen wie Richard Arkwright geblickt.

Aber Abigail hatte sie damals mit ihrem sonnigen Gemüt tatsächlich von ihren Sorgen abgelenkt. Es war traurig, so wenig von dem munteren, schalkhaften Kobold in der Frau wiederzufinden, die nun so antriebslos in ihrem Bett lag.

»Ist es nicht seltsam, wie sehr unser Leben von dem abweicht, was wir erwartet haben?«, fragte Abigail. »Es ist gut, dass man nichts von den Prüfungen und Enttäuschungen weiß, die noch vor einem liegen, sonst hätte man nie den Mut, sich ihnen zu stellen.«

Jane nickte zustimmend, wunderte sich jedoch, als Abigail fortfuhr: »Mein Leben wäre um vieles erfreulicher verlaufen, wenn man mir erlaubt hätte, deinen Bruder zu heiraten.«

»Ned?«

Abigail seufzte lächelnd. »Ich weiß, dass ich ein bisschen älter war als er, aber so etwas fällt doch kaum ins Gewicht. Er sah blendend aus, und er war so charmant. Ich wäre sicher sehr glücklich geworden an seiner Seite. Ich habe ihn wirklich gern gehabt.«

Jane hatte ihren Bruder geliebt, aber seine Schwächen hatte sie trotzdem nicht vergessen, so wie es Abigail offenkundig tat. Mit seinem Hang zum Spielen und seiner tollkühnen Beschäftigung mit der Alchemie hätte Ned einen weit schlechteren Gemahl für Abby abgegeben als George.

Aber Jane schwieg, hielt Abigails Hand und ließ sie ihre verlorene Liebe betrauern. Vielleicht fiel ihr das leichter, als an ihre eigene verlorene Liebe zu denken.

Als Abigail eingeschlummert war, bedauerte es Jane beinahe. So aufreibend Abigails schlechte Laune und ihre ständige Forderung nach Aufmerksamkeit waren, sie hielten zumindest Janes trübe Gedanken in Schach.

Doch als es still wurde im Raum, stürmten diese Gedanken wieder auf sie ein. Sie trat langsam an eines der hohen Fenster. Der Raum fühlte sich so eng an, dass sie zu gern einen Flügel geöffnet hätte, aber sie wusste, dass sich Abigail nur aufregen würde.

Sie legte den Kopf an die Scheibe und starrte in den Garten, ohne ihn richtig wahrzunehmen. Stattdessen schloss sie die Augen und stellte sich ein Schiff vor, das mit geblähten Segeln über die Wogen glitt, und einen schwarzhaarigen Mann, der mit langen Schritten auf Deck auf und ab lief. Wo mochte Xavier jetzt stecken? Bestimmt hatte er diese Gestade schon weit hinter sich gelassen. Seit ihrer Abreise von Faire Isle waren genügend Tage verstrichen, dass er jetzt gewiss irgendwo in der Weite des Atlantiks segelte.

Aber das stimmte nicht.

Ein Regen von Kieseln, der ans Fenster prasselte, brachte sie dazu, erschrocken die Augen aufzureißen. Im Garten stand eine in einen Umhang gehüllte Gestalt und blickte zu ihr hoch – Xavier.

Janes Kinnlade fiel herunter, und sie blinzelte. Sie war sich sicher, ein Trugbild ihrer Sehnsucht zu sehen.

Doch Xavier verbeugte sich auf die für ihn typische unbekümmerte Art und winkte ihr, nach unten zu kommen.

Jane holte tief Luft. So verzweifelt sie bei ihrem Abschied von ihm gewesen war, so hatte ein Gedanke sie doch getröstet: dass Xavier in Sicherheit sein würde, außerhalb von Katharina von Medicis Reichweite. War der Mann vollends verrückt, dass er gewagt hatte, nach Paris zu kommen?

Mit einem nervösen Blick auf ihre Cousine vergewisserte sie sich, dass Abigail noch schlief, dann eilte sie aus dem Schlafzimmer nach unten und durch die Küche. Die letzte Bedienstete des Haushalts, Violette, hatte den Kopf auf den Tisch gelegt und war eingenickt. Zweifellos strapazierten Abigails ständige Forderungen das arme Mädchen ebenso wie Jane.

Jane schlüpfte an ihr vorbei zur Küchentür hinaus. Der Garten war nicht besonders groß und umgeben von einem schmiedeeisernen Gitter. Ein paar Büsche und Bäume schirmten den Rasen gegen die Straße ab. Es war sehr friedlich hier draußen, eine schattige Laube in der mittäglichen Sonne – und völlig verlassen.

»Xavier?«, flüsterte sie und trat zögernd zur Steinbank in der Mitte des Gartens.

Wie aus dem Nichts stand er plötzlich vor ihr. Jane war so überrascht, dass sie beinahe laut aufgeschrien hätte, doch seine Hand legte sich auf ihren Mund.

Schon allein diese Berührung, das Gefühl seiner schwieligen Handfläche auf ihren Lippen, ließ sie beinahe ohnmächtig werden.

Es war seine rechte Hand, wie sie bemerkte. Die Schlinge war verschwunden, der Arm geheilt.

Wie war sie nur darauf gekommen, dass er ein Trugbild sein könnte? Dieser Mann hatte allerdings nichts von dem Helden ihres Traums an sich, er roch nach Schweiß, seine Kleidung war fleckig, sein Gesicht rau von einem Bart. Er sah genauso aus wie der ruchlose Pirat, der zu sein er immer behauptet hatte; doch zugleich war er so kraftvoll, so warm, so wirklich, dass sie dem Drang widerstehen musste, die Arme um seinen Hals zu schlingen und Freudentränen zu vergießen.

Sie zog seine Hand von ihrem Mund und wich ein wenig von Xavier ab. Es hatte ihr die Sprache verschlagen, sie konnte ihn nur vorwurfsvoll mustern.

»Tut mir leid«, murrte er. »Ich wollte dich nur am Schreien hindern.«

»Was hast du hier zu suchen?«, lautete ihre erste Frage, nachdem sie endlich ihre Stimme wiedergefunden hatte. »Bist du denn vollends verrückt geworden?«

»Wahrscheinlich, aber das hast du doch schon gewusst. Das ist doch wenigstens etwas, was ich dir nie verhehlt habe.«

»Was – wie …« Ihre Gedanken überschlugen sich. Sie wusste gar nicht, wo sie anfangen sollte, und konnte es noch immer nicht fassen, dass er leibhaftig vor ihr stand und sie dieses Gespräch führten.

»Woher – woher hast du gewusst, wo du mich finden kannst?«, fragte sie schließlich.

»Ich gebe zu, ich habe ein paar Tage gebraucht. Aber schließlich brachte mich eine Reihe verdrossener Händler auf die Spur deiner Cousine.« Er sah sie stirnrunzelnd an.

»Verflixt und zugenäht! Warum hast du nicht auf mich gehört und bist auf Faire Isle geblieben? Trotzdem …« Seine Stimme wurde etwas weicher. »Auch wenn es verdammt selbstsüchtig ist – ich freue mich, dich wiederzusehen.«

Er wollte ihre Hand nehmen, doch Jane verschränkte die Hände rasch hinter dem Rücken. »Nun, ich freue mich nicht, dich zu sehen. Ich hoffte, du hättest mittlerweile die halbe Welt umsegelt.«

»Hasst du mich denn so sehr?«

»Dich hassen?« Jane rang nach Atem. »Wenn du wüsstest, wie viele schlaflose Nächte ich hatte, wie viele Albträume, wie viele Sorgen, was dir passieren würde, wenn man dich erwischte. In London pfählen sie Piraten an den Ufern der Themse und überlassen sie der Gnade der Gezeiten und den Krebsen.«

»Darum brauchst du dir keine Sorgen zu machen. Die Krebse würden sich nie an mich heranmachen. Ich bin viel zu zäh.«

»Verflucht! Über so etwas macht man keine Witze!« Tränen brannten in ihren Augen. Sie hämmerte mit den Fäusten gegen seine Brust, all die Sorgen, all ihr Liebeskummer, die enttäuschten Sehnsüchte der letzten zwei Wochen kochten über.

Schließlich taumelte sie stöhnend zurück. »Was hast du aus mir gemacht? Früher habe ich nie geflucht oder jemanden geschlagen.«

»Aber es tut gut, oder?«

»Ja«, gab sie zögernd zu, weigerte sich jedoch, sich von seinem Lächeln anstecken zu lassen. Sie sank auf die Gartenbank. »Warum bist du hier?«, fragte sie abermals.

»Ich musste dich sehen und mich vergewissern, dass es dir gut geht, nachdem ich gezwungen war, Faire Isle so überstürzt zu verlassen, ohne zu wissen …« Sein Blick schweifte fragend über ihre Gestalt.

»Ich bin nicht schwanger, Xavier, falls du das befürchtest. Meine Blutung kam kurz, nachdem ich Faire Isle verlassen hatte.«

»Ach so.«

Jane war überrascht, als etwas wie Enttäuschung über seine Miene huschte.

Aber der Ausdruck war so rasch verschwunden, dass sie dachte, sie hätte es sich nur eingebildet.

»Nun, das ist – das ist eine große Erleichterung«, sagte er. »Es ist wirklich besser so.«

»Jawohl«, pflichtete Jane ihm bedrückt bei.

»Doch selbst ohne schwanger zu sein, fand ich es leichtsinnig von dir, nach Paris zu reisen.«

»Leichtsinnig? Ich?«, stammelte Jane und wäre an ihrer Entrüstung beinahe erstickt. »Immerhin streife ich nicht in Paris herum und laufe Gefahr, im nächsten Moment verhaftet zu werden.«

»Ich auch nicht.« Als müsse er sich verteidigen, fuhr er fort: »Ich war bei der Königinmutter Katharina und habe Frieden mit ihr geschlossen.«

»Was hast du?«, keuchte Jane entsetzt.

Xaviers Miene verdüsterte sich, offenbar deutete er ihr Entsetzen falsch. »Schau mich nicht so an, Jane. Ich habe es nicht getan, um Meg zu verraten.«

»Ich – ich habe nie gedacht, dass …«

»Ach nein?« Er zog eine Braue hoch. »Jedenfalls habe ich alles andere als das getan. Vielmehr habe ich Katharina überzeugt, dass Meg ihr bei ihrer Ränke wenig nützen würde.«

»Aber – aber wie ist dir das gelungen?«

»Ich habe meinen persönlichen Zauber eingesetzt. Im Gegensatz zu dir, meine Liebe, bin ich nämlich ein begabter Lügner.« Xaviers Lippen zuckten, mit ziemlich selbstgefälliger Miene berichtete er Jane von seiner letzten Audienz bei Katharina.

Eine andere Frau hätte vielleicht seine Kühnheit gelobt und seine Verschlagenheit bewundert, doch Jane konnte ihn nur mit wachsender Angst anstarren, vor allem, als er hinzufügte: »Sie hat mich aufgefordert, sie bald wieder zu besuchen und für sie in Trance zu fallen.«

Er zuckte die Schultern. »Ich denke, ich muss ihr nur eine lange und ruhmreiche Zukunft vorhersagen, wenn sie die Silberne Rose vergisst und all ihre Hoffnungen auf die Reichtümer setzt, die es in La Florida …«

»Nein, das darfst du nicht!«, rief Jane aufgebracht, sprang auf und umklammerte seinen Arm. »Xavier, bitte, ich flehe dich an! Du darfst nicht noch einmal in ihre Nähe kommen.«

Xavier verdrehte die Augen. »Ich weiß, dass alle Frauen auf Faire Isle, sogar meine weise Schwester Ariane, vor der dunklen Königin Angst haben. Aber was auch immer Katharina einst war, jetzt ist sie nur noch eine kranke alte Frau. Wenn sie nicht eine solch verschlagene Hexe wäre, würde ich mich schämen, sie so auszunutzen.«

»Aber genauso ist es doch – sie ist eine Hexe, und sie ist gefährlich. Du darfst dein Leben nicht noch einmal aufs Spiel setzen, nicht einmal wenn es dir um deine fernen Länder geht.«

»Meine fernen Länder«, murmelte er, und ein seltsamer Ausdruck verdunkelte seinen Blick. »Ja, warum sollte ich sonst meinen Kopf riskieren? Doch wenn man bedenkt, wie Katharina einst mit dem Leben meiner Mutter und dem meines Vaters gespielt hat, wenn man an all das Elend denkt, das sie verursacht hat, finde ich, ist sie mir ein Schiff schuldig.«

Jane schüttelte den Kopf und flehte ihn an, Vernunft anzunehmen, doch er schien ihr nicht mehr zuzuhören. Er hob ihr Kinn und betrachtete ihr Gesicht.

»Du siehst viel zu blass und erschöpft aus. Deine Cousine zehrt an dir.«

»Es geht mir gut«, sagte Jane und stieß seine Hand weg.

»Nein, das tut es nicht. Diese Stadt ist nicht gut für dich. Du hast gesagt, du wolltest einen sicheren Ort finden, aber glaube mir, Paris ist es nicht.«

»Für dich vielleicht nicht«, konterte sie.

»Jane, du musst nach Faire Isle zurück. Wenn du nur auf mich hören würdest …«

»Nein, warum sollte ich, wenn du all meine Warnungen in den Wind schlägst?« Jane schob trotzig das Kinn vor. »Meine Cousine braucht mich. Ich habe nicht die Absicht, Paris zu verlassen.«

»Ich auch nicht.« Xavier musterte sie mit einer Mischung aus Bedauern und Enttäuschung. »Somit stecken wir in einer Sackgasse, meine Liebe.«

Xavier hob ihre Hand an seine Lippen und verabschiedete sich einigermaßen verstimmt. Jane kehrte ins Haus zurück, ihre Gedanken ein wirres Knäuel.

Keiner der zwei bemerkte die dunkle Gestalt, die am Zaun stand und sie beobachtete.

Katharina hatte ihr teures Reitgewand unter einem schlichten Umhang verborgen. Sie spähte in den Garten. An diesem Morgen hatte sie sich wieder einen Schluck von Xaviers wundersamem Stärkungstrunk genehmigt. Obwohl ihr Herz beunruhigend zu rasen begonnen hatte, hatte sie sich sofort viel kräftiger gefühlt. So kräftig, dass sie sich vorgenommen hatte, etwas zu tun, was sie schon vor vielen Jahren hatte aufgeben müssen.

Früher hatte sie sich oft damit vergnügt, verkleidet auszureiten, um die Stimmung im Volk zu erforschen und Dinge zu erfahren, die sie innerhalb der Mauern ihres Palasts nie erfahren hätte.

Als der Stallmeister ihr ein Pferd gebracht hatte, war es ihr schwergefallen, in den Sattel zu steigen. Sie war einfach nicht mehr die geschmeidige junge Prinzessin, die mit ihren Reitkünsten selbst den übersättigten französischen Hof beeindruckt hatte.

Nur mithilfe von zwei Lakaien hatte man ihre massige Gestalt in den Sattel heben können. Ihre Gelenke hatten sofort aufgestöhnt, als sie ihr Bein in der seltsamen Halterung hatte anwinkeln müssen, zu der die Damen beim Reiten gezwungen waren.

Doch bei der Freude, wieder im Sattel zu sitzen, war all das Ungemach rasch vergessen. Zu gern hätte sie die Stute zum Trab angetrieben, aber auf den bevölkerten Straßen von Paris war das nicht möglich. Außerdem durfte sie ihrer Sicherheit zuliebe nur so wenig Aufmerksamkeit wie möglich erregen.

Also hatte sie sich damit begnügt, zwischen den beiden Berittenen, die sie begleiteten, im Schritt zu reiten, ihre auffälligen Gesichtszüge hinter einem schwarzen Schleier verborgen.

Sie waren an dem Gasthaus vorbeigekommen, in dem Xavier abgestiegen war. Eigentlich hatte sie nicht geplant, ihm hinterherzuspionieren, doch als sie sah, dass er sich zu einer Besorgung anschickte, war die Gelegenheit zu günstig gewesen, um sie ungenutzt verstreichen zu lassen.

Als er über den Zaun in diesen Garten geklettert war, hatten

Neugier und Argwohn sie überwältigt. Ihre Wachen hatte ihr Befehl, anzuhalten, überrascht, und als sie darauf beharrt hatte, aus dem Sattel zu steigen, hatten sie sich besorgt umgesehen. Ihr war klar, dass sie es ihr lieber ausgeredet hätten, doch das wagten sie nicht.

Sie befahl ihnen, in einer Gasse um die Ecke auf sie zu warten. Dann trat sie an den einsamen Garten und spähte durch die Gitterstäbe.

Jetzt bereute sie ihren Entschluss beinahe. Als sie im Hof vor dem *Hôtel de la Reine* zu ihrem Ausritt aufgebrochen war, war sie überglücklich gewesen und hatte sich fast wieder jung gefühlt. Doch als sie nun das Liebespaar durch ihren Schleier hindurch beobachtete, musste sie sich am Zaun festhalten. Ein Liebespaar. Trotz der Spannung zwischen den beiden hatte Katharina keine Zweifel. Diese Jane konnte ihren sehnsuchtsvollen Blick nicht verbergen, und Xavier konnte eine gewisse Zärtlichkeit in seiner Stimme nicht unterdrücken, auch wenn Katharina nicht wusste, was er in dieser spröden, blassen Engländerin sah.

Die Jahre krochen wieder über Katharina hinweg. Grausame Erinnerungen bestürmten sie, Erinnerungen an längst vergangene Tage, als sie auf dem Fußboden ihres Schlafgemachs gelegen hatte. Ein Auge auf das Loch gepresst, das sie hatte bohren lassen, hatte sie in das darunterliegende Zimmer gespäht und ihren Gemahl dabei beobachtet, wie er seine Mätresse, die elegante Diane, liebte.

Mon Dieu, Heinrich, hätte Katharina am liebsten gequält ausgerufen.

Diane de Poitiers war fast so alt, um seine Mutter sein zu können. Wie konnte Heinrich diese Frau seiner jungen, ihn liebenden Gemahlin vorziehen? Für Katharina war es die reine Folter gewesen, die beiden zu beobachten, und dennoch hatte sie nicht davon lassen können.

Sie hatte sich erniedrigt, und das tat sie nun wieder, als sie Xavier ausspähte. Doch diesmal war es nicht einmal ein König, ihr Gemahl, den sie so blind geliebt hatte, sondern ein Betrüger, elender Abschaum, ein Korsar.

Sie atmete scharf ein. Warum schmerzte Xaviers Betrug sie so sehr? Sie hatte dem Mann doch nie völlig vertraut. Aber zu ihrer Bestürzung erkannte sie, dass sie es nur zu gern getan hätte. Es wäre ein Trost gewesen, wenigstens einen Verbündeten zu haben, auf den sie sich wirklich verlassen konnte.

Sie wusste nicht, was schlimmer war – zu hören, dass er sie als kranke alte Frau bezeichnete, oder sein anderer Betrug, der noch viel tiefer reichte, als sie sich je hatte vorstellen können.

Er hatte von Ariane als seiner Schwester gesprochen. Er – ein Bruder von Katharinas größter Feindin, der Herrin von Faire Isle? Wie konnte das möglich sein? Evangeline und ihr geliebter Chevalier hatten nie einen Sohn gehabt.

Doch als sie sah, wie Xavier die Hand seiner Dame an die Lippen führte, nahm die Erinnerung, die sich Katharina so lange verschlossen hatte, Gestalt an.

Unter Xaviers ungehobeltem Äußeren erkannte sie endlich, was lange an ihr genagt hatte: die unheimliche Ähnlichkeit des Korsaren mit dem Chevalier Louis Cheney.

Und wenn Xavier ein Bastard des Chevaliers war, dann konnte seine Mutter nur Marguerite de Maitland sein, eine von Katharinas Frauen, ein Mitglied ihrer fliegenden Schwadron, die Katharinas starre Regeln sehr wohl gekannt hatte: Keine ihrer Kurtisanen durfte ein Kind bekommen, die Last eines Kindes hätte ihre Nützlichkeit beeinträchtigt. Dennoch hatte Marguerite es geschafft. Sie hatte Xaviers Existenz verheimlicht und dieses Geheimnis mit ins Grab genommen.

Und nun hatte Katharina diesem Bastard erlaubt, sie zum Narren zu halten, und von dessen halb verrückter Mutter hatte sie sich ebenfalls hintergehen lassen.

Und das zu einer Zeit, als sie sich gebrüstet hatte, auf der Höhe ihrer Macht zu stehen.

Katharinas Hände zitterten, doch sie zügelte ihre Wut. Etwas Gutes hatte ihr Xavier immerhin getan: Dieses Elixier, woher auch immer er es haben mochte, hatte ihr wieder zu der Fähigkeit verholfen, ihre Gefühle besser zu beherrschen.

Die Wut schoss ihr in der vertrauten Form durch die Adern – als eisiger Strom. Sie würde Rache nehmen, aber nicht so krude wie ein Dolch in Xaviers Herz oder ein Strick um seinen Hals. Nein, sie würde sich Zeit lassen, bis ihr etwas eingefallen war, um ihn genauso tief zu demütigen, wie er sie gedemütigt hatte, und ihn so zu verletzen, dass der Tod ein Segen sein würde.

23

Dunkle Wolken verdüsterten den Himmel und drohten ihre Schleusen zu öffnen. Doch Jane fand es besser als die Hitze und die sengende Sonne des Vortags.

Der graue Himmel schien auch besser zu ihrer Stimmung und der ihrer Gefährtin am Küchentisch zu passen. Sie hatte Abigail überredet, sich anzuziehen und zu ihr zu gesellen, auch wenn sie es jetzt fast bereute.

Bei dem gemeinsamen Frühstück beklagte Abigail wieder einmal den Verlust ihres schönen Geschirrs, und dass sie jetzt von einem Holzbrett essen musste.

»Und außerdem ist das Brot alt«, schmollte sie. »Es gibt keine Butter. Und wie gerne hätte ich ein paar frische Trauben gehabt!«

»Ich konnte keine bekommen, Madame«, sagte Violette aus ihrer Ecke am Herd, wo sie saß und Strümpfe stopfte. »Die Ernte ist auch dieses Jahr wieder sehr schlecht ausgefallen.«

»Vielleicht hättest du welche gefunden, wenn du ein bisschen besser gesucht hättest.«

»Violette hat bestimmt ihr Bestes getan. Du wirst auch ohne Trauben überleben«, warf Jane etwas schärfer ein, als sie beabsichtigt hatte.

Abigail knabberte an ihrem Brot und sah sie finster an. »Du bist in letzter Zeit ausgesprochen schlecht gelaunt. Ich weiß gar nicht, warum. Ich bin es doch, die es vor Schmerzen kaum aushält und von Glück sagen kann, wenn sie nachts drei oder vier Stunden Schlaf bekommt.«

Immerhin mehr als ich, dachte Jane. Aber diese Bemerkung verkniff sie sich. Wenn Abby so gereizt war, kreiste alles nur um ihr Leid. Falls Jane über ihre Schlaflosigkeit geklagt hätte, hätte sie womöglich auch den Grund nennen müssen, und darauf hatte sie nicht die geringste Lust.

Bevor Xavier vor zwei Tagen wieder in ihr Leben gestürmt war, hatte sie gedacht, dass sie zu einer gewissen Ruhe gefunden oder sich auch nur in ihr Schicksal gefügt hatte. Doch nun war sie wieder schrecklich aufgewühlt.

Warum war er überhaupt gekommen? Sie wusste es nicht, doch sie nahm an, dass sein persönlicher Ehrenkodex von ihm gefordert hatte, sich zu vergewissern, dass sie nicht von ihm schwanger war.

Jane war erleichtert gewesen, als er ihr gesagt hatte, dass er nicht mehr auf der Flucht war. Doch allein sein Anblick hatte wieder all ihre Sehnsüchte und all den Liebeskummer geweckt, die sie zu unterdrücken versucht hatte.

Da sie ihn nicht davon hatte abbringen können, sich erneut auf die dunkle Königin einzulassen, wäre es ihr lieber gewesen, nichts von dem zu wissen, was er jetzt vorhatte. Nun störten sie zwar keine sehnsuchtsvollen Träume oder beunruhigenden Albträume mehr, aber nur deshalb, weil sie sich aus Sorge um Xavier schlaflos in ihrem Bett hin und her wälzte.

Das war weit mehr, als dieser Mann verdiente, hatte sie zornig festgestellt und mit den Fäusten auf ihr Kissen eingeschlagen. Viel lieber hätte sie Xavier Verstand eingebläut. Katharina hatte den Preis auf seinen Kopf zurückgezogen, warum also riskierte er sein Leben, indem er die alte Königin weiterhin mit seinem falschen Zauber betrog?

Bedeutete es ihm wirklich so viel, an ein Schiff zu kommen? Offenkundig, und auch weit mehr, als sie ihm je bedeutet hatte, dachte Jane verbittert. Sonst würde er erkennen, wie sehr sie sich um ihn ängstigte, und ihren Rat befolgen.

»Jane!«

Die Stimme ihrer Cousine unterbrach Janes trübe Gedanken. Sie straffte die Schultern und lenkte ihre Aufmerksamkeit wieder auf Abigail.

»Hörst du mir überhaupt zu?«, fragte Abigail.

»Natürlich, du hast gesagt, dir missfällt …« Jane dachte angestrengt nach, ob es etwas gab, über das Abigail sich noch nicht beschwert hatte. »Das Wetter?«

»Ja, ganz recht, ich hasse diesen Regen. In Paris gibt es nichts als Unwetter.«

»Das ist seit meiner Ankunft der erste Tag, an dem die Sonne nicht scheint«, versuchte Jane einzuwenden, doch Abigail redete einfach weiter.

»Aber eigentlich habe ich gerade gesagt, dass ich Paris inzwischen von Herzen verabscheue. Doch ich habe einen Brief von den Margates bekommen. Ein paar meiner alten Freunde haben mich also nicht vergessen. Sie haben mich gefragt, ob ich nicht eine Weile bei ihnen in Calais zubringen möchte. Bestimmt könnte ich sie dazu überreden, auch dich einzuladen.«

»Wie nett von dir«, murmelte Jane, aber ihre Ironie war bei Abigail die reine Verschwendung.

»Das wäre wirklich gut, wir müssen nur eine Möglichkeit finden, dorthin zu gelangen. Von Calais aus kommt man auch gut nach England, wenn die Invasion erfolgreich ist.«

Jane erstarrte. »Wie bitte?«

»Die Invasion der Armada. Hast du denn auf dieser Hexeninsel überhaupt nichts von dem erfahren, was in der Welt so passiert? Wenn die Gerüchte zutreffen und die Spanier es schaffen, Elisabeth zu stürzen …«

Bei Janes eisigem Blick hörte Abigail auf zu reden. Offenbar war sie doch nicht so begriffsstutzig und hatte Janes Anspannung bemerkt.

»Du würdest dich doch freuen, Jane, oder etwa nicht? Du willst doch auch wieder nach Hause.«

»Ich möchte nicht, dass …«, begann Jane heftig, doch sie beendete den ursprünglichen Gedanken nicht, sondern verbesserte sich: »Ich sehe keinen Sinn darin, Pläne zu schmieden für einen Fall, der vielleicht nie eintrifft.«

»Aber …«

Jane erhob sich abrupt. Wenn Abigail sich darauf freute, dass

England womöglich den Spaniern zum Opfer fiel, wusste sie, dass sie sich ärgern und anfangen würde, mit ihr zu streiten. Und wenn man mit Abby über Politik oder Religion stritt, konnte man genauso gut die Katze in der Küche anschreien.

»Ich glaube, ich gehe ein bisschen raus und erledige ein paar Einkäufe. Wir brauchen wieder Brot, und vielleicht finde ich ja auch ein paar Trauben für dich.«

»Herr im Himmel, Jane, hast du vergessen, dass du eine Lady bist? Auf dem Markt herumzustreifen und um Lebensmittel zu feilschen wie eine Küchenmagd – das ist Violettes Aufgabe.«

»Violette leistet die Arbeit von zehn Bediensteten, während dein Lakai auf der faulen Haut liegt.«

»Den Boden schrubben und die Wäsche waschen ist unter der Würde eines Lakaien. Gerard hat die Aufgabe, Botengänge zu erledigen und Sachen zu besorgen.«

»Und in seiner Livree hübsch auszusehen«, meinte Jane. »Der Mann ist ein Faulpelz, Abby. Ich vermute, du hast ihn hauptsächlich deshalb eingestellt, weil er starke Waden hat und seine Kniebundhose so gut ausfüllt.«

Abigail lief rot an. »Na ja, das könnte schon eine Rolle gespielt haben. Ein Lakai sollte dem Haushalt Ehre machen.«

Jane lächelte matt und holte den Einkaufskorb.

»Es wird gleich regnen. Du wirst pitschnass werden und dir den Tod holen«, rief Abigail.

»Ich bin nicht so empfindlich wie du, Abby. Und außerdem werde ich mich beeilen und wieder zurück sein, bevor das Unwetter losbricht.«

»Aber was ist, wenn ich dich hier brauche? Mein Kopf …«

»Du wirst es schon schaffen. Ich bin gleich wieder da.« Jane eilte mit dem Korb aus der Küche, bevor Abigail weitere Einwände vorbringen konnte.

Sie wurde erst langsamer, als sie zum Tor gelangte; denn sie befürchtete, dort von einem der Gläubiger der Bentons belästigt zu werden. Aber vielleicht hatten die Händler es inzwischen aufgegeben. Seit zwei Tagen hatten sie Jane verschont.

Eingedenk des düsteren Himmels schritt Jane forsch aus. Als sie durch die Straßen lief, musste sie unwillkürlich daran denken, wie sehr ihr armer Bruder Paris geliebt hatte.

Ned hatte immer von der Lebensfreude und dem Frohsinn dieser Stadt geschwärmt. Wenn sich Jane jetzt umsah, entdeckte sie wenig davon. Paris kam ihr so verdrossen und trübsinnig vor wie die Wolken, die sich über ihr ballten.

Der anhaltende Bürgerkrieg und mehrere schlechte Ernten hatten ihren Tribut gefordert. Auf den Straßen schienen mehr Bettler unterwegs zu sein als Hausfrauen und Bedienstete, die an den Ladentheken ihre Einkäufe erledigten.

Die Waren der Gemüsehändler, Bäcker, Weinhändler und Metzger waren knapp und überteuert. Jane blieb beim Geflügelhändler stehen und überlegte, ob sie sich eines der dürren Hühner leisten konnte, die dort angeboten wurden.

Die Verkäuferin wirkte ziemlich mürrisch. Als sie ihren Preis nannte, zuckte Jane zusammen. Die Frau beobachtete sie ausdruckslos, während sie in ihrem Geldbeutel herumkramte und über die wenigen Münzen nachgrübelte, die sie darin fand.

Als Gemahlin von Sir William Danvers hatte sie zwar gelernt, einen großen Haushalt zu führen, doch das Feilschen auf dem Markt hatte nicht dazugehört.

»Das – das kommt mir sehr teuer vor«, stammelte sie schließlich.

»Ich kann meine Tiere nicht verschenken, Madame«, schnaubte die Frau. »Wollt Ihr das Huhn jetzt oder nicht?«

»Nein, es tut mir leid, ich …«

»Doch, sie nimmt es«, ertönte plötzlich eine Stimme hinter ihr.

Jane wirbelte herum. Ihr Blick fiel auf Xavier. Kein Wunder, dass er Katharina überzeugt hatte, ein Hellseher zu sein. Der Mann besaß die unheimliche Fähigkeit, wie aus dem Nichts aufzutauchen.

Jane war zu verstört, um etwas zu sagen, und sah sprachlos zu, wie Xavier an ihr vorbeitrat. Im Nu hatte er die Verkäuferin nicht nur überredet, den Preis zu halbieren, sondern der Frau sogar noch ein Lächeln abgerungen.

Erst als Xavier aus seinem Beutel bezahlen wollte, kam Jane wieder zur Besinnung.

»Nein«, sagte sie. »Das – das kann ich nicht zulassen. Ich will das Huhn nicht.«

Mit feuerroten Wangen wandte sie sich ab und eilte davon. Doch sie kam nicht weit. Xavier überholte sie, nahm ihr den Korb ab und steckte das Huhn hinein.

»Lass das!«, rief sie. »Was machst du da?«

»Ich sorge dafür, dass du nicht hungern musst.«

»Das tue ich nicht. Meiner Cousine und mir geht es ganz gut.«

»So gut, dass vor eurer Tür Hutmacher, Schneider und Schuster herumlungern und bereit sind, euch die letzte Brotrinde vom Tisch zu schnappen.«

»Nein, das tun sie nicht. Erst heute Morgen …« Jane verstummte, weil plötzlich ein Verdacht in ihr aufkeimte.

»Woher weißt du überhaupt, welche Händler uns belagert haben?«

»Das ist nur logisch.«

Aber Jane ließ sich von dieser offenkundigen Ausrede nicht hinters Licht führen. Sie musterte ihn mit einer Mischung aus Bestürzung und Verlegenheit.

»Das warst du. Du hast sie bezahlt. Deshalb haben sie aufgehört, uns zu verfolgen.« Und noch eine Erkenntnis traf sie wie der Blitz: Seine Ankunft auf dem Markt war bestimmt kein Zufall gewesen.

»Du hast das Haus beobachtet und bist mir gefolgt.«

Erst wollte Xavier empört widersprechen, doch dann besann er sich eines Besseren und zuckte die Schultern. »Jemand muss sich um dich kümmern, nachdem du darauf beharrst, in dieser elenden Stadt zu bleiben.«

»Aber du hast doch keinerlei Verpflichtungen mir gegenüber.« Sie sah sich um, dann senkte sie die Stimme und fügte hinzu: »Ich bin nicht von dir schwanger. Du schuldest mir nichts.«

»Und du möchtest natürlich nicht gern in meiner Schuld stehen.« Er seufzte gequält. »Das tust du auch nicht. Wie üblich verfolge ich eigene, selbstsüchtige Ziele. Ich würde gern wieder Gnade vor den Augen meiner Schwester finden. Wenn du ihr schreibst, wie großzügig ich war, wird sie mich vielleicht nicht mehr so verachten.«

»Ich glaube nicht, dass sie das tut, und Miri sicher auch nicht. Aber ich glaube auch nicht, dass Ariane Geld billigen würde, das du erhalten hast, weil …« Jane biss sich auf die Unterlippe, sie konnte ihren quälenden Verdacht nicht in Worte fassen.

Aber Xavier schien ihr Zögern nur allzu gut zu verstehen.

»Es ist kein Geld von der dunklen Königin, falls du das befürchtest. Ab und zu verdiene ich auch Geld auf redliche Weise.«

»Es – es tut mir leid«, stammelte Jane.

»Ich habe es bekommen, weil …«

»Du musst mir nichts erklären, Xavier.«

»Oh doch.« Ein Anflug von Farbe zeigte sich auf seinen Wangen, als er fortfuhr: »Ich verstehe mich recht gut darauf, Karten meiner Reisen zu zeichnen, und ich konnte ein paar davon an Männer verkaufen, die ebenfalls gern einmal einen Blick auf ferne Länder erhaschen möchten. Selbst in einer so verzweifelten Stadt wie Paris scheint es noch ein paar törichte Träumer wie mich zu geben.«

»Wenn deine Karten so gut sind wie deine Zeichnungen, dann sind sie bestimmt sehr schön.«

»Na ja, wenn ich mir bei der Route nicht ganz sicher bin, erfinde ich die eine oder andere Insel. Ich könnte eine nach dir benennen, Jane.«

»Oh nein«, protestierte sie entsetzt. »Das darfst du nicht.«

Xaviers bisher angespannter Mund verzog sich zu seinem typischen Grinsen. »Ich habe dich doch nur geneckt, meine Liebe. Ich zeichne meine Karten so genau wie nur möglich. Wir wollen doch nicht, dass ein armer Narr unseretwegen über den Rand der Welt hinaussegelt, oder?«

»Nein«, pflichtete Jane ihm bei und erwiderte zögernd sein Lächeln. Die zärtliche Belustigung in seiner Stimme und sein herzliches Lächeln wirkten sich auf ihr Gefühlsleben verheerend aus. Xavier wäre der Erste, der es abstreiten würde, aber er konnte wirklich sehr großmütig sein, das bewies allein schon die Tatsache, dass er sich nicht davon abbringen ließ, sich um sie zu kümmern. Doch sie durfte sich nicht noch einmal von ihm betören lassen und ihr Herz ein weiteres Mal verlieren.

Als ein paar dicke Tropfen auf ihre Wange fielen, sah sie hoch und meinte: »Es fängt an zu regnen. Ich muss jetzt zurück zu meiner Cousine.«

»Bis dorthin schaffst du es nicht mehr«, sagte Xavier und nahm sie bei der Hand. »Du solltest lieber mit mir mitkommen.«

»Aber wohin gehen wir?«, fragte Jane und geriet bei dem Versuch, mit seinen langen Schritten mitzuhalten, ins Stolpern.

»In das Gasthaus, in dem ich abgestiegen bin.«

»W-wie bitte?« Jane blieb stehen, und ihr Herz begann, in einer Mischung aus Angst und Freude zu pochen.

»Nur auf ein Glas Wein in der Schenke.« Xavier warf ihr einen schelmischen Blick zu. »Oder hattest du an etwas anderes gedacht?«

* * *

Der Regen prasselte gegen die Fenster des *Royale François,* doch in der Schenke war es gemütlich und trocken. Zahlreiche Pariser hatten sich vor dem Wolkenbruch hierher gerettet und führten wie meist in diesem Sommer hitzige Gespräche über den König und seine extravaganten Narrheiten, die sein Reich an den Rand des Ruins brachten.

Man befürchtete ein weiteres Massaker, doch diesmal würden nicht die Hugenotten die Opfer sein, sondern die aufsässigen katholischen Untertanen des Königs. Und wo steckte der Herzog von Guise? Die Pariser hätten ihren großen Helden, den Verteidiger des wahren Glaubens, so dringend gebraucht wie nie zuvor. Klagen und Vermutungen wurden geäußert, mit leisen, angespannten Stimmen, als ob die Spione Ihrer Majestät sich überall herumdrückten.

Nur das seltsame Quartett am Fenster – die Dame wirkte viel zu züchtig und anständig für ihre anrüchigen Begleiter – schien von dieser Spannung unbeeindruckt.

Jane saß etwas benommen auf der Stuhlkante. Seit sie England hinter sich hatte lassen müssen, war sie in alle möglichen unvorhergesehenen Situationen geraten: Sie war die Vertraute eines Mädchens geworden, die als berüchtigte Hexe gegolten hatte; sie hatte an einem Ratstreffen der Töchter der Erde teilgenommen, und sie hatte um Mitternacht im Kreis der geheimnisvollen, hoch aufragenden Steinblöcke mit einem Mann geschlafen.

Doch nicht in ihren wildesten Träumen hätte sich Jane je vorgestellt, dass sie, die ehrbare Lady Danvers, in einer Taverne mit Piraten am Tisch sitzen und Wein trinken würde.

Als Xavier sie seinen Kameraden vorgestellt hatte, schien sein strenger Blick die zwei zu ermahnen, sich ja nicht danebenzubenehmen. Doch diese Mahnung war unnötig, denn nie hatte Jane höflichere Männer getroffen, nicht einmal unter Englands Adel.

Vor allem Pietro hatte es ihr angetan. Sie hatte zwar schon von den Wilden gehört, die in der Neuen Welt hausten, doch sie war noch keinem so nahe gekommen. Trotz seiner beunruhigenden Größe hatte Pietro nichts von einem Wilden an sich. Seine Stimme klang samtweich, seine sanften Augen wirkten ausgesprochen weise.

Jambe du Bois sah zwar wie ein ruchloser Pirat aus, doch dieser Eindruck schwand, als er seine Mütze abnahm und eine Glatze zum Vorschein kam.

»Es freut mich, Eure Bekanntschaft zu machen, Eure Ladyschaft«, wendete sich der kleine Mann in ihrer Muttersprache an sie. »Schon beim ersten Blick auf Euer hübsches Gesicht habe ich verstanden, warum unser Kapitän keine Eile hatte, Faire Isle zu verlassen.«

Er führte ihre Hand an die Lippen und erwies ihr seine Ehrerbietung, bis Xavier eingriff.

»Genug, alter Seebär«, sagte Xavier und rettete Janes Hand. Seine Finger ruhten noch eine Weile auf den ihren.

»Hoffentlich seid Ihr nicht zu nass geworden, Mylady?«, fragte Jambe. »Wir könnten uns auch ein wenig näher ans Feuer setzen.«

Jane schüttelte den Kopf und versicherte ihm, dass es ihr gut gehe. »Es ist ein glücklicher Zufall, dass Euer Gasthaus in der Nähe der Gegend liegt, in der ich wohne.«

»Ach, das ist kein Zufall. Als der Kapitän herausgefunden hatte, wo Ihr wohnt, beharrte er darauf umzuziehen …« Jambe verstummte, offenbar hatte er einen Stoß in die Rippen bekommen. Xaviers drohender Blick brachte ihn endgültig zum Schweigen.

Jane dachte über das nach, was Jambe gerade ausgeplaudert hatte. Also hatte Xavier das Gasthaus gewechselt? Um ihr näher zu sein? Doch darüber wollte sie lieber nicht weiter nachgrübeln.

Verlegen verschränkte sie die Hände in den Falten ihres Rocks. Wie unterhielt man sich mit Piraten?

Sie wandte sich wieder an Jambe. »Ihr seid also Engländer, Master …« Sie geriet ins Stocken. Wie sollte man einen Mann mit einem solch seltsamen Spitznamen anreden? »Master Bein?«

Der Alte grinste. »Eigentlich heiße ich Arthur Inchcombe, Mylady, und ich komme aus London.«

»Inchcombe?« Jambe du Bois' richtiger Name rief eine Erinnerung in ihr wach. Da ihr verstorbener Gemahl ein Weinhändler gewesen war, hatte Jane die Bekanntschaft von vielen berühmten Gilden und Handwerkern in London gemacht.

»Seid Ihr zufällig verwandt mit den Glasern, die in Cheapside ihre Werkstatt hatten?«

Jambe strahlte und blähte stolz die Brust. »In der Tat, Mylady, auch wenn ich für dieses Handwerk nicht viel Talent besaß. Doch mein Urgroßvater war ein sehr geschickter Handwerker und hat bei vielen Kirchen der Stadt die Buntglasfenster mitgestaltet. Mein Vater hat immer gesagt, es hat dem alten Mann das Herz gebrochen, als die Reformierten viele seiner herrlichen Werke zerstörten, weil es in ihren Augen Götzenbilder waren.«

»Also ist Eure Familie katholisch?«, fragte Jane leise.

»Das waren wir, bis der alte König Heinrich es verboten hat. Wir wurden also Mitglieder der anglikanischen Staatskirche, unter seinem Sohn waren wir dann mehr oder weniger gezwungen, zum reformierten Glauben überzutreten. Dann kam die blutige Maria, und wir wurden wieder Papisten. Und jetzt unter Elisabeth folgen wir wieder dem ursprünglichen Glauben des alten Heinrich und achten darauf, uns von den Puritanern fernzuhalten, weil die gute Königin Bess sie genauso wenig mag wie die Papisten.«

»Hüte deine Zunge, Jambe«, warnte ihn Xavier. »Lady Danvers ist katholisch, auch wenn sie einen hohen Preis zahlen musste, um ihrem Glauben treu zu bleiben.«

Als Jambe sie fragend musterte, erklärte ihm Jane: »Ich wurde zum Teil auch deshalb aus England verbannt, weil ich versucht habe, einen Priester in mein Haus zu holen und ihn die Messe lesen zu lassen.«

Diesen Teil ihrer Geschichte hatte sie Xavier nie anvertraut. Er funkelte sie finster an.

»Was um Himmels willen hast du dir bloß dabei gedacht, Jane? Wie konntest du wegen einer solchen Belanglosigkeit alles aufs Spiel setzen – dein Zuhause und dein Leben? Alles, was dir lieb und teuer ist?«

»Wahrscheinlich habe ich an den Himmel gedacht«, erwiderte sie traurig lächelnd. »Die Riten unseres Glaubens waren für mich und die Mitglieder meines Haushalts keine Belanglosigkeit.

Natürlich ahnte ich nicht, dass dieser Priester in eine Verschwörung gegen die Königin verwickelt war. Das hätte ich nie gebilligt. Doch obwohl es mich beinahe alles gekostet hat, einschließlich meines alten Lebens, bereue ich nicht, dem englischen Gesetz getrotzt zu haben, um meinen Leuten den Trost unserer Religion zu ermöglichen. Denn …«

»Ich weiß.« Xavier stieß einen langen Seufzer aus. »Denn es war das Richtige.«

Jane lächelte reumütig. Zu ihrer Überraschung schien Pietro sie am ehesten zu verstehen. Er nickte stumm, während Jambe sich den Kopf kratzte.

»Verzeiht, Eure Ladyschaft. Vielleicht sind solche Glaubensdinge für jemanden Euren Stands und mit Eurer Erziehung klarer, aber für gewöhnliche Leute wie mich sind sie ziemlich verwirrend. Manchmal ist es wohl am besten, wenn man ein Heide ist wie unser Freund Pietro.«

»Es sei denn, man gerät in die Fänge der spanischen Inquisition«, gab Xavier zu bedenken.

»Verfluchte Teufel.« Jambe hielt sich den Mund zu. »Verzeiht, Mylady.«

»Habt Nachsicht mit meinem Freund«, bat Pietro. »In St. Malo haben wir Nachrichten über die Spanier gehört, die Jambe sehr geärgert haben.«

»Welche Nachrichten?«

Xavier beugte sich vor und starrte Jambe warnend an. »Ich glaube nicht, dass Ihre Ladyschaft irgendwelche albernen Berichte erfahren muss, die ihr zufällig aufgeschnappt habt.«

»Oh doch, bitte!«, rief Jane.

Jambes Blick wanderte verunsichert zwischen ihr und seinem Kapitän hin und her. Xavier funkelte ihn düster an, doch schließlich zuckte er die Schultern und lehnte sich zurück. Das nahm Jambe als Zustimmung. »Es gilt als ziemlich sicher, dass die Armada noch diesen Monat die Segel setzen wird«, erklärte er. »Wenn Frankreich nicht eingreift, könnten die spanischen Schurken bald vor unserer Küste ausschwärmen.«

Jane erbleichte, und ihr Griff um die Tischkante wurde fester. Die Augen wild funkelnd, fügte Jambe hinzu: »Wenn das passiert, Kapitän, gehe ich heim.

Ich weiß nicht, was ein alter Mann mit nur einem Bein gegen die spanischen Schwerter und Musketen ausrichten kann, aber bevor ich erleben muss, dass Philipp von Spanien statt unserer großartigen alten Bess auf dem englischen Thron sitzt, werde ich bis zu meinem letzten Blutstropfen kämpfen.«

Pietro legte eine Hand auf die Schulter des Alten. »Ich stehe an deiner Seite, mein Freund. Wenn es gegen die Spanier geht, bin ich jederzeit und überall dabei.« Er wandte sich an Xavier. »Das wäre doch das Beste für uns alle, Kapitän. Wir sollten Sir Francis Drake aufstöbern. Er meinte, wenn wir je eine Arbeit bräuchten, könnten wir gern wieder bei ihm anheuern.«

»Aye«, pflichtete ihm Jambe eifrig bei. »Und ihr kennt ja Sir Francis. Selbst in einem elenden Krieg wird Drake es schaffen, ein bisschen Beute zu machen. Womöglich stehen wir am Ende mit dicken Beuteln voller Gold da.«

»Pah, musst du denn ständig an Gold denken?«, meinte Pietro verächtlich. »Meine Leute haben die spanischen Truppen oft überfallen und ihr Gold geraubt. Wir haben es in den Bergen vergraben, damit es keiner mehr findet, nur um die Spanier zu ärgern.«

»Hör auf damit, Bursche«, stöhnte Jambe. »Mir wird schlecht, wenn ich an solche Verschwendung denke. All das schöne Gold!«

»Was willst du denn mit Gold? Eisen, das ist ein nützliches Metall. Aus Eisen kann man hervorragende Waffen und Kochtöpfe herstellen.«

»Pah, wenn man genug Gold hat, kann man sich so viele Waffen und Töpfe kaufen, wie man will.«

Die zwei begannen, sich zu zanken, wie zwei alte Freunde es

nun mal tun. Unter anderen Umständen hätte es Jane wahrscheinlich erheitert, doch das Gerede von der Armada erfüllte sie mit tiefer Sorge. Sie sah zu Xavier, fand aber in seiner grimmigen Miene keinen Trost.

Xavier nippte stirnrunzelnd an seinem Wein. »Ich möchte dich nicht beunruhigen, meine Liebe, doch ich fürchte, die größte Hoffnung, dass England den Sieg davonträgt, ruht auf Frankreich. Soviel ich gehört habe, bewundern König Heinrich und seine Günstlinge Drake. Einer dieser angemalten Gecken trägt sogar eine Miniatur von Sir Francis als Anhänger. Vielleicht veranlasst das den König, Elisabeth zu helfen. Unmöglich ist es jedenfalls nicht.«

»Aber wahrscheinlich auch nicht«, schnaubte Jambe. »Vor allem, nachdem die wahre Macht in diesem Land in den Händen des Herzogs von Guise und seiner Katholischen Liga zu ruhen scheint.«

»Jambe hat recht, Kapitän«, sagte Pietro. »Stand in dem von Euch entschlüsselten Brief nicht etwas darüber, dass Guise mit den Spaniern eine Art Teufelspakt geschlossen hat?«

»Was für ein Brief?«, fragte Jane, worauf ihr Xavier erklärte, dass er eine Botschaft abgefangen hatte, als er im Frühjahr ein spanisches Schiff gekapert hatte.

»Der Brief war verschlüsselt, aber es ging daraus hervor, dass der spanische König Guise dafür bezahlen wollte, dass er die Franzosen davon abhält, sich mit den Engländern zu verbünden, und zwar durch irgendeine Ablenkung.«

»Was für eine Ablenkung denn?«, fragte Jane.

»Keine Ahnung. Ich bin mir nicht einmal sicher, ob ich den Brief richtig entschlüsselt habe.« Xavier zuckte die Schultern. »Jedenfalls hat der Herzog ihn nie erhalten und deshalb wohl auch nichts getan.«

»Aber die Spanier sind doch inzwischen bestimmt auf eine andere Art mit ihm in Verbindung getreten«, meinte Pietro.

»Gut möglich.« Xavier nahm einen Schluck Wein. »Wie gesagt, ich habe nichts dagegen, bei Drake anzuheuern. Aber heute Nachmittag muss ich mein Geschäft mit Katharina zu Ende bringen.«

Jane atmete scharf ein. Das Gerede von der Armada hatte sie sehr beunruhigt, doch Xaviers Absicht, Katharina um eine weitere Audienz zu ersuchen, schnürte ihr den Magen zusammen.

»Kapitän, mir ist klar, dass Ihr das junge Mädchen beschützen wollt, indem Ihr die alte Königin überredet, sie in Ruhe zu lassen. Aber habt Ihr das denn nicht schon getan?«, warf Pietro ein.

»Nein, ich muss mich noch einmal vergewissern.«

»Aber Euer Spiel war von Anfang an äußerst gefährlich.«

»Nun, diesmal habe ich vor zu gewinnen.«

Xavier stand auf und unterband weitere Einwände. »Es hat aufgehört zu regnen. Lady Danvers muss heim zu ihrer Cousine, und ich habe ein Rendezvous mit einer Königinmutter.«

Er warf Jambe ein paar Münzen für die Rechnung zu, dann bot er Jane den Arm, um sie aus der Schenke zu geleiten.

Jane stand benommen auf und nahm ihren Korb. Xavier hatte ihr immer den Eindruck vermittelt, dass es ihm bei seinen Geschäften mit Katharina um ein Schiff gegangen war. Aber offenbar hatte sie ihn wieder einmal falsch eingeschätzt, und Xavier war zu stolz gewesen, sie über ihren Irrtum aufzuklären.

Als sie auf die Straße traten, drückte sie seinen Arm. »Xavier, bitte, kann ich noch einmal kurz mit dir reden?«

»Das klingt Unheil verkündend. Was habe ich jetzt wieder angestellt?«, scherzte er, doch er führte sie in eine ruhigere Ecke des Hofs, weg von einer Gruppe berittener Händler. Als er Jane anlächelte, stolperte er über ein loses Brett, das von einem Haufen schlecht gestapelter Hölzer heruntergefallen war.

Einen Fluch unterdrückend, hielt er sich an einem Fass fest, um nicht hinzufallen, und verrückte dabei den Deckel. Als er ihn wieder zurücklegen wollte, rief eine zornige Stimme: »He, du da, was treibst du da?«

Xavier drehte sich um und zog überrascht die Brauen hoch. »Nichts, was Euch etwas anginge.«

Der Mann, offenbar ein Stallbursche des Gasthauses, kam zu ihnen. Sein Gesicht war grobschlächtig, sein Körper massig. Er baute sich so bedrohlich vor ihnen auf, dass Xavier schützend vor Jane trat.

»Haut ab!«, brüllte der Mann. »Wir dulden hier keine Spione.«

»Was sollten wir denn ausspionieren?«, fragte Xavier verblüfft.

Der Stallbursche lief rot an und warf sich empört in die Brust. »Das Gasthaus eines ehrbaren katholischen Bürgers. So etwas tut ihr Hugenotten doch gern, oder?«

»Sehe ich etwa aus wie jemand, der Psalmen singt? Das hier ist meine Religion.« Xavier schob seinen Umhang zur Seite und legte die Hand auf den Schwertknauf.

Jane bekam größere Angst als ihr Widersacher. Der Stallbursche wich keinen Schritt zurück und ballte die Fäuste.

»Vielleicht seid Ihr kein Protestant, aber Eure Dame ist es bestimmt. Schließlich kommt sie aus England, das habe ich an ihrem Akzent gehört.«

»Es steht Euch nicht an, etwas über meine Dame zu sagen.«

Janes Herz schlug ihr bis zum Hals aus Angst, die Sache könnte wegen männlichem Stolz und Rauflust außer Kontrolle geraten.

Sie schlüpfte hinter Xavier hervor und wandte sich mit ihrer vernünftigsten und ernstesten Stimme an den Stallburschen. »Bitte, Sir, von mir habt Ihr nichts zu befürchten. Ich komme zwar aus England, aber ich bin eine Katholikin und lebe hier im Exil. Ich habe keinerlei Interesse, jemanden auszuspionieren. Was immer wir getan haben, um Euch zu beunruhigen, es war keinesfalls beabsichtigt.«

Als der Stallbursche Jane musterte, wurde seine Miene etwas nachgiebiger, ja fast verlegen. »Pardon, dann war das wohl mein Fehler«, murrte er. »In Paris herrscht momentan große Anspannung. Es ist kein günstiger Moment, um in etwas zu spähen, was einem nicht gehört.«

»Eure elenden Fässer interessieren uns nicht im Geringsten«, fauchte Xavier.

Jane zupfte an seinem Ärmel und zog ihn ein wenig zur Seite, doch ihre Besorgnis wich erst, als der Bursche im Stall verschwand.

Jetzt aber verzog Xavier argwöhnisch das Gesicht. »Was zum Teufel sollte das?«

»Ich würde sagen, der Mann hat etwas in seinem Fass versteckt, was nicht ganz legal ist«, vermutete Jane. »Vielleicht verbirgt er etwas vor den Steuerbeamten des Königs.«

»In dem Fass waren nur Steine.« Xavier runzelte die Stirn. »Seltsam, aber wenn ich darüber nachdenke, fällt mir ein, dass solcher Unrat auch neben dem anderen Gasthaus lagerte, in dem wir übernachtet haben. Bretter, Fässer, Kisten, Steinhaufen – fast als ob sich die Leute auf etwas vorbereiten würden.«

»Aber worauf denn?«

»Keine Ahnung.« Xavier schüttelte den Kopf. »Es wäre leichter zu verstehen, wenn sie Waffen sammeln würden. An ein paar Fässern und alten Brettern sollte nichts Beunruhigendes sein, aber trotzdem wird mir dabei mulmig.«

Er packte Janes Hand. »Ich will, dass du diese Stadt verlässt. Geh zurück nach Faire Isle und nimm deine elende Cousine mit.«

»Abby würde nie nach Faire Isle gehen.«

»Dann schlepp sie mit Gewalt dorthin. Es ist zu gefährlich für dich hierzubleiben.«

»Wie kannst du von Gefahr sprechen, wenn du darauf bestehst, noch einmal zu dieser Hexe zu gehen?«

»Wenn Katharina eine Hexe ist, dann ist diese Stadt ein brodelnder Hexenkessel. Schon im letzten Herbst war mir Paris nicht geheuer, und das war, bevor der König den Herzog von Guise aus der Stadt verbannt hat. Für die Menschen in Paris ist der Herzog fast ein Schutzheiliger. Wenn er dem Befehl des Königs trotzt, könntest du dich in einer Revolution wiederfinden.«

»Herzöge oder Revolutionen sind mir völlig egal«, sagte Jane und legte die Hand an seine Wange. »Der Einzige, der mir nicht egal ist, bist du. Ich flehe dich an, Xavier, geh nicht noch einmal zu Katharina. Es tut mir leid, wenn ich je an dir gezweifelt habe. All dein Gerede, dass du hoffst, dir ein Schiff kaufen zu können, war Unsinn. Du tust es wegen Meg, nicht wahr?«

Xavier schürzte die Lippen, als überlege er, wie er das abstreiten könnte. Doch schließlich seufzte er. »Das Mädchen hat mir vertraut, doch ich habe sie und meine Schwestern enttäuscht. Und dich auch. Vielleicht möchte ich euch allen beweisen, dass ich kein wertloser Schuft bin.«

»Du musst niemandem etwas beweisen.«

»Vielleicht ja mir selbst. Viele Jahre lang habe ich nur eigennützig gehandelt. Ich habe mich immer gut darauf verstanden, die Leute hinters Licht zu führen. Diesmal kann ich meine Talente für eine gute Sache einsetzen und Katharina überreden, Meg ein für alle Mal in Ruhe zu lassen. Ich muss ihr nur noch einmal eine Trance vorgaukeln.«

Er nahm ihre Hand, drückte einen Kuss auf die Innenfläche und sah sie flehend an. »Ich war immer ein Nichtsnutz. Lass mich einmal den Helden spielen, Jane. Ich schwöre, das wird nicht zur Gewohnheit.«

Dann nestelte er einen Beutel von seinem Gürtel. »Wenn irgendetwas schiefgeht, will ich, dass du das nimmst, um Paris zu verlassen.«

Jane wich zurück und schüttelte heftig den Kopf. »Nein! Das klingt ja, als würdest du damit rechnen, nicht zurückzukommen.«

»Dann nimm ihn einfach und hebe ihn für mich auf«, beharrte er und drückte ihr den Beutel in die Hand. »Ich schwöre, ich werde ihn in wenigen Stunden zurückfordern.«

Er drückte ihr einen flüchtigen Kuss auf die Wange. »Obgleich es nicht schaden kann, wenn du für mich betest. Ich hatte mit dem Allmächtigen seit Jahren nichts mehr zu schaffen, aber wenn das Gebet von dir kommt, erhört er es bestimmt.«

Jane nickte. Ihre Kehle schnürte sich zusammen, sie brachte kein Wort heraus. Wie töricht war sie gewesen, zu glauben, sie könne ihr Herz vor diesem Mann schützen. Sie hatte nicht aufgehört, ihn zu lieben, und sie würde es wohl auch nie schaffen. Sie sollte endlich den Mut aufbringen, ihm das zu sagen.

Doch Xavier hatte sich schon auf den Weg gemacht, nachdem er Jambe und Pietro gebeten hatte, sie zu ihrer Cousine zu begleiten.

Jane wäre es lieber gewesen, die beiden hätten Xavier begleitet, aber er hatte beschlossen, allein zu gehen. Sie stellte sich auf die Zehenspitzen, um noch einen letzten Blick auf Xavier zu erhaschen – fast als rechnete sie damit, ihn nie wieder zu sehen, auch wenn sie sich diese Angst kaum einzugestehen wagte.

Als er ihrer Sicht entschwunden war, konnte sie der düsteren Befürchtungen, die sie befielen, kaum Herr werden.

Jambe tätschelte ihre Schulter. »Immer mit der Ruhe, Mylady. Der Kapitän wird es schon schaffen. Ich glaube, er ist wirklich eine Art Zauberer. Ich habe nie erlebt, dass er aus einer Klemme nicht wieder herausgekommen wäre.«

»Es stimmt schon.« Jane sammelte sich und lächelte schief. »Ich sollte mich von ihm nicht so beunruhigen oder necken lassen. Er – er ist ein ziemlicher Spitzbube.«

»Zumindest strengt er sich an«, meinte Pietro leise.

24

Xavier kniete in der Mitte des Pentagramms, das er auf den Fußboden des Salons gezeichnet hatte. Lieber hätte er seine Trance wie zuvor allein mit Katharina in ihrer Sternwarte vorgetäuscht; denn in dem sonnenhellen Salon schien ihm seine Vorstellung nicht so wirkungsvoll. Aber die alte Königin hatte erklärt, ihr ginge es nicht gut genug, um die Stufen in den Turm zu erklimmen. Sie war auf ihrem Stuhl zusammengesunken und besaß offenbar kaum die Kraft, den Kopf erhoben zu halten.

Ihr Alter schien sie immer mehr zu zeichnen. Sie sah aus, als wären ihre Tage gezählt.

Xavier wusste, dass das seine letzte Audienz sein würde. Er wollte Katharina nur noch dazu bringen, Meg ein für alle Mal zu vergessen.

Nun schloss er die Augen und breitete die Arme aus. Ohne Pietro, der ihm mit den Trommeln einen Rhythmus vorgab, musste sich Xavier ausschließlich auf seinen Herzschlag konzentrieren. Um eine Trance vorzutäuschen, beschwor er die Empfindungen herauf, die er in seinen tatsächlichen Trancezuständen verspürt hatte, wenn der Schamanentrank seinen Verstand überwältigt hatte. Er stellte sich die Explosion der Farben vor seinen Augen vor, das Gefühl des Emporsteigens und die Veränderungen in seinem Körper.

Halblaut singend spürte er, wie ihn die Kraft erfasste. Er wurde der Jaguar, geschmeidig, schnell, verschlagen. Er warf den Kopf zurück und stieß ein leises Knurren aus. Dann bemühte er sich, seinen Blick zu leeren, als sähe er nicht mehr den Raum, sondern würde in ein verborgenes Reich spähen.

In Wahrheit war er sich Katharinas Anwesenheit nur allzu

bewusst. Ihr Kopf war nach vorn gesunken, das Kinn ruhte auf ihrer Brust. Einen Moment lang dachte er empört, sie wäre bei seiner allerbesten Vorstellung eingeschlafen.

»Ihr könnt mir nun Eure Fragen stellen!«, forderte er sie mit dumpfer Stimme auf.

Als sie stumm blieb, äußerte er seine Aufforderung etwas lauter. Nun schoss Katharinas Kopf hoch, sie fuhr sich mit der Hand übers Gesicht, als wollte sie sich zu mehr Aufmerksamkeit zwingen.

»Sagt mir, was meine Zukunft für mich bereithält«, meinte sie. »Was wird mir das nächste Jahr bringen?«

»Ich sehe Reichtum und Wohlstand, eine neue Lebensfreude, wenn Eure Schiffe die Meere kreuzen, um Euch all die kostbaren Güter und Geheimnisse der Neuen Welt zu bringen.«

»Und wer leitet diese Forschungsreisen?«

Einen Moment lag war Xavier versucht, seinen Einfluss auf Katharina zu nutzen, um seine Interessen zu fördern. Aber er hatte dieser Frau schon einmal fast seine Seele verkauft.

»Das kann ich nicht klar erkennen«, wich er aus.

»Ach ja?«, murmelte Katharina. »Und was birgt die Zukunft für meine junge Feindin Megaera?«

Xavier furchte die Stirn, als müsse er angestrengt nachdenken. Dann schloss er die Augen. »Sie – sie wird an einer Lungenentzündung zugrunde gehen. Alle Erinnerungen an sie werden verblassen, ihre Legende wird in Vergessenheit geraten.«

Verblüfft fragte sich Xavier, wie er auf diese Vorhersage gekommen war. Vor seinem inneren Auge sah er nicht Meg im Grab versinken, sondern Katharina.

Schweigen senkte sich auf sie herab, während Xavier auf die nächste Frage wartete. »Worin besteht Eure größte Angst?«, wollte sie schließlich von ihm wissen.

Diese Frage überraschte Xavier so sehr, dass er die Augen aufschlug. Noch weiter überraschte ihn, die dunkle Königin vor sich stehen zu sehen. Sie schien gar nicht mehr schwach und starrte ihn wütend an.

»Worin besteht Eure größte Angst?«, fragte sie abermals.

Xavier spürte, wie ihr Blick in sein Denken eindrang. Bevor er es verhindern konnte, tauchten alte Bilder auf – wie ihn sein Vater im Stich gelassen hatte, wie er von den Spaniern gefangen genommen worden war, die endlosen Tage an die Ruder der spanischen Galeone gekettet.

Er sperrte die Erinnerungen aus und bemühte sich um eine undurchdringliche Miene, um sich nicht zu verraten.

»Ich verstehe die Frage nicht«, sagte er.

Katharina legte den Kopf schief und musterte ihn feixend. »Wie seltsam. Das hat Eure Mutter auch immer gesagt, wenn sie versuchte, meinen Fragen auszuweichen. Sie ist damit auch nie durchgekommen.«

»Meine Mutter?«

»Marguerite de Maitland.«

Xavier starrte sie an. Ihm war, als würde ihm bei Katharinas eiskaltem Gesichtsausdruck der Atem gefrieren. Woher wusste sie das? Oder hatte sie nur geraten? Doch im Grunde war es gleichgültig, ihm war klar, sein Spiel war aus.

Er war nicht mehr der Jaguar oder der mächtige Hellseher, sondern nur ein Mann, der halb nackt vor der überheblichen dunklen Königin kniete und sich zum Narren machte. Zweifellos hatte Katharina genau das beabsichtigt.

Er wollte ihr nicht die Befriedigung gönnen zu sehen, wie zornig und beunruhigt er war. Gefasst stand er auf, holte sein Hemd und zog sich an.

»Ich habe Euch nicht erlaubt, Eure Vorstellung zu beenden, Monsieur.«

»Warum sollte ich damit fortfahren? Es ist offenkundig, dass Eure Vorstellung weit besser ist als meine.«

»Wie bitte? Keine Unschuldsbeteuerungen?«, höhnte Katharina. »Kein Versuch abzustreiten, wer Ihr seid?«

»Ich vergeude meinen Atem nie mit nutzlosem Leugnen.«

Hinter der Gelassenheit, mit der er sein Wams anzog, verbarg er seine Anspannung. Sein Blick schweifte auf der Suche nach einer Fluchtmöglichkeit durch den Raum. Während seiner Trance waren zwei stämmige Wachen eingetreten und versperrten nun die Tür. Xavier vermutete, dass weitere Männer davorstanden.

Er hatte keine Waffe. Sein Schwert hatte er abgeben müssen, bevor er zur Königinmutter vorgelassen worden war. Sein Blick schweifte zum Fenster, doch Katharina schien seine Gedanken zu lesen.

»Der Sturz wäre tief, Kapitän. Ich bezweifle, dass Ihr auf Euren Füßen landen würdet, auch wenn man Euch den Jaguar nennt.«

Ihre Lippen verzogen sich zu einem schmalen Lächeln. »Ich nehme an, Ihr habt es genossen, mich zum Narren zu halten.«

»Jawohl«, gab er zu.

Katharina wirkte erzürnt. Hatte sie gedacht, dass sie ihn jetzt schon so weit hätte, dass er um Gnade winselte? Sie winkte ihren Wachen, ihn zu ergreifen. Xavier versuchte vergeblich, Widerstand zu leisten. Seine Hände wurden gefesselt, doch er sah Katharina weiterhin trotzig an.

»Wie schade«, säuselte sie. »Ihr seid wirklich ein herrliches Exemplar der Gattung Mann, skrupellos und verschlagen. Wer hätte gedacht, dass die törichte kleine Marguerite und der edle, doch schwache Chevalier Louis Cheney je so einen Sohn zustanden bringen würden.«

Katharina fuhr mit den Fingern über seinen Hals und seine Narbe. »Eure Mutter ist in dem Kloster gleich nebenan gestorben, wusstet Ihr das? Ich glaube, sie hat sich bis zum letzten Atemzug nach ihrem Chevalier verzehrt. Es brach ihr das Herz, dass er nie mehr zu ihr zurückgekehrt ist. Aber wäre er je nach Frankreich zurückgekommen, dann zu seiner Gemahlin. So etwas pflegen die Männer letztlich immer zu tun.«

»Ach ja? Ich habe gehört, dass Euer Gemahl noch in seinen letzten Stunden nach seiner Mätresse rufen ließ.«

Katharina lief knallrot an und schlug ihn mit all der Kraft, die sie aufbringen konnte. Obwohl sein Kopf zur Seite flog und seine Wange brannte, lächelte Xavier noch immer höhnisch.

Sie stürmte davon und atmete tief durch, bis sie sich wieder gefasst hatte. »Schluss mit dem Geplänkel. Ich habe noch eine letzte Frage an Euch.« Sie zog das nahezu leere Fläschchen aus den Falten ihres Gewands. »Woher habt Ihr das?«

»Das kann ich Euch nicht sagen, aber es mit Euch zu teilen war offenkundig ein großer Fehler.«

»Wohl wahr. Ich bin nie auf ein Rezept für ein derart machtvolles Elixier gestoßen. In meinen Zauberbüchern stand jedenfalls nichts dergleichen. Wo habt Ihr es her?«

»Aus der Seine. Wahrscheinlich enthält es noch Spuren des Bluts der Hugenotten, die Ihr einst habt abschlachten lassen.«

Katharina fauchte wütend. Xavier wappnete sich gegen einen weiteren Schlag, doch nun war es ihr Blick, der sich in seine Augen bohrte und versuchte, sein Denken zu durchdringen. Aber diesmal war Xavier vorbereitet, er schottete sich ab und trotzte all ihren Bemühungen.

Katharina hielt das Fläschchen hoch. »Ich kenne die Quelle für dieses Gebräu sehr wohl. Es kann nur aus dem *Buch der Schatten* stammen. Und nur Megaera kann es hergestellt haben, das Mädchen, das Ihr als einfältigen Tölpel hingestellt habt.«

»Warum fragt Ihr mich überhaupt, wenn Ihr Euch dessen so sicher seid?«

»Weil ich möchte, dass Ihr es zugebt.«

Xavier presste die Lippen zusammen. Er hatte Meg einmal betrogen, ein weiteres Mal würde er es nicht tun.

Katharina starrte ihn lange an, dann lachte sie. »Na gut, nur zu. Spielt ruhig den Edelmütigen, wenn Ihr wollt, Kapitän. Allerdings gelingt Euch das nicht besonders überzeugend. Bald werde ich Megaera persönlich befragen können. Ich weiß, dass sie auf Faire Isle lebt.«

»Die Insel ist zwar klein, aber sie hat viele Schlupfwinkel«, erwiderte Xavier gedehnt. »Ariane wird dafür sorgen, dass Ihr Meg nie findet.«

»Ich habe es längst aufgegeben, mir um den Frieden mit der Herrin von Faire Isle Gedanken zu machen. Ariane wird niemanden beschützen können, wenn sie tot ist. Ich werde ein Heer losschicken, das jede einzelne Tochter der Erde auf dieser verfluchten Insel abschlachtet, wenn es sein muss, damit ich die Silberne Rose in die Hände bekomme.«

»Ach, habt Ihr denn solche Streitkräfte zu Eurer Verfügung? Ich dachte, Ihr braucht jeden verfügbaren Mann, um den Herzog von Guise von Euren Toren fernzuhalten«, höhnte Xavier. Aber es fiel ihm immer schwerer, gelassen zu bleiben und nicht zu zeigen, wie sehr ihn Katharinas Drohung beunruhigte.

»Im Grunde habe ich brutale Gewalt immer verabscheut.« Ihre Lippen kräuselten sich zu einem verschlagenen Lächeln. »Allerdings seid Ihr nicht der Einzige, der Megaera kennt und weiß, wo sie sich herumtreibt. Vielleicht sollte ich Eure sittsame englische Freundin befragen. Wie heißt sie gleich noch mal? Ach ja, Jane.«

Allein die Erwähnung von Janes Namen ließ Xaviers Fassade der Gelassenheit zerbröckeln. »Lady Danvers hat nichts damit zu tun. Foltert mich, hängt mich auf, zerreißt mich, vierteilt mich, wenn es Euch Spaß macht, aber lasst Jane aus dem Spiel.«

Katharinas Lächeln wurde breiter. »Ich habe nicht vor, Euch zu töten, Xavier, denn jetzt kenne ich Eure größte Angst. Ich werde Euch den Rest Eures Lebens in einem finsteren Verlies gefangen halten. Vielleicht überlasse ich Euch sogar Lady Jane, wenn ich mit ihr fertig bin. Euer Gefängnis wird ihr Sarg werden, und Ihr könnt den Rest Eurer Tage den Ratten zusehen, wie sie an ihren Knochen nagen.«

Xavier knurrte, als er sich mit einer Kraft, geboren aus Angst und Wut, auf sie stürzen wollte. Doch er konnte sich dem Griff seiner Wächter nicht entwinden.

Katharina sah ihm einen Moment lang zu, dann gab sie ihren Wachen mit gelangweilter und gleichgültiger Miene zu verstehen, ihn wegzubringen.

»Schafft ihn in die Bastille, dort soll er erst einmal sein Mütchen kühlen.«

Xavier fluchte lauthals, während ihn die Wächter hinausschleiften. Er wehrte sich weiter, bis ihm der größte die Faust in den Bauch rammte. Schmerzerfüllt stöhnte er auf und schnappte nach Luft.

Schließlich fügte er sich in sein Schicksal.

Denk nach, mahnte er sich. Blindlings um sich zu schlagen würde ihm nur eine Menge Prellungen einbringen. Er hatte schon weit Schlimmeres durchgestanden. Nun galt es, sich zu beruhigen und die Lage zu sondieren.

Aber das war nahezu unmöglich, solange ihm nur ein einziger entsetzter Gedanke im Kopf kreiste: Jane. Diese Hexe wollte sich auf Jane stürzen, die wahrscheinlich in diesem Moment irgendwo kniete und um seine sichere Rückkehr betete.

Xavier hoffte, dass es dort droben einen gab, der ihr Gehör schenkte, denn aus dieser Sache würde er wohl nur durch ein Wunder heil herauskommen. Flankiert von vier Wachen wurde er auf den Hof geschleift, wo bereits ein Pferdekarren auf ihn wartete.

Xavier versuchte erneut, Widerstand zu leisten, denn er wusste, aus der Bastille gab es kein Entrinnen.

Doch seine Wächter schlugen ihm auf den Kopf und zerrten ihn weiter. Er strauchelte und ging in die Knie.

Seine Ohren dröhnten von dem Schlag und den Flüchen der Wächter.

Dumpf wurde er anderer Geräusche gewahr: Erregte Stimmen drangen von der Straße in den Hof.

Als er den Kopf hob, sah er Leute zusammenströmen, die immer wieder einen Namen riefen.

»Guise! Guise!«

Er sah, dass sich Berittene näherten, angeführt von einem großen, dunklen Mann.

Einer der Wachen zerrte Xavier hoch, doch dann erstarrte er und sah sich bestürzt um. Seine Gefährten waren ebenfalls abgelenkt von dem nahenden Reiter. Xavier witterte seine Chance.

Er holte aus und stieß dem nächsten Wächter seinen Kopf ins Gesicht. Die Nase des Mannes brach mit einem hässlichen Geräusch, das Xavier sehr befriedigte. Sein Kopf dröhnte, doch Xavier achtete nicht weiter auf den Schmerz. Er rammte einen weiteren Wächter mit seiner Schulter, sodass der sein Gleichgewicht verlor.

Xavier stürzte davon. Seine gefesselten Hände waren zwar hinderlich, doch die Wächter hatten ebenfalls einen Nachteil: Die dunkle Königin wollte ihn lebendig, also durften sie keine Waffen benutzen.

Er bahnte sich einen Weg durch die Menge, die auf der Straße zusammenströmte und immer dichter wurde. Er hielt nicht inne, dachte nicht nach, warf nicht einmal einen Blick zurück, sondern hastete immer weiter.

Erst als er nach mehreren breiten Straßen in eine schmale Gasse abbog, wagte er, anzuhalten und durchzuschnaufen. Keuchend lehnte er sich an eine Mauer und lauschte nach polternden Stiefeln. Doch nichts dergleichen war zu hören.

Entweder hatte er seine Wächter abgeschüttelt, oder sie hatten sich mit einer dringenderen Angelegenheit beschäftigen müssen, nämlich das *Hôtel de la Reine* vor den anstürmenden Streitkräften des Herzogs von Guise zu schützen.

Xavier konnte sein Glück kaum fassen. Oder war es ein Wunder? Was auch immer, eigentlich hatte er es nicht verdient nach seiner Waghalsigkeit und Arroganz, die ihn verleitet hatten zu glauben, er könne die dunkle Königin hereinlegen. Nun hatte er zu seinem Leidwesen die Sache für Meg und die Frauen auf Faire Isle eher noch schlimmer gemacht.

Aber später würde ihm noch genug Zeit bleiben, sich für

seine Torheit zu verfluchen. Erst einmal musste er den verdammten Strick um seine Hände loswerden und Jane finden.

* * *

Katharina saß an ihrem Schreibtisch, die Feder in der Hand, und kostete ihren Sieg über Xavier aus. Endlich war es ihr gelungen, den eingebildeten Schurken kleinzukriegen. Jetzt wollte sie einen Haftbefehl für Lady Danvers ausstellen und sich überlegen, wie sie am besten an Megaera herankam.

Vor etlichen Jahren hatte ihr Sohn ein kleines Heer von Hexenjägern nach Faire Isle geschickt. Sie hatten ziemlichen Schaden angerichtet, Häuser in Schutt und Asche gelegt und Eigentum zerstört, doch die meisten Töchter der Erde, darunter Ariane und ihre Schwestern, waren ihnen entkommen.

Die Frauen kannten die Insel einfach zu gut, es gab zu viele Verstecke, vor allem auf der felsigen, wilden Seite. Katharina würde Xavier und diese Danvers als Faustpfand haben, doch würden sie reichen, um sie gegen die Silberne Rose zu tauschen? Oder würde allein die Drohung eines weiteren Überfalls einen Inselbewohner dazu bringen, das Mädchen zu verraten?

Katharina würde einen beträchtlichen Trupp brauchen, um dieser Drohung Gewicht zu verleihen, und wie Xavier in seiner Unverschämtheit bemerkt hatte, stand ihr im Moment kein solches Heer zur Verfügung.

Während sie über diese Schwierigkeiten nachdachte, wurde sie von einem ihrer Wachen gestört, der in den Salon hereinplatzte. Die Nase des Mannes war geschwollen, sein Gesicht und seine Tunika waren blutbespritzt.

Katharina wollte den Kerl schon anherrschen, wie er es wagen könne, in einem solchen Zustand vor sie zu treten, als sie unter den Blutergüssen und Schwellungen Hauptmann Arnaud erkannte, den Mann, dem sie befohlen hatte, Xavier in die Bastille zu bringen.

Ein unangenehmer Verdacht keimte in ihr auf. Sie erhob sich angespannt. »Was hat das zu bedeuten, Hauptmann? Sagt mir bloß nicht, dass dieser Schuft entkommen ist«, fauchte sie.

»Es – es tut mir leid, Euer Majestät. Ich konnte nichts dafür. Guise …« Arnauds Stimme klang so gepresst, dass Katharina ihn kaum verstand. Er konnte doch auf keinen Fall gesagt haben …

»Guise? Was hat Guise mit der Sache zu tun?«

»Er – er ist hier.«

»Wie bitte?«, keuchte Katharina. »Ihr unverschämter Narr, Ihr – Ihr lügt!«

»Nein, Euer Majestät. Aber wenn Ihr an Euer Fenster treten wollt, könnt Ihr Euch selbst davon überzeugen.«

Mit angstvoll pochendem Herzen taumelte sie ans Fenster. Ihr Blick fiel auf eine Menschenmenge, die sich auf der Straße versammelt hatte und gegen den Widerstand der Wachen versuchte, in den Hof zu stürmen.

»Guise! Guise! Er lebe hoch!«, schallte es plötzlich.

Die Menge teilte sich für eine große, arrogante Gestalt, die sich nach rechts und links verbeugte und ausgestreckte Hände schüttelte. Frauen warfen sich schluchzend vor die Füße des Mannes und küssten den Saum seines Umhangs, als ob er der Herrgott persönlich sei, der zu ihnen herabgestiegen war.

Xavier und seine Flucht wurden bedeutungslos. Katharina umklammerte ihren Hals, als sie dabei zusehen musste, wie ihr größter Albtraum Wirklichkeit wurde. Guise, hier in Paris! Hätte dieser elende Kerl einen noch ungünstigeren Zeitpunkt finden können?

Dieser Gedanke ließ in Katharinas Hals eine Blase hysterischen Gelächters aufsteigen. Hätte es je einen günstigen Zeitpunkt geben können für die Ankunft ihres gefürchtetsten Feindes?

Sie atmete tief durch, zwang Luft in ihre Lungen. Angst oder Panik konnte sie sich jetzt nicht leisten. Diese Sache konnte sie nur auf dem einen Weg durchstehen, mit dem sie stets allem Übel begegnet war – mit reiner Nervenkraft und ihrem messerscharfen Verstand.

Als Guise in ihren Salon trat, gelang es Katharina, ihn annähernd würdevoll zu begrüßen. Der Herzog trat mit entschlossenen Schritten zu ihr. Stattlich und kräftig, wie er war, verstärkte die Narbe auf seiner Wange nur seinen Ruf als größter General Frankreichs, Held zahlloser Schlachten. In diesem Mann vereinten sich der Kriegsgott Ares und der herrliche Apoll. Er war alles, was ihr Sohn hätte sein sollen und doch nie geworden war, schoss es Katharina verbittert durch den Kopf.

Auch wenn dieser Gedanke ihren Hass nur wachsen ließ, tarnte sie ihre Feindseligkeit mit einer eisigen Fassade.

»Euer Majestät.« Guise verbeugte sich höflich und machte einen Kniefall. Immerhin heuchelte er noch Achtung.

Sie schaffte es, die Hand auszustrecken, ohne dass sie zitterte, als sie ihm gebot, sich zu erheben. Während der Herzog der Form halber ihre Fingerspitzen küsste, fragte sie ihn streng: »Monsieur, warum dieser Hochverrat?«

Die Brauen des Herzogs schossen in gequälter Bestürzung hoch, oder zumindest tat er so, als schmerze ihn dieser Vorwurf zutiefst. »Hochverrat? Warum äußert Ihr ein solches Wort vor mir, Euer Majestät?«

»Weil Ihr wisst, dass mein Sohn, der König, Euch verboten hat, mit Eurem Heer nach Paris zu kommen.«

»Das habe ich auch nicht getan. Ich bin nur mit einer Handvoll Männer gekommen, meinem ganz persönlichen Gefolge.«

Deshalb also hatte es der Herzog geschafft, ohne eine Auseinandersetzung mit den königlichen Truppen durch die Tore von Paris zu schlüpfen.

Katharina schürzte die Lippen, sie ließ sich von den Unschuldsbeteuerungen des Herzogs nicht täuschen. Es mochte ja sein, dass er nur mit einer Handvoll Gefolgsleute gekommen war, aber das hatte dieser arrogante Kerl bestimmt nur getan, weil ihm klar war, dass er gar nicht mehr brauchte. Sein Heer tummelte sich auf den Straßen der Stadt, seine halb verrückten

Anhänger standen kurz davor, völlig außer Rand und Band zu geraten. Der Pöbel, der vor ihren Fenstern begeistert den Namen des Herzogs brüllte, war weit gefährlicher als jedes noch so gut ausgebildete Heer.

»Warum seid Ihr überhaupt gekommen?«, herrschte sie ihn an. »Doch nur, um Eurem rechtmäßigen König die Krone zu entreißen.«

»Nein, Euer Majestät, ich schwöre, dass das nicht stimmt.« Theatralisch legte der Herzog die Hand auf sein Herz. »Jemand hat dem König Lügen in den Kopf gesetzt. Ich bin sein treuester Untertan. Ich bin nur nach Paris gekommen, um mich zu verteidigen und mir wieder die Gunst meines Königs zu sichern.«

Katharina schärfte ihren Blick und versuchte, seine Augen zu durchbohren.

Der Trank hatte viel ihrer einstigen Fähigkeit wiederhergestellt, jedenfalls hatte sie Xaviers Abwehr überwunden. Aber vielleicht war ihr das auch nur gelungen, weil sie ihn überraschend angegriffen hatte.

Der Herzog war zu sehr auf der Hut, zu gut vorbereitet auf ihren prüfenden Blick. Sie erhaschte nur einen schwachen Abglanz seiner Gedanken, doch der reichte, um sie zu trösten.

Er war nicht nach Paris gekommen, um ihren Sohn vom Thron zu stoßen. Zumindest noch nicht. Aber was wollte er dann? Er musste einen tieferen Beweggrund haben als den, den er ihr genannt hatte. Wenn sie nur gewusst hätte, worum es sich handelte! Wie sehr sie es hasste, sich einen Weg durchs Dunkel zu ertasten!

Der Herzog trat zurück und verbeugte sich abermals. »Ich bin nur gekommen, um Euer Majestät meiner besten Absichten zu versichern. Und jetzt habe ich die Absicht, mich zum Palast zu begeben, um meinem König die Aufwartung zu machen.«

Katharinas Herz machte einen besorgten Sprung. Im Augenblick mochte von Guise keine bösen Absichten gegen den

König hegen, aber Katharina konnte nicht für Heinrich garantieren oder für sein unstetes Gemüt.

Wenn Guise so töricht oder so arrogant war, mit einer Handvoll Männer in den Louvre zu schlendern, fürchtete Katharina sich vor den möglichen Folgen. So ungern sie sich dem Pöbel auf der Straße stellte, so hatte sie doch nur eine Möglichkeit.

»Nun gut«, sagte sie. »Wenn Ihr zum König geht, muss ich darauf bestehen, Euch zu begleiten.«

25

Jane hatte versprochen, das Haus nicht zu verlassen, bis Xavier zurückkehrte. Doch nachdem sie eine Stunde lang sorgenvoll auf und ab gelaufen war, hielt sie es nicht mehr aus.

Sie griff zu dem Trost, der sie in den schlimmsten Stunden ihres Lebens aufrechtgehalten hatte: Sie huschte in die nächstgelegene Kirche, um zu beten. Nach der nachmittäglichen Hitze und der Unruhe auf den Straßen war es im Kirchenschiff angenehm kühl, dunkel und friedlich. Die Luft war geschwängert von Weihrauch, der tröstliche Duft schien in die Wände eingedrungen zu sein und zahllosen Sündern, die hier Buße getan hatten, seinen Segen gespendet zu haben.

Jane entzündete eine Kerze und kniete sich vor einen Seitenaltar, der zu Ehren der Heiligen Jungfrau errichtet worden war.

»Heilige Mutter Gottes, bitte legt Fürsprache für Louis Xavier ein. Bestimmt wisst Ihr, dass er im Herzen ein guter Mensch ist. Er – er hat vielleicht nicht immer den redlichsten Weg beschritten, doch seine Absichten sind lauter. Bitte beschützt ihn vor der dunklen Königin und schickt ihn wohlbehalten zu mir zurück. Wenn Ihr das tut, verspreche ich Euch …«

Aber Jane hatte keine Gelegenheit, ihr Versprechen zu äußern. Sie hörte Stiefel durch den Gang poltern. Als sie sich umwandte, war sie anfangs außer sich vor Freude, Xavier auf sie zueilen zu sehen. Doch gleich darauf befiel sie eine neue Sorge.

Seine Haare waren schweißnass und wirr, auf seiner Stirn war eine Beule – und waren das etwa Blutflecke auf seinem Hemd? Sie bekreuzigte sich hastig, dann stand sie auf.

Xavier stolperte zu ihr. »Jane, da bist du ja. Jambe meinte, dass du wahrscheinlich hier bist. Ich hätte es mir gleich denken können, aber jetzt bleibt keine Zeit für deine Gebete. Komm mit.«

Er nahm ihre Hand und begann, sie aus der Kirche zu zerren.

»Aber was ist denn los? Was ist passiert?« Sie runzelte die Stirn, als ihr Blick auf seine Hand fiel. »Ist das ein Seil um dein Handgelenk?«

»Ja, ich habe es zwar geschafft, mich zu befreien, aber ich konnte das elende Ding nicht völlig loswerden. Die Wachen von Katharina verstehen sich auf hundsgemeine Knoten.«

»Die Wachen von Katharina?«, rief sie aufgebracht. Dann fiel ihr ein, dass sie sich in einer Kirche befanden, und sie dämpfte ihre Stimme. »Du bist verhaftet worden?«

Er nickte grimmig. »Es ging alles schief, genau, wie du befürchtet hast. Später kannst du mir gern eine Ohrfeige geben und mich einen elenden Narren schimpfen, aber im Moment gehört Katharina noch zu unseren geringsten Sorgen.«

Sie wusste nicht, wovon er sprach, bis er die Tür aufstieß und sie nach draußen zog. In dem Moment begannen die Glocken zu läuten. Jane blinzelte im grellen Sonnenlicht. Nach der Kälte und Stille in der Kirche schlugen die Vorgänge auf den Straßen wie große Wellen von Hitze und Lärm über ihr zusammen – das laute Klingen der Glocken, das Poltern rennender Menschen, die aufgeregten Schreie.

Jane sah sich verwirrt um, verstört von dem plötzlichen Strom von Menschen, die aus Geschäften und Häusern drängten wie ein Schwall Wasser, der sich aus einem defekten Brunnen ergießt. Noch nie hatte Jane eine derart große Menschenmenge gesehen. Es mussten Hunderte sein, die auf der Straße zusammenliefen, die Gesichter leuchtend vor einer beinahe wahnsinnigen Begeisterung.

»Wenn ich recht darüber nachdenke«, murrte Xavier, »ist es vielleicht doch ein recht günstiger Zeitpunkt für ein Gebet.«

»Was geht hier vor? Was ist passiert?«, fragte sie abermals.

»Der Herzog von Guise ist in Paris, und ich fürchte, das wird uns alle noch teuer zu stehen kommen.«

Xavier versuchte, sie durch die Menge zu führen, doch bald wurden sie von der Masse mitgerissen.

Jane kämpfte gegen das wilde Entsetzen an, das sie befiel, als sie von allen Seiten bedrängt wurde und sich kaum noch an Xavier festhalten konnte.

Xavier packte sie um die Hüfte und schob sie zum Eingang eines Barbierladens, wo sie einen gewissen Schutz hatten. Nun fingen die Leute an zu brüllen: »Guise! Guise!«

Jane konnte erkennen, dass sich in der Ferne ein großer, dunkelhaariger Mann auf einem Schimmel näherte. Er zog seine federgeschmückte Kappe und winkte der Menge zu.

Neben ihm erblickte sie eine Sänfte, in der eine Frau ganz in Schwarz saß. Jane stellte sich auf die Zehenspitzen, um sich in all dem Tumult Gehör zu verschaffen. Sie schrie in Xaviers Ohr: »Ist das die dunkle Königin?«

Xavier nickte.

Die Sänfte schlingerte neben dem Pferd des Herzogs, fast schien es, als sei Katharina seine Gefangene. Obwohl die Menge sie von allen Seiten verhöhnte und verspottete, starrte die einstige Königin unbewegt nach vorn.

»Bei Gott«, stellte Xavier fest. »Man kann über diese alte Teufelin sagen, was man will, aber das eine muss man ihr lassen: Mut hat sie.«

»Hat Guise sie gefangen genommen?«, fragte Jane. »Schon allein die Masse dieser Menschen wirkt ziemlich beunruhigend, aber alle scheinen sich zu freuen.«

»Im Moment schon. Aber ich wette, der König wird sich nicht über den Herzog freuen. Wenn Seine Majestät die Schweizergarde rufen lässt, wird die Sache sehr schnell eine üble Wendung nehmen.«

Als der Herzog und sein Gefolge sie passiert hatten, wandte sich Xavier wieder an Jane. »Pietro und Jambe warten im Gasthaus auf uns. Wir müssen die Stadt verlassen, bevor jemand beschließt, die Tore zu schließen.«

»Xavier, ich kann nicht weg. Nicht ohne Abigail.«

Xavier fluchte halblaut vor sich hin. »Jane, diese Frau würde dich bedenkenlos im Stich lassen.«

»Nein, das würde sie nicht. Und selbst wenn, wäre es mir egal. Ich muss das tun, was ich für richtig halte.«

»Na gut, na gut«, stöhnte Xavier. »Dann holen wir sie eben, aber wir müssen uns beeilen.«

Jane holte tief Luft, als sie die Sicherheit des Eingangs hinter sich ließen.

Da alle darauf erpicht waren, dem Herzog zu folgen, mussten sie gegen den Strom ankämpfen. Xavier führte sie, und Jane klammerte sich an ihn, als sie sich in die Menge stürzten und sich Fuß für Fuß vorwärtsarbeiteten.

* * *

»Lang lebe der Herzog von Guise!«

Die Rufe prasselten auf Katharina ein, während sie sich gegen die schwankende Sänfte stemmte und der Pöbel ihren Weg durch die Stadt behinderte. Zwischen Katharina und der Menge befanden sich nur die schwachen Holzwände der Sänfte und der gute Wille des Edelmanns, der neben ihr ritt.

So sehr die Pariser den Herzog verehrten, so sehr verachteten sie Katharina. Ihnen ausgesetzt zu sein war fast, wie einem hungrigen Raubtier vorgeworfen zu werden, das jeden Moment zum Sprung ansetzen konnte. Guise musste nur seinen Griff ein wenig lockern, schon würde Katharina verschlungen werden.

Der kaum unterdrückte Hass der Meute war deutlich spürbar, er nahm ihr die Luft zum Atmen. Katharina musste ein Keuchen unterdrücken, während sie versuchte, eine kühle, unbewegliche Miene zu wahren, um niemandem zu zeigen, wie entsetzt sie war.

Unwillkürlich musste sie an einen Vorfall in ihrer Vergangenheit denken, als sie vor einer anderen bedrohlichen Meute gezittert hatte.

»Liefert uns das Mädchen aus, wir hängen sie an der Stadtmauer auf!«

Katharina knirschte mit den Zähnen und kämpfte darum, an der Gegenwart festzuhalten und die schlimmsten Erinnerungen aus ihrer Kindheit abzuschütteln. Sie konnte es sich nicht leisten, sich vom Pöbel in ein zitterndes kleines Mädchen verwandeln zu lassen.

Ihr Leben und das ihres Sohnes hingen davon ab, ob sie es schaffte, ruhig zu bleiben. Sie konnte nicht darauf hoffen, dass Heinrich in dieser Krise einen klaren Kopf behielt.

Katharina atmete tief durch und zwang sich zu Gelassenheit, auch wenn das Gebrüll der Menge in ihren Ohren schrillte, und die nicht enden wollenden Schreie in ihrem Kopf hämmerten, bis sie dachte, der Schädel würde ihr zerplatzen.

»Guise! Gott segne Guise!«

Der Herzog hielt die Zügel fest in der Hand und nickte lächelnd nach allen Seiten. Zweifellos kam sich der Kerl als siegreicher Eroberer vor, als unbezwingbar.

Katharina verfluchte den unerträglichen Stolz und den blinden Ehrgeiz dieses Mannes. Er glaubte tatsächlich, er müsse nur in den Palast schreiten, und schon wäre der König eingeschüchtert.

Aber Katharina kannte ihren Sohn viel zu gut. Heinrich war zwar schwach und wankelmütig, und oft fehlte es ihm an Mut. Aber der Herzog hatte keine Ahnung, wozu Heinrich fähig war, wenn ihn die blinde Wut packte. Das musste Katharina um jeden Preis verhindern, zumindest so lange, bis sie eine Möglichkeit fand, die Oberhand zu gewinnen.

Normalerweise dauerte der Weg zum Louvre nicht lange, doch als sie endlich im Hof ankamen, fühlte sich Katharina, als wäre sie tagelang durchgeschüttelt worden.

Als man ihr aus der Sänfte half, hatte allein schon die Anstrengung, ihr Entsetzen zu unterdrücken, sie völlig erschöpft. Eine kurze Atempause wäre ihr sehr recht gewesen, doch sie war ihr nicht vergönnt.

Guise stürmte ungeduldig die Stufen zu den Privatgemächern des Königs hoch und hörte nicht auf Katharinas Bitten, auf sie zu warten. Es blieb ihr nichts anderes übrig, als ihm nachzueilen. Aber selbst in ihren besten Zeiten hätte sie nie mit den langen Beinen des Herzogs Schritt halten können.

Auf dem mittleren Absatz blieb sie keuchend stehen, ihre Beine zitterten. Fiebrig suchte sie nach dem Fläschchen mit dem Stärkungstrank. Es waren nur noch ein paar Tropfen übrig. Sie nahm ein winziges Schlückchen und wartete auf den mittlerweile vertrauten Strom von Wärme und neuer Kraft. Ihr Herz raste quälend schnell.

Dennoch zwang sie sich, ihren Weg fortzusetzen. Schließlich taumelte sie in das Vorzimmer des Königs. Sie blieb ein weiteres Mal stehen, um durchzuatmen und die Lage einzuschätzen. Was sie sah, erfüllte sie mit Schrecken.

Heinrich hatte sich in die entgegengesetzte Ecke des Raums zurückgezogen wie ein verzweifeltes, in die Enge getriebenes Tier, obwohl er von seiner Leibgarde umringt war, einer angespannten Gruppe von Männern, die eigentlich nur Söldner waren. Für eine Handvoll Münzen hätte jeder dieser Männer Guise bedenkenlos umgebracht.

Warum ist der Herzog nur so töricht, dachte Katharina, zwischen Angst und Verachtung schwankend. Sein Kopf war wahrscheinlich vollgestopft mit aristokratischen Ehrbegriffen: Bestimmt wähnte er sich schon allein deshalb sicher, weil ihm kraft seines edlen Bluts Sicherheit gebührte. Offenbar hatte er keine Ahnung, in welcher Gefahr er schwebte.

Als Katharina eintrat, brachte er gerade sein Anliegen vor. Besorgt musterte sie den König. Sein Gesicht war gerötet, seine Miene hart und teilnahmslos. Aber Katharina kannte diese Stille in ihrem Sohn nur allzu gut, es war die Ruhe vor dem Sturm.

»Ich bin nicht hier, um Euer Majestät zu drohen. Ich bin stets Euer treuer Untertan gewesen«, erklärte der Herzog. »Ich wünsche mir einzig und allein Frieden, und ich möchte all die

Lügen zerstreuen, mit denen meine Feinde Euch bestürmt haben.«

»Eure Wünsche kümmern mich nicht, Monsieur, sondern nur Euer Trotz. Ihr habt beschlossen, nach Paris zu kommen, obwohl Ihr wusstet, dass ich es Euch ausdrücklich untersagt hatte. Wie könnt Ihr es wagen, meine Befehle zu missachten!«

Heinrich wandte sich von dem Herzog ab. Katharina ertappte ihren Sohn dabei, wie er einen Blick zu dem Hauptmann der Wache warf. Die Hand des Kommandeurs glitt zu seinem Schwert.

Verzweifelt stürmte Katharina zu ihm. »Euer Majestät, ich bitte Euch, grämt Euch nicht wegen des Herzogs. Monsieur de Guise hat nur gewagt, nach Paris zu kommen, weil – weil ich ihn dazu eingeladen habe.«

Ihre Worte schienen mit der Kraft eines Schusses durch den Raum zu hallen. Selbst Guise musterte sie verdutzt. Einen Moment lang waren alle wie vom Donner gerührt, dann drehte sich der König wütend zu Katharina um.

Sie wich zurück, als der König auf sie zutrat. Einen Herzschlag lang hatte sie tatsächlich Angst vor ihrem Sohn.

»Ihr habt Guise eingeladen?«, tobte der König. »Also habt nun auch Ihr mich verraten?«

»Heinrich! Ihr wisst doch ganz genau, dass ich mich stets bemüht habe, in Eurem besten Interesse zu handeln.«

»Eurem eigenen, meint Ihr wohl.«

»Aber ist das denn nicht dasselbe?« Katharina benetzte die Lippen und erklärte laut, damit es Guise auch hörte: »Ich habe sehr unter der Unstimmigkeit zwischen Euch und dem guten Herzog gelitten. Frankreich kann nicht gedeihen, solange dieser Zwist andauert. Gestattet mir, einen Friedensvorschlag zu unterbreiten.«

Sie wagte es, sich dem König wieder ein wenig zu nähern, damit sie in sein Ohr murmeln konnte: »Um Gottes willen, Heinrich, mir ist klar, dass das Verhalten des Herzogs eine empörende Beleidigung deiner Autorität darstellt. Aber halte inne und denke nach, bevor du etwas tust, was wir beide bedauern werden. Hast du nicht gesehen, was vor deinen Toren los ist?«

Irgendwie schaffte sie es, Heinrich ans Fenster zu ziehen, wobei sie immer wieder einen besänftigenden Blick zu Guise warf. Die Miene des Herzogs war so unverschämt zuversichtlich, dass Katharina dem Kerl am liebsten selbst einen Dolch ins Herz gestoßen hätte.

Doch sie richtete ihre gesammelte Aufmerksamkeit auf Heinrich. Als sein Blick auf die wachsende Menge vor dem Louvre fiel, erbleichte er.

Katharina sprach mit leiser, angespannter Stimme auf ihn ein. »Ich weiß, du willst Guise verhaften …«

»Verhaften? Ich will ihn tot.«

»Komm zur Besinnung, Heinrich! Was, glaubst du wohl, wird mit uns passieren, wenn der Herzog den Palast nicht unversehrt verlässt?«

Die Lippen ihres Sohnes bildeten einen hässlichen Strich. »Das ist mir egal. Wir sind ohnehin am Ende. Wenn ich diesem Mann ein weiteres Mal nachgebe, bin ich nicht mehr der König.«

»Aber du wirst es nicht überleben, wenn du es nicht tust. Der Pöbel am Eingang ist nur ein Bruchteil der Leute, die sich auf den Straßen versammeln, um den Herzog zu unterstützen. Es sind Hunderte, vielleicht sogar Tausende mehr.«

»Dann rufe ich meine Schweizergarde, bringe meine Truppen in die Stadt und strecke sie alle nieder.«

Katharina schloss kurz die Augen und betete um Geduld. »Wenn du das machst, wird es mit Sicherheit einen Kampf geben. Es wird zu einem offenen Krieg kommen, die Straßen werden sich rot färben von Blut, es wird ein Massaker stattfinden wie in der Bartholomäusnacht.«

»Paris ist ein Nest voller Verräter geworden. Es muss ausgeräuchert werden, angefangen bei Guise.« Der König musterte sie abfällig. »Früher wart Ihr nicht so zimperlich, *Maman.* Ihr und Eure Ränke haben doch zu dem Massaker geführt, das uns unserer hugenottischen Feinde entledigen sollte.«

»Und was ist dabei herausgekommen? Es geriet völlig außer Kontrolle, und der Mob wütete tagelang. Willst du als zweiter Nero in die Geschichte eingehen, mein Sohn?« Katharina zog die Schultern ein. »Wenn ja, dann vernichte Guise, vernichte Paris und vernichte auch uns.«

Der König kaute auf seiner Unterlippe, in seinem Blick tauchte Unsicherheit auf. »Und was würdet Ihr mir vorschlagen, *Maman?*«

»Sei noch ein Weilchen geduldig und verhandle mit dem Herzog.«

Als Heinrich wütend einatmete, nahm Katharina begütigend seine Hand.

»Ich bin in letzter Zeit wieder zu Kräften gekommen und schmiede Pläne, die unsere Macht wiederherstellen werden.«

»Welche Pläne?«

»Ich werde sie dir verraten, wenn sie ausgereift sind. Bis dahin musst du mir vertrauen.«

Heinrich starrte sie düster an. Ob es der Anblick des Mobs vor seinen Toren war oder etwas, was sie gesagt hatte – Katharina glaubte, in seinen Augen zu erkennen, dass er wieder Vernunft annahm.

Er stieß ihre Hände weg und kehrte zum Herzog zurück, um ihn in seiner üblichen verdrossenen Art zu verabschieden. Katharina stieß einen zittrigen Seufzer der Erleichterung aus. Wieder einmal hatte sie eine Katastrophe verhindert.

Aber für wie lange?

Ihr Atem ging erst wieder normal, als Heinrichs kurzes Treffen mit Guise vorüber war. Es war zu keiner Lösung gekommen, doch das hatte Katharina auch nicht erwartet. Immerhin verließ der Herzog den Palast unversehrt. Katharina begleitete ihn und wappnete sich, ein weiteres Mal der feindseligen Menge gegenüberzutreten.

Heinrich brütete stumm vor sich hin, bis er sicher war, dass seine Mutter gegangen war. Dann rief er seine Wachen und erteilte ihnen seine Befehle.

»Gebt meinen Kommandeuren Bescheid. Ich will, dass meine Truppen sofort in der Stadt zusammengezogen werden. Auf meinen Straßen soll Ordnung herrschen. Sobald dieser Abschaum in seine Löcher zurückgetrieben worden ist, werde ich mich um Monsieur de Guise kümmern.«

* * *

Die Kirche lag nur wenige Minuten vom Haus ihrer Cousine entfernt, doch als sie in Abigails Hof ankamen, war Jane völlig erschöpft.

Sie eilte vor Xavier her und führte ihn ins Haus. Ihr erster Blick fiel auf Violette, die völlig verängstigt auf dem Treppenabsatz kauerte.

Das Mädchen sprang auf, sobald sie Jane sah. Sie hätte sie fast umgeworfen, als sie sich auf sie stürzte.

»Oh, Madame Danvers, das ist das Ende. Alle haben gesagt, dass es dazu kommen würde. Der König hat sich mit den Hugenotten verschworen, um den Katholiken Paris zu entringen. Sie werden kommen und uns alle töten.«

»Unsinn«, meinte Jane und tätschelte dem Mädchen aufmunternd den Rücken.

»Es ist kein Unsinn.« Tränen schossen Violette in die Augen. »Ich erinnere mich noch an das schreckliche Glockengeläute, als ich klein war. Damit fing auch das Massaker in der Bartholomäusnacht an.«

»Die Glocken läuten nur, um den Herzog von Guise in Paris willkommen zu heißen.«

Aber damit war Violette nicht zu trösten. »Dem Herzog wurde befohlen, sich von Paris fernzuhalten. Der König wird schrecklich zornig sein. Er wird seine Truppen in die Stadt rufen und der Herzog die seinen. Dann wird es in den Straßen Krieg geben, es wird gemordet und geplündert werden.«

Das Mädchen zitterte am ganzen Leib. »Wir werden wahrscheinlich geschändet, und man wird uns die Zungen rausreißen und die Brüste abhacken.«

Jane starrte sie verwundert an. Wer hätte gedacht, dass die sanftmütige kleine Violette eine derart blutrünstige Fantasie besaß?

»Beruhige dich, Violette. Nichts dergleichen wird geschehen. Kapitän Xavier wird uns in Sicherheit bringen.«

Violette spähte an Jane vorbei zu Xavier, doch selbst Jane musste zugeben, dass der Kapitän in seinem derzeitigen Zustand eher einem Marodeur glich als einem Retter.

Das Mädchen erschauerte, und Jane musste sich gewaltsam von ihr lösen. »Wo ist deine Herrin? Ist sie oben?«

Diese Frage löste einen weiteren Anfall von Schluchzern aus. »Madame Benton ist fort. Sie – sie ist beim ersten Anzeichen von Ärger gegangen.«

Jane verzog ungläubig das Gesicht. »Was soll das heißen? Ist sie alleine weggegangen?«

Violette schüttelte den Kopf. »Nein, Gerard begleitet sie. Er hat ein Pferd besorgt, und sie haben sich auf den Weg nach Calais gemacht.«

»Und sie hat mir nicht einmal eine Nachricht hinterlassen?«, fragte Jane.

»Ich soll Euch sagen, dass sie nicht warten konnte, aber dass Ihr nachkommen sollt, wenn es Euch möglich ist.«

»Wenn es mir möglich ist – verflucht noch mal!«, schimpfte Jane, was Violette dazu brachte, sie verblüfft anzustarren. Jane wusste, dass ihre Cousine eine unstete, leichtfertige Frau war, aber das ging wirklich zu weit.

»Habe ich das richtig verstanden?«, meinte Xavier und trat vor. »Dieser Gerard – ist er der Gemahl deiner Cousine, der zurückgekehrt ist, um sie zu holen?«

»Nein«, sagte Jane. Ihre Wangen brannten vor Verlegenheit. Schließlich hatte sie Xavier überredet, hierherzukommen und Abigail abzuholen.

»Er ist der Lakai.« Sie konnte Xavier kaum in die Augen sehen, weil sie Angst vor seinem Zorn hatte.

Doch zu ihrer Überraschung brach Xavier in schallendes Gelächter aus. »Deine Cousine hat sich mit dem Lakaien aus dem Staub gemacht? Das ist ja wunderbar. Ich hoffe, dass er wenigstens gut aussieht.«

»Ja, das tut er, Monsieur. Sehr gut«, bestätigte Violette schniefend, was Xavier erneut zum Lachen brachte.

Jane stimmte in das Gelächter ein, auch wenn ihr eigentlich nicht danach zumute war. Vielleicht war es die Anspannung der letzten Stunden, die sich nun löste, doch beide lachten, bis ihnen die Tränen kamen.

Xavier hielt als Erster inne – und zwar ganz plötzlich. Selbst sein Lächeln verblasste, als er angestrengt die Ohren spitzte.

Auch Jane fing sich wieder und meinte: »Was …«

Aber Xavier gebot ihr mit einem Wink zu schweigen. Ihr stockte der Atem, als auch sie es hörte. Obgleich sie noch nie einem Schlachtfeld nahe gekommen war, erkannte sie es – das ferne Donnern von Feuerwaffen.

Xavier befahl ihr, sich nicht von der Stelle zu rühren, und stürmte aus dem Haus. Aber Jane hörte nicht auf ihn und eilte ihm nach.

Sie mussten nicht weit laufen, um die Quelle der Geräusche auszumachen. Am Ende der Straße standen Soldaten des Königs vor einer Meute wütender Pariser, die mit Steinen, Knüppeln und sonst allem bewaffnet waren, dessen sie habhaft werden konnten.

Die Gardisten waren zwar bewaffnet, doch weit in der Unterzahl, und sie hatten keine Rückzugsmöglichkeit. Das Ende der Straße war mit Fässern, Brettern und Steinhaufen blockiert.

Pistolenschüsse knallten, Schwerter blitzten, ein Soldat versuchte, über die Barrikaden zu klettern, wurde jedoch nach unten gezerrt. Die Meute stürzte sich auf den verängstigten jungen Mann und drosch mit Knüppeln auf ihn ein.

Jane schrie entsetzt auf, aber sie konnte nichts tun. Xavier führte sie entschlossen zurück ins Haus.

* * *

Als die Nacht hereinbrach, entzündete Jane die Kerzen in ihrem Schlafzimmer, um ein wenig Frieden in diesen Tag zu bringen, der so angefüllt gewesen war mit Angst und Anspannung.

Jambe und Pietro hatten es geschafft, sich zu ihnen durchzukämpfen. Sie brachten schlechte Nachrichten. An mehreren Stellen der Stadt waren Barrikaden errichtet worden, sodass die Truppen des Königs sich kaum bewegen konnten. Die Schweizergarde hatte den Rückzug angetreten und den Parisern die Kontrolle über die Stadt überlassen müssen.

Jane sah aus dem Fenster. In der Ferne loderten Flammen, gelegentlich hörte man Schüsse, aber sie schienen von weit her zu kommen. Im Moment schienen sich die Feindseligkeiten gelegt zu haben, doch niemand konnte sagen, was der nächste Morgen bringen würde.

Xavier und seine Gefährten verrammten Türen und Fenster des Hauses und hielten abwechselnd Wache. Violette hatte sich in der Speisekammer versteckt.

Sie wusste, dass auch sie versuchen sollte, zur Ruhe zu kommen. Doch obwohl sie völlig erschöpft war, wollten ihr die Augen nicht zufallen. Plötzlich klopfte es leise an der Tür, und Xavier trat mit einem Tablett mit Brot, Käse und Wein ein.

Jane dankte ihm, doch sie schüttelte den Kopf. »Ich habe keinen Appetit.«

»Du musst etwas essen, Jane. Du hast den ganzen Tag lang kaum etwas zu dir genommen. Versuche es wenigstens mit einem Schlückchen Wein.«

Sie tat ihm den Gefallen, dann fuhr sie verlegen mit den Fingern durch die Strähnen, die sich aus ihrem Knoten gelöst hatten.

»Ich sehe bestimmt schrecklich aus.«

»In meinen Augen bist du immer wunderschön«, murmelte er.

Sie brachte ein kleines Lächeln zustande. »Ja, aber wir wissen beide, wie gut du lügen kannst.«

»Nicht bei allem«, erwiderte er kichernd und streifte ihr eine Strähne hinters Ohr.

Ihre Blicke trafen sich. »Bitte sag mir die Wahrheit, Xavier: Was, glaubst du, wird morgen passieren?«

»Ich weiß es nicht«, gab er zu. »Der Herzog und der König scheinen in einer Sackgasse zu stecken, aber irgendwann müssen sie sich einigen. Wir werden es aussitzen müssen. Aber ich bin mir sicher, dass wir heil aus der Sache herauskommen werden.«

»Wenn das so ist, dann nicht dank mir.« Jane trat von ihm weg und rieb sich die Arme. »Es ist meine Schuld, dass wir hier festsitzen. Ich habe darauf bestanden, dass wir zurückkehren und Abby holen. Sag ruhig, dass du es mir ja gleich gesagt hast.«

»Es wäre weit angemessener, wenn du mir diesen Vorwurf an den Kopf werfen würdest. Pietro, Jambe und du – ihr alle habt mich davor gewarnt, weiter meine Tricks bei Katharina von Medici zu versuchen. Aber ich war mir so verdammt sicher, dass ich nicht auf euch gehört habe. Ich habe die Frau gründlich unterschätzt.«

Er seufzte. »Wenn Guise nicht gekommen wäre, wären wir jetzt beide Gefangene der dunklen Königin, und sie würde den Angriff auf Meg und auf Faire Isle vorbereiten.«

Das Kerzenlicht spiegelte sich in seinen von Selbstvorwürfen verdüsterten Augen. »Ich war unglaublich dumm, tollkühn und vermessen.«

»Aber auch unglaublich tapfer. Du bist dieses Wagnis ja nicht wegen eines persönlichen Gewinns eingegangen, sondern, weil du Meg und den anderen auf Faire Isle etwas Gutes tun wolltest.«

»Ja, aber …« Er hielt kurz inne, dann fuhr er fort: »Ich glaube nicht, dass ich es für Meg oder für meine Schwestern getan habe.

Ich habe es getan, weil ich dich beeindrucken wollte, Jane«, gab er zu, und seine Stimme wirkte ebenso eindringlich wie sein Blick. »Als du an jenem Tag auf Faire Isle die Wahrheit über mich erfahren hast, konnte ich die Enttäuschung nicht ertragen, die sich in deinem Gesicht gespiegelt hat. Ich hatte mich an das sanfte Licht gewöhnt, das sich in deine Augen schlich, wann immer du mich angesehen hast.« Er schluckte. »Selbst wenn ich weiß, dass ich deine Billigung nicht verdiene, ist sie mir so wichtig wie die Luft zum Atmen.«

Jane sah ihn nachdenklich an. »Aber warum bedeutet dir meine Meinung so viel?«

»Weil ich dich liebe, du Närrin.«

Jane blinzelte. Sie hatte nie erwartet, solche Worte aus Xaviers Mund zu hören. Aber es war typisch für ihn, dass er mitten in einer Revolution ganz unverblümt damit herausrückte.

Sie fing zu lachen an, doch ihre Gefühle waren so überwältigend, dass sie sich schließlich in einem Strom von Tränen entluden. Er wischte ihre Wangen mit den Fingerknöcheln ab.

»Schon gut, meine Liebe, ich glaube, ich würde auch weinen, wenn ich erfahren müsste, dass ich mit dem Herz eines solchen Spitzbuben belastet werde. Nur zu – du kannst mir immer noch sagen, dass ich mich zum Teufel scheren soll.«

Doch stattdessen warf sie sich ihm an die Brust und vergrub ihr Gesicht in seinem Wams. Er zog sie an sich und küsste ihren Scheitel.

»Oh, Jane«, murmelte er in ihre Haare. »Ich habe versucht, mich von dir fernzuhalten. Ich wusste, dass es besser wäre für dich. Du wolltest doch immer nur geborgen und geachtet sein.«

»Nein«, sagte sie. »Ich habe erkannt, dass ich weit mehr will. Ich – ich will mich lebendig fühlen, wenn ich am Morgen aufwache. Ich will, dass meine Tage mit Staunen, mit Erregung und Überraschung erfüllt sind. Ich will dich.«

»Das freut mich aber, denn ich bin wirklich zu selbstsüchtig, um dich noch einmal zu verlassen.«

Sie schniefte und rang sich unter Tränen ein Lächeln ab. Dann legte sie den Kopf zurück und sah ihn an. »Ich hoffe nur, dass du für immer so selbstsüchtig sein wirst.«

»Darauf kannst du dich verlassen, mein Schatz. Ich bin ein Schuft, durch und durch.«

Er bewies es ihr, indem er sie so hemmungslos küsste, wie es kein ehrenwerter Mann je tun würde. Seine Zunge verschaffte sich Zugang zu ihrem Mund und erforschte ihn, bis sie völlig atemlos war.

Erst jetzt, in seinen Armen, konnte sie sich den Schmerz der vergangenen Wochen richtig eingestehen, konnte zugeben, dass sie sich gefühlt hatte, als würde sie innerlich verbluten, weil ihr ein Teil ihres Selbst entrissen worden war.

Doch nun fühlte sie sich endlich wieder heil und so, als hätte sie sich nur verirrt und wäre jetzt wieder dort, wo sie hingehörte. Die Gefahr, die von der dunklen Königin ausging, die mögliche Revolution – all das war im Moment vergessen.

Sich küssend und streichelnd, taumelten sie zum Bett, rissen sich ungeduldig ihre Kleider vom Leib und liebten sich wie zum ersten und gleichzeitig letzten Mal.

26

Katharina hielt sich aus Angst vor verirrten oder auch gezielten Pistolenkugeln von den Fenstern fern. Bei Tagesanbruch war der Kampf zwischen Paris und dem König erneut aufgeflammt. Katharina fragte sich, was von der Stadt noch übrig bleiben würde, wenn es mehrere Tage so weiterginge. Aber sie war so ausgelaugt, dass sie nicht einmal ihren Sohn verfluchen konnte.

Heinrich war stets träge und wankelmütig gewesen. Wenn er sich einmal entschloss zu handeln, warum machte er dann immer das Falsche?

Sie hatte ihn gewarnt, die Schweizergarde in die Stadt zu holen, auch wenn es einen Moment lang so ausgesehen hatte, als würde Heinrich die Oberhand gewinnen.

Doch das Volk von Paris war auf das Manöver des Königs erstaunlich gut vorbereitet gewesen und hatte die Truppen mit hastig zusammengeschusterten Barrikaden aufgehalten.

Jetzt gab es nur einen, der diesen Wahnsinn beenden konnte. Doch der Herzog von Guise saß am Konferenztisch und feilte in aller Ruhe seine Nägel, während er darauf wartete, dass sie auf seine Forderungen reagierte.

Diese waren natürlich lächerlich. Katharina blickte auf das Dokument in ihrer Hand. Guise wollte zum Generalleutnant von Frankreich ernannt werden. Der Schwager des Königs und zugleich sein nächster männlicher Verwandter, der hugenottische König von Navarra, sollte von der Thronfolge ausgeschlossen werden.

Am schlimmsten aber war, dass ihr Sohn seine Favoriten aus ihren Ämtern entfernen und seine Leibgarde auflösen sollte.

Allerdings war Katharina bereit, ihr Siegel unter diese Vereinbarung zu setzen. Sie hatte stets nach dem Motto gehandelt, alles zu versprechen, was ihr Aufschub gewährte, um weiter Pläne schmieden und Vergeltung üben zu können. Aber sie wusste, dass Heinrich nicht so vernünftig sein würde. Lieber würde er sterben und sie mit in den Tod reißen.

Als sie das Dokument ein weiteres Mal überflog, um Zeit zu gewinnen, eilte ein Bote herein, ein Mann des Herzogs. Er verneigte sich vor seinem Herrn, nahm Katharinas Anwesenheit jedoch kaum zur Kenntnis.

»Monsieur, der König …« Atemlos, wie er war, konnte der Mann seinen Satz nicht beenden.

Katharinas Herz setzte einen Schlag aus. Sie fürchtete das Schlimmste. Hatte Heinrich in seiner Wut und seinem Kummer eine Verzweiflungstat begangen, sich womöglich mit dem eigenen Schwert durchbohrt?

Doch das, was der Bote endlich vorbrachte, war beinahe genauso schlimm. »Der – der König ist weg. Er ist geflohen.«

Katharina war so bestürzt, dass ihr die Forderungen des Herzogs aus der Hand fielen. Sie hatte immer gewusst, dass ihr Sohn sprunghaft war, aber selbst sie hätte nicht gedacht, dass Heinrich so feige war, seinen Thron, seine Stadt und seine Freunde im Stich zu lassen; schlimmer noch, seine Mutter im Stich zu lassen, sie der Gnade ihres größten Feindes auszuliefern.

Als sich Guise erhob, rechnete Katharina mit seinem Zorn. Zweifellos würde er denken, dass Katharina dahintersteckte und die Verhandlung mit ihm bloß ein Vorwand gewesen war, um dem König die Möglichkeit zur Flucht zu geben.

Aber Guise sagte nur: »Ich sollte wohl besser ausreiten und sehen, was ich tun kann, um das Volk zu besänftigen. Ich fürchte, die Pariser werden es für ein weiteres Zeichen halten, dass ihr König sie verraten hat.«

Der Herzog verneigte sich vor ihr und ging. Zwischen Verblüffung und Argwohn schwankend, sah Katharina ihm nach. Der Herzog und seine Gefolgsleute hatten Paris gänzlich unter

Kontrolle. Wie war es Heinrich gelungen, aus der Stadt zu fliehen? Doch nur, wenn Guise es ihm erlaubt hatte.

Dem Herzog war nicht daran gelegen gewesen, den Aufstand so weit zu streuen, dass der König abgesetzt würde, das hatte er ihr ja selbst versichert. Aber was hatte er mit all dem Wahnsinn bezweckt? Katharina wusste es nicht, aber sie vergeudete jetzt keine Zeit, darüber nachzugrübeln.

Sie wusste nur, dass sie dank der Feigheit ihres Sohnes etwas hatte, was sie dringend brauchte: Nun konnte sie über die Truppen des Königs verfügen. Sie würde mehr als genug Männer haben, die sie nach Faire Isle schicken konnte und die auch ihr anderes Problem lösen würden – Xavier. Diesmal würde ihr der Jaguar nicht mehr entkommen.

* * *

Xavier wachte auf, als Pietro an die Tür klopfte und nach ihm rief. Sanft löste er seine Arme von Jane. Sie war so erschöpft gewesen, dass er sie erst aufwecken wollte, wenn es absolut notwendig war. Eilig zog er sich an, dann gesellte er sich zu Pietro ins Erdgeschoss.

Auch der große Schwarze wirkte müde. Xavier legte sein Schwert an, um ihn bei seiner Wache abzulösen. Sie traten nach draußen, um Jane nicht zu stören.

»Gab es letzte Nacht Anzeichen von Ärger? Hat jemand versucht, sich dem Haus zu nähern?«, fragte Xavier.

»Nein, Kapitän. In dem Fall hätte ich Euch geweckt. Nach Mitternacht kehrte Ruhe ein. Frühmorgens waren noch einmal ein paar Schüsse zu hören, und dann …«

»Was war dann?«, drängte Xavier, als Pietro zögerte.

»Dann war nichts mehr. Jambe hat sich auf die Straße gewagt, um sich einen Überblick zu verschaffen.« Pietros Stirn furchte sich in einer Mischung aus Unbehagen und Verwirrung. »Mit dieser Wendung hätte ich nie gerechnet. Kommt und seht es Euch selbst an, Kapitän.«

Xavier schlich mit seinem Gefährten durch den Garten. Als sie sich der Ecke näherten, an der gestern gekämpft worden war, wappnete sich Xavier, auch wenn er nicht recht wusste, mit welchem Nachspiel der Gewalt er rechnen sollte.

Doch bei dem Anblick, der sich ihm bot, musste er verblüfft ausatmen. Es war, als hätte der Aufruhr des gestrigen Tages gar nicht stattgefunden. Die Barrikaden waren beseitigt und die Steine weggekarrt worden.

Einige Händler öffneten gerade ihre Läden. Die Pariser gingen ihren Geschäften nach und widmeten sich ihrem normalen Alltag.

»Was zum Teufel hat das zu bedeuten?«, murrte Xavier. Dann merkte er, dass er Jane doch geweckt hatte. Sie hatte sich angezogen und war ihm gefolgt. Als sie näher kam, schlang Xavier den Arm um ihre Schulter und zog sie an sich.

Sie sah sich ebenso erstaunt um wie Xavier und seine Männer.

»Ist es – ist es vorbei?«, fragte sie.

»Wenn ich das nur wüsste.« Xavier sah einen Reiter vorbeikommen, dessen Livree ihn als einen Mann des Herzogs auswies.

»He, Ihr da«, rief Xavier. »Was ist passiert? Ist der Streit beigelegt?«

Der Reiter zügelte sein Pferd und grinste Xavier an. »Was für ein Streit? Ich habe nicht viel davon mitbekommen. Der feige König hat den Schwanz eingekniffen und ist aus der Stadt geflohen.«

»Geflohen? Also hat Guise den Thron gefordert?«

Der Mann des Herzogs wirkte beleidigt. »Nein, mein edler Herr ist kein Verräter. Er ist den ganzen Morgen in der Stadt herumgeritten, hat die Menschen beruhigt und sie aufgefordert, wieder in ihre Häuser zurückzukehren. Es war alles nur ein leidiges Missverständnis.«

Der Mann ritt davon. Xavier starrte ihm mit offenem Mund nach. Ein Missverständnis? Jane sah verwirrt aus, Pietro nachdenklich, Jambe zornig.

»Es wird also keine Revolution geben?« Der Alte klang beinahe enttäuscht. Er riss sich die Kappe vom Kopf und warf sie auf die Straße. »Warum dann die ganze Aufregung für nichts und wieder nichts?«

»Für nichts und wieder nichts kann man nicht sagen. Immerhin hat die Ankunft des Herzogs Xaviers Wächter abgelenkt, sodass er fliehen konnte«, erinnerte Jane Jambe lächelnd.

»Ja«, pflichtete Xavier ihr bei, doch plötzlich überkam ihn die Erkenntnis mit der Wucht eines Knüppelschlags.

»Die Ablenkung«, murmelte er, dann fing er an, derb zu fluchen. Als die anderen ihn verwundert anstarrten, erklärte er ihnen ungeduldig: »Kapiert ihr das denn nicht? All die Barrikaden, die so eilig errichtet und so besonnen platziert worden waren – dieser sogenannte Aufstand war sorgfältig geplant. Das war die Ablenkung, die der Herzog dem König von Spanien versprochen hat. Jetzt ist Heinrich auf der Flucht, er ist aus Paris vertrieben worden, hat also keine Möglichkeit, Hilfe nach England zu schicken.«

Jane erbleichte. »Du glaubst also, dass die Armada …«

»Bereits auf England zusteuert, jawohl. Es tut mir leid, Liebste.«

Jambe hob seine Kappe mit zitternden Fingern auf. »Ich muss los, Kapitän. Ich muss nach Hause.«

Xavier nickte. »Geh und nimm Pietro mit.«

»Und was wird aus Euch, Kapitän?«, fragte Pietro finster.

»Ich muss mich um meine Dame kümmern. Wir müssen nach Faire Isle und Ariane warnen. Das Ende dieses Aufstands hat nämlich eine sehr üble Folge: Jetzt kann die dunkle Königin ihre Pläne in die Tat umsetzen.«

Die Zeit reichte nicht für einen langen Abschied. Jane umarmte Xaviers Männer, Xavier gab sich mit einem kräftigen Händedruck zufrieden und wünschte seinen Gefährten kurz angebunden eine gute Reise.

Zurück im Haus, bat er Jane, ihre Habseligkeiten zu packen und Vorkehrungen für Violette zu treffen. Eine Freundin des

Mädchens hatte versprochen, ihr zu einer neuen Anstellung zu verhelfen. Aber Jane beharrte darauf, ihr wenigstens ein Empfehlungsschreiben mitzugeben.

Als Xavier unruhig im Erdgeschoss umherlief und auf sie wartete, bestürmten ihn die Erinnerungen an die leidenschaftlichen und zärtlichen Umarmungen der letzten Nacht. Wieder einmal hatten sie sich in der Hitze und dem Wahn des Augenblicks geliebt. Aber diesmal nahm sich Xavier fest vor, Jane keinen Grund mehr zu liefern, es zu bereuen.

Da sein Handel mit Katharina die Lage nur verschlimmert hatte, wusste er nicht recht, wie man ihn auf Faire Isle empfangen würde. Aber wenn sich Ariane dazu durchringen könnte, ihm zu verzeihen, dann könnten er und Jane vielleicht auf der Insel heiraten …

Xavier wurde jäh aus seinen Gedanken gerissen, als die Haustür aufgebrochen wurde. In seine Grübeleien versunken, reagierte er viel zu langsam. Mehrere Männer stürmten herein, angeführt von einer ihm bekannten Gestalt: dem Wächter, dem er die Nase gebrochen hatte.

Der Mann starrte Xavier rachsüchtig an. »Nun, Monsieur Jaguar, die Königinmutter hat schon befürchtet, Ihr wärt so gerissen, Euch möglichst rasch aus dem Staub zu machen. Aber offenbar ist dem nicht so.«

Fluchend wollte Xavier das Schwert ziehen. Aber er schaffte es nur zur Hälfte, bevor die Männer über ihn herfielen. Er setzte sich heftig zur Wehr und landete einen Kinnhaken.

Aus den Augenwinkeln sah er Jane am oberen Treppenabsatz auftauchen. »Renn weg, Jane!«, schrie er. Doch zu seinem Entsetzen lief sie, einen Schürhaken schwingend, geradewegs die Treppe herunter, um ihm zu helfen. Einer der Männer hieb ihm den Kolben einer Muskete an die Schläfe.

Er ging in die Knie, vor seinen Augen tanzten schwarze Schleier. Als er zu Boden ging, spürte er noch, wie ihm ein Schwall warmen Bluts über die Wange rann.

»Jane«, keuchte er.

Bevor ihm die Sinne schwanden, sah er noch, wie Jane der Schürhaken aus der Hand gerissen wurde.

* * *

Im *Hôtel de la Reine* herrschte eifriges Treiben. Die Bediensteten trafen Vorkehrungen für Katharinas Abreise. Der König war ins Schloss von Blois geflohen, und es war ein weiteres Treffen anberaumt worden, um zwischen Seiner Majestät und dem Herzog von Guise zu einer Einigung zu kommen.

Katharina versprach sich nicht viel davon. Dank seiner Feigheit war ihr Sohn nun völlig machtlos. Wenn er seine Krone behalten wollte, würde er auf alle Forderungen des Herzogs eingehen müssen.

Nur Hauptmann Arnauds Bericht gereichte ihr zur Freude. Der Mann hatte sich rehabilitiert, indem er Xavier und die Engländerin gefangen genommen hatte.

Katharina hatte befohlen, die beiden ins Schloss von Blois zu schaffen. Sie hatte jetzt keine Zeit, ihre Gefangenen zu verhören oder sich einen Plan zurechtzulegen. Die Zeit reichte nur, um Truppen nach Faire Isle zu schicken.

Sie betrachtete ihr kostbares Fläschchen, das mittlerweile leer war. Die Kraft, die ihr Megaeras machtvolles Elixier verliehen hatte, begann bereits zu schwinden.

Und auch ihre Zeit lief ab. Das war ihr letzter Schachzug: Sie musste die Silberne Rose erwischen, sonst würde sie sterben.

27

In Belle Haven herrschte zu dieser späten Stunde tiefe Ruhe. Meg hatte das trübsinnige Gefühl, dass sie als Einzige auf Erden jetzt noch wach war. Noch nie hatte sie sich so einsam gefühlt.

Ihre treue Dienerin Agatha Butterydoor schnarchte leise auf ihrem Lager neben Megs Bett. Ohne die Alte aus den Augen zu lassen, beugte sich Meg vor und zog das bescheidene Bündel mit ihren Habseligkeiten heraus, das sie am Nachmittag unter dem Bett verstaut hatte.

Sie hielt inne, um einen letzten Blick auf Aggie zu werfen. Sie fürchtete, dass ihr Verschwinden der Alten das Herz brechen würde, aber sie wagte nicht einmal, einen Abschiedskuss auf Aggies welke Wange zu drücken.

Auf Zehenspitzen schlich sie hinaus. Ihre Brust war wie zusammengeschnürt. Sie hatte in Belle Haven glückliche Zeiten verlebt. Das alte Herrenhaus hatte sich eine Weile wahrhaftig als sicherer Hafen erwiesen – so etwas hatte es in Megs kurzem Leben nicht oft gegeben. Doch nun musste sie sich für immer davon verabschieden.

Gerüchte waren nach Faire Isle gedrungen wie ein Schwarm schwarz gefiederter Krähen. Reisende, Händler und Seefahrer hatten vor einem Trupp Soldaten gewarnt, die man quer durch die Bretagne hatte marschieren sehen.

Die Berichte hatten auf Faire Isle Unruhe und Bestürzung ausgelöst, die, seit Xaviers Betrug ruchbar geworden war, dicht unter der Oberfläche gebrodelt hatten. Die Frauen der Insel, vor allem aber diejenigen, die sich noch an den Überfall der Hexenjäger vor gut zehn Jahren erinnerten, zitterten und bebten vor Angst vor einem neuen Angriff.

Ariane strahlte wie immer Ruhe aus. Meg war eine der wenigen, die wussten, wie besorgt die Herrin von Faire Isle in Wahrheit war. Seit ihr Gemahl wieder zurück war, hatte sich Ariane des Nachts viele Stunden mit ihm beraten.

Justice Deauville hatte sich sogleich daran gemacht, die Verteidigungsanlagen der Insel zu verstärken und Männer auf der Insel patrouillieren zu lassen. Doch Meg wusste, dass seine Bemühungen nicht ausreichen würden.

Wohin sie auch ging, sah sie Angst und Ablehnung in den Augen derer, die ihr begegneten. Meg konnte ihnen das nicht verübeln. Sie war zur nächsten Herrin von Faire Isle ernannt worden, ihre heiligste Aufgabe wäre es gewesen, die Frauen der Insel zu beschützen, und nicht, Zerstörung über sie zu bringen.

Es gab nur eine Möglichkeit, dies zu verhindern: Sie musste etwas tun, was ihr große Angst einjagte; und danach würde sie nicht mehr als Herrin von Faire Isle infrage kommen. Doch Meg wollte lieber nicht allzu gründlich darüber nachdenken, was vor ihr lag, denn sie fürchtete, dass sie dann der Mut verlassen würde.

Als sie durch das stille Haus schlich, konnte sie nicht widerstehen, noch einen letzten Blick in einen ganz bestimmten Raum zu werfen. Der Mond schien auf das Bett, in dem Seraphine neben ihren beiden kleinen Schwestern lag. Selbst im Schlaf hatte sie den Arm schützend um die zwei gelegt.

Meg musste gegen den Kloß ankämpfen, der sich in ihrer Kehle gebildet hatte. Sich nicht von Seraphine verabschieden zu können war fast das Schwierigste an der ganzen Sache. Aber ihre Freundin würde nie verstehen, warum Meg tat, was sie tun musste. Sie hätte bestimmt versucht, sie daran zu hindern.

»Verzeih mir, Phine«, flüsterte sie.

Sie betrachtete die drei goldenen Köpfe auf den Kissen, alle wirkten so unschuldig und tief versunken in ihren Träumen. Hatte sie je so ausgesehen?, fragte sich Meg betrübt.

Wenn ja, dann war das so lange her, dass sie sich nicht daran erinnern konnte. Sie hatte das Gefühl, dass sich ihre Mutter schon gleich nach ihrer Geburt wie eine böse Fee über ihre Wiege gebeugt und sie der Finsternis geweiht hatte.

Leise schloss sie die Tür und schlich ins Freie. Es war Vollmond, die goldene Scheibe erleuchtete ihren Weg, als sie Belle Haven hinter sich ließ.

Gelegentlich musste sie sich im Gebüsch verstecken, um den wachsamen Patrouillen von Justice Deauville zu entgehen. Auf diese Weise schaffte sie es unentdeckt bis nach Port Corsair. Als sie an den Kiefern vorbei in die kleine Bucht eilte, die immer ihre Zuflucht gewesen war, stand der Mond schon recht hoch am Himmel.

Am Boden sah sie etwas glitzern, vielleicht eine Glasscherbe – alles, was von ihrer Kristallkugel übrig geblieben war.

Sie war noch immer böse auf Xavier, dass er sie dazu gebracht hatte, die Kugel zu zerstören. Doch im Grunde brauchte sie sie nicht mehr. Die Prophezeiungen hatten sich tief in ihr eingegraben.

Sie blieb stehen und suchte in ihrem Beutel nach dem anderen verbotenen Gegenstand, den sie all die Monate versteckt hatte. Behutsam zog sie ihn hervor. Die Hexenklinge sah aus wie ein Stilett mit einer nadelscharfen Spitze. Der Griff war hohl und konnte nach unten gedrückt werden, um ein tödliches Gift durch die dünne Klinge zu schicken. In den Griff war eine silberne Rose eingraviert.

Eine weitere Hinterlassenschaft des *Buchs der Schatten,* die Megs Mutter für einen grässlichen Zweck eingesetzt hatte. Die Waffe in ihrer Hand ließ Meg erbeben. Vorsichtig steckte sie sie in eine verborgene Tasche, die sie in ihren Umhang genäht hatte.

Dann setzte sie sich und wartete. Es dauerte nicht lange, bis sie das Platschen eines Ruders hörte und sah, wie sich auf den Wellen schaukelnd ein kleines Boot näherte. Ein Junge saß in dem Boot, ein Fischerjunge, den Meg bestochen hatte, sie aufs Festland zu rudern.

Der Junge wirkte nervös, als er ans Ufer watete und ihr ins

Boot half. Zweifellos fürchtete er den Zorn der Herrin von Faire Isle, falls Ariane herausfand, welche Rolle er bei Megs Flucht gespielt hatte.

Aber seine Gier war größer gewesen als seine Angst, dachte Meg zynisch. Mit Geld konnte man einen Mann dazu bringen, alles zu tun. Man denke nur an Xavier.

Aber vielleicht war der Junge wie die meisten auf Faire Isle ja auch nur froh, dass Meg bald weg sein würde. Wortlos wies er ihr ihren Platz in dem kleinen Ruderboot, und stumm verlief auch die kurze Überfahrt zum Festland. Doch Meg war das ganz recht. Sie hüllte sich fester in ihren Umhang und versteckte sich unter der Kapuze.

Eine der Fragen, die ihre Mutter ihr ständig gestellt hatte, kam Meg in den Sinn.

»Worin besteht der größte Fehler, den eine Frau machen kann, Megaera?«, hatte Cassandra Lascelles von ihrer Tochter wissen wollen.

»Einem Mann zu vertrauen«, hatte Meg stets ernst geantwortet, weil diese Antwort von ihr erwartet wurde. Jede andere hätte ihr eine scharfe Rüge oder eine Ohrfeige eingebracht.

Damals hatte es Meg freilich nicht geglaubt, so wie jetzt, nachdem sie erst von Sander Naismith und dann von Xavier tatsächlich betrogen worden war. Jetzt wusste sie, dass sie keinem Mann vertrauen oder sich auf ihn verlassen konnte außer ihrem Vater. Und selbst Martin le Loup war weit weg und kämpfte für einen anderen zu einer Zeit, in der ihn Meg so dringend gebraucht hätte.

Aber das spielte keine Rolle, versicherte sich Meg trotzig und wischte sich die Tränen aus den Augen. Auch Papa hätte ihr nicht helfen können, niemand hätte das tun können. Ihre Kristallkugel hatte ihr schon vor Jahren ihr Schicksal enthüllt. Dagegen anzukämpfen war zwecklos.

Am Festland angekommen, kramte Meg eine Handvoll Münzen aus ihrem Beutel. Der Junge murmelte etwas, was wie ein Dankeschön klang, dann kletterte er rasch in sein Boot und legte sich in die Riemen, als könne er es kaum erwarten wegzukommen.

Meg zitterte, sie fühlte sich verloren und verlassen in dieser ihr unbekannten Gegend. Doch dann straffte sie die Schultern und marschierte auf das einzige Licht zu, das sie in der Ferne entdeckt hatte. Es lag weit weg, jedoch am Strand.

Als sie sich dem kleinen Fischerdorf näherte, fiel ihr das Atmen immer schwerer, denn allmählich kam ihr die Umgebung bekannt vor – die dunklen Schieferdächer der Hütten, die schmale Gasse, das Licht, das aus einer kleinen Taverne fiel. All das hatte sie in ihrer Vision gesehen.

Im Hof waren Pferde angebunden, Meg hörte sie wiehern und stampfen. Sie schlich heran und spähte durch ein Fenster. An den Tischen im Schankraum drängten sich Soldaten der dunklen Königin, genau, wie sie erwartet hatte.

Zitternd wich sie zurück. Ihr Entschluss geriet ins Wanken. An diesem Punkt hatte sich in ihrer Vision immer der gesichtslose Verräter von hinten angeschlichen und sie in die Schenke geschubst. Furchterfüllt sah sie sich um, aber sie entdeckte nichts außer ihrem blassen Spiegelbild im Fenster.

Schließlich fasste sie sich ein Herz und trat ein. Inmitten des Stimmengewirrs und des rauen Gelächters bemerkte sie niemand.

Eine Stimme erhob sich über den Rest. Sie gehörte einem dicken, bärtigen jungen Mann. »Also, ich sage, wir warten mit unserem Angriff, bis die anderen uns eingeholt haben.«

»Wie bitte? Hast du etwa Angst vor einer Horde Frauen, Alphonse?«, spottete einer seiner Saufkumpane.

»Keine Frauen, Hexen.«

»Ha, fürchtest du, eine Circe wird dich in ein Schwein verwandeln? Das bist du doch schon.«

Der junge Mann lief rot an und wandte sich an einen älteren grauhaarigen Burschen neben ihm. »Steht mir zur Seite, Hauptmann. Sind wir nicht viel zu wenige, um die ganze Insel zu durchkämmen? Wie sollen wir dieses Mädchen finden?«

Der Hauptmann zuckte die Schultern. »Indem wir die erste Frau foltern, die uns in die Hände fällt. Ich denke nicht, dass wir uns groß anstrengen müssen. Bei den Weibern sitzt die Zunge locker.«

Sein Kommentar führte zu einem Ausbruch derber Heiterkeit und lauter Zustimmung.

Meg schluckte, doch die hässliche Drohung war der Ansporn, den sie gebraucht hatte.

»Es besteht keinerlei Notwendigkeit, jemanden zu foltern«, erklärte sie mit zittriger Stimme.

Auf einmal kehrte Stille ein, und viele harte, neugierige Blicke wandten sich ihr zu.

Megs Herz pochte, und ihre Hand zitterte, als sie die Kapuze nach hinten schob.

»Ich bin das Mädchen, nach dem ihr sucht. Ich bin die Silberne Rose.«

* * *

Das Schloss von Blois lag auf einer Landzunge in der Loire oberhalb des gleichnamigen kleinen Dorfs. Im Lauf der Jahrhunderte war das Schloss mehrmals umgebaut worden, und die mittelalterlichen Türme waren dem eleganteren Entwurf des neuen Seitenflügels gewichen.

Auf der Hauptgalerie hatte an jenem Tag eine schillernde Zusammenkunft stattgefunden. Die Damen hatten sich nach Kräften herausgeputzt, und auch die Herren waren prächtig gewandet erschienen. Alle hatten zugesehen, wie der König von Frankreich seinen Feind, den Herzog von Guise, empfangen hatte. Heinrich war zwar bleich und mürrisch gewesen, hatte sich jedoch bemüht, wenigstens so zu wirken, als sei er noch immer König, als er dem Herzog von Guise verzieh, entgegen seinem Befehl nach Paris gekommen zu sein und an den Barrikaden mitgewirkt zu haben. Aber alle Anwesenden hatten gewusst, dass der Herzog darauf hätte verzichten können.

Jetzt war er der Herr in Frankreich.

Als Meg von einem stämmigen Wächter durch den Palast geführt wurde, war die Galerie leer, auf der der König seine letzte Erniedrigung erduldet hatte, und der Thron verwaist.

Meg musterte alles mit gleichgültigem Blick. Die Erinnerung an die anstrengende Reise, die sie hierhergeführt hatte, verschwamm vor ihr ebenso wie ihre Umgebung.

Sie wunderte sich, wie ruhig sie war, wenn sie daran dachte, dass sie in wenigen Momenten vor der Gestalt ihrer Albträume stehen würde. Aber nachdem sie sich ein Herz gefasst und den Soldaten der Königin ausgeliefert hatte, war etwas Seltsames mit ihr geschehen: Als sie sich in ihr Schicksal gefügt hatte, war ein merkwürdiges Gefühl der Lähmung über sie gekommen.

Fühlten sich Gefangene so, wenn sie die Stufen zum Schafott erklommen? Wenn jeder Widerstand zwecklos war und man keinen Fluchtweg mehr hatte, gab es keinen Grund mehr, sich vor etwas zu fürchten.

Nachdem sie mehrere Säle durchschritten hatten, gelangten sie in ein Vorzimmer. Meg blinzelte, denn durch das Fenster drangen helle Sonnenstrahlen, die die bunten Kacheln des Ofens aufblitzen ließen.

Inmitten der bunten Farben wirkte Katharina mit ihren dunklen Gewändern wie ein Schatten. Sie lag auf einer Récamiere, das Gesicht fast so grau wie die Haare, die sie streng zurückgekämmt trug. Gerade erbebten ihre Schultern unter einem heftigen Hustenanfall, und sie drückte sich ein Taschentuch vor den Mund.

Der Wachposten übergab Meg einer Hofdame. Die junge Frau beugte sich vor und flüsterte Meg ins Ohr, dass sie sich nicht von der Stelle rühren und mucksmäuschenstill bleiben solle, bis die Königinmutter den König entlassen hatte.

Der Mann neben dem Sofa war der König? Meg konnte es kaum fassen. Trotz seiner prunkvollen Kleider sah er mit seinen herabgesunkenen Schultern, dem hageren Gesicht und den tief liegenden Augen wenig majestätisch aus.

Jetzt beugte sich der König über die Hand seiner Mutter und erkundigte sich mit ausdrucksloser Miene nach ihrer Gesundheit. Er wirkte, als ob er mit seinen Gedanken ganz woanders wäre.

»Nun, *Maman,* wie geht es Euch?«

»Viel besser, glaube ich«, sagte diese und unterdrückte ein weiteres Husten.

Der Mund des Königs verzog sich griesgrämig. »Wenn ich doch nur dasselbe sagen könnte. Aber noch immer stolziert der Herzog von Guise hier herum, als ob ihm das Schloss gehören würde. Ich habe mein Siegel unter den Vertrag gedrückt, der ihm alles gab, wonach ihn gelüstete. Was will der Mann denn noch von mir?«

»Verträge sind nicht mehr wert als die Tinte und das Pergament, auf das sie geschrieben wurden. Sei geduldig, Heinrich. Unsere Zeit wird kommen.«

»Das sagt Ihr ständig, und ich werde es allmählich leid. Ich bin überaus geduldig gewesen, ich habe Euren Rat befolgt und auf den rechten Augenblick gewartet.« Ein zorniger Blick verdüsterte seine finstere Miene, doch er rang sich ein schmales Lächeln ab.

»Aber ich weiß, dass Ihr recht hattet, *Maman.* Es wäre sehr ungünstig gewesen, wenn dem Herzog in Paris etwas zugestoßen wäre. Wie Ihr schon sagtet – ein weiser Mann sorgt dafür, dass seine Feinde in seiner Nähe sind, und wartet auf den richtigen Moment, um zuzuschlagen.«

Seine Mutter war offenbar froh über diese Erwiderung. Er beugte sich vor und küsste ihre Wange, dann wandte er sich zum Gehen. Meg folgte dem Beispiel der Hofdamen und machte einen tiefen Knicks.

Als der König näher kam, wagte Meg einen Blick in sein Gesicht. Seine Augen wirkten trüb wie bei jemandem, dessen Gemüt sich nicht im Gleichgewicht befindet. Oft war es schwer, in verrückten Augen zu lesen, aber die Augen des Königs waren ruhig, obwohl sie so verschlagen waren. Vielleicht hatte Heinrich seine Mutter getäuscht, doch Meg waren seine mörderischen Absichten klar. Als er an ihr vorbeirauschte, erbebte sie.

Ein älterer Mann in der Robe eines Arztes beugte sich über Katharina und maß stirnrunzelnd ihren Puls. Die junge Dame, die Meg in den Raum gelassen hatte, schlich zur Königinmutter und flüsterte ihr etwas ins Ohr.

Katharinas Blick schweifte zur Tür, gegen die sich Meg drückte. Es war, als würden ihr neue Kräfte erwachsen. Sie richtete sich auf. Meg kam sich vor wie eine Maus, die die Aufmerksamkeit einer großen, hungrigen Katze erregt hat.

»Ihr könnt jetzt gehen, Dr. Caberini«, befahl Katharina, ohne den Blick von Meg zu wenden.

»Aber Majestät«, protestierte der Arzt. »Ihr seid sehr krank. Ihr fiebert, und ich fürchte, die Entzündung sitzt noch in Euren Lungen.«

»Geht!«, fauchte die alte Königin. »Ich brauche Eure Dienste nicht mehr.«

Als der Arzt sich verneigte und zurückzog, hob die Königin die Hand und winkte Meg zu sich.

Meg spürte, wie ihre Ruhe sie verließ. Sie blieb stocksteif stehen, bis die junge Hofdame herbeieilte und sie nach vorne schob, während sie ihr hastig ein paar Anweisungen ins Ohr flüsterte.

Meg hatte nie Seraphines Anmut besessen. Sie machte einen steifen Knicks. Man hatte ihr gesagt, dass sie in dieser Stellung verharren und den Blick gesenkt halten solle, bis ihr befohlen wurde, sich zu erheben. Doch es war ihr unmöglich, nicht aufzublicken. Sie fürchtete, dass die Augen der dunklen Königin mit der hypnotischen Kraft eines Basilisken auf ihr ruhten.

Doch Katharinas Augen wirkten getrübt und verengten sich, als ob sie sich anstrengen müssten, etwas zu sehen.

»Tretet näher, Margaret Wolfe.« Die Ironie, mit der die dunkle Königin ihren Namen aussprach, entging Meg nicht.

Zögernd befolgte sie den Befehl, die Hände nervös verschränkt. Katharina hustete in ihr Taschentuch, ihre Augen begannen zu tränen. Sie blinzelte mehrmals und legte den Kopf schief, um Meg zu betrachten.

»Ich gebe zu, meine Augen sind heute ein wenig müde, Mademoiselle, aber ich glaube, Ihr habt Euch beträchtlich verändert seit dem letzten Mal, als ich Euch sah. Ihr seid kein verängstigtes kleines Mädchen mehr.«

»Und Ihr seid nicht mehr annähernd so furchterregend«, entfuhr es Meg, bevor sie sich zurückhalten konnte.

Sie wappnete sich gegen ihren Zorn, doch Katharina lächelte nur. »Ach nein? Nun, das werden wir schon sehen. Ich bewundere Unverschämtheit bis zu einem gewissen Grad, aber bei einem solch jungen Menschen ist sie nicht vorteilhaft. Ich rate dir, besser aufzupassen, meine Liebe.«

Meg schob das Kinn vor in dem Versuch, ihren Mut zu beweisen. »Warum? Ihr – Ihr habt doch ohnehin vor, mich umbringen zu lassen.«

Die alte Königin schnalzte mit der Zunge. »Siehst du deshalb so grimmig aus, Kind? Du fürchtest, dass ich dich verschleppen ließ, um dich zu töten? Ich kann dir versichern, dass ich dir nichts zuleide tun will.«

»Ihr habt es schon einmal getan. Ihr habt einen Mörder nach London geschickt, der mich umbringen sollte.«

»Das war ein Fehler, und dafür möchte ich mich aufrichtig entschuldigen. Damals hatte ich nämlich noch nicht verstanden, was für ein außergewöhnliches Mädchen du bist. Jetzt habe ich eine sehr hohe Meinung von dir.«

»Ich kann mir nicht vorstellen, warum das so sein sollte, Euer Majestät.«

»Weil …« Katharina senkte die Stimme. »Soviel ich weiß, bist du die Einzige, der es je gelungen ist, das *Buch der Schatten* zu übersetzen und zu lesen.«

»Das Buch gibt es nicht mehr«, beharrte Meg.

»Ach ja?« Katharina lächelte. »Das glaube ich nicht. Ich glaube, du hast viel daraus gelernt.«

Meg schluckte. »Aber nur auf Betreiben meiner Mutter. Sie hat darauf bestanden, dass ich lerne, in dem Buch zu lesen.«

»Und du warst eine eifrige Schülerin. Du hast diese hässlichen Hexenklingen hergestellt, Gifte gemischt und tödliche silberne Rosen gefertigt. Du bist ein ganz außergewöhnliches Mädchen, Megaera.«

»S-so heiße ich nicht, und ich tue auch nichts mehr dergleichen. Ich habe alles vergessen, was ich aus diesem Buch gelernt habe«, erwiderte Meg, auch wenn ihr das Lächeln der alten Königin zu verstehen gab, dass Leugnen zwecklos war.

Katharina zog ein kleines Glasfläschchen hervor. »Wo hast du dann gelernt, das machtvolle Elixier zu brauen, das du deinem Freund Xavier gegeben hast?«

Meg errötete. »Dieser Mann ist kein Freund von mir.«

»Ach so? Er hat sich aber ganz so verhalten. Er hat seinen Kopf riskiert, um mich zu überzeugen, dass nichts in dir steckt und dass der Trank in seinem Fläschchen aus einem Zauberbrunnen stammte.« Katharinas Lippen zuckten.

»Ich muss gestehen, der Mann kann sehr zungenfertig und überzeugend sein, aber so richtig ist es ihm doch nicht gelungen.«

Megs Augen wurden groß. Also war Xavier nach Paris zurückgekehrt und hatte die dunkle Königin aufgesucht, doch nicht, um sie zu verraten, wie sie befürchtet hatte, sondern um das Interesse der Teufelin von ihr abzulenken.

»Das hat er wirklich für mich getan?«, fragte sie. »Ich kann es kaum glauben.«

»Du kannst ihn gern selbst fragen, wenn du willst. Ich musste ihn für seinen Betrug leider bestrafen.«

»W-was habt Ihr ihm angetan?«, stammelte Meg, auch wenn sie sich bemühte, ihre Bestürzung zu verbergen.

»Noch nichts. Ich habe ihn nur in ein Verlies werfen lassen. Allerdings gefällt ihm das nicht, wohl wegen einer tragischen Erfahrung, die er an Bord einer spanischen Galeone gemacht hat. Möglicherweise verliert er bald seinen Verstand.« Katharina zuckte die Schultern. »Aber da er nicht dein Freund ist, braucht dich sein Schicksal nicht weiter zu beunruhigen. Und das Schicksal dieser Engländerin wohl auch nicht.«

»Welcher Engländerin?«, fragte Meg, auch wenn sich ihr Magen in einer bösen Vorahnung zusammenzog.

»Ach, habe ich noch gar nicht erwähnt, dass Lady Danvers, als Xavier einen Fluchtversuch unternahm, so töricht war, ihm zu Hilfe zu eilen? Leider musste ich auch sie festnehmen lassen.«

»Jane?«, schrie Meg. »Oh, was habt Ihr mit ihr getan, Ihr böse Hexe? Habt Ihr ihr wehgetan?«

»Es besteht kein Grund zu solcher Unfreundlichkeit, Kind. Lady Danvers ist wohlauf. Du kannst dich gern mit eigenen Augen davon überzeugen.« Die dunkle Königin deutete auf eine Stelle hinter Meg.

Sie wirbelte herum. Ihr Blick fiel auf Jane, die von zwei Wachen ins Vorzimmer gebracht worden war. Jane sah blasser und schmaler aus, als Meg sie in Erinnerung hatte, doch sie wirkte unversehrt.

Meg hatte sich fest vorgenommen, der dunklen Königin eine tapfere, eisige, beherrschte Fassade zu zeigen. Doch Janes Anblick wurde ihr zum Verhängnis. Sie stolperte quer durch den Raum in Janes ausgebreitete Arme.

Jane drückte sie fest an sich.

»Oh Meggie.« Mehr konnte sie nicht sagen.

Meg wünschte, sie könnte auf immer und ewig in der Sicherheit von Janes Umarmung verweilen. Ihre Tränen benetzten Janes Mieder.

»Wie rührend«, meinte die dunkle Königin gedehnt.

Jane hob den Kopf und funkelte sie böse an. »Warum habt Ihr Meg hierherbringen lassen? Warum könnt Ihr sie nicht in Ruhe lassen? Sie ist doch nur ein junges Mädchen.«

»Nun, Megaera ist wahrscheinlich vieles, aber ein einfaches junges Mädchen ist sie bestimmt nicht. Meinst du nicht auch, Meg?«

Meg straffte die Schultern und trat von Jane zurück. Sie wischte sich die Augen, dann wandte sie sich wieder an die dunkle Königin.

»Ich bin mir sicher, dass du jetzt verstehst, wie die Dinge stehen«, sagte Katharina. »Lady Danvers' Wohl liegt ausschließlich in deiner Hand.«

»Belastet sie nicht damit!«, fing Jane an, doch Meg fiel ihr ins Wort.

»Schon gut, Jane«, sagte sie barsch. Jedes Zaudern, jeder noch so kleine Zweifel an ihrem Vorsatz war verflogen. Sie spürte, wie sich ihr Herz verhärtete.

»Was wollt Ihr von mir?«, fragte sie.

Die dunkle Königin hielt das leere Fläschchen hoch. »Fangen wir doch mit diesem Zaubertrank an. Alles Weitere wird sich weisen …«

28

Als es Nacht wurde, war die Dunkelheit in Xaviers Zelle schier unerträglich. Wie ein schweres Gewicht presste sich der schwarze Raum auf seine Augen. Sein Körper schmerzte von oben bis unten, seine Hand- und Fußgelenke waren wund gescheuert von seinen Versuchen, sich von den Fesseln zu befreien.

Sein kleines, modriges Gefängnis war nur mit einem dünnen Strohsack und einem Nachttopf ausgestattet – nichts, was ihm als Waffe hätte dienen können. Die einzige Öffnung war ein schmaler Fensterschlitz hoch über ihm.

Er konnte sich kaum erinnern, wie er in dieses Verlies gelangt war. Immer wieder waren ihm die Sinne geschwunden auf dem Karren, auf dem man ihn hierher verfrachtet hatte.

Schließlich hatte sich jemand um seine Kopfwunde gekümmert, vielleicht sogar der Leibarzt der alten Königin. Offenbar war die Hexe entschlossen, ihn am Leben zu halten, und sei es nur, um ihn bis an den Rand des Wahnsinns zu foltern und sich daran zu ergötzen.

Er fürchtete, dass er schon kurz davorstand, verrückt zu werden. Die Tage und Nächte nahm er nur noch völlig verschwommen wahr. Er hatte keine Ahnung, wie lange er schon der Gefangene von Katharina war. Und schlimmer noch – er hatte auch keine Ahnung, was aus Jane geworden war.

Er fluchte, er drohte, und am Ende flehte er seine Wächter um Nachrichten an. Doch sie brachten ihm sein Essen in eisigem Schweigen, offenbar hatten sie strikten Befehl, kein Wort mit ihm zu reden.

Wenn er daran dachte, was Katharina gedroht hatte, Jane anzutun, stieg eine derart große Angst in ihm auf, dass er die

Bilder gewaltsam aus seinem Kopf vertreiben musste, um nicht verrückt zu werden.

Nur eines hielt ihn davon ab, in den Wahnsinn abzugleiten: seine Fähigkeit, den Atem zu verlangsamen und sich in Trance zu versetzen. Dann konnte er wieder in den Körper des Jaguars schlüpfen und in sein tropisches Paradies nahe dem kühlen Fluss entweichen, zu seiner Meerjungfrau, die ihm die Stirn badete.

Ihre zärtliche Berührung fühlte sich so sanft und echt an, dass Xavier die Augen aufschlug. Nach der völligen Dunkelheit ließ sogar der schwache Schein der Kerze seine Augen brennen. Langsam gewöhnte er sich daran, und dann fiel sein Blick auf Janes Gesicht. Als er merkte, dass sie kein Trugbild war, kein vom Fieber verursachter Wahn, zog sich sein Herz schmerzhaft zusammen. »Verdammt noch mal, nein!«, keuchte er und warf seinen Kopf hin und her, während ihm die Tränen über die Wangen liefen.

»Schon gut, Xavier. Ich bin hier«, sagte Jane und versuchte, ihm die Tränen abzuwischen.

»Nein!«, ächzte er. »Ich will nicht, dass du hier bist. Ich habe gebetet, dass du entkommen bist. Warum bist du nicht weggerannt? Warum hast du versucht …«

»Sei ruhig, Liebster«, beschwichtigte sie ihn und wischte ihm weiter mit einem feuchten Tuch das Gesicht ab. Dann zwang sie ihn, einen Schluck Wein zu sich zu nehmen.

Der Wein war stark, schwer und süß. Xavier war nicht auf die Wärme eingestellt, die sich sogleich in seinem ganzen Körper ausbreitete. Sogar sein Kopf wurde etwas klarer.

Die Kerze in ihrem eisernen Leuchter stand auf dem Boden neben Jane. Ihr Licht flackerte sanft über ihre Züge, aber es war zu schwach, ihn alles sehen zu lassen, was er gern hätte sehen wollen. Verzweifelt schweifte sein Blick über ihre Gestalt.

Er nahm noch einen Schluck Wein, der ihm auch die Kehle schmierte. Nun konnte er seine Worte besser artikulieren.

»Du bist nicht verletzt? Diese Hexe hat dir nichts zuleide getan?«

Jane lächelte traurig. »Nein. Ich werde zwar bewacht, doch davon abgesehen werde ich gut behandelt. Ich glaube nicht, dass sie etwas anderes in mir sieht als ein Faustpfand, mit dem sie Meg dazu bringen kann, ihr zu Willen zu sein.«

»Meg?« Xavier stockte der Atem. »Die Teufelin hat auch Meg gefasst?«

Er stöhnte. Die Lage kam ihm völlig ausweglos vor.

»Erzähl mir alles, was passiert ist«, bat er.

Jane berichtete ihm, was sie über Megs Gefangennahme und ihre Ankunft auf dem Schloss erfahren hatte.

»Katharina ist so erpicht auf Megs Hilfe, dass sie ihr sogar einige Zugeständnisse gemacht hat. Meg hat sie überredet, mir zu gestatten, dass ich dich besuche. Sie gewährt auch Meg eine gewisse Freiheit und hat ihr ein Labor zur Verfügung gestellt, in dem sie ihre Tränke brauen kann. Sie will unbedingt noch mehr von einem bestimmten Elixier.«

»Das darf Meg nicht herstellen. Es macht Katharina nur stärker.«

»Das weiß Meg. Sie versucht, auf Zeit zu spielen, aber ich weiß nicht, wie viel Zeit ihr Katharina noch zugesteht. Meg hat das Elixier schon gebraut und ein paar Tropfen in diesen Wein gegeben.«

Das erklärte natürlich einiges. Xavier brachte ein schwaches Lächeln zustande. »Wenn ich daran denke, was das Mädchen von mir hält, wundert es mich, dass sie nicht versucht hat, etwas anderes in meinen Becher zu schmuggeln.«

»Meg kennt die Wahrheit über dich, Xavier.«

»Was soll das heißen? Meinst du meine stümperhaften Versuche, die nur dazu führten, dass die dunkle Königin noch entschlossener wurde, Meg zu fassen?«

Jane strich ihm die Haare aus der Stirn. »Nein, sie weiß, dass du dein Leben aufs Spiel gesetzt hast in dem Versuch, sie zu schützen.

»Was verdammt wenig gebracht hat.« Die Ketten um seine Handgelenke klirrten, doch sie erlaubten ihm immerhin, Janes Hand zu nehmen. »Jane, ich weiß nicht, wie viel Zeit uns noch beschieden ist, also hör mir gut zu.

Meg ist ein außergewöhnliches, sehr kluges Mädchen. Vermutlich ist das Elixier nur ein kleiner Teil dessen, was sie aus dem *Buch der Schatten* gelernt hat. Mit ihrem Wissen fällt ihr bestimmt etwas ein, was euch beiden zur Flucht verhilft. Ich weiß, dass es verrückt klingt, dein Schicksal einem jungen Mädchen anzuvertrauen ...«

»Meg ist kein junges Mädchen mehr«, fiel ihm Jane ins Wort.

Ernst fuhr sie fort: »Sie hat sich in jemanden verwandelt, den ich kaum noch kenne, und das macht mir Angst. Es ist, als ob sie wirklich zu Megaera wird.«

»Megaera ist womöglich die Einzige, die gegen die dunkle Königin bestehen kann. Lass sie jeden noch so dunklen Zauber heraufbeschwören, wenn er euch hilft. Wenn sich euch eine Gelegenheit zur Flucht bietet, nützt sie!«

»Ich werde dich nicht verlassen«, sagte Jane leise.

»Verflucht noch mal, Frau«, entgegnete Xavier und versuchte in seiner Erregung aufzustehen. »Für mich gibt es keine Hoffnung, begreifst du das denn nicht? Katharina glaubt, dass sie meine größte Angst kennt – in einem feuchten Loch angekettet zu sein. Aber sie versteht so wenig von der Liebe, dass sie es gar nicht begreifen konnte.«

In dem Blick, mit dem Xavier sie musterte, mischte sich Liebe mit Verzweiflung. »Meine größte Angst ist, dass dir etwas zustößt, Jane.«

»Und was, denkst du wohl, ist meine größte Angst? Dich zu verlieren!«

Fluchend warf Xavier den Kopf hin und her und suchte verzweifelt nach Worten, um sie zu überzeugen. Aber Jane legte die Hände an sein Gesicht.

»Verflixt und zugenäht, Louis Xavier Cheney«, sagte sie mit

fester Stimme, »hör mir endlich zu: Ich werde dich nie verlassen!«

Er blickte ihr in die Augen, in denen eine derart starke Liebe aufblitzte, dass eine tiefe Freude in ihm aufstieg, aber auch abgrundtiefe Verzweiflung ob seiner Hilflosigkeit. Wieder schossen ihm die Tränen in die Augen.

Jane schlang die Arme um ihn und zog ihn an sich. Auch sie begann, leise zu weinen. »Wir haben einen Aufstand überlebt, der schon fast in eine Revolution auszuarten drohte. Jetzt werden wir auch diese Prüfung gemeinsam durchstehen, du, ich und Meg. Ich weiß, dass es so sein wird«, flüsterte sie ihm ins Ohr.

Sie war froh, dass sie ihr Gesicht an seinen Hals gepresst hatte und er ihre Augen nicht sehen konnte. Wenn sie und Xavier eine Möglichkeit finden sollten, aus dieser Notlage zu entkommen, dann nicht wegen Meg.

Etwas Dunkles schien sich des Mädchens bemächtigt zu haben. Meg zeigte gar keine Neigung zu fliehen.

* * *

Das Labor, das Katharina Meg zur Verfügung gestellt hatte, befand sich im älteren Teil des Schlosses, weit weg vom übrigen Haushalt.

Sie hatte es mit allen möglichen Kräutern, Mörsern und Stößeln, Fläschchen und Kesseln ausgestattet. Es unterschied sich kaum von Arianes Werkstatt.

Doch Meg wusste, dass dem Gebräu, das gerade in ihrem Kessel dampfte, nichts ähnelte, was eine Herrin von Faire Isle je hergestellt hatte. Außerdem wusste sie, dass vor der Tür des Labors ein Wächter stand.

Katharina hatte wohl den Auftrag erteilt, sie nicht aus den Augen zu lassen und genau Bericht zu erstatten über Megs Tun und über jede Zutat, die sie benutzte. Doch die Wächter waren nachlässig aus einem Grund, über den sich Meg sehr wunderte, als er ihr klar wurde: Die Leute hatten mehr Angst vor ihr als vor Katharina.

Ihr Ruf als Silberne Rose hatte die Runde gemacht, auch wenn man nur gedämpft darüber sprach. Diesmal bemühte sich Meg nicht, die Legende zu widerlegen, denn die Angst der Dienerschaft gereichte ihr zum Vorteil. Obwohl es sie verblüffte, dass selbst ihr stämmiger Wächter vor ihr zurückschreckte, berauschte sie sich doch auch an der Macht, die sie offenkundig über diese Menschen besaß.

Als sie vorsichtig eine weitere Zutat in den Kessel gab und die Flüssigkeit heftig zu brodeln begann, sah sie, dass ihr Wächter einen weiteren Schritt von der Schwelle zurückwich.

Sie lächelte, bis sie einen Blick in den Spiegel warf, der über dem Kessel an der Wand hing. Seit wann hatte ihr Mund einen derart harten, fast grausamen Zug? Sie berührte ihre Haare. Im Dämmerlicht des nur von Kerzen erhellten Raums wirkten ihre Haare viel dunkler. Ihr Gesicht sah schmaler aus, ihre Wangenknochen schienen deutlicher hervorzutreten, ihr Teint war blass. Die Ähnlichkeit mit ihrer Mutter beunruhigte sie zutiefst.

Andererseits war es doch egal, wie sie aussah. Katharina wurde immer ungeduldiger, die Vision ihrer Kristallkugel musste also bald in Erfüllung gehen. Meg trat zu ihrem Wächter und befahl ihm, etwas Wasser vom Brunnen zu holen.

Er hätte einen Diener beauftragen müssen, aber Meg beharrte darauf, dass sie das Wasser sofort bräuchte.

»Natürlich könnt Ihr auch warten, bis ein anderer gerufen wird. Aber bis dahin wird das Elixier Ihrer Majestät verdorben sein, und ich muss von vorne anfangen. Wenn Ihr Euer Majestät erklären wollt, wie es dazu gekommen ist …«

Das wollte der Wächter offenkundig nicht. Er eilte davon, um ihre Forderung zu erfüllen. Meg wusste, dass sie nicht viel Zeit hatte. Sie beugte sich vor und tastete unter der Bank nach ihrer Hexenklinge.

Sie schraubte den Griff ab und füllte behutsam ein wenig

Flüssigkeit aus ihrem Kessel in den Hohlraum. Cassandra Lascelles hatte immer gern ein langsam wirkendes Gift benutzt, damit der Todeskampf ihres Opfers mehrere Tage lang dauerte. Ihr Gift war weitaus gnädiger als das ihrer Mutter, tröstete sich Meg. Der Tod würde rasch eintreten. Einen Moment lang fragte sie sich, ob sie wirklich dazu fähig war, ihren Vorsatz auszuführen.

»Selbstverständlich bist du das, Megaera«, meldete sich die Stimme ihrer Mutter leise in ihrem Kopf. *»Das ist dein Schicksal. Dafür bist du geboren worden.«*

Sie wickelte die Hexenklinge sorgfältig ein und schob sie wieder in ihr Versteck. Nun musste sie den Rest des Gifts wegschütten und den Kessel sorgfältig reinigen, denn sie wollte nicht, dass ein Unschuldiger zu Schaden kam.

Als sie auf ihre Hände blickte, stellte sie fest, dass sie schwitzten. Sie wischte sie an ihrer Schürze ab. Es gab noch viel zu tun vor dem morgigen Tag.

Morgen ... das war der Tag, an dem sie beschlossen hatte, sich ihrem Schicksal zu stellen.

Eine Stunde später trat sie, gefolgt von ihrem schwerfälligen Wächter, aus dem Labor. Gedankenverloren stieß sie mit einem großen, dunkelhaarigen Mann zusammen.

Sie wich zurück und murmelte eine Entschuldigung. »Verzeiht ...«, fing sie an, doch dann verstummte sie, als sie merkte, dass sie in das narbige Gesicht des Herzogs von Guise blickte.

Sofort machte sie einen nervösen Knicks, doch der stattliche Edelmann wirkte nur belustigt. »Die Schuld liegt einzig bei mir, Mademoiselle.«

Meg suchte nach einer Erwiderung, aber was sollte man schon sagen, wenn man vor einem Todgeweihten stand? Am Tag ihrer Ankunft im Schloss hatte sie die mörderischen Absichten des Königs nur allzu klar erkannt.

Ihr ging auf, dass sie den Herzog schon viel zu lange anstarrte. Seine Hoheit wirkte ein wenig verwirrt, als er sich abwandte und ging.

Sie war versucht, ihm nachzueilen und ihn zu warnen, aber sie wusste, dass er ohnehin nicht auf die Worte eines unbedeutenden jungen Mädchens hören würde.

Vielleicht konnte sie einen anderen Weg finden, um den Herzog zu warnen, aber im Moment hatte sie genügend eigene Sorgen. Eines wollte sie an diesem Tag noch unbedingt erledigen: Sie musste Xavier sehen.

* * *

Xavier saß auf seinem Strohsack und lehnte sich an die Wand. Megs Trank hatte ihm wieder einigermaßen zu Kräften verholfen, doch davor war es ihm fast besser ergangen als jetzt.

Sein einziger Zeitvertreib bestand darin, eine Spinne beim Weben ihres Netzes zu beobachten. Abgesehen davon brütete er nur über seine Hilflosigkeit und machte sich Sorgen über Janes und Megs Schicksal.

Er hatte es geschafft, einen kleinen Steinbrocken aus der Wand zu brechen. Wenn sein stummer Wächter das nächste Mal in seine Zelle kam, wollte er ihm diesen Brocken an den Kopf werfen, falls er sich weiter weigerte, ihm etwas zu berichten.

Der Brocken war zu klein, um Schaden anzurichten, aber immerhin würde er damit seinem Ärger ein wenig Luft machen können, selbst wenn der Wächter ihn aus Rache verprügelte.

Als der Schlüssel im Schloss knirschte, erstarrte er, und seine Finger schlossen sich um den Stein. Aber nicht sein mürrischer Wächter trat in die Zelle, sondern Meg.

Der Stein fiel ihm aus der Hand, ohne dass er es recht bemerkte. Verdutzt starrte er Meg an, die seinen Blick ernst erwiderte.

Sie musterten einander lange, dann erklärte Meg unumwunden, wie es ihre Art war: »Ihr seht schlechter aus als an dem Tag, als Ihr an die Insel angespült worden seid.«

Xavier lachte. »Danke. Du siehst …« Aber es fiel ihm schwer zu sagen, wie Meg aussah. Er verstand, warum sich Jane solche Sorgen um das Mädchen gemacht hatte. In dem dämmrigen Licht seiner Zelle sah Meg fast wie ein Gespenst aus, das womöglich direkt vor seinen Augen verschwinden würde.

»Geht es dir gut?«, fragte er.

Ihre Lippen verzogen sich zu einem schiefen Lächeln. »Eine seltsame Frage aus Eurem Mund.«

Er lief rot an. »Meg, ich weiß nicht, was ich sagen soll, um dich zu überzeugen, aber mir liegt wirklich sehr viel an dir. Ich wollte dich nie betrügen …«

»Ich weiß. Ich meine nur, es ist seltsam, dass Ihr Euch Sorgen um mich macht. Ihr solltet eher an Euch denken.«

»Das habe ich leider viel zu lange getan.«

Sie trat näher und verschränkte die Finger. »In Paris habt Ihr offenbar nicht so gehandelt. Ich weiß, dass Ihr vorhattet, mich vor der dunklen Königin zu schützen.«

»Das war ein ziemlich törichter Plan, nicht wahr?«

»Stimmt.« Ihre Lippen verzogen sich zu einem Lächeln, das ihn eher an die alte Meg erinnerte – es lag ein wehmütiger, aber auch etwas schelmischer Zug darin. »Aber ich bin Euch dankbar, dass Ihr es versucht habt.«

»Es hätte klappen können, wenn dein Trank nicht so verdammt gut gewesen wäre. Er hat Katharina wieder zu ihrer alten Stärke verholfen.« Xavier schüttelte reumütig den Kopf. »Ich hatte keine Ahnung, wie mächtig diese Frau ist. Diese Augen … schon allein mit ihren Augen kann sie einem sämtliche Geheimnisse entlocken.«

»Die dunkle Königin ist gefährlich. Das wird sie sein bis … bis zu ihrem Tod.« Etwas an der Art, wie Meg dies äußerte, und der glasige Blick ihrer Augen machten Xavier große Sorgen.

Doch dann schien sich das Mädchen einen Ruck zu geben. »Der Wächter wird mir nicht mehr viel Zeit lassen, also hört mir bitte gut zu.«

Sie warf einen Blick über ihre Schulter, um sich zu vergewissern, dass niemand sie belauschte. Dann trat sie noch näher, beugte sich zu Xavier hinunter und senkte ihre Stimme.

»Ich habe mir den Kopf zerbrochen, wie Ihr und Jane entkommen könnt. Ich werde Jane etwas zustecken, was ich gebraut habe. Wenn sie das Fläschchen im Gang fallen lässt, wird es zerbrechen, und ein Dampf wird aufsteigen, der dem Wächter eine Weile die Besinnung raubt. Dann kann Jane ihm den Schlüssel abnehmen. Aber ihr müsst darauf achten, das Gesicht zu verhüllen und nichts von dem Dampf einzuatmen.

Morgen wird es eine große Verwirrung geben. Hoffentlich wird sich dabei die Möglichkeit auftun, dass ihr euch unbemerkt davonstehlen könnt. Der Plan ist nicht großartig, aber etwas Besseres ist mir leider nicht eingefallen.«

Xavier verzog das Gesicht. »Warum wird es morgen Verwirrung geben? Und warum geht es in diesem Plan nur um mich und Jane? Was wird aus dir?«

Sie zog den Kopf ein und blieb ihm eine Antwort schuldig. Schließlich erklärte sie bedrückt: »Ich glaube nicht, dass ich irgendwohin gehen kann, nachdem ich …«

»Nachdem du was? Was, glaubst du denn, wird morgen passieren? Was hast du vor?«

Sie sah ihn wortlos an. Er musterte ihr Gesicht, sie wirkte verzweifelt und zugleich entschlossen. Ihm stockte der Atem, als ihm plötzlich aufging, was Meg vorhatte; an ihrer Stelle hätte wohl auch er dieselbe dunkle Versuchung verspürt.

»Meg, das kannst du nicht tun.«

Ihre Unterlippe zitterte. »Ich muss. Die dunkle Königin wird immer eine Bedrohung sein für die, die mir lieb sind. Um an die Geheimnisse in meinem Kopf zu kommen, wird sie jeden vernichten.

Ist Euch klar, was ich ihr erzählen würde, wenn sie Euch oder Jane mit einer Axt bedroht? Oder einen anderen, den ich liebe? Was würde ich nicht alles sagen, um ihr Einhalt zu gebieten, welches dunkle Wissen würde ich nicht mit ihr teilen, das nie geteilt werden sollte?«

Die Qual in Megs jungen Augen zerriss ihm schier das Herz.

»Sie ist eine alte Frau, Meg. Sie hat bestimmt nicht mehr lange zu leben.«

»Lang genug, um Euch oder Jane etwas anzutun, wenn ich ihr nicht gebe, was sie haben will. Ich weiß schon seit Langem, dass es dazu kommen wird. In meiner Kristallkugel habe ich immer wieder gesehen, wie ich die dunkle Königin vernichte.«

»Vergiss diese elende Kugel, Meg. Du hast eine Wahl.«

»Nein, das habe ich nicht.«

»Aber wenn man dich ertappt ...«

»Das wird man; denn ich werde aus meinem Verbrechen kein Hehl machen. Für seine bösen Taten muss man sich verantworten. Das haben meine Mutter und die dunkle Königin leider nie begriffen.«

»Man wird dir den Prozess machen und dich hinrichten.«

»Ich weiß.« Sie sah ihn traurig an. »Und dann wird das *Buch der Schatten* mit mir sterben.«

»Meg, das kann doch nicht die Lösung sein ...«, begann er verzweifelt, dann hörte er, dass der Wächter zurückkehrte. Aber er sah Meg an, dass sie bereits wieder in ihre Welt abgetaucht war.

Sie drückte ihm einen flüchtigen Kuss auf die Wange. »Lebt wohl, Xavier.«

29

Die Sonne war noch nicht aufgegangen, und ein kalter Regen peitschte an die Fenster des Ständesaals, in den sich der Herzog von Guise und einige Männer zu einem frühmorgendlichen Treffen mit dem König eingefunden hatten.

Der Herzog zitterte. Er zog seinen leichten Umhang fester um sich und trat ans Feuer. Doch da seine Aussichten so hell erstrahlten, störte ihn der trübe Tag nicht weiter.

Er hatte erfahren, dass die Armada geschlagen war. Also konnte er sich nicht mehr auf Spanien als Verbündeten verlassen. Aber das war ihm ganz recht, denn ihm war nie besonders viel daran gelegen gewesen, von Philipp Geld zu empfangen. Schließlich war er das Oberhaupt des bedeutendsten französischen Adelsgeschlechts, und jetzt war er der französische König, wenn auch noch nicht dem Titel nach.

»Euer Hoheit?«

Der Herzog drehte sich um. Einer der neuen Sekretäre des Königs – der Herzog hatte sich nicht die Mühe gemacht, sich den Namen des Mannes zu merken – verbeugte sich vor ihm. Ein wenig einnehmender Bursche, der ausgesprochen bleich und fahrig wirkte.

»Der König – der König möchte sich vor dem Treffen gern noch einmal in seinen Privatgemächern mit Euch unterhalten.«

Der Herzog zog hochmütig die Brauen hoch, doch dann beschloss er, ein wenig Großmut zu zeigen. Schließlich wussten alle, dass er jetzt der künftige König war.

Er entschuldigte sich bei den anderen und folgte dem jungen Sekretär. Seine Eskorte ließ er zurück. In die privaten Gemächer des Königs durfte sich niemand von seinem Gefolge begleiten lassen.

Guise war oft gewarnt worden, dem König tunlichst nicht allein unter die Augen zu treten. Erst am Vorabend hatte ihm jemand beim Essen eine Nachricht unter die Serviette geschoben, in der es hieß, sein Leben sei in Gefahr. Er wusste nicht, warum er ausgerechnet jetzt daran dachte, aber ihm fiel auch das merkwürdige junge Mädchen ein, das ihm auf dem Gang begegnet war und ihn so eindringlich angestarrt hatte. Kurz verlangsamte er seine Schritte, doch dann rief er sich zur Ordnung, schließlich war er kein Feigling wie der König von Frankreich. Entschlossen schlug er die Warnung wie all die anderen Warnungen in den Wind.

Außerdem würde der König es nie wagen, ihm ausgerechnet jetzt etwas anzutun.

Guise folgte dem Sekretär durch einen schmalen Gang zu den Privatgemächern des Königs. Links und rechts standen Wachen, die ehrerbietig die Hand an die Krempe ihrer schwarzen Samtkappen legten, als der Herzog an ihnen vorbeischritt.

Der Sekretär war verschwunden. Guise hörte, wie die Tür hinter ihm zugeschlagen wurde. Die Wächter verließen ihre Posten und folgten ihm.

Er schob den Vorhang zur Seite, der das Arbeitszimmer abtrennte. Dort fiel sein Blick auf acht Männer, die ihn offenbar erwartet hatten – mit gezückten Dolchen.

Er erstarrte und konnte es kaum glauben, als die Falle sich um ihn schloss. Er wollte nach seinem Schwert greifen, doch es hatte sich in seinem Umhang verheddert. Der erste Mann warf sich auf ihn, der Herzog holte aus und schlug ihm die Faust ins Gesicht. Es gelang ihm, zwei weitere Männer zu Fall zu bringen, bevor er spürte, wie eine Klinge in seine Seite eindrang.

Er schrie laut auf, schlug jedoch noch einen weiteren Angreifer zu Boden. Doch dann fielen sie über ihn her und stießen immer wieder zu.

Der Schock und der Schmerz brachten ihn ins Wanken. Dennoch schleppte er sich weiter, obwohl er fast auf seinem Blut ausgerutscht wäre. Er schaffte es bis zum Schlafzimmer des Königs und an dessen Bett, bevor ihm eine letzte Klinge zwischen die Schulterblätter gestoßen wurde.

Als er zu Boden sank, war ihm klar, dass er sterben würde. Seine Lippen waren taub, als er versuchte, ein Gebet zu sprechen. »Allmächtiger, erbarme dich meiner …«

Dann erbebte er und sank seitwärts zu Boden. Erst jetzt kroch Heinrich von Frankreich aus seinem Versteck. Er wagte kaum zu atmen, als er vor seinen Gegner trat.

Selbst ganz benommen von dem, was er getan hatte, starrte der König auf seinen toten Feind und murmelte: »Mir war nie klar, wie groß er war.«

* * *

Das Licht der Morgensonne schien durch die Fenster, als Meg ins Schlafgemach der Königin geleitet wurde. Katharina lag noch im Bett, um ihre Schultern war ein Morgenmantel gelegt. Sie sah schlechter aus als am Vortag, und ihr Husten war stärker.

Die Ärzte hatten sich mit ernster Miene um das Bett versammelt, die Hofdamen drückten sich stumm in einer Ecke aneinander. Alle schienen überrascht, als Meg eintrat, doch offenbar hatte Katharina einen Befehl erteilt, denn niemand hielt Meg auf, als sie sich dem Bett näherte.

Sie tastete in der versteckten Tasche ihres Gewands nach der Hexenklinge. Ihr Herz schlug so heftig, dass sie befürchtete, selbst die dunkle Königin könnte es hören.

Katharina entließ ihre Ärzte und winkte Meg näher. Mit rauer Stimme krächzte sie: »Hast du den Trank fertiggestellt? Hast du mir gebracht, was ich von dir verlangt habe?«

Meg nickte.

»Dann gib ihn mir.«

Meg reichte ihr ein Fläschchen. Mit zitternden Fingern lockerte Katharina den Korken. Bald würde sie einen Schluck nehmen und merken, dass es nur Wasser war. Aus Angst, die

Königin könne jemanden zwingen, den Inhalt des Fläschchens zu testen, hatte Meg kein Gift hineingemischt.

Megs Hand kroch zu ihrer versteckten Tasche. Wenn sie handeln wollte, musste sie den Mut aufbringen, es jetzt zu tun.

Doch in dem Moment, als sie die Hexenklinge hervorziehen wollte, stürzte der König in das Gemach. Seine Wangen waren hektisch gerötet, aus seinen Augen blitzte der Wahn. Er eilte zum Bett und hielt sich am Pfosten fest. Dann verkündete er aufgeregt: »*Maman,* ich habe es getan!«

Katharina erstarrte, das Fläschchen fest umklammernd. »Was getan?«

Der König lächelte selbstgefällig. »Der Herzog von Guise ist tot. Ich habe ihn umbringen lassen.«

Katharina schrie erstickt auf. »Heinrich!«

Doch der König gebot ihr mit einer herrischen Geste zu schweigen. »Nein, Madame, kein Wort mehr über diesen Mann. Ich bin kein Gefangener und auch kein Sklave mehr. Ich bin endlich wieder der König von Frankreich.«

Er verbeugte sich und schritt so rasch hinaus, wie er hereingekommen war. Deshalb entging ihm auch die bittere Antwort seiner Mutter. »Nein, du Tor, du hast alles verloren.«

Das Fläschchen entglitt ihr, fiel zu Boden und zerbrach. Katharina schnappte nach Luft und umklammerte ihren Hals.

Meg wurde völlig vergessen, als die Hofdamen zum Bett eilten und die Ärzte gerufen wurden. Jemand schob sie ins Vorzimmer. Plötzlich schwanden ihr die Kräfte. Zitternd sank sie auf den Fenstersitz und dachte an das, was sie beinahe getan hätte. Wenn sie nicht einen Moment gezögert hätte und der König nicht gerade da in das Gemach getreten wäre, hätte sie die Szene, die ihr die Kristallkugel so oft gezeigt hatte, in die Tat umgesetzt.

Xaver hatte recht gehabt. Ihr Glaube an ihre Kristallkugel hatte sie ihres freien Willens, ihrer Fähigkeit, selbst zu entscheiden, beraubt.

Als sie sich ein wenig erholt hatte, beschloss sie, aus dem

Vorzimmer zu schleichen, auch wenn sie kaum wusste, wohin sie gehen oder was sie als Nächstes tun sollte.

Doch plötzlich trat eine der Hofdamen aus Katharinas Schlafgemach und gab ihr mit einer Geste zu verstehen, dass sie zur Königinmutter zurückkommen sollte. Wieder winkte Katharina sie zu sich. Keiner der Anwesenden konnte die leisen Worte hören, die sie an Meg richtete.

»Du … du hast mir das angetan«, sagte sie.

»Nein, das habe ich nicht.« Meg war gar nicht so aufgewühlt, wie sie es in ihrer Vision gesehen hatte. Sie war vielmehr recht ruhig, als sie erwiderte: »Ihr habt es selbst über Euch gebracht.«

Katharina starrte sie an. In ihren Augen stand eine Einsicht, wie sie oft Menschen kurz vor ihrem Tod zeigen.

»Du hast gesehen, was Heinrich tun würde, aber du hast nichts unternommen, um ihn daran zu hindern, dieses Unheil über uns zu bringen«, flüsterte sie.

»Ich habe es versucht«, erwiderte Meg tonlos. »Wenn auch nicht Euch, sondern ihm zuliebe.«

»Ich werde erdrückt in den Ruinen unseres Hauses.« Katharina schluckte, dann fragte sie: »Werde ich sterben?«

Meg blickte ihr fest in die Augen. »Ja.«

Das Gesicht der dunklen Königin verzerrte sich. »Lieber Gott, ich fürchte mich so vor der Finsternis, der Leere und davor, in Vergessenheit zu geraten. Kannst du mir nicht helfen?«

Meg schüttelte den Kopf. Aller Hass auf diese Frau und alle Angst, die sie vor ihr gehabt hatte, waren verschwunden. Sie empfand nur noch tiefes Mitleid.

»Nein«, antwortete sie. »Das liegt nicht mehr in meiner Macht.«

Die Lippen der dunklen Königin verzogen sich zu einem schmalen, seltsamen Lächeln. »Du hättest mir ohnehin nicht geholfen. Meine Soldaten haben dich gar nicht gefangen nehmen müssen, nicht wahr? Du hast dich ihnen gestellt. Du bist mit der Absicht gekommen, mich zu töten.«

Meg blieb ihr die Antwort schuldig, doch ihr Schweigen reichte als Bestätigung.

Katharina stieß ein schwaches Lachen aus, das in einen grausamen Hustenanfall überging.

»Du bist wirklich bemerkenswert, kleines Mädchen«, keuchte sie schließlich. »Erst dreizehn und dennoch fähig, den Mord an einer Königin zu planen. Ich bedauere, dass ich nicht mehr da sein werde, um zu sehen, was aus dir wird. Wer hätte das je gedacht? Du bist nicht Arianes Nachfolgerin, sondern meine.«

* * *

Die dunkle Königin war tot, doch die Aufregung im Palast war so groß, dass diese Nachricht kaum Aufsehen erregte. Soldaten, Wächter und Bedienstete eilten hin und her und versuchten, das Schloss von Blois verteidigungsbereit zu machen, weil man einen Vergeltungsschlag der Anhänger des Herzogs und der Katholischen Liga befürchtete.

Meg lief unbemerkt durch diesen Tumult. Ihre große Feindin war tot.

Sie hätte in diesem Moment einen gewissen Frieden oder wenigstens Erleichterung verspüren müssen. Aber Katharinas letzte Worte hallten noch in ihr nach.

»Du bist nicht Arianes Nachfolgerin, sondern meine.«

Sie schüttelte den Kopf, um ihn klar zu bekommen und um die Worte der dunklen Königin zu vergessen. Als sie in den Hof gelangte, sah sie Jane und Xavier.

Ihr Plan war aufgegangen. Inmitten des allgemeinen Durcheinanders bemerkte niemand, dass die beiden flohen. Als Meg zu ihnen eilte, sah sie Erleichterung in Janes Augen und eine besorgte Frage in Xaviers.

»Ich – ich habe es nicht getan«, sagte Meg. »Ich war es nicht.« Sie brach in Tränen aus.

Jane schloss sie in die Arme, Xavier streichelte ihr den Kopf.

»Jetzt ist alles vorbei, Schätzchen«, sagte er. »Verschwinden wir nach Faire Isle, es ist höchste Zeit, dass wir heimkehren.«

* * *

Der König stand am Fenster und starrte auf die Loire, die in der Sonne funkelte. Ihm war bewusst, dass in seinem Palast riesige Aufregung herrschte und hektische Vorkehrungen getroffen wurden, doch er fühlte sich davon völlig unberührt.

Draußen auf dem Gang forderte jemand lautstark eine Audienz beim König. Heinrich ging davon aus, dass es ein Kurier mit einer weiteren Hiobsbotschaft aus Paris war. Die Nachricht hatte sich verbreitet wie ein Lauffeuer, die Pariser randalierten auf den Straßen, alle waren in tiefster Trauer um ihren geliebten Herzog. Die königlichen Wappen waren heruntergerissen und in die Seine geworfen worden, Statuen waren von ihren Sockeln gestoßen und zerstört worden. Sogar die königlichen Gemächer im Louvre waren geplündert worden, und überall in der Stadt wurden Rufe nach Vergeltung laut.

Er konnte sich nicht vorstellen, dass ihm jemand noch schlechtere Nachrichten bringen könnte. Und tatsächlich war es schließlich nur sein Sekretär, der hereinkam und wissen wollte, wie man seine Mutter bestatten sollte.

»Ihrem Letzten Willen nach wünscht sie, in der Gruft der Valois bei Saint Denis bestattet zu werden.«

Der König lachte freudlos. »Wenn ich sie auch nur in die Nähe von Paris bringe, wird der Pöbel ihren Leichnam zerfetzen.«

Er runzelte nachdenklich die Stirn. »Nein, es ist wohl am besten, meine Mutter im Schutz der Dunkelheit zu begraben. Sie soll auf dem Friedhof von Saint Sauveur in einem anonymen Grab bestattet werden.«

»In einem anonymen Grab, Euer Majestät? Die Königinmutter?«

Heinrich drehte sich um und starrte ihn zornig an. »Hört Ihr schlecht? Seht zu, dass es so geschieht!«

Der Sekretär wirkte verstört, als er den Raum verließ. Der König blickte wieder aus dem Fenster.

Der Herzog von Guise war tot, und seine Furcht einflößende Mutter ebenfalls. Beide hatten lange Schatten auf seine Herrschaft geworfen.

»Von nun an müssen wir König sein«, murmelte Heinrich. »Denn wir sind viel zu lange Sklave gewesen.«

Epilog

Im schwindenden Licht des Tages entzündete Ariane eine Kerze auf dem Altarstein. Hier inmitten der uralten, hoch emporragenden Steinblöcke schien ihr der passendste Ort, einer verstorbenen Feindin Tribut zu zollen.

Viele Frauen auf der Insel wollten den Tod der dunklen Königin feiern, darunter auch Arianes Nichte. Seraphine hätte Katharinas Bildnis nur zu gern verbrannt, doch Ariane hatte solche Pläne strikt untersagt.

Es schien ihr nicht richtig, eine solch wilde Befriedigung aus dem Tod eines Menschen zu ziehen, selbst wenn es sich dabei um Katharina handelte. Hatte nicht die dunkle Königin selbst ein tragisches Beispiel dafür geliefert, was aus einer Tochter der Erde werden konnte, wenn sie sich von verbitterten, hasserfüllten und rachsüchtigen Gedanken treiben ließ?

Nach all dem Leid und der Zwietracht, die die dunkle Königin in Arianes Leben gebracht hatte, hätte Ariane mehr Grund gehabt als die meisten anderen, sich über Katharinas Tod zu freuen. Doch sie verspürte nur ein Gefühl der Trauer und des Bedauerns.

Keiner konnte Katharina ihren Mut und ihren scharfen Verstand vorwerfen. Sie hätte der Welt so viel zu bieten gehabt, wenn sie eine wahre Tochter der Erde geblieben wäre. Als Ariane ihre Kerze entzündete, trauerte sie um all die missbrauchten und verschwendeten Gaben dieser außergewöhnlichen Frau.

Sie schloss die Augen und murmelte: »Wohin auch immer deine Seele geflogen ist, Katharina, mögest du endlich Frieden finden.«

Sie verharrte noch eine Weile in achtungsvollem Gedenken,

bis sie Schritte hinter sich hörte. Als sie sich umdrehte, sah sie, dass Meg in den Steinkreis getreten war.

Die Rückkehr des Mädchens war auf Faire Isle mit großer Erleichterung zur Kenntnis genommen worden. Da Katharina keine Bedrohung mehr darstellte, hatten sich die Frauen auf der Insel aufrichtig gefreut, Meg wieder in ihrer Mitte willkommen zu heißen.

Diesmal war es Meg, die sich zurückzog. Sie lehnte die Freundschaftsangebote zwar nicht ab, doch sie ging den anderen, sogar Seraphine, aus dem Weg.

Ariane spürte, dass das Mädchen etwas bedrückte. Aber sie hatte keine Fragen gestellt, denn sie wusste, dass sich Meg aussprechen würde, sobald sie dazu bereit war.

Nun lächelte sie freundlich und winkte Meg zu sich an den Altarstein.

Das Mädchen näherte sich langsam. Sie wirkte sehr klein in den Schatten der riesigen Menhire, Resignation und Verzweiflung zeichneten ihr Gesicht.

Wie konnte jemand nur so jung und gleichzeitig so alt aussehen? Ariane hätte das Kind zu gern in die Arme geschlossen, aber nach den Ereignissen des letzten Monats war Meg wahrhaftig kein Kind mehr. Ariane gewährte ihr die Distanz, die Meg so dringend zu brauchen schien.

Nun trat das junge Mädchen vor Ariane und faltete die Hände wie ein reuiger Sünder vor seinem Beichtvater.

»Verzeiht, dass ich Euch in einem solchen Moment störe …«

»Du störst mich nicht«, versicherte ihr Ariane.

Meg brachte ein schmales Lächeln zustande, doch sie schien nicht die Kraft zu besitzen, es beizubehalten. Ihre Miene verdüsterte sich. »Seit meiner Rückkehr habe ich auf einen günstigen Moment gewartet, um mit Euch unter vier Augen zu reden. Dieser Moment hat sich leider nie eingestellt, aber vielleicht hat es mir auch nur an Mut gefehlt. Doch womöglich sind dieser Ort und diese Zeit geeignet.«

Megs Blick schweifte über die Umgebung. »Schließlich habt

Ihr mich hier zu Eurer Nachfolgerin ernannt, und ich habe den Amtsstab von Euch bekommen.«

Ihr Blick blieb an der Kerze hängen, die Ariane auf den Altar gestellt hatte. Sie holte tief Atem.

»Ich kann es nicht tun, Ariane. Ich kann niemals die Herrin von Faire Isle sein.«

Ariane hatte fast damit gerechnet und reagierte nicht mit Bestürzung oder Empörung, wie es Meg offenbar erwartet hatte.

Als fürchte sie, Ariane habe sie nicht verstanden, redete Meg hastig weiter. »Ich bin nicht geeignet, die Töchter der Erde zu führen. Ich habe etwas Schreckliches getan …«

Ihre Lippen zitterten, sie konnte nicht weitersprechen.

»Etwas, nachdem man dich gefangen genommen und ins Schloss von Blois gebracht hat?«, fragte Ariane behutsam.

»Man hat mich nicht gefangen genommen, Ariane. Ich bin aus freien Stücken dorthin gegangen, um – um die dunkle Königin zu töten.«

»Und – hast du es getan?«, fragte Ariane, obgleich sie in Megs gequältem Blick schon genug gelesen hatte, um die Antwort zu kennen.

»Nein. Die Königin ist an einer Lungenentzündung gestorben, vielleicht auch an dem Schock und der Verzweiflung, nachdem sie erfahren hatte, was ihr Sohn dem Herzog von Guise angetan hat.«

Meg schluckte. »Aber ich hätte es sehr wohl sein können, die sie tötete. Ich wollte es tun. Ich stand sogar schon mit meiner Hexenklinge in der Hand an ihrem Bett. Meine Kristallkugel hat mir die Szene so oft gezeigt, dass ich wusste, der Zeitpunkt war gekommen, es zu tun. Wenn ich nicht gezögert hätte …«

»Aber genau darum geht es doch, Meg«, sagte Ariane. »Du *hast* gezögert. Als der Moment kam, hast du beschlossen, das Richtige zu tun, egal, was dir deine Kristallkugel gezeigt hat.«

»Aber ich habe Angst, dass ich genau so bin wie die dunkle Königin oder meine Mutter und ständig nach Entschuldigungen für das Unrecht suche, das ich anrichte. Egal, was ich tue, das *Buch der Schatten* wird immer in meinem Kopf sein und mich in Versuchung führen, seine dunklen Mächte zu nutzen, wenn ich mich bedroht fühle oder in Nöten bin.«

In Megs Augen schimmerten Tränen, als sie Ariane ansah. »Ihr seid so gut, Ariane, dass Ihr das bestimmt nicht verstehen könnt.«

»Oh doch, das kann ich nur zu gut, sogar viel besser, als du dir vorstellen kannst. Weißt du, dass das *Buch der Schatten* sich auch einmal in meinem Besitz befand?«

»N-nein.«

»Allerdings konnte ich es nicht so gut übersetzen wie du. Trotzdem gelang mir ein ziemlich böser Zauber. Meine Schwester Gabrielle war die Geisel eines Hexenjägers. Ich habe versucht, durch eine kleine Explosion eine Ablenkung zu schaffen. Doch letztlich habe ich das ganze Gasthaus niedergebrannt, und etliche Unschuldige sind dabei zu Schaden gekommen.«

Meg starrte sie mit großen Augen an. »Tatsächlich?«

»Du bist also nicht die Einzige, die gelegentlich den Verlockungen der schwarzen Magie erlegen ist. Stärke erwirbt man nicht, wenn man nie in Versuchung geführt wird. Es kommt darauf an, was du lernst, wenn du stolperst und Fehler begehst – damit gelangst du zu der Weisheit, die du brauchst, um die Herrin von Faire Isle zu sein.«

Ariane lächelte reumütig. »Ich selbst habe noch immer zu kämpfen, ich bin immer noch am Lernen. Das ist eine lebenslange Aufgabe.«

Sie legte die Hände auf die schmalen Schultern des Mädchens. »Bitte gib dich nicht auf, Meg. Ich versichere dir, dass ich es nicht getan habe. Aber natürlich kann ich auch eine andere Nachfolgerin wählen, wenn du das wirklich willst.«

Meg sah Ariane an, und nun liefen ihr die Tränen über die Wangen.

»Nein!«, erwiderte sie und warf sich in Arianes Arme. Eine sanfte Brise wehte über die Lichtung. Als Ariane Meg fest an sich drückte, sah sie, dass die Kerze der dunklen Königin flackerte und schließlich verlosch.

* * *

Jane stand am Rand der steil abfallenden felsigen Küste und starrte über den Kanal nach England, doch nun nicht mehr voller Angst und Verzweiflung.

Xavier legte den Arm um ihre Taille, um sie zu stützen. »Also, Jane – dein England ist sicher. Sie haben es auch ohne die Hilfe der Franzosen geschafft, die Armada zu schlagen.«

»Vielleicht hatte England die Hilfe eines mächtigeren Verbündeten«, murmelte Jane.

Der Kanal war heute so ruhig, dass man sich kaum vorstellen konnte, wie heftig der Sturm gewesen sein musste, der der spanischen Flotte zum Verhängnis geworden war.

»Wahrscheinlich wird man an der irischen Küste noch über Jahre Wrackteile der spanischen Galeonen finden«, sagte Xavier. »Ich habe gehört, dass viele der spanischen Matrosen, die sich an die Küste retten konnten, von wilden Iren erschlagen worden sind.«

Nach einer kleinen Pause fügte er hinzu: »Die armen Teufel.«

Jane sah ihn überrascht an. »Ich dachte, du hasst die Spanier.«

Xavier zuckte die Schultern. »Ich gehe davon aus, dass die gewöhnlichen Matrosen einfach nur Seefahrer waren wie Jambe, Pietro oder ich. Sie haben sich bestimmt nicht mit Königen, Religion oder Politik befasst. Die armen Kerle sind zur See gefahren, weil sie das Meer liebten. Ihnen ging es bestimmt nur um das Abenteuer, und vielleicht haben sie ja auch gehofft, auf diese Weise ihr Glück zu machen.«

»Jambe ist das jedenfalls gelungen. Er hat seinen Teil an dem Preis bekommen, den Elisabeth ausgesetzt hatte, weil er mit Drake gesegelt ist.«

»Das stimmt.« Xavier verzog das Gesicht. »Und obendrein hat er noch den elenden Papagei bekommen. Miri hat ihm den Vogel zurückgegeben. Offenbar hat ihr der Papagei erklärt, dass er zwar nicht undankbar erscheinen möchte, aber Jambes Gesellschaft doch der ihren vorziehen würde.«

»Kann er denn so gut sprechen?«, fragte Jane erstaunt.

»Offenbar schon, jedenfalls mit Miri.« Xavier lachte, doch dann wurde er gleich wieder ernst. »Meine Schwester hat auch mir etwas gegeben. Sie – sie hat die Tagebücher gelesen, die unser Vater für sie geführt hat. Dabei hat sie herausgefunden, warum der Chevalier nie nach Frankreich zurückgekehrt ist.«

»Ach ja?«, fragte Jane beunruhigt. Xaviers Miene war nicht zu entnehmen, was das für ihn bedeutete.

»Nach dem spanischen Überfall auf die französische Siedlung war der Chevalier offenbar ganz außer sich«, fuhr Xavier fort. »Falls Miri die Tagebücher je erhalten sollte, so schrieb er, wolle er ihr sagen, wie sehr er sie und ihre Schwestern liebe. Aber er könne erst zurückkehren, wenn er – wenn er seinen Sohn wiedergefunden hätte.«

»Ach, Xavier!«

»Nun ja, mehr war es nicht. Nur ein einziges Mal hat er mich erwähnt, nur mit diesen beiden Worten: mein Sohn.« Sein Mund zuckte wehmütig. »Aber irgendwie ist es genug.«

Jane konnte sich gut vorstellen, wie viel das Xavier bedeutete. Seine Augen waren feucht geworden, doch es war ihm wohl peinlich, und er wirkte so abweisend, dass Jane nicht weiter in ihn drang. Er kam wieder auf Jambe zu sprechen.

»Der alte Pirat ist fein heraus. Er hat jetzt nicht nur seinen Vogel und sein Gold, sondern er kann auch sein Leben lang damit prahlen, dass er einer der Männer war, die an Drakes Seite die mächtige spanische Armada besiegt haben.«

Jane war, als hörte sie eine Spur Sehnsucht in Xaviers Stimme. »Bereust du es, dass du Paris nicht verlassen konntest, um mit Drake zu segeln, und stattdessen geblieben bist, um Meg gegen die dunkle Königin zu verteidigen?«

Xavier schüttelte den Kopf. »Ich bereue nur, dass ich so töricht war, mich von dieser Hexe in die Falle locken zu lassen. Ich hätte dich besser schützen sollen.«

»Ich bin stärker, als du glaubst, Xavier.«

»Deine Kraft und deinen Mut habe ich nie unterschätzt, Jane. Ich zweifle nur manchmal daran, ob du überhaupt einen Mann brauchst; die meisten Frauen hier scheinen jedenfalls keinen zu brauchen«, scherzte er, aber diesmal war die Wehmut in seinen Augen unverkennbar. »Ich habe gehört, dass du einen Brief bekommen hast.«

»Richtig.«

»Von deiner elenden Cousine, nehme ich an?«

»Nein, dieser Brief kam seltsamerweise von einer alten Freundin, die ich schon fast vergessen hatte. Der spanische König rechnete damit, dass sich die englischen Katholiken beim Angriff der Armada gegen ihre Königin wenden würden. Aber das haben nur sehr wenige getan. Das hat Elisabeth ihren katholischen Untertanen gegenüber großmütig gestimmt, Ihre Majestät hat selbst diejenigen begnadigt, die ins Exil gegangen sind.«

»Verstehe.« Xaviers Hand, die bislang noch auf ihrer Taille gelegen hatte, sank nach unten. »Und natürlich willst du jetzt gern nach Hause.«

»Früher hätte ich mir nichts sehnlicher gewünscht. Ich war am Boden zerstört, dass man mich als Verräterin und als Hexe bezeichnet hat. Aber mittlerweile habe ich drei Dinge erkannt: erstens, dass ich doch eine Tochter der Erde bin; zweitens, dass ich nicht mehr nach England gehöre.«

»Und drittens, Jane?«

Sie schlang die Arme um seinen Hals. »Dass meine Heimat dort ist, wo du bist.«

Es ging ihr ans Herz, wie gerührt Xavier von ihren Worten war und wie sehr er trotz all seines Draufgängertums und Polterns diese Rückversicherung von ihr brauchte.

»Du weißt, dass ich dir nicht viel bieten kann. Aber Arianes

Gemahl wäre vielleicht bereit, mir ein kleines Schiff zu finanzieren. Meine Geschichten aus der Neuen Welt scheinen ihn begeistert zu haben.«

Xavier zog sie näher und scherzte, wie er es immer tat, um seine tieferen Gefühle zu verbergen. »Also, Jane – wärst du bereit, mit mir in See zu stechen und Piratin zu werden?«

Sie lächelte ihn an. »Ich muss gestehen, diese Möglichkeit habe ich noch nie in Betracht gezogen, wenn ich über meine Zukunft nachgedacht habe.«

»Warum nicht? In deiner Zeit auf Faire Isle hast du doch bestimmt gelernt, dass Frauen alles tun können. Hast du noch nie von Grace O'Malley gehört, der irischen Piratenkönigin?«

»Schon, aber sie ist doch von Kindesbeinen an zur See gefahren. Mir wird leider übel, wenn der Wellengang ein bisschen heftiger wird. Und ich fürchte, jedes Mal, wenn du einem Schiff die Fracht geraubt hast, würde ich dir in den Ohren liegen, sie wieder zurückzugeben.«

»Mein wunderschönes Gewissen«, sagte Xavier, und in seinen Augen glitzerte eine zärtliche Belustigung, als er sie küsste.

Sie rückte ein wenig ab und sah ihn ernst an. »Egal, was die Zukunft für uns bereithält, Xavier: Ich will dir nie deine Träume verwehren, all die herrlichen fernen Länder und fremden Meere, von denen du immer geträumt hast.«

»Törichtes Weib, du hast es noch immer nicht begriffen, oder?«, sagte er mit rauer Stimme und küsste sie abermals.

»Ich habe meine fernen Länder doch längst in deinen Augen gefunden.«